BASTEI
LÜBBE
TASCHENBUCH

Über den Autor

Tom Emerson ist das Pseudonym eines deutschen Autors, der bereits unter anderem Namen erfolgreich Spannungsromane veröffentlicht hat.

Tom Emerson

TÖDLICHES GOLD

Thriller

BASTEI LÜBBE
TASCHENBUCH

BASTEI LÜBBE TASCHENBUCH
Band 16671

1. Auflage: September 2012

Originalausgabe

Dieses Werk wurde vermittelt durch die Literarische Agentur
Thomas Schlück GmbH, 30827 Garbsen

Textredaktion: Lutz Steinhoff
Titelillustration: Illustration Johannes Wiebel, punchdesign, München,
unter Verwendung von Motiven von © Margo Harrison/Shutterstock;
Matthew Cole/Shutterstock; Vitalii Nesterchuk/Shutterstock
Umschlaggestaltung: Johannes Wiebel, punchdesign, München
Satz: two-up, Düsseldorf
Gesetzt aus der Caslon
Druck und Verarbeitung: GGP Media GmbH Pößneck
Printed in Germany
ISBN 978-3-404-16671-8

Für Sarah, Nico und Sonja,
die mehr Abenteuer in mein Leben
gebracht haben, als jede Schatzsuche
es vermocht hätte.

Kapitel 1

Nicobar Islands

Das Meer lag träge und ruhig in der Nachmittagssonne, wie ein schlafender Riese. Der Himmel strahlte in leuchtendem Azur, und auf der Wasseroberfläche spiegelte sich das Sonnenlicht wie in einem glitzernden Teppich aus Diamanten. Nur am Horizont türmten sich ein paar Quellwolken. Von Norden wehte eine sanfte Brise über die endlose Weite des Wassers, aber sie brachte kaum Abkühlung.

Die *Harmattan* ankerte etwa fünfhundert Meter vor Kamquali Island, einer kleinen felsigen Insel in der südlichen Andamansee. Die Insel war unbewohnt – ein Wunder angesichts ihrer geradezu paradiesischen Schönheit. Weißer Sandstrand umsäumte eine weitläufige Bucht. Dahinter drängte sich dichter Regenwald, urtümlich und erhaben, bis hinauf zu der etwa dreihundert Meter hohen Felsenklippe, die den höchsten Punkt der Insel bildete.

Nirgendwo schien man der Ewigkeit näher zu sein als hier.

Das perfekte Idyll wurde nur durch eine Folge lautstarker Flüche und Drohungen gestört, die vom Achterdeck der *Harmattan* kamen: »Gottverdammt noch mal! Ausgerechnet jetzt! Du verfluchtes Miststück denkst wohl, du kannst mich so einfach im Stich lassen! Aber das wirst du noch bereuen! Ich prügele dich windelweich!«

Sogleich erfüllte ein metallisches Schlagen die Luft, wieder und wieder, wie das Klirren von aufeinanderprallenden Schwertern. Diego Camaro lag bäuchlings auf dem Achterdeck, den

Oberkörper tief in die Maschinenluke gesteckt. Keuchend hielt er inne und begutachtete die Schrammen, die der Schraubenschlüssel in seiner Faust auf dem Motorblock hinterlassen hatte. Dieses verdammte Stück Technik! Aus irgendeinem unerfindlichen Grund hatte es gestern den Geist aufgegeben, unerwartet, wie aus dem Nichts. Plötzlich hatte es einen lauten Knall gegeben, und gleich darauf war dichter schwarzer Qualm aus der Maschinenluke hervorgequollen. Seitdem saß er hier fest.

Diego Camaro hieb noch einmal halbherzig gegen den Motorblock, dann schob er sich kopfschüttelnd aus der Luke heraus. Es hatte keinen Sinn. Reparieren konnte er den Motor nicht, schon gar nicht ohne Ersatzteile. Und den Motor anzuschreien und mit dem Schraubenschlüssel darauf einzuschlagen ergab nun wirklich keinen Sinn. Zwar fühlte er sich jetzt besser, die Wut war wie weggeblasen, aber zum Laufen bringen würde er den Motor auf diese Weise nicht.

Mit einem Stofflappen wischte er sich den Schweiß vom Gesicht und betrachtete seine ölverschmierten Hände. Dagegen musste er dringend etwas unternehmen.

Nachdem er sich im Bad die Hände geschrubbt und das Gesicht gewaschen hatte, begutachtete er sich nachdenklich im Spiegel. Er sah ausgemergelt aus. Nicht dürr, aber hager. Normalerweise wog er mit seinen eins vierundachtzig achtundsiebzig Kilo, aber die letzten Wochen hatten an ihm gezehrt und ihn mindestens acht, wenn nicht gar zehn Pfund gekostet. Seine Schatzsuche hatte ihn so sehr in Beschlag genommen, dass er kaum ans Essen gedacht hatte. Außerdem waren die Vorräte knapp geworden. Da er seine Suche nicht unnötig unterbrechen wollte, hatte er sich seine letzten Konservendosen gut eingeteilt.

Mit kritischem Blick begutachtete er sich im Spiegel genauer. Die Tropensonne hatte seiner Haut einen kräftigen bronzefarbenen Ton verliehen, aber sein Gesicht sah irgendwie eingefallen aus. Seine dunkelbraunen Augen schienen noch tiefer in ihre Höhlen zurückgesunken zu sein, und seine Wangen wirkten beinahe hohl. Sein Stoppelbart und seine zerzausten schwarzen Haare ließen ihn aussehen wie einen Straßenbettler.

Aber für wen hätte er sich hier, im Herzen der Einsamkeit, zurechtmachen sollen? Seit Penelope nicht mehr bei ihm war, legte er auf Äußerlichkeiten sowieso keinen Wert mehr.

Er ging zum Kühlschrank, wohl wissend, was ihn dort erwartete: gähnende Leere – bis auf die letzte Dose Bier. Wenn er die getrunken hatte, würde es nur noch Wasser und Tee für ihn geben, je nachdem, wie lange er hier feststeckte. Er hatte sich so sehr in seine Schatzsuche verbissen, dass ihm alles andere gleichgültig gewesen war, sogar der schwindende Proviant.

Wie dumm darf ein einzelner Mensch überhaupt sein, dachte er. Aber wenn er sich ein Ziel gesteckt hatte, gab er nun mal nicht so schnell auf, Proviant hin oder her.

Im Schatten unter dem Sonnendach ließ er sich das Bier schmecken, während die Wellen sanft gegen den Rumpf der *Harmattan* klatschten. Die Jacht war von Anfang an eine große Liebe gewesen, mit allen dazugehörenden Höhen und Tiefen. Mit ihren dreißig Jahren war sie mittlerweile eine alte Dame und gewiss nicht so schnittig wie ihre jüngeren Schwestern, die heutzutage durch die Ozeane kreuzten. Sie war klobiger und schwerfälliger, und ihre Fassade war längst nicht mehr makellos, sondern übersät von unzähligen Schrammen. Vor allem bockte und zickte sie immer wieder, so wie heute. Aber gerade diese kleinen Fehler und Eigenheiten machten ihren Charme aus. Die *Harmattan* war kein perfekt gestyltes Püppchen, keine makellose Barbie-Schönheit. Sie war eine Frau im besten Alter, mit eigenem Willen und eigenem Charakter. Außerdem war sie eine handfeste Erinnerung an eines der größten Abenteuer, das Diego Camaro je erlebt hatte.

Im Moment lag das allerdings gefühlte hundert Jahre zurück, in einer fernen, verschwommenen Vergangenheit. Viel zu sehr war Diego in der Gegenwart gefangen, und die hatte nicht nur damit zu tun, wie lange er hier noch ausharren musste, sondern vor allem mit seiner Suche nach diesem verflixten Wrack, die ihn in diese Gewässer verschlagen hatte.

Er nippte an seinem Bier und genoss es, wie die kühle Flüssigkeit seine Kehle hinunterrann. Sein Blick glitt über die unendliche Weite des Meeres, und er spürte, dass er seinem Ziel näher war als jemals zuvor.

Schon seit Wochen durchstreifte er mit der *Harmattan* die südliche Andamansee, das Sonar dabei stets auf Empfang und das Magnetometer im Schlepptau. Hier irgendwo musste sie auf Grund liegen, die Königin der gesunkenen Galeonen, der Traum jedes Schatztauchers. Die *Flor de la mar*. Das Flagschiff der portugiesischen Indienflotte.

Im Jahr 1512 war die *Flor* nach einem Raubzug auf Malaysien von Malakka aus in See gestochen, um den Rückweg zur damaligen Hauptstadt von Portugiesisch-Indien anzutreten: Goa. Unter dem Befehl von Gouverneur Alfonso de Albuquerque hatte die portugiesische Streitmacht reiche Beute gemacht. Historischen Quellen zufolge befanden sich im Rumpf der Galeone sechzig Tonnen Gold, zweihundert Kisten voller Diamanten, mit Edelsteinen besetzte Statuen und mit Blattgold überzogene Sänften. Sogar der Thron der Königin von Malakka war angeblich mit an Bord gewesen.

Doch dann war die Flotte vor der Ostküste Sumatras in einen gewaltigen Sturm geraten. Die *Flor de la mar* kenterte und wurde in die Tiefe gerissen – mit allem, was sich in ihrem Innern befand. Manchen Quellen zufolge belief sich der heutige Wert der Ladung auf bis zu acht Milliarden US-Dollar. Manche Experten griffen bei ihren Schätzungen sogar doppelt so hoch. Eine ungeheure Summe, für die alle Anstrengungen, alle finanziellen Risiken und alle Entbehrungen sich lohnten. Doch obwohl es schon viele versucht hatten – Einzelkämpfer wie Diego bis hin zu professionell ausgestatteten Suchmannschaften –, war es bislang niemandem vergönnt gewesen, diesen riesigen Schatz zu finden. Irgendwann hatte jeder aufgegeben. Auch Diego ging allmählich die Luft aus. Genauer gesagt, das Geld. Das war typisch für ihn – chronischer Geldmangel. Seit er seine dunkle Vergangenheit hinter sich gelassen hatte, ließ er sich vom Leben treiben, stets auf der Suche nach Abenteuern und nach schnellem Gewinn. Er hatte auch schon einige Erfolge vorzuweisen: Überall auf der Welt hatte er verloren geglaubte Relikte aus untergegangenen Kulturen aufgespürt. Die Aufträge dafür waren von reichen Privatsammlern gekommen, die ihn angemessen dafür entlohnt hatten. Aber aus irgendeinem Grund zerrann Diego das Geld immer zwischen den Fingern.

Diesmal sogar besonders schnell, was vor allem daran lag, dass er ausnahmsweise auf eigene Rechnung arbeitete. Der Unterhalt für die Jacht – den einzigen Wertgegenstand, der ihm von seinen früheren Abenteuern geblieben war – kostete ein kleines Vermögen. Die angemietete Ausrüstung, die er für das Absuchen des Meeresgrunds benötigte, war auch nicht gerade billig. Und dann war da noch die Sache in Phuket, wo Diego einen beträchtlichen Teil seines damals noch vorhandenen Geldes in Hunderennen investiert hatte. Der Geheimtipp hatte *Taifun* geheißen und mit einer Quote von sieben zu eins einen ordentlichen Gewinn versprochen. Leider war dieser *Taifun* auf dem Rennplatz nur ein laues Lüftchen gewesen und hatte das Ziel als Vorletzter erreicht.

Und jetzt streikte auch noch der Motor.

Aber es hatte keinen Sinn, sich über Dinge aufzuregen, die nicht mehr zu ändern waren. Einen Hilferuf hatte er schon per Funk abgesetzt, jetzt konnte er nur noch warten.

Am Abend hatte das Warten endlich ein Ende. Aus dem glühenden Feuerball der untergehenden Tropensonne schälten sich die Umrisse eines Flugzeugs, zuerst noch verschwommen und klein, aber schon bald nahm es Konturen an. Es war ein Wasserflugzeug, das verrieten der bauchige Rumpf und die beiden Schwimmer darunter. Als es näher kam, erkannte Diego, dass es sich nicht um eine kleine Sportmaschine handelte, sondern um ein Transportflugzeug, wie es auch von der Küstenwache benutzt wurde. Diego lächelte zufrieden. Die indischen Behörden schienen seinen Hilferuf erhört zu haben.

Das Motorgeräusch wurde lauter und änderte sich. Das helle Knattern wich einem dumpfen Tuckern, als der Pilot für den Landeanflug Gas wegnahm. Die Maschine sank tiefer, bis sie zischend auf dem Wasser aufsetzte, durch die Reibung abgebremst wurde und schließlich nur noch träge auf den sanft tanzenden Wellen ritt. Dann wurde das Motorgeräusch wieder heller, und das Flugzeug steuerte schwimmend auf die *Harmattan* zu.

Gegen die tief stehende Sonne konnte Diego noch immer keine Details erkennen. Aber er war jetzt ziemlich sicher, dass es keine Maschine der Küstenwache war. Vielleicht ein privater Rettungsdienst. Das gefiel ihm allerdings nicht besonders, weil er dann die Kosten für diesen Flug womöglich aus eigener Tasche zahlen musste.

Das Flugzeug war jetzt nur noch zwanzig Meter entfernt.

Der Motor ging aus, die vier Flügelpropeller wurden immer langsamer und blieben schließlich stehen. Mit letztem Schwung drehte die Maschine bei. Dann öffnete sich die Ladeluke, und ein Mann mit arabischem Kopftuch und strahlend weißem Umhang lächelte Diego entgegen. Er war dünn, beinahe zierlich, aber nicht auf eine zerbrechliche, sondern auf die drahtige Art und Weise. Seine Nase ähnelte dem Schnabel eines Habichts, und auch seine Augen hatten etwas von einem Raubvogel. Mit seinen hohlen Wangen und seinem Spitzbart sah er aus wie einer der vierzig Räuber aus *Ali Baba*.

Diego hatte plötzlich ein flaues Gefühl in der Magengegend. Ihm gegenüber stand Khalid Aghani – der Mann, vor dem er eigentlich untergetaucht war.

»Ich freue mich, dich zu sehen, alter Freund!«, rief Khalid ihm mit arabischem Akzent zu. Das Lächeln in seinem Gesicht wirkte bedrohlich. »Wie ich sehe, lässt du es dir gut gehen. Sogar eine Jacht hast du. Ich nehme an, wer sich so ein Prachtstück leisten kann, kann auch seine Schulden bezahlen.«

»Du kommst wie immer gleich zur Sache«, entgegnete Diego. Er bemühte sich, cool zu klingen.

»Geschwätz ist was für Waschweiber.« Noch immer dieses kalte, boshafte Lächeln. »Außerdem, wie lange warte ich nun schon auf mein Geld? Ein Jahr? Da darf man ja wohl gleich zur Sache kommen, findest du nicht?«

Genau genommen waren es sogar über fünfzehn Monate, und es ging immerhin um drei Millionen Dollar. Nicht dass Khalid den Verlust nicht hätte verschmerzen können – er war ein weitläufiger Verwandter der Familie Saud und saß dick im Ölgeschäft. Drei Millionen, die zahlte Khalid jede Woche aus der Portokasse. Aber Diego wusste: Eher würde Khalid sich seinen Hintern mit Fünfhundert-Dollar-Scheinen abwischen, als ihm das Geld zu schenken.

»Ob du es glaubst oder nicht, ich bin hier, um meine Schulden zu bezahlen«, sagte Diego.

»Interessant. Für mich sieht das eher wie Urlaub aus. Ein *teurer* Urlaub. Auf *meine* Kosten.«

»Du kennst mich. Ich bin nicht der Typ für Urlaub.«

»Du bist aber auch nicht der Typ für Arbeit.«

Wider Willen musste Diego grinsen. »Für ehrliche Arbeit wohl nicht. Aber für lukrative. Und das hier *ist* lukrativ.«

Einen Augenblick lang sahen die beiden Männer sich übers Wasser hinweg an.

»Wie willst du mich bezahlen?«, rief Khalid schließlich. »Gleich hier in bar?«

»Ich brauche noch etwas Zeit. Aber ich bin ganz nah dran.«

»Natürlich. Wie immer.«

»Khalid, ich schwöre dir, in ein paar Wochen bekommst du dein Geld. Mit Zins und Zinseszins.«

Khalid schüttelte den Kopf. »Vergiss es. Ich bin nicht hier, um mich mit leeren Versprechungen abspeisen zu lassen. Ich werde dir ein Geschäft vorschlagen. Eins, das du nicht ablehnen kannst.« Dabei versuchte er, die Stimme von Marlon Brando in *The Godfather* zu imitieren, was mit seinem arabischen Akzent jedoch kläglich scheiterte. »Lass dein Beiboot zu Wasser und komm rüber. Wir müssen reden.«

Diego zögerte. Er hatte das sichere Gefühl, dass er in eine Falle gelockt werden sollte. »Tut mir leid!«, rief er. »Das Beiboot ist defekt.«

Als hätte er mit dieser Antwort gerechnet, gab Khalid ein Zeichen in den Frachtraum. Sofort tauchte ein etwa fünfzigjähriger glatzköpfiger Mann auf, mit exakt gestutztem rötlich hellgrauen Vollbart und einem ausladenden Schnauzer, wie er vor hundert Jahren einmal modern gewesen war. Auf der Nase trug er eine messingfarbene Nickelbrille. Über dem Hemd mit den hochgekrempelten Ärmeln spannten sich ein paar breite khakifarbene Hosenträger. Er hätte gut und gerne Preisringer sein können. In der Hand hielt er eine Maschinenpistole.

»Ich glaube, du kennst Monsieur McCoyle noch nicht«, sagte Khalid.

Diegos Blick wanderte von der Maschinenpistole zu dem Patronenband, das bis auf den Boden der Frachtmaschine reichte und sich dort ringelte wie eine schlafende Boa constrictor. War das ein Bluff, oder würde Khalid wirklich Ernst machen?

»Wir hatten noch nicht das Vergnügen«, gab Diego zurück.

»Ich schlage vor, dass dein Beiboot jetzt wieder funktioniert«, rief Khalid. »Sonst muss ich Monsieur McCoyle bitten, dich ein bisschen zu motivieren. Also, was ist?«

Diego überlegte. Auch er hatte ein paar Waffen an Bord, eine Pistole, ein Gewehr und sogar ein paar Handgranaten – schon allein, um sich im Fall eines Piratenangriffs zur Wehr setzen zu können. Aber bis er die zur Hand hatte, würde der Glatzkopf die *Harmattan* schon in einen Schweizer Käse verwandelt haben.

Ich habe mich bluffen lassen wie ein blutiger Anfänger, dachte Diego missmutig. Ihm war ein bisschen mulmig, aber das wollte er sich auf keinen Fall anmerken lassen. Khalid war sauer auf ihn, kein Zweifel. Und wenn er sauer war, konnte er richtig unangenehm werden.

Mit der Seilwinde ließ Diego das Beiboot zu Wasser. Ein kurzer Zug an der Reißleine, und der Motor sprang an. Kurz darauf hatte er auch schon die wenigen Meter bis zum Wasserflugzeug zurückgelegt.

»Binde das Boot fest und komm rein«, sagte Khalid.

Diego gehorchte.

»Und was jetzt?«, fragte er, als er über den Schwimmer in den Frachtraum geklettert war. »Was für ein Geschäft willst du mir vorschlagen?«

Die Antwort kam nicht von Khalid, sondern von dem Glatzkopf mit Bart, und sie kam nicht verbal, sondern brachial – in Form einer geballten Faust direkt gegen den Unterkiefer. Diego fiel zu Boden, der Schmerz sprang ihn an wie ein hungriges Raubtier, und es wurde schwarz um ihn.

Kapitel 2

London

Heute ist ein guter Tag! Das spürte Emilia Emmerson in jeder Faser ihres Körpers, während sie ihr BMW-Cabrio durch den dichten Mittagsverkehr in Richtung Westen lenkte, wo sich in Chiswick die Studios von *E-TV* befanden. Der Himmel war grau und düster, typisch englisch eben, dennoch war es so mild, dass Emilia das Verdeck geöffnet hatte. Ihre schulterlangen naturblonden Haare flatterten im Fahrtwind. Sie genoss die frische Luft auf ihrer Haut, auf ihren Händen, die das Steuer hielten, und auf ihrem herzförmigen Gesicht, das im Lauf der letzten Jahre, genau wie ihr Körper, ein wenig – nun, sie bevorzugte das Wort *weicher* – geworden war. Nicht besorgniserregend. Noch nicht. Aber mit ihren vierunddreißig Jahren kam sie allmählich in ein Alter, in dem man etwas für sich tun musste. Sie nahm sich vor, wieder öfter Sport zu treiben. Der Tag war wie geschaffen für gute Vorsätze.

Ja, heute ist ein guter Tag, wiederholte sie in Gedanken. Und er kann sogar noch besser werden. Vorausgesetzt, ich verspäte mich nicht.

Emilia warf einen Blick auf die Uhr. Schon kurz vor elf. Das Interview mit der Hollywood-Diva Amanda Carper hatte länger gedauert als geplant. Aber so war das Leben eines Reporters nun mal, eine einzige Hetze von Termin zu Termin, immer auf der Jagd nach einer guten Story – oder noch besser: nach einer Sensation. Und dass Amanda Carper ein Kind vom britischen Verteidigungsminister erwartete, *war* eine Sensation! Vor allem, weil die Öffentlichkeit von dieser Liaison noch gar nichts wusste.

Emilia gestattete sich ein triumphierendes Lächeln. Irgendwann einmal hatte sie eine mit viel Lob angereicherte Reportage über eine Veranstaltung im *Four Seasons* gemacht, seitdem hatte sie bei Carl Donovan, dem Manager des Hotels, einen Stein im Brett. Heute Morgen hatte Donovan sie angerufen und ihr ganz im Vertrauen mitgeteilt, dass Amanda Carper sich im Hotel einquartiert hätte – unter falschem Namen, und genau das hatte Emilias Neugier geweckt. Also war sie mit ihrem Kameramann Chris zum *Four Seasons* gefahren und hatte Amanda Carper abgepasst, die sich zuvor mit ihrem heimlichen Geliebten getroffen und von ihm erfahren hatte, dass er sich keinesfalls öffentlich zu ihrem gemeinsamen Kind bekennen werde. Das hatte sie dermaßen in Wut versetzt, dass ihr das Angebot eines Interviews gerade recht gekommen war. Emilia hatte sie gar nicht erst zum Reden auffordern müssen. Enttäuschung, verletzter Stolz und Zorn hatten sich in einer Art und Weise Bahn gebrochen, wie ein Reporter es sich nur erträumen konnte. Amanda Carper hatte nichts ausgelassen: Tränen, Bitterkeit, wüste Beschimpfungen inklusive einer an der Wand zerschmetterten Blumenvase – und das alles vor laufender Kamera. Gott, das Leben konnte so schön sein!

Chris hatte die Filmaufnahmen sofort zur Nachbereitung ins Studio gemailt. Spätestens in den VIP-News um zwei würde die Reportage ausgestrahlt – und einschlagen wie eine Bombe.

Eine gute Reportage war wie eine Jagd – aufregend, aber auch anstrengend. Das hatte Emilia schnell gelernt. George, ihr Verflossener, hatte sie irgendwann einmal als hungrige Wölfin bezeichnet, die ihre Beute mit Ausdauer und Geschick verfolgte und zielsicher erlegte.

Emilia hatte das als Kompliment aufgefasst.

Sie wusste, dass sie gut war in ihrem Job. Der Erfolg eines Reporters hing von drei Faktoren ab: Hartnäckigkeit, Instinkt und Erfahrung – alles Eigenschaften, die Emilia besaß. Sie war sogar eitel genug, um sich einzubilden, sie sei die beste Reporterin, die *E-TV* jemals gehabt hatte. Und heute war der Tag, an dem sich ihr Talent und ihr unermüdlicher Einsatz für den Sender auszahlen würden.

Endlich erreichte sie das Studio. Es lag am Stadtrand von London und damit verkehrstechnisch alles andere als günstig, aber im Zentrum wären die Mieten für ein derart großes Grundstück unerschwinglich hoch gewesen. Das Firmengelände von *E-TV* war etwa so groß wie drei Fußballfelder. Darauf standen ein siebenstöckiger Verwaltungskomplex, ein großes Studio für die Filmaufnahmen, das an einen Flugzeughangar erinnerte, ein kleineres Studio für die Produktion von Shows und mehrere kleinere Nebengebäude.

Emilia passierte das Pförtnerhäuschen am Eingang des Firmengeländes und parkte ihren BMW auf dem Innenhof. 11.13 Uhr. Noch zwei Minuten. Punktlandung. Jetzt durfte sie keine Zeit mehr verlieren.

So schnell es ihre höllisch schmerzenden neuen Pumps erlaubten, eilte sie zum Verwaltungsgebäude. Kathy, der Dame hinter der Empfangstheke, warf sie nur ein kurzes Nicken zu. Der übliche Plausch musste heute ausfallen.

Der Lift öffnete sich mit einem sanften Glockenschlag. Emilia stieg ein und drückte den Knopf für die siebte Etage. Die Fahrt nach oben nutzte sie, um sich die Lippen nachzuziehen und einen letzten prüfenden Blick in den Handspiegel zu werfen. Dann hatte sie ihr Ziel erreicht.

Wieder ertönte die Liftglocke. Die Türen glitten auf, und Emilia hatte das Gefühl, eine andere Welt zu betreten. Sie war schon oft in der Chefetage gewesen, dennoch wunderte sie sich jedes Mal über die hier herrschende Atmosphäre von Würde und Erhabenheit. Es gab keine nackten weißen Wände oder gar Beton wie in der Lobby, hier beherrschten edle Hölzer das Bild. Elegante Glasvitrinen mit Sammelobjekten aus aller Welt verströmten einen Hauch von Exotik. Schwarz-Weiß-Fotografien aus den Gründertagen des Senders atmeten Geschichte. Alles hier oben wirkte wie für die Ewigkeit gemacht.

Es war zweifellos schön hier oben. Und luxuriös. Aber dadurch auch irgendwie fremd und Ehrfrucht gebietend. Wann immer sie in der Chefetage gewesen war, hatte Emilia ein gewisses Unbehagen verspürt.

Sie atmete tief durch, um sich zur Ruhe zu zwingen. Wenn sie Wincott gegenübertrat, wollte sie souverän wirken – nicht wie ein hektisches oder gar verschüchtertes Huhn.

Sie ging zu Nancy Hancock, Wincotts Sekretärin, und meldete sich an.

»Einen Augenblick, Miss Emmerson«, sagte Nancy. »Er telefoniert noch.«

Emilia nickte. »Kein Problem.« Sie setzte sich auf eine elegante Ledercouch.

Die Minuten zogen sich hin. Je länger sie warten musste, desto nervöser wurde sie. Normalerweise gehörte sie nicht zu den Menschen, die sich leicht aus der Ruhe bringen ließen. Selbst wenn sie Berühmtheiten aus der Film- und Musikbranche gegenüberstand und mit ihren Interviewfragen oft unwirsche Reaktionen hervorrief, blieb sie gelassen.

Aber Douglas Wincott war kein Interviewpartner. Er war ihr Boss. Und als solcher würde er heute über ihre Zukunft entscheiden.

Obwohl sie bisher immer mit guten Leistungen auf sich aufmerksam gemacht hatte, begann sie nun doch an sich zu zweifeln. Bei ihrem letzten Gespräch mit Wincott hatte sie alles, was sie zu bieten hatte, in die Waagschale geworfen. Prahlerei war eigentlich nicht ihr Ding, aber aus irgendeinem Grund hatte sie das Gefühl gehabt, dick auftragen zu müssen, um bei Wincott Eindruck zu schinden. Jetzt fragte sie sich, ob sie es nicht vielleicht übertrieben hatte.

Nein! Heute ist ein guter Tag, wiederholte sie in Gedanken. Ich werde mir diese Chance nicht nehmen lassen!

Endlich öffnete sich die Tür, und Douglas Wincott trat aus seinem Büro. Er war eine durch und durch gebieterische Erscheinung, groß, aufrecht, mit festem Blick und einer beinahe greifbaren physischen Präsenz. Mit seinem gepflegten grauen Dreitagebart und den glatt nach hinten gekämmten grauen Haaren sah er aus wie ein in die Jahre gekommenes Davidoff-Model. Er trug einen maßgeschneiderten Anzug, ein weißes Hemd ohne Krawatte, den Kragenknopf leger geöffnet, und handgefertigte dunkelbraune Oxford-Lederschuhe. Sein freundliches Lächeln wirkte wie einstudiert, seine stahlgrauen Augen strahlten eine unnahbare Kälte aus. Sein Jähzorn war legendär, und auch Emilia hatte Respekt davor, obwohl sie ihn noch nie am eigenen Leib zu spüren bekommen hatte. Aus irgendeinem unbestimmten Grund hatte sie das Gefühl, dass Wincott sie mochte oder dass er ihr zumindest wohlgesonnen war. Darauf gewettet hätte sie allerdings nicht ein einziges Pfund.

Wincott führte Emilia in sein Büro und bot ihr einen Platz in der Sitzecke an. »Möchten Sie einen Kaffee? Oder einen Tee?«, fragte er.

Das deutete darauf hin, dass das Gespräch etwas länger dauern würde. Emilia wertete das als gutes Zeichen. »Gerne«, sagte sie. »Einen Kaffee. Mit Milch und Zucker bitte.«

Wincott gab den Wunsch an seine Sekretärin weiter und setzte sich Emilia gegenüber in einen Ledersessel. »Wie ist das Interview mit Amanda Carper gelaufen?«

Emilia berichtete ihm das Wichtigste.

Wincott nickte zufrieden. »Ich könnte mehr Leute wie Sie gebrauchen, Emilia«, sagte er mit einem Hauch von Wehmut in der Stimme. »Jung, zielstrebig, mit dem nötigen Instinkt für gute Storys. Immer auf der Suche nach dem nächsten Skandal. Ob Sie es glauben oder nicht – so war ich auch einmal. Das ist aber schon eine ganze Weile her.« Dann erzählte er Emilia eine Anekdote aus der Zeit, in der er selbst noch Radioreporter gewesen war, bei einem kleinen Regionalsender in Devon.

Der Kaffee kam. Emilia bedankte sich und nippte daran.

Wincott wechselte das Thema . »Nach unserem letzten Gespräch habe ich mir Ihren Vorschlag durch den Kopf gehen lassen«, begann er. »Was Sie damals gesagt haben, stimmt. Sie haben zwar nicht gerade mit Eigenlob gespart, aber meines Erachtens haben Sie sogar noch untertrieben. Ich glaube, Sie wissen gar nicht, wie wichtig Sie für den Sender sind. Und damit auch für mich.«

Emilia nippte noch einmal an ihrem Kaffee. Der Auftakt ist schon mal gar nicht schlecht, dachte sie, bemüht, nicht allzu erwartungsvoll dreinzuschauen.

Wincott holte von seinem Schreibtisch ein Papier und setzte sich wieder. »Das sind Zahlen aus dem Controlling. Ich habe sie mir nach unserem letzten Gespräch geben lassen. Die Fakten sprechen für sich. Nach Ihrer Reportage über Robbies Entziehungskur ist unsere Quote um zwei Prozent gestiegen – ein enormer Sprung. Ähnliche Resultate gab es beim Drogenskandal im Buckingham-Palast, bei der Verwüstung der Präsidentensuite im *Ritz* und bei der Sexorgie des Weihbischofs von Stepney. Das ist allein Ihr Verdienst, Emilia. Und das hat sich natürlich auch positiv auf unsere Werbeeinnahmen ausgewirkt. Wenn ich in der Anfangszeit jemanden mit Ihrem Talent gehabt hätte, wäre alles viel leichter gewesen.«

»Danke, Sir.«

Wincott lehnte sich zurück und schien einen Moment lang in seinen Gedanken gefangen zu sein. Langsam und bedächtig legte er seine Fingerspitzen aneinander. Dann begann er zu erzählen, wie er *E-TV* gegen Ende der Siebzigerjahre gegründet und es mit großem Mut und noch größerer Einsatzbereitschaft zu dem gemacht hatte, was es heute war – ein unabhängiger privater Fernsehsender, der Umfragen zufolge auf den meisten britischen Fernsehfernbedienungen einen festen Platz innehatte. Und mit ein bisschen Glück würde *E-TV* bald sogar zu den Global-Playern in der Medienbranche gehören.

»Zweimal wäre ich beinahe bankrott gewesen«, sagte Wincott. »Aber dann habe ich eine wichtige Lektion gelernt. Seitdem ist es mit *E-TV* stetig bergauf gegangen.« Er richtete sich wieder auf, beugte sich nach vorne, die Ellbogen auf die Knie gestützt, die Hände gefaltet wie zum Gebet.

Emilia spürte, dass das Gespräch – sofern man seinen Monolog überhaupt als Gespräch bezeichnen konnte – nun in die entscheidende Phase überging.

»Diese Lektion lautet: Setze die Menschen nach ihren Fähigkeiten ein«, fuhr Wincott fort. »Gib ihnen Aufgaben, bei denen sie ihre Talente am besten entfalten können. Seit ich 1984 zum zweiten Mal kurz vor der Insolvenz stand, handle ich nach dieser Maxime. Ich habe es nie bereut.«

Emilia spürte, wie ihre Nervosität wuchs. Sie griff wieder zur Tasse, trank jedoch nicht. *Gib den Menschen Aufgaben, bei denen sie ihre Talente am besten entfalten können.* »Was bedeutet das in Bezug auf mich, Sir?«, fragte sie. Wenn sie bedachte, wie aufgeregt sie war, klang ihre Stimme erstaunlich fest.

Wincott hob die Brauen und sah sie mit seinen stahlgrauen Augen an. »Das bedeutet, dass ich Sie als *Reporterin* brauche«, sagte er. »Nicht als Programmchefin. Sie haben ein Gespür für heiße Storys, und Sie haben die Fähigkeit, Menschen zum Reden zu bringen – über Dinge, die sie manchmal nicht mal ihrer eigenen Mutter erzählen würden. Das ist Ihre große Stärke. Sie sind nicht der Typ dafür, den ganzen Tag im Büro zu sitzen, Sendungen zu konzipieren und Mitarbeitergespräche zu führen.«

Etwas in Emilia versteifte sich, und ihr wurde schlagartig heiß. »Wenn ich mir das nicht zutrauen würde, hätte ich mich nicht beworben«, sagte sie.

»Es geht nicht darum, was Sie sich *zutrauen*«, entgegnete Wincott. »Es geht nicht einmal darum, was *ich* Ihnen *zutraue*. Ich kann mir sogar gut vorstellen, dass Sie als Programmchefin einen sehr guten Job machen würden. Aber ich denke, das ist nicht das, was Ihren wirklichen Fähigkeiten entspricht. Ein Leopard kann versuchen, sich wie ein Löwe zu verhalten, aber im Grunde bleibt er immer ein Leopard. Daran ist nichts Schlimmes. Ein Leopard ist nicht besser oder schlechter als ein Löwe. Aber man kann nicht auf Dauer etwas anderes sein als das, was man nun einmal ist.«

»Menschen ändern sich«, sagte Emilia, die nicht bereit war, ihren Traum so einfach aufzugeben. »Sie entwickeln sich weiter. Ich bin seit fünfzehn Jahren bei *E-TV*, ich habe als Volontärin begonnen, dann eine Ausbildung gemacht. Ich habe das Geschäft von der Pieke auf gelernt. Ich habe sieben Jahre lang alle möglichen Jobs gemacht, bevor ich schließlich Reporterin geworden bin. Und jetzt ist es Zeit für den nächsten Schritt, Sir. Ich *weiß*, dass ich das Zeug zur Programmchefin habe.«

Aber als sie in Wincotts eiskalte Augen sah, wusste sie, dass sie verloren hatte.

»Meine Entscheidung steht fest, Miss Emmerson«, sagte er. »Besser, Sie freunden sich damit an, denn ich werde sie nicht mehr ändern.«

Kapitel 3

Nicobar Islands

Dunkelheit. Schwerelosigkeit. Ein Meer aus Stille. Zeit spielte in dieser Welt keine Rolle. Hier gab es keine negativen Gefühle, keine Angst, keine Schmerzen, kein Leid. Nur Entspannung und Wohlbefinden.

Dennoch wusste Diego, dass irgendetwas an dieser Welt falsch war. Dass er wieder zurückmusste, in sein altes Leben, so unvollkommen es auch sein mochte.

Wie aus weiter Ferne drangen Geräusche an sein Ohr, dumpf und verzerrt. Stimmen. Etwas klatschte ihm ins Gesicht. Er war noch zu benommen, um die Augen zu öffnen, aber er versuchte den Kopf zu bewegen. Es gelang ihm nicht, irgendetwas schien ihn daran zu hindern.

Wieder ein Klatschen ins Gesicht. Dann bekam Diego auf einmal keine Luft mehr. Schlagartig war er hellwach. Noch bevor er begriff, wo er war, schwappte eine Welle über ihn. Er hustete, spuckte Wasser, riss den Mund auf und rang nach Atem. Wie von selbst begannen seine Beine, Schwimmbewegungen auszuführen, und seine Arme wollten dasselbe tun. Aber er konnte sie nicht bewegen. Was, zum Teufel, war los mit ihm?

Endlich begriff er, dass er in einer Rettungsweste steckte, die seinen Kopf über Wasser hielt. Seine Beine waren frei, aber seine Hände hatte man ihm auf den Rücken gefesselt. Er versuchte, sich loszureißen – vergeblich.

»Er kommt zu sich.«

Die Worte klangen noch immer verzerrt, aber der schnarrende Tonfall und der arabische Akzent weckten Diegos Erinnerung. Er hob den Kopf. Etwa fünf Meter vor ihm, am anderen Ende des Seils, an dem seine Rettungsweste festgebunden war, stand Khalid Aghani in der offenen Ladeluke seiner Frachtmaschine. Die Abendbrise ließ seinen weißen Kaftan tanzen wie einen Vorhang bei geöffnetem Fenster. Der rotbärtige Glatzkopf, dessen Namen Diego schon wieder vergessen hatte, war auch noch da. Die Maschinenpistole hatte er weggelegt.

»Wie du weißt, will ich dir ein Geschäft vorschlagen«, schnarrte Khalid und machte eine ausladende Geste, wie nur ein Araber sie beherrscht, ohne dass es aufgesetzt wirkt.

Diego erinnerte sich an die missglückte Marlon-Brando-Parodie von vorhin. *Ich werde dir ein Geschäft vorschlagen. Eins, das du nicht ablehnen kannst.* Wie ernst war es Khalid damit? Diego kannte ihn schon seit Jahren, konnte ihn aber immer noch nicht richtig einschätzen. Wenn Khalid gut drauf war, unterhielten sie sich wie alte Bekannte oder gar wie Freunde. Aber wehe, wenn man Khalids Zorn auf sich gezogen hatte.

»Was, wenn ich nicht auf deinen Vorschlag eingehe?«, fragte Diego und zuckte zusammen. Sein Unterkiefer schmerzte höllisch. Jetzt erinnerte er sich auch wieder an den Kinnhaken, den er vorhin verpasst bekommen hatte. Mit der Zunge betastete er die wunde Stelle in seiner Mundhöhle. Ob sein Kiefer gebrochen war, konnte er nicht sagen, aber immerhin waren noch alle Zähne an ihrem Platz. Diego nahm sich vor, sich bei nächster Gelegenheit bei dem Glatzkopf zu revanchieren. Er versuchte, den Schmerz zu ignorieren. »Was passiert, wenn ich dein Angebot ablehne?«

Khalid schüttelte den Kopf. »Ich habe so eine Ahnung, dass das nicht der Fall sein wird, mein Freund!«

Wieder klatschte ihm eine Welle gegen den Kopf. Das Salzwasser brannte ihm in den Augen. »Ich mag es nicht, wenn man mich wie einen Hund an die Leine legt«, sagte er. »Du irrst dich, wenn du denkst, dass ich dann kooperiere.«

»Ich glaube, diesmal funktioniert es. Du weißt, dass ich nicht auf die subtilen Methoden stehe.« Er wandte sich an seinen Helfer. »Monsieur McCoyle, zeigen Sie Monsieur Camaro bitte unsere Argumente.«

Der Glatzkopf verschwand im Laderaum und kam gleich darauf mit einem Eimer in der Hand zurück. Eingerahmt von seinem Vollbart und dem imposanten Schnauzer verzogen sich seine Mundwinkel zu einem süffisanten Lächeln – zu einem Lächeln, das Diego mehr Unbehagen bereitete als die Maschinenpistole, mit der dieser Kerl ihn vorhin bedroht hatte. Was in drei Teufels Namen sollte das mit dem Eimer?

Auch Khalid lächelte wieder und wirkte dabei äußerst zufrieden. »Ich denke, wir sollten unseren Freund nicht länger warten lassen«, sagte er.

McCoyle packte mit der freien Hand die Unterseite des Eimers und holte Schwung, sodass sein Inhalt sich in weitem Bogen auf Diego ergoss – ein Schwall dunkelroter Flüssigkeit, durchsetzt mit faserigen Klumpen, die einen widerwärtigen Gestank verbreiteten.

»Wieso verziehst du das Gesicht, mein Freund?« Khalids Tonfall war aufgesetzt heiter. »Das ist frisch vom Fischmarkt in Banda Aceh. Die besten Abfälle, die dort zu finden sind.«

Diego tauchte sein Gesicht ins Wasser, um das Fischblut abzuspülen. Er begann zu begreifen, was diese Inszenierung bezwecken sollte, und sein Unbehagen wuchs.

»Was denkst du? Welche werden als Erste auftauchen?«, fragte Khalid und ließ seinen Blick über den Ozean streifen, als hielte er Ausschau. »Makos? Tigerhaie? Blauhaie? Oder vielleicht sogar ein *Carcharodon carcarias?*«

Übersetzt hieß das, ein großer Weißer. Khalid kannte sich

mit Haien ziemlich gut aus. Diego spürte ein unangenehmes Ziehen in der Magengegend. Noch während er überlegte, wie er aus dieser Nummer wieder herauskommen konnte, ergoss sich auch schon der nächste Schwall Fischabfall über ihn.

»Hör mir zu, Khalid!«, rief Diego.

Aber der Araber unterbrach ihn schroff. »Nein! Du hörst mir jetzt zu!« Sein Lächeln verflog, sein Gesicht verfinsterte sich zu einer grimmigen Maske. Durch seine zu Schlitzen verengten Augen funkelte er Diego gefährlich an. Ein Habicht auf der Jagd. »Ich denke, sogar du hast inzwischen begriffen, dass ich es ernst meine. Drei Millionen Dollar. Das ist kein Pappenstiel. Ich will mein Geld zurück, und zwar bis auf den letzten Cent, mein Freund!« Er machte eine Pause, betrachtete Diego inmitten seiner Lache aus Fischblut. »Du hast jetzt etwas zum Nachdenken«, sagte er. »Nutze die Zeit.« Damit verschwand er im Innern der Frachtmaschine. McCoyle folgte ihm, schloss die Ladeluke, und Diego war allein.

»Ich dachte, du wolltest mir ein Geschäft vorschlagen, Khalid!«, rief Diego.

Keine Reaktion.

»Vielleicht werde ich es tatsächlich nicht ablehnen!«

Nada.

»Komm schon! Lass uns reden wie vernünftige Männer!«

Die Ladeluke blieb geschlossen.

Verfluchter arabischer Bastard, zischte Diego in Gedanken. Khalid wollte offenbar hören, wie er bettelte. Wie er um Gnade flehte oder sogar schrie. Aber diesen Gefallen würde er ihm nicht tun. *Niemals!*

Zumindest jetzt noch nicht.

Es dauerte nicht lange, da tauchte die erste dreieckige Rückenflosse aus dem Wasser auf. Langsam umkreiste sie Diego. Dann eine zweite Flosse. Und eine dritte. Tigerhaie. Biester, die alles angriffen, was ihnen vor die Schnauze kam. Wie alle Haie konnten sie Blut im Wasser über Kilometer hinweg riechen. Die Fischabfälle hatten sie direkt hierhergeführt.

Noch belauerten sie Diego nur, doch die Kreise, die sie um ihn zogen, wurden immer enger. Plötzlich schoss eine der Rückenflossen direkt auf ihn zu. Diego hielt den Atem an. Er versuchte abzuschätzen, wie groß das Tier war. Vier Meter, vielleicht länger. Kein Riese, aber dennoch für einen gefesselten Mann eine tödliche Gefahr.

Kurz bevor er Diego erreicht hatte, drehte der Hai ab. Vielleicht wollte er nur die Reaktion seiner Beute testen, vielleicht hatte er auch einen Brocken Fisch ergattert, der ihn erst einmal ablenkte.

Dann der zweite Angriff, diesmal von unten. Nur einen Meter vor Diego durchbrach eine torpedoförmige Haifischschnauze das Wasser. Rote Gischt spritzte auf wie eine Fontäne aus Blut, und mittendrin war das sichelförmige Maul des Räubers mit dem rasiermesserscharfen Gebiss. Diego erstarrte. Er blickte direkt in den tödlichen Rachen – ein Vorgeschmack auf die Hölle. Dann klatschte die Bestie wieder in die Fluten und verschwand ebenso schnell, wie sie aufgetaucht war.

Diego spuckte Wasser aus, das ihm über den Kopf geschwappt war. Sein Herz hämmerte wild. Jetzt nur nicht die Nerven verlieren.

»Khalid!«, rief er. »Verdammt noch mal, was ist mit deinem Vorschlag? Wenn du noch lange wartest, werde ich ihn mir nicht mehr anhören können, weil ich dann nämlich tot …«

Weiter kam er nicht, denn in diesem Moment spürte er einen reißenden Schmerz am Oberschenkel. Von Panik ergriffen, schrie er auf. Nein, er schrie nicht, er brüllte so laut er konnte. Sein Bein! Ein Hai hatte ihn angefallen!

Eine Maschinenpistolensalve übertönte sein Brüllen. Um ihn herum spritzte Wasser auf. Ein Hai, der auf ihn zugeschwommen war, drehte blitzartig ab. Diego wusste nicht, ob das Tier getroffen worden war oder ob es sich nur erschreckt hatte.

Der Glatzkopf stand in der offenen Ladeluke und feuerte die nächste Salve ins Wasser. Gleichzeitig tauchten zwei andere Helfer von Khalid auf und zogen am Seil, an dem die Schwimmweste angebunden war. Diego betete, dass nicht noch eines der Biester nach ihm schnappen würde. Langsam, viel zu langsam näherte er sich dem Flugzeug.

Die Sekunden, bis er endlich in Sicherheit war, waren die längsten in seinem Leben. Am Boden des Laderaums liegend, hustend und Wasser spuckend, blickte er an sich hinab. Unendliche Erleichterung durchflutete ihn, als er feststellte, dass beide Beine noch da waren, wo sie sein sollten.

Dennoch wütete ein bohrender Schmerz in seinem Oberschenkel. Die Wunde sah aus wie damals, als er sich mit seinem Motorrad zu eng in die Kurve gelegt hatte.

»Da wollte wohl einer wissen, wie du schmeckst«, sagte Khalid, der neben ihn getreten war und in seinem weißen Kaftan aussah wie ein Heiliger.

»Sieht ganz so aus.« Diego nickte schwach. Er kannte sich gut genug aus mit Haien, um zu wissen, dass ihre Haut wie Schmirgelpapier beschaffen war. Gleichzeitig war sie durchsetzt mit unzähligen Geschmacksrezeptoren. Wenn Haie ihre Beute streiften, brachten sie sie zum Bluten, um auf diese Weise zu erfahren, ob sie fressbar war. Genau das war Diego passiert.

»Monsieur McCoyle, darf ich Sie bitten, die Wunde zu versorgen?«, sagte Khalid.

Der rotbärtige Glatzkopf löste einen Erste-Hilfe-Kasten von einer Wandhalterung, kniete sich neben Diego und begann, ihn zu verarzten, indem er die offene Stelle mit einem jodgetränkten Tuch betupfte und sie anschließend verband. Wie er das machte, wirkte sehr professionell. Dennoch brannten das Salzwasser und das Jod in der Wunde wie Feuer.

»Nicht mehr lange, und das Bein wäre ab gewesen«, sagte Khalid, nachdem McCoyle fertig war und den Verbandskasten wieder an der Halterung befestigt hatte.

Diego, der noch immer am Boden lag, funkelte ihn mit bösem Blick an, erwiderte aber nichts. Im Moment hatte er nicht allzu viele Trümpfe in der Hand.

Khalid nickte, offenbar zufrieden mit Diegos Reaktion. »Dir ist die Lust auf dumme Sprüche vergangen, das ist gut. Ich denke, du bist jetzt so weit, dass wir miteinander reden können wie zwei erwachsene Menschen.«

Khalids Überheblichkeit provozierte Diego. Alles in ihm drängte darauf, aufzuspringen und diesen selbstgefälligen Mistkerl an seinem scheinheiligen weißen Umhang zu packen. Aber angesichts seiner eingeschränkten Möglichkeiten blieb er liegen und hielt den Mund. Maschinenpistolen und Haie – das war Khalids Stil. Fast wie in einem James-Bond-Film. Fantasievoll und ein bisschen übertrieben. Aber effektiv. Diego musste nur noch abwarten, bis Khalid ihm vierriet, weshalb er dieses Schauspiel für ihn inszeniert hatte.

»Acht Millionen Dollar«, sagte Khalid. Er ging in die Hocke und tippte Diego mit dem Zeigefinger auf die Brust. »Das sind sechs Millionen Euro. Das ist dein Anteil – nach Abzug deiner Schulden.« Er hatte die Stimme gesenkt, sie klang auf einmal wie ein beschwörendes Flüstern. Die letzten Strahlen der untergehenden Sonne fielen durch die Ladeluke und verwandelten seine Miene in den glühenden Blick eines Fanatikers.

»Wovon sprichst du?«, fragte Diego.

»Von der einzigen Möglichkeit, wie wir beide wieder miteinander ins Reine kommen können.«

Kapitel 4

London

Emilia Emmerson kämpfte mit den Tränen.

Nach dem Gespräch mit Douglas Wincott war sie in ihr Büro im fünften Stock des *E-TV*-Verwaltungsgebäudes gegangen. Es war nicht besonders groß und im Gegensatz zur Chefetage nicht mit Edelholzpaneelen ausgestattet, sondern nur weiß gestrichen, aber im Lauf der Jahre hatte Emilia sich hier nach ihren Vorstellungen eingerichtet. Auf ihrem Schreibtisch stand ein gerahmtes Foto von ihrem fünfjährigen Neffen. Die wenigen freien Plätze in den offenen Schrankreihen hatte sie mit dekorativen Accessoires geschmückt. Vor dem Fenster, das den Blick auf das Studiogelände und auf den Süden von Chiswick freigab, standen mehrere Kentiapalmen und Kakteen – pflegeleichte Pflanzen, die einen hübschen Anblick boten und die es verziehen, wenn sie in der Alltagshektik nicht jeden Tag Wasser bekamen. Daneben steckten Duftstäbchen in einem kunstvollen Wurzel- und Trockenmoosarrangement, das Emilia vor vier Jahren zum dreißigsten Geburtstag von ihren Kollegen geschenkt bekommen hatte.

Über die Jahre hin war das Büro ein Teil von ihr geworden, und eigentlich fühlte sie sich hier so wohl wie zu Hause. Aber im Moment kam sie sich vor wie in einer Gefängniszelle. Die Enttäuschung über ihre fehlgeschlagene Beförderung saß tief und hatte eine Wunde in ihrem Innern hinterlassen, die noch lange bluten würde.

Dabei konnte sie Wincott nicht einmal einen Vorwurf machen. Er hatte sich Zeit für das Gespräch genommen und ihr zu verstehen gegeben, dass er sie für eine hervorragende Reporterin hielt – nur eben leider nicht für eine ebenso hervorragende Programmchefin. Er war respektvoll und höflich zu ihr gewesen, jedenfalls respektvoller und höflicher als zu den meisten anderen Mitarbeitern im Sender. Aber das half ihr im Augenblick nicht über die Enttäuschung hinweg.

Das Telefon klingelte. Seufzend nahm Emilia ab.

Am anderen Ende der Leitung war Bobby Knoxville von der Herstellung.

»Amanda Carper und der britische Verteidigungsminister? Das ist ja ein Ding!«, platzte er heraus.

An das Interview hatte Emilia gar nicht mehr gedacht. »Wie weit bist du mit dem Bericht?«, fragte sie.

»Ist fertig geschnitten und wird pünktlich um 14.00 Uhr ausgestrahlt. Überschrift: *Die Schöne und das Biest!* Das wird ein Knaller! Gute Arbeit, Emmy.«

Emilia dankte ihm und legte auf. Wenigstens das klappte. Blieb nur noch zu hoffen, dass die Bombe nicht schon vorher platzte. Die Konkurrenz schlief nicht.

Sie beschloss, im Internet zu surfen, und durchstöberte die Online-Redaktionen der gängigen Presse- und Medienseiten aus dem Londoner Umfeld. Wenn der Carper-Skandal schon irgendwo veröffentlicht worden war, dann dort. Aber sie fand nichts.

Auf der Online-Seite der *Sun* fiel ihr der Link *Stellenanzeigen* ins Auge, und zum ersten Mal seit fünfzehn Jahren spielte sie mit dem Gedanken, den Arbeitgeber zu wechseln. Ihre Karriere steckte in einer Sackgasse. Wenn sie tatsächlich weiterkommen wollte, *musste* sie sich wegbewerben.

Da gab es nur ein Problem: *Goldfieber* war ein Format, bei dem sie unbedingt dabei sein wollte. Ein solches Konzept hatte es im Fernsehen noch nie gegeben, weder in Großbritannien noch irgendwo sonst auf der Welt. Seit Monaten lief eine groß angelegte, globale Werbekampagne, und die Lizenzen für die Ausstrahlung von *Goldfieber* waren in über siebzig Länder verkauft worden, obwohl die Premiere noch gar nicht stattgefunden hatte. Die war in acht Wochen geplant, und selbst wenn *Goldfieber* nur halb so gut bei den Zuschauern ankommen würde wie erwartet, würde die Reihe alle Rekorde brechen.

Trotz der bitteren Niederlage von vorhin wollte Emilia Teil dieses Formats sein. Ein Teil der Erfolgsgeschichte – wenn schon nicht als Programmchefin, dann wenigstens als Reporterin. Dass sie bei *Goldfieber* fest eingeplant war, wusste sie schon lange. Das war in den unzähligen Projektsitzungen im Vorfeld festgelegt worden.

Allein die Vorstellung löste bei ihr ein wohliges Kribbeln auf der Haut aus. Endlich würde sie aus London herauskommen und die halbe Welt bereisen, um verschiedene Schatzsucher-Teams zu begleiten, Interviews aufzuzeichnen und gemeinsam mit ihrem Kameramann Filmaufnahmen zu machen. Der Gedanke tröstete sie ein wenig über das enttäuschende Gespräch mit Wincott hinweg, dennoch kämpfte sie immer noch mit den Tränen.

Ihr Blick fiel auf die Uhr über der Tür. Kurz vor halb eins. In ein paar Minuten würden die ersten Kollegen bei ihr vorbeischauen, um sie zu fragen, ob sie zum Mittagessen mitgehen wolle. Aber dazu hatte sie keine Lust. Entweder hätte sie gute Laune vorspielen oder sich für ihre schlechte Laune rechtfertigen müssen. Am allerwenigsten hatte sie Lust dazu, sich jemandem aus dem Sender anzuvertrauen. Mitleid konnte sie jetzt wirklich nicht vertragen. Sie beschloss, sich schleunigst aus dem Staub zu machen. Vielleicht würde ein Schaufensterbummel sie auf andere Gedanken bringen.

Der Himmel war immer noch grau, aber es sah nicht nach Regen aus. Emilia klemmte sich ihre Handtasche unter den Arm und ging los. Sie hatte gerade das Firmengelände verlassen, als neben ihr am Straßenrand ein nagelneuer Jaguar hielt. Die getönte Scheibe surrte herunter. Verwundert erkannte Emilia hinter dem Steuer George Sanders – Arbeitskollege, Frauenheld, Partylöwe, Angeber. Und außerdem ihr Verflossener.

»Hey, Baby, soll ich dich ein Stück mitnehmen?«

Wenn Emilia etwas nicht leiden konnte, dann war es, wenn man sie *Baby* nannte. In den vier Jahren ihres Zusammenseins hatte George das nie begriffen. Im Grunde hatte er vieles nicht begriffen. Sie warf ihm einen frostigen Blick zu, stellte sich vor, wie sie ihm ihr Knie dahin rammen würde, wo es wirklich wehtat, und hoffte, dass er ihre Gedanken erraten würde. Sie wäre lieber auf Knien um den Block gerutscht, als die Gegenwart von George länger zu ertragen als unbedingt nötig.

Aber er begriff auch heute nicht. »Komm schon, Baby. Du siehst aus, als könntest du ein bisschen Aufmunterung vertragen.«

»Ach, und die willst ausgerechnet *du* mir geben?«

»Warum nicht? Ich habe da schon ein paar Ideen. Gib dir einen Ruck! Nur eine kleine Spritztour.« Sein frecher Blick und die Art, wie er *Spritz*tour betonte, waren typisch für George. Er ließ keine Gelegenheit aus, eine schlüpfrige Zweideutigkeit von sich zu geben. In dieser Hinsicht umfasste sein Wortschatz ein beachtliches Repertoire. »Ich zeige dir die schönste Aussicht von London«, fügte er zwinkernd hinzu.

Emilia funkelte George böse an. *Die schönste Aussicht von London* war eine Anspielung auf ihren ersten gemeinsamen Abend. Den Abend, an dem sie auf ihn hereingefallen war. Er hatte sie schon monatelang gedrängt, mit ihm auszugehen, und in einem Augenblick der Schwäche hatte sie tatsächlich Ja gesagt.

Viel erwartet hatte sie sich von dem Abend nicht, aber überraschenderweise hatte George einen beachtlichen Sinn für Romantik gezeigt und sie zum besten Italiener der Stadt eingeladen. Bei Kerzenschein und italienischer Musik hatte es Pasta gegeben, dazu einen Tick mehr Chianti, als gut für sie gewesen war. Außerdem hatte George sich als aufmerksamer Zuhörer und amüsanter Erzähler erwiesen. Diese unbekannten Seiten an ihm waren es wohl gewesen, die ihn auf einmal attraktiv gemacht hatten. Die – und der Alkohol. Und so hatte sie nicht Nein gesagt, als er sie auf dem Nachhauseweg gefragt hatte, ob sie noch mit in sein Apartment kommen wolle.

»Ich biete dir die schönste Aussicht der Stadt«, hatte er damals gesagt. Es war ein Augenblick perfekter Romantik gewesen, dem Emilia einfach nicht widerstehen konnte. Wie sich kurz darauf herausstellte, hatte George damit aber nicht etwa den Blick von seinem Balkon gemeint, sondern sich selbst, denn kaum waren sie in seiner Wohnung angekommen, hatte er begonnen, sich vor Emilia auszuziehen.

»Und?«, hatte er gefragt. »Habe ich zu viel versprochen?«

Ein Teil von Emilia hatte loslachen wollen, aber der weitaus größere Teil von ihr – der, dem der Chianti noch immer zusetzte – war überrumpelt und überfordert gewesen, so sehr, dass sie es widerstandslos zuließ, als er sie in die Arme nahm und küsste.

Genau darauf spielte er jetzt an, nur dass sie diesmal keinen Chianti getrunken hatte und ihn mittlerweile gut genug kannte, um sich von seinen Sprüchen nicht mehr einwickeln zu lassen.

»Gib dir endlich einen Ruck und steig ein«, drängte George. »Wenn schon nicht für dich selbst, dann wenigstens für mich. Ich muss mit dir reden. Unter vier Augen. *Bitte.*« Er klang plötzlich gar nicht mehr frech oder anzüglich.

»Worum geht es? Ist es privat oder beruflich?«

»Keine Sorge. Beruflich.«

Obwohl Emilia immer noch keine Lust verspürte, überwand sie sich und stieg ein. Nach der Trennung von George hatte sie sich vorgenommen, ihre Privatfehde nicht im Sender auszutragen. Ihre berufliche Zusammenarbeit musste auch weiterhin funktionieren, so schwer ihr das auch fallen mochte.

George fädelte sich in den Mittagsverkehr ein. »Wohin wollen wir? Zum Chinesen?«

Emilia schüttelte den Kopf. »Keinen Hunger.«

»Das heißt, du willst mich so schnell wie möglich wieder los sein, oder?«

»Du triffst den Nagel auf den Kopf. Also sag schon. Was willst du mit mir besprechen?«

»Wie es mit uns weitergehen soll.«

Emilia verdrehte die Augen. Also doch privat! Das hätte ich mir auch gleich denken können!

Sie fuhren eine Weile schweigend durch die Straßen. Emilia fiel auf, dass der Jaguar genauso neu roch, wie er aussah. Nirgends ein Kratzer oder auch nur ein Staubkorn. »Wo hast du den Wagen geklaut?«, fragte sie. George verdiente gut – aber *so* gut nun auch wieder nicht.

Er lächelte. »Dein Humor gefällt mir. Er hat mir schon immer gefallen. Auch wenn mir im Moment, ehrlich gesagt, nicht nach Lachen zumute ist.«

Emilia wusste nicht, worauf er hinaus wollte, sie tat ihm aber nicht den Gefallen, ihn danach zu fragen. Offenbar lag ihm irgendetwas auf dem Herzen, und es bereitete ihr Vergnügen, es ihm so schwer wie möglich zu machen.

»Was ich dir jetzt erzähle, wird dir nicht gefallen, Baby«, sagte George, ohne den Blick von der Straße zu nehmen. »Deshalb bin ich froh, dass du in meinem Auto sitzt. So kannst du wenigstens nicht weglaufen.«

Komm endlich zum Punkt, dachte Emilia.

»Es ist … Na ja, ich weiß, dass du im *Goldfieber*-Team bist. Und ich kann mir vorstellen, wie wichtig dir das ist«, sagte er, während er an einer roten Ampel hielt. Er vermied es, Emilia anzusehen, als würde die Ampel vor ihm im spannendsten Rot der Welt leuchten. »Ich hoffe, deine Entscheidung, bei *Goldfieber* mitzumachen, hatte nichts damit zu tun, dass du möglichst weit von mir weg sein willst.«

»Du solltest dich nicht zu wichtig nehmen, George«, entgegnete Emilia. »Dass ich mich für dieses Projekt interessiere, hat nicht das Geringste mit dir zu tun.«

»Das ist gut. Denn Wincott setzt auf dich. Und ich auch.«

»Du auch? Was soll das heißen?« Plötzlich machte es klick in ihrem Kopf, und Emilia verstand, was dieses Gespräch zu bedeuten hatte. »Wincott hat *dich* zum Programmchef von *Goldfieber* gemacht?«

Die Ampel sprang auf Grün, und George fuhr weiter. »Ich wollte, dass du es von mir erfährst und nicht über eine Hausmitteilung.«

»Wie rücksichtsvoll!« Emilia war wie vor den Kopf gestoßen. Nicht nur, dass Wincott ihr den Job als Programmchef verweigert hatte, nein, er hatte ihn ausgerechnet George gegeben. Dieser Tag entwickelte sich zu einer absoluten Katastrophe. »Und den neuen Wagen hast du dir schon mal in Erwartung deiner ersten Tantiemen gegönnt!« Es war keine Frage, sondern eine Feststellung. Emilia kannte George gut genug, das passte zu seinem Charakter. Das Einzige, was sie wunderte, war, dass er sich nicht gleich einen feuerroten Ferrari gekauft hatte.

»Baby, ich kann verstehen, dass es dir nicht gefällt, wenn ich künftig dein Boss bin«, sagte er. Jetzt, wo der unangenehme Teil vorbei war, wurde seine Stimme wieder fest und klar. »Aber das ist nun mal nicht zu ändern.«

»Lass mich aussteigen.«

»Herrje, Emmy. Ich will mich nicht mit dir streiten. Ich dachte, wenn wir beim Essen darüber reden, kommen wir wieder ins Reine. Zumindest so, dass wir in Zukunft vernünftig miteinander arbeiten können.«

»Lass mich aussteigen!«

George seufzte. »Ich reiche dir eine Hand zur Versöhnung, und du schlägst sie aus. Was ist los mit dir, Baby? Das kann doch nicht ewig so weitergehen!«

»Halt jetzt den verfluchten Wagen an und lass mich endlich aussteigen!« Emilia schrie so laut, dass sie selbst erschrak. Aber sie konnte Georges Gegenwart einfach nicht länger ertragen.

George seufzte noch einmal und hielt am Straßenrand. Dann unternahm er einen letzten Versuch, Emilia zum Bleiben zu überreden. Er legte ihr sanft die Hand auf den Arm und schenkte ihr einen treuherzigen Hundeblick. »Man könnte meinen, du kannst mich nicht leiden.«

Aber Emilia stand der Sinn nicht nach Humor. »Keiner kann dich leiden!«, schrie sie ihn an. Damit riss sie ihren Arm weg, stieg aus dem Wagen und verschwand wutschnaubend in der Fußgängermenge.

Kapitel 5

Saudi-Arabien

Das Erste, was Diego bemerkte, als er erwachte, war der Duft nach Nelken und Jasmin. Er schlug die Augen auf und wusste einen Moment lang nicht, wo er war. Dann erinnerte er sich an die Haifische, die Rettung in letzter Sekunde und den Flug hierher. Er war im Palast von Scheich Abdul Ben Khalid Aghani.

Diego setzte sich auf und sah sich um. Über seinem Bett hing ein kunstvoller Baldachin aus feiner Gaze, verschiedenfarbiger Seide und goldenem Brokat. Die Wände des großen Raums waren mit Ornamenten bemalt und mit orientalischen Mosaiken verziert. Überall standen große bunte Sitzgelegenheiten mit verspielten Kissen. Es sah aus, als habe Hollywood ein Filmset für Tausendundeine Nacht hergerichtet.

Als Diego die Decke zur Seite schlug und aufstehen wollte, zuckte er zurück. Die Wunde an seinem Bein war dick verbunden, schmerzte aber immer noch bei der kleinsten Bewegung. Mit seiner Reibeisenhaut hatte der Hai ihm den ganzen Oberschenkel aufgerissen.

Diego biss die Zähne zusammen, stand auf und ging humpelnd im Zimmer herum. Allmählich gewöhnte er sich an den Schmerz. Von seinem Spitzbogenfenster aus hatte er freie Sicht auf die Dächer und Minarette von Jeddah, die sich in wenigen Hundert Metern Entfernung aus der wüstenartigen Landschaft erhoben. Ein karges Bild und dennoch eines voller schlichter Anmut. Irgendwo in der Ferne rief ein Muezzin zum Gebet.

Vor einem Spiegel an der Wand blieb Diego stehen. Er erschrak über den Anblick, der sich ihm bot. Seine linke Wange leuchtete grünlich violett und war dick angeschwollen. Vorsichtig tastete er darüber. Khalids Gorilla hatte einen verdammt harten Schlag. Aber Diego hatte schon Schlimmeres überlebt. Wenn sich ihm irgendwann die Gelegenheit bot, würde er es dem Glatzkopf mit gleicher Münze heimzahlen – und vielleicht sogar ein bisschen mehr.

Irgendwann klopfte es, und ein Page trat ein, der ihn in den Speisesaal bringen sollte. Diego war in den vergangenen Jahren schon mehrmals Gast in Khalid Aghanis Palast gewesen, aber die Vielzahl der Zimmer verwirrte ihn immer wieder aufs Neue, zumal die Verzierungen an den Wänden und auf den Böden für sein Gefühl überall gleich aussahen.

Der Speisesaal war überschwänglich und kostbar ausgestattet: Perserteppiche lagen auf polierten Marmorfliesen, Säulen, besetzt mit kunstvollen Mosaiken, trugen ein riesiges Kuppeldach, das sich wie ein Himmelsgewölbe über den Raum spannte. In einem Zierbrunnen plätscherte Wasser über mehrere Kaskaden. Aber trotz der orientalischen Dominanz waren auch westliche und fernöstliche Einflüsse erkennbar: Kommoden aus der italienischen und französischen Renaissance schmückten den Raum, eine Ming-Vase stand auf einem chinesischen Beistelltischchen, Streitäxte und Hellebarden aus dem europäischen Mittelalter hingen an den Wänden. Ungewöhnlich für einen orientalischen Palast war auch das riesige Fresko neben der Eingangstür, das an Rembrandts *Nachtwache* erinnerte. Khalid war unzweifelhaft ein Kosmopolit mit einem exquisiten Kunstgeschmack.

In der Mitte des Saals stand eine lange Tafel, überquellend beladen mit Schalen voller Früchte und Brot und unzähligen Müsli-, Butter- und Marmeladentöpfchen. Am Kopfende saß Khalid Aghani, in der Hand eine angebissene Feige.

Als er Diego erblickte, strahlte er übers ganze Gesicht.

»Komm her, mein Freund!«, rief er jovial und winkte Diego zu sich. »Setz dich. Wir haben viel miteinander zu bereden.« Er wartete, bis Diego näher gekommen war, und deutete auf den Platz neben sich. »Wie ich sehe, bereitet dir die Wunde am Bein keine Probleme mehr.«

»Sie schmerzt noch.«

Khalid machte eine wegwerfende Handbewegung. »Ein Kratzer, nichts weiter. Und dein Gesicht wird auch bald wieder wie neu sein.«

»Schön, dass meine Verletzungen wenigstens dir keine Sorgen bereiten«, sagte Diego bissig und nahm Platz.

»Mein Leibarzt wird sich deinen Kiefer nachher ansehen. Ich glaube nicht, dass er gebrochen ist. Also reg dich nicht auf. Außerdem hast du es nicht anders verdient.« Khalid steckte sich den Rest der Feige in den Mund und klatschte einen Diener herbei, der Diego Kaffee eingoss.

»Du hast mich um drei Millionen Dollar betrogen. Du kannst nicht im Ernst erwarten, dass ich dir das durchgehen lasse. Sieh es mal so: Ich hätte dich nicht aus dem Wasser ziehen müssen, als die Haie an dir zu knabbern beginnen wollten. Ich hätte auch abwarten können, bis nur noch ein paar Knochensplitter von dir übrig geblieben wären.« Er griff zu einer Früchteschale und holte sich noch eine Feige. »Ich gestehe, ein Teil von mir wollte dich im Wasser lassen. Ehrlich. Ein Teil von mir wollte dich sterben sehen. Aber dann habe ich es doch nicht übers Herz gebracht. Das muss doch etwas zu bedeuten haben, oder?«

»Worauf willst du hinaus?«, fragte Diego.

Khalid biss von der Feige ab und kaute genüsslich. »Wir sind Freunde, nicht wahr?«, sagte er schließlich. »Zumindest waren wir das einmal. Und irgendetwas sagt mir, dass es immer noch so ist. Du und ich – wir sind wie zwei kleine Kinder, wie zwei

Geschwister, die sich oft hänseln und gegenseitig ärgern. Aber im Grunde wissen wir, dass wir zusammengehören.«

Diego suchte in Khalids schmalem Habichtsgesicht nach Anzeichen für Ironie, aber er fand keine. Er schien es wirklich ernst zu meinen.

Diego nippte an seinem Kaffee, verzichtete aber darauf, etwas zu essen, weil sein Kiefer pochte. Der Vergleich mit den beiden Geschwistern gefiel ihm. In Khalid hatte er tatsächlich einen Seelenverwandten gefunden, einen Bruder. Allerdings konnte dieser Bruder auch unglaublich boshaft und nachtragend sein. Außerdem war Khalid ein mit allen Wassern gewaschener Geschäftsmann, dem jedes Mittel recht war, um an sein Ziel zu gelangen. Eine beiläufige Schmeichelei – *wir sind wie zwei Geschwister* – ging ihm leicht über die Lippen. Diego blieb auf der Hut.

»Wir brauchen einander«, fuhr Khalid fort. »Ohne mich wärst du immer noch auf der schiefen Bahn. Und ohne dich wäre dieser Palast um einige Kunstschätze ärmer. Außerdem hast du meine Nichte gerettet, das werde ich dir nie vergessen.« Sein Gesicht verzog sich zu einem Grinsen. »Das bedeutet natürlich nicht, dass ich dir deine Schulden erlasse. Aber ich habe eine Idee, die uns beiden helfen könnte.«

Diego dachte nach. Er wurde einfach nicht schlau aus diesem sonderbaren Araber. Khalid bezeichnete ihn als seinen Bruder, warf ihn aber zu den Haien ins Wasser und ließ ihm beinahe den Kiefer brechen – eine merkwürdige Auffassung von Geschwisterliebe. Dennoch schien er gerade ein Friedensangebot zu machen.

»Im Flugzeug hast du von acht Millionen Dollar gesprochen«, sagte Diego. »Was hast du damit gemeint?«

Bevor Khalid antworten konnte, kam sein Schläger herein. Der rotbärtige Glatzkopf mit der Bärenstatur. Er kam ganz selbstverständlich näher, setzte sich Diego gegenüber an den Tisch und griff nach Brot und Butter.

»Du kennst Monsieur McCoyle ja schon«, sagte Khalid. »Er ist meine rechte Hand in allen Angelegenheiten, die nichts mit meinem Konzern und meinen offiziellen Geschäften zu tun haben dürfen.«

»Also derjenige, der die Drecksarbeit macht, wenn es unangenehm wird.«

»Wo denkst du hin?« Khalid machte wieder eine wegwerfende Handbewegung. »Monsieur McCoyle ist eher so etwas wie ein *Sonderbeauftragter*. Er genießt mein volles Vertrauen. Daher habe ich ihn gebeten, an unserem Gespräch teilzunehmen.«

»Was ist mit Abdallah?« Bis zum letzten Treffen im Palast war Efrem Abdallah, ein Mann wie ein Wiesel, Khalids Sonderbeauftragter gewesen.

»Er wurde von Murats Leuten gefangen genommen, als er versucht hat, eine Wanze in dessen Büro anzubringen. Ich weiß nicht genau, was sie mit ihm gemacht haben, aber als man ihn im Hafen von Mastabah gefunden hat, war er tot und hatte keinen einzigen heilen Knochen mehr im Leib. Hässliche Geschichte.« Khalid verzog das Gesicht. »Seitdem arbeitet Monsieur McCoyle für mich. Der dickköpfigste Ire, der mir je begegnet ist, aber loyal und zuverlässig. Keiner, der sich leicht einschüchtern lässt. Ihr beide habt viele Gemeinsamkeiten. Ich bin sicher, du wirst ihn mögen.«

Diego warf dem Iren einen eisigen Blick zu, der genauso eisig zurückblickte. Sekundenlang sagte niemand ein Wort. Die Zeit schien stillzustehen, die Luft zwischen ihnen wurde spürbar kälter. Sie fixierten sich wie zwei Panther vor dem Sprung.

»Ich bin sicher, dass wir die besten Freunde werden«, sagte Diego, ohne den Blick abzuwenden. »Selten war mir jemand von Anfang an so sympathisch. Und ich glaube, ihm geht es ähnlich.«

Die Miene des Iren blieb steinern, aber schließlich war er es, der nachgab, den Blick von Diego löste und sich wieder seinem Frühstück widmete.

Gut so, dachte Diego, auch wenn dieser kleine Sieg ihn keineswegs für den geschwollenen Kiefer entschädigte. »Um noch mal auf die acht Millionen zurückzukommen«, sagte er. »Worum geht es dabei?«

»Eine Schatzsuche. Wenn du mitmachst, wird das Geld am Ende dir gehören, und unser Streit ist vergessen. Du kannst anschließend gehen, wohin du willst. Ich werde dich nicht mehr verfolgen.«

Diego überlegte. Acht Millionen Dollar – das klang verlockend. Andererseits hatte er die letzten Wochen nach einem Wrack gesucht, das angeblich tausend Mal so viel wert war. Diesen Traum wollte er nicht so leicht aufgeben. Aber er musste es geschickt anstellen, wenn er Khalid von seinem Vorhaben überzeugen wollte.

»Acht Millionen. Das ist viel Geld«, sagte er. »Wie viel springt dabei für dich heraus?«

»Schwer zu sagen«, antwortete Khalid und griff nach einer Dattel. »Mein Anteil hängt davon ab, ob unsere Suche erfolgreich ist. Außerdem werde ich Investitionen tätigen müssen, die meinen Gewinn schmälern. Ich gehe gewisse finanzielle Risiken ein.«

Das konnte nur heißen, dass die Gewinnaussichten für ihn gewaltig sein mussten. »Wie viel?«, beharrte Diego. »Im günstigsten Fall?«

Khalid schob die Dattel in den Mund und tat so, als müsse er die Summe erst im Kopf überschlagen. »Vierzig Millionen«, sagte er dann. »Vielleicht etwas mehr.«

Das war viel Geld – und dennoch nur ein Bruchteil dessen, was die *Flor de la mar* wert war, nach der Diego in der Andamansee gesucht hatte. »Ich mache dir einen Gegenvorschlag«, sagte er. »Hundert Millionen für dich, wenn du mein Vorhaben finanzierst und wir fündig werden. Ich brauche nicht viel. Proviant, Treibstoff und wahrscheinlich einen neuen Motor für die *Harmattan*.«

Khalids Miene verdüsterte sich. »Ich sage dir, dass du die Andamansee noch hundert Jahre durchstreifen kannst, ohne die *Flor* zu finden. Schon gar nicht so weit nördlich.«

»Ich habe einen Hinweis gefunden, dass ein Sturm die Galeone abgetrieben hat …«

Khalids Stimme war scharf wie ein Messer, als er Diego unterbrach: »Die *Flor* zu suchen, das ist, als wollte man in der Wüste ein ganz bestimmtes Sandkorn finden! Unfug ist das. Pure Zeitverschwendung! Monsieur McCoyle, was halten Sie von dieser Idee?«

Der Glatzkopf überlegte einen Moment lang und zwirbelte dabei mit zwei Fingern seinen Walross-Schnauzbart. »Ich weiß von mindestens drei Expeditionen, die im Augenblick versuchen, die *Flor* zu finden. Eine wird von der *Odyssey Marine Exploration* durchgeführt, eine von einer deutschen Firma namens *Jade Peilschiff* und eine von *Seabed Explorations*. Alle drei Unternehmen sind spezialisiert auf das Aufspüren von Schiffswracks, und alle drei haben eine Vielzahl von finanzkräftigen Investoren im Rücken. Mit ihren Hightech-Schiffen durchpflügen sie schon seit Jahren die Gewässer um Indonesien, aber keiner von ihnen hat bisher einen konkreten Hinweis auf die *Flor* gefunden. Ich kann mir nicht vorstellen, weshalb ausgerechnet ein zweitklassiger Hobbyschatztaucher mit einer drittklassigen Ausrüstung mehr Glück haben soll – selbst wenn sein Boot funktionieren würde. Ich schätze, Ihre Erfolgsaussichten sind etwa so groß, als würden Sie mit einem Zahnstocher nach Öl bohren.«

Diego bedachte ihn mit einem grimmigen Blick. Der Typ war also nicht nur ein Schläger, sondern auch ein verdammter Klugscheißer. Wenn Diego etwas nicht leiden konnte, dann das.

Er verzichtete darauf, zu erzählen, wie er seine Berechnungen angestellt hatte und warum er überzeugt war, die *Flor de la mar* könne in der Andamansee gesunken sein. Khalid und sein glatzköpfiger Gorilla hätten ihm ohnehin kein Wort geglaubt.

»Damit wäre das wohl geklärt«, sagte Khalid. »Jetzt zurück zu meinem Vorschlag. Acht Millionen Dollar für dich. Bei einer Gewinnchance von eins zu tausend.«

»Klingt interessant«, sagte Diego nur. »Wo ist der Haken?«

Khalid wartete einen Moment lang, dann deutete er mit einer jovialen Handbewegung auf McCoyle. »*Er* ist der Haken.«

Diego begriff sofort. »Ich soll mit *dem da* zusammenarbeiten?«, platzte er heraus.

»Du *wirst* mit ihm zusammenarbeiten«, korrigierte Khalid.

Alles in Diego sträubte sich gegen diese Vorstellung. »Du stellst mir einen Aufpasser an die Seite?«

»Jemanden, der dich hervorragend unterstützen kann.«

»Einen Babysitter, der aufpasst, dass ich immer schön spure und artig deinen Schatz suche.«

Khalid zuckte mit den Schultern. »Ein angenehmer Nebeneffekt.«

Aber Diego wollte nicht klein beigeben. Irgendwie musste er Khalid doch begreiflich machen können, dass der Glatzkopf ihm nur im Weg sein würde. »Du weißt, dass ich ein Einzelgänger bin. Ich arbeite immer alleine.«

»Selbst Dirty Harry musste einen Partner akzeptieren. Also hör auf mit dem Gejammer und stell dich den Tatsachen. Du arbeitest mit Monsieur McCoyle zusammen. Das ist keine

Bitte, sondern eine Bedingung. Aber wenn du Zeit zum Nachdenken brauchst, kann ich gerne noch mal ein paar Handschellen und eine Schwimmweste kommen lassen. Haie gibt es auch im Roten Meer.«

Die tiefe Falte zwischen seinen zusammengekniffenen Augen verriet, dass Khalid allmählich die Geduld verlor. Dann wurde er unberechenbar, und er konnte innerhalb kürzester Zeit von einem alten Freund zu einem ausgewachsenen Psychopathen mutieren.

Diego hielt es für besser, ihn nicht noch wütender zu machen. »Das ist Erpressung«, zischte er.

»Ich weiß«, sagte Khalid. »Aber ein besseres Angebot wirst du von mir nicht bekommen.«

Einen Moment lang malte Diego sich aus, wie dieser hässliche spitzbärtige Araber wohl ohne Vorderzähne aussehen würde – eine amüsante Vorstellung. Dann wurde es jedoch Zeit, vernünftig zu werden. Er saß eindeutig am kürzeren Hebel.

»Also gut, einverstanden«, sagte er.

Die Falte zwischen Khalids Augen verschwand. Er lehnte sich zurück und wirkte plötzlich sehr zufrieden. Unter dem Walross-Schnauzer des Glatzkopfs zeigte sich ein süffisantes Grinsen, als wolle er damit zum Ausdruck bringen: Ich habe von Anfang an gewusst, dass du klein beigibst.

Der Dreckskerl machte es einem wirklich leicht, ihn zu hassen.

»Monsieur McCoyle verfügt über erstklassige Referenzen«, sagte Khalid. »Fünf Jahre bei der irischen Polizei. Zehn Jahre im Außendienst der CIA. Er kann mit Waffen umgehen, kennt sich mit Technik aus, und er ist ein Computergenie.«

»Wozu brauchst du mich, wenn Superman für dich arbeitet?«

»Du hast Erfahrung, Intuition und ein einzigartiges Improvisationstalent. Außerdem sprichst du fünf Sprachen fließend, und du nimmst es mit dem Gesetz nicht immer so genau. Ihr beide werdet euch perfekt ergänzen.«

Diego sah ein, dass es keinen Sinn hatte, mit Khalid zu diskutieren. »Von welchem Schatz sprechen wir überhaupt?«

Khalid zog die Stirn kraus und wirkte ein paar Sekunden, als habe man ihm den Strom abgestellt. Dann sagte er: »Das kann ich dir noch nicht verraten.«

»Du misstraust einem Mann, den du eben noch als Bruder bezeichnet hast?«

»Ich weiß selber nicht, um welchen Schatz es geht«, sagte Khalid achselzuckend. »Außerdem misstraue ich dir tatsächlich ein bisschen. Aber das dürfte dich kaum verwundern, oder? Du musstest dir ja unbedingt das *Herz von Tikal* unter den Nagel reißen.«

»Ich habe das Geld gebraucht.«

»Das ändert nichts daran, dass du mich betrogen hast. Um drei Millionen Dollar.«

Diego erwiderte nichts. Ja, er hatte Khalid betrogen. Allerdings aus gutem Grund. Doch er wusste, dass jetzt nicht der richtige Zeitpunkt war, darüber zu reden. »Was heißt das, dass du selbst nicht weißt, welchen Schatz wir für dich suchen sollen?«

»Das wissen im Augenblick höchstens eine Handvoll Menschen auf diesem Planeten«, antwortete Khalid.

Diego verstand überhaupt nichts mehr. »Du musst schon ein bisschen konkreter werden, wenn ich für dich arbeiten soll«, sagte er.

Khalid bedachte ihn mit einem vieldeutigen Blick. Dann schob er Diego eine Mappe über den Tisch, die irgendwo versteckt zwischen den Früchte- und Brotschalen gelegen hatte.

Diego schlug die Mappe auf. Es war ein notarieller Vertrag.

»Du weißt, dass ich dich zur Mitarbeit zwingen könnte«,

sagte Khalid. »Ich müsste dir auch keine acht Millionen Dollar geben. Aber ich finde, wir sollten fair miteinander umgehen. In diesem Vertrag ist alles geregelt, was meinen nächsten Auftrag für dich betrifft. Lies ihn durch, und du wirst sehen, dass er keine Fallen enthält. Aber zuerst: unterschreibe!« Er schob Diego einen goldenen Füllfederhalter hin und nickte ihm auffordernd zu. »Los, unterschreib!«, wiederholte er mit Nachdruck. »Durchlesen kannst du ihn später noch. Jetzt wollen wir erst mal in Ruhe frühstücken.«

Kapitel 6

London · Acht Wochen später

Douglas Wincott, Eigentümer und Geschäftsführer von *E-TV*, war niemals nervös. Nervosität lag ihm einfach nicht im Blut. Aber heute war es anders. Denn das, was vor ihm lag, war selbst für einen alten Hasen wie ihn alles andere als normal.

Er schloss die Augen und versuchte, sich unter den geübten Händen seiner Maskenbildnerin zu entspannen, die ihm das Gesicht puderte und ihm eine Menge Haarspray über die Frisur sprühte.

Es klopfte, und er hörte, wie die Tür sich öffnete.

»Noch fünf Minuten, Sir.« Es war die Stimme von Brad Tanner, einem der drei Regieassistenten.

»In Ordnung. Wie viele Zuschauer?«

»Die Halle ist ausverkauft.«

»Sehr gut. Danke, Brad.« Natürlich wusste Wincott das längst. Seit zwei Stunden wurde er laufend über jedes Detail unterrichtet, das Einfluss auf den Erfolg der heutigen Premierensendung haben konnte. Und da waren die Zuschauerzahlen besonders wichtig.

Der große Andrang überraschte Wincott nicht wirklich. Im Gegenteil. Nachdem der Vorverkauf im Internet schon nach fünfzehn Minuten hatte eingestellt werden müssen, weil alle Karten vergriffen gewesen waren, hätte es ihn verwundert, wenn am heutigen Abend noch Plätze frei geblieben wären. Aber immerhin fasste die – extra für diesen Anlass angemietete – Londoner *O2 Arena* in Greenwich, der größte Kuppelbau der Welt, zwanzigtausend Sitzplätze. So etwas barg immer ein gewisses Risiko.

Die Maskenbildnerin hörte auf zu sprühen, und Wincott öffnete die Augen. Im Spiegel sah er Brad Tanner an.

»Wie ist die Stimmung im Saal?«

»Hervorragend, Sir. Mr Finley leistet ganze Arbeit.«

James Finley war einer der besten und beliebtesten Moderatoren bei *E-TV*. Im Moment hatte er die Aufgabe des sogenannten *Eisbrechers*: Er stand auf der Bühne, um einen ersten Kontakt mit den Zuschauern im Saal herzustellen und sie mit Anekdoten und kleinen Witzen bei Laune zu halten, bis die Sendung begann.

»Soll ich hier auf Sie warten, Sir, um Sie zur Bühne zu bringen?«, fragte Tanner.

»Nicht nötig, ich kenne den Weg.«

Tanner verschwand und schloss die Tür hinter sich. »Sind wir fertig, Stella?«, fragte Wincott die Maskenbildnerin.

»Ja, Sir. Es sei denn, Sie haben noch einen Wunsch.«

Wincott beugte sich nach vorne und betrachtete sich im Spiegel.

»Alles in Ordnung«, sagte er. »Wenn Sie mich jetzt noch einen Moment allein lassen würden …«

Die Stylistin klappte ihren Schminkkoffer zu, wünschte Wincott viel Erfolg und verließ eilig den Raum.

Wincotts Blick wanderte zu seiner Armbanduhr. Noch drei Minuten. In seinem Magen begannen Ameisen zu krabbeln.

Die Größe der Halle machte ihm keine Angst. Auch nicht die vielen Menschen, die ihn im Saal und vor den Fernsehgeräten zu Hause erwarteten. Das Einzige, was er fürchtete, war, dass etwas schiefgehen könnte. Bei den Proben hatte es immer irgendwelche kleinen, aber ärgerlichen Pannen gegeben, die in einer professionellen Show einfach nicht passieren durften.

Selbst bei der gestrigen Generalprobe war nicht alles optimal gelaufen.

Aber vielleicht machte er sich auch unnötig Sorgen. Proben waren schließlich dazu da, um letzte Fehler zu korrigieren.

Noch anderthalb Minuten. Zeit, sich in die Schlangengrube zu begeben. Douglas Wincott warf seinem Spiegelbild einen letzten entschlossenen Blick zu, dann stand er auf und verließ den Raum.

Sein Weg führte ihn durch ein Labyrinth von schlauchartigen dämmrigen Gängen, die unmittelbar hinter der Bühne endeten. Hier traf er auf Helena Bishop, eine ambitionierte junge Moderatorin von *E-TV*, die genauso beliebt war wie James Finley. Insbesondere das männliche Publikum hatte sie ins Herz geschlossen, seit sie im letzten Jahr für den *Playboy* die Hüllen hatte fallen lassen. Auch heute Abend sah Helena wieder umwerfend aus. Sie trug ein unauffällig geschnittenes, aber elegantes rotes Kleid, das ihr bis übers Knie reichte. Ihr glattes tiefschwarzes Haar fiel wie glitzernde Seide über ihre solariumgebräunten Schultern. Sie war eine makellose Schönheit und vor der Kamera immer souverän und schlagfertig – die perfekte Besetzung für *Goldfieber*.

Jetzt kam auch James Finley hinter die Bühne. Wie Wincott trug er einen klassischen schwarzen Smoking mit weißem Hemd und schwarzer Fliege. Auf seiner Stirn glänzten ein paar Schweißtropfen, die er sich von einer Maskenbildnerin wegtupfen ließ. »Da draußen sind es mindestens dreißig Grad«, sagte er. »Tendenz steigend. Aber die Leute sind gut drauf. Ich glaube, die Sendung wird einschlagen wie eine Bombe …«

Weiter kam er nicht, denn in diesem Moment setzte die Titelmelodie von *Goldfieber* ein, laut und wuchtig. Der Countdown lief. Finley und Helena wirkten plötzlich sehr konzentriert.

Wincott überflog ein letztes Mal den Ablauf der nächsten drei Stunden, so, wie sie ihn in den Proben einstudiert hatten. Aber es war nicht nur Konzentration, die ihn erfüllte, es war noch etwas anderes: Ehrfurcht. Und unbeschreiblicher Stolz.

Die *Goldfieber*-Titelmelodie gewann an Dynamik und Lautstärke. Douglas Wincott hatte sie schon Dutzende Male gehört, eine moderne Variante der Abenteuerfilmmusik aus den Fünfzigerjahren: beschwingt, eingängig und durch dezent unterlegte Bässe auf Spannung getrimmt – ein wahres Meisterwerk. Sie gab den perfekten Startschuss zu einer Sendung, die es in dieser Art noch nie gegeben hatte und die es sehr wahrscheinlich auch nie wieder geben würde.

Die Musik wurde jetzt leiser und von einer sonoren Stimme aus dem Off überlagert. »*Meine Damen und Herren, sehr geehrtes Publikum im Saal und zu Hause an den Bildschirmen. Endlich ist es so weit! Heute Abend beginnt das größte Abenteuer, das jemals im Fernsehen übertragen wurde. Heute Abend wird Fernsehgeschichte geschrieben – live auf E-TV. Bitte begrüßen Sie Helena Bishop und James Finley.*«

Die Musik wurde wieder lauter, und die beiden Moderatoren betraten die Empore oberhalb der Bühne. Wenige Sekunden später setzte die Stimme wieder ein: »*Und hier ist der Gastgeber des heutigen Abends, der Inhaber von* Event-TV. *Der Mann, der* Goldfieber *erst möglich gemacht hat: Douglas Huntington Wincott.*«

Als Wincott hinter den beiden Moderatoren auf die Empore trat, empfing ihn tosender Applaus, und er spürte, wie die Nervosität von ihm abfiel wie unnötiger Ballast. Das war *sein* Abend. Die Stimmung im Saal hätte nicht besser sein können. Die Zuschauer empfingen ihn wie einen neuen Messias.

Wincott folgte Helena Bishop und James Finley die weit geschwungene Treppe hinunter zur Bühne. Wie hatte die Stimme aus dem Off gesagt? *Heute Abend wird Fernsehgeschichte geschrieben.* Das war nicht übertrieben.

Getragen vom brandenden Applaus nahm Wincott seine Position rechts auf der Bühne ein. James Finley ging nach links, während Helena Bishop in der Mitte stehen blieb. Sie wartete, bis der Beifall abebbte, dann begann sie mit der offiziellen Begrüßung. Dabei schritt sie mit geradezu majestätischer Anmut über den Laufsteg, der etwa zwanzig Meter in den Saal hineinführte.

Plötzlich gingen die Lichter aus, und drei Scheinwerferkegel richteten sich auf die Personen auf der Bühne.

»Die Vorbereitungen für diesen Abend haben mehr als vier Jahre gedauert«, sagte Helena Bishop in die Dunkelheit hinein. »Das ist mehr als bei jeder anderen Sendung, die jemals von *Event-Television* produziert wurde. Aber wenn ich heute hier stehe, weiß ich, dass die Anstrengungen sich gelohnt haben. Der heutige Abend wird nicht nur in Großbritannien und in Europa ausgestrahlt, sondern in über siebzig Ländern der Welt. In diesem Augenblick sitzen *eine Milliarde Menschen* vor dem Bildschirm, um gemeinsam mit uns den Startschuss zur größten Schatzsuche der Menschheitsgeschichte mitzuerleben.«

Wieder setzte tosender Applaus ein.

Dann übernahm James Finley das Wort. »Eine Milliarde Menschen – das sind mehr Zuschauer als beim Super Bowl und beim Eurovision Song Contest zusammen«, sagte er. »Eine Milliarde Zuschauer – das sind fünfzehn Prozent der Weltbevölkerung.«

Wieder reagierte das Publikum mit begeistertem Beifall, bevor Finley fortfahren konnte: »Diese wundervolle Halle ist nicht der einzige Ort, an dem heute gefeiert wird. In vielen Ländern auf der ganzen Welt finden parallel dazu ebenfalls Auftaktveranstaltungen statt. Im Lauf des Abends werden wir live nach Rom, Kapstadt, Moskau, Tokio und New York schalten, wo sich – unabhängig von der Zeitverschiebung – unzählige Menschen eingefunden haben, die dieses unglaubliche Ereignis mit uns teilen wollen.«

Erneut setzte Applaus ein.

Dann war Wincott an der Reihe. Er genoss den Augenblick, bis in dem riesigen Saal Stille eingekehrt war. Er genoss auch das Gefühl, dass eine Milliarde Augenpaare auf ihn gerichtet waren. Nie zuvor war er sich stärker und mächtiger vorgekommen. In diesem Moment war er das Zentrum der Welt.

»Als ich vor über vier Jahren die Idee zu dieser Sendung hatte, wusste ich, dass sie etwas ganz Besonderes war«, begann er. Seine Stimme war klar und fest. »Ich wusste, dass *E-TV* damit einen völlig neuen Weg im Showbusiness beschreiten würde. Aber dass *Goldfieber* ein derart großer Erfolg werden würde – damit hatte ich in meinen kühnsten Träumen nicht gerechnet.«

Er ließ seinen Blick durch den dunklen Saal schweifen. »Sie alle wissen, worum es heute Abend geht«, fuhr er fort. »Um die *größte Schatzsuche der Welt.*« Er hatte einfach nicht widerstehen können. Er hatte es noch einmal aus seinem eigenen Mund hören müssen. Es war unbeschreiblich, wie pure Energie. »Aber was genau verbirgt sich dahinter? Niemand von Ihnen weiß Genaueres darüber, nur das wenige, das wir in unserer Werbung veröffentlicht haben. Heute Abend werden wir dieses Geheimnis lüften. Bevor es allerdings so weit ist, wollen wir Ihnen zeigen, wie die Idee zu *Goldfieber* entstanden ist. Viel Vergnügen!«

Mit einer ausladenden Armbewegung wies Wincott auf den riesigen Monitor an der Bühnenwand. Dort stand der Titel der Sendung in großen goldenen Lettern: *GOLDFIEBER*. Darunter befand sich – ebenfalls in Gold – das Logo von *E-TV*.

Die drei Lichtkegel erloschen. Douglas Wincott und seine beiden Moderatoren wurden von der Dunkelheit im Saal verschluckt. Als auch noch das *GOLDFIEBER*-Emblem auf dem Bühnenmonitor verschwand, war es plötzlich stockfinster. Und totenstill. Die Spannung war beinahe mit den Händen zu greifen.

Nach ein paar Sekunden kam Leben auf den Bildschirm. Ein Film wurde eingespielt, schnell geschnitten wie ein Videotrailer, musikalisch unterlegt mit einer Variation des *Goldfieber*-Themas. Es war eine Art Spielfilm. Ein langer Zug von Rittern zog durch eine heiße, staubige Ebene, vorbei an kahlen Felsformationen, die im abendlichen Sonnenlicht orangefarben schimmerten. Irgendwo in weiter Ferne war die Silhouette einer mit Minaretten gespickten Stadt zu erkennen, auf deren Spitzen Halbmonde in den Himmel ragten. Darüber tauchte ein Schriftzug auf: *Jerusalem.*

Plötzlich wurde die Stadt angegriffen: Pfeilhagel, flammende Katapultgeschosse, Schwerter, die klirrend aufeinanderkrachten. Dazwischen die Schreie der Verwundeten. Blut floss natürlich nicht, denn *Goldfieber* wurde zur besten Sendezeit ausgestrahlt und war von Anfang an als familientaugliche Unterhaltungsshow konzipiert worden. Oberstes Ziel war eine möglichst hohe Zuschauerquote. Alles, was besorgte Eltern als zu brutal für ihre Kinder betrachten konnten, war daher konsequent aus dem Sendekonzept verbannt worden.

Es folgte eine Blende auf die zerstörte Stadt, eine Ruine aus schwelendem Feuer und Asche. Doch schon erloschen die Feuer, und eine sanfte Abendbrise schien die Asche fortzutragen, sodass Platz entstand für das neu erblühende Leben. Die Stunde des Wiederaufbaus war gekommen.

Ein Sprecher erläuterte das Geschehen: »Im Jahr 1099 wird das von den Sarazenen besetzte Jerusalem vom ersten christlichen Kreuzfahrerheer eingenommen. Doch viele Kreuzfahrer kehren in ihre Heimat zurück, nachdem sie ihre heilige Pflicht erfüllt haben.

Für zahlreiche Pilger aus Europa wird die Reise ins befreite Jerusalem dadurch zum unkalkulierbaren Risiko. Immer wieder werden sie auf dem Weg in die Heilige Stadt von Plünderern überfallen und getötet. Das ausgedünnte Kreuzfahrerheer hat dem nichts entgegenzusetzen.

Vor diesem Hintergrund gründen neun französische Ritter um das Jahr 1118 einen Orden, der es sich zur Aufgabe macht, die Straßen des Heiligen Landes für christliche Reisende zu sichern. Sie nennen sich *Arme Ritterschaft Christi und des salomonischen Tempels zu Jerusalem*, kurz: *Tempelritter*.«

Der Film zeigte jetzt eine Reihe historischer Gemälde mit verschiedenen Szenen aus dem Leben der Tempelritter im Heiligen Land.

»Der Orden findet wegen seiner neuartigen Ideale regen Zulauf. Rasch entwickelt er sich zu einer militärischen Eliteeinheit und darüber hinaus zu einer wirtschaftlichen Macht, die sich von Jerusalem aus nach Europa ausbreitet.«

Auf dem Monitor erschien eine Landkarte, auf der farbige Schraffuren zeigten, wo im Nahen Osten und in Europa der Templerorden Fuß fasste.

Gleichzeitig ging es weiter im Text: »Die Tempelritter verfügen über vielfältige Einnahmequellen. Vor allem in den Anfangsjahren werden sie durch zahlreiche Schenkungen von Edelleuten und Klöstern in Form von Gold oder Ländereien unterstützt. Und neue Mitglieder überschreiben nicht selten ihr gesamtes Hab und Gut dem Orden. Durch geschickte Verwaltung ihrer Ländereien und die gewinnbringende Vergabe von Krediten an Könige und Fürsten gelingt es den Templern, ihr Vermögen gezielt zu vermehren. Aus den ursprünglichen *Ar-*

men Rittern wird bald ein Orden mit gewaltigem Reichtum, der immer stärker politischen Einfluss nimmt.«

Die Musik änderte sich, sie wurde jetzt düster und bedrohlich, während auf dem Bildschirm zwei Ölgemälde eingeblendet wurden. Abgebildet waren ein König und ein Papst.

»Die zunehmende Macht des Templerordens stößt jedoch allmählich auf Ablehnung. Zu Beginn des vierzehnten Jahrhunderts sind die Templer vor allem dem französischen König Philipp IV. ein Dorn im Auge. Er kann Papst Clemens V. dazu überreden, die Templer zu Ketzern erklären zu lassen. Am Freitag, den 13. Oktober 1307, werden die Mitglieder des Templerordens im gesamten französischen Einflussgebiet verhaftet und der Inquisition übergeben. Die Anklage lautet auf Häresie, Homosexualität und Götzenverehrung. Viele Templer werden zum Tode verurteilt. Am 18. März 1314 wird der letzte Großmeister des Templerordens, Jacques de Molay, in Paris auf dem Scheiterhaufen verbrannt. Das ist das Ende des einst mächtigsten Ordens des Mittelalters. Der Orden wird aufgelöst, seine Güter werden den Johannitern übereignet. Doch bis heute halten sich hartnäckig Gerüchte von einem riesigen Schatz, der weder dem französischen König noch dem Papst noch sonst jemandem in die Hände fiel. Ein Schatz, der angeblich von den Ordensbrüdern gerettet werden konnte und der bis zum heutigen Tag als verschollen gilt. Der *Schatz der Tempelritter* ist eines der größten Geheimnisse unserer Zeit.«

Der Film endete, und das Licht im Saal ging wieder an. Helena Bishop, James Finley und Douglas Wincott hatten inzwischen auf einer großen weißen Couch Platz genommen, die unter dem Bühnenmonitor stand.

»Der Schatz der Tempelritter wurde bis zum heutigen Tag nicht gefunden«, sagte Helena Bishop. »Aber warum? Wo könnte er versteckt sein? Und welchen Wert hätte er heute?

All diese Fragen werden wir gleich beantworten – nach einer kurzen Werbeunterbrechung. Bleiben Sie dran!«

Die Studioband begann das *Goldfieber*-Thema zu spielen, und in seinem Knopf im Ohr hörte Wincott die Stimme des Regisseurs: »Kurze Pause. In fünf Minuten geht's weiter.«

Wincott nippte an dem Wasserglas, das auf dem Tisch für ihn bereitstand. Dann lehnte er sich zurück und ließ noch einmal den Blick über die Zuschauerreihen schweifen. Er spürte es mit jeder Faser seines Körpers: *Goldfieber* würde ein Bombenerfolg werden.

Nach der Werbepause wurde das Thema *Templer-Schatz* weiter vertieft. Dazu hatte Wincott eine Reihe von Experten eingeladen, eine illustre Runde, die fundiert, aber auf unterhaltsame und durchaus kontroverse Weise die unterschiedlichsten Theorien vorstellte.

Schon der aktuelle Wert des Templer-Golds sorgte für Diskussionen. Die niedrigste Schätzung belief sich auf hundert Millionen Euro, die höchste auf drei Milliarden. Auch was den Aufbewahrungsort des Schatzes anging, gab es keine einheitliche Meinung. Oxford-Professorin Dana Stobbard war davon überzeugt, dass der Templerschatz in einer geheimen Höhle unweit der südfranzösischen Katharerfestung Montségur versteckt lag. Der Hobbyhistoriker Bradford Gunn, der es mit einer eigenen Sendung bei *BBC Entertainment* zu größerer Bekanntheit gebracht hatte, behauptete im Brustton der Überzeugung, dass der Schatz in Jerusalem sei, in der Nähe des Tempelbergs.

Dr. Robert Caton-Fanning, ein Zweimetermann mit Einstein-Mähne und unruhigem Blick, widersprach dieser These vehement. Er war davon überzeugt, dass das Gold von 1307 an nach Irland, Schottland oder gar nach Schweden transportiert worden sei. Als Grund führte er an, dass hochrangige Tempelritter der Verfolgung durch Philipp IV. entgangen seien und familiäre Verbindungen in den Norden gehabt hätten. Außerdem sei die Macht der Inquisition im Norden längst nicht so ausgeprägt gewesen wie beispielsweise in Frankreich, Spanien oder Italien, sagte er.

Die waghalsigste Theorie vertrat an diesem Abend Peer van Deussen, ein schmächtiger Holländer mit Pausbacken und Ziegenbart, der sich selbst als Globetrotter, Abenteurer und Schatzsucher bezeichnete. Er behauptete, dass das Gold der Templer weder in Europa noch im Nahen Osten sicher gewesen sei, und vertrat die Auffassung, dass es im Lauf des vierzehnten Jahrhunderts auf alten Wikingerrouten nach Amerika verschifft worden sei – noch vor dessen offizieller Entdeckung durch Christoph Kolumbus.

Nach einer heißen Debatte über Pro und Contra der einzelnen Theorien leitete Wincott schließlich zum Kernpunkt der Sendung über. »Vor etwa sieben Jahren drehte eines unserer Fernsehteams eine Reportage über alte Texte und deren moderne Interpretation«, sagte er. »Im Zuge der Recherchen durchstöberte das Team unzählige Bibliotheken, Privatsammlungen und Antiquariate. Dabei stieß es auf einen Brief, in dem von einem unermesslich großen Schatz die Rede ist.« Er machte eine Kunstpause, erst dann fuhr er fort. »Als ich diesen Brief zum ersten Mal in Händen hielt, maß ich ihm keine große Bedeutung bei. Ich hielt ihn, offen gesagt, sogar für eine Fälschung. Also ließ ich ihn untersuchen. Und siehe da: Er stellte sich als echt heraus. Ladies and gentlemen, mesdames et messieurs, meine Damen und Herren, señoras y señores, signore e signori – hier ist er.«

Der Monitor zeigte einen alt aussehenden Bogen Papier, vergilbt und an den Rändern eingerissen. Darauf stand ein lateinischer Text, niedergeschrieben in krakeligen Buchstaben.

Douglas Wincott blickte in die Runde und lächelte. »Da es mit meinem Latein zugegebenermaßen nicht weit her ist, habe ich den Brief übersetzen lassen. Er lautet:

Das Gold der Templer – der größte Schatz, den Menschenauge je gesehn, dessen Name niederzuschreiben mir die Ehrfurcht verbietet und die Angst, Bruder Filippos grausames Schicksal zu teilen, wurde von mir versteckt, auf dass niemand, der der Wahrheit nicht zugetan, in seinen Besitz gelange, vor allem nicht die feurigen Krallen Roms. Es geht zu Ende mit mir, Bartolomeu. Husten und Fieber rauben mir so kurz vor dem Ziel die Kraft, dich persönlich aufzusuchen. Sie werden mich schon bald an einen bessren Ort geleiten, wenn es ihn denn gibt. Was ich dir in meinen Briefen schrieb, ist wahr. Im Angesicht des nahenden Todes schwöre ich das bei allem, was mir heilig ist. Drum begib dich auf die Suche, wenn die Zeiten sichrer sind als heute. Möge das Glück dir gnädiger gewogen sein als Filippo und mir. Deute die Zeichen, und du wirst sein der Reichste der Reichen. Beginne die Suche vor unsrer Kindertage hohem Felsen Eiland, dessen Tempelmauern das Blut des Emirs und seiner Tochter tränken, gegen die Strömung, vorbei am Kreuz des Heilands, zwei Tage lang. Bei der Blume nach Südosten liegt das Gold verborgen, wo Felsen sich zu Gräbern türmen und mein Mond und meine Sonne sich auf Petrus' Brust vereinen.

C.O.

Kapitel 7

Vor der norwegischen Küste

Mark Fischer zog den Reißverschluss seines Ölmantels zu, stülpte sich die Kapuze über den Kopf und eilte über die Plattform. Es war dunkel und kalt, und es goss wie aus Kübeln.

Bei dieser Witterung hätte man nicht einmal einen Hund vor die Türe gejagt. Aber Fischer hatte Bereitschaftsdienst, und als Ingenieur auf einer der vierhundertfünfzig Bohrinseln in der Nordsee verdiente er so gut, dass schlechtes Wetter im Gehalt inbegriffen war.

Im Schein der über der Plattform angebrachten Strahler trieben heftige Böen den Regen wie flatternde Schleier vor sich her. Sechzig Meter weiter unten fauchte der nachtschwarze Ozean wie ein wildes Tier. Die Temperatur hatte sich auf fünf Grad Celsius abgekühlt.

Mark Fischer erreichte das Kontrollhaus, die letzte Station auf seinem Routinerundgang. Als diensthabender Ingenieur war er auch für die regelmäßige Überprüfung der Ölpumpen zuständig. Rasch überflog er die Instrumente. Alle Werte lagen innerhalb des Toleranzbereichs. Die Nacht versprach ruhig zu werden.

Er verließ das Kontrollhaus, überquerte die Plattform und stieg über die Außentreppe ein Deck hinunter. Schließlich erreichte er den Mannschaftsraum, einen zweihundert Quadratmeter großen Containerbau, in dem die Arbeiter auf der *Bismarck IV* nach Feierabend ihre Freizeit genießen konnten. Ein paar von Fischers Kollegen saßen in der Fernsehecke, andere hatten sich an den kleinen Bistrotischen verteilt, unterhielten sich oder lasen. Wieder andere spielten Billard. Das helle Neonlicht und die zweckmäßige Einrichtung schafften zwar keine besonders gemütliche Atmosphäre, aber das tat der ausgelassenen Stimmung keinen Abbruch – solange dem Getränkeautomaten das Bier nicht ausging.

Fischer hängte sein triefend nasses Ölzeug an die Garderobe und setzte sich an seinen Pokertisch.

»Wird aber auch Zeit«, maulte Lasse Berger, der rechts von ihm saß. »Was hast du so lange gemacht? Dich mit Rosalie in der Mensa vergnügt?«

Rosalie war eine der Köchinnen auf der Bohrinsel, eine dreißigjährige Philippinin mit einem bezaubernden Lächeln. Beinahe jeder hier hatte sich in sie verguckt, Fischer war da keine Ausnahme. Aber im Gegensatz zu den anderen machte er keine dummen Witze darüber.

»Wenn du willst, können wir die Schicht gerne tauschen«, antwortete er. »Draußen gießt es in Strömen.«

Berger winkte mit einem anzüglichen Lächeln ab. »Lass gut sein. Ich will dir dein Vergnügen ja gar nicht nehmen!«

»Wollt ihr Mädels noch länger quatschen, oder können wir endlich weiterspielen?«, fuhr Björn Rasmussen dazwischen.

»Hört, hört! Da kann jemand es nicht erwarten, seinen Lohn unters Volk zu bringen«, frotzelte Berger und schob Rasmussen den Kartenstapel hin. »Du bist mit geben dran.«

Außer Rasmussen und Berger spielten noch drei weitere Kollegen mit. Fischer fand rasch den Anschluss wieder und vertiefte sich so sehr ins Pokern, dass er kaum etwas von dem mitbekam, was um ihn herum vor sich ging. Erst als Lena Eversloh, eine der wenigen Arbeiterinnen auf der Plattform, durch den Raum rief: »Hey, Jungs, das müsst ihr euch ansehen!«, merkte er auf.

»Was ist los? Legst du gerade einen Strip hin?«, rief Berger, der ewige Spaßvogel.

»Blödmann! Da geht's um eine riesige Schatzsuche und um gewaltig viel Kohle!«

»Schatzsuche? So ein Quatsch!«, bellte Berger. »Ist doch alles nur Show!«

»Nein. Vor der Werbung haben die gesagt, dass es um den Templerschatz geht. Ohne Scheiß!«

Berger stand auf, um einen Blick auf den Fernseher zu werfen. Rasmussen nutzte die Gelegenheit für eine Pinkelpause. Haffner, einer der drei anderen, kramte seine Zigarettenschachtel aus der Hosentasche und ging vor die Tür, um zu rauchen.

Fischer seufzte. Er saß noch keine drei Minuten am Tisch. Aber da ohne die anderen nicht weitergespielt werden konnte, stand er auf, um sich etwas zu essen zu holen.

Er ging zum Kühlschrank, der neben dem Getränkeautomaten stand, und nahm eine seiner Kaviardosen heraus. Russischer Beluga, nur das Beste vom Besten. Fischer war zwar kein Feinschmecker, aber er wusste Delikatessen zu schätzen.

Mit der Dose und einem Löffel aus der Spülmaschine schlenderte er zum Fernseher, wo die meisten anderen sich versammelt hatten.

Ein Moderator fasste in kurzen Worten den bisherigen Verlauf der Show zusammen. Fischer achtete zunächst nicht weiter darauf, sondern genoss seinen Kaviar. Dann zitierte eine Sprecherstimme aus dem Off noch einmal einen Brieftext, der vor der Werbeunterbrechung – während Fischers Kontrollgang – schon einmal vorgelesen worden war.

Das Gold der Templer – der größte Schatz, den Menschenauge je gesehn, dessen Name niederzuschreiben mir die Ehrfurcht verbietet und die Angst, Bruder Filippos grausames Schicksal zu teilen …

Die Worte brachten in Fischer eine Saite zum Schwingen. Er

war plötzlich wie elektrisiert. … *wurde von mir versteckt, auf dass niemand, der der Wahrheit nicht zugetan, in seinen Besitz gelange, vor allem nicht die feurigen Krallen Roms …* Einige lachten.

»Die feurigen Krallen Roms … so ein Quatsch!«, blökte Berger. »Ich sage euch, das ganze Ding ist getürkt!«

»Halt's Maul und dreh den Ton lauter!«, forderte Fischer, der wie hypnotisiert auf den Bildschirm starrte und der Sprecherstimme im Fernsehen lauschte. Mit jedem Wort stiegen Erinnerungen aus längst vergangenen Tagen in ihm auf, zuerst vage und verschwommen, dann immer klarer.

… Drum begib dich auf die Suche, wenn die Zeiten sichrer sind als heute. Möge das Glück dir gnädiger gewogen sein als Filippo und mir …

Ungläubig starrte Fischer auf den Bildschirm, gefangen in einem Strudel widersprüchlicher Emotionen. Er konnte kaum glauben, was er hörte. Am liebsten hätte er gejubelt und vor Glück laut aufgelacht, aber gleichzeitig spürte er, wie eine abgrundtiefe Furcht in ihm wuchs – ein Gefühl, das er bisher nicht kannte. Ihm war, als sei ihm der Leibhaftige erschienen – nur wusste Fischer noch nicht, ob er ihn zu sich in den Himmel aufnehmen oder ihn ins ewige Feuer der Hölle verbannen würde.

Kapitel 8

London

Douglas Wincott war mehr als zufrieden. Das Publikum fraß ihm aus der Hand, und es hatte bislang keine einzige technische Panne gegeben. Die Sendung verlief besser, als er zu hoffen gewagt hatte.

Im Moment hatte Wincott Pause. Er saß mit einigen seiner Gäste auf der geschwungenen Bühnencouch, halb in Gedanken versunken, halb dem Gespräch folgend, das Moderatorin Helena Bishop mit Professor Cyril Brooks führte, einem Experten für die Datierung alter Schriften. Die beiden standen auf einem anderen Teil der Bühne an einem Tisch, auf dem Brooks mit einigen Petrischalen und Reagenzgläsern eine Art Labor improvisiert hatte. Anhand eines Gedichts aus der Zeit des Dreißigjährigen Kriegs, das er extra für diesen Zweck mitgebracht hatte, demonstrierte er dem Publikum die Vorgehensweise bei der Altersbestimmung eines Dokuments.

»Ich benötige dazu eine kleine Papierprobe«, sagte er und streifte sich Latexhandschuhe über. Mit einer Schere schnitt er ein etwa fingergroßes Stück von dem Dokument ab und hielt es in die Kamera. »Die sollte genügen. Sie ist übrigens genauso groß wie die Probe, die bei der Altersbestimmung des Turiner Grabtuchs verwendet wurde. Aber das nur am Rande. Als Nächstes muss die Probe von Kontaminationen befreit werden, also von Verunreinigungen, Staubpartikeln, Pilzen, Bakterien, kurz gesagt, von allem, was das Messergebnis verfälschen würde. Hier auf der Bühne kann ich das nur andeuten.« Mit einer Pinzette legte Brooks die Probe auf die Arbeitsfläche und reinigte sie auf beiden Seiten mit einem Pinsel. »Bei einer professionellen Untersuchung wird zur Reinigung der Probe natürlich nicht nur ein Pinsel benutzt, sondern verschiedene Chemikalien, vor allem Salzsäure und Natronlauge. Jetzt kommt die Probe in dieses Gerät«, fuhr er fort und deutete auf einen Apparat von der Größe eines Computerdruckers, der auf einem separaten Tisch stand. Er legte das Papier in eine Öffnung, klappte sie zu und stellte auf dem Display mehrere Parameter ein. Dann drückte er auf einen grünen Knopf. »Die Probe wird jetzt verbrannt«, erklärte er. »Das dadurch entstehende CO_2 wird anschließend mit Eisen und Wasserstoff zu reinem Kohlenstoff verdichtet. Damit kann man eine Massenspektrometrie zur C14-Bestimmung vornehmen und das Alter des Dokuments bestimmen.«

»Und mit dieser Methode haben Sie auch herausgefunden, wie alt *unser* Text ist, Professor?«, fragte Helena Bishop. Dabei deutete sie auf den riesigen Bühnenmonitor hinter der Sitzcouch, auf dem noch immer der vergilbte Originalbrief zu sehen war.

»Richtig«, antwortete Brooks. »Im Text selbst sind ja keinerlei Datumsangaben enthalten. Und die Hinweise auf die geschilderten Ereignisse sind viel zu vage, um sachdienlich zu sein. Auch ist im Text kein eindeutiger Adressat genannt, nur ein gewisser Bartolomeu. Wer ist das? Wir kennen seinen vollständigen Namen ebenso wenig wie den des Absenders. Die Initialen C.O. können alles Mögliche bedeuten. Daher blieb für die Datierung des Textes nur die gerade eben demonstrierte Radiokarbon-Methode. Zur Überprüfung der Ergebnisse haben wir natürlich auch die Tinte eingehend untersucht. Wir haben eine Röntgenfluoreszenz-Analyse durchgeführt und das Chlorid- und Sulfatbild zur Altersbestimmung herangezogen.

Der Brief, den Sie hier vorgestellt haben, wurde ohne jeden Zweifel zwischen 1550 und 1650 verfasst.«

Im Anschluss diskutierte die Expertenrunde über die im Text genannten Ortsangaben. Aber Bezeichnungen wie *vorbei am Kreuz des Heilands* oder *bei der Blume nach Südosten* ließen so viel Raum für Interpretation, dass die Meinungen nicht unterschiedlicher hätten sein können. Nach einer einstündigen Diskussion, die immer wieder von kurzen Filmeinspielungen und Werbeblöcken unterbrochen wurde, lautete das simple Fazit, dass der Templerschatz sich nahezu überall in der im 16. Jahrhundert bekannten Welt befinden könnte.

Dann übernahm Wincott wieder das Ruder. Er stand auf und schritt majestätisch über den Laufsteg. »Natürlich hatte ich nicht von Anfang an vor, dieses Dokument zu veröffentlichen und daraus eine Show zu machen«, sagte er und fuhr sich mit der Hand über seinen grauen Dreitagebart, während er mit professionellem Lächeln in die Kamera sah. »*Natürlich* wollte ich zuerst selbst mein Glück versuchen – und unverschämt reich werden. Also habe ich damals ein Team von Fachleuten beauftragt, das Rätsel um den Schatz der Templer zu lüften. Drei Jahre lang hat dieses Team versucht, die Angaben in dem Brief richtig zu deuten – vergebens. Danach habe ich mich entschlossen, einen anderen Weg einzuschlagen. Die Idee zu *Goldfieber* war geboren.«

Er stand jetzt am Ende des Laufstegs, umgeben von begeisterten Zuschauern, und genoss es, im Mittelpunkt zu stehen. Er wusste, dass in diesem Augenblick eine Reihe von Grafiken auf der Leinwand hinter ihm erschien, die das Konzept und die Spielregeln von *Goldfieber* visualisierten.

»Vor vier Jahren dachte ich mir: Wenn *ein* Team nicht ausreicht, um diesen Schatz zu finden, dann vielleicht zehn. Oder fünfzig. Oder gar hundert. Aber als dann auch ausländische

Sender immer größeres Interesse an unserer Idee fanden, wurde mir schnell klar, dass wir noch mehr Teams ins Rennen schicken müssen. Deshalb starten heute Abend *eintausend* Teams aus den verschiedensten Nationen, um das Rätsel zu lösen, das dieser sonderbare lateinische Brief uns aufgibt.«

Ein Raunen ging durch den Saal. Douglas Wincott wartete, bis es verebbt war. »Alle Teams haben dieselben Startvoraussetzungen. Jedes Team bekommt eine originalgetreue Kopie des lateinischen Texts sowie Übersetzungen in allen gängigen Sprachen ausgehändigt. Außerdem erhalten die Teilnehmer organisatorische Unterstützung, zum Beispiel, wenn es um das Buchen von Reisen oder um Einreisegenehmigungen geht. Da eine Schatzsuche Geld kostet, erhalten alle Teams auch finanzielle Zuwendungen von uns. Pro Monat stehen jedem Team zwanzigtausend Euro zur Verfügung für Verpflegung, Unterkunft und Spesen. Wer darüber hinaus etwas benötigt – zum Beispiel spezielle Ausrüstung –, kann einen Antrag stellen, formlos, per E-Mail oder Telefon. Alle Teams erhalten die Kontaktdaten zusammen mit den Startunterlagen ausgehändigt. Wichtig ist, dass die Anträge schlüssig begründet werden. Ein Organisationskomitee unter meinem Vorsitz entscheidet dann, welche Anträge genehmigt und in welcher Höhe sie bezuschusst werden. Ausschlaggebend für diese Entscheidung ist unsere Einschätzung der Erfolgsaussichten. Finanziert werden die finanziellen Zuwendungen durch einen Teil der Werbeeinnahmen dieser Sendung. Dadurch steht uns ein Monatsbudget von fünfundzwanzig Millionen Euro zur Verfügung. Das sollte die Suche nach dem Templerschatz ein wenig erleichtern.«

Um sicherzugehen, dass seine Erläuterungen zu den Grafiken passten, warf er einen kurzen Blick zurück zur Bühne. Alles verlief wie geplant. »Bei eintausend Teams, die rund um den Globus operieren werden, liegt es in der Natur der Sache, dass wir nicht jeden Antrag bewilligen und voll finanzieren können. Viele Teams werden auch auf Sponsorengelder angewiesen sein. Die Spielregeln von *Goldfieber* lassen daher ausdrücklich Zuwendungen von Dritten zu. Einige Teams haben sich bereits im Vorfeld um Geldgeber bemüht, aber selbstverständlich haben auch Sie, liebe Zuschauer, die Möglichkeit, die Teams zu unterstützen. Unsere Servicenummer wird im Lauf der Sendung immer wieder eingeblendet. Rufen Sie an und informieren Sie sich. Unter allen Anrufern verlosen wir dieses noble Auto.«

Auf der Nebenbühne hob sich ein roter Vorhang, hinter dem ein nagelneuer beigefarbener Bentley zum Vorschein kam. Daneben stand Helena Bishop, die mit rauchiger Stimme die Vorzüge des Luxusautos anpries und anschließend wieder an Wincott übergab.

»Nicht nur finanziell dürfen die Teams von außen unterstützt werden«, sagte er. »Auch organisatorische Hilfe ist erlaubt. Wer zum Beispiel jemanden für die Recherche oder für bürokratische Arbeiten beschäftigen möchte, darf das gerne tun. Das mag ungerecht erscheinen, weil manche Teams dadurch bessere Ausgangsbedingungen haben als andere. Aber bei *Goldfieber* kommt es uns in erster Linie darauf an, dass der Templerschatz gefunden wird.« Wincott machte eine kurze Pause. »Über den Fortschritt der Schatzsuche wollen wir Sie natürlich auf dem Laufenden halten«, fuhr er fort. »Deshalb wird eine Vielzahl von Reportern damit beschäftigt sein, die Teams immer wieder zu besuchen und regelmäßig Bericht zu erstatten. Die Berichte werden wir vier Mal pro Woche ausstrahlen, jeweils eine Dreiviertelstunde lang. In Großbritannien und in den meisten europäischen Ländern wird das zwischen 19.30 und 20.15 Uhr sein – so lange, bis wir den Schatz gefunden haben. Und das führt uns zu der Frage, die Sie sich sicher schon gestellt haben: Wie hoch ist der Finderlohn?«

Wieder machte er eine Kunstpause, während er die knisternde Spannung im Saal genoss. Jahrelang hatte er mit seinem eher kleinen Sender eine unbedeutende Rolle in der Fernsehlandschaft gespielt. Mit dem heutigen Tag änderte sich alles. Ab sofort würde *E-TV* in einem Atemzug mit den großen Sendern dieser Welt genannt werden, und das galt auch für den Namen seines Besitzers: Douglas Huntington Wincott.

Er sammelte sich und richtete seinen Blick wieder in die Kamera. »Die Höhe des Finderlohns hängt ab von den Gesetzen des Landes, in dem der Schatz gefunden wird«, sagte er. »Es gibt Länder, die keinen Anspruch auf wertvolle Funde erheben. In diesem Fall beträgt der Finderlohn für das Gewinnerteam vierzig Prozent des aktuellen Gegenwerts. Was aber, wenn der Schatz in einem Land gefunden wird, das den Fund vollständig oder teilweise für sich beansprucht? Oder wenn der Schatz wesentlich weniger wert ist, als wir heute vermuten? Natürlich soll das Siegerteam auch dann einen angemessenen Lohn für seine Leistung erhalten. In diesem Fall wird der Finderlohn aus den Werbeeinnahmen von *Goldfieber* bestritten und beläuft sich auf hundert Millionen Pfund. Das entspricht etwa hundertfünfzehn Millionen Euro.«

Kapitel 9

Rom

Das Areal um die nächtliche Piazza Navona war weiträumig abgesperrt worden und überfüllt von einem Meer aus Zuschauern. Die *Goldfieber*-Übertragung war ein ebenso großes Spektakel wie ein Konzert der Rolling Stones.

Von seinem Platz auf der Showbühne hatte Diego Camaro eine gute Sicht auf die von Scheinwerfern und Laserlicht angestrahlte Menschenmenge. Aber im Moment richtete sich seine Aufmerksamkeit auf die große Videoleinwand an der Ostflanke der Piazza, auf der eine Liveschaltung nach London lief.

Diego pfiff leise durch die Zähne. »Hundertfünfzehn Millionen Euro. Das lässt sich hören«, murmelte er, nicht zu Noah McCoyle, der neben ihm saß, sondern zu sich selbst. Er konnte den Iren immer noch nicht leiden. Zwar sah Diegos Gesicht wieder wie früher aus –, von den blauen Flecken und der Schwellung war nichts zurückgeblieben – aber sein Kiefer war angebrochen gewesen und schmerzte bei manchen Bewegungen immer noch. Der Kinnhaken war für ihn längst nicht vergessen.

Leider war er jedoch gezwungen, mit McCoyle zusammenzuarbeiten. Das war Khalid Aghanis Auflage gewesen. Aber vielleicht ergab sich im Lauf der nächsten Wochen eine günstige Gelegenheit, es dem kantigen Glatzkopf heimzuzahlen. Natürlich so, dass Diego dabei nicht gegen den notariellen Vertrag verstieß, den er in Khalids Palast unterzeichnet hatte.

Der Vertrag … Diego wurde plötzlich bewusst, dass ihm von

den hundertfünfzehn Millionen Euro nur sechs Millionen zustanden. Diesen Betrag hatte Khalid ihm nach Abzug seiner Schulden versprochen. Das war zwar immer noch eine stolze Summe, aber im Vergleich zu dem, was Khalid einstreichen würde, nahm es sich aus wie ein Taschengeld.

Dieser verdammte arabische Hundesohn hat mich gelinkt, dachte er. Andererseits: Hatte er eine andere Wahl gehabt? Khalid hatte ihn regelrecht zu diesem Vertrag gezwungen. Außerdem mussten von Khalids Anteil noch all die Kosten abgezogen werden, die nicht von *E-TV* abgedeckt würden – im Moment noch eine völlig unüberschaubare Variable.

Aber selbst im ungünstigsten Fall blieben Khalid nach Abzug seiner Ausgaben geschätzte fünfzig oder sechzig Millionen Euro. Wenn der aktuelle Gegenwert des Schatzes tatsächlich drei Milliarden Euro betrug und er in einem Land gefunden wurde, das keinen Anspruch auf den Fund erhob, heimste er sogar mehr als eine Milliarde Euro ein. Kein Wunder also, dass er so sehr auf die Teilnahme bei *Goldfieber* gepocht hatte. Für so viel Geld konnte man schon mal jemanden ein bisschen unter Druck setzen.

Voraussetzung für diese Rechenspiele war jedoch, dass der Templerschatz auch tatsächlich gefunden wurde – und zwar von Diego und McCoyle. Aber nach allem, was er bisher gehört und gesehen hatte, fiel es ihm ziemlich schwer zu glauben, dass dieser ominöse Brief ihn oder irgendjemanden sonst zum Schatz der Tempelritter führen würde – nicht nur, weil die Angaben im Text nur sehr vage waren, sondern weil Diego bezweifelte, dass es den Templerschatz gab. Oder dass es ihn *noch* gab. Im Lauf der letzten Jahre hatte er sich viel mit Legenden und Mythen befasst, auch mit den Geheimnissen der Tempelritter. Dabei war er mehr und mehr zu der Überzeugung gelangt, dass ein Goldschatz der Templer nicht existierte. Am ehesten glaubte er, dass es sich bei dem Schatz um eine Art Reliquie handelte, einen Teil vom Kreuz Christi oder irgendetwas in der Art. Aber ein riesiger Goldschatz, der über Jahrhunderte hinweg verschollen geblieben war? Der weder Philipp IV. noch der Kirche in die Hände gefallen war, obwohl zu Beginn des 14. Jahrhunderts Tausende von Ordensbrüdern gefangen genommen und gefoltert worden waren, darunter auch hochrangige Tempelmeister, die den Aufbewahrungsort des Schatzes genau gekannt haben mussten? Einer von ihnen hatte das Geheimnis gewiss verraten, um sich auf diese Weise sein Leben oder zumindest einen schnellen Tod zu erkaufen.

Andererseits war der in der Sendung vorgestellte Brief von Experten datiert und für echt befunden worden. Und der Text wies eindeutig auf einen Goldschatz hin. *Das Gold der Templer – der größte Schatz, den Menschenauge je gesehn* … Eindeutiger ging es wohl kaum.

Dennoch blieb Diego skeptisch. Wenn der Templerschatz gar nicht existierte, würde es auch keinen Finderlohn geben, weder für ihn noch für McCoyle, noch für Khalid oder sonst jemanden. Dann würden sie alle hier nur ihre Zeit verschwenden. Der einzige Nutznießer wäre dann Douglas Wincott als Inhaber von *E-TV*. Die Lizenz- und Werbeeinnahmen würden ihn und seinen Sender mit Sicherheit steinreich machen.

»Sie ziehen ein Gesicht, dass die Milch sauer wird«, raunte McCoyle ihm zu. »Reißen Sie sich zusammen, *amigo*. Wir sind hier im Fernsehen.«

Diego ging nicht darauf ein. Er war sich der Kameras durchaus bewusst. Sie waren überall auf der Open-Air-Bühne montiert, die eigens für diesen Anlass mitten in Rom errichtet worden war. Außerdem gab es vier zusätzliche Kameras auf Rollständern, dazu zwei Kamerakräne und eine Kamera, die an einer Stahlseilkonstruktion in etwa zehn Metern Höhe über die gewaltige Zuschauermenge hinweg schweben konnte, um die Stimmung einzufangen, die an diesem Abend in der Ewigen Stadt herrschte.

Ähnlich wie in London führte auch in Rom ein Moderatorenteam durch die Sendung. Zwischen den Interviews mit den eingeladenen Gästen und der Livemusik wurde immer wieder zur Zentrale nach London geschaltet. Die Stimmung hätte besser nicht sein können.

Außer Diego und Noah McCoyle waren noch sieben andere europäische Teams auf der Bühne versammelt, wobei für jedes Team eine eigene Sitzgruppe zur Verfügung stand. An jedem der sieben Tische war ein Schild mit dem Namen des jeweiligen Teams angebracht. Diego konnte von seinem Platz aus nur drei davon erkennen: ITHAKA, BERBER-PASOLI und LUCKY KNIGHTS.

Die anderen Teams bestanden aus jeweils zehn Teilnehmern – aus der laut Spielregel zugelassenen Höchstzahl an offiziellen Mitgliedern. Vielleicht war auch das ein Grund, warum Diego sich hier nicht so recht wohlfühlte: Khalid hatte nur ihn und McCoyle ins Rennen geschickt. Die anderen Teams stellten schon rein optisch eine erdrückende Übermacht dar.

Laute Musik holte Diego aus seinen Gedanken – eine Liveband gab die Titelmelodie von *Goldfieber* zum Besten. Danach ergriff eine Moderatorin namens Carlotta Varesi das Wort. Eine Bilderbuchschönheit, wie Diego fand: schwarzes Seidenkostüm, die Haare elegant hochgesteckt, blutrote Lippen und ein makelloses Dekolleté – die personifizierte Sinnlichkeit. RAI UNO hatte sie gewiss nicht zufällig für diesen Abend ausgewählt. Sie wiederholte auf Italienisch und Englisch die wichtigsten Spielregeln und nannte, begleitet vom Johlen der Menge, auch noch einmal die sagenhafte Gewinnsumme von mindestens einhundertfünfzehn Millionen Euro.

Während sie sprach, ging sie vom vorderen Bühnenrand Schritt für Schritt rückwärts, unauffällig verfolgt von einer der rollenden Kameras. Schließlich stand sie genau im Zentrum des Halbkreises, den die Sitzgruppen bildeten, und kündigte an, dass sie nun die Teams vorstellen wolle.

Scheinbar zufällig gesellte Carlotta Varesi sich zum Team GALILEO, einer Gruppe von zehn Historikern und Archäologen der Universität Bologna. Sie begrüßte den Teamsprecher und bat ihn, die Mitglieder seines Teams vorzustellen. Das alles geschah auf Italienisch und wirkte sehr professionell. Dem Teamsprecher merkte man an, dass er es gewohnt war, vor vielen Zuhörern zu sprechen, frei und ohne das leiseste Anzeichen von Nervosität. Nicht einmal von Carlotta Varesis kurvenreicher Figur ließ er sich beirren.

Über seinen Knopf im Ohr hörte Diego die Übersetzung des Dolmetschers. Was der GALILEO-Sprecher sagte, war informativ und humorvoll, ohne dabei gekünstelt zu wirken. Der Mann war der geborene Entertainer. Auch der Sprecher des Teams LUCKY KNIGHTS machte seine Sache ausgezeichnet. Woher zum Teufel nahmen die beiden Typen diese enorme Selbstsicherheit?, fragte sich Diego. Immerhin sprachen sie vor mindestens zwanzigtausend Zuschauern auf der Piazza Navona – und einer Milliarde an den Bildschirmen in aller Welt.

Diego achtete nicht mehr auf die Dolmetscherstimme. Er und McCoyle hatten bislang keinen Sprecher bestimmt, weil sie das bei ihrem Zwei-Personen-Team für nicht nötig gehalten hatten. Aber wenn Carlotta Varesi sich weiter in ihre Richtung vorarbeitete, musste in wenigen Augenblicken einer von ihnen zum Publikum sprechen, und bevor Diego das dem Gorilla neben sich überließ, nahm er es lieber selbst in die Hand. Im Geist begann er, sich ein paar Worte zurechtzulegen, aber es wollte ihm auf die Schnelle einfach nichts Passendes einfallen.

Kein Problem, sagte er sich. Das schaffst du! Jetzt nur nicht die Nerven verlieren. Du hast schon ganz andere Situationen gemeistert!

Wie oft hatte er sich schon in weit gefährlicheren Situationen wiedergefunden, vor allem in seinem alten Leben. Ein Leben, dem er längst den Rücken gekehrt hatte und das er seither nur noch vergessen wollte. Das Leben als Kurier für *el tuerto*, dem Einäugigen.

Das Leben, das ihn seine Familie gekostet hatte.

Die Erinnerung an seine Frau Penelope und an seinen Sohn Raoul durchströmte ihn plötzlich wie lähmendes Gift. Auf einmal gab es keine Bühne mehr für ihn, keine *Goldfieber*-Sendung, keinen McCoyle. Es gab nur noch die quälende Gewissheit, dass er das Wertvollste, das er jemals besessen hatte, für immer verloren hatte.

»Hören Sie endlich auf, so ein Gesicht zu machen!«, zischte McCoyle, der Diegos finstere Miene offenbar auf sich bezog. »Mir gefällt es auch nicht, dass wir zusammenarbeiten. Ich finde, Sie sind ein eingebildeter Kotzbrocken, und am liebsten würde ich Ihnen gleich noch mal den Kiefer brechen. Aber wir müssen nun mal das Beste aus der Situation machen.«

Diego konnte immer noch keinen klaren Gedanken fassen. Er stierte seinen glatzköpfigen Widersacher aus böse funkelnden Augen an, ohne zu bemerken, wie Carlotta Varesi sich von den LUCKY KNIGHTS verabschiedete und zu ihnen herüberkam. Erst als das Mikrofon direkt vor seinem Gesicht auftauchte, wachte er auf.

»… was sagen Sie dazu?« Carlotta Varesi beugte sich zu ihm herunter und sah ihn erwartungsvoll an.

Er hatte keine Ahnung, wovon sie sprach. »Ich … nun … *wozu* soll ich etwas sagen?«

Carlotta Varesi war Profi genug, um sich nicht anmerken zu

lassen, dass sie irritiert war. »Ich habe Sie gerade gefragt«, sagte sie in nahezu perfektem Englisch und lächelte ihn aufmunternd an, »welche Chancen Sie sich für den Sieg einräumen. Ich meine, weil Sie beide« – dabei deutete sie zuerst auf Diego, dann auf Noah McCoyle – »das kleinste Team sind, das an der *Goldfieber*-Schatzsuche teilnimmt.« Wieder hielt sie ihm das Mikro hin. »Nun, Señor Diego? Spannen Sie uns nicht länger auf die Folter.«

Diego fing an zu schwitzen. Sein Kopf fühlte sich plötzlich an wie ein leerer Ballon. Sein Hals war trocken und kratzig. Sekunden dehnten sich zu quälenden Ewigkeiten.

Irgendetwas *musste* er jetzt sagen.

Er räusperte sich, lächelte gezwungen und versuchte ein letztes Mal, Ordnung in seine Gedanken zu bringen – vergebens. Dann sagte er etwas, das er schon bereute, bevor er es ganz ausgesprochen hatte: »Die Größe allein ist nicht entscheidend.«

Carlotta Varesi lachte auf und sah in die Kamera. »Das hat mein Ex auch immer behauptet.« Sie zuckte mit den Schultern und wandte sich wieder an Diego. »Wollen wir hoffen, dass es bei Ihnen wirklich stimmt!«

Eine Sekunde lang herrschte Stille, drückend und peinlich. Dann brach schallendes Gelächter los, und Diego wäre am liebsten im Boden versunken.

Kapitel 10

Vor der norwegischen Küste

Trotz der Proteste der anderen war Mark Fischer nicht zum Pokerspiel zurückgegangen. Es gab Wichtigeres für ihn zu tun. Sehr viel Wichtigeres. Es war etwas passiert, worauf er schon sein ganzes Leben lang vergeblich gewartet hatte.

Das Gold der Templer – der größte Schatz, den Menschenauge je gesehn …

Mark Fischer zog sich in seine Unterkunft zurück, ein Containerzimmer, das in den letzten Monaten zu seiner zweiten Heimat geworden war. Viel mehr als ein Bett, einen Tisch, einen Schrank und zwei Stühle gab es nicht in dem fünfzehn Quadratmeter großen Raum. Die Wände waren kahl, nichts stand herum. Es gab nichts, was dem Raum eine persönliche Note gegeben hätte. Trotzdem fühlte Fischer sich hier wohl.

Er setzte sich aufs Bett, zog sein Handy aus der Tasche und wählte eine Nummer.

Am anderen Ende nahm eine Frau ab.

»Siehst du gerade fern?«, fragte Fischer.

»Nein. Was ist los?«

»Die Prophezeiung scheint sich endlich zu erfüllen.«

»Du meinst …« Die Frau hielt inne.

»Ja. Wir müssen uns treffen, um das Ritual zu vollziehen. In drei Tagen. Um Mitternacht. Am üblichen Ort. Sag du den anderen Bescheid. Ich werde den Rest organisieren.« Instinktiv tastete er mit der Hand nach seiner Halskette. Daran hing sein wichtigster Besitz: der Schlüssel für ein Schließfach in der

Schweiz, in dem alles untergebracht war, was sie für die Zeremonie brauchten. Sogar mehr als das. In dem Schließfach befanden sich auch gefälschte Papiere, Bargeld und Waffen. Nur für den Notfall.

Er beendete das Gespräch und überlegte, was er als Nächstes tun musste, während Freude und Schuld in seinem Innern gegeneinander kämpften. In der *Goldfieber*-Sendung war endlich der Brief wieder aufgetaucht, der im Orden seit vierhundert Jahren als verschollen gegolten hatte. Mit dem Brief war auch Fischers Zuversicht zurückgekehrt, den darin beschriebenen Schatz zurückzuerlangen. Einen Moment lang erlag er der Versuchung, sich den Schatz vorzustellen, mit dem Gedanken zu spielen, wie es wäre, ihn zu berühren und in seinem Glanz zu versinken. Doch dann übermannten ihn plötzlich wieder Schuldgefühle und Scham. Er war sich im Klaren darüber, dass er seinem Orden kein gutes Oberhaupt gewesen war. Jahrzehntelang hatte er Zeit gehabt, neue Mitglieder zu gewinnen und den Orden dadurch zu stärken. Aber er war nachlässig gewesen, weil er die Hoffnung längst aufgegeben hatte, dass der Schatz eines Tages tatsächlich wieder auftauchen könne.

Natürlich war er nicht der Erste, der sein Amt vernachlässigt hatte. Auch nicht der Erste, der an seinem Glauben gezweifelt hatte. Mit dem Verschwinden des Schatzes zu Beginn des siebzehnten Jahrhunderts war dem Orden auch die Kraft ausgegangen. Seitdem sank die Zahl seiner Mitglieder permanent. Heute gab es nur noch ihn und fünf Gleichgesinnte – das traurige Ergebnis einer vierhundertjährigen Entwicklung.

Und jetzt drängte plötzlich die Zeit, denn mit dem heutigen Tag kannte die halbe Welt den lange verschollenen Brief. Tausend Teams jagten hinter dem Schatz her – und vermutlich noch zehnmal so viele Freizeitabenteurer, die auf eigene Faust ihr Glück versuchten. Wie lange würde es dauern, bis jemand den Schatz fand? Vielleicht Monate, vielleicht aber auch nur ein paar Tage. Genau deshalb war Eile geboten. Mit dem Versorgungsschiff, das morgen kam, würde Mark Fischer die Bohrinsel verlassen. Wenn er nicht kurzfristig Urlaub bekäme, würde er notfalls einen Vorwand für eine fristlose Kündigung finden.

Er musste um jeden Preis die Zeremonie vorbereiten.

Kapitel 11

Rom

Diego wollte schreien, aber er brachte nur ein Würgen zustande, verursacht durch den Knebel in seinem Mund. Mit zusammengebundenen Händen hing er an einem Haken, der mithilfe einer Seilwinde von der kahlen Kellerdecke heruntergelassen worden war. Seine Arme waren taub bis in die Fingerspitzen.

Wie lange er schon in diesem Verlies war, wusste er nicht. Zwei oder drei Stunden vielleicht, aber es fühlte sich an wie zwei Wochen. Er war nackt. Seine Kleidung lag sauber zusammengefaltet auf seinen Schuhen in einer Ecke. Er spürte, wie ihm das Blut über den Rücken lief. Die Luft roch intensiv nach Kupfer. Durch das kleine vergitterte Fenster ganz oben an der Wand drang nur wenig frische Luft bis hier herunter. Wenn es ganz still war, konnte er das Zirpen der Grillen hören.

Wieder ein Peitschenhieb. Und wieder röchelte er in seinen Knebel.

Ein unauffällig wirkender mittelgroßer Mann trat vor ihn. Er trug ein olivfarbenes Unterhemd, eine khakifarbene Armeehose und Lederstiefel. In der Hand hielt er die Peitsche, an deren losen Enden Stahlnägel befestigt waren.

»Ich will wissen, an wen du Gutiérrez verpfiffen hast.« Der Mann sprach leise und kontrolliert, was ihn noch gefährlicher wirken ließ. »Wenn du nicht mit mir sprichst, zwingst du mich, Gabriél zu holen. Der ist nicht so geduldig wie ich.«

Diego wartete, bis der Schmerz ein wenig nachließ. Er wusste, dass der Kerl vor ihm keine Gnade walten lassen würde.

Das tat er nie. Er sah zwar aus wie ein ganz normaler Mensch, in Wahrheit waren er und sein Bruder jedoch die schlimmsten Sadisten, denen Diego jemals begegnet war. Bisher hatte er es allerdings nicht am eigenen Leib zu spüren bekommen.

»Wirst du jetzt endlich reden?«, fragte der Mann.

Diego nickte.

»*Bien!* Ich wusste, es ist nur eine Frage der Zeit.« Der Mann löste den Knebel. »Jetzt raus mit der Sprache. An welches Bullenschwein hast du Gutiérrez verraten?«

Diego leckte mit der Zunge über die trockenen Lippen. »Ich habe ihn nicht verraten. Ich schwöre, das ist die Wahrheit.«

Der andere sah ihn emotionslos an. »Du willst mich also zum Narren halten? Du denkst, du bist aus besonders hartem Holz geschnitzt? Wir werden sehen ...« Damit verschwand er aus Diegos Gesichtsfeld und verließ den Raum.

Wenig später kam Gabriél. Er war einen halben Kopf größer als sein Bruder und trug die Haare etwas länger. Außerdem stand ihm der Irrsinn offen ins Gesicht geschrieben. In der Hand hielt er einen Schweißbrenner. »Ich bin gespannt, wie lange du durchhalten wirst, *amigo*«, sagte er. Dann drehte er den Gashahn auf, riss an der Wand ein Streichholz an und hielt es an die Spitze des Schweißbrenners. Zischend bildete sich eine bläulich schimmernde Flamme.

»Ich will, dass du mir die Namen der Bullen nennst, an die du uns verraten hast!«, raunte Gabriél.

Diego hätte es getan, auch wenn er wusste, dass er damit ihr Todesurteil ausgesprochen hätte. Aber er hatte weder Gutiérrez noch sonst irgendjemanden aus der Organisation verraten. Nur würde Gabriél ihm das niemals glauben.

Diego schrie und versuchte panisch, sich aus seinen Fesseln zu befreien, doch er hing an dem Seil wie ein Fisch am Haken.

Jemand berührte ihn an der Schulter. Diego versuchte, die Hand abzuschütteln, aber es gelang ihm nicht.

»Wachen Sie auf, *amigo*! Hören Sie mich?«

Diego schreckte aus dem Schlaf hoch. Sein Atem ging stoßweise, er keuchte, sein Körper war schweißgebadet. Geblendet von der gleißenden Helligkeit, die durch das Kajütenfenster hereinflutete, schirmte er die Augen mit der Hand ab. Auf dem Rand des Bettes saß Noah McCoyle, eine Brötchentüte unter dem Arm, aus der es verführerisch duftete. »Alles okay?«

Diego blinzelte ihn an und versuchte, seinen Herzschlag wieder unter Kontrolle zu bringen. Dieser verfluchte Traum verfolgte ihn, seit er sich mit *el tuerto* angelegt hatte. Aber das ging niemanden etwas an, am allerwenigsten McCoyle. »Mit mir ist alles in Ordnung«, sagte er.

McCoyle zögerte einen Moment, dann nickte er. »Sehr gut. Dann können wir ja mit unserer Schatzsuche beginnen.«

»Die Schatzsuche ... natürlich.« Die Erinnerung an seinen hochgradig peinlichen Auftritt bei der gestrigen Sendung stürzte wie eine dunkle Woge über Diego herein. Selten hatte er sich so blamiert.

Er wollte aufstehen, zuckte aber zusammen, als ein stechender Schmerz sich quer durch seinen Schädel bohrte. Außerdem rebellierte sein Magen.

»Was ist?« Statt auf eine Antwort zu warten griff Noah McCoyle nach der leeren Flasche neben dem Bett. »Tequila«, murmelte er in seinen riesigen Schnauzbart. »Warum überrascht mich das nicht?«

»Mir war gestern nach Feiern zumute.« Diego grinste schief. So übel hatte er sich schon lange nicht mehr gefühlt.

»Machen wir uns nichts vor. Sie haben sich gestern bis auf die Knochen blamiert«, stellte McCoyle nüchtern fest. »Es war mir schon peinlich genug, nur neben Ihnen zu sitzen. Auf keinen Fall hätte ich in Ihrer Haut stecken wollen. Sie haben sich vor der ganzen Welt lächerlich gemacht. Da darf man sich schon mal einen hinter die Binde kippen. Aber jetzt genug damit. Wir haben eine Aufgabe zu erfüllen.« Ohne Vorwarnung schnappte er Diego an seinem zerknitterten Hemd und zerrte ihn auf die Beine.

Diego wusste nicht, wie ihm geschah, während er von McCoyle auf den Gang hinausgezerrt wurde. »Was soll das?«, schrie er. »Was haben Sie mit mir vor?«

Ehe er sichs versah, stand er unter der kalten Dusche, festgehalten von schraubstockartigen Pranken.

»Sie sind ein verdammtes Arschloch!«, schrie er, während er vergeblich versuchte, um sich zu schlagen oder zu treten. »Was fällt Ihnen ein? Das ist mein Boot. Ich kann hier tun, was ich will.«

»Irrtum!«, knurrte McCoyle und verstärkte seinen Schraubstockgriff. »*Ich* kann hier tun, was ich will. Khalid Aghani hat mir sämtliche Vollmachten gegeben, damit ich dafür sorgen kann, dass Sie Ihren Vertag einhalten. Und genau das werde ich tun.«

Diego versuchte noch einmal, dem glatzköpfigen Goliath einen ordentlichen Tritt gegen das Knie zu verpassen. Als er nicht traf, zielte er sogar eine Etage höher – vergeblich. Alles, was er erreichte, war, dass ihm der bittere Geschmack von Galle in die Kehle stieg und McCoyles Schraubstockfäuste ihn noch härter gegen die Duschkabinenwand pressten.

»Sie sollten sich lieber bei mir bedanken, mein Junge«, zischte McCoyle, die Augen zu schmalen Schlitzen verengt. »Ich hätte Sie auch an Deck zerren und über die Reling schmeißen können. Und wenn Sie noch einmal versuchen, mir in die Familienjuwelen zu treten, breche ich Ihnen sämtliche Knochen, das schwöre ich. Also hören Sie endlich auf damit und kommen Sie zur Vernunft, bevor ich richtig sauer werde!«

Diegos Gegenwehr erlahmte. Nicht etwa wegen McCoyles Mahnung, sondern weil er fürchtete, sich übergeben zu müssen, wenn er sich noch weiter anstrengte. Er seufzte und nickte matt. »In Ordnung. Geben Sie mir ein paar Minuten, damit ich mir frische Klamotten anziehen und ein paar Schmerztabletten einwerfen kann. Wenn Sie sich beliebt machen wollen, setzen Sie schon mal den Kaffee auf – aber einen, in dem der Löffel stehen bleibt.«

Zwanzig Minuten später saßen die beiden am Frühstückstisch auf dem Achterdeck der *Harmattan*, die Khalid Aghani auf seine Kosten generalüberholen und nach Rom hatte bringen lassen. Die Jacht sah sauberer und gepflegter aus als jemals zuvor, und obwohl sie bereits eine betagte Dame war, musste sie den Vergleich mit den modernen Segel- und Motorjachten im Hafen von Rom nicht scheuen.

Es war ein herrlicher Tag. Die Sonne schien von einem wolkenlosen Vormittagshimmel herab. Das Thermometer zeigte dreiundzwanzig Grad Celsius im Schatten. In der Luft lag der würzige Duft von Salzwasser und Abenteuer.

Während McCoyle sich eine große Portion Rührei mit Speck schmecken ließ, begnügte Diego sich mit einer Tasse Kaffee. Er pustete den Dampf weg und nippte vorsichtig daran.

»Der könnte Tote zum Leben erwecken«, sagte er.

»Dann dürfte er ja genau richtig sein«, gab McCoyle kauend zurück. »Übrigens, ich habe da noch etwas für Sie.« Er schob eine Zeitung über den Tisch, die aktuelle Ausgabe des *Daily Telegraph*. »Seite drei«, sagte er. »Na los, sie beißt nicht. Schlagen Sie sie auf.«

Diego tat es – und sah genau das, was er befürchtet hatte: ein Foto, wie er und McCoyle auf der Showbühne in Rom saßen, daneben Moderatorin Carlotta Varesi, die Diego das Mikrofon vors Gesicht hielt. Die Überschrift des Artikels lautete: *Die ganze Welt im Goldrausch.* Unter dem Foto stand: *Tausend Teams machen sich auf die Suche. Die Größe allein ist dabei nicht entscheidend.*

»Als ich das vorhin gesehen habe, wäre ich vor Scham fast in den Boden versunken«, sagte McCoyle und schob sich die nächste Gabel voll Rührei in den Mund.

»Sie? Wenn jemand sich blamiert hat, dann ja wohl ich. Das haben Sie selbst gesagt.«

McCoyle nickte, während seine Kiefer unablässig mahlten. »Schon, aber das hat auch auf mich abgefärbt«, sagte er. »Es macht keinen guten Eindruck, neben einem Trottel zu sitzen.«

Diego wollte schon zu einer Erwiderung ansetzen, als er sah, dass sich unter McCoyles Walross-Schnauzbart ein breites Grinsen abzeichnete.

»Lesen Sie den Artikel«, sagte McCoyle. »Irgendwo im fünften oder sechsten Absatz steht noch mehr über uns drin. Das kleinste Teilnehmerteam hat gestern die Herzen der Zuschauer erobert oder so ähnlich. Ziemlich sympathisch, finde ich.«

Diego überflog den Bericht. »Ich habe mich zum Trottel der Nation gemacht«, sagte er.

»Zum Trottel *der ganzen Welt*«, korrigierte McCoyle. »Und jetzt hören Sie endlich auf, sich leidzutun. Mit einem Jammerlappen kann ich nicht zusammenarbeiten.«

Belauert von einer Schar Möwen, die gierig darauf warteten, dass ein paar Krumen für sie abfielen, begannen Diego und Noah McCoyle die Unterlagen zu studieren, die sie – wie alle anderen Teams – in der *Goldfieber*-Sendung ausgehändigt bekommen hatten: eine originalgetreue Kopie des Briefs, der gestern verlesen worden war, Übersetzungen in mehrere Sprachen, Zertifikate verschiedener Experten, die die Echtheit des

Originaldokuments bezeugten, Angaben zur Analyse der Altersbestimmung und eine lange Literaturliste zu den Themen *Kreuzritter* und *Templerorden*. Das Starterpaket enthielt auch die Spielregeln von *Goldfieber* und die Kontaktdaten für die Beantragung von organisatorischer und finanzieller Unterstützung, außerdem eine Auflistung von Notfallnummern in nahezu allen Ländern der Welt. Die Unterlagen beinhalteten auch eine Kopie des Vertrags mit *E-TV*, den Diego und Noah unterzeichnet hatten. Eine CD-ROM, auf der alle Unterlagen in digitaler Form gespeichert waren, lag ebenfalls bei.

Während sie sich durch die Dokumente arbeiteten, spürte Diego, dass die Kopfschmerztablette zu wirken begann. Zwar war da immer noch dieser unangenehme Druck hinter den Augäpfeln, aber wenigstens ebbte der stechende Schmerz ab.

Immer wieder nahmen sie sich den Brieftext vor.

McCoyle fuhr nachdenklich mit der Hand über seine Glatze. »Es wird wohl am besten sein, wenn wir die Sache systematisch angehen«, sagte er und griff zu einem Laptop, der bis dahin unbeachtet auf einem Stuhl neben ihm gelegen hatte. »Ich schlage vor, dass wir alle Hinweise aus dem Brief in eine Tabelle eintragen und sie dann nacheinander abarbeiten. Wollen Sie lesen oder lieber schreiben?«

Weder noch, dachte Diego. Schon gar nicht wollte er sich von seinem glatzköpfigen Kindermädchen sagen lassen, wie er bei dieser Schatzsuche vorzugehen hatte. Wie er das alles jetzt schon hasste!

»Lesen«, sagte er knapp.

McCoyle nickte zufrieden und schob die Unterlagen über den Tisch, während er den Laptop startete. »Okay, ich wäre so weit«, sagte er nach ein paar Augenblicken. »Welche Hinweise haben wir?«

Diego stellte seine Tasse ab und griff lustlos nach dem Brieftext. Das Einzige, das noch stärker war als seine Abneigung gegen McCoyle, war der Lockruf des Goldes. Sechs Millionen Euro – dafür konnte man schon mal die Arschbacken zusammenkneifen und gute Miene zum bösen Spiel machen. »Mal sehen«, sagte er und begann zu zitieren.

»*Das Gold der Templer – der größte Schatz, den Menschenauge je gesehn, dessen Name niederzuschreiben mir die Ehrfurcht verbietet und die Angst, Bruder Filippos grausames Schicksal zu teilen, wurde von mir versteckt, auf dass niemand, der der Wahrheit nicht zugetan, in seinen Besitz gelange, vor allem nicht die feurigen Krallen Roms.*«

Diego fuhr sich mit Daumen und Zeigefinger über die stoppeligen Mundwinkel, wie er es oft tat, wenn er nachdachte. »Unser unbekannter Briefschreiber hat also den Schatz versteckt. Vor allem vor den *feurigen Krallen Roms*. Was könnte damit gemeint sein? Die Inquisition?«

McCoyle nickte. »Das war auch mein erster Gedanke. Vielleicht finden wir dazu später noch etwas anderes heraus, aber im Moment halte ich das mal so fest.« Seine fleischigen Finger tanzten erstaunlich flink über die Tastatur.

»Auch diesen *Bruder Filippo* sollten wir uns genauer ansehen«, fuhr Diego fort. »Er wird gleich zweimal erwähnt. In der Formulierung *Bruder Filippos grausames Schicksal* und ein paar Zeilen später in *Möge das Glück dir gnädiger gewogen sein als Filippo und mir.* Ich gehe davon aus, dass es sich um dieselbe Person handelt. Jemand, den sowohl der Absender als auch der Adressat des Briefs – dieser Bartolomeu – gut gekannt haben müssen, sonst wäre er wohl kaum erwähnt worden. Wenn wir herausfinden, wer Bruder Filippo war, erfahren wir vielleicht auch, wer sich hinter den Initialen *C. O.* verbirgt.«

»Sie haben recht«, sagte McCoyle. »Filippo, Bartolomeu und C.O. haben sich gekannt. Da es an einer Stelle *Bruder* Filippo heißt, könnte es sich um Mönche handeln.«

Diego nickte. »Oder sie könnten Mitglieder einer Geheimloge sein«, sagte er. »Dort wäre die Bezeichnung *Bruder* ebenfalls denkbar. Oder der Briefschreiber und Filippo waren miteinander verwandt. Das glaube ich zwar nicht, aber es ist eine Möglichkeit, die wir nicht außer Acht lassen dürfen.«

»Außerdem scheinen Absender und Adressat des Briefs – also C.O. und Bartolomeu – sich von klein auf gekannt zu haben«, fügte McCoyle hinzu. »C.O. schreibt: *Beginne die Suche vor unsrer Kindertage hohem Felsen Eiland.*«

Wieder flogen seine Finger über die Tastatur.

»Wir sollten noch vermerken, dass C.O. auf dem Weg zu seinem Freund Bartolomeu vermutlich gestorben ist«, sagte Diego. »Hier steht: *Es geht zu Ende mit mir, Bartolomeu. Husten und Fieber rauben mir so kurz vor dem Ziel die Kraft, dich persönlich aufzusuchen. Sie werden mich schon bald an einen bessren Ort geleiten, wenn es ihn denn gibt.* Husten und Fieber ... Das kann natürlich viele Ursachen haben. Aber vielleicht gab es in der Zeit, als dieser Brief entstanden ist – also zwischen 1550 und 1650 –, irgendwelche Epidemien. Wenn der Verfasser sich dabei angesteckt hat, können wir den Zeitraum, in dem er den Brief geschrieben hat, möglicherweise eingrenzen.« Er überlegte. »Zu den Personen, die im Brief genannt sind, wäre das erst mal alles«, fuhr er fort. »Lassen Sie uns jetzt notieren, was der Brief über den Ort aussagt, an dem der Schatz versteckt ist. *Beginne die Suche vor unsrer Kindertage hohem Felsen Eiland, dessen Tempelmauern das Blut des Emirs und seiner Tochter tränken, gegen die Strömung, vorbei am Kreuz des Heilands, zwei Tage lang. Bei der Blume nach Südosten liegt das Gold verborgen, wo Felsen sich zu Gräbern türmen und mein Mond und meine Sonne sich auf Petrus' Brust vereinen.*« Diego ließ den Text eine Weile auf sich wirken, ehe er fortfuhr. »C.O. hat seinen Text aufgebaut wie eine Schnitzeljagd. Es gibt einen Startpunkt und ein Ziel, das über eine Art Wegbeschreibung erreicht werden kann. Er spricht hier von einem *Eiland* und von *Strömung*, was bedeutet, dass das Versteck mit hoher Wahrscheinlichkeit auf dem Seeweg zu erreichen ist.«

»Das *Eiland* könnte auch eine Insel in einem See sein«, warf McCoyle ein, während er weitertippte.

Diego schüttelte den Kopf. »Hier steht: *Gegen die Strömung … zwei Tage lang*. Ich glaube nicht, dass er das für jemanden in einem Ruderboot geschrieben hat oder für einen Schwimmer.«

McCoyle hielt kurz inne. Seine Wangenknochen traten unter dem exakt gestutzten Vollbart hervor, während er die Zähne zusammenbiss und eine Erwiderung hinunterschluckte.

Diego lächelte zufrieden in sich hinein. Die Spitze hatte gesessen. »Zu welchem Orden oder zu welcher Loge C.O. und Bartolomeu auch gehört haben, sie müssen einen Bezug zur Seefahrt gehabt haben«, sagte er. »Davon bin ich überzeugt. C.O. gibt seinem Freund Bartolomeu einen Hinweis auf eine Insel, die sie seit ihrer Kindheit kennen. Es ist der Ausgangspunkt für die Schnitzeljagd. *Hoher Felsen Eiland* … Das könnte bedeuten, dass es sich um eine felsige Insel handelt. Oder er meint einen bestimmten Felsen auf einer Insel. Beides wäre möglich.«

»Und auf dieser Insel steht offenbar ein Tempel«, ergänzte McCoyle, während er weitertippte, ohne vom Laptop aufzusehen.

»*Dessen Tempelmauern das Blut des Emirs und seiner Tochter tränken*«, las Diego noch einmal laut vor. Er warf einer Möwe, die auf der Heckreling der *Harmattan* saß, ein Stück von einem Brötchen zu und sah ihr versonnen nach, wie sie mit ihrer unerwarteten Beute in die Luft stob. »Tempelmauern, die vom Blut des Emirs und seiner Tochter getränkt sind«, murmelte er nachdenklich. »Damit können die Mauern eines echten Tempels gemeint sein. Vielleicht wurden dieser Emir und seine Tochter dort geopfert, oder sie starben in einem Kampf, der in der Nähe des Tempels stattfand.« Er überlegte wieder, während sein Blick der Möwe bis zum anderen Ende des Hafens folgte. »Mit *Tempelmauern* könnte aber auch eine Burg der Tempelritter gemeint sein. Während der Kreuzzüge wurden alle möglichen Festungen eingenommen, und einige davon wurden dem Templerorden vermacht. Wir sollten eine Liste erstellen, welche das sind, und herausfinden, wie mit den Gefangenen umgegangen wurde. Vielleicht stoßen wir tatsächlich auf einen Emir, der mit seiner Tochter von den Kreuzrittern ermordet wurde. Die waren damals ja nicht gerade zimperlich.« Dabei dachte er vor allem an die bekannteste Massenhinrichtung der damaligen Zeit, als Richard Löwenherz im Jahr 1191 dreitausend muslimische Gefangene vor den Mauern Akkons hatte töten lassen. Aber gewiss gab es noch unzählige andere Vorfälle in dieser Art.

Er wartete, bis McCoyle seine Notiz in den Laptop getippt hatte. Mehr fiel ihm zum Thema *Tempelmauern* im Moment nicht ein. »Weiter im Text«, sagte er. »*Gegen die Strömung, vorbei am Kreuz des Heilands*. Verglichen mit den anderen Angaben ist das ein sehr konkreter Hinweis. *Kreuz des Heilands.* Mit etwas Glück finden wir diesen Begriff in alten Seemannsberichten oder auf historischen Seekarten.« Er machte sich allerdings keine großen Hoffnungen. Wincotts Expertenteam war bestimmt auch schon auf diese Idee gekommen. Dennoch war das *Kreuz des Heilands* im Moment die greifbarste Spur.

»Was haben wir noch?«, fragte er. »*Bei der Blume nach Südosten*. Irgendeine Idee, was damit gemeint sein könnte?«

Noah McCoyle lehnte sich zurück und verschränkte die Arme hinter dem Kopf. »Wenn wir bei unserer Theorie bleiben, dass der Brief von C.O. einen Seeweg beschreibt, müsste sich diese *Blume* im Meer befinden, oder zumindest in Küstennähe«, sagte er. »Eine Felsformation vielleicht oder eine Insel, auf der besondere Blumen wachsen.«

Diego zuckte mit den Schultern. »Möglich wäre auch eine Untiefe, die um das Jahr 1600 unter Seeleuten bekannt war«, überlegte er laut, während McCoyle sich wieder ans Tippen machte. »Oder ein Wind, der von den Menschen, die in dieser Region leben, so genannt wird ... Mehr fällt mir im Moment nicht dazu ein. Bleibt noch der letzte Hinweis im Text. *Liegt das Gold verborgen, wo Felsen sich zu Gräbern türmen und mein Mond und meine Sonne sich auf Petrus' Brust vereinen.*«

Wieder wanderte sein Blick über das Hafenbecken, während er versuchte, seine Gedanken zu ordnen. »Wenn wir voraussetzen, dass C.O. einen Bezug zur Seefahrt hatte, könnte er mit *Felsen, die sich zu Gräbern türmen* ein gefährliches Riff meinen. Oder Klippen, an denen schon viele Schiffe zerschellt sind.«

»Klingt einleuchtend.« McCoyle tippte es ein.

»Was könnte damit noch gemeint sein?«, murmelte Diego vor sich hin. »Eine rituelle Opferstätte? Ein Massengrab? Eine Stelle, wo Menschen unter einer Steinlawine begraben wurden?«

McCoyle notierte auch diese Stichworte und sah wieder auf. »Bleibt die Frage: Was meint C.O. mit seinem Mond und seiner Sonne, die sich auf Petrus' Brust vereinen?«

Diego dachte lange darüber nach. Dann zuckte er mit den Schultern. »Ich habe nicht die geringste Ahnung.«

Kapitel 12

Languedoc-Roussillon

Emilia Emmerson saß hinter dem Steuer eines gemieteten Renault Mégane und massierte sich mit der freien Hand den Nacken. Sie war schon seit vier Uhr morgens auf den Beinen und fühlte sich wie gerädert. Von Heathrow aus war sie zuerst nach Frankfurt geflogen, um dort mit Chris Boorman, ihrem Kameramann, die ersten Aufnahmen für *Goldfieber* zu machen. Von Frankfurt aus hatten sie dann eine Maschine nach Toulouse genommen, wo sie gegen 14.00 Uhr angekommen waren. Seit einer Stunde saßen sie nun im Auto. Ihr nächstes Ziel hatten sie schon vor Augen: die mittelalterliche Festungsstadt Carcassonne.

»Ich bin gespannt, ob's hier genauso schräg wird wie in Frankfurt«, sagte Chris, ohne Emilia anzusehen. Er filmte mit der Handkamera aus dem heruntergelassenen Beifahrerfenster.

Emilia dachte an das Interview am Vormittag zurück. Es war kein besonders glücklicher Auftakt gewesen. Das deutsche Team WOODSTOCK hatte sich als eine Art Wohngemeinschaft für Späthippies entpuppt, in der weder Alkohol noch Joints fehlten. Alle Teammitglieder hatten im Kreis auf dem Fußboden gesessen, in der Mitte eine ausrangierte Wok-Pfanne, die als Großaschenbecher fungierte. Emilia und Chris hatten sich wohl oder übel zu ihnen auf den Boden gesetzt, das Angebot mitzurauchen aber dankend abgelehnt.

Das war der positive Teil des Interviews gewesen. Sehr bald hatte sich nämlich herausgestellt, dass von WOODSTOCK keine vernünftigen Antworten zu erwarten waren. Die einzige Person, die noch halbwegs bei klarem Verstand gewesen war – eine Frau namens Cora mit wallendem rotem Haar und Zigeunerkleid –, hatte ihre Antworten *gesungen*.

Das Ganze war durchaus unterhaltsam gewesen, und es würde einen festen Platz im Zusammenschnitt der Kuriositäten bekommen, aber für die Kurzreportage, die Emilia und Chris aus dem Filmmaterial zusammenstellen wollten, eignete sich dieser Auftritt nun wirklich nicht. Hoffentlich hatten sie beim nächsten Team mehr Glück.

Wenig später lenkte Emilia den Mégane durch eines der Stadttore in die engen, von Touristen überfüllten Straßen von Carcassonne.

»Zum Glück bin ich der Kameramann«, sagte Chris und grinste. »Um keinen Preis der Welt wollte ich hier Auto fahren.«

»Vielen Dank auch«, gab Emilia nur halb im Spaß zurück. Sie hatte sich immer noch nicht so richtig an den Rechtsverkehr gewöhnt. Jetzt noch die engen Gassen und die vielen Menschen – der reinste Horror.

Viel später als geplant erreichten sie ihr Ziel, das *Hotel Médieval de Carcassonne*. Emilia schaffte es irgendwie, den Wagen in eine enge Parklücke zu manövrieren, was von Chris mit »Nicht schlecht für eine Frau« kommentiert wurde. Er liebte es, sie aufzuziehen. Emilia revanchierte sich, indem sie das Angebot des Hotelbesitzers ablehnte, beim Auspacken der Filmausrüstung behilflich zu sein. »Das macht mein Assistent lieber alleine«, sagte sie, wobei sie das Wort *Assistent* besonders betonte.

Das Hotel war wie die ganze Stadt sehr gedrungen gebaut, aber es machte einen gemütlichen Eindruck. Durch die kleinen Fenster im Foyer drang nur gedämpftes Licht herein, weshalb die elektrischen Fackeln an den Wänden auch tagsüber brannten.

Vom Hotelbesitzer erfuhr Emilia, dass das Team CARCASSONNE gerade einen Nachmittagskaffee trank. Als Set bot er ihnen die sogenannte Waffenkammer an, einen kleinen Raum im Keller, in dem Schwerter, Hellebarden, Lanzen, Kettenhemden, Rüstungen und sogar eine alte Kanone untergebracht waren, hübsch in Szene gesetzt, wie in einem Museum. Genau das richtige Ambiente, fand Emilia.

Sie half Chris, die Ausrüstung in den Keller zu bringen und sie dort aufzubauen. Während sie die Kamera auf das Stativ montierten, die Beleuchtung justierten und den Soundcheck durchführten, ging Emilia im Geiste noch einmal die Fragen durch, die sie sich für das Interview überlegt hatte. Sie hoffte nur, dass das Fiasko von heute Vormittag sich nicht wiederholen würde.

Ihre Befürchtungen zerstreuten sich aber, als die Mitglieder des Teams CARCASSONNE in die Waffenkammer kamen. Alle machten auf den ersten Blick einen vernünftigen, ja sogar sympathischen Eindruck.

Nach einem kurzen Einführungsgespräch stellte Claude Zidi, der Sprecher des Teams, vor laufender Kamera seine Kollegen vor, alles Freunde, die sich von der Abenteuerlust hatten anstecken lassen: zwei Archäologen, zwei Geologen und zwei Historiker. Sie waren nicht nur im selben Alter, sie ähnelten sich auch äußerlich. Alle waren eher klein und rundlich, und alle trugen einen Bart. Emilia fand, sie hätten eine prima Besetzung als *Die sieben Zwerge* in einem Schneewittchenfilm abgegeben – im besten Sinne. Aber das behielt sie dann doch lieber für sich.

Im Verlauf des Interviews stellte sich schnell heraus, dass Zidi und seine Kollegen noch keinerlei Vorstellung davon hatten, wo der Templerschatz versteckt sein könnte, aber dafür war es natürlich auch noch ziemlich früh. Das Ziel dieser ersten Filmbeiträge war daher in erster Linie, jedem Team Gelegenheit zu geben, sich den Zuschauern zu präsentieren, denn während der Premierensendung von *Goldfieber* war dies schon aus zeitlichen Gründen unmöglich gewesen.

Emilia und Chris hatten heute zwei Teams besucht. In den nächsten Tagen würden sechzehn weitere folgen. Das hieß zwar eine Menge Arbeit, und die würde erst richtig losgehen, wenn die ersten Teams auf konkrete Spuren stießen. Aber obwohl Emilia wusste, dass sie in den nächsten Monaten mehr Zeit im Flugzeug verbringen würde als in ihrer Wohnung, freute sie sich darauf, Teil dieses außergewöhnlichen Abenteuers zu sein.

Kapitel 13

London

Vincent O'Shaugnessy warf einen Blick auf seine Armbanduhr und bemühte sich, seinen Ärger zu unterdrücken. Fünf nach halb drei. Er wartete jetzt schon seit zwanzig Minuten in der glühenden Hitze am Trafalgar Square und hielt nach einem schwarzen Bentley Phantom Ausschau, aber der tauchte einfach nicht auf.

O'Shaugnessy zog ein Taschentuch aus seiner Hosentasche und tupfte sich die Stirn ab. Warum hatte er sich auch ausgerechnet für sein dickes Tweedsakko entschieden? Sogar mit Weste? Weil die Wettervorhersage für London starke Bewölkung und leichten Regen vorhergesagt hatte. Dass die Wolken am Nachmittag aufreißen und der Sonne Platz machen würden, davon war keine Rede gewesen.

Er steckte das Taschentuch wieder weg und fragte sich, ob sein Termin geplatzt war. Das kam immer wieder vor: Menschen, die einen Privatdetektiv engagieren wollten, bekamen in letzter Minute kalte Füße. Dem einen oder anderen war vielleicht auch O'Shaugnessys Tagessatz zu hoch. Allerdings bezweifelte er, dass jemand, der einen Bentley Phantom fuhr, sich von sechshundert Pfund plus Spesen abschrecken lassen würde.

Einmal mehr wanderte O'Shaugnessys Blick die Straßen entlang, die am Trafalgar Square zusammentrafen. Weit und breit war kein Bentley zu sehen. Aus der Innentasche seines Sakkos holte er sein Handy und rief im Büro an. Seine Sekretärin teilte ihm mit, dass niemand den Termin abgesagt habe.

O'Shaugnessy beschloss, noch fünf Minuten zu warten und dann ins Büro zurückzufahren.

Plötzlich entdeckte er einen Bentley, der aus der Northumberland Avenue in den Kreisverkehr einbog, wie eine mobile Festung an *Nelson's Column* vorbeifuhr und schließlich direkt neben O'Shaugnessy stehen blieb. Lautlos glitt die getönte Scheibe auf der hinteren Beifahrerseite nach unten, und ein etwa fünfzigjähriger Mann mit grau melierten kurzen Haaren und durchdringend blickenden Augen musterte ihn. »Mr O'Shaugnessy? Steigen Sie ein. Wir haben einiges zu bereden.«

Kein *bitte*. Der Mann war es gewöhnt, dass andere taten, was er ihnen sagte. O'Shaugnessy beschloss, erst einmal mitzuspielen. Wenn der Kerl ihm nicht gefiel, konnte er den Auftrag immer noch ablehnen.

Er ging um den Bentley herum und setzte sich in den mit feinstem Conolly-Leder ausgestatteten Fonds des Wagens, der durch eine schalldichte Scheibe vom Fahrerraum abgetrennt war. In die Rückenlehnen der beiden Vordersitze waren Flachbildmonitore eingebaut. Der eine zeigte Börsencharts, im anderen liefen die Wirtschaftsnachrichten auf *ntv*, allerdings ohne Ton. Auf der aus poliertem Mahagoniholz gearbeiteten Mittelkonsole befanden sich zwei Dutzend Schaltknöpfe, ein Rollpad, eine Computertastatur und ein chromfarbenes Telefon. Alles an diesem Auto verströmte die Aura von Macht und Einfluss. Aber O'Shaugnessy war nicht der Typ, der sich von Statussymbolen einschüchtern ließ.

Der Mann neben ihm drückte einen der Knöpfe und sagte: »Wir können weiterfahren, Tom.«

»Sehr wohl, Sir«, antwortete der Fahrer, und die rollende Festung setzte sich in Bewegung.

Während sie in Richtung Westminster Bridge fuhren, betrachtete O'Shaugnessy seinen potenziellen Auftraggeber genauer. Er war groß und schlank und trug einen teuren Maßanzug mit einem zur Krawatte passenden Einstecktuch in der Brusttasche. Die goldenen Manschettenknöpfe hatten gewiss ein Vermögen gekostet, waren aber wohl im Vergleich zu dem Breitling Chronometer am linken Armgelenk geradezu billig gewesen.

»Wie ich Ihnen bereits am Telefon sagte«, begann der Mann mit sonorem Bariton, »habe ich Sie hergebeten, weil ich Sie für einen Auftrag gewinnen möchte, der … nun, sagen wir etwas *unorthodox* ist.«

Siebzig Prozent von O'Shaugnessys Aufträgen waren Observationen von angeblich untreuen Ehepartnern. Bei zwanzig Prozent ging es um die Wiederbeschaffung verlorener oder gestohlener Wertgegenstände. Zu neunzig Prozent bestand sein Job somit aus ziemlich unspannender Routine. Die restlichen zehn Prozent machten den Reiz seines Berufs aus.

»*Unorthodox* klingt interessant«, sagte er. »Worum genau geht es, Mr …?«

»Smith.« Der Mann neben ihm lächelte dünn und ziemlich überheblich. »Für die Zeit unserer Zusammenarbeit bin ich für Sie Mr Smith.«

Wie originell, dachte O'Shaugnessy, aber er war professionell genug, sich nichts anmerken zu lassen. »Also gut, Mr *Smith*. Was kann ich für Sie tun?«

»Kennen Sie *E-TV*?«

»Sie meinen den Sender, auf dem diese Schatzsuche läuft?«

Smith nickte. »Ich möchte, dass Sie sich dort einschleusen und mir Informationen beschaffen. Können Sie das für mich erledigen?«

O'Shaugnessy zögerte. »Welche Art von Informationen?«

»Das kann ich Ihnen nicht sagen, bevor wir nicht im Geschäft sind.«

»Und ich kann Ihnen nicht sagen, ob wir ins Geschäft kommen, wenn ich die Rahmenbedingungen nicht kenne.«

Smith bedachte ihn mit einem langen, festen Blick. Er war es offenbar nicht gewöhnt, dass man so mit ihm sprach. Aber O'Shaugnessys wusste aus Erfahrung, wie wichtig es war, solchen Leuten von Beginn an zu zeigen, dass man nicht alles mit sich machen ließ. Erstaunlicherweise schienen sie darin eine Art von Stärke zu erkennen, die ihnen gefiel – so lange man es nicht übertrieb.

»Ich führe seit zwölf Jahren eine erfolgreiche kleine Detektei«, sagte O'Shaugnessy. »Die Basis meines Erfolgs ist das Vertrauensverhältnis zwischen meinen Klienten und mir. Ohne gegenseitiges Vertrauen läuft in meiner Branche nichts, *Mr Smith*. Ich möchte gerne wissen, für wen ich arbeite und was genau mein Auftrag ist – *bevor* ich ihn annehme. Im Gegenzug garantiere ich Ihnen absolute Diskretion. Alles, was wir miteinander bereden, bleibt unter uns, unabhängig davon, ob wir miteinander ins Geschäft kommen. Wenn das für Sie akzeptabel klingt, würde ich mich freuen, weitere Details zu hören.«

Smith hatte die ganze Zeit über keine Miene verzogen. Mit ernster Stimme sagte er: »Ich bin nicht an dem Templerschatz interessiert. Ich unterstütze keines der Teams, das an *Goldfieber* teilnimmt. Es geht also nicht darum, dass Sie mir einen Wettbewerbsvorteil verschaffen, falls es das ist, was Sie befürchten. Ich will nur, dass Sie mich über ein paar Dinge auf dem Laufenden halten.«

»Was für Dinge?«

»Mehr kann ich Ihnen im Moment wirklich nicht sagen.«

»Wenn ich für Sie arbeiten soll, muss ich das wissen. Die Beschaffung von Insiderinformationen wäre illegal. Vielleicht gehören Sie zu einem anderen Sender und wollen mich dazu benutzen, *E-TV* auszuspionieren.«

Noch immer dieser unbewegte Blick. Der Kerl hätte einen hervorragenden Pokerspieler abgegeben. »Weder ich noch meine Auftraggeber repräsentieren auf irgendeine Weise die Konkurrenz von *E-TV*, das versichere ich Ihnen«, sagte er. »Dennoch wird Ihr Einsatz sich am Rand der Legalität bewegen. Allerdings hatte ich nicht gedacht, dass das ein Hindernis sein könnte. Nicht für jemanden wie Sie.«

Vincent O'Shaugnessy spürte, wie eine unangenehme Hitze in ihm aufstieg. *Nicht für jemanden wie Sie.* »Was meinen Sie damit?«, fragte er.

»Meine Auftraggeber wissen ebenfalls gern, mit wem sie es zu tun haben«, antwortete Smith. Ohne irgendwelche Unterlagen zurate zu ziehen, zitierte er die wichtigsten Stationen aus Vincent O'Shaugnessys Lebenslauf. »1983 bis 1992 Außendienst bei der amerikanischen NSA, unter anderem Einsätze im Kongo, im Irak und in Indien. 1992 ausgeschieden. Offiziell haben Sie den Dienst gekündigt, tatsächlich wurden Sie jedoch unehrenhaft entlassen – wegen wiederholter Befehlsmissachtung und wegen Brutalität gegenüber Gefangenen. Danach waren Sie fünf Jahre lang bei der Polizei in Detroit. 1997 folgte die zweite unehrenhafte Entlassung. Wegen Korruption. Anschließend Arbeitslosigkeit und Alkoholmissbrauch. Vier polizeiliche Vorladungen und zwei Verhaftungen wegen öffentlicher Ruhestörung. 1999 dann die Auswanderung nach Großbritannien, genauer gesagt nach Halfmounton, Sussex, wo Ihre Mutter lebte. Aber sie starb drei Monate nach Ihrer Ankunft, und Sie zogen nach London, wo Sie Ihre Detektei eröffneten. Habe ich irgendetwas Wichtiges vergessen?«

O'Shaugnessy antwortete nicht. Dieser arrogante Sack war bestens informiert. Dass er damals nach Europa ausgewandert war, war kein Geheimnis, wenngleich er es auch nicht gerade an die große Glocke hängte. Engländer waren ziemlich zugeknöpft, das galt erst recht Ausländern gegenüber. Aber woher, zum Teufel, wusste Smith von den beiden unehrenhaften Entlassungen? Dazu brauchte man schon außergewöhnlich gute Kontakte zur NSA und zur US-amerikanischen Polizeibehörde.

Smith kratzte sich mit dem Daumennagel am Mundwinkel. »Meine Auftraggeber haben Sie ausgewählt«, sagte er, »weil Ihr Persönlichkeitsprofil darauf schließen lässt, dass Sie gegenüber dem Gesetz einen gesunden Pragmatismus an den Tag legen, vorausgesetzt, die Bezahlung stimmt.«

O'Shaugnessy musste sich ein Lächeln verkneifen. *Gesunder Pragmatismus gegenüber dem Gesetz.* Eine nettere Umschreibung für *Bestechlichkeit* hatte er noch nie gehört. Der Kerl musste Anwalt oder etwas in der Art sein. »Bei diesem Fall würde die Bezahlung also stimmen?«

»Der Auftrag brächte Ihnen sogar eine ganze Menge Geld ein«, sagte Smith.

O'Shaugnessy überlegte. Es gefiel ihm nicht, dass der Fremde so viel über ihn wusste – sogar, wie er ihn am besten ködern konnte. Andererseits vereinfachte das die Sache auch. Er konnte jetzt direkt auf den Punkt kommen, ohne den Eindruck zu erwecken, geldgierig zu sein. »Wie viel genau ist *eine ganze Menge Geld?*«

»Ihr dreifacher Tagessatz zuzüglich Spesen«, sagte Smith. »Für mindestens dreißig Tage, vorausgesetzt natürlich, dass die Serie so lange läuft. Aber davon geht im Moment wohl die halbe Welt aus.«

Das klang nicht ganz so verlockend, wie O'Shaugnessy es sich im ersten Moment erhofft hatte. Unter dem Strich war es aber immer noch ein ziemlich lukratives Angebot. Das Einzige, was ihn störte, war, dass er nach wie vor keine Ahnung hatte, was genau seine Aufgabe bei diesem Auftrag wäre, und dass er nicht wusste, wer ihn engagieren wollte. Er kannte weder den richtigen Namen von Smith noch die Identität der eigentlichen Auftraggeber. Keine gute Basis für ein Vertrauensverhältnis.

Andererseits: Warum sollte er sich nicht erst einmal auf das Geschäft einlassen? Er konnte ja immer noch aussteigen. Auf jeden Fall wollte er erst einmal versuchen, ein paar Dinge über Smith und dessen Hintermänner in Erfahrung zu bringen. Danach würde er seine endgültige Entscheidung treffen.

»Nun, Mr O'Shaugnessy, wie lautet Ihre Antwort?«, fragte Smith. »Falls Sie mein Angebot ablehnen, bitte ich Sie nur, es sofort zu tun, damit wir uns um adäquaten Ersatz kümmern können.«

Adäquaten Ersatz. Mit seinem hochgestochenen Gerede ging der Kerl ihm allmählich auf die Nerven. »Das wird nicht nötig sein«, sagte O'Shaugnessy. »Wir sind im Geschäft. Ich kann Ihrem Charme einfach nicht widerstehen.«

Smith' süffisantes Lächeln wurde eine Spur breiter, als habe er nichts anderes als eine Zusage erwartet. »Sie werden in Kürze ein Kuvert mit weiteren Anweisungen erhalten«, sagte er. »Und eine Anzahlung von fünftausend Pfund.«

O'Shaugnessy nickte. Er holte sein Handy aus der Innentasche seines Jacketts und drückte ein paar Knöpfe. »Wie kann ich Sie erreichen, falls ich noch Fragen habe?«

»*Ich* werde mich zu gegebener Zeit bei *Ihnen* melden«, sagte Smith. Dann legte er seine Hand auf die Mittelkonsole und drückte den Knopf für die Gegensprechanlage. »Halten Sie bitte, Tom. Unser Gast möchte hier aussteigen.«

O'Shaugnessy wollte keineswegs aussteigen – er wusste im Moment nicht einmal, wo er hier war. Aber für fünftausend Pfund und die Aussicht auf noch mehr Geld ließ er sich von einem Idioten wie Smith gerne ein bisschen herumschubsen.

Der Bentley hielt an einer Bushaltestelle. *Mild Road* stand auf einem Straßenschild. O'Shaugnessy war noch nie in der Gegend gewesen.

Er stieg aus und wartete, bis die Limousine außer Sichtweite war, dann drückte er auf seinem Handy den Rücklaufknopf, um sich das Video anzusehen, das er in den letzten Minuten aufgenommen hatte. Natürlich war es ein bisschen verwackelt, und auch die Bildausschnitte waren nicht optimal, weil er unauffällig aus der Hand heraus hatte filmen müssen. Aber er hatte Smith' Gesicht von vorne und im Profil und außerdem das Nummernschild des Bentley – genug, um die Aufnahmen durch den Computer jagen und ein paar Nachforschungen anstellen zu können.

Ja, verdammt noch mal, er war bestechlich. Aber er war auch verdammt gut in seinem Job. Und er wollte unbedingt wissen, für wen er arbeitete.

Kapitel 14

Rom

Diego stand in der Kombüse der *Harmattan* und war gerade dabei, sein Chorizo-Gulasch mit frisch gemahlenem Pfeffer und Tabasco abzuschmecken, aber irgendetwas stimmte nicht. Zu dem köstlichen Aroma von köchelnden Tomaten, Rindfleisch, Chorizo-Wurst, Rotwein und einem Hauch von Thymian gesellte sich ein aufdringlicher lieblicher Duft, der ihm unangenehm in die Nase stieg. Diego legte den Deckel zurück auf den Topf, drehte die Gasflamme ein wenig herunter und legte seine Schürze beiseite. Zeit für Ursachenforschung.

Er musste nicht lange suchen: Noah McCoyle stand bei offener Tür in seiner Kajüte und prüfte mit kritischem Blick sein Spiegelbild. Er trug ein frisch gebügeltes blaues Hemd mit weißem Kragen, das ihn wie einen Investmentbanker aussehen ließ, dazu eine beigefarbene Stoffhose und Lederslipper. Während er seinen kantigen Schädel hin und her drehte, um sich von allen Seiten zu betrachten, umwölkte er sich regelrecht mit Parfum.

»Ich denke, die Mücken haben jetzt keine Chance mehr«, sagte Diego.

McCoyle warf ihm einen giftigen Blick zu. »Ich schlage vor, Sie kümmern sich weiter ums Essen und lassen mich in Ruhe.«

Diego freute sich diebisch. Er hatte einen wunden Punkt bei McCoyle getroffen. Der bärbeißige Glatzkopf war ein eitler Gockel, wer hätte das gedacht? Ein guter Ansatz für weitere Sticheleien. »Für mich brauchen Sie sich nicht extra hübsch zu machen«, sagte er mit schiefem Grinsen. »Mit uns zweien wird das sowieso nichts.«

Wieder dieser Blick, der einen Büffel in die Knie zwingen konnte.

»Der Reis ist in fünf Minuten fertig«, sagte Diego und machte kehrt, ohne seine Belustigung zu verbergen.

Was McCoyle in seinen Walrossbart brummte, verstand er nicht.

Zwanzig Minuten später hatte er gegessen. McCoyle war nicht an Deck erschienen, aber Diego hatte seine Gesellschaft auch nicht wirklich vermisst. Gott allein wusste, was der Kerl in seiner Kabine zu tun hatte. Vermutlich puderte er sich die Glatze.

Diego erledigte den Abwasch und ging wieder an Deck, wo er sich unter dem Sonnendach an seinen Laptop setzte, um die Recherchen fortzusetzen. Seit gestern arbeiteten er und McCoyle systematisch die Schlagwortliste ab, die sie anhand der von *E-TV* zur Verfügung gestellten Unterlagen erstellt hatten. Zu jedem Schlagwort hatten sie Dateien und Unterverzeichnisse angelegt, in die sie alle Dokumente speicherten, die sie im Internet dazu fanden.

Ein Ende war noch lange nicht in Sicht. Da der Brief von C.O. an seinen Freund Bartolomeu viel Platz für Interpretationen ließ, wuchsen die Verzeichnisse rasch zu einer umfangreichen Datenbank an. Neben den üblichen Internet-Suchmaschinen wie Google, Yahoo und MSN Search nutzten sie auch spezifische wissenschaftliche Suchmaschinen, die von Universitäten und anderen Forschungseinrichtungen angeboten wurden. McCoyle schaffte es immer, sich auch in passwortgesicherte Bereiche von wissenschaftlichen, historischen oder kirchlichen Datenbanken einzuloggen.

Die eigentliche Recherche übernahm meistens Diego, weil McCoyle außer Englisch nur ein paar Brocken Französisch und Italienisch konnte. Diego hingegen beherrschte neben seiner Muttersprache Spanisch auch Portugiesisch, Englisch, Deutsch und Russisch. In vier weiteren Sprachen konnte er sich zumindest verständlich machen.

Seine Gedanken wanderten zurück in jene Zeit, als er all das noch gebraucht hatte. Als er im Auftrag von *el tuerto* um die ganze Welt gereist war und Verhandlungen mit allen möglichen dubiosen Geschäftsleuten geführt hatte, die an illegalen Waffen oder anderer brisanter Schmuggelware interessiert waren. Als er noch geglaubt hatte, dass niemand ihm etwas anhaben könne.

Bis man sich an seiner Familie vergriffen hatte.

Diego spürte, wie sein Brustkorb sich zusammenzog und eine eisige Hand nach seinem Herzen griff. Nicht einmal die Gewissheit, dass *el tuerto* und seine beiden skrupellosen Helfer tot waren, konnte das unerträgliche Gefühl eines endgültigen Verlusts mildern, das in diesem Moment über ihn hereinbrach wie eine riesige dunkle Welle. Er hatte Penelope und Raoul verloren. Für immer.

Er versuchte, den Schmerz abzuschütteln und sich wieder auf seine Recherchen zu konzentrieren. Plötzlich hörte er, wie Schritte sich näherten.

»Hallo?«, sagte eine weibliche Stimme. »Ist da jemand?« Eine Frau mit schulterlangen blonden Haaren tauchte neben dem Steuerhaus auf. Diego schätzte sie auf Anfang dreißig und knapp einen Meter fünfundsechzig. In ihrer weißen Bluse und ihrem betont eng geschnittenen Hosenanzug machte sie eine ziemlich gute Figur, auch wenn die für Diegos Geschmack ein bisschen zu drall war. Er stand eher auf dünne Frauen mit kleiner Oberweite, aber er musste zugeben, dass die unbekannte

Besucherin mit ihrem herzförmigen Gesicht und den in der Sonne glitzernden smaragdgrünen Augen durchaus attraktiv war.

»Kann ich Ihnen helfen?«, fragte Diego und stand auf.

Der Gesichtsausdruck der Frau änderte sich – als würde sie ihn plötzlich erkennen. Sie kam näher und streckte ihm die Hand entgegen. »Nicht nötig«, sagte sie. »Ich habe schon gefunden, wonach ich gesucht habe. Emilia Emmerson, Reporterin von *E-TV*. Sie müssen Diego Camaro sein.«

Er schüttelte ihre Hand. »Sie kennen mich?«

»*Die Größe allein ist nicht entscheidend*. Der Spruch kam doch von Ihnen, nicht wahr? Ich fand Ihren Auftritt hier in Rom sehr … sympathisch.«

Diego konnte sich des Eindrucks nicht erwehren, dass ihr eigentlich ein anderes Attribut als *sympathisch* auf der Zunge gelegen hatte. *Peinlich*. Oder bestenfalls *amüsant*.

Er schenkte ihr ein gepresstes Lächeln. Emilia Emmerson von *E-TV*. Dumpf erinnerte er sich, dass ihr Besuch angekündigt worden war. »Sind Sie allein? Ich dachte, dass uns ein ganzes Filmteam besuchen kommt.«

»*Team* ist vielleicht ein bisschen übertrieben«, entgegnete Emilia Emmerson. »Ich habe einen Kameramann dabei. Er steht vorne am Kai, weil er die Ausrüstung nicht unnötig durch die Gegend schleppen wollte, solange wir nicht wussten, wo wir Sie finden.«

Sie drehte sich zum Ufer, stieß einen schrillen Pfiff aus und winkte ihren Kollegen herbei.

Durch den Lärm aus seiner Kabine gelockt, kam Noah McCoyle die Treppen herauf. Er duftete noch immer wie ein indischer Basar und hatte sich sogar den üppigen Walrossbart gestutzt.

McCoyle, ganz Kavalier der alten Schule, begrüßte die Frau

mit einem angedeuteten Handkuss. »Ich muss schon sagen, das ist eine angenehme Überraschung. Ich freue mich, Sie kennenzulernen, Mrs Emmerson. Willkommen an Bord der *Harmattan.*«

Diego verdrehte die Augen. Der alte Gockel lief schon jetzt zur Höchstform auf!

»Bitte nennen Sie mich Emilia«, entgegnete die Frau. »Wir werden in den nächsten Monaten viel miteinander zu tun haben. Da lässt es sich leichter arbeiten, wenn man auf Förmlichkeiten verzichtet, finden Sie nicht?«

»Ganz meine Meinung.« McCoyle brachte das Kunststück fertig, Emilia noch breiter anzulächeln. »Ich bin Noah. Aber bitte nennen Sie mich Teddy. Alle meine Freunde tun das.«

Teddy? Diego lächelte in sich hinein. Das hatte er noch gar nicht gewusst.

Das Süßholzraspeln ging ihm gewaltig gegen den Strich. »Ich bin Diego«, sagte er zu der Reporterin. »Aber bitte nennen Sie mich Diego. Alle meine Freunde tun das.«

McCoyle warf ihm wieder einen eisigen Blick zu. Aber weder er noch die Frau gingen auf die Spitze ein.

Diego holte ein paar Gläser und etwas zu trinken. Als er zurückkam, war der Kameramann auch da. Er war höchstens fünfundzwanzig Jahre alt, trug ein knallbuntes Hawaiihemd und stellte sich als Chris Boorman vor.

»Wir wollen einen Trailer über Sie beide drehen«, erläuterte Emilia Emmerson. »Um Sie den Zuschauern näher vorzustellen. Aber das haben Sie bestimmt schon alles in den Vertragsunterlagen gelesen. Der Trailer soll in den nächsten Wochen ausgestrahlt werden. Ich schlage vor, Sie sagen kurz, wer Sie sind, wie Sie heißen, was Sie beruflich machen, ein paar Sätze zu Ihren Hobbys und zu Ihrer Familie, wenn Sie wollen. Und natürlich, warum Sie bei *Goldfieber* mitmachen. Ist das okay?«

Diego und McCoyle nickten.

»Versuchen Sie, locker und spontan zu bleiben«, fuhr Emilia fort. »Seien Sie ganz natürlich. Nichts ist schlimmer als ein Text, der wie auswendig gelernt wirkt.« Sie warf den beiden einen aufmunternden Blick zu. »Wenn ich merke, dass Sie hängen, werde ich einspringen und ein paar Fragen stellen, in Ordnung?«

»Mit Ihnen an unserer Seite habe ich keine Befürchtungen«, sagte McCoyle.

»Also gut, dann bauen wir unsere Ausrüstung auf, damit wir anfangen können«, sagte Emilia und wandte sich an Chris Boorman. Sie trafen alle nötigen Vorbereitungen, und schon ein paar Minuten später waren sie so weit.

Diego spürte, wie seine Nervosität wuchs. Lampenfieber. Wie bei der Premierensendung auf der Piazza Navona. Mit allem kam er zurecht, nur nicht damit, vor anderen Leuten frei zu reden.

Es gibt keinen Grund, nervös zu sein, sagte er sich. Man konnte verpatzte Szenen so lange nachdrehen, bis sie passten. Und Emilia wollte helfend einschreiten, falls er den Faden verlor. Doch mit Logik war dem mulmigen Gefühl in der Magengegend nicht beizukommen.

Um sich nichts anmerken zu lassen, ging er unter Deck und verschwand in seiner Kabine. Er setzte sich aufs Bett, rieb sich mit beiden Händen übers Gesicht und massierte die Ohrläppchen, wie Trainer es bei angeschlagenen Boxern taten, damit sie wieder klar im Kopf wurden.

Er hatte schon viel brenzligere Situationen überstanden: Er war von einem Dobermann angefallen worden, hatte sich in unterirdischen Höhlen verlaufen, war auf der Autobahn aus einem fahrenden Wagen geworfen worden. Und wie oft hatte man schon auf ihn geschossen? Wenn jemand mit Adrenalin umgehen konnte, dann er. Nur Lampenfieber bekam er nicht in den Griff.

»Wir sind so weit!«, hörte er McCoyle vom Achterdeck aus rufen. Als Diego vom Bett aufstand und seine Kabine verließ, fühlte er sich wie ein Opferlamm auf dem Weg zur Schlachtbank.

Doch wider Erwarten ging der Kelch an ihm vorüber. McCoyle – scheinbar mit einem gottgleichen Selbstbewusstsein ausgestattet – übernahm ganz selbstverständlich die Rolle des Sprechers, und Diego musste sich widerwillig eingestehen, dass er das hervorragend meisterte. Vielleicht hätte er sein Seht-her-was-für-ein-toller-Hecht-ich-bin-Lächeln ein wenig zurücknehmen sollen. Aber abgesehen davon gab er eine ausgezeichnete Figur ab. Am Ende musste Diego nur noch gemeinsam mit McCoyle den erhobenen Daumen in die Kamera halten und lächeln. Dann sagte Chris: »Cut!«, und die erste Aufnahme war im Kasten.

Diego atmete erleichtert auf. Ein Teil von ihm wollte McCoyle danken und ihm sagen, dass er ihm gerade das Leben gerettet hatte. Aber sein Stolz machte daraus nur ein knappes, anerkennendes Nicken. Das musste genügen. Denn die Sache mit dem angebrochenen Kiefer hatte er noch nicht vergessen. McCoyle schuldete ihm etwas, sie waren noch lange nicht quitt.

Während Chris eine andere Kameraposition suchte, wandte Emilia sich an Diego und McCoyle.

»Ich werde Ihnen jetzt ein paar Fragen zum weiteren Vorgehen bei Ihrer Schatzsuche stellen«, sagte sie. »Lassen Sie uns ganz locker darüber plaudern. Ich stelle eine Frage, Sie antworten. Holen Sie nicht zu weit aus, denn wir haben nur ein begrenztes Zeitlimit für unseren Trailer. Sonst müssten wir Ihre Antworten später zusammenschneiden.« Sie strich sich eine Haarsträhne hinters Ohr, die die sanfte Brise ihr ins Gesicht geweht hatte, und wandte sich an Diego. »Nachdem Ihr Freund den ersten Part übernommen hat, wäre es gut, wenn Sie den nächsten Teil bestreiten. Sie sind zu zweit und sollten deshalb im Trailer gleich stark gewichtet sein.«

Diego hob abwehrend die Hand. »Vielen Dank. Aber ich lege gar keinen Wert darauf, im Rampenlicht zu stehen. Das überlasse ich lieber dem Profi.« Er richtete den Blick auf McCoyle. »Würden Sie auch den zweiten Teil übernehmen, *amigo*?«

»Klar doch«, sagte McCoyle. Er strahlte noch immer bis über beide Ohren, auch wenn im Moment keine Kamera auf ihn gerichtet war.

Emilia Emmerson legte Diego eine Hand auf den Arm. »Es geht nicht darum, wer seine Präsentation besser oder schlechter macht«, sagte sie. »Es geht darum, dass wir für unsere Serie Identifikationsfiguren schaffen.«

»Mit mir will sich keiner identifizieren, glauben Sie mir das«, sagte Diego.

»Ganz im Gegenteil. Mit Ihrem Auftritt in der Premierensendung haben Sie viel Aufmerksamkeit erregt. *Die Größe allein ist nicht entscheidend*. Das haben die Leute sich gemerkt, und darauf sollten wir aufbauen.«

»Nein!«, entgegnete Diego heftiger als gewollt. »Auf der Bühne bin ich von dieser Moderatorin überrumpelt worden. Das passiert mir kein zweites Mal.«

Ein blechernes *Highway to hell* ertönte. Im Augenwinkel bekam Diego mit, dass McCoyle sein Handy aus der Tasche zog und ein Gespräch annahm.

»Niemand will Sie überrumpeln, Diego«, versicherte Emilia Emmerson. »Aber Sie und Teddy haben etwas, das die Zuschauer mögen. Wenn wir es schaffen, Sie richtig in Szene zu setzen, können Sie durch *Goldfieber* richtig prominent werden.«

Was im Klartext hieß, noch öfter vor der Kamera zu stehen

und noch mehr Interviews zu geben. Der Super-GAU. »Vielen Dank, aber das möchte ich nicht«, sagte Diego entschieden.

»Bitte überlegen Sie es sich noch einmal.« Sie bedachte ihn mit einem Blick, der gewiss schon Tausenden von Interviewpartnern den Wind aus den Segeln genommen hatte – eine Mischung aus Koketterie und vertraueneinflößender Ihnen-wird-nichts-geschehen-Suggestion. »Wenn die Kamera erst läuft, ist es halb so schlimm, das verspreche ich Ihnen.«

Diego seufzte still in sich hinein. Er wusste, dass er sich wie jeder andere Teilnehmer vertraglich verpflichtet hatte, auf Wunsch des Senders für Filmaufnahmen und Interviews zur Verfügung zu stehen. Warum hatte er sich nur auf diesen Unsinn eingelassen? In seinem Kopf arbeitete es fieberhaft. Wie konnte er sich nur aus der misslichen Lage befreien, ohne sich einer Vertragsverletzung schuldig zu machen?

Sein Blick fiel auf McCoyle, der ein paar Schritte in Richtung Vorderdeck gegangen war und noch immer telefonierte.

Diego kam eine Idee. »Also gut, ich gebe mich geschlagen«, sagte er. »Sie sollen Ihr Interview haben. Aber gehen Sie behutsam mit mir um. Ich leide unter Lampenfieber.«

Emilia Emmersons Lächeln wurde breiter. »Keine Bange, das kriegen wir hin«, sagte sie. »Vertrauen Sie mir und entspannen Sie sich.«

Jetzt, wo er einen Plan hatte, fühlte Diego sich tatsächlich schon viel entspannter. Er ließ sich von Emilia Emmerson erklären, wie sie sich die Szene vorstellte, nickte fleißig und stellte interessiert Fragen, als habe er tatsächlich vor, dieses Interview zu geben. Aber kurz bevor es ernst wurde, holte er unvermittelt sein Handy aus der Hosentasche, als bekäme er einen Anruf.

»Bitte entschuldigen Sie«, sagte er und warf einen Blick auf das Display, als stünde dort die Nummer des Anrufers. »Das ist wichtig, einen Moment bitte.« Er tat so, als würde er das Gespräch annehmen. Sein Plan war, Emilia Emmerson glauben zu lassen, dass Khalid Aghani in der Stadt sei und ihn dringend sprechen müsse.

»Ja«, sagte er in sein Handy und wandte sich ab. »Ja, am Apparat … Mhm … Ich verstehe … Das ist ungünstig, wir haben gerade ein Kamerateam an Bord … Kann das nicht bis heute Abend warten? …« Er seufzte übertrieben. »Na schön, wenn es nicht anders geht. Ich komme, so schnell ich kann.«

Er beendete das fingierte Gespräch, steckte das Handy weg und sah die Reporterin entschuldigend an. Aber noch bevor er ihr seine erfundene Geschichte auftischen konnte, kam Noah McCoyle zu ihnen, der sein Telefonat ebenfalls beendet hatte. »Khalid hat mich gerade aus Paris angerufen«, sagte er erfreut. »Er will übermorgen vorbeischauen und das Material mitbringen, das sein Background-Team zusammengestellt hat. Dann können wir richtig loslegen.«

»Das Material … sehr gut«, sagte Diego zerknirscht. Unwissentlich hatte McCoyle gerade seinen hübsch improvisierten Plan zunichtegemacht. Was sollte er jetzt tun?

Emilia Emmerson bedachte ihn mit einem Blick, der keinen Zweifel daran ließ, dass sie ihm sein Schauspiel ohnehin nicht abgenommen hatte. »Was ist nun mit unserem Interview?«, fragte sie. »Können wir loslegen oder müssen Sie weg?«

Diego schluckte seinen Ärger hinunter und sagte: »Nein, das kann warten. Lassen Sie uns endlich anfangen.«

Kapitel 15

Schweizer Jura

Fünf Menschen – drei Männer und zwei Frauen – hockten in der Höhle. Sie lag gut geschützt im dichten Wald, weit abseits von Straßen und Wanderwegen. Niemand verirrte sich in diese Gegend, schon gar nicht mitten in der Nacht, noch dazu bei strömendem Regen.

Die fünf Männer und Frauen knieten auf alten, kratzigen Bastmatten. An mehreren Stellen hatten sie Öl in Bodenvertiefungen gegossen und es entzündet. Die vielen kleinen Feuerseen warfen flackernde Schattenspiele an die Wände und verliehen dem Ort eine geradezu gespenstische Atmosphäre. Wärme spendeten sie kaum.

Nicht nur gegen die Kälte, sondern vor allem aus alter Tradition heraus trugen die Männer und Frauen fellbesetzte lederne Umhänge, die ihnen bis zu den Knien reichten und ihnen ein archaisches Aussehen verliehen. Einer von ihnen hatte sich zudem einen Wolfspelz über die Schultern gehängt. Die Pfoten des Tiers hingen wie Troddeln an seinem Körper herab, der präparierte Schädel thronte auf dem Haupt des Mannes, wie eine Krone mit glühenden Augen und scharfen Zähnen. Er sah aus wie eine Mischung aus Mensch und Wolf, wie ein Schamane der alten Welt. Sein Name war Mark Fischer.

Seine nackten ausgebreiteten Arme dampften in der kalten Höhlenluft. Aus seiner Kehle kamen Gesänge, die sich anhörten wie Relikte aus einer vergessenen Zeit, rau, guttural und unmelodisch, aber voller unterschwelliger Energie. Wie eine ferne Vergangenheit fühlte sich sein Leben auf der Bohrinsel an. Er war jetzt kein Ingenieur mehr, er war Hohepriester. Er und die anderen hatten sich hier versammelt, um das Blutopfer zu bringen.

Um ihn herum, angeordnet in einem Kreis, lag eine Reihe von Gegenständen – bedeutungsvolle Reliquien ihres einst mächtigen Ordens: ein kunstvoll verzierter Priesterstab, eine Kette mit krallenförmig geschliffenen Bernsteinen, mehrere Amulette und Talismane, ein Dolch mit Bronzeklinge, eine Schale aus Kupfer, um das Blut darin aufzufangen.

Unmittelbar vor Mark Fischer lag eine Art Buch. Es war nicht gebunden, sondern nur an einer Stelle gelocht und mit einem Metallring versehen, um die Seiten zusammenzuhalten. Diese bestanden nicht aus Papier, sondern aus Metall. Es waren blank polierte dünne Platten, die im flackernden Licht glänzten wie Gold. Geheimnisvolle Zeichen waren darauf eingraviert, Symbole, die nur der kleine Kreis der Eingeweihten deuten konnte.

Jetzt fielen auch die anderen in den Gesang ein. Dazu bewegten sie im leiernden Rhythmus des Lieds ihre Oberkörper hin und her, sodass sie aussahen wie Grashalme in einer sanften Brise.

Seit Mark Fischer auf der Bismarck IV die Premierensendung von *Goldfieber* gesehen hatte, wusste er, dass für ihn und die anderen eine neue Zeit angebrochen war, eine Zeit, an die niemand von ihnen mehr zu glauben gewagt hatte. Das stimmte ihn einerseits hoffnungsvoll, aber er spürte auch die enorme Last der Verantwortung, und er war sich nicht sicher, ober er ihr gerecht werden konnte. Seit er vor zwanzig Jahren die Würde des Hohepriesters übertragen bekommen hatte, hatte er seine Pflichten sträflich vernachlässigt, genauso wie seine Vorgänger. Über viele Generationen hinweg war der Orden immer kleiner geworden, bis er schließlich in der Bedeutungslosigkeit versunken war. Zum heutigen Ritual waren nicht einmal alle verbliebenen sechs Mitglieder erschienen. Victoria Taylor fehlte. Kein gutes Zeichen.

Fischer versuchte, seine Sorgen zu verdrängen. Im Moment war das Ritual wichtiger als alles andere. Er konzentrierte sich wieder auf seinen Liedtext.

ta'dé - paruk elam tani'dé

ta'dé - nonori arakam turok bat //\\ kawa no tani samta'dé

Ihr Götter, wir sind eure treuen Diener.

Ihr Götter, gebt uns die Weisheit, zu erkennen, wenn die Zeit reif ist.

janak ta'dé /\ ursam elakin unak talibut.

Bis dahin, Ihr Götter, gebt uns die Kraft, Euer Geheimnis zu bewahren.

ta'dé – batam ninoc galimé //\\ alac a'mal natsun ta'dé.

Ihr Götter, nehmt unser Opfer an. Schuld soll vergeben werden durch Blut.

Fischer griff nach dem Dolch mit der Bronzeklinge. Die anderen nahmen armlange Holzpflöcke in die Hand, die neben ihnen lagen, und begannen, damit einen einfachen Rhythmus auf den Felsboden zu stampfen – *tam-tam … tam-tam … tam-tam*. Es klang wie ein dumpfer Herzschlag. Währenddessen wiederholten sie den letzten Vers wie ein nicht enden wollendes Echo:

ta'dé – batam ninoc galimé //\\ alac a'mal natsun ta'dé.

Ihr Götter, nehmt unser Opfer an. Schuld soll vergeben werden durch Blut.

Mit dem Dolch in der Hand stand Mark Fischer auf und ging in die Mitte der Höhle, wo auf einer kreisrunden, von vielen kleinen Feuerstellen umgebenen Fläche eine Ziege mit zusammengebundenen Beinen lag. Aus mehreren Schalen stiegen betäubende Dämpfe auf, die das Tier ruhiggestellt hatten. Aber jetzt schien es plötzlich zu spüren, dass sich etwas änderte, oder vielleicht hatte es auch nur Angst vor dem Wolfsumhang, den Mark Fischer trug. Es fing an zu meckern, und es versuchte, sich aufzurichten – vergeblich.

Fischer öffnete seinen Umhang und ließ ihn zu Boden sinken. Nackt kniete er sich neben die Ziege auf den kalten Steinboden und legte ihr eine Hand auf den Kopf. Sofort beruhigte sich das Tier wieder.

Tam-tam … tam-tam … tam-tam.

ta'dé – batam ninoc galimé //\\ alac a'mal natsun ta'dé.

Langsam hob Mark Fischer die Klinge über den Kopf, während der Liedvers wie ein Mantra über seine Lippen kam, wieder und wieder. Das Stampfen und der Gesang wurden immer schneller. Und immer lauter. Trotz der Kälte in der Höhle begann Mark Fischer zu schwitzen. Außerdem versetzten ihn die benebelnden Dämpfe in einen Zustand innerer Erregung.

Dann, wie auf ein geheimes Zeichen hin, brachen das Stampfen und der Gesang abrupt ab, und für einen kurzen Moment herrschte ein unheimliches Schweigen die Höhle. Mark Fischer verharrte noch, wartete, bis seine innere Stimme ihm bedeutete, dass er bereit war, den Göttern das Opfer darzubringen.

In einer schnellen Bewegung zog er die Bronzeklinge über seinen linken Unterarm, dann wechselte er die Hand und zog sie über den rechten Arm. Sofort quoll Blut aus den Schnitten. Ein Teil davon tropfte auf die am Boden liegende Ziege, ein Teil lief an seinen noch immer erhobenen Armen hinab bis zu den Schultern und weiter über seinen nackten Oberkörper.

Keuchend und mit zusammengebissenen Zähnen fügte er sich zwei neue Schnitte zu, diesmal quer über die Brust. Blut trat hervor, rann über seine Brustwarzen und zog sich schließlich in dünnen Bahnen bis zum Bauch hinunter.

Mark Fischer begann wieder zu singen.

ta'dé – batam ninoc galimé //\\ alac a'mal natsun ta'dé.

Der Text kam ihm jetzt nur noch stockend über die Lippen. Sein Atem ging schwer. Mit den Händen rieb er sich über Arme, Brust und Bauch, sodass Blut und Schweiß sich zu einem schlierigen roten Film vermengten. Es war der symbolische Akt einer Geburt. Nackt und blutverschmiert, aber rein und frei von aller Schuld kam ein Säugling unter Schmerzen zur Welt. Nackt, blutig und unter Schmerzen wollte auch Mark Fischer in dieser Nacht wiedergeboren werden.

Blieb nur noch der Tod. Nur mit ihm ließ sich die symbolische Darstellung vom ewigen Kreislauf des Lebens vollenden. Geburt, Leben und Tod. So sollte es sein. So war es schon immer gewesen.

Noch einmal hob er die Bronzeklinge über den Kopf. Ein letztes Mal sang er seinen Vers, nur er allein. Er war in dieser Nacht neu geboren worden. Ein anderes Leben musste dafür genommen werden.

Die Ziege vor ihm auf dem Boden fing wieder an zu meckern. Mark Fischer schloss die Augen und stieß zu.

Kapitel 16

London

Vincent O'Shaugnessy bog mit seinem Lexus in die Einfahrt des Studiogeländes von *E-TV* ein und hielt an der Schranke. Ein uniformierter Wachmann kam aus seinem Häuschen und fragte ihn nach dem Namen.

»Hollis«, sagte O'Shaugnessy. »Vince Hollis.« Er hatte sich unter einem Decknamen angemeldet. Nur Douglas Wincott kannte seinen richtigen Namen.

Der Wachmann warf einen Blick auf seine Besucherliste. »Sie können den Wagen dort drüben abstellen, Mr Hollis«, sagte er und deutete auf die andere Seite des Parkplatzes. Dann öffnete er die Schranke und winkte ihn durch. O'Shaugnessy bedankte sich und fuhr über das asphaltierte Gelände zu einem Schild mit der Aufschrift *Besucherparkplatz*. Er war ein paar Minuten zu früh dran, also konnte er noch eine Zigarette rauchen und sich ein wenig umsehen.

Das Gelände war bei Weitem nicht so groß, wie er vermutet hatte. Seit seinem Gespräch mit Mr Smith – oder wie der Kerl im Bentley auch immer heißen mochte – hatte O'Shaugnessy sich ein paar Folgen von *Goldfieber* angeschaut. Von einem Kollegen hatte er sich sogar die Premierensendung auf Video besorgt. Die ganze Serie war mit einem derart großen Brimborium in Szene gesetzt worden, dass er ganz automatisch davon ausgegangen war, *E-TV* wäre genauso groß wie die Studios in Hollywood. Aber alles, was er hier sah, waren ein siebenstöckiger Verwaltungsbau, zwei Aufnahmestudios und ein paar Nebengebäude, deren Nutzung nicht zu erkennen war.

Während er rauchend zum Verwaltungsgebäude schlenderte, versuchte er, die bleierne Müdigkeit zu verdrängen, die ihn zu übermannen drohte. Er war die ganze Nacht auf den Beinen gewesen, weil er einen laufenden Fall hatte abschließen wollen, um sich danach voll und ganz auf seine neue Aufgabe bei *E-TV* konzentrieren zu können. Jetzt fühlte Vincent O'Shaugnessy sich, als wären seine Knochen aus Gummi.

Er drückte seine Zigarette aus, betrat das Verwaltungsgebäude, meldete sich am Empfang und fuhr mit dem Aufzug hoch in die Chefetage, wo er sofort zu Douglas Wincott vorgelassen wurde.

»Mr O'Shaugnessy!« Wincott gab ihm über seinen mächtigen Mahagonischreibtisch hinweg die Hand. »Bitte setzen Sie sich. Darf ich Ihnen etwas zu trinken anbieten?«

O'Shaugnessy bestellte einen Kaffee, obwohl er nicht glaubte, dass dieser viel bewirken würde.

Der Chef von *E-TV* war noch beeindruckender, als O'Shaugnessy ihn sich vorgestellt hatte. Er war groß, hatte markante Gesichtszüge, einen gepflegten Dreitagebart, streng nach hinten gekämmte silbergraue Haare und einen stahlharten Blick. Sein Lächeln wirkte professionell, aber kalt.

Wincott saß ein paar Augenblicke schweigend in seinem Chefsessel, als würde er erst jetzt über den Grund von O'Shaugnessys Besuch nachdenken. Dann beugte er sich nach vorne, verschränkte die Hände auf dem Schreibtisch und sagte: »Sie sind also der Polizist, der sich bei uns umsehen soll?«

»Privatdetektiv«, korrigierte O'Shaugnessy.

Falls Wincott davon überrascht war, ließ er es sich nicht anmerken. »Ich habe gestern einen Anruf von Scotland Yard bekommen. Angeblich soll bei *Goldfieber* irgendeine verbrecherische Organisation ihre Finger im Spiel haben. Was können Sie mir dazu sagen?«

»Nicht viel mehr als das, was Sie bereits wissen«, antwortete O'Shaugnessy. In diesem Augenblick kam die Sekretärin mit dem Kaffee herein. Erst als sie wieder draußen war, redete er weiter. »Interpol hat vor ein paar Tagen zwei Telefonate abgehört, die vermuten lassen, dass jemand aus dem unmittelbaren Umfeld von *Goldfieber* Kontakt zum organisierten Verbrechen hat. Leider wissen wir weder, wer der Maulwurf ist, noch, zu welcher Organisation der Kontakt besteht. Vermutlich zur russischen Mafia, vielleicht auch zur japanischen Yakuza. Fest steht nur, dass beide Telefonate mit einem Mann geführt wurden, der des internationalen Waffenschmuggels und Drogenhandels verdächtigt wird und der gute Verbindungen in den Osten hat.« Diese Informationen hatte O'Shaugnessy von Mr Smith erhalten, zusammen mit den fünftausend Pfund Anzahlung. Smith hatte ihn auch wissen lassen, dass er seine Beziehungen zur Polizei spielen lassen würde, um O'Shaugnessy die Tür zu *E-TV* zu öffnen. Bislang schien der Plan zu funktionieren.

»Wie kommen Sie darauf, dass jemand von *Goldfieber* in die Sache verwickelt ist?«, fragte Wincott.

»In den Telefonaten fiel mehrmals der Name der Sendung«, sagte O'Shaugnessy. »Außerdem lässt der Kontext der Gespräche darauf schließen.«

»Und von wo aus wurden die Telefonate geführt?«

»Sie waren zu kurz, sodass man sie nicht zurückverfolgen konnte.« O'Shaugnessy machte eine entschuldigende Geste. »Sie sehen, wir stehen bei den Ermittlungen noch ganz am Anfang.«

Wincott schüttelte nachdenklich den Kopf. »Für *Goldfieber* habe ich nur langjährige und loyale Mitarbeiter eingesetzt«, sagte er. »Für jeden von ihnen würde ich meine Hand ins Feuer legen. Ich kann mir nicht vorstellen, dass jemand von *E-TV* in die Angelegenheit verwickelt ist. Aber *Goldfieber* läuft als Lizenz in über siebzig Ländern. Vielleicht hat einer der anderen Sender weniger Sorgfalt auf die Wahl seiner Mitarbeiter verwandt.«

O'Shaugnessy nippte an seinem Kaffee. Er schmeckte vorzüglich. »Das wird sich herausstellen. Es muss sich aber nicht zwangsläufig um einen Mitarbeiter der Sendung handeln. Die Mitglieder der Schatzsucher-Teams kommen genauso infrage.«

Wincott strich sich mit Daumen und Zeigefinger über sein von silbernen Stoppeln übersätes Kinn. »Die Castings für die Goldsucher-Teams wurden mit großer Sorgfalt durchgeführt«, sagte er. »Nicht nur in Großbritannien, sondern in allen Ländern, die an *Goldfieber* teilnehmen. Jeder Bewerber musste einen Persönlichkeitstest absolvieren und wurde von Psychologen befragt. Außerdem haben wir polizeiliche Führungszeugnisse angefordert. Bewerber mit zweifelhafter Persönlichkeitsstruktur oder gar krimineller Vergangenheit haben wir von vornherein ausgeschlossen.«

»Mit Ihrer Erlaubnis würde ich die Bewerbungsunterlagen gerne genau prüfen«, sagte O'Shaugnessy. Er war fest davon überzeugt, dass Wincott seine Dienste in Anspruch nehmen würde. Das Schreiben von Scotland Yard ließ ihm gar keine Wahl. »Selbst das beste Auswahlverfahren bietet keinen absoluten Schutz, schon gar nicht, wenn es um so viel Geld geht. Tests sind manipulierbar, und ein polizeiliches Führungszeugnis kann gefälscht werden. Für eine professionelle kriminelle Organisation ist das kein Problem.«

Wincott seufzte auf und nickte schließlich – für O'Shaugnessy ein eindeutiges Zeichen, dass er die Geschichte geschluckt hatte. »Warum schickt Scotland Yard nicht einen seiner eigenen Leute, sondern einen Privatdetektiv?«, wollte er wissen.

»Vorerst geht es nur darum, Informationen zu sammeln und Genaueres über die Angelegenheit herauszufinden«, sagte O'Shaugnessy. »Wenn sich der Verdacht erhärtet, übernimmt Scotland Yard den Fall.« Auch das hatte Smith ihm so vorgegeben.

Wincott nahm ein Stück Papier zur Hand, das auf dem Schreibtisch lag, und überflog es. »Scotland Yard hat mir eine Liste von Fällen zukommen lassen, an deren Aufklärung Sie aktiv mitgewirkt haben«, sagte er. »Gewissermaßen als Empfehlungsschreiben. Ich muss zugeben, die Liste ist beeindruckend.«

O'Shaugnessy war nicht wirklich überrascht, obwohl er noch nie einen Fall für Scotland Yard bearbeitet hatte. Dieser ominöse Mr Smith verfügte über erstaunlich gute Kontakte.

Wincott legte das Papier zur Seite und sah wieder auf. »Ich habe auch selbst ein paar Erkundigungen über Sie eingezogen. Wenn ich Ihnen Zugang zu Firmeninterna gewähren soll, muss ich wissen, mit wem ich es zu tun habe.«

»Selbstverständlich.«

»Zufällig kenne ich jemanden, für den Sie schon einmal tätig waren. Maureen Bancroft. Erinnern Sie sich?«

Natürlich erinnerte O'Shaugnessy sich an sie. Nie hatte er eine Klientin gehabt, die ihre weiblichen Reize wirkungsvoller zur Geltung gebracht hatte als Maureen Bancroft. »Ging es damals nicht um eine Streitigkeit mit ihrem Bruder?«, fragte O'Shaugnessy und trank wieder einen Schluck Kaffee.

Wincott nickte. »Maureen erzählte mir, dass Sie die Sache damals sehr professionell und mit äußerster Diskretion durchgeführt haben. Deshalb denke ich, dass Sie auch für mich der richtige Mann sind. Diskretion ist in diesem Fall das Allerwichtigste. Sie ahnen nicht, wie viel Geld ich in die Vorbereitung von *Goldfieber* investiert habe. Die Sendung *muss* ein Erfolg werden. Mindestens sechs Monate lang. Wenn die Zuschauerquote vorher wegbricht, weil bekannt wird, dass das organisierte Verbrechen seine Finger im Spiel hat, oder weil mir die Teams davonlaufen, aus Angst, ihnen könne etwas geschehen, dann bin ich ruiniert, verstehen Sie?«

»Ich habe Erfahrung in solchen Dingen«, sagte O'Shaugnessey ruhig. »Niemand wird Verdacht schöpfen. Wichtig ist, dass möglichst wenige Personen den wahren Grund kennen, warum ich hier bin.«

»Außer mir weiß nur meine Sekretärin Bescheid«, sagte Wincott.

»Dann sollten wir es auch dabei belassen. Ist Ihre Sekretärin zuverlässig?«

»Sie ist die Loyalität in Person.«

O'Shaugnessy nickte zufrieden. »Dann brauche ich nur noch eine gute Tarnung«, sagte er, »damit ich mich in der Firma frei bewegen kann. Haben Sie schon einen persönlichen Prozessberater?«

Kapitel 17

London

Emilia Emmerson strich sich mit den Handflächen übers Gesicht, aber das half nicht gegen die Müdigkeit, die ihr in den Knochen steckte. In den vergangenen sechs Tagen war sie fast ununterbrochen unterwegs gewesen – Frankfurt, Carcassonne, Rom, Venedig, Istanbul, Athen, Warschau und jetzt wieder London. Überall hatte sie Interviews durchgeführt und gemeinsam mit Chris Boorman, ihrem Kameramann, Filmaufnahmen gemacht. Sie hatten das Material noch vor Ort gesichtet, es zu einer Rohfassung zusammengeschnitten und anschließend hierher, nach London, gemailt, wo die Nachbearbeitung stattfand. Schon übermorgen ging es weiter nach Lissabon, Madrid und Barcelona.

Es klopfte, und Emilia sah auf. In der Tür stand Chris. »Was ist los mit dir?«, fragte er. »Müde?«

Emilia nickte. »Und ein bisschen enttäuscht«, sagte sie. »Ein paar Interviews waren nicht gerade der Knaller.«

»WOODSTOCK war doch ganz amüsant.« Chris grinste. »Wie diese Cora in Frankfurt ihre Interview-Antworten in die Kamera gesungen hat – ich fand das amüsant. Du nicht?«

Jetzt musste auch Emilia lächeln. »Ja. *Amüsant* war es. Nur für unsere Zwecke leider völlig unbrauchbar.«

Chris kam herein, zog sich einen Stuhl heran und setzte sich vor ihren Schreibtisch. »Du siehst das zu kritisch«, sagte er. »*Goldfieber* braucht auch ein paar schräge Figuren. Das bringt Publicity. Du wirst schon sehen. Sobald der WOODSTOCK-

Trailer ausgestrahlt worden ist, werden die Medien sich darauf stürzen.«

Emilia seufzte. »Vielleicht hast du recht«, sagte sie wenig überzeugt. »Trotzdem ist der Anfang nicht richtig rund gelaufen. In Frankfurt wird gesungen, in Warschau liegt das halbe Team verkatert im Bett, und in Rom wäre mein Interviewpartner am liebsten vor mir geflüchtet, weil er Lampenfieber hatte.«

Chris machte eine wegwerfende Handbewegung. »Sieh's positiv. Es kann nur besser werden. Außerdem glaube ich, dass die Aufnahmen gar nicht so schlecht geworden sind. Ich wollte übrigens gerade in den Schneideraum, weil Mary-Sue gesagt hat, dass die ersten Trailer fertig sind. Kommst du mit?«

»Gute Idee.« Emilia wollte gerade aufstehen, als ihr Telefon klingelte. »Geh schon mal vor«, sagte sie zu Chris. »Ich komme gleich nach.«

Chris verließ das Büro, und Emilia nahm den Hörer ab. Am anderen Ende der Leitung meldete sich eine Männerstimme, nasal, wie bei jemandem, der Probleme mit den Nebenhöhlen hat. »Sind Sie Emilia Emmerson? Die Reporterin?« Der Mann hatte einen Akzent, aber Emilia kam nicht drauf, welchen.

»Ja, das bin ich«, sagte sie. »Was kann ich für Sie tun, Mr …«

Statt seinen Namen zu nennen, sagte der Anrufer: »Stimmt es, dass an der Sendung *Goldfieber* ein Mann namens Diego Camaro teilnimmt?«

»Ja. Wir haben eine Fan-Hotline eingerichtet. Wenn Sie sich bitte dahin wenden …«

»Ich bin kein Fan«, unterbrach der Anrufer sie. Die Stimme klang auf einmal eine Nuance schärfer. »Ich rufe an, um Sie zu warnen. Diego Camaro ist nicht der, der er zu sein vorgibt. Haben Sie etwas zu schreiben?«

»Ja«, sagte Emilia und nahm einen Stift zur Hand.

»Dann notieren Sie bitte Folgendes«, sagte die Stimme. »MD-1363-0511.«

Emilia schrieb die Buchstaben- und Ziffernfolge auf einen Notizzettel. »Was ist das?«, fragte sie. »Was hat das zu bedeuten?«

»Fragen Sie die Polizei von Ciudad Juárez in Mexiko.«

Emilia verstand kein Wort. »Wer sind Sie? Und warum rufen Sie mich an?«

Der Mann am anderen Ende der Leitung zögerte kurz. Dann hängte er ein, und die Verbindung war unterbrochen.

Nachdenklich legte Emilia den Hörer auf. Sie hatte schon oft anonyme Tipps bekommen, aber noch nie so einen. Sie drückte die Taste für die Nummernanzeige des letzten Gesprächs, aber auf dem Display erschien nur der Hinweis *Nummer unterdrückt*. Vermutlich kein Zufall. Wer war der unbekannte Anrufer?

Noch drängender war die Frage, ob der Anrufer die Wahrheit gesagt hatte. Und wenn ja: Was steckte hinter der Nummer auf ihrem Notizzettel?

Kurz entschlossen rief sie die Auskunft an und ließ sich mit der Polizeizentrale in Ciudad Juárez verbinden. Der Polizist am anderen Ende war zwar höflich, verweigerte jedoch die Auskunft.

Ihr nächstes Telefonat galt Inspektor Henry Grey, einem alten Bekannten bei Scotland Yard. Sie gab ihm den Code durch, und er versprach, sich zu melden, sobald er etwas herausgefunden hatte.

Nachdenklich ging sie in den Schneideraum, wo Mary-Sue Jenkins die ersten Trailer präsentierte: geschnitten, mit Musik unterlegt und nachvertont. Alle machten einen professionellen Eindruck. Selbst aus dem abgefahrenen WOODSTOCK-Material hatte Mary-Sue ein sympathisches kleines Filmchen gezaubert.

Dennoch konnte Emilia sich nicht so recht darauf konzentrieren. Immer wieder kehrten ihre Gedanken zurück zu dem sonderbaren anonymen Anruf. Ihr Instinkt sagte ihr, dass etwas Interessantes dahintersteckte. Ihre Neugier war geweckt.

Kapitel 18

London

Mark Fischer stand am Fenster, versteckt hinter dem Vorhang, und starrte aus dem fünften Stock hinunter auf die nächtliche Straße. Sein Leben als Ingenieur auf einer Bohrinsel schien so weit entfernt zu sein wie die Erde vom Mond.

Die Schnittwunden an Brust und Unterarmen hatte er verbunden. So lange er stillstand, bereiteten sie ihm keine Schwierigkeiten, aber wenn er sich bewegte, taten sie immer noch weh. Fischer waren die Schmerzen sogar recht. Sie erinnerten ihn an das Blutopfer und damit an seine Pflichten als Hohepriester, die er viel zu lange vernachlässigt hatte. Damit war ein für alle Mal Schluss. Er hatte eine Aufgabe: Er musste den Schatz beschützen.

Die Alarmanlage des geräumigen Lofts im eleganten Londoner Stadtteil Kensington hatte ihm keine Schwierigkeiten bereitet. Es gehörte zu seinen Aufgaben im Orden, sich mit solchen Dingen zu beschäftigen, und im Gegensatz zu vielen anderen Pflichten hatte er sich dazu nie überwinden müssen. An Technik und Elektronik hatte er schon immer großes Interesse gehabt.

Er war also unbemerkt hier eingedrungen, und er hatte alles durchsucht – von den Nachttischen über die Kleiderschränke bis hin zu den Schreibtischschubladen im Arbeitszimmer. Um keine Spuren zu hinterlassen, hatte er sich Latexhandschuhe übergestreift. Und die Suche hatte sich gelohnt. Er war auf einige interessante Dinge gestoßen.

Fischer ließ den Blick durch das weite Schattenreich des Raums wandern. Der Besitzer hatte bei der Einrichtung seines Lofts Geschmack bewiesen. An den Wänden hingen ein paar moderne Bilder im Warhol-Stil, neben der weißen Sitzgarnitur stand eine mannshohe Statue aus Carara-Marmor, daneben thronte auf einem eleganten Fernsehtisch ein riesiger Flachbildschirm, der wie ein Raumteiler wirkte.

Fischer warf einen Blick auf das Display der Stereoanlage, die auf einem Sideboard stand. 23.34 Uhr. Er war jetzt schon seit zwei Stunden hier, und allmählich fragte er sich, wo George Sanders blieb, der Programmchef von *Goldfieber*. Nach seinen Recherchen hätte er längst zu Hause sein müssen.

Aber Fischer war geduldig. Wenn es sein musste, würde er die ganze Nacht an diesem Fenster stehen und auf Sanders warten, um ein paar Antworten von ihm zu bekommen.

Eine Bewegung unten auf der Straße holte ihn aus seinen Gedanken zurück in die Wirklichkeit. Ein Auto näherte sich und hielt vor dem Haus, ein Jaguar XF. In dem poliertem Lack spiegelte sich das Licht der Straßenlaternen. Das Garagentor glitt auf, und der Jaguar fuhr hinein.

Adrenalin durchflutete Fischers Körper wie eine Energiewelle. Endlich! George Sanders kam nach Hause. Fischer zog sich seine schwarze Skimaske über den Kopf und schlich lautlos zur Eingangstür.

Kurz darauf hörte er Schritte. Er presste sich an die Wand. Als der Schlüssel sich im Schloss drehte, ballte er die Fäuste. Mark Fischer war jetzt hoch konzentriert.

Die Tür öffnete sich, und ein Schatten fiel auf den Fußboden. Noch bevor Sanders den Lichtschalter neben dem Eingang berühren konnte, schlug Fischer ihm mit einem gezielten Fausthieb auf den Solarplexus. Der Mann stöhnte auf und ging zu Boden.

Fischer schloss die Tür, sodass es im Loft wieder dunkel war. Dann kniete er sich neben sein Opfer und schlug ihm noch einmal in den Magen – aus Unsicherheit, denn eine solche Situation war fremd für ihn, und er wollte nichts falsch machen. Um zu erfahren, was er wollte, musste er George Sanders einschüchtern.

Als er sicher war, dass George Sanders keinen Widerstand leisten würde, fesselte er ihm Hände und Füße. Außerdem stopfte er ihm einen Knebel in den Mund, damit er nicht schreien konnte. Sanders war immer noch wie betäubt und ließ alles ohne Gegenwehr über sich ergehen.

Mühsam zerrte Fischer das hilflose Opfer auf einen Küchenstuhl. Die gefesselten Füße knotete er an ein Stuhlbein, den Oberkörper an die Rückenlehne.

Dann gab er Sanders zwei kräftige Ohrfeigen. Der zuckte zusammen und starrte ihn angsterfüllt an.

»Ich werde jetzt den Knebel wieder rausnehmen«, sagte Fischer leise. »Versuchen Sie gar nicht erst zu schreien. Sie würden es bereuen.« Er holte ein Messer aus der Hosentasche und ließ es mit einem Klicken aufschnappen. Die Klinge war gebogen wie eine Raubtierkralle. »Ein Mucks, und ich steche Ihnen die Augen aus! Verstanden?«

Sanders nickte sofort, und Mark Fischer entfernte den Knebel.

»Sie sind bei *E-TV* für die Produktion von *Goldfieber* verantwortlich?«

»Ja.« Es war kaum mehr als ein Flüstern.

Fischer betrachtete Sanders durch die Sehschlitze in seiner Skimaske. »Ich bin hier, weil ich ein paar Informationen brauche«, sagte er. »Informationen zu dem Brief, den man in der Premierensendung verlesen hat. Wenn Sie mir sagen, was Sie wissen, wird Ihnen nichts geschehen. Sollte ich jedoch den

Eindruck gewinnen, dass Sie mir Informationen vorenthalten oder dass Sie mich belügen, werde ich Ihnen wehtun. *Sehr* weh. So lange, bis ich davon überzeugt bin, dass Sie mir die Wahrheit sagen.«

Sanders Atem ging flach und keuchend. »Ich werde Ihnen sagen, was Sie wissen wollen«, flüsterte er. »Alles, was ich weiß, werde ich Ihnen sagen.«

Fischer wartete ein paar Sekunden, um Sanders noch mehr zu verunsichern. »Woher stammt der Brief?«, fragte er schließlich.

Sanders schluckte. »Ein Kamerateam ist vor ein paar Jahren auf den Brief gestoßen. Soweit ich weiß, bei Recherchen in einem Kloster.«

»In welchem Kloster?«

»In Spanien«, sagte Sanders. »Katalanien, glaube ich.«

»Wie heißt das Kloster?«

Sanders schluckte wieder. Im fahlen Schein des durch die Fenster dringenden Lichts zuckten seine Pupillen hektisch hin und her. »Ich … ich weiß es nicht.«

Fischer war sicher, dass Sanders die Wahrheit sagte. »Bringen Sie das für mich in Erfahrung«, forderte er. »Ich möchte den Namen dieses Klosters wissen.«

Sanders nickte, offenbar erleichtert darüber, dass Fischer ihm glaubte.

»Gibt es schon eine Spur, die zu dem Schatz führen könnte?«, fragte Fischer.

»Noch keine. Wir rechnen frühestens in ein paar Monaten damit. Mein Boss hat schon vor Jahren ein Expertenteam beauftragt, den Brief zu analysieren. Ohne Erfolg. Wenn es so einfach wäre, hätten sie den Schatz damals schon gefunden.«

»Gibt es außer in dem Brief noch irgendwo einen Hinweis auf den Schatz?«, fragte Fischer.

»Nein. Der Brief ist alles, was wir haben.«
»Das glaube ich Ihnen nicht.«
»Aber … aber das ist … die Wahrheit!«, keuchte Sanders.
Fischer seufzte wie jemand, der widerwillig eine folgenschwere Entscheidung treffen muss. »Sie wollen mir also erzählen, dass Sie Ihr ganzes Pulver schon in der ersten Sendung verschossen haben? Dass Sie nichts mehr in der Hinterhand haben, mit dem Sie Ihr Publikum verblüffen können? Für wie blöd halten Sie mich?«
In Sanders Gesicht stand blankes Entsetzten. »Aber genau so ist es! Unser Konzept ist nicht darauf ausgelegt …«
Weiter kam er nicht, denn in diesem Moment trat Fischer mit zwei schnellen Schritten hinter ihn und stülpte ihm eine Plastiktüte über den Kopf, die er bei der Durchsuchung der Wohnung in der Küche gefunden hatte. Fischer drückte die Tüte am Hals fest zu und stemmte sich mit aller Kraft gegen den sich aufbäumenden Körper. Es folgte ein beinahe lautloser Kampf, erbittert und zäh – aber ungleich. Erst als Fischer spürte, dass Sanders nur noch krampfartig zuckte, riss er die Tüte von dessen Kopf.
Sanders schnappte nach Luft wie ein Ertrinkender, er keuchte, japste und hustete.
»Ist Ihnen inzwischen noch etwas eingefallen, das ich wissen sollte?«, fragte Fischer.
Sanders schluchzte leise vor sich hin. »Bitte … Ich habe Ihnen doch alles gesagt …«
Fischer war sich inzwischen sicher, dass Sanders die Wahrheit sagte. »Ich werde jetzt gehen«, sagte er. »Aber ich will, dass Sie mich auf dem Laufenden halten, wenn sich bei *Goldfieber* etwas Wichtiges tut. Ich will es wissen, bevor es im Fernsehen kommt, verstanden?«
Sanders wimmerte noch immer wie ein verängstigtes Kind.

»Haben Sie mich verstanden?«, zischte Fischer ihn an.

Sanders zuckte zusammen. »Ja«, hauchte er. »Ja, ich habe Sie verstanden.«

Fischer nannte ihm eine E-Mail-Adresse. »Wenn sich etwas tut, das ich wissen sollte, schicken Sie mir eine Blanko-Mail«, sagte er. »Ich werde mich dann bei Ihnen melden. Aber kommen Sie nicht auf den Gedanken, Scotland Yard einzuschalten. Ich beobachte Sie. Wenn Sie mit der Polizei oder mit sonst jemandem über unser kleines Treffen sprechen, komme ich wieder. Und dann werde ich nicht mehr so feinfühlig sein.«

Kapitel 19

Rom · Fünf Tage später

Diego lehnte sich in seinem Stuhl auf dem Achterdeck der *Harmattan* zurück, streckte sich und gähnte seinen Laptop an. Obwohl er wieder den ganzen Tag nur auf seinem Hinterteil gesessen hatte, fühlte er sich wie gerädert.

Seit der Premierensendung verbrachte er jede freie Minute mit Recherchen im Internet und mit der Sichtung der Unterlagen, die Khalid Aghani bei seinem Besuch letzte Woche mitgebracht hatte, gespeichert auf einer externen Festplatte. Dabei handelte es sich um Material zum Templerschatz, das das Background-Team gesammelt hatte – eine Gruppe von zwanzig Personen verschiedener Nationalitäten, die sich auf die Übersetzung von fremdsprachigen Internetseiten konzentrierte. Die Durchsicht der Dateien kostete viel Zeit und war noch längst nicht abgeschlossen.

Diego warf einen Blick auf seine Armbanduhr. 16.23 Uhr. Er fragte sich, weshalb McCoyle noch nicht zurück war. Seine Maschine hätte schon vor vier Stunden in Rom landen sollen. Mehr als das wusste Diego allerdings nicht, nicht einmal, wohin genau der kantige Glatzkopf gereist war. In irgendein Kloster in Portugal. Khalids Unterlagen enthielten angeblich eine vielversprechende Spur. Dieser Wichtigtuer! Vermutlich saß er in irgendeinem dunklen Kellergewölbe, umgeben von verstaubten Klosterschriften und Folianten, und traute sich nicht, unverrichteter Dinge zurückzukommen, weil er nicht zugeben wollte, dass seine ach so heiße Spur ein Rohrkrepierer war.

Soll er doch in Portugal verschimmeln, dachte Diego. *Dann kann ich wenigstens in Ruhe weiterarbeiten.*

Er massierte sich den steifen Nacken und ließ den Kopf kreisen. Er hatte schon so lange in den Monitor geschaut, dass sein Schädel sich anfühlte wie ein Fremdkörper.

Er beschloss, eine Pause zu machen. Zeit für ein bisschen Musik. Er schob den Laptop beiseite, holte aus seiner Kajüte seinen MP3-Player und zog sich die Kopfhörer über. Ihm stand der Sinn nach Ennio Morricones berühmtem Soundtrack von *Spiel mir das Lied vom Tod*. Dazu gönnte er sich ein Glas Rioja, auch wenn es dafür noch etwas früh war. Schon bald spürte er, wie eine angenehme Trägheit in ihm aufstieg. Kurz darauf schlief er ein.

Das dumpfe Klackern von schweren Schritten holte ihn zurück in die Wirklichkeit. Müde schlug er die Augen auf. Umgeben vom orangeroten Schein der Abendsonne, stand Noah McCoyle vor ihm, groß wie ein Berg, mit geschulterter Reisetasche.

»War die Zeit ohne mich *sehr* anstrengend?«, fragte der Glatzkopf mit Blick auf das Weinglas und den MP3-Player.

»Es war die Hölle«, antwortete Diego. Er griff zum Glas und kippte demonstrativ den letzten Rest Rioja hinunter. »Wie war's in Portugal?«

Unter McCoyles mächtigem Schnurrbart zeichnete sich ein undefinierbares Lächeln ab. Aus seiner Hemdtasche zog er ein etwa fingerlanges Objekt, aber im Gegenlicht der tief stehenden Sonne konnte Diego es nicht erkennen.

»Sehen Sie sich das an und staunen Sie«, sagte McCoyle. »Anschließend erwarte ich Ihre Entschuldigung.«

Träum weiter, dachte Diego. »Entschuldigung?«, wiederholte er. »Wofür?«

»Dafür, dass Sie mich von Anfang an nicht als Partner akzeptiert haben.« Er hielt Diego den Gegenstand hin.

»Was ist das?« Diego blinzelte gegen die Sonne an, konnte aber noch immer nichts erkennen.

»Unter Angehörigen des einundzwanzigsten Jahrhunderts nennt man es *USB-Stick*«, sagte McCoyle. »Man benutzt es als Speichermedium für Computer.«

»Sehr witzig.«

Das Lächeln unter McCoyles Schnauzer wurde breiter. »Sehen Sie sich das mal an«, sagte er und schob Diego den Stick über den Tisch. »Ich will nur kurz meine Sachen aufräumen und einen Happen essen. Ich bin gleich wieder da.«

Wie es aussah, hatte McCoyle das komplette Klosterarchiv eingescannt. Falls es so etwas wie eine Logik in seiner Dateistruktur gab, blieb sie Diego verborgen.

»Nun? Was sagen Sie?«, fragte McCoyle, als er mit einem dick belegten Sandwich und einer Flasche Mineralwasser wieder an Deck kam und sich an den Tisch setzte.

»Noch gar nichts«, sagte Diego und schob ihm den Laptop hin. »Aber bitte – erleuchten Sie mich.«

Der Walrossschnauzer verzog sich zu einem breiten Lächeln, das ebenso mitleidig wie selbstzufrieden wirkte. Obwohl der Kerl noch keine zehn Minuten an Bord war, schaffte er es schon wieder, sich unbeliebt zu machen.

Er biss von seinem Brot ab und rutschte zu Diego, sodass sie beide auf den Monitor sehen konnten. Es dauerte nicht lange, bis McCoyle mehrere Dokumente geöffnet hatte.

»Damit hat alles angefangen«, sagte er und vergrößerte eines der Fenster.

Diego sah ein mit krakeliger Schrift beschriebenes Blatt Papier. »Was ist das?«, fragte er.

»Ein Brief aus dem Jahr 1620.«

»Also ungefähr aus der Zeit, aus der auch der Brief stammt, der in der Premierensendung vorgelesen wurde.«

»Genau. Dieser Brief hier …«, McCoyle deutete auf den Monitor, »… wurde von einem gewissen *Bruder Wilhelm* geschrieben und ist an einen *Fra Domenicus Atalban* gerichtet. Mit hoher Wahrscheinlichkeit handelt es sich dabei um zwei Mönche aus dem Kloster von Batalha. Aus den Annalen des Klosters geht jedenfalls hervor, dass zu jener Zeit ein *Fra Domenicus* und ein *Fra Willem* dort gelebt haben, was dem deutschen *Wilhelm* entspricht.« Er schraubte den Deckel von seiner Mineralwasserflasche und trank einen Schluck. »Bevor wir uns mit dem Brieftext befassen, lassen Sie mich noch ein paar Worte zum Kloster vorausschicken«, fuhr er fort. »Es gehört zum sogenannten Orden der Ritterschaft Jesu Christi, der im Jahr 1319 vom portugiesischen König gegründet wurde.«

»Also kurz nach der großen Templerverfolgung in Frankreich«, warf Diego ein.

McCoyle nickte. »König Philipp IV. hat in Frankreich ja kurzen Prozess mit den Templern gemacht. Aber in anderen Ländern war man oft nachsichtiger. Todesurteile wurden nur selten vollstreckt, und selbst Kerkerhaft war die Ausnahme. Viele Templer lebten also auch nach der berüchtigten französischen Razzia weiter. Allerdings war die Macht des Ordens gebrochen, weil die führenden Köpfe fehlten und viele Ländereien auch außerhalb Frankreichs enteignet wurden.«

»Worauf wollen Sie hinaus?«

»Im Orden der Ritterschaft Jesu Christi fanden viele ehemalige Tempelritter Zuflucht.« McCoyle dozierte wie ein Geschichtsprofessor. »Die portugiesischen Ländereien der Templer wurden diesem neu gegründeten Orden übertragen. Man kann also davon ausgehen, dass der Templerorden auch nach seiner Zerschlagung weiterexistierte, wenn auch nicht mehr offiziell.«

»Aber Sie sagten, dass dieser Brief hier …«, Diego deutete auf den Monitor, »… aus dem Jahr 1620 stammt. Er wurde dreihundert Jahre nach der Gründung des Ordens geschrieben. Glauben Sie, das Gedankengut der Tempelritter hat sich über so lange Zeit konserviert?«

»Lesen Sie selbst. Ich habe den Text schon übersetzen lassen.« McCoyle drehte den Laptop zu Diego. Der Brieftext lautete:

Es ist uns gelungen, eine stolze Karavelle mit unserer wertvollen Fracht zu beladen, verpackt in unauffällige Kisten, Truhen und Säcke, sicher vor neugierigen Blicken. Der Kapitän, ein treu ergebener Diener unseres geliebten Abts Emporio, gab vor drei Tagen den Befehl, in See zu stechen. Jetzt liegt es in seiner und in Gottes Hand, die Fracht unbeschadet an ihr Ziel zu bringen. Ich habe an den Gebeinen des Heiligen Markus gebetet, dass unser Vorhaben gelingen möge.

Bruder Wilhelm im Jahr des Herrn 1620.

Diego fuhr sich mit der Hand über sein stoppeliges Kinn und überflog die Zeilen ein zweites Mal.

Die Gebeine des heiligen Markus. Das war relativ eindeutig. »Die Karavelle ist wahrscheinlich von Venedig aus losgesegelt«, sagte er. Dort ruhten angeblich die sterblichen Überreste des heiligen Markus als Reliquien in dem nach ihm benannten Dom.

»Das glaube ich auch«, pflichtete McCoyle ihm bei.

»*Wertvolle Fracht*«, wiederholte Diego gedankenversunken. »Damit könnte alles Mögliche gemeint sein.«

McCoyle wiegte seinen kantigen Schädel hin und her. »Das dachte ich zuerst auch«, sagte er. »Aber irgendetwas kam mir von Anfang an sonderbar vor.«

Diego nickte. Ihm ging es genauso. Er konnte es im Moment nur nicht konkretisieren.

»Ich habe mir die Annalen des Klosters genau angesehen«, fuhr McCoyle fort. »Weder im sechzehnten noch im siebzehnten Jahrhundert noch irgendwann sonst gab es in Batalha einen Abt Emporio.«

»Vielleicht ist er ein Abt aus einem anderen Kloster, den Wilhelm und Domenicus gekannt haben«, mutmaßte Diego.

»Vielleicht ist er aber auch gar kein Abt, sondern ein Götze. Ein Ketzergott, der die Jahrhunderte überdauert hat.« McCoyle hob die Augenbrauen und sah ihn erwartungsvoll an, machte aber keinerlei Anstalten weiterzusprechen.

»Abt Emporio.« Diego überlegte. Abgesehen davon, dass der Name ein wenig ungewöhnlich klang, fiel ihm spontan nichts dazu ein. »Tut mir leid, aber Sie werden mir schon auf die Sprünge helfen müssen. Und hören Sie auf, so zu grinsen.«

»Ich denke gar nicht daran. Aber ich gebe Ihnen einen Tipp. *Abt Emporio* ist ein Anagramm. Besser gesagt, *Abt Empo* ist ein Anagramm. Der Rest ist Tarnung, damit das Offensichtliche nicht jedem gleich ins Auge sticht.«

Diego betrachtete die Buchstaben auf dem Bildschirm und versuchte, sie in eine andere sinnvolle Reihenfolge zu bringen. *Abt Empo.* Vergeblich. »Falls wir bis Weihnachten fertig sein wollen, verraten Sie es mir besser«, sagte er.

McCoyles Grinsen wurde noch breiter, als er die Katze aus dem Sack ließ. »Baphomet.«

Das war allerdings ein Zeichen. Diego stieß einen Pfiff durch die Zähne aus. Baphomet. Der Götze, der angeblich von den Tempelrittern verehrt wurde wie ein Gott und von dem niemand wusste, wer oder was genau sich dahinter verbarg. Dieses Geheimnis war mit den Templern untergegangen. »Das gibt dem Text allerdings eine ganz neue Bedeutung«, gab Diego zu.

»Vor diesem Hintergrund könnte die *wertvolle Fracht* in der Tat der Templerschatz sein.« Dann fiel ihm etwas auf. »Moment mal, da fehlt ja das H. Das Anagramm zu *Abt Empo* lautet nicht *Baphomet*, sondern *Bapomet*.«

McCoyle nickte. »Ich habe mich schon gefragt, wann der Einwand endlich kommt«, sagte er. »Ich selbst habe mich nämlich auch daran gestört. Aber im Grunde ist es ganz einfach: *Emporio* wird üblicherweise mit einem langen O ausgesprochen – wie *Empohrio*. Das H ist also indirekt vorhanden.«

Diego ließ sich den Gedanken durch den Kopf gehen. McCoyles Theorie klang irgendwie abstrus. Andererseits basierte sie auf Fakten, die nicht von der Hand zu weisen waren. Und ob das H nun fehlte oder nicht, alles schien einen Sinn zu ergeben: Klosterbrüder als Nachfahren der Tempelritter. Ein Schatz, der an Bord einer Karavelle verstaut worden war. Und ein versteckter Hinweis auf das Heiligtum der Templer.

Abt Empo – Bapomet – Baphomet.

Die ersten Puzzleteile fügten sich zusammen.

Kapitel 20

London

Douglas Wincott stand reglos in seinem Büro, den Blick starr auf das Bild gerichtet, das an der holzgetäfelten Wand hinter seinem Schreibtisch hing. Es zeigte eine Landschaft in der Nähe von Montevideo. Im Vordergrund stand eine hübsche Hacienda mit einer weiß gestrichenen Veranda. Dahinter erstreckten sich unter einem wolkenlosen Himmel sanfte grüne Hügel bis zum Horizont.

Für Douglas Wincott verkörperte diese Landschaft vollkommene Ruhe und Zufriedenheit. Er war erst ein Mal in Uruguay gewesen, im Urlaub, zusammen mit Helen, seiner Frau, der großen Liebe seines Lebens. Es war der schönste Urlaub gewesen, den Wincott sich vorstellen konnte. Lange Spaziergänge durch die sanften Berge der *Cuchilla Santa Lucia* und der *Sierra de las Ánimas*, ausgelassene Gespräche mit Helen, romantische Abendessen zu zweit. Nichts hatte die perfekte Idylle gestört.

Am Tag nach dem Rückflug hatte Helen ihm dann gesagt, dass sie an Krebs litt. Ohne Chance auf Heilung. Wincott hatte die ganze Zeit über nichts davon geahnt. Drei Monate später war sie gestorben. Zur Erinnerung an ihre unbändige Lebenslust hatte Wincott sich das schönste Foto ihrer Reise vergrößern lassen und im Büro aufgehängt.

Eine einsame Träne lief ihm über die Wange und verfing sich in seinem silbernen Dreitagebart. Er seufzte. *Helen.* Dreizehn Jahre war das jetzt schon her.

In dieser langen Zeit war ein Wunsch in ihm herangereift, ein

Wunsch, der – wenn man Wincott nur oberflächlich kannte – scheinbar gar nicht zu ihm passte. Manchmal, vor allem dann, wenn *E-TV* seine volle Aufmerksamkeit brauchte, geriet dieser Wunsch in Vergessenheit, aber nur, um sich irgendwann umso machtvoller in Erinnerung zu bringen.

Wincott wollte auswandern. Er wollte sich am Stadtrand von Montevideo ein Anwesen kaufen, wo er seinen Ruhestand genießen und seinen Lebensabend verbringen konnte. Dieser Traum ließ ihn seit Jahren nicht mehr los.

Aber daraus wird jetzt vielleicht nichts mehr, dachte Douglas Wincott bitter. Der Arzttermin heute Morgen hatte ihn unbarmherzig auf den Boden der Realität zurückgeholt. *Gewebeinsuffizienz am ventriculus sinister cordis* lautete die Diagnose. Also *ein schwaches Herz*. Ein *sehr* schwaches Herz sogar. Dr. Dyson hatte ihm zwar gesagt, dass dieses Herz durchaus noch zehn oder zwanzig Jahre seinen Dienst tun könne. Genauso gut war es aber auch möglich, dass es schon morgen aufhörte zu schlagen, einfach so. Die Wahrscheinlichkeit war sogar ziemlich hoch.

Er fuhr sich mit der flachen Hand über den Stoppelbart und konzentrierte sich wieder auf das gerahmte Panoramafoto an der Wand. Auswandern. Ein schöner Traum. Wenn er ihn in die Wirklichkeit umsetzen wollte, blieb ihm vielleicht nicht mehr viel Zeit.

Er löste sich von dem Bild, ging ein paar Schritte durch den Raum und blieb schließlich am Fenster stehen, von wo aus er das ganze Studiogelände überblicken konnte. Das alles hatte er in jahrelanger Arbeit aufgebaut, quasi aus dem Nichts. Er hatte unzählige Arbeitsstunden und jede Menge Herzblut in den Sender investiert.

Heute Morgen, nach Dr. Dysons Diagnose, war ihm klar geworden, dass er all das verkaufen musste. Nur durch einen

Verkauf würde er sich von *E-TV* lösen können. Außerdem brauchte er für sein neues Leben in Montevideo eine ganze Menge Geld. Denn die Zeit, die ihm noch blieb, wollte er in vollen Zügen genießen.

Das Klingeln des Telefons riss ihn aus seinen Gedanken. Auf dem Display stand der Name seiner Sekretärin.

»Was gibt's, Nancy?«, fragte er.

»Mrs Emmerson möchte Sie sprechen, Sir«, sagte die Sekretärin. »Sie meint, es sei dringend.«

Douglas Wincott hätte gerne noch ein bisschen länger über sein künftiges Leben nachgedacht. Aber im Büro, das war ihm klar, würde er dafür nicht die nötige Ruhe finden. Heute Abend, wenn er zu Hause war und das Telefon abschalten konnte, würde er weitere Pläne schmieden.

»Schicken Sie Mrs Emmerson herein«, sagte er.

Kapitel 21

London

»Vor fünf Tagen habe ich einen anonymen Anruf bekommen«, begann Emilia. Sie saß Douglas Wincott gegenüber und fühlte sich wie immer ein wenig unwohl in seiner Gegenwart. Allerdings wirkte er heute nicht so herrisch wie üblich. »Es war eine Männerstimme«, sagte sie. »Die Telefonnummer wurde unterdrückt.«

»Worum ging es?«

»Der Mann hat sich nach einem Teilnehmer von *Goldfieber* erkundigt«, sage Emilia. »Diego Camaro.«

»Camaro? Ist das nicht dieser Typ aus Rom?«

Emilia nickte. Durch seinen Auftritt auf der Bühne der Piazza Navona hatte er bei vielen einen nachhaltigen Eindruck hinterlassen, offenbar auch bei Wincott.

»Was wollte der Anrufer über Camaro wissen?«

»Nur, ob er an unserer Sendung teilnimmt. Und dann sagte er noch, dass er mich vor Diego Camaro warnen will.«

»Warnen? Warum?«

»Er sagte, Diego Camaro sei nicht der, der er zu sein vorgibt«, antwortete Emilia. »Er gab mir eine Buchstaben- und Zahlenfolge und sagte, dass die Polizei von Ciudad Juárez in Mexiko mir dazu nähere Auskunft geben könne.« Emilia zog ihren Notizzettel aus der Jackentasche und schob ihn über den Schreibtisch.

Wincott nahm den Zettel an sich und warf einen Blick darauf. »Ist das der Code?«, fragte er.

»Ja, Sir.«

Wincott richtete seinen Blick wieder auf sie, starr und kalt. Wie bei einem Hai, dachte Emilia.

»Haben Sie in Ciudad Juárez angerufen?«

»Ja. Aber man wollte mir keine Auskunft geben. Also habe ich einen alten Bekannten bei Scotland Yard gebeten, der Sache nachzugehen. Er hat mich vorhin zurückgerufen.« Emilia machte eine Pause und ließ sich das, was Inspektor Henry Grey ihr vor einer Viertelstunde mitgeteilt hatte, noch einmal durch den Kopf gehen. »Der Code ist ein Aktenzeichen«, sagte sie schließlich. »Es sieht ganz so aus, als sei Diego Camaro vor ein paar Jahren wegen versuchten Mordes in Mexiko verhaftet worden. Aber noch bevor es zur Verhandlung kam, wurde er aus dem Gefängnis entführt. Danach verliert sich seine Spur.«

»Sind Sie sicher, dass es sich um denselben Diego Camaro handelt wie in unserer Sendung?«, fragte Wincott. »Haben Sie ein Bild aus der Akte gesehen? Oder irgendetwas, das eindeutig belegt, dass unser Camaro ein in Mexiko gesuchter Verbrecher ist?«

»Kein Foto. Aber die Personenbeschreibung aus der Akte stimmt ziemlich genau mit unserem Diego Camaro aus Rom überein.«

Wincott schwieg ein paar Sekunden lang. »Ich kann mir nicht vorstellen, dass wir so etwas übersehen hätten«, sagte er schließlich.

Emilia wusste, worauf er anspielte. Jeder Teilnehmer bei *Goldfieber* hatte ein Casting durchlaufen und war von geübten Psychologen auf Herz und Nieren getestet worden. Wäre ein Teilnehmer als gefährlich eingestuft worden, hätte man ihn gar nicht erst für die Sendung ausgewählt. Außerdem hatten sämtliche Teilnehmer polizeiliche Führungszeugnisse vorweisen müssen.

»Vielleicht war unser Auswahlverfahren nicht so perfekt, wie wir dachten«, sagte Emilia. »Jedenfalls scheint es unseren Diego Camaro gar nicht zu geben. Der Wohnsitz, den er bei seiner Anmeldung angegeben hat, ist falsch. Niemand dort kennt ihn. Er ist wie ein Phantom.«

Wincott strich mit Daumen und Zeigefinger über seinen Dreitagebart und dachte eine Weile nach. Dann nahm er den Notizzettel mit dem Code wieder in die Hand und sagte: »So lange wir keine eindeutigen Beweise haben, soll Camaro weiter an *Goldfieber* teilnehmen. Aber ich werde der Sache nachgehen. Sobald ich Genaueres weiß, gebe ich Ihnen Bescheid.«

Kapitel 22

London

Schon seit Tagen wurde Vincent O'Shaugnessy von Mrs Norrington, einer wenig attraktiven Mittvierzigerin mit einer Vorliebe für mausgraue Kostüme, durch sämtliche Abteilungen von *E-TV* geführt. Während der zahlreichen Gespräche, die er als vorgeblicher Prozessberater mit den Abteilungs- und Gruppenleitern führte, machte er sich viele Notizen, allerdings nicht, wie behauptet, über die Aufbau- und Ablauforganisation des Betriebs, sondern über alles, was mit der Produktion von *Goldfieber* zu tun hatte. Er hoffte, auf diese Weise erste Hinweise darauf zu bekommen, welche Mitarbeiter oder Teammitglieder Kontakt zum organisierten Verbrechen hatten, so, wie *Mr Smith* es ihm aufgetragen hatte. Bislang war O'Shaugnessy noch nichts Verdächtiges aufgefallen, aber er stand ja noch ganz am Anfang.

»Hier entlang bitte«, sagte Mrs Norrington, die mit ihrer dicken Hornbrille und den zu einem strengen Knoten zusammengebundenen Haaren wie eine Oberlehrerin aussah. Sie öffnete eine Tür mit der Aufschrift *Controlling*, und O'Shaugnessy spürte, dass es jetzt in einen der Schlüsselbereiche seiner Recherche ging. Controlling: Das bedeutete die Zusammenführung von Daten aus allen Bereichen des Unternehmens. Wenn es irgendwelche in Zahlen messbaren Unregelmäßigkeiten bei *Goldfieber* gab, dann konnte man sie im Controlling sehr wahrscheinlich ermitteln.

O'Shaugnessy sprach mit Taylor Danford, dem Abteilungsleiter, und stellte zunächst ein paar allgemeine Fragen, genau wie bei den anderen Führungskräften zuvor. Wieder mimte er in perfekter Weise den von Wincott konsultierten Prozessberater, wieder machte er sich ein paar belanglose Notizen, bevor er, ganz beiläufig, zum Kern seiner Befragung kam.

»Mr Danford«, sagte er und sah von seinem Block auf. »Lassen Sie uns über das derzeit größte Projekt von *E-TV* sprechen. Über *Goldfieber*. An der Schatzsuche nehmen weltweit eintausend Teams teil. Hat die Controlling-Abteilung in irgendeiner Weise damit zu tun?«

Danford, ein rundlicher Mann mit Hercule-Poirot-Bart und einer ständig in Falten liegenden Stirn, nickte. »Selbstverständlich. Eine Show dieser Größenordnung gab es auf der ganzen Welt noch nicht. Umso wichtiger ist es für uns, gezielt Datenmaterial zu sammeln und für die Geschäftsleitung aufzubereiten. Sie ahnen nicht, über welche Geldbeträge wir sprechen.«

O'Shaugnessy sah ihn neugierig an.

Danfords fragender Blick wanderte zu Mrs Norrington, die bislang teilnahmslos, aber keineswegs uninteressiert neben O'Shaugnessy gesessen hatte.

»Nennen Sie ihm ruhig ein paar konkrete Zahlen, Taylor«, sagte sie zu ihrem Kollegen. »Mr Hollis ist von Mr Wincott bevollmächtigt, sich über alles zu informieren.«

Danford dachte kurz nach. »Wir reden hier über Werbeeinnahmen von hundertdreißig Millionen Pfund oder umgerechnet hundertfünfzig Millionen Euro. Pro Monat. *Goldfieber* ist auf mindestens ein halbes Jahr angelegt, wenn die Sendung gut läuft, sogar noch länger. Aber gehen wir nur mal von sechs Monaten aus. In dieser Zeit belaufen sich die Werbeeinnahmen auf fast achthundert Millionen Pfund. Dazu kommen noch die Einnahmen aus den Auslandslizenzen, den Telefongewinnspielen und den Zuwendungen von Sponsoren. Aufs Jahr gerechnet macht das noch einmal fünfhundert Millionen Pfund.«

O'Shaugnessy war beeindruckt. Er hatte nicht erwartet, dass die Sendung derart einträglich war. Er bat Danford um eine detaillierte Auflistung aller Geldeingänge. »Und wie werden die Gelder ausbezahlt, die *E-TV* den einzelnen Teams für den laufenden Unterhalt gewährt?«

»Das Geld wird ganz normal überwiesen.«

»Auf die Konten der Teammitglieder?«

Die skeptischen Dauerfalten in Danfords Stirn wurden noch tiefer. Aber der auffordernde Blick von Mrs Norrington schien seine Zweifel zu zerstreuen. »Für jedes *Goldfieber*-Team wurde ein separates Konto eingerichtet. Darüber sollen alle finanziellen Transaktionen laufen, die die Schatzsuche betreffen. Wenn ein Team zum Beispiel Rechnungen für Flüge bezahlt, soll das über dieses Konto laufen. Das gilt auch für die Anschaffung von Ausrüstung. Sobald der Bewilligungsausschuss eine Ausgabe genehmigt hat, überweisen wir die Summe auf dieses Konto. Besser gesagt, die Buchhaltung tut das.«

O'Shaugnessy erbat von Danford auch dazu detailliertere Unterlagen. Aber er versprach sich nicht allzu viel davon. Derjenige, den er suchte, war mit hoher Wahrscheinlichkeit schlau genug, Geldgeschäfte mit seinen Hintermännern nicht ausgerechnet über das Teamkonto laufen zu lassen. Aber immerhin war es eine Chance.

Die ersten Takte von Beethovens Neunter erklangen. Mrs Norrington klappte ihr Handy auf und hielt es ans Ohr. »Ja, Sir«, flüsterte sie. »Ja, natürlich.« Dann klappte sie das Handy wieder zu.

»Ich fürchte, wir müssen unsere Unterhaltung vorläufig beenden«, sagte sie zu O'Shaugnessy. »Mr Wincott wünscht Sie zu sprechen. Sofort.«

Wenige Minuten später saß Vincent O'Shaugnessy in Douglas Wincotts holzgetäfeltem Büro.

»Eine meiner Reporterinnen hat vor ein paar Tagen einen anonymen Anruf erhalten«, begann Wincott. »Jemand hat ihr die Nummer einer Polizeiakte in Ciudad Juárez, Mexiko, gegeben und behauptet, einer unserer *Goldfieber*-Kandidaten hätte etwas mit einem Verbrechen zu tun. Angeblich geht es um versuchten Mord. Ich dachte, das würde Sie interessieren.«

O'Shaugnessy spürte, wie sich von seinem Magen aus eine angenehm prickelnde Wärme ausbreitete. Er hatte mit einem Betrugsfall gerechnet, Unterschlagung vielleicht oder die missbräuchliche Nutzung von Insiderinformationen. Versuchter Mord – das war etwas völlig anderes. »Was wissen Sie sonst noch darüber?«, wollte er wissen.

Wincott berichtete, was Emilia Emmerson ihm eine Viertelstunde zuvor erzählt hatte, und gab O'Shaugnessy den Notizzettel mit dem Aktenzeichen der Polizei in Ciudad Juárez. »Ich möchte, dass Sie sich darum kümmern«, sagte er. »Ich möchte, dass Sie herausfinden, ob Diego Camaro tatsächlich Dreck am Stecken hat. Falls er in Mexiko polizeilich gesucht wird, muss ich das wissen.«

Vincent O'Shaugnessy hatte für die Zeit seines Aufenthalts bei *E-TV* ein eigenes Büro im vierten Stock des Verwaltungsgebäudes bezogen. Es war nur mit dem Nötigsten ausgestattet, aber das störte ihn nicht. Zum Telefonieren benutzte er seit Jahren nur noch sein Handy, und Notizen machte er sich wie üblich auf seinem eigenen Notebook. Außer einem Stuhl, einem Schreibtisch und einem Stromanschluss brauchte er nicht viel.

Er zog sein Handy aus der Tasche und wählte die Nummer seines Partners Aaron Hodgekins. O'Shaugnessy gab ihm in knappen Worten den Stand der Ermittlungen durch und diktierte ihm auch das Aktenzeichen der mexikanischen Polizei, das Douglas Wincott ihm gegeben hatte.

»Sieh zu, was du darüber herausfinden kannst«, sagte er, während er am Fenster stand und über den Parkplatz hinüber zum Studio 1 blickte, wo mehrere Mitarbeiter des Senders damit beschäftigt waren, eine Holzkulisse zusammenzuschrauben, wahrscheinlich für irgendwelche Außenaufnahmen. »Unser Verdächtiger heißt Camaro. Diego Camaro. Besorg dir ein Bild aus der Akte in Ciudad Juárez. Wir müssen wissen, ob das der Kerl ist, der bei *Goldfieber* mitmacht.« Bevor er auflegte, fiel ihm noch etwas Wichtiges ein. »Gibt's schon irgendetwas Neues über unseren *Mr Smith?*«

»Mr Smith«, wiederholte Hodgekins gedehnt. »Ja, ich denke, ich habe da ein paar interessante Neuigkeiten für dich.« O'Shaugnessy hörte, wie Hodgekins den Hörer weglegte, um seine Notizen zu holen. Gleich darauf war er wieder am Apparat. »Du wirst es nicht glauben, aber Mr Smith heißt *wirklich* Mr Smith. Beauford Everett Smith, um genau zu sein. Leitet die Londoner Filiale von Trautman, Farnham & Cooper, das ist eine US-amerikanische Anwaltskanzlei. Sehr renommiert. Smith ist Geschäftsführer.«

»Gute Arbeit, Aaron«, sagte O'Shaugnessy. Bisher hatte er von Mr Smith nur gewusst, wie er aussah und dass er sich in einem unverschämt teuren Wagen herumkutschieren ließ. Jetzt nahm er allmählich konkretere Gestalt an.

»Das ist noch nicht alles«, sagte Hodgekins. »Das Beste habe ich mir für den Schluss aufgehoben. Seine Kanzlei arbeitet nämlich nur für die oberen Zehntausend, und zwar nicht nur in England, sondern in ganz Europa. Vince, ich weiß nicht, was dieser Kerl von uns will, aber normalerweise verkehrt er nur in den allerbesten Kreisen.«

»Weißt du, ob Smith in den Tagen, bevor er uns den Auftrag erteilt hat, Kontakt zu jemand Bestimmtem hatte?«

Hodgekins verneinte.

»Bleib weiter am Ball«, sagte O'Shaugnessy. »Ich glaube, wir sind da einer großen Sache auf der Spur.«

Kapitel 23

Venedig

Da Venedig, von Rom aus gesehen, auf der gegenüberliegenden Seite des italienischen Stiefels lag und der Seeweg dorthin knapp zweitausend Kilometer betrug, hatten Diego und Noah McCoyle die *Harmattan* im Hafen von Rom zurückgelassen und ein Flugzeug genommen. Trotz seiner Antipathie gegen seinen glatzköpfigen Zwangs-Teampartner musste Diego zugeben, dass die Spur, die McCoyle im Kloster von Batalha gefunden hatte, tatsächlich vielversprechend aussah. Auch wenn es ihm lieber gewesen wäre, wenn er sie selbst entdeckt hätte.

Das Hotel, das sie von Rom aus gebucht hatten, stellte sich trotz seines hübsch aufgemachten Internetauftritts als Flop heraus. Es war eine Bruchbude mit feuchten Wänden und bröckelndem Putz, das den Charme eines kolumbianischen Gefängnisses verströmte.

»Vielleicht hätten wir beim Begriff *Traditionshotel* skeptisch werden sollen«, raunte Diego McCoyle zu, als sie an der Rezeption ihre Schlüssel in Empfang nahmen. Aber da sie ohnehin nur zum Schlafen im *Palazzo di Stefano* bleiben und den Rest der Zeit mit der Recherche nach der Templer-Karavelle verbringen wollten, beklagten sie sich nicht über den Mangel an Komfort.

Nach einer ruhigen Nacht trafen die beiden sich zum Frühstück im spärlich möblierten Hotelrestaurant, wo auf einem weiß gestrichenen Holztisch ein Buffet aufgebaut worden war, lieblos und alles andere als appetitanregend. Auf einem Sideboard stand ein alter Fernseher, in dem gerade die Nachrichten liefen. Außer ihnen beiden war nur noch ein junges Pärchen anwesend, das sogar beim Kaffeetrinken Händchen hielt.

Diego biss in sein Brot und verzog das Gesicht. »Noch trockener, und man bekommt eine Staublunge«, murmelte er. Dann nippte er an seinem Kaffee, der erstaunlich gut schmeckte. »Wissen Sie noch, wann das Stadtarchiv öffnet?«

»Erst um neun«, sagte McCoyle. »Wir werden wohl oder übel noch eine Zeit lang frühstücken müssen.«

Sie gingen noch einmal durch, was sie bisher herausgefunden hatten: Um das Jahr 1620 hatte ein gewisser Bruder Wilhelm seinem Ordensbruder Domenicus Atalban eine Nachricht zukommen lassen, aus der hervor ging, dass eine Karavelle mit wertvoller Fracht den Hafen von Venedig verlassen hatte. In dem Brief wurde auch ein Abt Emporio erwähnt – ein Name, der in den Annalen des Klosters, dem die beiden Mönche angehörten, nie auftauchte. Dafür steckte in *Abt Emporio* jedoch der Name des Götzen, der von den Tempelrittern verehrt wurde: *Baphomet* – wenn man voraussetzte, dass das lange O in Empório der phonetische Ersatz für das fehlende H war. Diego und McCoyle waren jedenfalls davon überzeugt, dass das kein Zufall sein konnte. Der Brief musste ein Hinweis auf das Templergold sein. Im Stadtarchiv von Venedig wollten die beiden herausfinden, auf welche Karavelle der Schatz verladen worden war und welchen Kurs sie eingeschlagen hatte.

Während sie sich unterhielten, bemerkte Diego, wie McCoyles Blick plötzlich zum Fernseher auf dem Sideboard wanderte.

»Sehen Sie sich das an«, sagte er, und unter seinem mächtigen Schnauzbart wuchs ein breites Grinsen. »Wir beide sehen aus, als wären wir die besten Freunde.«

Diego drehte sich zum Fernseher um, wo gerade der Trailer

lief, den Emilia Emmerson und ihr Kameramann vor einigen Tagen aufgenommen hatten. Es musste eine Wiederholung sein, denn die Erstausstrahlungen liefen immer abends, und die hatten sie wohl verpasst. Auch wenn er mit ungutem Gefühl an den Dreh zurückdachte, fand Diego, dass er seine Sache recht ordentlich gemeistert hatte. Die Erleichterung blieb ihm jedoch im Halse stecken, als am Ende des Trailers noch einmal die Showbühne in Rom eingeblendet wurde – mit Diego in Großaufnahme, während er sagte: »Die Größe allein ist nicht entscheidend.« Woraufhin Carlotta Varesi, die vollbusige Moderatorin, neben ihm meinte: »Das hat mein Ex auch immer behauptet. Wollen wir hoffen, dass es bei Ihnen wirklich stimmt!«

Diego war dankbar und wütend zugleich, als der Trailer endlich zu Ende war.

Eine Stunde später betraten er und McCoyle das *Archivio di Stato di Venezia*, das sich unmittelbar neben der Kirche Santa Maria Gloriosa dei Frari befand. Antonio Fratinelli, der leitende Archivar der Abteilung für Schifffahrt, wirkte im ersten Moment wie ein griesgrämiger alter Mann, seine Miene hellte sich jedoch schlagartig auf, als er die beiden Besucher als Teilnehmer von *Goldfieber* erkannte.

»Sie haben in Roma etwas sehr Lustiges gesagt«, meinte er in nahezu akzentfreiem Englisch und zeigte mit einem spindeldürren Finger auf Diego. »Ich weiß nicht mehr, was es war, aber es war wirklich sehr, sehr lustig.«

Von da an war Signor Fratinelli die Hilfsbereitschaft in Person. Er wies Diego und McCoyle in die Systematik des Archivs ein und bot sich sogar als Übersetzer an. Die unfreiwillige Popularität hatte auf diese Weise auch etwas Gutes.

Der technische Fortschritt hatte auch im venezianischen Stadtarchiv Einzug gehalten: Sämtliche Dokumente waren gescannt worden und konnten gegen eine geringe Nutzungsgebühr eingesehen werden. Eine gezielte Schlagwortsuche war indes nicht möglich. So blieb Diego und McCoyle nichts anderes übrig, als sich Dokument für Dokument durchzuarbeiten: durch sämtliche Verlade- und Frachtpapiere aus dem Jahr 1620.

Trotz der unermüdlichen Unterstützung von Signor Fratinelli fanden sie nichts, was auch nur entfernt auf einen Schatz hindeutete.

Mittlerweile meldete *E-TV* erste Erfolge. Das erfuhr Diego, als er am ersten Abend in seinem Hotel fernsah. Ein englischsprachiger Sender berichtete, dass das japanische Team KAWASATO den Schatz unweit der indonesischen Insel Pulau Flores vermutete. KAWASATO konzentrierte sich dabei vor allem auf die Region um das östliche Kap, weil portugiesische Seeleute diese Stelle im Jahr 1544 entdeckt und *Cabo des Flores* getauft hatten, Kap der Blumen. Das japanische Team sah darin eine eindeutige Verbindung zu dem in der Premierensendung verlesenen Brief, in dem stand:

Bei der Blume nach Südosten liegt das Gold verborgen, wo Felsen sich zu Gräbern türmen.

Am dritten Tag in Venedig stieß Diego schließlich auf einen Frachtschein, der ihm interessant erschien, weil darin nicht nur einige der üblichen Handelswaren – Tuche, Gewürze, Wein, Waffen und Seide – aufgelistet waren, sondern auch unzählige kirchliche Schriften in Form von Folianten und Pergamenten, allesamt in Truhen verpackt, die fest verschlossen waren.

»Ein bisschen viel Truhen«, befand auch McCoyle, als er den Fund am Bildschirm studierte. »Darin können Schriftstücke aufbewahrt worden sein – oder etwas anderes. Zum Beispiel Münzen, Edelsteine und Goldbecher.«

Genau das vermutete auch Diego. »Der Hafenmeister hat

zwar die Ordnungsmäßigkeit der Ware bestätigt«, sagte er, »aber er könnte bestochen worden sein, damit er unterschreibt.«

»Wenn er nicht sogar selbst ein Templer war«, fügte McCoyle hinzu. »Jedenfalls beweist diese Unterschrift gar nichts. Ich wette, dass in diesen Truhen etwas ganz anderes war als Papier. Wie hieß das Schiff?«

»Madre de Deus«, sagte Diego. *»Mutter Gottes.* Eine portugiesische Karavelle. Laut diesen Papieren verließ sie Venedig am 12. September 1620. Der Kapitän hieß Hernán Delgado.« Ohne den Blick vom Bildschirm zu nehmen, fuhr er fort: »Der Hauptteil der Ladung bestand angeblich aus den Truhen mit den Gottesschriften. Sie sollten nach Goa transportiert werden, also nach Indien. Die anderen Sachen, die in Venedig an Bord gebracht wurden, waren normale Handelswaren. Bei einigen Posten ist sogar vermerkt, für welchen Hafen sie bestimmt waren: vierzig Fässer Salz für Arguim, zehn Kisten mit Werkzeugen für Canaga, zehn Pflüge für San Antonio, zwanzig Fässer Wein für São Jorge da Mina und so weiter. Die Route der *Madre de Deus* lässt sich dadurch ziemlich genau rekonstruieren.«

Im Lauf der nächsten vier Tage telefonierten sie mit unzähligen Behörden, Archiven und Museen der in den Frachtdokumenten genannten Städte. Natürlich verfolgten sie auch die Fortschritte des Teams KAWASATO mit, aber die Japaner schienen nach ihrem Anfangserfolg nicht recht weiterzukommen. Während die halbe Welt mit dem Team mitfieberte, hielt Diegos Mitleid sich jedoch sehr in Grenzen.

Die Telefonrecherche verlief zäh. Durch seine Englisch-, Französisch- und Portugiesischkenntnisse konnte Diego sich zwar überall verständlich machen, aber die Hilfsbereitschaft stieß mancherorts schnell an Grenzen. Dennoch fügte sich bald ein Bild zusammen: Die *Madre de Deus* war nie in Goa angekommen. Aber sie hatte einige der in den Frachtpapieren genannten Häfen nachweislich angelaufen. Der erste Halt war Bari in Apulien gewesen, gefolgt von Catania auf Sizilien und Ceuta in Marokko. Nachdem die portugiesische Karavelle Gibraltar passiert hatte, war sie der afrikanischen Küste nach Süden gefolgt und hatte unter anderem die Kapverdischen Inseln und Cacheu im heutigen Guinea-Bissau angelaufen.

Die letzte historisch belegte Anlaufstation der *Madre de Deus* war São Jorge da Mina gewesen, das heutige Elmina Castle in Ghana. Dort hatte die Karavelle vierzig Ballen Seide an das dortige Kontor geliefert und Frischwasser sowie Obst und Gemüse an Bord genommen, bevor sie am 12. Januar 1621 wieder ausgelaufen war. Ihre nächste Anlaufstation hätte die Insel Príncipe sein sollen. Dort war sie aber nie angekommen. Auch nicht in einem der anderen Zielhäfen zwischen Príncipe und Goa.

Irgendwo zwischen Elmina Castle und Príncipe war sie spurlos verschwunden.

»Versuchen wir es mal mit Logik«, sagte McCoyle, während er und Diego auf dem Markusplatz in der Sonne saßen und im berühmten *Caffè Florian* Kaffee tranken. »Wir haben zwei Briefe. Den einen, in dem C.O. seinem Freund Bartolomeu beschreibt, wo er den Templerschatz versteckt hat. Und den anderen von Bruder Wilhelm an seinen Ordensbruder Domenicus, in dem er davon spricht, dass eine wertvolle Fracht in Venedig auf eine Karavelle verladen wurde.« Er dachte kurz nach. »Die Experten von *E-TV* haben den Brief von C.O. auf die Zeit zwischen 1550 und 1650 datiert. Bruder Wilhelm schrieb seinen Brief im Jahr 1620. Beide Dokumente stammen also etwa aus derselben Zeit. In beiden wird der Templerschatz erwähnt, in dem einen wortwörtlich, in dem anderen verschlüsselt.«

Diego nickte geistesabwesend und rührte seinen Kaffee um. Obwohl es ein perfekter Sommertag war, fühlte er sich unbehaglich. Als würde er beobachtet. Immer wieder ließ er seinen Blick über den belebten Platz streifen, aber er konnte niemanden entdecken, der ihm verdächtig vorkam.

»Da wir nicht genau wissen, in welchem Jahr C.O. seinen Brief schrieb, wissen wir auch nicht, welcher der beiden Briefe der jüngere ist«, sagte er und versuchte, sich wieder auf das Gespräch zu konzentrieren. »Das sollten wir aber wissen, denn nur der jüngere Brief führt uns zum Ziel. Wenn Bruder Wilhelm seinen Brief erst nach dem Brief von C.O. geschrieben hat, bedeutet das, dass der Schatz damals bereits gefunden worden war, entweder von Bartolomeu oder von jemand anderem. Derjenige hat den Schatz dann nach Venedig transportiert, wo er irgendwann später auf die *Madre de Deus* verladen wurde, die im Januar 1621 vor der westafrikanischen Küste verschwand. Dann sollten wir dort weitersuchen.«

»Und wenn der Brief von C.O. der jüngere ist?«

Diego dachte nach. »Das würde bedeuten, dass die *Madre de Deus* nicht gesunken sein kann, denn zur damaligen Zeit hätte das Gold wohl kaum vom Meeresgrund geborgen werden können.«

»Es sei denn, das Unglück hätte sich in unmittelbarer Küstennähe ereignet«, gab McCoyle zu bedenken.

»Einverstanden«, sagte Diego. »Nehmen wir einmal an, es wäre tatsächlich so gewesen und das Templergold konnte gerettet werden. Wohin hätte C.O. es dann gebracht, um es zu verstecken?« Er nippte an seinem Kaffee, ohne die Tasse wieder abzustellen. »Am ehesten in Küstennähe«, sagte er mehr zu sich selbst als zu McCoyle. »Sonst wäre die Gefahr zu groß gewesen, dass der Schatz beim Transport entdeckt wird. Dasselbe gilt auch für den Fall, dass die *Madre de Deus* nicht gekentert ist, sondern dass sie ganz bewusst irgendwo vor der afrikanischen Küste vor Anker gegangen ist, damit ihre kostbare Fracht in ein geheimes Versteck gebracht werden konnte.«

»Aber es kam zu einem Streit zwischen den Beteiligten«, spann McCoyle den Faden weiter, »zu einer handfesten Auseinandersetzung, bei der am Ende nur einer übrig blieb. Oder eine Krankheit raffte die Mitwisser dahin – alle, bis auf einen. Denn im Text steht eindeutig: *der Schatz … wurde von* mir *versteckt.* Welche Umstände es auch immer gewesen sein mögen: Am Ende blieb nur noch ein Mann übrig, der das Versteck kannte: C.O.«

Ein Schwarm Tauben stob auf. Diego zuckte zusammen, hatte sich aber sofort wieder unter Kontrolle. Die Tauben waren nur von ein paar spielenden Kindern aufgeschreckt worden.

Er versuchte, seine innere Unruhe mit einem weiteren Schluck Kaffee hinunterzuspülen und setzte die Tasse wieder ab. »C.O. war am Ende also der Einzige, der das Versteck kannte«, fuhr er fort. »Dennoch wollte er sein Geheimnis mit jemandem teilen. Mit Bartolomeu. C.O. spürte, dass er bald sterben würde, denn hier steht: *Husten und Fieber rauben mir so kurz vor dem Ziel die Kraft, dich persönlich aufzusuchen.* Um sein Geheimnis nicht mit ins Grab zu nehmen, beschloss er also, Bartolomeu eine verschlüsselte Botschaft zukommen zu lassen, damit dieser den Schatz irgendwann finden würde.«

»Und auf irgendwelchen verschlungenen Pfaden landet diese Schatzkarte etwa vierhundert Jahre später bei einem englischen Fernsehsender, der daraus die größte Show der Welt macht«, sagte McCoyle.

Diego nickte, spürte aber, wie seine Aufmerksamkeit schon wieder nachließ, als das unbehagliche Kribbeln zwischen den Schulterblättern einsetzte, das sich jedes Mal meldete, wenn etwas nicht stimmte. Es war sein Instinkt, eine lautlose Warnung, die ihm schon mehr als ein Mal das Leben gerettet hatte – früher, als er noch auf der anderen Seite des Gesetzes gestanden hatte. Jahrelang hatte er dieses Kribbeln nicht mehr gespürt. Aber jetzt meldete es sich wieder, klar und deutlich.

Diegos Blick wanderte wie ein Radar über den Markusplatz. Nichts Verdächtiges, nur Touristen und Tauben in Hülle und Fülle.

Plötzlich sah er im Augenwinkel, dass jemand neben ihn trat und mit irgendetwas auf ihn *zielte*.

Er sprang auf und wollte sich schon auf den Angreifer stürzen, aber er konnte sich gerade noch rechtzeitig bremsen, als er begriff, dass es sich nur um eine Frau mit Fotoapparat handelte, die jetzt ziemlich verängstigt am Tisch stand und aussah, als würde sie gleich in Tränen ausbrechen.

»Bitte verzeihen Sie«, sagte McCoyle. Er stand auf und streckte der Frau freundlich lächelnd die Hand entgegen. »Mein Freund hat sich nur erschreckt. Kein Grund zur Beunruhigung.«

Die Frau nickte zögernd und sagte etwas in einer fremden Sprache. Dabei zeigte sie abwechselnd auf ihren Fotoapparat und anschließend auf Diego und McCoyle.

Diego spürte, wie die Anspannung von ihm abfiel.

»Ich glaube, wir haben einen Fan«, sagte McCoyle und legte Diego einen Arm um die Schulter, wie einem alten Freund. »Bitte lächeln!«

Die Miene der Frau hellte sich auf, und sie schoss ihr Foto. Dann war der ganze Spuk vorüber.

Als sie sich wieder setzten, war das Kribbeln zwischen Diegos Schulterblättern verschwunden.

McCoyle nippte wieder an seiner Tasse. »Noch mal von vorn«, sagte er. »Entweder befand sich der Templerschatz an Bord der *Madre de Deus* und wurde von dort aus versteckt.

Dann beziehen sich die Ortshinweise im Text von C.O. sehr wahrscheinlich auf die afrikanische Küste bei Ghana. Oder C.O. hat das Gold ganz woanders versteckt, aber Bartolomeu fand es und ließ es nach Venedig bringen. Dann ging es verloren, als die *Madre de Deus* zwischen Elmina Castle und Príncipe verschwand.«

Diego ließ sich all das noch einmal durch den Kopf gehen und nickte. »Wie man das Blatt auch dreht und wendet, alle Zeichen deuten darauf hin, dass wir uns die Küste von Ghana genauer ansehen müssen«, sagte er.

Kapitel 24

Venedig

Nur wenige Meter entfernt saß ein unauffällig wirkender Mann, der einen Cappuccino trank und in seinen italienischen Reiseführer vertieft zu sein schien. Er trug ein blaues T-Shirt, braune Shorts und eine Baseballmütze mit dem *Nike*-Emblem. Seine Augen waren verdeckt von einer Sonnenbrille.

Er sah aus wie ein ganz gewöhnlicher Tourist, wie immer, wenn er eine Mission zu erfüllen hatte. Das war seine Tarnung, die ihn nahezu unsichtbar machte. T-Shirt, Shorts und Baseballmütze waren sein Schafspelz. Und er war der Wolf.

Nein. Er war *el escorpión.* Der Skorpion. So nannte man ihn in seinem Heimatland Mexiko. Weil er ein Faible für Stichwaffen hatte, wenn es ums Foltern oder ums Töten ging.

Der Mann nippte an seiner Tasse und blätterte die Seite in seinem Reiseführer um. Hinter den tiefbraunen Gläsern seiner Sonnenbrille richtete er den Blick immer wieder auf das spiegelnde Schaufenster des *Caffè Florian.* So konnte er seine Zielperson unauffällig im Auge behalten.

Diego Camaro.

Jahrelang hatte er ihn für tot gehalten, was ihm eine gewisse Genugtuung verschafft hatte. Diego Camaro hatte ihm den Bruder genommen und dafür mit seinem eigenen Leben bezahlt. *Quid pro quo.* Aber ganz so einfach war es dann wohl doch nicht gewesen. Als *el escorpión* vor sechs Tagen rein zufällig im Fernsehen eine Folge *Goldfieber* gesehen und Diego erkannt hatte, war er wie vom Donner gerührt gewesen, und der ganze Schmerz, die ganze Wut, der ganze Hass von damals waren wieder aus ihm herausgebrochen.

Er war den weiten Weg von Mexiko gekommen, um diese alte Rechnung zu begleichen.

Im Schaufenster sah er, wie Diego und sein Begleiter bezahlten und aufstanden. Sie unterhielten sich und waren offenbar bester Laune. Der Skorpion wartete einen Augenblick, klappte seinen Reiseführer zusammen und klemmte einen Geldschein unter seinen Kuchenteller. Dann nahm er in sicherem Abstand die Verfolgung auf, während er sich gleichzeitig mit einer unauffälligen Handbewegung vergewisserte, dass das Klappmesser griffbereit in seiner Hosentasche war.

Kapitel 25

London

Douglas Wincott stand am Kopfende des ovalen Konferenztischs im Präsentationsraum des *E-TV*-Verwaltungsgebäudes und sah mit festem Blick in die Runde. Vor ihm saßen die fünf Hauptverantwortlichen von *Goldfieber*: Programmchef George Sanders, dessen Stellvertreter Toby Dutton sowie die drei Regisseure Adam Mills, Roger Barnum und Henry Sokolov. Die fünf schienen guter Dinge zu sein. Aber sie kannten die neuesten Zahlen noch nicht.

Zwanzig Minuten lang präsentierte Douglas Wincott die Daten, der Controlling-Abteilung. Über den Videobeamer warf er Grafiken zur Entwicklung der Werbe- und Lizenzeinnahmen auf die Leinwand, Aufstellungen der Personalaufwendungen und der Verwaltungskosten. Zum Schluss präsentierte er einen Chart über die Entwicklung der Zuschauerquoten in England und in allen anderen Ländern, in denen *Goldfieber* ausgestrahlt wurde: eine Reihe von nahezu waagerechten Linien mit einem leichten Abwärtstrend in den letzten drei Tagen.

Wincott sah jeden Einzelnen seiner Zuhörer an. »Die Zahlen, die ich Ihnen gerade präsentiert habe, sind gut«, sagte er. »So gut, dass die Konkurrenz uns darum beneidet. Aber die Zahlen sind keineswegs *gut genug*, Gentlemen, wie diese Grafik zeigt. Ich sehe darin Stagnation. Stagnation bedeutet Stillstand. Und Stillstand bedeutet Rückschritt.«

George Sanders räusperte sich, wie er es immer tat, wenn er etwas sagen wollte.

Wincott schätzte es jedoch nicht, wenn er unterbrochen wurde. »Ich bin noch nicht fertig, George«, sagte er.

»Es ist nur … Bei allem Respekt, Douglas, aber ich denke, *Stagnation* ist wirklich übertrieben.«

Wincott spürte, wie Ärger in ihm aufstieg, aber er hielt sich zurück. Sanders Eigenschaft, auch in unangenehmen Situationen Stellung zu beziehen, war der ausschlaggebende Punkt bei der Entscheidung gewesen, ihn zum Programmchef von *Goldfieber* zu machen.

»Wir sollten versuchen, die Situation positiv zu sehen«, sagte Sanders. »Nie zuvor hatte *E-TV* über Wochen hinweg landesweit eine Einschaltquote von fünfzig Prozent. So etwas hat es in den letzten dreißig Jahren Fernsehgeschichte überhaupt nicht mehr gegeben.«

»Nicht zu vergessen, dass *Goldfieber* in zweiundsiebzig Ländern ausgestrahlt wird«, warf Roger Barnum ein.

Sanders nickte. »Das ist ein Drittel aller Länder auf diesem Planeten«, sagte er. »*Stagnation* ist das falsche Wort, Douglas. Ich denke, *Kontinuität* trifft die Sache besser.«

»Nennen Sie es, wie Sie wollen, George«, gab Wincott zurück. »Fest steht, dass es uns gelingen muss, die Quote zu erhöhen. Quote bringt Werbung, Werbung bringt Geld. Und es ist Ihr Job, Gentlemen, die Quote nach oben zu treiben. Wenn uns das jetzt nicht gelingt, wann dann?«

Ein Ziehen in der Brust ließ ihn innehalten. Kein richtiger Schmerz, aber unangenehm und beklemmend, als würde er plötzlich in einem Schraubstock stecken. Das Ziehen breitete sich schnell bis in die Oberarme aus und strahlte sogar bis in die Zahnwurzeln.

Was war das? Hatte Dr. Dyson nicht genau diese Symptome als mögliche Vorboten eines Infarkts genannt?

Wincott versuchte, sich nichts anmerken zu lassen, setzte

sich aber und griff nach seinem Wasserglas, um Zeit zu gewinnen. Jetzt nicht die Nerven verlieren, mahnte er sich. Panik macht die Sache nur noch schlimmer.

»Was ist los mit Ihnen, Douglas?«, fragte George Sanders. In seiner Stimme schwang ehrliche Sorge mit. »Ist Ihnen nicht gut?«

Wincott trank einen Schluck und setzte das Glas wieder ab, während er sich bemühte, ruhig und gleichmäßig zu atmen. Tatsächlich gelang es ihm auf diese Weise, das sonderbare Ziehen im Oberkörper wieder zu vertreiben, genauso schnell, wie es gekommen war. »Alles in Ordnung«, sagte er, erfasst von einer Welle der Erleichterung. Dennoch hing die Frage, ob sein Herz ihm gerade einen Streich hatte spielen wollen, wie ein Damoklesschwert über ihm. Er nahm sich vor, gleich nach dieser Besprechung einen Termin bei Dr. Dyson auszumachen, um sich noch einmal untersuchen zu lassen.

»In der Vorbereitung zu *Goldfieber* haben wir unzählige Konzepte durchgespielt und Pläne für alle Eventualitäten entworfen«, fuhr er – etwas weniger energisch – fort. »Wir haben von Anfang an damit gerechnet, dass die Vielzahl der Teams zu wenig Identifikationspotenzial bietet und für die Zuschauer verwirrend ist. Außerdem wussten wir, dass die Recherchearbeiten der Teams nicht besonders spektakulär sein würden und dass es wahrscheinlich viele Monate oder gar Jahre dauern wird, bis der Schatz endlich gefunden ist. Für all diese Fälle haben wir Szenarien entwickelt und Maßnahmenpläne erstellt. Ich will, dass Sie sich diese Pläne noch einmal genau ansehen und mir konkrete Vorschläge machen, wie wir sie nutzen können, um die Quote zu steigern. Wir müssen etwas unternehmen, und zwar so bald wie möglich.«

Kapitel 26

Venedig

Alban Paco, *el escorpión,* holte auf. Jetzt lagen zwischen ihm und Diego Camaro, dem Mann, der ihm den schwärzesten Tag seines Lebens beschert hatte, höchstens noch zehn Meter. Die engen Gassen der Lagunenstadt waren voller Touristen, sodass er keine Angst zu haben brauchte, zufällig entdeckt zu werden. Das Gedränge konnte aber auch zum Problem werden, denn um seinem Opfer zu folgen, musste er sich durch die Menschenmenge schlängeln, ohne zu schubsen und zu stoßen. Sonst würde er auffallen. Aber *el escorpión* hatte Erfahrung darin, sich unbemerkt an seine Opfer heranzuschleichen.

Das Klappmesser steckte in seiner Hosentasche. Im richtigen Moment würde er es mit einer geübten Handbewegung herausziehen, die Klinge mit einem Knopfdruck herausschnellen lassen und Diego Camaro die Kehle aufschlitzen, so wie er es schon bei Dutzenden Menschen getan hatte. Der einzige Unterschied bestand darin, dass es diesmal nicht einfach ein Job war, sondern ein persönliches Anliegen.

Normalerweise empfand er nichts, wenn er jemanden tötete. Weder Abscheu noch Freude, weder Genugtuung noch Mitleid. Heute spürte er jedoch ein elektrisierendes Prickeln auf der Haut. Die Vorfreude auf seine Rache. Er wollte Diego nicht einfach umbringen, er wollte ihn bluten sehen. Er würde sich von hinten an ihn heranpirschen und ihm dann mit seinem Messer die Halsschlagader zerfetzen.

Diego Camaros Tod war beschlossene Sache.

Diego und der Glatzkopf bogen nach links in die Calle del Galliazzo ab. Auch hier war es eng und belebt, dennoch gelang es dem Skorpion, weiter Boden gutzumachen. Jetzt lagen zwischen ihm und Diego nur noch fünf Meter. Zeit, die Waffe bereit zu machen.

Er zog das Klappmesser aus der Tasche, hielt es aber noch versteckt in der geschlossenen Faust.

Plötzlich rempelte jemand ihn an, sodass er fast aus dem Gleichgewicht geraten wäre. Der Mann blieb stehen und baute sich vor ihm auf. Er trug eine mit Nieten verzierte Lederjacke und hatte die Figur eines Preisringers. Aus zusammengekniffenen Augen funkelte die pure Angriffslust. Wie aus dem Nichts tauchte ein zweiter Kerl auf. Der war sogar noch einen halben Kopf größer. Auch er sah aus wie ein Büffel kurz vor dem Angriff.

Obwohl Alban Paco sich vorkam wie ein Zwerg, verspürte er keine Angst. Schon oft hatte er es mit mehreren Gegnern gleichzeitig aufnehmen müssen, auch mit mehreren *übermächtigen* Gegnern. Aber er hatte immer gewonnen. Weil die anderen dazu neigten, ihn zu unterschätzen. Er war weder groß noch kräftig. Er sah nicht einmal besonders gefährlich aus. Aber in seiner Polizeiakte tauchten nicht umsonst Attribute wie *kaltblütig*, *gewissenlos* und *psychopathisch* auf.

Zimperlich war er noch nie gewesen, sonst hätte er sich in der Drogenszene nicht so weit hocharbeiten können. Aber seit der Explosion in einem stillgelegten Fabrikkeller in Ciudad Juárez hatte er auch noch den letzten Rest seines Gewissens verloren. Eine fingerdicke Eisenstange hatte sich durch die Wucht der Detonation zentimetertief in seine Stirn gebohrt. Die Ärzte behaupteten, dass seine Unfähigkeit, Mitleid zu empfinden, auf eine Schädigung des präfrontalen Cortex zurückzuführen sei. Paco störte das nicht. Die Narbe auf der Stirn ließ sich wegschminken oder, wie heute, unter einer Schirmmütze verbergen. Und Gewissenlosigkeit hatte schließlich auch ihre Vorteile. Er konnte foltern und töten – ohne dass es ihm etwas ausmachte. Wenn seine Opfer vor Schmerz schrien, empfand er gar nichts.

Alban Pacos Blick wanderte ruhig zwischen den beiden Hünen hin und her, während er seine Alternativen abwog. Er wusste: Ein Knopfdruck, und das zusammengeklappte Messer in seiner Hand würde zur tödlichen Waffe werden. Damit könnte er die zwei Bären im Bruchteil einer Sekunde töten. Aber das würde auffallen. Es würde Zeugen geben, und schon bald würde es in der Stadt vor Polizisten wimmeln.

Nein! Er war nicht quer über den Atlantik gereist, um zwei harmlose Rocker kaltzumachen, sondern um sich an Diego Camaro zu rächen. Dieses Ziel durfte er nicht aus den Augen verlieren.

Er senkte den Blick, neigte demütig den Kopf und legte die Hände zusammen, wie zum Gebet. »Scusi, signore«, sagte er schüchtern in gebrochenem Italienisch. »Mille scusi, prego.« Dann ging er rasch weiter.

Während er wieder eins wurde mit der Menschenmenge, glitt sein Blick durch die vor ihm liegende Gasse. Diego bog gerade um die nächste Ecke.

Der Skorpion lief schneller, nutzte selbst die engsten Freiräume zwischen den Menschen, um zwischen ihnen hindurchzuschlüpfen. Keuchend erreichte er die Stelle, an der er Diego zuletzt gesehen hatte – die Salizada Pio X, die geradewegs zur Rialtobrücke am Canal Grande führte. Von hier ging es in mehrere verschiedene Richtungen weiter. Sich um die eigene Achse drehend, sah Alban Paco sich um. Nichts. Er eilte auf die Brücke, zum höchsten Punkt, weil er von dort aus den besten Überblick hatte. Aber es half nichts.

Diego Camaro war verschwunden.

Kapitel 27

Ghana

Nach ihrer Rückkehr von Venedig nach Rom trafen Diego und McCoyle sämtliche Vorbereitungen für die Fortsetzung ihrer Suche in Ghana. Sie meldeten die Reise pflichtgemäß bei der Organisationszentrale von *E-TV* an, wo man ihnen versprach, sich um alle Formalitäten und um die Reservierung der Flugtickets zu kümmern. Noch am selben Abend saßen sie in einer Linienmaschine nach Accra, der Hauptstadt von Ghana, von wo aus sie mit einem Mietwagen an der Küste entlang weiterfuhren.

In Cape Coast, etwa sechs Kilometer östlich von Elmina Castle, wo laut Auskunft des einheimischen Fremdenführers alle Dokumente aufbewahrt wurden, die vormals in der Burg gelagert waren, stießen Diego und McCoyle zunächst auf Widerstand. Der städtische Archivar zeigte keinerlei Interesse daran, ihnen weiterzuhelfen. Erst als Diego mit Bargeld nachhalf, öffnete er ihnen die Türen des Archivs. Hilfe bei der Suche bot er ihnen nicht an, wohl weil er wusste, wie aussichtslos es war, in dem heillosen Durcheinander etwas zu finden.

Tagelang durchforsteten Diego und McCoyle im Keller des Archivs die in zahllosen Holzregalen lagernden historischen Dokumente. Tatsächlich stießen sie schließlich auf eine Frachtliste vom 12. Januar 1621 – dem Tag, an dem die *Madre de Deus* von Elmina Castle aus wieder in See gestochen war. Genauere Angaben darüber, welchen Kurs die Karavelle in Richtung Príncipe eingeschlagen hatte, fanden sie allerdings nicht.

Wie sollten sie weitermachen? Nach kurzer Diskussion einigten sie sich darauf, zunächst einmal davon auszugehen, dass C.O. das Gold versteckt hatte, *nachdem* die *Madre de Deus* verschwunden war. Das würde bedeuten, dass der Schatz aller Wahrscheinlichkeit nach in Küstennähe versteckt worden war, weil es nicht nur aufwändig, sondern auch viel zu auffällig gewesen wäre, so viel Gold – *den größten Schatz, den Menschenauge je gesehn* – quer durchs Land zu transportieren. Natürlich war es auch möglich, dass die *Madre de Deus* den Kurs gewechselt hatte und irgendwo anders hingesegelt war. Aber irgendwo mussten sie mit der Suche schließlich beginnen.

»Wenn unsere Theorie stimmt«, sagte Diego, »sollten wir zwischen Elmina Castle und Príncipe auf Wegmarken treffen, die C.O. in seinem Brief erwähnt hat.« Aus dem Gedächtnis zitierte er: »*Beginne die Suche vor unsrer Kindertage hohem Felsen Eiland, dessen Tempelmauern das Blut des Emirs und seiner Tochter tränken, gegen die Strömung, vorbei am Kreuz des Heilands, zwei Tage lang. Bei der Blume nach Südosten liegt das Gold verborgen, wo Felsen sich zu Gräbern türmen und mein Mond und meine Sonne sich auf Petrus' Brust vereinen.*«

Drei Tage und vierhundert US-Dollar Bestechungsgeld später wussten sie, dass es im Archiv von Cape Coast keinerlei Hinweise auf die gesuchten Schlüsselwörter gab. Auch die Gespräche mit Einheimischen brachten sie nicht weiter. Die meisten schüttelten gleich den Kopf, und die wenigen, die vorgaben, etwas zu wissen, entpuppten sich als Betrüger. Gegen fünf Dollar hier und zehn Dollar da gaben sie vielversprechende Hinweise, die sich bei näherer Betrachtung jedoch samt und sonders als Nieten erwiesen.

Ähnlich erging es Diego und McCoyle in den anderen Ortschaften, die sie von Cape Coast aus in östlicher Richtung anfuhren. »Wenn es so weitergeht, machen wir Khalid arm, bevor wir etwas finden«, flachste Diego, nachdem sich wieder einmal eine angeblich heiße Spur für zehn Dollar in Luft aufgelöst hatte.

Kurz bevor sie die Grenze nach Togo erreichten, stießen sie in einer kleinen Abtei bei Accra endlich auf einen interessanten Fund: Aufzeichnungen eines portugiesischen Mönchs vom 22. Januar 1621, der von einem gewaltigen Unwetter berichtete und von einem jungen Mann, der damals am Strand gefunden worden war. Dieser junge Mann hieß Fernando; ein Nachname wurde nicht genannt. Er hatte eine schwere Kopfwunde und mehrere Schnittverletzungen, litt unter starkem Fieber und war die meiste Zeit ohnmächtig. Drei Tage lang pflegten und versorgten die Mönche Fernando. Dann starb er. Seine letzten Worte waren: »Die Mutter Gottes zieht uns alle in den Tod.«

Was die Mönche als Äußerung eines verwirrten kranken Geistes ausgelegt hatten, war für Diego und McCoyle der Beweis dafür, dass die *Mutter Gottes* – die *Madre de Deus* – in dem Unwetter gesunken sein musste, und zwar auf offener See. Denn wäre das Unglück in Küstennähe geschehen, hätte sich vermutlich mehr als nur eine Person an Land retten können. Außerdem hätte man dann höchstwahrscheinlich Wrackteile am Strand entdeckt. Aber davon wurde in den Aufzeichnungen des Klosters nichts erwähnt.

»Also muss der Brief von C.O. schon vorher geschrieben worden sein«, schlussfolgerte Diego. »Ein auf offener See gesunkener Schatz hätte mit der damaligen Technik niemals geborgen werden können. Folglich hätte C.O. ihn dann nicht mehr verstecken können.«

McCoyle nickte. »Der Brief von C.O. ist für unsere Suche also völlig wertlos«, sagte er. »Dieser Bartolomeu hat den Schatz gefunden. Ein paar Jahre später ist der von Venedig aus verschifft worden. Und weitere vier Monate später ist er bei einem Unwetter vor Ghana auf den Meeresgrund gesunken.«

Auf dem Weg vom Kloster zurück zum Parkplatz grenzten Diego und McCoyle ihren Suchradius ein.

»Dieser Fernando wurde hier am Strand gefunden. Das bedeutet, dass der Wind vom Meer her gekommen sein muss«, sagte Diego, während sie den von Mangroven und Kokospalmen gesäumten Weg entlanggingen. »Vielleicht hat Fernando sich an einer Planke festhalten können. Wie lange kann sich ein Verletzter bei schwerem Seegang über Wasser halten? Was denken Sie?«

»An ein Stück Holz geklammert, vielleicht zwei Tage. Höchstens drei, würde ich sagen. Ohne das Holz maximal einen Tag.«

»Okay, gehen wir einfach mal davon aus, dass Fernando sich einen Tag lang über Wasser gehalten hat, bevor er an Land gespült wurde. Wie weit könnte er in dieser Zeit abgetrieben worden sein?«

Sie gingen eine Treppe hinunter zum Parkplatz. Unten angekommen überschlug Diego die Entfernung selbst. »Wie weit wird ein Schiffbrüchiger bei einem Sturm abgetrieben? Sagen wir, in zehn Sekunden. Fünf Meter?« Diego sah McCoyle fragend an.

»Bei starkem Wellengang … gut möglich.«

»Das macht in einer Minute dreißig Meter«, rechnete Diego. »In einer Stunde knapp zwei Kilometer und in vierundzwanzig Stunden etwa fünfzig Kilometer. Wenn Fernando durch den Sturm noch schneller abgetrieben worden ist oder er sich länger als vierundzwanzig Stunden über Wasser halten konnte, könnten es sogar hundert Kilometer oder mehr gewesen sein. Wir müssen also ein riesiges Gebiet absuchen. Wenn wir die *Madre de Deus* finden wollen, brauchen wir schweres Gerät.«

Schweres Gerät: Damit meinte Diego zunächst einmal die *Harmattan*, die sie im Hafen von Rom zurückgelassen hatten, um Zeit zu sparen. Jetzt jedoch brauchten sie die Jacht, um die Küstengewässer vor Ghana nach dem Wrack der portugiesischen Karavelle abzusuchen. Zwar wäre es billiger gewesen, in Ghana ein Boot anzumieten, aber Diego hing nicht nur an der alten Lady, er hatte sie auch mit einigen – wie er es nannte – *lebensrettenden Sofortmaßnahmen* ausgestattet: gut versteckte Waffen, die im Falle eines Piratenangriffs ein beachtliches Verteidigungsarsenal bildeten. Außerdem hatte sie ein paar PS mehr als üblich, was in brenzligen Situationen ebenfalls von Vorteil sein konnte.

Abgesehen von der *Harmattan* benötigten sie aber auch eine ganze Reihe von technischen Hilfsmitteln, um einen Schatz auf offener See lokalisieren und bergen zu können. Das alles kostete Geld.

Vom Hotel aus nahmen sie wieder Kontakt mit der Organisationszentrale von *E-TV* auf. Doch was sie zu hören bekamen, war alles andere als ermutigend. Erstens setzte eine finanzielle Bezuschussung einen schriftlichen Antrag mit Kostenschätzungen voraus. Zweitens war das *Goldfieber*-Budget für den laufenden Monat bereits ausgeschöpft. Und drittens traf sich der Bewilligungsausschuss erst wieder in vier Tagen – wertvolle Zeit, die Diego und Teddy nicht verlieren wollten.

Sehr viel leichter erhielten sie organisatorische Unterstützung, denn um ein Wrack in Küstengewässern suchen zu dürfen, bedurfte es der Genehmigung des jeweiligen Landes. Die Dame von *E-TV* notierte sich einige Details und versprach, sich um die erforderlichen Formalitäten zu kümmern. Wenigstens etwas.

Danach telefonierten sie mit Khalid Aghani, der bisher im Hintergrund geblieben war. Er gehörte offiziell nicht zum

Team, sondern wollte nur Koordinator und Geldgeber sein – und natürlich derjenige, der im Erfolgsfall den Löwenanteil des Finderlohns einstrich.

Diego und McCoyle erwischten Aghani während einer Sitzungspause in der OPEC-Zentrale in Wien, wo er an einer Debatte über künftige Ölförderquoten teilnahm. Er war stinksauer, weil die Sitzung nicht so verlief, wie er es sich vorstellte. Die Liste der Anschaffungen, die Diego ihm nannte, trug nicht gerade zur Besserung seiner Laune bei.

»Du willst *was?*«, brauste er auf. »Bist du noch ganz bei Trost?«

»Wenn wir den Schatz finden sollen, brauchen wir das«, entgegnete Diego ruhig. Er kannte Khalid lange genug, um zu wissen, dass der sich bei größeren Beträgen gerne ein wenig bitten ließ.

»Du bist verrückt!«

»Keine Ausrüstung, kein Schatz. So einfach ist das.«

»Hast du eine Ahnung, was das alles kostet? Ein Sidescan-Sonargerät, ein Magnetometer und das ganze andere Zeug?«

»Du musst es ja nicht gleich kaufen. Mieten reicht völlig.«

»Lass deine blöden Witze! *Natürlich* miete ich es nur. Trotzdem wird das ein kleines Vermögen kosten, das weißt du genauso gut wie ich. Was ist mit *E-TV?* Ich dachte, die beteiligen sich an den Kosten für solche Aktionen.«

»Das Antragsverfahren ist komplizierter als eine Steuererklärung«, übertrieb Diego. »Außerdem ist der Geldtopf für diesen Monat schon leer.«

Durch den Hörer drang ein unwilliges Knurren. »Sind noch andere Teams bei euch in der Nähe?«

»Du meinst, ob noch jemand dieselbe Spur verfolgt wie wir? Nicht, dass ich wüsste. Aber es könnte jederzeit passieren. Wir dürfen keine Zeit verlieren.«

Khalid überlegte einen Moment und rang sich dann mit einem unterdrückten Fluch zu einer Entscheidung durch. »Kennst du jemanden, bei dem alles besorgt werden kann, was ihr braucht?«

Diego nannte ihm eine Firma, mit der er schon bei seiner Suche nach der *Flor de la mar* in der Andamansee gute Erfahrungen gemacht hatte: *Marinotec*. Das deutsche Unternehmen war zwar nicht gerade für günstige Preise bekannt, verfügte aber über ausreichend große Lagerkapazitäten, um auch technisches Präzisionsequipment schnell und zuverlässig liefern zu können. Außerdem versprach es in seinen Allgemeinen Geschäftsbedingungen, bestellte Ware binnen achtundvierzig Stunden an jeden beliebigen Ort der Welt zu verfrachten.

Mit dem Vorwurf, dass Diego ihn noch an den Bettelstab bringen werde, versprach Khalid Aghani, alles zu besorgen und auch die Überführung der *Harmattan* zu veranlassen. Dann hängte er ein.

Kapitel 28

In ihrem Hotelzimmer luden Diego und McCoyle sich via Internet die Strömungs- und Windverhältnisse der Region herunter – alle verfügbaren Daten seit Beginn ihrer systematischen Erfassung. Dabei konzentrierten sie sich auf die Januar-Daten, weil die *Madre de Deus* in einem Januar gesunken war. Sie bildeten Durchschnittswerte, filterten Maxima und Minima heraus und erarbeiteten auf diese Weise eine Matrix, aus der sich die größte Wahrscheinlichkeit der Wind- und Strömungsverhältnisse zum Zeitpunkt des Kenterns ableiten ließen. Anschließend glichen sie diese Werte mit der wahrscheinlichsten Route der *Madre de Deus* im Jahr 1621 ab, zwischen Elmina Castle und Príncipe, der nächsten geplanten Anlaufstation der portugiesischen Karavelle, die sie jedoch nie erreicht hatte. Im Lauf vieler Stunden gelang es ihnen auf diese Weise, auf ihrer Seekarte klare Zielgebiete einzugrenzen. Diese wollten sie der Reihe nach absuchen – zuerst das Gebiet mit der höchsten Trefferwahrscheinlichkeit, ein Areal von sechshundert Quadratkilometern, dann die Gebiete mit geringeren Aussichten auf Erfolg. Im ungünstigsten Fall mussten sie fünftausend Quadratkilometer Ozean durchkämmen.

Zwei Tage nach dem Telefonat mit Khalid Aghani brachte ein Lastenhubschrauber die *Harmattan* und das bestellte Equipment. Zwei deutsche Ingenieure von *Marinotec* halfen Diego und McCoyle bei der Kalibrierung der Geräte und wiesen sie anschließend in die Bedienung ein.

Diego war sehr zufrieden mit der Ausrüstung. Der einzige Wermutstropfen war, dass nicht er, sondern Noah McCoyle den Empfang der Geräte bestätigen musste. Das war Khalids Art, ihn daran zu erinnern, dass er allein das Sagen hatte.

McCoyle signierte die Empfangsbestätigung mit sichtlichem Genuss, und obwohl Diego sich bemühte, dieser Lappalie keine Bedeutung beizumessen, konnte er nicht anders, als sich darüber zu ärgern. Ein Sprichwort aus seiner spanischen Heimat lautete: *Du kannst einem Andalusier die Knochen brechen, aber nicht seinen Stolz.* Auf Diego traf das ganz besonders zu.

Kaum war die Crew von *Marinotec* wieder weggeflogen, klingelte das Bordtelefon der *Harmattan*. Die Firmenzentrale von *E-TV* gab durch, dass alle Formalitäten für die Wracksuche geklärt seien, und kündigte an, dass Emilia Emmerson am Abend in Accra eintreffen werde, um das nächste Interview mit ihnen zu machen. Diego stieß zischend einen Fluch aus. Jetzt war es zwölf Uhr mittags. Wenn Emilia Emmerson in fünf oder sechs Stunden kommen wollte, lohnte es sich nicht mehr, mit der *Harmattan* auszulaufen. Wieder gingen wertvolle Stunden verloren.

Dennoch machte er am Abend gute Miene zum bösen Spiel und verhielt sich Emilia Emmerson und ihrem Kameramann Chris Boorman gegenüber sehr zuvorkommend. Bei einem Abendessen im Hotelrestaurant erfuhr Diego, dass der Besuch diesmal etwas länger andauern würde. Geplant waren zwei bis drei Tage, in denen sie Diego und McCoyle über die Schulter schauen wollten.

Das hatte Diego gerade noch gefehlt! Wahrscheinlich wollte Emilia auch wieder, dass er vor laufender Kamera irgendwelche Dinge erklärte. Er nippte an seinem Wein, einem ziemlich passablen südafrikanischen Cabernet Sauvignon, und überlegte, wie er das verhindern konnte. »Mein Partner und ich werden die nächsten Tage auf See verbringen«, sagte er. »Wir wollen unsere Zielgebiete mithilfe der Technik absuchen, die wir heute erhalten haben. Das wird einige Zeit beanspruchen.«

McCoyle wiegte seinen Glatzkopf hin und her. »So lange wird es nun auch wieder nicht dauern«, hielt er dagegen. »Wir könnten die beiden beim nächsten Halt einfach wieder absetzen.«

Vielen Dank auch, dachte Diego, ohne die Miene zu verziehen. McCoyle bewies wieder mal ein feines Gespür dafür, ihm die Tour zu vermasseln. Machte der Kerl das absichtlich?

»Das wäre natürlich eine Möglichkeit«, sagte er. »Vorausgesetzt, es stört Emilia nicht, dass sie sich mit Chris oder mit Ihnen, mein lieber *Teddy*, das Bett teilen muss. Denn an Bord der *Harmattan* gibt es nur zwei Kajüten.« Sein Blick wanderte zu Emilia, aber statt Zweifel sah er nur belustigte Entschlossenheit in ihrem Gesicht.

»Kein Problem«, sagte sie. »Mit Chris habe ich mir sogar schon mal einen Schlafsack geteilt. Das ist kein Problem. Ich hoffe, Ihnen und Teddy macht es nichts aus, wenn Sie für ein paar Nächte unter einer Decke schlafen müssen.«

Lieber hacke ich mir den Arm ab, dachte Diego und schüttelte lässig den Kopf. »Dafür finden wir schon eine Lösung«, sagte er. »Wir wollen an Bord ja nicht schlafen, sondern arbeiten.«

Tagelang durchpflügte die *Harmattan* das erste Zielgebiet, ein Areal von sechshundert Quadratkilometern. Die meiste Zeit stand Diego im Cockpit und überwachte den satellitengesteuerten Kurs, der sie in exakt vorgegebenen Bahnen von Westen nach Osten führte. Jede Bahn war dreißig Kilometer lang und hatte einen Korridor von dreihundert Metern. So breit war der Suchpegel des Sidescan-Sonars, das sie wie ein angeleintes Torpedo hinter sich herzogen. Bei einer Geschwindigkeit von zwölf Knoten konnte das Sonar sogar noch in vierhundert Metern Tiefe Gegenstände von der Größe eines Schuhs orten, selbst wenn sie im Sand vergraben lagen. Das hatten zumindest die Ingenieure von *Marinotec* behauptet.

Auch das Protonen-Magnetometer war ständig im Einsatz. Es wurde wie das Sidescan-Sonargerät an einer Leine hinter der Jacht hergezogen und maß im Zwei-Sekunden-Takt das Erdmagnetfeld. Die Messdaten wurden über ein Kabel auf ein Display übertragen, das im Führerhaus der *Harmattan* angebracht worden war.

Aber die Instrumente zeigten leider keine Besonderheiten an.

Am ersten Tag stellte Emilia noch eine ganze Menge Fragen. Diego überließ es bereitwillig Noah McCoyle, ihr Rede und Antwort zu stehen, aber er konnte trotzdem nicht verhindern, dass er immer wieder von ihr angesprochen wurde. Er gab sich freundlich, antwortete aber nur knapp, damit sie gar nicht erst auf den Geschmack kam, ihn noch öfter zu belästigen.

Auch Chris war am ersten Tag noch überaus geschäftig. Er filmte Diego, McCoyle, Emilia, die Jacht, das Meer, eine Gruppe Delfine – einfach alles, was ihm vor die Linse kam. Aber irgendwann ließ auch sein Elan nach, als er merkte, dass es einfach nichts Interessantes mehr zu filmen gab.

Am zweiten Tag ging es an Bord schon viel ruhiger zu. McCoyle schlief die meisten Zeit, weil er und Diego beschlossen hatten, abwechselnd in Schichten zu arbeiten. Auf diese Weise konnten sie auch nachts weitersuchen und sparten somit Zeit. Außerdem vermieden sie es dadurch, sich eine Kajüte teilen zu müssen.

Gegen Mittag kämpfte Diego gegen die Müdigkeit an. Er war jetzt seit dreißig Stunden auf den Beinen, seinc Augenlider wurden schwer, und er spürte, wie seine Konzentration nachließ. Daher war er schon fast dankbar, dass Emilia zu ihm ins Cockpit kam und ihm einen heißen Kaffee und einen Teller aufgewärmten Eintopf vom Vortag brachte.

»Wo ist Chris?«, fragte Diego.

»Er sichtet das Filmmaterial und schneidet schon mal die besten Aufnahmen für den nächsten Trailer zusammen«, sagte Emilia.

»Viel kann es nicht geworden sein.« Diego nippte an dem dampfenden Kaffee. »Wenn Sie Pech haben, werden wir auch in den nächsten Tagen nicht fündig. Ich halte das sogar für wahrscheinlich.«

Sie sah ihn lange und eingehend an. »Sie können mich nicht leiden, oder?«

Diego antwortete nicht.

»Sie mögen es nicht, vor der Kamera zu stehen. Und deshalb mögen Sie auch mich nicht. Weil ich Reporterin bin und Sie immer wieder in diese für Sie unangenehme Situation bringe.«

Diego spürte, dass sie so lange bohren würde, bis er mit ihr darüber sprach. Also konnte er auch gleich einlenken. »Ich habe es Ihnen ja schon in Rom gesagt. Ich leide unter Lampenfieber. Schon seit meiner Kindheit. Es ist nichts Persönliches.«

»Warum machen Sie dann ausgerechnet bei einer Sache mit, die im Fernsehen ausgestrahlt wird?«

Diego seufzte. Wie sollte er das erklären? »Ist eine lange Geschichte«, sagte er.

»Keine, die Sie mir erzählen wollen?«

»Keine, die ich Ihnen erzählen will.«

Am dritten Tag schlugen die Instrumente endlich aus. Diego lag gerade im Bett und schlief, als Noah McCoyle hereinplatzte und ihn unsanft wachrüttelte.

»Aufwachen, *amigo!* Wir haben etwas gefunden!«

Eine Hand wie eine Bärenpranke umfasste Diegos Arm und zog ihn hoch. Eine andere Hand tätschelte ihm gröber als nötig das Gesicht, während er zu begreifen versuchte, was überhaupt los war.

»Ist ja schon gut«, murmelte er schlaftrunken. »Lassen Sie mich in Frieden!«

Er schälte sich aus dem Bett und rieb sich die Müdigkeit aus dem Gesicht. Dann folgte er McCoyle ins Cockpit, wo Chris und Emilia gerade dabei waren, letzte Vorbereitungen für die Aufnahmen zu treffen.

»Augenblick noch!«, rief Chris. »Wir sind gleich so weit.« Mit flinken Bewegungen montierte er seine Kamera auf ein Dreibeinstativ und brachte sich in Position. »In Ordnung, von mir aus kann's losgehen!«

Diego seufzte stumm in sich hinein. Natürlich, die unvermeidbare Kamera!

»Machen Sie einfach, was Sie auch ohne uns machen würden«, sagte Emilia. »Ich werde Ihnen nur zuhören und hier und da ein paar Fragen stellen, wenn ich etwas nicht verstehe. Richtige Interviews können wir später nachholen, wenn das nötig sein sollte.«

Es gefiel Diego nicht, wie Chris und Emilia auf seiner Jacht plötzlich das Kommando übernahmen. Aber er wusste, dass er daran nichts ändern konnte. Außerdem gab es im Moment Wichtigeres zu tun, als sich darüber zu ärgern.

Er trat ans Instrumentenpult, wo auch die Anzeigen des Sidescan-Sonars und des Magnetometers angebracht worden waren. Das Magnetometer zeigte ein 3D-Modell des Meeresbodens. Darüber war in Rot eine Art Drahtgittergebirge abgebildet.

Für die Kamera deutete McCoyle auf den Monitor, wo zwischen vielen kleinen Erhebungen und Senken genau in der Mitte der Darstellung eine Zacke weit nach oben reichte. »Je höher der Ausschlag, desto stärker das gemessene Magnetfeld«, erklärte er. »Dieser Ausschlag« – er tippte mit dem Finger auf den Bildschirm – »zeigt uns, dass genau hier ein außergewöhnlich hohes ferromagnetisches Vorkommen registriert worden ist. Das könnte eine natürliche Ursache haben, zum Beispiel, wenn der Meeresboden besonders erzhaltig ist. Es könnte aber auch sein, dass an dieser Stelle ein Schiff gesunken ist.«

»Ferromagnetisch?«, wiederholte Emilia. »Das bedeutet eisenhaltig, nicht wahr? Aber Gold enthält doch gar kein Eisen.«

»Sie haben recht«, sagte McCoyle. »Dennoch wurden nahezu alle bedeutenden Schiffswracks mithilfe von Magnetometern gefunden – nicht nur U-Boote und Schiffe mit Metallrumpf, sondern auch alte Galeonen, die mit Gold, Silber, Edelsteinen oder wertvollem Porzellan beladen waren. Nicht die Schätze selbst werden vom Magnetometer geortet, sondern Anker, Schiffsglocken, Kanonen und Kanonenkugeln.«

»Die Zacke hier hebt sich stark von den anderen ab«, sagte Emilia. »Deutet das nicht auf ein sehr hohes Metallvorkommen hin? Ich meine, kann das überhaupt ein Schiff sein?«

»Wir haben die Empfindlichkeit des Magnetometers so eingestellt, dass auch kleinere Mengen Metall angezeigt werden«, sagte McCoyle. An Diego gewandt, fügte er hinzu: »Was denken Sie, um wie viel Tonnen Metall es sich handelt?«

Diego überschlug die grafischen Daten auf dem Monitor. »Viereinhalb bis fünf Tonnen ferromagnetisches Material, denke ich. Mal sehen, ob das Sonarbild genauere Schlüsse zulässt.«

Der Computer hatte aus den Messdaten des Sidescan-Sononars eine Schwarz-Weiß-Grafik generiert. Da der Meeresgrund an dieser Stelle jedoch felsig und uneben war, fiel es schwer, klare Konturen zu erkennen, die auf Überreste eines Wracks hindeuteten.

Diego zeigte auf ein dunkles Rechteck. »Das hier ist eindeutig nicht natürlich entstanden«, stellte er fest. »Es könnte sich um eine Art Truhe handeln. Und das da könnte ein Kanonenrohr sein. Um Sicherheit zu erlangen, müssen wir uns das aber aus der Nähe ansehen.«

»Sie wollen tauchen?«, fragte Emilia.

»Das Wasser ist an dieser Stelle achtzig Meter tief. Alles ab fünfzig Metern ist für Flaschentauchen nicht mehr geeignet«, antwortete Diego, dem es gefiel, dass er durch seine Expertenrolle allmählich wieder das Kommando über die Jacht zurückeroberte. »Aber natürlich haben wir vorgesorgt. Für solche Fälle haben wir ein Mini-ROV an Bord.«

Das Mini-ROV war unter einer Plane am Bug der *Harmattan* verstaut und hatte die Größe eines handelsüblichen Notstromaggregats. Auf den ersten Blick sah es auch genauso aus – kastenförmig und klobig, umgeben von einem robusten Metallgestänge. Erst bei genauerer Betrachtung erkannte man die schwenkbaren Antriebsrotoren an den Seiten, die Kameraaufsätze für Unterwasseraufnahmen und die beiden roboterartigen Greifarme, die im Ruhezustand eng an dem gedrungenen Gerät anlagen.

»ROV bedeutet *Remotely Operated Vehicle*«, erklärte McCoyle, der sich bemühte, sich mit seinem Fachwissen ebenfalls wieder ein bisschen in Szene zu setzen. »Es ist nichts anderes als ein ferngesteuertes Unterwasserfahrzeug mit ein paar Gimmicks. Das hier« – mit dem Schuh tippte er gegen einen auf dem Boden liegenden Kabelstrang – »ist gewissermaßen die Nabelschnur. Damit wird das ROV mit Energie versorgt, und wir erhalten darüber unsere Daten.«

Diego schloss das Kabel an dem ROV an. Anschließend transportierten er und McCoyle das achtzig Kilogramm schwere Gerät zum Heck, wo sie es vorsichtig ins Wasser ließen.

Vor dem Tauchgang führten sie einen letzten Systemcheck durch, dann versammelten sich alle wieder im Führerhaus, von wo aus Diego das ROV mit der Fernsteuerung in die Tiefe hinabgleiten ließ.

Die von den Unterwasserkameras übertragenen Bilder zeigten anfangs noch türkisfarbenes Wasser, das mit zunehmender Tiefe jedoch immer dunkler wurde. Irgendwann schaltete Diego die Scheinwerfer ein. Ein Schwarm Makrelen stob auseinander und floh in die schützende Finsternis des Ozeans.

»Noch zwanzig Meter«, sagte McCoyle mit starrem Blick auf den Computerbildschirm. Er zog den Vorhang zu, um besser sehen zu können, aber noch zeichneten sich keine Konturen am Meeresgrund ab.

Das ROV sank tiefer. Noch fünfzehn Meter … zwölf … zehn … acht.

Plötzlich schälten sich Umrisse aus der Dunkelheit heraus – schroffe Felsen, dic sich wie ein Canyon aus dem Sand erhoben.

Diego warf einen Blick zum Instrumentenpult. Auf einem der Displays stellte ein grüner Leuchtpunkt die Position des ROVs dar. Die Stelle, an der das Magnetometer und das Sidescan-Sonar den Fund angezeigt hatten, war rot markiert.

»Das Ziel müsste etwa zwanzig Meter weiter rechts liegen«, stellte er fest. Vorsichtig betätigte er die Hebel der Fernbedienung, um das ROV zu der gewünschten Position zu navigieren. Seine Aufregung wuchs mit jeder Sekunde. War das der Durchbruch? Würden sie in wenigen Momenten die Überreste einer Karavelle aus dem Jahr 1621 vor Augen haben, die einen Goldschatz von geradezu historischem Ausmaß an Bord hatte?

Ein Goldschatz, der die Jahrhunderte in den zerklüfteten Spalten dieser bizarren Felsformationen überdauert hatte?

Doch als er endlich die richtige Stelle erreichte, zerplatzten seine kühnen Hoffnungen wie Seifenblasen. Was im Sidescan-Bild wie ein Kanonenrohr ausgesehen hatte, war offenbar ein gewöhnliches Industrierohr, die vermeintliche Schatztruhe ein alter Kühlschrank.

»Das ist kein Schatz«, sagte er und fluchte still in sich hinein. »Hier hat jemand seinen verdammten Schrott entsorgt.«

In den kommenden Stunden war die Stimmung auf der *Harmattan* gedrückt. Nachdem sie das ROV wieder an Bord gebracht und verstaut hatten, setzte McCoyle den ursprünglichen Kurs fort, während Diego vorgab, sich noch einmal hinlegen zu wollen. Er zog sich in seine Koje zurück, konnte aber nicht mehr einschlafen.

Am Abend löste er McCoyle im Führerhaus ab, der ihm sagte, dass die Geräte keinen nennenswerten Ausschlag mehr gezeigt hatten. Diego registrierte es mit einem stummen Nicken und übernahm die nächste Schicht.

Die Nacht verlief ruhig.

Am nächsten Morgen bekam Emilia einen Anruf von der *E-TV*-Zentrale in London. Beim Frühstück auf dem Achterdeck teilte sie mit, dass ein Hubschrauber sie und Chris in ein paar Stunden abholen würde, weil sie nach Marokko beordert worden waren. Einen Grund nannte sie zwar nicht, aber als Diego später in seinem Bett lag, bekam er mit, wie Emilia und Chris sich in ihrer Kajüte darüber unterhielten, dass das Team BELARUS – ein paar Hobby-Abenteurer aus Weißrussland – offenbar eine entscheidende Entdeckung gemacht hatte. Einen Moment lang war Diego versucht, sein Ohr an die Wand zu pressen, um noch besser mithören zu können und vielleicht sogar zu erfahren, wo genau das BELARUS-Team sich gerade aufhielt. Aber er tat es nicht, irgendein irrationales Ehrgefühl hielt ihn letztlich davon ab.

Die Müdigkeit übermannte ihn, und als er irgendwann wieder wach wurde, waren Emilia und Chris schon nicht mehr an Bord. Er hatte so tief geschlafen, dass er nicht mal den Hubschrauber gehört hatte.

Am Horizont türmte sich eine dicke schwarze Wolkenwand auf. Das gibt ein gewaltiges Unwetter, dachte Diego. Aber dann kreisten seine Gedanken schon wieder um die Frage, was das BELARUS-Team in Marokko gefunden hatte. Waren er und McCoyle auf der falschen Spur? Hatten sie sich in irgendwas verrannt? Aber wo lag ihr Denkfehler? Der Weg, der sie in die Gewässer vor Ghana geführt hatte, war ihnen so logisch erschienen!

Er seufzte still in sich hinein und machte sich wieder an die Arbeit, fest entschlossen, die Suche so lange fortzusetzen, bis sie fündig wurden. Jetzt erst recht!

Kapitel 29

Accra

Alban Paco hatte sich die schwüle Hitze des Tages mit einer kühlen Dusche vom Körper gewaschen. Jetzt stand er, ein Handtuch um die Hüften geschlungen, vor dem Spiegel im Bad seines Hotelzimmers und betrachtete die Narbe auf seiner Stirn, einen beinahe runden weißen Fleck über der rechten Augenbraue, ungefähr so groß wie ein Daumennagel. Wie immer weckte die Narbe schmerzliche Erinnerungen an den Tod seines Bruders Gabriél.

Diego Camaro hatte ihn auf dem Gewissen, und sehr, sehr bald würde er dafür bezahlen.

Alban Paco ging in sein Zimmer und zog sich an: eine bequeme Stoffhose und ein leichtes Hemd, mehr war bei diesem feuchtwarmen Klima nicht auszuhalten.

Ein Blitz zuckte vom grauschwarzen Himmel, gefolgt von einem ohrenbetäubenden Donnerschlag, der die Wände des Hotels erzittern ließ. Dann war nur wieder der gegen die Fenster prasselnde Regen zu hören. Draußen war in kürzester Zeit ein Unwetter aufgezogen.

Paco warf einen Blick auf seine Armbanduhr. Kurz vor vier. Im Zimmer war es schon fast dunkel, aber er schaltete das Licht nicht an. Stattdessen rückte er einen Stuhl ans Fenster und spähte durch sein Fernglas hinunter zum Hafen von Accra. Das Hotel stand auf einer kleinen Anhöhe; so hatte er trotz des schlechten Wetters eine gute Sicht.

Während er den Hafen beobachtete, spürte er wieder, wie die

Ungeduld in ihm hochstieg. Sie fraß an ihm wie Säure, seit er wusste, dass Diego noch lebte. In Venedig war er bis auf wenige Meter an ihn herangekommen, aber dann hatte er ihn im letzten Moment aus den Augen verloren.

Venedig – das war jetzt schon über zwei Wochen her. Seitdem verfolgte er Diego wie ein Bluthund. Nie zuvor war ihm etwas so wichtig gewesen wie Diegos Tod. Auch wenn er wegen seiner Gehirnverletzung unfähig war, Mitleid oder Skrupel zu empfinden, so spürte er doch Hass. Abgrundtiefen Hass. Seine wunde Seele schrie nach Rache.

Diego in Afrika aufzuspüren war nicht schwer gewesen. Auf der Internetseite von *E-TV* gab es einen News-Ticker, der laufend über die Aktivitäten aller *Goldfieber*-Teams informierte – auch darüber, dass Diego nach Ghana gereist war. Tagelang hatte Alban Paco Diegos Fährte entlang der Küste verfolgt, jedoch ohne ihn einzuholen. Und dann war ihm der Zufall in Form eines Zeitungsartikels zu Hilfe gekommen, in dem darüber berichtet worden war, dass ein *Goldfieber*-Team in Accra mit der technischen Ausrüstung für eine Schatzsuche unter Wasser ausgestattet worden war. Bingo!

Er konzentrierte sich wieder auf den Blick durchs Fernglas. Irgendwo dort draußen musste sie sein – die *Harmattan*. Paco hatte sich im Hafen von Accra umgehört und neben dem Namen der Jacht auch herausgefunden, dass sie vor ein paar Tagen ausgelaufen war. Der Liegeplatz war aber nach wie vor angemietet. Paco schloss daraus, dass die *Harmattan* schon bald zurückkehren würde, um Frischwasser und neuen Proviant aufzunehmen. Und welches Wetter wäre dafür geeigneter als dieser Gewittersturm?

Plötzlich sah er im Fernglas eine schon ein wenig in die Jahre gekommene weiße Motorjacht, die sich durch die schwere See in Richtung Hafen vorkämpfte. Leider konnte er die Gesichter hinter dem Cockpitfenster nicht erkennen – dafür war die Jacht zu weit weg und das Wetter zu schlecht.

Er holte einen Hartschalenkoffer unter dem Bett hervor, öffnete das Kombinationsschloss und nahm sein Gewehr mit dem Präzisionsvisier heraus. Dann ging er zurück ans Fenster.

Der Mann im Steuerhaus war tatsächlich Diego! Wie eine gewaltige Flutwelle brach der Hass über Paco zusammen. Am liebsten hätte er Diego jetzt gleich umgebracht. Die Versuchung, den Abzug durchzudrücken, war groß. Aber natürlich war die Jacht viel zu weit entfernt und das Wetter zu schlecht für einen gezielten Schuss.

Er ließ das Gewehr sinken. Nein, er wollte Diego nicht erschießen. Er wollte ihn auch nicht mehr erstechen, wie er es in Venedig vorgehabt hatte. Nein! In den letzten Tagen hatte er viel Zeit gehabt, sich etwas ganz Besonderes für ihn auszudenken. Diego sollte auf dieselbe Weise sterben wie Gabriél.

Auge um Auge. Zahn um Zahn. Die Vorbereitungen hatte *el escorpión* schon getroffen.

Kapitel 30

Marokko

Emilia und Chris hatten eine anstrengende Reise hinter sich. Mit dem Hubschrauber, der sie von der *Harmattan* abgeholt hatte, waren sie nach Accra geflogen, von wo aus es mit einem Linienflug nach Dakar und dann weiter nach Marrakesch ging. Von dort aus hatte *E-TV* einen Charterflug ins zweihundert Kilometer weiter südlich gelegene Tata organisiert, eine karge, staubige Stadt im *al-Atlas as-Saghir*-Gebirge. Die Abendsonne stand wie ein glühender Ball dicht über dem schroffen Horizont, als sie dort landeten.

Emilia war froh, dass sie nicht mehr auf der *Harmattan* war. Auch wenn sie sich auf der Jacht zu keiner Zeit bedroht gefühlt hatte, stand nach wie vor der Verdacht im Raum, dass Diego Camaro einen Mord begangen hatte. Das lag zwar schon lange zurück, und das Verfahren gegen ihn war, wie sie inzwischen wusste, irgendwann eingestellt worden, dennoch warf diese Sache einen Schatten auf Diego Camaros Vergangenheit. Sie machte ihn unberechenbar und gefährlich.

Andererseits musste Emilia sich eingestehen, dass sie genau das an ihm interessant fand. Dazu kamen sein verschlossenes Wesen und sein seltsam überzogenes Lampenfieber. Das machte ihn so menschlich und verletzlich, dass sie sich schwertat, in ihm einen Mörder zu sehen.

In Tata wurden Emilia und Chris von Aleksej Luganow erwartet, dem Kopf des Teams BELARUS. Luganow war erst sechsundzwanzig Jahre alt und hätte mit seiner schlanken Figur, dem strohblonden Schopf und dem strahlenden Lächeln einen perfekten Surfer abgegeben. Er begrüßte die Neuankömmlinge herzlich, nahm Emilia ihre Tasche ab und führte sie zu seinem Jeep, mit dem sie etwa dreißig Kilometer weiter in Richtung Südosten fuhren. Schon bald bogen sie von der befestigten Straße auf eine holperige Schotterpiste ab. Schließlich lenkte Luganow den Jeep querfeldein und passierte eine weite Schotterebene, an deren Ende sich das Lager von BELARUS befand, unweit von einer verlassenen Burgruine am Fuß einer Steilwand, die hinauf zu einem kargen Felsenplateau führte.

Inzwischen war es dunkel geworden, und am tiefblauen Himmel funkelte ein Meer aus Sternen. Die Hitze des Tages war einer empfindlichen Kälte gewichen.

Luganow und drei seiner Kollegen halfen Emilia und Chris beim Aufbau der Zelte. Nachdem sie ihre Koffer verstaut und Emilia eine Jacke übergezogen hatte, trafen sie sich an der Feuerstelle, wo sich das komplette BELARUS-Team versammelt hatte: fünf Männer und drei Frauen, die auf Campingstühlen und in Decken gehüllt im Kreis um die lodernden Flammen saßen, Tee tranken und sich leise unterhielten.

Emilia und Chris setzten sich zu ihnen und nahmen dankbar die Reste des Abendessens an, die Luganow ihnen anbot: eine Art Eintopf mit Sauerkraut und klein geschnittener Wurst. Emilia hatte schon lange nicht mehr so fettig gegessen, aber es schmeckte lecker und war genau das Richtige, um sich wieder aufzuwärmen. Anschließend gab es den obligatorischen Wodka, den die ganze Runde aus Geselligkeit mittrank.

Emilia fühlte sich auf Anhieb wohl. Obwohl außer Luganow niemand im Team fließend Englisch sprach und die Unterhaltung sich dadurch recht schleppend gestaltete, waren die Weißrussen überaus freundlich. Wenn sie sich nicht mit Worten verständlich machen konnten, behalfen sie sich mit Händen und Füßen. Und wenn die Verständigung gar nicht klappen wollte, sprang Aleksej Luganow als Dolmetscher ein.

Trotz aller Ausgelassenheit war auch die Spannung im Lager deutlich zu spüren. Insbesondere, als Emilia auf den eigentlichen Grund ihres Besuchs zu sprechen kam, wurden die Weißrussen plötzlich einsilbig.

»Wir können es selbst immer noch nicht glauben, dass wir so viel Glück gehabt haben«, erklärte Aleksej Luganow. »Es erfüllt uns mit Stolz und mit großer Ehrfurcht. Wann sollen wir Ihnen den Fund zeigen?«

Emilia tauschte mit Chris einen raschen Blick aus. »Am besten jetzt gleich, wenn es Ihnen nichts ausmacht«, sagte sie.

Chris holte aus seinem Zelt seine Kamera für Nachtaufnahmen und begann zu filmen. Die anderen statteten sich mit Fackeln und Taschenlampen aus.

»Die Burg dort drüben wurde im dreizehnten Jahrhundert errichtet«, erzählte Aleksej Luganow und deutete in die Dunkelheit vor ihnen, wo sich in etwa zweihundert Metern Entfernung die Silhouette einer zerfallenen Ruine aus dem Schotterfeld erhob. »Ihr Name bedeutet übersetzt *Auge des Ostens*, wohl weil sie der erste Vorposten am Rand der Sahara war. Sie wurde im Zweiten Weltkrieg bei einem Panzerangriff zerstört.«

»Wie sind Sie auf diese Ruine gekommen?«, wollte Emilia wissen.

»Ehrlich gesagt, ein Zuschauer hat uns den Tipp gegeben«, sagte Luganow. »Vor etwa einer Woche. Unsere eigenen Recherchen haben zu dem Zeitpunkt in einer Sackgasse gesteckt, und wir wussten nicht, wo wir weitermachen sollten. Da kam uns der Hinweis gerade recht.«

Emilia nickte. Alle Fernsehzuschauer hatten das Recht, bei *E-TV* Informationen einzureichen, um ein Team ihrer Wahl damit zu unterstützen. Die Spielregeln von *Goldfieber* sahen das ausdrücklich vor. Und für den Fall, dass ein Hinweis tatsächlich zum Schatz führte, winkte demjenigen, von dem der entscheidende Hinweis stammte, ein stattlicher Finderlohn.

Mit ihren Fackeln und Taschenlampen ausgestattet, setzte die Gruppe sich in Bewegung. Eigenartigerweise ging es nicht auf die Burgruine zu, sondern in Richtung des Steilfelsens.

Als habe er Emilias Gedanken erraten, sagte Luganow: »Der Zuschauer, von dem wir den Tipp erhalten haben – ein Landsmann aus Minsk –, ist Freeclimber. Eigentlich kam er letztes Jahr hierher, um sich an dieser Steilwand zu versuchen. Die Ruine hat ihn gar nicht interessiert. Beim Klettern hat er eine Höhle entdeckt, die er sich ein bisschen näher angesehen hat. Dabei ist er auf einen Stollen gestoßen, einen Geheimgang oder einen Versorgungstunnel, der zur Burg führt. Er erkundete den Tunnel und stieß dabei auf ein Katakombengrab. Damals dachte er sich noch nichts dabei. Erst als in der Premierensendung von *Goldfieber* der Brief verlesen wurde, erinnerte er sich wieder daran, und er dachte, dass die Sache wichtig sein könnte.«

Sie erreichten den Fuß der Steilwand und kletterten über ein paar schroffe Felsen zu einem Höhleneingang. Der war gerade groß genug, dass ein Mensch sich hindurchzwängen konnte. Luganow und zwei seiner Kollegen gingen voran, dann folgten Emilia, Chris und die anderen.

Nach wenigen Metern erreichten sie eine etwa fünfzig Quadratmeter große Höhle mit einem kuppelartigen Gewölbe. Die Luft roch abgestanden und staubig, jeder Laut klang dumpf und hallend. Der flackernde Schein der Fackeln warf unruhige Licht- und Schattenspiele auf die zerklüfteten Wände, sodass der Eindruck entstand, sie besäßen ein Eigenleben.

»Hier entlang«, sagte Luganow und führte sie zu einem in den Stein geschlagenen Stollen, der so niedrig war, dass selbst die Frauen sich nicht aufrecht darin bewegen konnten. Nach wenigen Schritten erreichten sie eine Treppe, die in die Tiefe führte. Danach folgte ein kerzengerader, schmaler Gang, der kein Ende zu nehmen schien.

Nach einer gefühlten Ewigkeit erreichten sie ein zweites unterirdisches Gewölbe, nicht so groß wie die Höhle in der Steilwand, aber immerhin hoch genug, dass sie wieder aufrecht stehen konnten. Emilia streckte sich und ließ die Schultern kreisen, um ihren verspannten Nacken zu lockern. Im Schein der Fackeln und Taschenlampen erkannte sie, dass das Gewölbe nur zum Teil natürlichen Ursprungs war, denn an mehreren Stellen ging der nackte Fels in gemauerte Wände und Decken über.

Luganow wartete, bis Chris sich in Position gebracht hatte und die Kamera lief. Dann leuchtete er mit seiner Taschenlampe in eine Abzweigung im Gang vor ihnen, wo eine Treppe nach oben führte, während der Gang selbst weiter geradeaus verlief.

»Wir befinden uns jetzt direkt unter der Ruine«, erklärte er. »Über diese Treppe kam man früher in den Bergfried. Aber der ist eingestürzt. Da kommt man nicht mehr durch. Ich denke, das ist auch der Grund, weshalb das Katakombengrab nicht schon viel früher entdeckt wurde. Der einzige Zugang ist der Stollen, durch den wir gegangen sind. Wenn man den Eingang durch die Höhle nicht kennt, findet man das Grab nicht.«

»Und wo ist dieses Grab?«, fragte Emilia ungeduldig.

Luganow führte sie den Gang entlang, der nach einigen Metern in ein neues Gewölbe mündete – in eine gemauerte Gruft, in deren Wänden sich sieben Grabnischen befanden. Sogar die bleichen Gebeine der Toten lagen noch an Ort und Stelle, halb bedeckt von zerfallenen Kleidungsresten und überzogen von Spinnweben.

»Das dort drüben ist es«, sagte Luganow leise, beinahe ehrfürchtig und leuchtete mit seiner Taschenlampe in eine der Grabnischen. Im ersten Moment verstand Emilia nicht, was an dem Grab so besonders sein sollte, doch dann sah sie hinter dem Skelett ein auf die Mauersteine gemaltes Bild, verblichen und zerkratzt, aber immer noch gut zu erkennen. Es zeigte einen Mann, der mit dem Kopf nach unten ans Kreuz geschlagen worden war. Zwei Symbole zierten seine Brust: ein Halbmond und eine Sonne.

Kapitel 31

Conneticut

Mark Fischer betrachtete von seinem Mietwagen aus das hübsche Einfamilienhaus auf der gegenüberliegenden Straßenseite. Es sah sauber und gemütlich aus, hatte eine weiß gestrichene Holzfassade, einen Vorgarten mit frisch gemähtem Rasen und eine schattige Veranda, auf der eine Hollywoodschaukel stand. Vorne an der Doppelgarage war ein Basketballkorb angebracht, in der Einfahrt lag ein kleines Fahrrad. Also wohnten auch Kinder hier. Alles an diesem Haus verströmte Vorstadtfrieden und Familienidylle.

Fischer tat es leid, dass er hierhergekommen war. Wenn er aus dem Wagen stieg, würde er dieses perfekte Idyll zerstören, das war ihm klar. Aber es gab keinen anderen Weg. Er spürte, dass der Tag der Prophezeiung nicht mehr fern war. Dann brauchte er jede Unterstützung, die er bekommen konnte.

Er seufzte, stieg aus dem Auto und ging hinüber zum Haus. Nach dem zweiten Klingeln öffnete ein kleines Mädchen die Tür.

»Wer bist du?« Sie lispelte, weil ihr die beiden Schneidezähne fehlten.

»Ich bin Mark«, antwortete Fischer. »Und wie heißt du?«

»Lisa.«

Fischer lächelte das Mädchen an. »Ist deine Mom da?«

Die Kleine nickte und rief nach ihrer Mutter.

Wenig später kam eine Frau mit einem Wäschekorb unter dem Arm die Kellertreppe herauf und trat hinter ihre Tochter.

Als sie Fischer erkannte, wurde ihr Gesichtsausdruck hart und abweisend.

»Hallo, Victoria«, sagte Fischer. »Wir müssen reden. Darf ich reinkommen?«

Die Frau zögerte. Dann sagte sie zu ihrer Tochter: »Geh in dein Zimmer.«

»Och, Mom! Ich wollte doch gerade die *Simpsons* gucken!«

»Geh in dein Zimmer!«

Widerwillig ging Lisa die Treppe hinauf. Als sie verschwunden war, trat die Frau zur Seite. »Komm rein«, sagte sie zu Fischer. Sie führte ihn ins Wohnzimmer, stellte den Wäschekorb auf den Boden und steckte sich mit zitternden Fingern eine Zigarette an.

»Seit wann wohnst du hier?«, fragte Fischer.

Sie nahm einen tiefen Lungenzug, bevor sie antwortete. »Neun Jahre.«

»Ist Lisa deine Tochter?«

»Mehr als das. Sie ist mein Leben.«

Fischer verstand, was Victoria ihm damit zu verstehen geben wollte. Aber sie war nun mal keine gewöhnliche Mutter. Sie war seine Schwester im Geiste.

»Bist du verheiratet?«, fragte er.

»Ja.«

Fischer ging zu ihr und legte ihr behutsam die Hände auf die Schultern. »Du weißt, dass es sein muss«, sagte er. »Ich brauche dich.«

Victoria nickte fahrig und zog wieder an ihrer Zigarette. Eine Träne rollte über ihre Wange.

Er verstand ihren Kummer. Sie führte ein erfülltes Leben und hing daran. Es musste ihr schwerfallen, all das aufzugeben, wenngleich dieses Opfer einem höheren Ziel diente. Fischer hingegen hatte nichts zu verlieren – sein Leben als Ingenieur auf einer Bohrinsel vermisste er nicht. Und eine eigene Familie hatte er nie gehabt.

»Wir haben das Ritual bereits vollzogen«, sagte er. »Nur du hast gefehlt. Du hast weder auf unsere Anrufe reagiert noch auf unsere E-Mails. Aber du bist unsere Schwester. Wir müssen auf dich zählen können, wenn es so weit ist.«

Victoria tupfte sich mit einem Taschentuch die Augen trocken und nickte. »Bei der nächsten Zeremonie werde ich wieder dabei sein«, sagte sie.

Am Abend kam ihr Mann von der Arbeit nach Hause. Charles, ein Handelsvertreter. Über den unerwarteten Besuch schien er sich nicht besonders zu freuen.

»Das ist Mark«, sagte Victoria, während die beiden Männer sich die Hand schüttelten. »Mein Bruder aus Deutschland.«

»Ich wusste gar nicht, dass du einen Bruder hast«, sagte Charles. »Warum hast du mir nie von ihm erzählt?«

Victoria antwortete nicht.

Nach dem Abendessen, an dem auch Mick, der neunjährige Sohn, teilnahm, durften die Kinder fernsehen. Um Charles und Victoria Gelegenheit zu geben, alleine mitcinander zu sprechen, folgte Fischer Lisa und Mick ins Wohnzimmer. Gemeinsam sahen sie sich den Rest eines Zeichentrickfilms an, danach zappte Mick so lange herum, bis er bei der aktuellen *Goldfieber*-Folge hängen blieb.

»Läuft das in Deutschland auch?«, fragte er Fischer. »Da geht es um einen Ritterschatz. Der soll Milliarden Dollar wert sein.«

Fischer nickte mechanisch, hörte aber schon gar nicht mehr richtig zu, denn was er im Fernsehen sah, versetzte ihn in höchste Alarmbereitschaft: BELARUS, das weißrussische Abenteurerteam, war in den Katakomben einer marokkanischen Festung auf einige in den Felsen gehauene Grabnischen gestoßen. In einer davon war ein außergewöhnliches Motiv auf den nackten Stein gemalt worden: ein mit dem Kopf nach unten ans Kreuz geschlagener Mann, dessen nackter Oberkörper einen Halbmond und eine Sonne zeigte.

…liegt das Gold verborgen, wo Felsen sich zu Gräbern türmen und mein Mond und meine Sonne sich auf Petrus' Brust vereinen.

Die Parallelen zu dem Schatzbrief lagen klar auf der Hand. Und unter dem Bildnis des gekreuzigten Petrus standen die Worte: *Quaere in luce et invenies.* Suche im Licht und du wirst finden.

Fischer fragte sich, wie es so weit hatte kommen können. Weshalb hatte George Sanders, der Programmchef von *Goldfieber*, ihn nicht über diese wichtige Entwicklung informiert? Fischer rief regelmäßig die Kontakt-E-Mail-Adresse auf, aber Sanders hatte ihm keine Nachricht zukommen lassen.

Ich bin zu zimperlich mit ihm umgegangen. Offenbar hat es nicht gereicht, ihm eine Plastiktüte über den Kopf zu ziehen, dachte er. Er hatte Mühe, sich seine Wut nicht anmerken zu lassen.

Ursprünglich hatte er vorgehabt, so lange in den USA zu bleiben, bis er sicher war, dass Victoria es sich nicht doch noch anders überlegte. Aber jetzt beschloss er, so schnell wie möglich nach London zu reisen, um George Sanders an seine Pflicht zu erinnern.

Kapitel 32

Accra

Wegen des Unwetters waren Diego und Noah McCoyle gezwungen, sich eine Zeit lang im Hotel einzuquartieren, denn selbst im sicheren Hafenbecken wurde die *Harmattan* ungemütlich von Wind und Wellen durchgerüttelt. Der Sturm dauerte nun schon drei Tage. Diego wurde immer unruhiger und gereizter, denn sie verloren wertvolle Zeit. Außerdem fragte er sich, welche Fortschritte das BELARUS-Team machte, dessentwegen Emilia und Chris so überstürzt abgereist waren. Vom Hotelzimmer aus loggte er sich immer wieder ins Internet ein, um sich über den News-Ticker von *E-TV* über den neuesten Stand zu informieren.

Was er dort las, klang beunruhigend. Konnte es tatsächlich sein, dass das weißrussische Team kurz vor dem Durchbruch stand? Es sah ganz danach aus. Die Ungewissheit zerrte an seinen Nerven und führte zwangsläufig dazu, dass er und McCoyle sich immer wieder in die Haare gerieten.

Am Morgen des vierten Tages hatte das Unwetter sich verzogen. Der Himmel war klar und wolkenlos, die vom Meer her wehende Brise trug den Geruch von Salz und neuem Mut mit sich. BELARUS hatte die Inschrift *Suche im Licht und du wirst finden* noch nicht entschlüsselt. Es war noch alles offen.

Nachdem Diego und McCoyle auf dem Markt frisches Obst und Gemüse gekauft hatten, stachen sie in See, um mit dem Scannen des Meeresbodens weiterzumachen.

Während McCoyle im Cockpit saß und die *Harmattan* auf

Kurs hielt, überprüfte Diego das Equipment. Sonar und Magnetometer schienen einwandfrei zu funktionieren, aber das ROV hatte durch den Sturm etwas abbekommen. Es ließ sich nicht mehr fernsteuern. Diego stieß einen Fluch aus und verstaute das Gerät wieder unter der Persenning.

McCoyle streckte den Kopf aus dem Cockpit. »Alles klar bei Ihnen?«

»Sieht es etwa so aus?«, gab Diego wütend zurück.

McCoyle schüttelte entnervt den Kopf. »Hatten Sie in Ihrem kümmerlichen Leben auch irgendwann schon mal *gute* Laune?«, blaffte er. »Zuerst sind Sie schlecht drauf, weil ein Kamerateam zu uns an Bord kommt, dann, weil wir nicht auf Anhieb auf den Schatz gestoßen sind, sondern nur auf einen Haufen Schrott. Und nicht zu vergessen Ihre miese Laune, weil das Wetter uns einen Strich durch die Rechnung gemacht hat und ein anderes Team irgendwas entdeckt hat. In der ganzen verdammten letzten Woche gab es nicht einen einzigen Tag, an dem Sie auch nur halbwegs erträglich waren!«

Damit verschwand er wieder im Führerhaus, während Diego ihm in Gedanken beide Mittelfinger hinterherstreckte.

Drei Stunden später erreichten sie ihr Zielgebiet, wo sie das Sidescan-Sonar und das Magnetometer zu Wasser ließen, den Kurs korrigierten und ihre Suche fortsetzten.

McCoyle blieb am Steuer, während Diego sich mit einem Buch aufs Achterdeck setzte. Er hatte sich darauf eingestellt, dass die nächsten Tage nicht allzu viel Abwechslung bieten würden.

Er täuschte sich.

Kaum hatte er die ersten zwanzig Seiten gelesen, meldete das Magnetometer wieder eine deutliche Abweichung vom Normalwert. Wie beim letzten Mal wurde man auch diesmal nicht wirklich schlau aus dem Sonarbild, weil der Boden noch immer zerklüftet war wie eine Mondlandschaft. Wenigstens war das Wasser an dieser Stelle nur knapp sechzig Meter tief, sodass sie auf das ROV verzichten konnten.

»Ich tauche«, sagte McCoyle entschieden. »Ich brauche dringend eine Abkühlung, sonst streicht Aghani mir meinen Anteil, weil ich Sie erwürgt habe.« Er zog die Taucherausrüstung an, überprüfte die Sicherheitsleine, nahm die Unterwasserkamera, eine Leuchte und die Harpune, dann ließ er sich rücklings ins Wasser fallen.

Diego atmete erleichtert auf. Er wusste, dass er unerträglich war, wenn er schlechte Laune hatte, aber das Letzte, was er dann brauchen konnte, war jemand, der ihm die Meinung sagte.

Sein Buch war nicht besonders spannend. Er legte es beiseite, ging in seine Kajüte und kehrte mit seinem MP3-Player zum Achterdeck zurück, wo er es sich bei Maurice Ravels *Bolero* und einer Tasse Kaffee gemütlich machte. Während er den gleichförmigen, aber kraftvollen Takten der Musik lauschte, spürte er, wie seine Stimmung sich zusehends besserte. Mit einem breiten Grinsen im Gesicht stellte er sich vor, wie es wäre, einen Eimer voller Essensreste über Bord zu kippen, um damit Haie anzulocken – nur, um McCoyle einen Eindruck zu vermitteln, wie er sich bei ihrer ersten Begegnung gefühlt hatte.

Wäre er im Moment nicht so schön faul gewesen, hätte er es vielleicht getan. So aber nippte er weiter an seinem Kaffee, während Klarinetten und Oboen sich ein rhythmisches Duell lieferten.

Nach zwanzig Minuten war das Stück zu Ende, und Diego beschloss, wenigstens anstandshalber einmal nach Noah McCoyle zu sehen. Mit dem Unterwassersichtgerät, einer Art Hohlkegel mit Glasboden, kletterte er die Leiter zur Heckplattform hinunter, und tatsächlich entdeckte er den irischen Dickschädel zwischen den zerklüfteten Felsen. Obwohl in fünfzig Metern Tiefe nur Zwielicht herrschte, war er durch die Taucherlampe gut zu erkennen.

Diego zog an der Sicherheitsleine, um auf sich aufmerksam zu machen. McCoyle ließ die Lampe aufblinken und gab damit das Zeichen, dass alles in Ordnung war.

Diego kletterte zurück aufs Achterdeck und machte es sich wieder bequem. Nach *Bolero* stand ihm der Sinn jetzt nach Dvořáks *Aus der Neuen Welt*. Der erste Satz war noch nicht zu Ende, als plötzlich die Glocke an der Sicherheitsleine klingelte. Einmal – zweimal – dreimal. Das Zeichen für drohende Gefahr!

Sofort sprang Diego auf die Heckplattform, um sich mit dem Guckkasten einen Überblick über die Situation zu verschaffen. McCoyle schwebte wie ein träger Fisch etwa dreißig Meter unter der *Harmattan*, wo er offenbar einen Dekompressionsstopp eingelegt hatte. Auf diese Entfernung war er klar und deutlich zu erkennen, aber Diego konnte sich keinen Reim darauf machen, weshalb McCoyle immer wieder nach oben deutete und mit den Armen ruderte.

Diego schüttelte den Kopf, als Zeichen, dass er nicht verstand.

McCoyle richtete seine Lampe nach oben und gab eine Folge von kurzen und langen Signalen durch – offenbar Morsezeichen. Nur hatte Diego nicht die leiseste Ahnung vom Morsealphabet. Wieder schüttelte er den Kopf.

Und er traute seinen Augen kaum, als McCoyle jetzt mit der Harpune auf ihn zielte und abdrückte!

Diego schreckte zurück und fiel auf den Hintern. Im selben Moment stieß der Harpunenpfeil aus dem Wasser, blieb surrend in der Luft stehen und fiel schließlich polternd auf die Plattform.

Welcher Teufel ist in den denn gefahren, dachte Diego zornig. Hat dieser irische Bastard nun vollkommen den Verstand verloren?

Er ging zum Guckkasten zurück. Aber was war das? McCoyle kam mit kräftigen Flossenschlägen senkrecht nach oben, ohne auf die Dekompression zu achten!

Verflucht noch mal, will der sich umbringen?, schoss es Diego durch den Kopf. Der ist doch viel zu schnell!

Schon durchbrach McCoyle die Wasseroberfläche. Keuchend spuckte er sein Atemgerät aus. Diego zog ihn auf die Heckplattform, aber anstatt sich helfen zu lassen, packte der Ire ihn und wollte ihn ins Wasser stoßen.

Diego schüttelte ihn ab. »Was um alles in der Welt ist in Sie gefahren?«

McCoyle war verletzt. Dünne Blutfäden rannen ihm aus der Nase und dem linken Ohr. Außerdem brachte er kaum mehr als ein rasselndes Keuchen über die Lippen, was darauf hindeutete, dass auch seine Lungen etwas abbekommen hatten.

»Ich will Ihnen nur helfen, die Pressluftflasche abzunehmen!«, sagte Diego. »Drehen Sie sich um!«

Wieder versuchte McCoyle, sich zu artikulieren, aber er schaffte es nicht. Dann wurde er handgreiflich. Obwohl Diego durch das sonderbare Verhalten seines Partners vorgewarnt war, kam dessen Schwinger völlig unerwartet und traf ihn gegen die Schläfe. Sofort wurde es dunkel um ihn, als hätte jemand die Sonne ausgeknipst.

Als er wieder zu sich kam, war er im Wasser, etwa vierzig Meter von der *Harmattan* entfernt. Er wollte protestieren, aber McCoyle hielt ihn mit seinem schraubstockartigen Griff fest, während er ihn mit kräftigen Flossenschlägen immer weiter von der Jacht wegzog.

»Was zum Teufel …?« Eine Welle schwappte Diego über das Gesicht, und er musste husten.

»Runter!«, keuchte McCoyle, der offenbar die Sprache wieder gefunden hatte. Im selben Moment spürte Diego, wie eine Hand sich auf seinen Kopf legte und ihn nach unten drückte.

Plötzlich vibrierte der Ozean in einem einzigen ohrenbetäubenden Donnerschlag. Gleichzeitig fegte ein gleißender Feuerball über ihn, als sei die Sonne vom Himmel herabgestürzt. All das geschah so unvermittelt, dass Diego erstarrte. Erst als seine Lungen zu brennen begannen, versuchte er aufzutauchen.

Er durchstieß die Wasseroberfläche und schnappte gierig nach Luft, während er zu begreifen versuchte, was geschehen war. Dort, wo bis vor wenigen Augenblicken die *Harmattan* im Wasser gelegen hatte, war jetzt nur noch ein zerfetztes Stück Rumpf, aus dem orangerote Flammen züngelten und schwarzer Qualm aufstieg. Tausende von Trümmerteilen trudelten, dünne Rauchspuren hinter sich herziehend, durch die Luft und regneten wie in Zeitlupe ins Wasser, wo sie zischend untergingen.

Dann ließ der Trümmerregen nach, und die Überreste der *Harmattan* gaben ein letztes klagendes Stöhnen von sich, bevor sie gurgelnd in den Fluten versanken.

Ein Geräusch hinter ihm riss Diego aus seinen Gedanken. Er fuhr herum und sah, dass auch McCoyle aufgetaucht war. Als er sich die Taucherbrille vom Kopf zog, wirkte er kraftlos und beinahe desorientiert. Immer noch blutete er aus Nase und Ohr.

Erst in diesem Moment begriff Diego: Noah McCoyle hatte ihm soeben das Leben gerettet – und dabei sein eigenes aufs Spiel gesetzt.

Kapitel 33

London

Als Emilia Emmerson den Konferenzraum im ersten Stock des Verwaltungsgebäudes von *E-TV* betrat, stellte sie fest, dass schon fast alle der etwa hundert Sitzplätze belegt waren. Jeder, der mit der Produktion von *Goldfieber* zu tun hatte, war zu der heutigen Präsentation eingeladen worden.

»Hi, Emmy.« Ein untersetzter Mann mit kariertem Pullunder und Nickelbrille trat neben sie. James Hooper, ein Kollege aus der Redaktion. »Gratulation. Die Reportage über das BELARUS-Team in Marokko war große Klasse.«

»Danke, aber so ein Fund macht es einem leicht, gut dazustehen.« Emilia gab sich bescheiden. In Wirklichkeit war sie jedoch mächtig stolz auf ihren Bericht. Die Zuschauerresonanz darauf war einhellig positiv gewesen – für einen Reporter das höchste Lob.

Peter Keller vom Online-Studio kam auf Hooper zu und verwickelte ihn in ein Gespräch, was Emilia Gelegenheit gab, sich genauer umzusehen. Neben Kollegen der Redaktion, der Bild- und Tonbearbeitung waren auch die anderen Reporterteams von *E-TV* anwesend. Außerdem erkannte sie George, ihren Ex, der, an einem der Fenster stehend, eifrig mit den Regisseuren von *Goldfieber* diskutierte.

Sogar der neue Prozessberater war hier, von dem niemand so genau wusste, was er eigentlich tat. Vincent Hollis. Emilia hatte noch nicht direkt mit ihm zu tun gehabt, wusste aber von einigen Kollegen, dass er schon unzählige Gespräche geführt hatte und sich tonnenweise firmeninterne Unterlagen hatte geben lassen, insbesondere zu *Goldfieber*. Ob er der Anlass für die heutige Sitzung war?

In der Menschenmenge entdeckte Emilia auch Chris. Er hatte ihr einen Platz neben sich reserviert und winkte sie zu sich. Dann ging es auch schon los.

Douglas Huntington Wincott ging gemessenen Schrittes zum Rednerpult, und sofort kehrte Ruhe ein. Er ließ mit der Fernbedienung die Jalousien herunter und stellte den an der Decke befestigten Videobeamer an.

»Ladies and gentlemen«, begann er. »Sie fragen sich bestimmt, warum ich Sie so kurzfristig hergebeten habe. Was ich Ihnen sagen will, dauert nicht lange. Aber ich hielt es für wichtig genug, um nicht einfach eine Rundmail zu verschicken. Denn wir haben Grund zur Freude.«

Mit diesen Worten warf er über den Beamer eine Grafik an die Leinwand hinter sich. Die Überschrift verriet, dass es sich um die Zuschauerquote von *Goldfieber* handelte. Eine rote Linie stellte den Verlauf der Quote in England dar, eine blaue gab den europäischen, eine grüne den weltweiten Durchschnitt wieder. Alle drei Linien verliefen nahezu parallel. Nach dem fulminanten Hoch der Premierensendung war die Quote in den darauffolgenden Tagen etwas gesunken und hatte sich anschließend stabilisiert, auf einem nach wie vor fantastisch hohen Niveau, wie Emilia fand. In den letzten Tagen zeigte das Quotenbarometer sogar wieder deutlich nach oben und hatte schon fast wieder das Niveau der Premierensendung erreicht.

»Was Sie hier sehen, ist das Ergebnis der jüngsten Erfolgsmeldungen des BELARUS-Teams«, erläuterte Wincott. »Wie Sie wissen, könnte es sein, dass das Team kurz vor dem Durchbruch steht. Eigentlich sollten mich diese Meldungen traurig stimmen, denn *Goldfieber* ist als Serie für mindestens sechs

Monate ausgelegt. Andererseits haben diese Nachrichten unsere Quote um sieben Prozent erhöht. Ich brauche Ihnen nicht zu sagen, was das für unsere Werbeeinnahmen bedeutet. Nur so viel: Ich habe einen kleinen Umtrunk organisiert. Champanger und Lachshäppchen. Sie alle sind herzlich dazu eingeladen.«

»Komm wieder runter!«, flüsterte Chris Boorman Emilia zu. »Du schwebst vor Stolz ja schon fast unter der Decke!«

Emilia lächelte. Obwohl Wincott sie und Chris nicht ausdrücklich erwähnt hatte, musste jedem im Raum klar sein, welch großen Anteil sie an dem Quotensprung hatten. »Ich finde, wir haben durchaus Grund, stolz zu sein«, raunte sie ihm zu. »Ich rieche schon die nächste Gehaltserhöhung.« Dann richtete sie ihre Aufmerksamkeit wieder nach vorne.

»Gut gemacht!«, sagte Wincott gerade in die Runde. »Bevor wir zu unserem Umtrunk kommen, wird George Sanders Ihnen aber noch einige Details zu den neuesten Entwicklungen nennen, und anschließend wollen wir gemeinsam den Plan für die nächsten Tage durchgehen. Wir haben noch viel Arbeit vor uns, aber wir haben auch schon enorm viel erreicht. Nie zuvor in meinem Leben war ich so stolz wie heute.«

Dann überließ er George Sanders das Rednerpult, der wie immer professionell, aber dennoch mit spürbarer Nervosität seine Grafiken vorstellte. Emilia konnte sich das gar nicht erklären. George hatte schon Hunderte von Präsentationen vor versammelter Mannschaft gehalten. Wenn man ihm dabei etwas vorwerfen konnte, dann allenfalls übertriebene Lässigkeit. Aber Nervosität? Das war neu. Emilia musste jedoch zugeben, dass es ihr durchaus gefiel, ihren Ex ein bisschen schwitzen zu sehen.

Während George gerade eine Weltkarte erläuterte, auf der die aktuellen Positionen aller europäischen Teams eingezeichnet waren, öffnete sich die Tür, und Nancy Hancock, Wincotts

Sekretärin, kam mit ernster Miene herein. Emilia kannte sie gut genug, um zu erkennen, dass das nichts Gutes bedeutete. So leise wie möglich ging Nancy zu Wincott, beugte sich zu ihm und flüsterte ihm etwas ins Ohr. Er flüsterte etwas zurück, und sie nickte besorgt. Dann stand er auf und verließ mit ihr den Raum.

Eine Viertelstunde später kam er zurück. Normalerweise verriet seine Miene nie seinen Gemütszustand – jetzt war es anders. Seine Augen wirkten glasig, sein Blick entrückt. Seine Bewegungen waren fahrig und kraftlos. Als er zu George ans Rednerpult trat, wusste Emilia, dass etwas Schreckliches vorgefallen sein musste.

Wincott räusperte sich und sah in die Runde. Mit belegter Stimme sagte er: »Die geplante Party steht leider unter keinem guten Stern. Ich habe gerade erfahren, dass es in Prag zu einem dramatischen Zwischenfall gekommen ist. Dort hat eine Straßenbande versucht, Cora Hallgraf, die Sprecherin des Teams WOODSTOCK, zu überfallen, auf offener Straße vor einem Café. Ein Passant wollte eingreifen und ihr zu Hilfe eilen. Dabei kam es zu einem Handgemenge, bei dem der Passant so unglücklich auf die Straße fiel, dass er von einem Bus überfahren wurde. Er war auf der Stelle tot.«

Kapitel 34

Vor der Küste von Ghana

Noah McCoyle lag in einer muffig riechenden Koje an Bord des afrikanischen Fischkutters *Mujambe* und schlief. Seine Arme lagen ausgestreckt am Körper. Seit zwei Stunden hatte er sich nicht mehr bewegt. Aus Nase und Ohren floss kein Blut mehr, aber sein Atem ging immer noch rasselnd – ein Zeichen dafür, dass seine Lungen durch den überstürzten Aufstieg Schaden genommen hatten.

Diego verließ die Kajüte und ging an Deck. Am Horizont verschmolz der glutrote Feuerball der Abendsonne mit dem Ozean. Am Heck der *Mujambe* waren drei schwarze Fischer gerade dabei, die Fangnetze auszubessern. Sie waren so in ihre Arbeit vertieft, dass sie Diego gar nicht bemerkten.

Er ging weiter ins Führerhaus, wo er auf den Kapitän stieß, einen dürren Kerl mit kurzer Hose und zerschlissenem roten T-Shirt, der sich *Babo* nannte.

Drei Stunden nach der Explosion der *Harmattan* war der Kutter an der Unglücksstelle aufgetaucht. Babo und seine Mannschaft hatten Diego und McCoyle aus dem Wasser gezogen und sich bereit erklärt, sie an Land zu bringen. Auf die Frage, was passiert war, hatte Diego erzählt, dass ihr Boot von Piraten überfallen worden sei und man sie über Bord geworfen habe. Babo und die drei anderen schienen ihnen zu glauben.

Allerdings weigerte Babo sich, den Hafen von Accra anzusteuern. Stattdessen wollte er nach Motambo, einem kleinen Ort, etwa zwanzig Kilometer westlich der Hauptstadt. Eigentlich hätte Diego nichts dagegen einzuwenden gehabt – wer immer die *Harmattan* in die Luft gesprengt hatte, sollte ruhig glauben, dass er tot war –, aber McCoyles Zustand war besorgniserregend.

»Meinem Freund geht es sehr schlecht«, sagte er zu Babo, der den Kopf einziehen musste, um nicht an die Decke des Steuerhauses zu stoßen.

»In Motambo Doktor«, sagte Babo in gebrochenem Englisch.

»Ich glaube, mein Freund hat innere Verletzungen«, erwiderte Diego. »Ein gewöhnlicher Doktor wird ihm nicht helfen können. Er muss in ein Krankenhaus.«

Babo nickte, dennoch blieb er hart. »Nicht nach Accra fahren«, sagte er entschlossen. »Nach Motambo.«

»Wenn mein Freund nicht bald in ein Krankenhaus kommt, wird er womöglich sterben.«

Babo warf Diego einen scharfen Blick zu. »Wir nach Motambo fahren. Dort dein Freund gesund.«

Diego erkannte, dass er nichts ausrichten konnte, und ließ es dabei bewenden. Er vermutete, dass der Kapitän in irgendwelche illegalen Machenschaften verstrickt war und in Accra von der Polizei gesucht wurde. Aber vielleicht saßen ihm auch nur irgendwelche Kredithaie im Nacken, denen er lieber aus dem Weg ging.

»Wie lange wird die Fahrt noch dauern?«, fragte Diego.

»Eine Stunde«, antwortete Babo. »Dann wir in Motambo ankommen.«

Diego ging zurück in die Kajüte. McCoyle lag noch genau so da wie vorher, starr wie eine Leiche.

Diego wurde aus diesem sonderbaren Iren einfach nicht schlau. Bis vor ein paar Stunden hätte er sein letztes Hemd darauf gewettet, dass seine Antipathie gegenüber McCoyle auf Gegenseitigkeit beruhte. McCoyle hatte ihn bei unzähligen

Gelegenheiten angeschnauzt. Er war ihm gegenüber mehr als einmal handgreiflich geworden, und bei ihrer ersten Begegnung hatte er ihm sogar den Kiefer gebrochen.

Aber heute hatte er sein Leben für ihn riskiert.

Diego schluckte und betrachtete den reglosen Körper. Zum ersten Mal empfand er so etwas wie Freundschaft für McCoyle. Trotzdem war er sich nicht sicher, ob er für ihn dasselbe getan hätte.

Irgendwann wachte McCoyle auf, und obwohl Diego ihn bat, sich zu schonen, schien er unbedingt mit ihm sprechen zu wollen.

»Da scheint jemand mächtig böse auf Sie zu sein«, rasselte er.

Diego zog die Mundwinkel nach unten. »Vielleicht galt der Anschlag ja *Ihnen*.«

McCoyles bärtiges Gesicht verzog sich zu einem gequälten Lächeln. »Ich habe keine Feinde«, sagte er. »Jedenfalls keine, die mir eine Bombe unter den Arsch schieben würden.«

Diego erwiderte nichts. In den letzten Stunden hatte er sich viele Gedanken darüber gemacht, wer die Sprengladung an der *Harmattan* angebracht haben könnte, aber er war zu keinem sinnvollen Ergebnis gelangt. In seinem alten Leben hatte es einige Leute gegeben, mit denen er im Auftrag von *el tuerto* nicht gerade freundlich umgegangen war. Geschäftspartner in aller Welt. Aber erstens war das schon eine halbe Ewigkeit her, und zweitens hatte niemand von denen einen Grund, ihn umbringen zu wollen. Nur zwei Männern wäre so etwas zuzutrauen gewesen, aber die waren zum Glück schon seit Jahren tot.

Dennoch musste irgendjemand mächtig sauer auf ihn sein, und die Tatsache, dass er keinen Schimmer hatte, wer das war, machte ihn nervös. »Woher wussten Sie überhaupt von der Bombe?«, fragte er.

»Wenn unten am Bootsrumpf ein schwarzes Kästchen klebt,

auf dem eine Digitalanzeige rückwärts zählt, gibt es nicht allzu viele Möglichkeiten«, krächzte McCoyle. »Zuerst war ich mir nicht sicher. Aber nach einem Blick durch die Unterwasserkamera gab es keinen Zweifel mehr.«

Diego seufzte. »Ich habe mich noch gar nicht bei Ihnen bedankt.«

»Keine Ursache«, gab McCoyle zurück. »Ist ja noch mal gut gegangen. Nur an unserer Kommunikation müssen wir noch arbeiten.«

Diego konnte sich ein Lächeln nicht verkneifen, als er sich McCoyles verzweifelte Versuche in Erinnerung rief, ihn auf die Bombe aufmerksam zu machen. »Ich kann weder Zeichensprache noch das Morsealphabet«, sagte Diego. »Und hellsehen kann ich leider auch nicht.«

»Aber wenn ich das nächste Mal mit der Harpune auf Sie schieße, dann springen Sie verdammt noch mal ins Wasser«, sagte McCoyle.

Es war längst dunkel, als sie Motambo erreichten, ein heruntergekommenes Fleckchen Erde, das nach fauligem Fisch und Ziegendung roch. Tonnen, in denen Abfälle brannten, ersetzten Straßenlaternen. Die Häuser des Dorfes waren zum größten Teil aus Holzpfählen und Wellblech zusammengebaut worden und sahen aus, als würden sie beim leisesten Windhauch umfallen. Die Blicke, die Diego begegneten, waren skeptisch, manchmal sogar feindselig. Die Tatsache, dass beinahe jeder hier mit einer Machete ausgerüstet war, trug auch nicht gerade zu seinem Wohlbefinden bei.

Dennoch fand Babo rasch einen Bauern, der sich bereit erklärte, Diego und McCoyle mit seinem alten Pick-up nach Accra ins Krankenhaus zu fahren. Der Weg dorthin war die reinste Tortur. Jedes Mal, wenn der Pick-up durch ein Schlagloch fuhr, stöhnte McCoyle gequält auf. Inzwischen klagte er auch über Schmerzen in der Brust. Das konnte von den geschädigten Lungen herrühren, ebenso gut aber auch vom Herzen.

»Halten Sie durch, mein Freund«, sagte Diego immer wieder. »Wir sind gleich da. Dann wird man Ihnen helfen.«

Aber tief im Innern fragte er sich, ob diese Hilfe nicht zu spät kommen würde.

Kapitel 35

London

Es war beinahe dieselbe Situation wie bei Fischers erstem Besuch – wenn man es denn *Besuch* nennen wollte. Tief in der Nacht stand er im Schutz der Dunkelheit hinter dem Vorhang in George Sanders Loft und beobachtete die Straße. Wieder wartete er auf den Programmchef von *Goldfieber*. Diesmal würde er allerdings nicht mehr so zimperlich mit ihm umgehen. Beim letzten Mal hatte Sanders versprochen, sich per E-Mail zu melden, wenn es wichtige Neuigkeiten gab. Aber der Einschüchterungsversuch mit der Plastiktüte über dem Kopf hatte ihn offenbar nicht nachhaltig beeindruckt. Bis heute hatte Sanders es nicht für nötig gehalten, Fischer über die Fortschritte in Marokko zu unterrichten.

Zeit für drastischere Maßnahmen, auch wenn Mark Fischer im Grunde seines Herzens Gewalt verabscheute. Aber der Schatz war wichtiger als alles andere.

Sein Blick fiel auf die an den Panoramafenstern angebrachten Kontaktfühler für die Alarmanlage. Die waren neu. Und die alte Alarmanlage an der Eingangstür war gegen eine modernere ausgetauscht worden. Sanders war auf der Hut. Dennoch hatten die Vorsichtsmaßnahmen für Fischer kein ernstzunehmendes Hindernis dargestellt.

Als der Jaguar in die Tiefgarage einbog, war es kurz vor halb eins. Fischer schlich im Halbdunkel des Lofts zur Tür und stülpte sich wie beim letzten Mal eine Skimaske über. Dann zog er seine Pistole aus dem Schulterholster und schraubte den

Schalldämpfer auf. Schon bald hörte er im Gang Geräusche: leise Stimmen, dazwischen immer wieder ein hohes Kichern. Sanders war offensichtlich in Damenbegleitung. Das erhöhte das Risiko. Es konnte aber auch nützlich sein.

Ein Schlüssel wurde ins Schloss gesteckt. Durch die Tür hörte Fischer, wie Sanders sagte: »Warte noch einen Moment, Darling. Nicht hier im Flur. Wenn wir drin sind, bekommst du alles, was du willst.« Er klang angetrunken.

»Komm schon, Georgie«, raunte die Frau mit laszivem Unterton. »Sei nicht so ein Spießer. Ich will dich doch bloß ein bisschen heiß machen.«

»Das brauchst du gar nicht, Baby«, antwortete Sanders. »Ich schwöre, ich bin schon heiß genug auf dich.«

Das Schloss klickte. Dann ging alles ganz schnell. Fischer riss die Tür auf und gab der Frau, die auf dem Boden kniete und ihr Gesicht in Sanders Schoß drückte, mit dem Pistolenknauf einen Schlag gegen die Schläfe. Sie kippte bewusstlos zur Seite. Sanders selbst war so überrascht, dass er sich nicht rühren konnte und keinen Ton über die Lippen brachte. Fischer schlug auch ihn k.o., dann fing er den schlaffen Körper auf, bevor er zu Boden fallen konnte.

Das Ganze dauerte nur wenige Sekunden und verlief fast geräuschlos. Mit einem raschen Blick in den Gang vergewisserte Fischer sich, dass nicht zufällig ein Nachbar etwas mitbekommen hatte. Dann zog er die beiden reglosen Gestalten in die Wohnung.

Er fesselte die Frau, legte sie auf die Couch und klebte ihr ein Stück Klebeband über Mund und Augen. Sie würde ihm keine Schwierigkeiten machen. Dann setzte er George Sanders auf einen Stuhl und fesselte auch ihn, wieder so, dass er weder Arme noch Beine bewegen konnte.

Noch während Fischer das Klebeband um Sanders Arme

und Beine wickelte, kehrte Leben in den betäubten Körper zurück. Der Kopf rollte nach vorne, dann öffnete Sanders träge die Augen.

»Was zum Teufel …?«, brabbelte er, während er zu begreifen versuchte, was vorgefallen war. Dann schien er sich an den Anblick des Mannes mit der Skimaske zu erinnern, denn seine Augen weiteten sich vor Angst. *»Sie?«*

»Nicht so laut!«, zischte Fischer und richtete seine Pistole auf ihn.

Sanders zuckte zusammen und schluckte. »Was wollen Sie?«

Fischer ließ ihm Zeit, wieder richtig zur Besinnung zu kommen, und steckte sich in aller Ruhe eine Zigarette an. Er wollte, dass Sanders sich in allen Einzelheiten an ihre erste Begegnung erinnerte – vor allem an die Plastiktüte über seinem Kopf. An die Atemnot. An die existenzielle Angst, die ihn damals befallen haben musste. An das Gefühl, dem Tod ins Auge zu blicken. »Ich dachte, wir hätten eine Vereinbarung«, sagte Fischer nach einer Weile. »Ich dachte, Sie würden mir Bescheid geben, wenn sich bei *Goldfieber* wichtige Entwicklungen andeuten. Aber alles, was ich weiß, weiß ich aus dem Fernsehen.« Er zog an seiner Zigarette und atmete den Rauch durch die Nase aus. »Ich bin enttäuscht«, fuhr er fort. »Mehr als das. Ich bin wütend. Als ich das letzte Mal hier war, habe ich Ihnen nur einen kleinen Schrecken eingejagt. Das wird sich heute ändern, wenn Sie nicht kooperieren. Dann werde ich Ihnen wehtun müssen. Stärker, als sie sich vorstellen können.«

Im matten Licht der Straßenlaternen, das durch die Fenster ins Loft fiel, sah Fischer, wie Sanders Stirn zu glänzen begann. »Ich weiß nicht, worauf Sie hinauswollen.« Es war kaum mehr als ein Flüstern.

Fischer schüttelte rügend den Kopf. »Wenn Sie sich dumm stellen, kommen wir nicht weiter. Das Problem ist, dass ich mit meiner Geduld schon am Ende bin. Also schlage ich zum letztem Mal vor, dass Sie mir jetzt alles sagen.«

»Aber wenn es doch nichts zu sagen gibt!«

Fischer hasste es, wenn er zum Narren gehalten wurde. »Wie Sie meinen«, sagte er. »Dann eben auf die harte Tour.«

Er nahm das Klebeband und wickelte es ein paar Mal um Sanders Kopf, sodass er den Mund nicht mehr öffnen konnte. »Was jetzt passiert, haben Sie sich selbst zuzuschreiben«, sagte Fischer. Er richtete seine Pistole auf die Frau und drückte ab. Mit dumpfem Ploppen lösten sich drei Schüsse. Jedes Mal zuckte der Körper durch die Wucht des Aufpralls zusammen.

Sanders schrie voller Panik in seinen Knebel und hörte erst damit auf, als Fischer den Lauf seiner Waffe auf ihn richtete. Er saß jetzt nur noch da, zitterte und starrte Fischer aus weit aufgerissenen Augen an.

»Werden Sie mir erzählen, was Sie wissen?«, fragte Fischer.

Sanders nickte hektisch.

Fischer riss das Klebeband ab und wartete, bis Sanders sich wieder gefangen hatte. »Mich interessiert vor allem eins«, sagte er. »Wie weit ist das BELARUS-Team inzwischen vorangekommen?«

Sanders starrte ihn immer noch an, sekundenlang, so, als würden die Worte nur langsam in sein Bewusstsein sickern. Dann legte sich ein verzweifeltes Lächeln auf seine Lippen, und er begann zu weinen. »Darum geht es also? Deshalb haben Sie sie umgebracht?« Er deutete mit einer Kopfbewegung zu dem reglosen Frauenkörper auf der Couch. »Sie haben sie erschossen, weil Sie *das* von mir wissen wollten?«

»Ich hatte Sie gewarnt.«

Sanders brach jetzt völlig in sich zusammen. Er ließ seinen Tränen freien Lauf, er schluchzte und wimmerte. Fischer gab ihm eine Ohrfeige, um ihn zur Vernunft zu bringen. »Ich muss wissen, ob das Team aus Weißrussland schon näher an dem Schatz dran ist, als es bisher im Fernsehen zu sehen war.«

Sanders schüttelte den Kopf. »Dieses Team ist genauso weit vom Schatz entfernt wie alle anderen«, flüsterte er.

Fischer gab ihm noch eine Ohrfeige. »Lügen Sie mich nicht an! Dieser Fund in Marokko …«

»Ein Fake, nichts weiter. Eine Finte im Drehbuch. Wir haben das bei *E-TV* so eingefädelt, um die Quote zu steigern. Sie haben Claire für nichts und wieder nichts umgebracht.«

Fischer nahm einen Zug von seiner Zigarette, um seine Enttäuschung zu verbergen. Nur ein Bluff des Senders? Damit hatte er nicht gerechnet. Im Gegenteil, er hatte sich darauf eingestellt, dass er das so lange verloren geglaubte heilige Kreuz seiner Ahnen schon bald in den Händen halten würde. Er fühlte sich, als habe ihm jemand einen Schlag in die Magengrube versetzt.

»Wenn Sie nicht wollen, dass ich hier noch mal auftauche, rate ich Ihnen, mich künftig besser zu informieren«, sagte er.

Die Frau auf der Couch bewegte sich, nur zaghaft, als würde sie aus einem Traum erwachen. Sanders sah sie entgeistert an.

»Das nächste Mal schieße ich nicht mehr daneben«, sagte Fischer. Dann verschwand er aus der Wohnung in die wolkenverhangene Nacht von Kensington.

Kapitel 36

Buckinghamshire · Drei Tage später

Vincent O'Shaugnessy parkte seinen Lexus vor dem schlossartigen weiß gestrichenen Gebäudekomplex des exklusiven *Stoke Park Golf & Country Club* etwa sechzig Kilometer außerhalb Londons. Ein Mann in roter Livrée kam über den Kiesweg herbeigeeilt und fragte höflich, aber nicht ohne eine gewisse Herablassung, ob er helfen könne.

»Ich bin mit Mr Smith verabredet«, sagte O'Shaugnessy.

»Mr Beauford Everett Smith, Sir?«

»Genau der.«

Der Angestellte musterte O'Shaugnessy. »Ihr Name, Sir?«

»Vincent O'Shaugnessy.«

»Ihr Besuch wurde angekündigt, Sir. Wenn Sie mir Ihre Schlüssel anvertrauen wollen, werde ich den Wagen für Sie parken.«

O'Shaugnessy stieg aus, gab dem Mann seine Autoschlüssel und ging hinüber zum Clubhaus. Er betrat den von massiven Steinsäulen flankierten Eingangsbereich, passierte die Lobby und fand sich in einem weitläufigen Saal wieder, einer Mischung aus Salon und Speiseraum, der trotz seiner traditionellen Erhabenheit auch einen Hauch von Modernität verströmte.

»Kann ich Ihnen behilflich sein, Sir?«

Die Frage kam von einem anderen Angestellten, ebenfalls in roter Uniform.

»Mein Name ist Vincent O'Shaugnessy. Ich werde von Mr Beauford Everett Smith erwartet.«

»Bitte hier entlang, Sir.« Der Angestellte führte O'Shaugnessy auf die Terrasse des Clubs, wo ausladende Sonnenschirme aufgestellt worden waren, und bat ihn, an einem der Tische Platz zu nehmen. »Darf ich Ihnen einen Drink bringen, Sir?«

O'Shaugnessy bestellte einen Club Soda mit Eis. Während er wartete, ließ er seinen Blick über die Terrasse schweifen. Von etwa vierzig Tischen waren nur fünf besetzt. An die Terrasse grenzte ein weißer Kieselsteinstreifen, danach folgte das gepflegteste Parkgrundstück, das Vincent O'Shaugnessy jemals gesehen hatte. Exakt gestutzte Rasenflächen, so weit das Auge reichte, hier und da ein paar sauber angelegte Sandbunker und Teiche, das Ganze kunstvoll eingebettet in einen jahrhundertealten Eichenbaumbestand.

Nach einer Minute kam der Drink.

Nach dem Drink kam Mr Smith.

Zusammen mit einem Mann, den O'Shaugnessy als Mitglied des *House of Lords* identifizierte, fuhr er mit seinem Caddy bis direkt vor die Terrasse, augenscheinlich in ein angeregtes Gespräch vertieft. Die beiden Männer stiegen aus, schulterten ihre Golftaschen und unterhielten sich noch eine Weile. O'Shaugnessy war sicher, dass Smith ihn längst gesehen hatte. Umso mehr ärgerte er sich über die Selbstverständlichkeit, mit der Smith ihn warten ließ.

Immerhin schon seit einer halben Stunde, dachte er mit mühsam unterdrücktem Zorn.

Endlich kam Smith zu ihm herüber. Ohne ein Wort der Entschuldigung setzte er sich zu ihm an den Tisch.

O'Shaugnessy empfing ihn mit einem freundlichen Lächeln. Der Typ war ein Arschloch. Aber ein Arschloch, das gut bezahlte. Also beschloss Vincent O'Shaugnessy, auch diesmal über den Mangel an Respekt hinwegzusehen.

»Ich habe ein paar Mal versucht, Sie telefonisch zu erreichen«, begann er. »Leider ohne Erfolg.«

Smith winkte den Kellner zu sich und bestellte einen Glenfiddich.

Natürlich – das Wichtigste zuerst, dachte O'Shaugnessy, ohne die Miene zu verziehen.

»Ich war geschäftlich auf Reisen«, sagte Smith. »Was haben Sie herausgefunden?«

O'Shaugnessy drehte sein Glas in der Hand, während er seine Gedanken sortierte. Er wusste nur, dass Smith in Italien gewesen war. Aber er wusste nicht, aus welchem Grund oder ob Smith danach noch weitergereist war, denn der mit seiner Beschattung beauftragte Detektiv hatte schon kurz nach der Landung in Rom die Spur verloren. Ein Zufall war das nicht. Smith hatte bewusst versucht, mögliche Verfolger abzuschütteln.

Der Mann war O'Shaugnessy ein Rätsel. Wieder fragte er sich, was Smith in Wirklichkeit von ihm wollte. Wer waren die Auftraggeber hinter ihm? Und welches Interesse hatten sie wirklich an dem Fall? Weshalb hatten sie ihn bei *E-TV* eingeschleust? Ging es ihnen tatsächlich nur darum, über kriminelle Machenschaften im Zusammenhang mit *Goldfieber* informiert zu werden? Er konnte sich das kaum vorstellen. Was waren die eigentlichen Hintergründe? Fragen über Fragen, auf die er keine Antwort wusste.

»Ein Teilnehmer von *Goldfieber* hat mit ziemlicher Sicherheit eine kriminelle Vergangenheit«, begann er schließlich. »Diego Camaro. Er hat bis vor etwa zehn Jahren für einen mexikanischen Industriellen namens Pablo Gutiérrez gearbeitet. Falls man Gutiérrez tatsächlich als Industriellen bezeichnen kann, denn obwohl man ihm nie etwas nachweisen konnte, hat er angeblich im großen Stil illegale Geschäfte abgewickelt. Vor allem Waffen- und Diamantenlieferungen in alle Welt. In Insiderkreisen war er auch unter dem Namen *el tuerto* bekannt. Der Einäugige. Weil er bei einem Autounfall ein Auge verloren hat.«

Der Glenfiddich kam. Genießerisch roch Smith daran, bevor er einen Schluck trank.

»Camaro hat als Laufbursche bei Gutiérrez begonnen und sich nach und nach zu seinem besten Kurier hochgearbeitet«, fuhr O'Shaugnessy fort. »Immer wenn es um besonders viel Geld ging, hat Gutiérrez ihn geschickt. Oder auch, wenn es riskant wurde, zum Beispiel bei Geschäften in Krisengebieten. Camaro genoss das volle Vertrauen von Gutiérrez. Aber dann kam es zu Schwierigkeiten. Was genau vorgefallen ist, weiß ich noch nicht. Fest steht nur, dass Camaro versucht haben soll, seinen Boss umzubringen. Man hat ihn verhaftet, aber noch bevor ihm der Prozess gemacht werden konnte, wurde er aus dem Gefängnis entführt. Danach verliert sich seine Spur.«

Gelangweilt ließ Smith seinen Scotch im Glas kreisen. »Unwichtig«, sagte er. »Camaro interessiert mich nicht.«

O'Shaugnessy spürte schon wieder einen Anflug von Zorn in sich aufsteigen. »Es wäre einfacher für uns beide, wenn Sie mir verraten würden, wonach genau ich Ausschau halten soll«, sagte er. »Nicht dass ich etwas gegen leicht verdientes Geld hätte. Aber ich verschwende nicht gerne meine Zeit.«

Smith bedachte ihn mit einem gleichermaßen beschwichtigenden wie selbstgefälligen Lächeln. »Ich möchte, dass Sie genauso weitermachen wie bisher«, sagte er. »Halten Sie Ihre Augen offen und schnüffeln Sie bei *E-TV* ein bisschen herum. Sie machen das gut. Nur ist dieser Camaro leider die falsche Spur. Was haben Sie sonst noch?«

O'Shaugnessy zögerte. Es gab etwas, das er erst vor ein paar Tagen herausgefunden hatte, aber er konnte es noch nicht mit

Fakten belegen. »Ich glaube, dass ein Mitarbeiter von *E-TV* erpresst wird«, sagte er. »Der Programmchef von *Goldfieber*, um genau zu sein. George Sanders.«

Obwohl Smith keine Miene verzog, spürte O'Shaugnessy, dass er diesmal dessen volle Aufmerksamkeit hatte. »Wie kommen Sie darauf?«

»Ich lasse die Hauptverantwortlichen von *E-TV* seit ein paar Wochen beschatten«, sagte O'Shaugnessy. »Sanders hatte neulich Besuch in seinem Loft in Kensington. Von wem, wissen wir noch nicht. Aber der Besucher ging nicht gerade zimperlich mit Sanders und dessen Begleitung um. Wir haben Fotos von dem Kerl geschossen und lassen sie gerade überprüfen. Erfahrungsgemäß wird das einige Tage dauern.«

Smith dachte einen Augenblick nach. »Weiß Sanders, dass Sie ihn beschatten?«

»Natürlich nicht.«

»So soll es auch bleiben. Ich möchte, dass Sie diese Spur weiterverfolgen. Finden Sie heraus, wer Sanders erpresst. Und halten Sie mich auf dem Laufenden.«

Kapitel 37

Vor der Küste von Ghana

»Wie lange dauert es noch?« Diego musste schreien, um das Rattern des Hubschraubermotors zu übertönen.

»Wir sind gleich da«, kam die Antwort des Piloten aus dem Headset. »Da vorne ist sie schon.«

Diego erkannte einen kleinen weißen Punkt am Horizont, den er zuvor übersehen hatte – Khalid Aghanis neuestes Spielzeug: die *Persephone*, eine Luxusjacht mit stolzen hundertzwanzig Metern Länge.

Durch die Glaskanzel des Hubschraubers sah Diego das azurblaue Meer unter sich hinwegrasen, während Khalids Jacht rasch größer wurde und Formen annahm. Schon erkannte Diego die eleganten Aufbauten, kurz darauf auch die unzähligen Antennen und die in weiße Verschalungen gebetteten Gerätschaften oberhalb des Cockpits, die verrieten, dass die Jacht sich auf dem neuesten technischen Stand befand. Im Vergleich hierzu war die *Harmattan* ein Kinderspielzeug gewesen.

Der Pilot nahm Gas weg, das Röhren der Maschine wurde tiefer. Wie eine stählerne Libelle schwebte der Hubschrauber auf den gekennzeichneten Heliport am Bug der *Persephone* zu und landete sanft.

»Sie können sich jetzt abschnallen, Sir«, sagte der Pilot.

Diego tat es und legte auch das Headset ab. Dann stieg er aus und lief in geduckter Haltung unter den kreisenden Rotorblättern hindurch in Richtung Achterdeck, wo er schon von einem Steward in weißer Seemannsuniform erwartet wurde.

Der führte ihn in einen mit Perserteppichen und wertvollen Ölgemälden ausgestatteten Salon. Von dort ging es über eine Treppe eine Etage tiefer, wo sich neben den luxuriösen Suiten auch ein Fitnessraum befand.

»Monsieur Aghani trainiert gerade«, sagte der Steward und öffnete die Tür.

Aus irgendeinem Grund hatte Diego einen kleinen Raum mit einer Sprossenwand, ein paar Gewichten und einem Laufband erwartet. Aber er betrat ein großes Fitnessareal, in dem es neben verschiedenen Gerätschaften für den Muskelaufbau und das Konditionstraining auch einen Whirlpool, eine Bräunungsbank, einen Massagesessel und eine Bar aus Teakholz gab. Zentrales Element des Raums war jedoch ein Boxring, in dem Khalid Aghani gerade mit bloßen Fäusten gegen einen unsichtbaren Gegner kämpfte.

»Eine prachtvolle Jacht«, sagte Diego. »Du hast zu viel Geld.«

»Ein Problem, von dem du nicht allzu viel verstehen dürftest«, konterte Aghani. Er beendete seine Trockenübung und griff nach einem Tuch, das über den Ringseilen hing, um sich damit den Schweiß vom Gesicht zu wischen.

In T-Shirt und kurzer Sporthose sah er, wie Diego fand, nicht nur ungewohnt aus, sondern geradezu lächerlich. Ungewohnt, weil der weiße Kaftan und die Kafiya, das traditionelle arabische Kopftuch für Männer, nicht mehr von ihm wegzudenken waren, und lächerlich wegen seines asketisch dünnen Körpers mit den Storchenbeinen und den Streichholzärmchen.

»Was ist?«, fragte Aghani, plötzlich gereizt. »Hast du noch nie einen Boxer gesehen?«

»Keinen mit einer so außergewöhnlichen Statur«, sagte Diego.

»Spar dir deinen Sarkasmus. Im Ring würde ich es jederzeit mit dir aufnehmen. Komm rein, wenn du dich traust.«

»Ich will dir nicht wehtun.«

»Aber ich dir. Du hast meinen Namen beschmutzt, und wegen dir liegt Monsieur McCoyle im Krankenhaus.«

Das mit McCoyle stimmte. Dafür hatte er vielleicht wirklich eine Tracht Prügel verdient, denn es gab keinen Zweifel, dass der Anschlag allein ihm gegolten hatte. Seinetwegen würde Noah McCoyle womöglich nie mehr ganz gesund werden – diese Vorstellung lastete auf seinem Gewissen wie ein Granitblock. Aghani hatte dafür gesorgt, dass McCoyle am Morgen mit einem Privatjet ins Sharm-el-Sheikh Hyperbaric Medical Center transportiert worden war, eine weltweit anerkannte Klinik für die Behandlung von Taucherkrankheiten. Doch auch das war für Diego nur ein schwacher Trost.

»Du kennst meine Vergangenheit«, sagte er. »Du kanntest das Risiko, und du hast mich trotzdem zu dieser Goldsuche gezwungen. Also mach mir jetzt keinen Vorwurf!«

Aghani blitzte ihn aus seinen Habichtaugen an. Doch auf einmal änderte sich etwas in seinem Gesicht, die Züge entspannten sich und wurden versöhnlicher. »Du hast recht«, seufzte er. »Auch ich bin schuld daran, dass es so weit gekommen ist. Vielleicht fühle ich mich deshalb so schrecklich.« Er fuhr sich mit einer Hand über seinen Spitzbart – eine Geste der Hilflosigkeit. »Wir müssen herausfinden, wer hinter dieser feigen Tat steckt, und den Verantwortlichen zur Rechenschaft ziehen. Der Bastard wird uns nicht entkommen, so wahr ich hier stehe.« Plötzlich schüttelte er sich, als wollte er die düsteren Gedanken loswerden, und hob die Fäuste. »Was ist jetzt? Wollen wir boxen wie Männer oder reden wie Waschweiber?«

Diego machte eine wegwerfende Handbewegung. »Reden wäre mir lieber.«

»Du kneifst?«, stichelte Aghani. »Was ist los mit dir? Ich

dachte, ihr Andalusier habt … wie nennt man es bei euch? *Cojones?*«

Obwohl Aghanis Taktik durchsichtig wie Wasser war, verfehlte die Provokation ihre Wirkung nicht. »Wie du willst«, lenkte Diego ein. »Dann versohle ich dir eben deinen mageren arabischen Arsch. Aber sag hinterher nicht, ich habe dich nicht gewarnt.«

Aghani grinste zufrieden. »Schnapp dir ein Paar Handschuhe. Dort drüben hängen welche. Und bring mir auch welche mit.«

Neben Handschuhen zogen die beiden ungleichen Männer auch einen Kopfschutz und ein Suspensorium über. »Für meine *Cojones* und deine Kichererbsen«, sagte Diego. Verbal stand es damit zumindest wieder ausgeglichen.

Sie begannen mit leichten Schlägen. »Was hast du damit gemeint, dass ich deinen Namen beschmutzt habe?«, wollte Diego wissen, während er mit der Führhand ein paar Jabs auf Aghanis Deckung landete.

»Die Ausrüstung von Marinotec«, antwortete Aghani und führte seinerseits ein paar Schläge aus. »Ich habe mit meinem guten Namen dafür gebürgt, dass die Geräte unversehrt bleiben.«

»Guter Name?«, wiederholte Diego. »Du bist das schwarze Schaf der ganzen saudischen Sippe.«

»Mein Name steht überall in der Welt für Aufrichtigkeit!« Khalids Schläge wurden härter. Er versuchte jetzt auch, Diegos Deckung gezielt zu umgehen. »Wenn ich jemandem mein Wort gebe, dann ist das ein Versprechen. Und ich pflege meine Versprechen zu halten.«

Diego ahnte, in welche Richtung diese Unterhaltung gehen würde. »Falls du glaubst, dass ich für den Schaden aufkomme, irrst du dich«, sagte er. »Übergib den Fall der Versicherung, dann bist du aus der Nummer raus.«

»Ich habe bei Marinotec eine Kaution hinterlegt. Viel Geld, mein Freund. Und die Versicherung zahlt erst, wenn sie untersucht hat, was mit der Ausrüstung passiert ist. Mit hoher Wahrscheinlichkeit werde ich dieses Geld nie mehr wiedersehen. Da werde ich mich doch ein bisschen ärgern dürfen?«

»Was kann ich dafür, wenn jemand versucht, mich in die Luft zu jagen?«, erwiderte Diego. »Und wenn du Geld sparen musst, schlage ich vor, dass du das nächste Mal eine etwas kleinere Luxusjacht kaufst.« Er zielte auf Aghanis Kinn, doch der war schneller und traf Diego auf die Leber, diesmal mit echter Wucht. Diego stöhnte auf.

»Du bist flink wie ein Wiesel und gerissen wie ein Fuchs«, keuchte Diego. Der Araber liebte Metaphern aus der Tierwelt. »Außerdem hinterhältig wie eine Schlange.«

»Hat das etwa wehgetan?« Aghani grinste.

»Nicht so sehr wie *das*«, antwortete Diego und landete seinerseits einen Schwinger gegen Aghanis spitzbärtiges Kinn.

Der Araber verzog das Gesicht, kämpfte aber ungerührt weiter. »Nicht schlecht«, gab er zu. »Ich denke, du bist jetzt warm genug, damit wir endlich anfangen können, *richtig* zu boxen.«

Im Grunde hatte Diego dazu immer noch keine Lust. Er wollte sich nicht mit Aghani prügeln. »Lass uns damit aufhören«, sagte er.

»Wir haben noch nicht mal richtig angefangen!« Aghani ging jetzt zum offenen Angriff über und ließ die behandschuhten Fäuste auf Diego fliegen. Für ihn war aus dem anfänglichen Spaß längst Ernst geworden.

Diego nahm die Deckung hoch und wich ein paar Schritte zurück. Wahrscheinlich hätte er Aghani mit einem beherzten Schlag außer Gefecht setzen können, denn er war nicht nur einen Kopf größer, sondern auch mindestens zwanzig Kilogramm schwerer und viel muskulöser. Aber er hielt sich bewusst zurück, denn Aghani konnte unheimlich nachtragend sein, wenn man ihn in seinem Stolz verletzte.

Gerade das schien durch Diegos Zurückhaltung jedoch zu passieren. »Du kämpfst wie ein Mädchen!«, schnauzte Aghani und ließ die Fäuste sinken. »So macht das keinen Spaß! Kämpfe wie ein Mann!«

»Ich will aber nicht.«

Aghani spuckte vor Wut auf den Ringboden und riss sich die Handschuhe von den Händen. »Bei Allah! Was ist nur aus dem Mann geworden, der du einmal warst? Der Mann, der meine Nichte befreit hat? Der Mann, der das *Herz von Tikal* gefunden und mich um drei Millionen Dollar betrogen hat? Wie soll ich noch Respekt vor dir haben, wenn du so ein Waschlappen geworden bist?«

Diego seufzte. »Du hast recht«, sagte er. »Ich bin nicht mehr der, der ich einmal war. Lass uns aufhören.«

»Was denkst du, warum ich die Handschuhe ausgezogen habe?«

»Ich meine nicht nur das Boxen. Ich meine die ganze verdammte Schatzsuche. Sie bringt uns kein Glück. Meine Jacht ist explodiert, und McCoyle liegt im Krankenhaus. Wer weiß, was als Nächstes passiert?«

Einen Moment lang sah Khalid Aghani ihn verständnislos an. »Du machst Witze«, sagte er schließlich.

»Ich habe es selten so ernst gemeint. Lass uns aussteigen, bevor es zu spät ist.«

»Hast du eine Ahnung, wie schwierig es war, dich und Monsieur McCoyle in diese Sendung zu bringen? Vorbei an allen Castings und psychologischen Tests?«

»Wen interessiert's?«

»*Mich* interessiert es!«, schnauzte Khalid. »So ein Geschäft begegnet dir im Leben nur ein einziges Mal.«

»Das Geld ist das Risiko nicht wert.«

Aber Khalid gab Diego mit einer Handbewegung zu verstehen, dass er keinen weiteren Widerspruch mehr duldete. »Darf ich dich höflich an deine Schulden erinnern, mein Freund?«, zischte er. »Du bist nicht in der Position, um Forderungen zu stellen. Wir machen weiter. Und wir werden den Schatz finden. Verstanden?«

Kapitel 38

Los Angeles

Die letzten sechs Tage hatte Douglas Huntington Wincott für eine Promotion-Tour durch die Vereinigten Staaten genutzt, um *Goldfieber* auch jenseits des großen Teichs zum Durchbruch zu verhelfen. Hier betrug die Zuschauerquote nur durchschnittlich fünfundzwanzig Prozent, knapp die Hälfte dessen, was in den meisten europäischen Ländern und auch in den ehemaligen GUS-Staaten erzielt wurde. Gemeinsam mit seiner Sekretärin und seinem Assistenten hatte er, von New York aus beginnend, das halbe Land bereist und einen Auftrittsmarathon absolviert, bei Unterhaltungsshows, Radiosendern und großen Zeitungsverlagen. Tatsächlich war die Quote von *Goldfieber* seit seinem ersten Interview in den Staaten um acht Prozent gestiegen.

Seine Sekretärin und sein Assistent hatten schon gestern den Rückflug nach London angetreten. Er selbst wollte noch einen Tag in Kalifornien dranhängen, um ungestört einen weiteren, sehr vertraulichen Termin wahrzunehmen.

Sein Taxi hielt vor dem *Escargot*, einem eleganten Restaurant am Wilshire Boulevard. Wincott bezahlte und stieg aus. Er blieb noch einen Moment auf dem Gehweg stehen, um seine Gedanken zu ordnen und das aufkommende Gefühl von Beklemmung zu vertreiben. Wenn alles nach Plan lief, würden heute die grundsätzlichen Weichen für den Verkauf von *E-TV* gestellt. Irgendwie jagte ihm diese Vorstellung Angst ein.

Er seufzte still in sich hinein und machte sich noch einmal klar, dass an diesem Schritt kein Weg vorbeiführte. Wenn er nicht in absehbarer Zeit einen Herzinfarkt erleiden wollte, musste er aussteigen. In seinen Gedanken nahm die Hazienda in den Hügeln bei Montevideo Gestalt an, die er sich von dem Erlös aus dem Verkauf von *E-TV* anschaffen wollte. In den letzten Tagen und Wochen hatte er viel darüber nachgedacht, und obwohl er wusste, dass es die einzig richtige Entscheidung war, fiel es ihm unendlich schwer, von *seiner Firma* loszulassen. Sie war sein Lebenswerk, sein ganzer Stolz. So etwas gab man nicht so leicht auf.

Aber es gab etwas, an dem er noch mehr hing als an der Firma: sein Leben. Das wollte er nicht leichtfertig riskieren.

Er nahm seinen Mut zusammen und trat ein.

»Kann ich Ihnen helfen, Sir?«, fragte ihn ein Restaurantangestellter hinter einem Stehpult.

»Ich bin mit Mr Burnett verabredet«, sagte er.

»Wenn Sie mir bitte folgen wollen. Mr Burnett erwartet Sie bereits.«

Douglas Wincott wurde zu einem hübsch gedeckten Tisch in einer ruhigen Nische des eleganten Restaurants geführt, wo ein einzelner Mann saß. Wincott hatte darum gebeten, dass dieses erste Treffen unter vier Augen ablief.

»Mr Wincott!« Donovan Burnett stand auf und begrüßte ihn mit einem kräftigen Handschlag. Er war groß gewachsen und schlank, trug einen maßgeschneiderten Anzug und ein zur Krawatte passendes Einstecktuch. Wincott schätzte ihn auf Mitte vierzig, was ihn wunderte. Immerhin war Burnett Vorsitzender eines der größten Fernsehsender von Kalifornien. Wincott hatte einen Mann seines Alters erwartet, gesetzter, reifer, erfahrener. Andererseits wollte er *E-TV* auch in Zukunft in guten Händen wissen, da konnte frisches Blut nur von Vorteil sein.

Sie setzten sich, bestellten Wasser und Wein und machten ein bisschen Smalltalk. Als der Kellner kam und die Bestellung aufnehmen wollte, ließ Burnett es sich nicht nehmen, Wincott einzuladen und die Speisenfolge vorzuschlagen. Wincott war das nur recht – mit der französischen Küche kannte er sich nicht besonders gut aus.

Während der Suppe kam Burnett allmählich zur Sache. »Wie ich höre, läuft Ihr Sender recht gut«, sagte er.

Wincott verkniff sich ein Lächeln. Schon mit seinem ersten Satz zum Thema fing der Kerl an, den Preis zu drücken. »*Recht gut?*«, wiederholte er. »*Hervorragend* trifft die Sache besser, glaube ich. Zeigen Sie mir einen Sender auf der Welt mit besseren Einschaltquoten. *Goldfieber* schlägt aktuell alles auf dem Markt, und das wissen Sie verdammt gut.«

Burnett verzog keine Miene. »*Goldfieber* ist ein genialer Schachzug«, gab er zu. »Aber wenn es so gut läuft, wie Sie sagen, drängt sich natürlich die Frage auf, warum Sie dieses Schmuckstück *E-TV* unbedingt verkaufen wollen.«

»Von *unbedingt* kann keine Rede sein«, sagte Wincott. Seine Herzprobleme gingen Burnett nichts an. Außerdem hätte er damit zugegeben, sich in einer Zwangslage zu befinden, was bei Geschäftsverhandlungen immer ungünstig war.

Burnett nahm einen Löffel Suppe. »Wenn ein Mann wie Sie sein Lebenswerk aufgibt, kann es dafür nur drei Gründe geben«, sagte er. »Erstens finanzielle Schwierigkeiten, privat oder geschäftlich. Zweitens unüberbrückbare Differenzen innerhalb der Geschäftsleitung. Oder drittens gesundheitliche Probleme.«

»Ich versichere Ihnen, dass keiner dieser Punkte zutrifft«, antwortete Wincott.

Burnett fixierte ihn mit einem intensiven Blick, als könne er ihm damit geradewegs in die Seele sehen. Dann nahm er sein Glas in die Hand, roch daran und hielt es vor sich, um die Farbe zu studieren. »Ein kalifornischer Cabernet Sauvignon. Jahrgang 1997. Aus einem kleinen, exquisiten Anbaugebiet in den Santa

Cruz Mountains. Trinken Sie einen Schluck, Mr Wincott. Man sagt, im Wein liegt die Wahrheit. Außerdem soll Rotwein sogar gut fürs Herz sein.«

Wincott zuckte innerlich zusammen. Woher, zum Teufel, weiß der Kerl von meinen gesundheitlichen Problemen?, fragte er sich. Dennoch beschloss er, nicht weiter darauf einzugehen. Vielleicht bluffte Burnett nur.

»Ich habe meine Firma mit Leidenschaft aufgebaut«, sagte er. »Aber irgendwann wird es für jeden Zeit, sich zu fragen, ob es ewig so weitergehen soll. Ich komme allmählich in ein Alter, in dem man sich mit dem Gedanken beschäftigen muss, sich zur Ruhe zu setzen. Ob ich das schon heute tun werde oder erst in zehn Jahren, kann ich noch nicht sagen. Das kommt ganz auf die Konditionen an, die mir für *E-TV* geboten werden.«

Burnett nickte. »Wie ich das sehe, haben Sie die Firma zu einer *cash cow* gemacht und wollen jetzt verkaufen, weil Sie wissen, dass Sie nie wieder so viel Geld dafür bekommen werden wie heute.«

Wincott missfiel Burnetts Art, die Dinge auf den Punkt zu bringen, aber im Grunde hatte er natürlich recht. »Den besten Preis am Markt erzielen zu wollen ist nicht verwerflich«, sagte er.

»Absolut nicht«, pflichtete Burnett ihm bei. »Ich an Ihrer Stelle würde es genauso machen. Aber uns beiden muss klar sein, dass der Erfolg von *Goldfieber* nicht ewig andauern wird. Wie ich gehört habe, gab es sogar schon Quoteneinbrüche.«

Wincott begann sich über die plumpe Art zu ärgern, mit der Burnett schon wieder den Preis zu drücken versuchte. Er wischte den Einwand mit einer lässigen Handbewegung weg. »Von Quoten*einbrüchen* kann überhaupt keine Rede sein. Es gab an einzelnen Tagen minimale Rückgänge, aber das ist Lamentieren auf höchstem Niveau. Außerdem sind diese Probleme längst behoben. Seit Wochen steigen die Zahlen. In den meisten

Ländern, in denen *Goldfieber* ausgestrahlt wird, liegen wir inzwischen sogar deutlich über der Quote der Premierensendung.«

Burnett tupfte sich die Mundwinkel mit seiner Serviette ab. »Im Moment kommen für Sie einige äußerst günstige Faktoren zusammen«, sagte er. »Eine moderne Schatzsuche, wie es sie im Fernsehen noch nie gegeben hat. Internationale Teams. Eine Prise Abenteuer, gewürzt mit ein bisschen Tragik ... Damit meine ich den toten Passanten in Prag. Aber in ein oder zwei Monaten könnte sich das Interesse der Zuschauer schon längst auf etwas anderes gerichtet haben. Worauf ich hinauswill, ist Folgendes: *E-TV* ist für mich nur eine von mehreren Optionen, um mich in Europa zu etablieren. Aber die Konditionen, die Sie mir gegenüber am Telefon geäußert haben, sind völlig unrealistisch.«

Wincott hatte selbstverständlich eine Summe genannt, die den aktuellen Wert von *E-TV* deutlich höher ansetzte, als es in Wirklichkeit der Fall war. Ihm war klar, dass Burnett nicht so viel bezahlen würde. »Welcher Betrag scheint Ihnen denn angemessen?«, fragte er.

»Ich will offen sein«, sagte Burnett. »Ich habe noch zwei weitere Übernahmeangebote aus Europa auf dem Tisch. Bei beiden liegt der Preis deutlich unter dem, was Sie verlangen.«

Wincott taxierte sein Gegenüber und versuchte einzuschätzen, was in dessen Kopf vor sich ging. Er konnte sich nicht vorstellen, dass Burnett tatsächlich zwei Alternativangebote vorliegen hatte. Eines vielleicht, wenn überhaupt. Wincott war davon überzeugt, dass Burnett ihn nur deshalb nach Los Angeles eingeladen hatte, weil er ein konkretes Interesse am Kauf von *E-TV* hatte.

»Was bedeutet das in konkreten Zahlen, Mr Burnett?«, fragte Wincott. »Ich meine, welchen Betrag würden Sie mir für *E-TV* bieten, wenn ich kurzfristig verkaufen würde?

»Unter Berücksichtigung aller wertmindernden Faktoren …«

»*Wie viel?*«, drängte Wincott. Die ganze Zeit über hatte Burnett das Gespräch auf Fakten reduziert, und jetzt, wo es endlich interessant wurde, fing er an, um den heißen Brei herumzureden.

Burnett zögerte einen Moment. Dann nannte er die an Unverschämtheit grenzende niedrige Summe von 14 Millionen US-Dollar.

»Vielleicht hatte ich es nicht erwähnt, aber ich wollte *E-TV verkaufen*, nicht verschenken«, sagte Wincott entrüstet.

Burnett zuckte mit den Achseln. »Ich fürchte, ein höheres Angebot kann ich Ihnen nicht machen. Es tut mir leid.«

Wincott versuchte zu lächeln, aber es misslang. Burnett wusste ganz genau, dass er gar keine andere Wahl hatte, als schnell zu verkaufen. Und diese Zwangslage nutzte er schamlos aus.

Würde Wincott das Angebot annehmen, bliebe nach Rückzahlung aller Darlehen kaum noch genug Geld für die erträumte Hazienda bei Montevideo übrig. Für ein sorgloses Luxusleben würde es schon gar nicht reichen! Das Angebot war die reinste Provokation!

Ein Stechen in der Brust machte Wincott schlagartig bewusst, wie wenig Zeit ihm noch blieb. Ein paar schreckliche Sekunden lang befürchtete er den nächsten Anfall, doch das Stechen verflog ebenso schnell, wie es gekommen war. Er hatte noch einmal Glück gehabt! Schon zum zweiten Mal.

»Ich fürchte, auf dieser Basis werden wir nicht miteinander ins Geschäft kommen«, sagte er und stand auf. Dann hob er sein Glas und kippte Burnett seinen Wein ins Gesicht. »Ich glaube, Sie haben recht. Rotwein ist gut fürs Herz. Ich fühle mich schon viel besser.«

Er verließ das *Escargot*, ohne sich noch einmal umzudrehen.

Kapitel 39

Vor der westafrikanischen Küste

Diego schreckte aus dem Schlaf auf und war sicher, einen Schuss gehört zu haben. Sofort war er hellwach.

Es dauerte einen Moment, bis er sich in der ungewohnten Umgebung orientiert hatte. Er befand sich in einer der komfortablen Kajüten der *Persephone*, Khalid Aghanis Luxusjacht. Lautlos glitt Diego aus dem Bett, um einen Blick aus dem Fenster zu werfen, aber von seiner Position aus konnte er nichts erkennen.

Wieder ein Schuss.

Ihm fiel dafür nur eine Erklärung ein: Piraten!

Er holte aus seiner Sporttasche seine Browning 9 mm Halbautomatik – die einzige Waffe, die nicht mit der *Harmattan* untergegangen war, weil er sie im Safe seines Hotelzimmers deponiert gehabt hatte. Die handliche Pistole hatte er bereits in Zeiten benutzt, in denen er noch *el tuertos* rechte Hand gewesen war. Das Gewicht der Waffe fühlte sich gut in seiner Faust an. Diego überprüfte das Magazin und schlich aus dem Zimmer.

Wieder ein Schuss – eindeutig vom Oberdeck.

Mit der Browning im Anschlag eilte Diego den Gang entlang und die Treppen hinauf. Ein Steward hob die Hände und schüttelte flehend den Kopf, als Diego herumfuhr und mit der Waffe auf ihn zielte.

»Bitte, Sir, nicht schießen«, flehte er.

Diego bedeutete ihm mit einem Finger vor dem Mund, sich ruhig zu verhalten.

Der Steward nickte mit bebendem Kinn.

»Was ist hier los?«, raunte Diego, während er durch die Fenster spähte, um sich einen Überblick zu verschaffen.

»Was los ist? Wie meinen Sie das, Sir?«

»Sie können die Schüsse unmöglich überhört haben!«

»Ah, die Schüsse …« Die Gesichtszüge des Stewards entspannten sich. »Das ist Monsieur Aghani. Er schießt auf Tontauben, Sir.«

Auch von Diego fiel jetzt die Anspannung ab, und er ließ die Waffe sinken. »Tontauben«, murmelte er. Dann machte er sich auf den Weg zum Achterdeck, von wo der Lärm herkam.

Khalid Aghanis weißer Kaftan flackerte im Fahrtwind wie ein Vorhang. Über seiner ebenfalls im Wind flackernden Kafiya trug er einen mächtigen Gehörschutz. Er drückte eine reich verzierte, doppelläufige Flinte an die Schulter und zielte damit auf den Horizont.

»*Haz!*«, rief er. Beinahe im selben Moment schleuderte die wenige Meter neben ihm stehende Wurfmaschine mit einem dumpfen Ploppen die Tonscheibe in die Luft. Aghani korrigierte die Position seiner Flinte und drückte ab. Hundert Meter weiter fiel die Scheibe ungetroffen in den vom goldenen Licht der Morgensonne getränkten Ozean.

»Du solltest es mit Frizbees versuchen«, sagte Diego. »Die sind größer und fliegen nicht so schnell.«

Der Blick, den Aghani ihm zuwarf, hätte kochendes Wasser gefrieren lassen können. Diego schätzte seine bisherige Trefferquote auf ziemlich genau null. Er hielt es für ratsam, das Thema zu wechseln. Wenn Aghani sauer war, unterschied er nicht mehr zwischen Freund und Feind.

»Gibt es Neuigkeiten bei unserer Suche?«, fragte Diego. Aghani hatte sich von Marinotec eine zweite Ausrüstung besorgt, die wieder innerhalb kürzester Zeit angeliefert worden war.

Seitdem durchpflügte die *Persephone* die Zielgebiete, die nach dem Anschlag auf die *Harmattan* noch übrig geblieben waren.

Aghani schüttelte den Kopf. »Nicht die geringste Spur. Vor zwei Stunden haben wir die Suche im letzten Zielgebiet abgeschlossen. Seitdem kreuzen wir nur noch hin und her. Irgendeine Idee, wie es jetzt weitergehen soll? *Haz!*«

Wieder schleuderte die Wurfmaschine eine Tonscheibe in den Himmel. Wieder schoss Khalid Aghani daneben. Er stieß einen arabischen Fluch aus und knickte den Lauf seiner Waffe ab, um zwei neue Patronen einzuführen.

»Ich habe dir schon gesagt, dass wir die ganze Sache abblasen sollten.«

»Und ich habe dir schon gesagt, dass das nicht infrage kommt.« Khalid ließ den Flintenlauf wieder einrasten. *»Haz!«*

Der nächste Fehlschuss.

»Wage nicht, zu lachen!«, zischte er.

»Das würde ich nie tun.«

»Doch, das würdest du. Nimm dir ein Gewehr und versuch dein Glück selbst.« Aghani deutete mit seinem Spitzbart zu einem Tisch, auf dem eine weitere Flinte und ein ganzer Karton Munition lagen. »Irgendwie müssen wir die Zeit ja totschlagen.«

Diego hatte nichts dagegen. Er lud seine Waffe, setzte sich einen Gehörschutz auf und stellte sich neben Aghani.

»Haz!«, rief Diego.

Nichts tat sich.

Aghani grinste zufrieden. »Die Spracherkennung ist auf meine Stimmfrequenz eingestellt«, sagte er. *»Haz!«*

Die Scheibe flog in weitem Bogen durch die Luft. Diego verfolgte mit dem Doppellauf die Flugbahn, überholte sie um ein kleines Stück und drückte ab. Der Treffer zerschmetterte die Scheibe in ein Dutzend Scherben, die wie Schrapnelle auseinanderstoben. Ein großes Teil taumelte weiter auf seiner ballistischen Bahn. Diego verschoss die zweite Patrone. Der Treffer schien das trudelnde Fragment regelrecht zu pulverisieren.

»Wenigstens schießt du besser als du boxt«, knurrte Aghani. »*Haz!*«

Diesmal war er am Zug, aber er traf erneut nur ins Leere.

»Hast du schon etwas von McCoyle gehört?«, wollte Diego wissen, während er seine Flinte neu lud.

»Man hat in Sharm-el-Sheikh mit der Behandlung begonnen, aber obwohl sich die besten Ärzte um ihn kümmern, können sie noch nicht sagen, ob er wieder vollständig genesen wird. Seine Lunge hat einiges abbekommen.«

Obwohl Diego nicht mit einer Wunderheilung gerechnet hatte, versetzte ihm die Ungewissheit über den Gesundheitszustand seines Partners einen Stich.

»*Haz!*«, rief Aghani.

Die Scheibe surrte aus der Maschine. Diego drückte den Abzug durch und traf schon beim ersten Schuss so gut, dass es für einen zweiten Schuss nichts mehr anzuvisieren gab. »Meine Flinte scheint besser austariert zu sein als deine«, sagte er und erntete dafür den vernichtenden Blick eines im Stolz verletzten Arabers.

»Gib das her!«, herrschte Khalid Aghani ihn an und riss ihm die Waffe aus der Hand. »Du bist ein Angeber, nichts weiter!«

»Aber ein Angeber, der schießen kann«, sagte Diego.

Während des Frühstücks auf dem Sonnendeck der *Persephone* studierte Diego die Sonar- und Magnetometeraufzeichnungen der vergangenen Nacht, aber er fand nichts, was die Crew übersehen hatte. Das hieß, dass ihm und McCoyle bei der Definition des Zielgebietes ein Fehler unterlaufen sein musste.

Er seufzte. Das Problem war, dass alle Berechnungsgrundlagen sich auf seinem Laptop befunden hatten, und der Laptop war bei dem Anschlag auf die *Harmattan* zerstört worden. Natürlich wäre es sinnvoll gewesen, die Daten zu sichern, aber im Nachhinein war man ja immer schlauer. Historische Wetterdaten, Angaben über Wind- und Strömungsverhältnisse und vieles mehr waren verloren. Das alles zu rekonstruieren würde Tage beanspruchen.

»Wie weit ist eigentlich das BELARUS-Team?«, fragte Diego. Im Strudel der Ereignisse hatte er gar nicht mehr an die Erfolgsmeldungen des weißrussischen Teams gedacht.

Aghani, der ihm gegenübersaß und sich gerade ein paar Datteln in den Mund schob, zuckte mit den Schultern. »Wen interessiert's? Auf jeden Fall haben sie den Schatz noch nicht gefunden, sonst hätten wir es mitbekommen.« Er spuckte ein paar Dattelkerne über die Reling ins Wasser. »Du solltest dich weniger um die anderen Teams kümmern als um dich selbst. Überprüf deine Daten. Geh noch mal alles durch, Schritt für Schritt. Irgendwo muss dir ein Fehler unterlaufen sein, und ich will, dass du ihn findest.«

»Gut, dass du mir das sagst«, antwortete Diego barsch. »Da fühle ich mich doch gleich viel motivierter!«

»Wenn es mich nicht gäbe, würdest du immer noch im Indischen Ozean festsitzen und warten, bis jemand kommt, der deine Schrottjacht repariert.«

»Wenn es dich nicht gäbe, hätte ich meine *Schrottjacht* wenigstens noch. Aber zum Dank dafür, dass du mich zu dieser Schatzsuche genötigt hast, muss ich mir jetzt auch noch Vorwürfe von dir anhören. Hast du nichts Besseres zu tun – möglichst weit weg von hier? Zum Beispiel einen Konzern führen?«

»Tut mir leid, aber ich habe ein paar Tage Urlaub genommen. Außerdem will ich dich nicht um das Vergnügen meiner schlechten Laune bringen. Vergiss nicht, dass du für mich arbeitest. Meine Laune ist in deinem Lohn inbegriffen!«

In diesem Stil ging es noch eine ganze Weile weiter. Sie unterbrachen ihren hitzigen Frühstücksstreit erst, als sich Besuch zu ihnen gesellte: eine rassige, groß gewachsene Frau mit glatten schwarzen Haaren, die ihr bis über die Schultern reichten. Sie trug eine offene Bluse über einem schwarzen T-Shirt, dazu hautenge Jeans und elegante Lederslipper. Die Kette um ihren Hals und die Perlenohrringe sahen teuer aus. Ihr olivfarbener Teint, ihre mandelförmigen braunen Augen und ihre hohen Wangenknochen verliehen ihr einen Hauch von Exotik.

Aghani sprang auf. »Ah, Dr. Fendi. Guten Morgen. Kennen Sie schon Monsieur Camaro?«

Die funkelnden Augen der Frau richteten sich auf Diego und ruhten einen Moment länger auf seinem Gesicht, als es nötig gewesen wäre. »Ich hatte noch nicht das Vergnügen«, sagte sie und streckte ihm die Hand hin.

Diego registrierte die langen, perfekt manikürten Finger – und dass sie keinen Ehering trug. Er stand auf und gab ihr die Hand. »Bitte, nennen Sie mich Diego.«

»Tamara«, antwortete sie mit einem gewinnenden Lächeln.

»Dr. Fendi gehört zum Recherche-Team«, erklärte Aghani. »Sie hat Geschichte und Computerwissenschaften studiert. Cum-laude-Abschluss mit dreiundzwanzig. Promotion zwei Jahre später. Diese Frau ist ein Lexikon auf zwei Beinen.«

Und auf was für zwei Beinen, fügte Diego in Gedanken hinzu.

»Dr. Fendi wird Monsieur McCoyle ersetzen, solange er in Behandlung ist«, sagte Aghani. »Die Spielregeln von *Goldfieber* schreiben eine Teamgröße von mindestens zwei Personen vor. *Sie* ist in dieser Zeit dein neuer Partner.«

Das kam nun doch etwas überraschend. »Sie ist wesentlich hübscher als McCoyle«, sagte Diego. »Und sie sieht nicht so aus, als wollte sie mir den Kiefer brechen. Das macht sie sehr sympathisch. Trotzdem sollten wir lieber ein paar Tage abwarten und hoffen, dass McCoyle wieder auf die Beine kommt.«

»Angst vor dem schwachen Geschlecht?«, fragte die Frau.

»Ich finde es McCoyle gegenüber nur nicht fair, dass wir ihn so einfach ersetzen.«

»Erstens *ersetzen* wir ihn nicht«, widersprach Aghani. »Wir überbrücken die Zeit, in der er nicht mitarbeiten kann. Zweitens hat er selbst vorgeschlagen, dir Dr. Fendi zur Seite zu stellen, während er außer Gefecht gesetzt ist.«

»Und drittens«, sagte die Frau, »habe ich etwas gefunden, das Sie interessieren dürfte. Etwas, das ein ganz neues Licht auf unsere Schatzsuche wirft. Ich glaube nämlich, dass wir bisher in einer völlig falschen Richtung gesucht haben – wie übrigens alle Teams.«

Diego und Khalid Aghani sahen sie erwartungsvoll an.

»Kommen Sie mit«, sagte Tamara Fendi. »Dann werde ich es Ihnen zeigen.«

Sie führte Diego und Khalid in den Computerraum, ein etwa vier mal vier Meter großes fensterloses Zimmer, das bis unter die Decke mit PCs, Bildschirmen, Tastaturen, Druckern und sonstigem Computerzubehör vollgestopft war. Über eine Breitband-Satellitenverbindung war für einen stabilen Zugang zum Internet gesorgt.

»Ich verfolge diese Spur schon seit einiger Zeit«, sagte Tamara. »Ich bin nur zufällig darüber gestolpert, und am Anfang habe ich mir nichts weiter dabei gedacht. Aber dann habe ich ein bisschen gegraben, und die Spur hat sich immer mehr konkretisiert. Allerdings gibt es einen Haken, der Ihnen nicht gefallen wird: Die Spur hat nichts mit den Tempelrittern zu tun. Auch nicht mit deren Schatz.«

Diego stutzte und zog die Augenbrauen zusammen. Bis eben war ihm Tamara Fendi wirklich sympathisch gewesen, wenngleich er zugeben musste, dass diese Sympathie im Moment noch auf vordergründiger Optik basierte. Aber jetzt behauptete sie, dass er und McCoyle wochenlang umsonst gearbeitet hatten. Das versetzte ihrer Attraktivität einen ersten, ernstzunehmenden Dämpfer.

»Es geht also *nicht* um den Schatz der Tempelritter?«, wiederholte er.

»Nein.«

»Nicht um einen riesigen Goldschatz?«

Tamara hob die Schultern »Das weiß ich nicht. Aber ich glaube nicht, dass er so groß ist, wie alle annehmen.«

Irgendetwas in Diego weigerte sich, das zu glauben. »Sie stellen damit das gesamte Konzept von *Goldfieber* infrage«, sagte er.

»Das tue ich durchaus nicht. Ich glaube inzwischen nur, dass die Schatzsuche von Anfang an in eine falsche Richtung gelaufen ist, weil in der Premierensendung *unterstellt* wurde, dass es sich um den Schatz der Tempelritter handelt.«

Diego wusste immer noch nicht, worauf dieses Gespräch hinauslaufen sollte. »Das steht wörtlich in dem Brief, der in der Premierensendung verlesen wurde.«

»Irrtum. Aber ich gebe zu, dass sich einem dieser Eindruck aufdrängt. Deshalb ist Wincott immer davon ausgegangen, dass es um den Schatz der Tempelritter geht. Und deshalb hat das auch niemand bezweifelt. Tatsache ist aber, dass es sich dabei um eine Interpretation handelt.« Sie setzte sich an den Schreibtisch und rief auf dem Computermonitor den eingescannten Brief aus der Premierensendung auf. Die entscheidenden Passagen hatte sie fett markiert: *Das Gold der Templer - der größte Schatz, den Menschenauge je gesehn …* Und weiter unten: *Deute die Zeichen und du wirst sein der Reichste der Reichen.*

»Ich weiß nicht, worauf Sie hinauswollen, Dr. Fendi«, sagte Khalid Aghani. »Für mich ist der Text eindeutig.«

Die Frau zeigte auf den Monitor. »Hier steht: Das Gold der *Templer*. Nicht: Das Gold der Tempel*ritter*. Aber erstens ist es im heutigen Sprachgebrauch üblich, die Tempelritter als Templer zu bezeichnen, und zweitens wird diese Interpretation durch die Erwähnung von Gold und Reichtum gestützt.« Sie dachte einen Moment nach, bevor sie fortfuhr. »Ich bin auf einige kirchliche Schriften gestoßen, aus dem Zeitraum vom Mittelalter bis etwa zum Jahr 1500, in denen immer wieder die *Wächter des ersten Tempels und Hüter des wahren Kreuzes* erwähnt werden, meistens im Zusammenhang mit Ketzerei. In manchen dieser Texte werden sie aber auch kurz als Templer bezeichnet.«

Tamara zeigte ihnen am Bildschirm die entsprechenden Dokumente. »Ein paar davon habe ich in kirchlichen Online-Archiven gefunden«, erklärte sie. »Zwei weitere habe ich letzte Woche bei meinen Recherchen vor Ort entdeckt – eins im Archiv des Kölner Domkapitels, das andere in Bologna.«

Stirnrunzelnd betrachtete Diego die in Latein verfassten Dokumente auf dem Monitor. Tote Sprachen waren nicht gerade sein Spezialgebiet. Die Texte konnten alles Mögliche bedeuten.

Es gab noch etwas, das ihn störte und das sein Misstrauen erregte. »Warum hat man noch nie etwas von diesen Templern gehört? Immerhin wird im Brief der Premierensendung von einem riesigen Schatz und von immensem Reichtum gesprochen. Ich meine, auch wenn es sich nicht um einen Schatz in der Größenordnung des Templergolds handelt, müsste man doch wenigstens schon mal irgendetwas über diese Sekte gelesen oder im Fernsehen gesehen haben.«

»Meinen bisherigen Recherchen zufolge handelt es sich um einen sehr kleinen elitären Orden, dem über Generationen hinweg jeweils nur eine Handvoll Mitglieder angehört haben«, sagte Tamara. »Deshalb war es für den Orden relativ leicht, im Verborgenen zu bleiben. Nur ab und zu geriet ein Mitglied in die Hände der Inquisition. Dann wurde mit aller Härte gegen sie vorgegangen: Kerkerhaft, Folter, Scheiterhaufen. Das ganze Programm.«

»Wenn der Orden über Jahrhunderte hinweg nur aus ein paar wenigen Mitgliedern bestand«, sagte Aghani, »warum hat die Kirche sie dann überhaupt verfolgt?«

Tamara zuckte mit den Schultern. »Ich weiß es nicht genau. Aber der Orden scheint etwas in seinem Besitz gehabt zu haben, vor dem die Kirche sich fürchtete.« Sie klickte sich durch ein paar Dokumente. »Das hier ist das Protokoll eines Verhörs durch die Inquisition aus dem Jahr 1512 in Sevilla. Der Angeklagte – ein Mann namens Rodrigo Calvéz – wird hier als Angehöriger eines Ketzerordens namens *Wächter des ersten Tempels* bezeichnet.« Sie deutete auf die entsprechende Textstelle auf dem Bildschirm. Dann fuhr sie mit dem Finger ein paar Zeilen tiefer. »Von hier an spricht das Protokoll nur noch von den *Ersten Templern*, wie ich es gesagt habe.«

»Und wovor hatte die Kirche Angst?«, fragte Diego.

»Das steht weiter hinten. Augenblick.« Tamara scrollte den Text weiter. »Hier steht es. Übersetzt lautet das Protokoll ungefähr so: *Gonzalo Jiménez* – das ist der Name des Inquisitors – *beschwört den Angeklagten, seinen ketzerischen und blasphemischen Ansichten abzuschwören und sich zu Gott und zu dessen Sohn Jesus Christus zu bekennen, anderenfalls sehe er sich gezwungen, ihn durch den Flammentod zu läutern. Der Angeklagte weigert sich jedoch. Er leugnet Jesus Christus als Sohn unseres Herrn und behauptet, der Gott der Kirche sei nur eine Legende, gesponnen aus der Fantasie der Jahrtausende. Er, Rodrigo Calvéz, kenne die Wahrheit. Er könne sie sogar beweisen. Der ehrenwerte Gonzalo Jiménez fleht den Angeklagten an, seine blasphemischen Äußerungen zu widerrufen, um seine Seele zu retten. Als der Angeklagte sich erneut weigert, spricht Gonzalo Jiménez ihn schuldig und überantwortet ihn der weltlichen Gerichtsbarkeit, die das Todesurteil auf dem Scheiterhaufen vollstrecken werde.«* Tamara machte eine Pause, bevor sie weitersprach. »Calvéz hat behauptet, einen Beweis dafür zu haben, dass der kirchliche Gott gar kein Gott sei. Ähnliches steht auch in den anderen Inquisitionsprotokollen, die ich gefunden habe. Zwar wird nirgends beschrieben, worin dieser Beweis besteht, aber ich bin davon überzeugt, dass es genau das ist, was der Kirche Angst eingejagt hat.«

Diego nickte. Auch wenn er es nicht gern zugab – Tamaras Theorie hörte sich einleuchtend an. Und eine andere Spur hatten sie im Moment sowieso nicht. Im Grunde spielte es auch keine große Rolle, zu welcher Art von Schatz der Brief von C.O. führte. *E-TV* hatte einen Finderlohn ausgesetzt, der sich aus Werbeeinnahmen finanzierte. Hundertfünfzehn Millionen Euro. Wichtig war nur, diesen Schatz als Erster zu finden.

»Gehen wir einmal davon aus, dass an der Geschichte etwas dran ist«, sagt er. »Gibt es irgendwelche Anhaltspunkte, wo wir mit unserer Suche beginnen können?«

»Die Unterlagen, die ich zu den Templern gefunden habe, legen nahe, dass es sich um einen Orden handelt, der vor allem in Portugal, Spanien, Südfrankreich und Oberitalien ansässig war«, antwortete Tamara.

Khalid Aghani rieb sich über seinen Spitzbart. »Sonst noch irgendwelche Hinweise, die uns weiterhelfen könnten?«, fragte er.

Tamara schüttelte den Kopf. »Im Moment nicht.«

Diego stöhnte auf. Nach anstrengenden Wochen, in denen er die falsche Fährte verfolgt hatte, verspürte er keine Lust, noch einmal von vorne anzufangen. Obwohl er wusste, dass er Tamara Fendi dankbar sein sollte, weil sie ihn aus seiner Sackgasse herausgeführt und ihm einen neuen Weg aufgezeigt hatte, überwog die Enttäuschung. »Geht's wirklich nicht ein bisschen genauer?«, maulte er. »Immerhin sprechen wir schätzungsweise von einer Million Quadratkilometern Land.«

»Es tut mir leid, wenn ich Sie enttäusche« sagte Tamara spitz. »Aber ich wollte Ihnen nicht das Vergnügen nehmen, auch etwas zum Erfolg unserer Suche beizutragen.« Damit verschwand sie aus dem Computerraum und ließ die beiden Männer allein.

Kapitel 40

London

In den letzten Tagen war Emilia Emmerson wieder einmal viel unterwegs gewesen. Zusammen mit ihrem Kameramann Chris hatte sie das schwedische Team FORTUNA begleitet, das sein Glück auf der Azoreninsel *Flores* suchte – übersetzt: *Blume*. Das Team hatte herausgefunden, dass die Insel bereits im ausgehenden sechzehnten Jahrhundert so genannt worden war, und hatte einen Bezug zu dem Brief von C. O. hergestellt, in dem es hieß: *Bei der Blume nach Südosten liegt das Gold verborgen.*

Allerdings biss FORTUNA sich die Zähne an dem letzten entscheidenden Hinweis des Textes aus. *Wo Felsen sich zu Gräbern türmen und mein Mond und meine Sonne sich auf Petrus' Brust vereinen.* Rund um die Insel gab es zwar genügend Klippen, an denen Schiffe zerschellt sein konnten und die somit als mögliche Gräber infrage kamen. Aber es existierten keinerlei Hinweise auf eine Sonne oder einen Mond, schon gar nicht auf *Petrus' Brust*. Das alles war bis zu Emilias Abreise ein Rätsel geblieben.

Heute hatte sie mit Chris und Nathalie Weisz, einer Cutterin von *E-TV*, den nächsten Filmbeitrag fertiggestellt. Emilia war mit dem Ergebnis wieder sehr zufrieden. Der Sendetermin war von George in seiner Eigenschaft als Programmchef auf kommenden Dienstag festgelegt worden.

George …

Der Gedanke an ihn brachte Emilia ins Grübeln. Da sie viel auf Reisen war, hatte sie – glücklicherweise – nur unregelmäßigen Kontakt mit ihm, aber trotzdem bemerkte sie, dass er sich in letzter Zeit sonderbar verhielt. Nervös, zerstreut und leicht reizbar.

Vielleicht kommt er nicht mit dem Druck klar, den Wincott auf ihn ausübt, dachte sie. Ein Teil von ihr hoffte das sogar. Dennoch musste sie sich gegen ihren Willen eingestehen, dass sie sich um George sorgte. Immerhin waren sie vier Jahre zusammen gewesen.

Diese Gedanken beschäftigten Emilia auch noch, als sie am Abend auf dem Weg nach Hause durch Kensington fuhr, wo George wohnte. Vielleicht sollte sie auf einen Sprung bei ihm vorbeischauen.

Sie warf einen Blick aufs Armaturenbrett. Kurz nach zehn. Um diese Zeit war George bestimmt noch wach. Kurz entschlossen fuhr sie in die Kensington Church Street.

Als sie ihren Wagen am Straßenrand parkte und ausstieg, kamen ihr Zweifel. Was, wenn George ihre Absicht missdeutete und wieder versuchte, sie anzubaggern? Auf keinen Fall wollte sie sich noch einmal von ihm einwickeln lassen.

Ihr fiel ein, dass sie immer noch seinen Hausschlüssel in der Handtasche hatte. Vielleicht war das ein guter Gesprächseinstieg, um ihm von Anfang an klarzumachen, dass zwischen ihnen nichts mehr laufen würde. *Ich bin hier, weil ich dir deinen Schlüssel zurückgeben wollte. Aber wenn du jemanden zum Reden brauchst, höre ich dir gerne zu.* Das klang zwar irgendwie komisch, erschien ihr aber am sichersten.

Sie schloss ihren Wagen ab und ging über die Straße. Die frische Nachtluft tat ihr gut und zerstreute ihre letzten Bedenken.

Von außen sah das Haus, in dem George wohnte, eher schlicht aus – ein schmuckloser Klinkersteinbau, der in der Dunkelheit abweisend wirkte, vielleicht sogar ein wenig bedrohlich. Emilia hatte dieses Haus noch nie gefallen, aber sie musste zugeben, dass die Lofts im Innern geräumig und modern waren.

Mit Georges Schlüssel öffnete sie die Haustür. Dann fuhr sie mit dem Lift in die fünfte Etage. Im Dämmerlicht der Notbeleuchtung ging sie den Flur entlang.

Sie hatte den Daumen schon auf der Klingel, als sie von drinnen Stimmen hörte: George und eine Frau, offenbar in einen Streit verwickelt.

»... brauchst gar nicht das Unschuldslamm zu spielen!« Das war George. »Ich habe dir von Anfang an gesagt, dass etwas dazwischenkommen kann.«

Dann die Frau: »Dir scheint das alles ja nicht sehr viel auszumachen!«

»Natürlich macht es mir etwas aus. Aber die Situation ist nun mal so, wie sie ist. Wir können es nicht mehr ändern.«

»Oh doch, wir können! Was denkst du, wie die Presse darauf reagieren wird, wenn ich ihr unser kleines Geheimnis erzähle?«

»Das wirst du in deinem eigenen Interesse nicht tun. Du steckst genauso tief drin wie ich. Also lass uns vernünftig bleiben. Alles, was du brauchst, sind ein paar Tage Urlaub. Flieg irgendwohin, wo es ruhig und friedlich ist. Ich kenne da ein Wellnesshotel in Österreich ...«

»Was soll ich in den Bergen? Noch dazu allein?«

»Entspannen. Den Kopf freikriegen. Und vor allem keinen Unsinn anstellen.«

Die Stimmen wurden jetzt so leise, dass Emilia nichts mehr mitbekam, obwohl sie ihr Ohr an die Tür presste. Aber sie hatte auch so genug gehört. Offenbar hatte George Stress mit seiner neuesten Flamme und wollte sie mit einem kleinen Urlaub besänftigen. Die Frage war nur: Wer war die Frau? Was war an ihr so besonders, dass sie glaubte, die Presse würde sich für sie und ihre Affäre mit George interessieren?

Emilia spürte eine wachsende Neugier in sich aufkeimen. Gleichzeitig fühlte sie sich auch verletzt. Obwohl sie lieber einen Eimer Essig getrunken hätte, als sich noch einmal auf George einzulassen, hatte er einen wunden Punkt bei ihr getroffen. Wie oft hatte er ihr ewige Liebe geschworen?

Andererseits: Was hatte sie von ihm erwartet? Er war und blieb ein Schürzenjäger, ob er nun Probleme hatte oder nicht.

Emilia beschloss, zum Auto zurückzugehen, da wurden die Stimmen in der Wohnung wieder lauter. Diesmal forderte die Frau mehr Geld, das George ihr aber nicht geben wollte.

Dann waren drinnen plötzlich Schritte zu hören. Emilia sah sich um und eilte ins Treppenhaus. Vorsichtig lugte sie um die Ecke, als auch schon die Wohnungstür aufgerissen wurde. Die Frau trat in den Flur, aber George ergriff sie am Arm und hielt sie fest.

»Mach keine Dummheiten!«, zischte er sie an.

»Du kennst die Bedingungen!«, fauchte die Frau zurück. Dann riss sie sich von ihm los und ging mit energischen Schritten in Richtung Aufzug, ohne sich noch einmal umzudrehen. George verschwand wieder in seiner Wohnung und schloss die Tür.

Emilia atmete erleichtert auf. Das war gerade noch mal gut gegangen. Sie wusste nicht, wie sie reagiert hätte, wenn George oder die Frau sie ertappt hätten. Das wäre wohl ziemlich peinlich geworden.

Während sie auf leisen Sohlen die Treppen hinunterging, dachte sie nach. Die Frau, die bei George gewesen war, kam ihr irgendwie bekannt vor. Zwar passten die glatten schwarzen Haare nicht und auch nicht die Kleidung – weißes T-Shirt, Jeans und Sneakers –, dennoch war Emilia sich sicher, dass sie die Frau schon einmal gesehen hatte.

Als sie wieder draußen an der frischen Luft war, wusste sie

es plötzlich: Frankfurt. Ihr erstes Interview. Damals hatte die Frau lockige rote Haare gehabt, ein Zigeunerkleid getragen und ihre Antworten gesungen. Es war Cora, die Sprecherin von WOODSTOCK, die Frau, die vor wenigen Tagen in Prag von einer Straßengang überfallen worden war.

Kapitel 41

London

Vincent O'Shaugnessys Büro im vierten Stock des Verwaltungsgebäudes von *E-TV* füllte sich erstaunlich schnell mit Unterlagen. Vor fünf Wochen, als er es frisch bezogen hatte, war es bis auf die Einrichtung vollkommen leer gewesen. Jetzt stapelte sich in den Schränken und auf dem Schreibtisch das Papier – Controlling-Auswertungen, Kopien aus allen möglichen Akten, Informationen zu Geldflüssen und vieles mehr. Das meiste davon hatte O'Shaugnessy auch in Form von Dateien bekommen, aber wenn man einen komplizierten Sachverhalt durchleuchten wollte, ging nichts über Papier. Das konnte man nach Belieben sortieren, mit Post-its versehen oder mit Textmarker bearbeiten.

Dennoch steckte O'Shaugnessy mit seinen Recherchen seit Tagen fest.

Seine heißeste Spur – Diego Camaro – interessierte Smith nicht. Und in welches Spiel George Sanders verwickelt war, konnte er im Moment noch nicht sagen. O'Shaugnessy hatte Sanders Büro verwanzt und ließ ihn heimlich beschatten. Er wusste, dass Sanders vor ein paar Tagen Besuch von einem Mann gehabt hatte, der ihn in seinem Loft zusammengeschlagen, ihn auf einen Stuhl gefesselt und anschließend sogar auf seine Begleitung geschossen hatte. Aber da musste noch mehr sein. Gestern Nacht hatte Sanders Damenbesuch gehabt, bei dem es zum Streit gekommen war. Den Grund dafür kannte O'Shaugnessy nicht, aber er nahm sich vor, Sanders Wohnung und auch sein privates Telefon bei nächster Gelegenheit anzuzapfen. Er hätte auch zu gerne gewusst, was Emilia Emmerson mitten in der Nacht bei George Sanders zu suchen gehabt hatte.

Sein Handy klingelte. Am Apparat war Arvin Pendrake, der Detektiv, den O'Shaugnessy mit der Beschattung von Beauford Everett Smith beauftragt hatte.

»Hat eine Weile gedauert«, sagte Pendrake. »Aber ich hab doch noch was über Smith herausbekommen.«

»Schießen Sie los.«

»Er war im Vatikan. Dort hat er sich über mehrere Tage hinweg mehrmals mit einem gewissen Kardinal Giudemio getroffen. Giudemio ist Vorsitzender der sogenannten Glaubenskongregation. Das ist …«

»Ich weiß, was das ist«, sagte O'Shaugnessy. »Der Nachfolger der Inquisition. Was hat Smith mit diesem Kardinal besprochen?«

»Das Gespräch fand natürlich hinter verschlossenen Türen statt. Aber mein Informant hat mir erzählt, dass Smith nicht zum ersten Mal im Vatikan war. Er scheint dort regelmäßig ein und aus zu gehen.«

»Ihr Informant ist ziemlich gut unterrichtet.«

»Und das hat seinen Preis«, sagte Pendrake. »Die Kosten dafür muss ich Ihnen leider in Rechnung stellen.«

»Wie viel?«

»Fünfhundert Euro.«

O'Shaugnessy pfiff durch die Zähne. »Ich hoffe, Sie müssen nicht noch mehr Informanten bezahlen.«

»Keine Sorge.«

»Wissen Sie, ob Smith vom Vatikan aus weitergereist ist?«

»Nein. Aber ich kann versuchen, es herauszufinden.«

O'Shaugnessy überlegte. »Aber sehen Sie zu, dass Sie mein Geld nicht allzu großzügig unter Ihren Informanten verteilen.«

Dann fiel ihm plötzlich etwas ein. »Wissen Sie, wann Smith vor diesem Besuch zum letzten Mal im Vatikan war?«

»Augenblick.« O'Shaugnessy hörte, wie Pendrake in seinem Notizbuch blätterte. »Das war vor knapp sieben Wochen. Am 24. und 25. Mai.«

»Am 24. und 25. Mai«, wiederholte O'Shaugnessy gedankenversunken. Das waren nur vier Tage, bevor Smith zum ersten Mal mit ihm in Kontakt getreten war. Hatte er im Vatikan den Auftrag dazu erhalten? Von Kardinal Giudemio, dem Vorsitzenden einer Institution, die früher einmal Ketzerprozesse geführt und Hexen bei lebendigem Leib verbrannt hatte? Der Gedanke gefiel Vincent O'Shaugnessy nicht. Ganz und gar nicht.

Kapitel 42

Vor der westafrikanischen Küste

An Bord der *Persephone* verbrachte Diego gemeinsam mit Tamara Fendi und Khalid Aghani ganze Tage im Computerraum. Das über den kompletten Globus verstreute Recherche-Team war über die neue Ausrichtung ihrer Suche informiert worden und versorgte sie mit unzähligen Hinweisen zu Schlagwörtern wie *Wächter des ersten Tempels*, *Ketzergold*, *Ketzerschatz* und so weiter. Beinahe im Minutentakt gingen E-Mails mit neuen Informationen und weiterführenden Links ein.

Diego, Tamara und Aghani nahmen sich nur wenig Zeit zum Essen, sie tranken Unmengen Kaffee und schliefen kaum. Dennoch war eine konkrete Spur noch nicht in Sicht.

Am Abend des vierten Tages schlief Diego vor seinem Monitor ein. Als er eine Stunde später wieder aufwachte, waren Tamara und Khalid Aghani nicht mehr im Zimmer. Diego erfuhr vom Kapitän, dass sie sich in ihre Kajüten zurückgezogen hatten, um sich auszuschlafen.

Das sollte ich auch tun, dachte Diego.

Doch im Moment fühlte er sich wieder erstaunlich fit, sodass er beschloss, sich noch einen Kaffee zu holen und in den Computerraum zurückzugehen.

Es war schon weit nach Mitternacht, als er eine Liste bearbeitete, in der – wieder einmal – die unterschiedlichsten Möglichkeiten aufgezeigt wurden, welche Person sich hinter dem Namen Filippo verbarg, der im Brief von C.O. gleich zwei Mal erwähnt wurde. Diego überflog die Liste, ohne darin eine erkennbare Logik zu entdecken. Sie war weder alphabetisch noch nach einem anderen ihm ersichtlichen Kriterium sortiert, was ärgerlich war, weil es das Auffinden von Informationen unnötig erschwerte.

Noch während er überlegte, unter welcher Dateirubrik er die Liste abspeichern solle, stach ihm der Name Giordano Bruno ins Auge:

Giordano Bruno - geboren 1548 bei Neapel als Filippo Bruno; italienischer Universalgelehrter und Philosoph; gehörte mehreren geistlichen Orden an, aus denen er jedoch immer wieder ausgeschlossen wurde; Bruno wurde mehrmals der Ketzerei beschuldigt, vor allem, weil er die Dreifaltigkeit Gottes nicht anerkannte; er floh daraufhin durch halb Europa, erst 1591 kehrte er nach Italien zurück; 1592 Verhaftung durch die Inquisition; 1600 Verurteilung und Tod auf dem Scheiterhaufen in Rom.

Es war nur eine vage Vermutung, die Diego aufmerken ließ. Bruno war der Ketzerei für schuldig befunden worden und auf dem Scheiterhaufen gestorben. Genau wie Rodrigo Calvéz hundert Jahre vorher – der Tempelwächter, den Tamara Fendi ausgemacht hatte.

»... *Bruder Filippos grausames Schicksal zu teilen*«, murmelte Diego vor sich hin. Und noch eine Passage aus dem Brief von C.O. fiel ihm ein: »... *auf dass niemand, der der Wahrheit nicht zugetan, in den Besitz des Schatzes gelange, vor allem nicht die feurigen Krallen Roms.*« Auch wenn es wahrscheinlich Tausende anderer plausibler Erklärungen für die zitierten Textstellen gab, flüsterte Diegos innere Stimme, dass er sich auf dem richtigen Weg befand. Dieser Giordano Bruno war wichtig für die Suche.

Er las noch einmal die Stichworte auf der Namensliste. Wenn Bruno mehreren Orden angehört hatte, dann vielleicht auch den Wächtern des ersten Tempels? *Bruno wurde mehrmals der Ketzerei beschuldigt, vor allem weil er die Dreifaltigkeit*

Gottes nicht anerkannte. Irgendetwas daran kam Diego vertraut vor. Rodrigo Calvéz hatte geleugnet, dass Jesus Christus Gottes Sohn sei. Zielte die Ablehnung der Dreifaltigkeit Gottes nicht in dieselbe Richtung?

Je mehr Diego darüber nachdachte, desto klarer sah er die Parallelen. Dennoch wollte er nichts überstürzen, sondern seine Theorie mit Fakten unterlegen, bevor er sie den anderen präsentierte.

In der Kombüse versorgte er sich noch einmal mit frischem Kaffee, außerdem knurrte plötzlich sein Magen, und er aß die Reste eines Auberginenauflaufs, den der Schiffskoch im Kühlschrank kaltgestellt hatte.

Frisch gestärkt kehrte er in den Computerraum zurück, wo er das Recherche-Team per E-Mail beauftragte, gezielt nach Informationen zu Giordano Bruno zu suchen. Es dauerte nicht lange, bis die ersten Meldungen eingingen.

Im Lauf der nächsten Stunden studierte Diego alles, was er über Giordano Bruno zu lesen bekam, und allmählich ergab sich für ihn ein konkretes Bild: Bereits als Jugendlicher trat Filippo Bruno in Neapel in den Dominikanerorden ein, wo er den Namen Giordano annahm. Erstmals auffällig wurde er, als er 1567 alle Heiligenbilder und ein Bild der Jungfrau Maria in seiner Zelle von der Wand nahm. Vom Abt nach dem Grund befragt, antwortete er, er wolle nur noch das Kreuz ehren. Der Zwischenfall erregte die Gemüter der strengen Ordensbrüder, blieb aber zunächst folgenlos. Erst im Jahr 1576 kam es erneut zu einem Eklat, als Bruno offen seine Zweifel an der Dreifaltigkeit Gottes äußerte. Daraufhin beschuldigte man ihn der Ketzerei, woraufhin er aus Neapel fliehen musste. Wenig später wurde er aus dem Dominikanerorden ausgeschlossen.

Es folgten Jahre rastloser Wanderschaft, die ihn unter anderem nach Rom, Genf, Toulouse, Paris, Oxford und London führte. Immer wieder gelang es ihm, angesehene und wohlhabende Gönner zu finden, die ihn nicht nur finanziell unterstützten, sondern die es ihm sogar ermöglichten, an verschiedenen Universitäten zu lehren. Gleichzeitig überwarf er sich aber häufig mit anderen Gelehrten und mit Mitgliedern der höheren Gesellschaft, sodass er sich immer wieder genötigt sah, seine Wanderschaft fortzusetzen. Große Kritik brachte ihm sein Angriff auf Nikolaus Kopernikus ein. Bruno teilte zwar dessen Auffassung vom heliozentrischen Weltbild, glaubte aber im Gegensatz zu dem großen Astronomen, dass die Fixsterne nicht fest am Himmel stehen, sondern sich in Bahnen bewegen. Außerdem nahm Bruno an, dass es in unserem Planetensystem auch jenseits des Saturns Planeten gebe. Damals waren Uranus und Neptun noch unbekannt.

Nach seinem Aufenthalt in England reiste er unter anderem nach Marburg, Wittenberg und Frankfurt. Hier verfasste er einige seiner wichtigsten Werke, unter anderem eine Abhandlung mit dem Titel *Vom Universum, dem All und den Welten*, dazu mehrere Schriften über die Ewigkeit und über die Magie. Wenig später kehrte er nach Italien zurück, wo er auf einen Lehrstuhl an der Universität von Padua hoffte. Nachdem dieser jedoch an Galilei vergeben wurde, folgte Bruno einer Einladung des Adligen Giovanni Mocenigo nach Venedig, wo es aber zu Streitigkeiten kam. Giordano Bruno wurde von Mocenigo denunziert und am 22. Mai 1592 von der Inquisition verhaftet. 1593 brachte man ihn nach Rom, wo er mehrere Jahre lang in der Engelsburg gefangen war. Während der unzähligen Befragungen durch den Leiter des Inquisitionsverfahrens, Kardinal Robert Bellarmin, versuchte Bruno, seine ketzerischen Äußerungen als rein philosophische Ansichten darzustellen, losgelöst vom kirchlichen Glauben. Doch es gelang Bruno nicht, die Inquisition zu überzeugen. Kardinal Bellarmin verlangte von ihm, seine Irrtümer einzugestehen und sie öffentlich zu widerrufen.

Giordano Bruno lehnte ab. Am 8. Februar 1600 sprach ihn das Heilige Officium in allen Anklagepunkten schuldig und überantwortete ihn der weltlichen Gerichtsbarkeit. Nach beinahe achtjähriger Kerkerhaft wurde er am 17. Februar 1600 auf dem Campo de' Fiori auf dem Scheiterhaufen verbrannt. Angeblich hatte man ihm vorher die Zunge festgebunden, damit er nicht zu den auf dem Richtplatz versammelten Menschen sprechen konnte.

Seine Schriften, in denen er die Unendlichkeit des Universums proklamierte und die Theorie aufstellte, dass es überall im Universum Welten mit intelligentem Leben gebe, weil alles andere eines allmächtigen Gottes unwürdig sei, wurden auf den Index der verbotenen Bücher gesetzt, wo sie bis zu dessen Abschaffung im zwanzigsten Jahrhundert blieben.

Diego las und las. Viele der eingehenden E-Mails ähnelten sich, offenbar, weil die Internetquellen sich auf dieselben Urtexte bezogen. Aber je tiefgründiger das Recherche-Team forschte, desto mehr neue Details förderte es auch zutage.

Nur von einem Schatz war nirgendwo die Rede.

Enttäuscht ließ Diego sich in seinen Stuhl zurücksinken. Hatte er etwas übersehen? Einen Hinweis, der einen Bezug zwischen Giordano Bruno und dem gesuchten Schatz herstellte? Ausgeschlossen. Wenn in den Texten irgendein Anhaltspunkt dafür aufgetaucht wäre, hätte er ihn erkannt, da war er sich sicher.

Er gähnte und streckte sich, wollte seine Recherche aber trotz zunehmender Müdigkeit nicht unterbrechen. Entschlossen öffnete er das nächste Dokument. Es handelte sich um eine Liste von Personen, denen Giordano Bruno im Laufe seines ruhelosen Lebens begegnet war. Die Liste umfasste fünfzig Seiten.

Neben Eltern und Verwandten waren Dominikanermönche aus seiner Zeit im Kloster von Neapel aufgeführt, außerdem so bekannte Namen wie Heinrich III. von Frankreich oder Kaiser Rudolf II.

Diego las weiter: Giovanni Mocenigo – ein Bewunderer Brunos, der ihn später jedoch denunzierte. John Florio – ein Freund in London. Matthias Aquarius – Weggefährte und Wissenschaftler. Clementus Oliveira – Dominikanermönch, teilweise Wegbegleiter. Sir Philipp Sidney – Intellektueller und Mäzen. Robert Bellarmin – Leiter des Inquisitionsverfahrens …

Irgendetwas an diesen Zeilen ließ Diego aufmerken. Er las sie noch einmal und noch einmal, und dann wusste er plötzlich, welcher Name seine Aufmerksamkeit erregt hatte.

Clementus Oliveira – Dominikanermönch, teilweise Wegbegleiter.

Konnte es sein, dass dieser Clementus Oliveira der Verfasser des Schatzbriefs aus der Premierensendung von *Goldfieber* war?

Clementus Oliveira.

C.O.

Kapitel 43

London

Georges Damenbesuch ging Emilia nicht mehr aus dem Kopf. Was hatte die Teamsprecherin von WOODSTOCK von George gewollt? Weshalb hatten sie sich gestritten? War sie womöglich seine neue Geliebte? Diese Fragen beschäftigten Emilia, während ihre Augen auf George gerichtet waren, der am Kopfende des Konferenztisches saß und die morgendliche Redaktionssitzung leitete. Außer ihm und Emilia waren die drei Regisseure von *Goldfieber* anwesend, außerdem zwei Dutzend Reporter und Kameraleute. Wie üblich wurden Terminverschiebungen, Sendepläne und tagesaktuelle Neuigkeiten besprochen. BELARUS stecke nach dem Fund in Marokko weiterhin in einer Sackgasse, berichtete George, und in Prag habe die Polizei zwei Männer festgenommen, die verdächtig scien, an dem Überfall auf Cora Hallgraf beteiligt gewesen zu sein. »Das Problem ist nur, dass die Frau wie vom Erdboden verschluckt ist«, sagte George. »Die Prager Polizei braucht sie für eine Gegenüberstellung, aber niemand weiß, wo sie sich zurzeit aufhält. Ihrem Team hat sie nur gesagt, dass sie eine Auszeit braucht. Der Überfall und der Tod dieses Passanten scheinen ihr sehr zugesetzt zu haben.«

Die Redaktionssitzung endete um kurz nach neun Uhr, und die Teilnehmer verließen den Raum. Nur Emilia blieb zurück.

»Vielleicht kann ich dir und der Prager Polizei helfen«, sagte sie ohne Umschweife. »Ich glaube nämlich, dass Cora Hallgraf sich zurzeit in einem Wellnesshotel in Österreich aufhält.«

Anstatt verwirrt oder verlegen zu reagieren, applaudierte George. »Wie hast du es herausgefunden?«

Emilia zog seinen Wohnungsschlüssel aus der Hosentasche und legte ihn auf den Konferenztisch. »Den wollte ich dir gestern Abend zurückgeben. Dabei habe ich euren kleinen Streit mitbekommen. Und ich habe Cora Hallgraf gesehen, als sie deine Wohnung verließ.«

»Du hast mich gestern Nacht besuchen wollen, um mir meinen Schlüssel zurückzugeben?«

»Eigentlich dachte ich, es geht dir nicht gut, weil du in letzter Zeit so angespannt bist, und ich wollte dir ein offenes Ohr anbieten, falls du jemanden zum Reden brauchst. Ich dachte, vielleicht ist dir der *Goldfieber*-Stress über den Kopf gewachsen, oder vielleicht hast du gesundheitliche Probleme. Da wusste ich ja noch nicht, dass dein Stress mit der Leiterin des WOODSTOCK-Teams zu tun hat.«

Georges Mund verzog sich zu einem breiten Lächeln. »Du wolltest mir also gar nicht den Schlüssel zurückgeben. Das war nur ein Vorwand«, sagte er. »Du hast noch Gefühle für mich.«

»Wie eine Mutter für ihren missratenen Sohn«, entgegnete Emilia gereizt, weil sie den Eindruck hatte, er mache sich über sie lustig. »Wie würde es dir gefallen, wenn ich mal ein Wörtchen mit Wincott rede, um ihm zu sagen, dass in seiner Sendung etwas gewaltig schiefläuft?« Petzen war eigentlich nicht ihre Art, aber sie hatte das Bedürfnis, George wachzurütteln.

Doch der blieb gelassen. »Glaubst du im Ernst, Wincott weiß nicht, was mit WOODSTOCK los ist? Er ist über alles bestens informiert. Im Grunde war es sogar seine Idee.«

»Was für eine Idee? George, ich will wissen, was hier gespielt wird. Ich habe den Eindruck, dass nicht nur ich an der Nase herumgeführt werde, sondern die halbe Welt. Und du weißt, wie ich reagiere, wenn ich überzeugt bin, dass jemand etwas vor mir verheimlichen will. Ich bohre so lange, bis ich es herausgefunden habe – und es kann sein, dass ich dabei eine Menge Staub aufwirble.«

George dachte nach. »Ich erzähle es dir«, sagte er ernst. »Aber nicht hier. Hast du schon gefrühstückt?«

»Nein. Aber ich habe nicht viel Zeit. In drei Stunden geht mein Flieger nach Frankreich.«

Das *Green House* war ein hübsch eingerichtetes Bistro, mehrere Blocks von den *E-TV*-Studios entfernt. Bei Rührei, Würstchen und Marmeladenbrötchen weihte George Emilia unter dem Siegel der Verschwiegenheit in die tiefsten Geheimnisse von *Goldfieber* ein.

»Was ich dir jetzt sage, wissen bei *E-TV* nur eine Handvoll Leute«, begann er. »Dabei soll es auch bleiben. Ich will nicht, dass du mit irgendjemandem darüber sprichst.«

Emilia nickte.

»Versprich mir auch, dass du es gegenüber Wincott und den Regisseuren nie erwähnst«, drängte George. »Im Grunde dürfte ich dir nämlich nichts davon erzählen. Ich müsste dich zu Wincott schicken, damit er entscheidet, was du wissen darfst. Aber ich würde nicht ausschließen, dass er dich rausschmeißt, wenn du ihm zu neugierig bist.«

»Ich bin seine beste Reporterin.«

»Er muss den Kreis der Eingeweihten so klein wie möglich halten. Jeder Mitwisser stellt eine latente Gefahr dar. Denn was wir in den letzten zwei Wochen getan haben, ist nicht ganz … astrein.«

»Was soll das heißen?«

»Zuerst musst du schwören, dass du dein Wissen für dich behalten wirst.«

»Gib mir eine Bibel, und ich lege meine Hand drauf.«

George entspannte sich ein wenig und nahm einen Bissen von seinem Rührei. »Der Überfall auf Cora Hallgraf in Prag war ein Fake«, sagte er schließlich. Er sprach so leise, dass Emilia ihn kaum verstehen konnte.

»Ein Fake?«, wiederholte sie sicherheitshalber.

George nickte. »Die Premierensendung hat eine Traumquote erzielt«, sagte er. »Auch in den Tagen danach lief es ausgezeichnet. Aber nach drei Wochen gingen die Quoten ein bisschen zurück. Das hatten wir erwartet: Die Zuschauer bleiben nicht so lange am Ball, wenn sich kaum etwas tut. Und dass der Schatz nicht gleich auf Anhieb gefunden wird, davon war auszugehen.« Er nahm noch einen Bissen und trank einen Schluck Kaffee. »Wir hatten also von vornherein mit sinkenden Quoten gerechnet und uns schon vor der Premierensendung überlegt, wie wir gegensteuern könnten. Wincott, die drei Regisseure und ich haben eine Art Notfallplan entwickelt, eine Liste mit Maßnahmen, die bei Bedarf durchgeführt werden können, um die Leute wieder vor den Bildschirm zu locken.«

»Und eine dieser Maßnahmen war ein fingierter Überfall?«

»Schlechte Nachrichten sind gute Nachrichten. Du weißt, wie das Spiel läuft. Cora Hallgraf wurde von uns bestochen, damit sie mitspielt, genauso wie die Mitglieder der vermeintlichen Straßenbande, die sie überfallen haben. Alles hätte wunderbar funktioniert, wenn nicht dieser Passant eingeschritten und bei dem Handgemenge vom Bus überfahren worden wäre. Das macht die Sache kompliziert. Aus einem harmlosen Fake ist plötzlich bitterer Ernst geworden. Die beiden vermeintlichen Straßenräuber mussten Tschechien verlassen. Ich habe sie auf die Malediven geschickt, bis ein bisschen Gras über die Sache gewachsen ist.« Er fuhr sich mit einer Hand nachdenklich übers Kinn. »Glücklicherweise waren die Personenbeschreibungen miserabel. Ich glaube nicht, dass sie etwas zu befürchten haben. Aber Cora Hallgraf macht Schwierigkeiten. Sie will plötzlich dreimal so viel Geld wie ausgemacht. Deshalb war sie gestern Nacht bei mir.«

»Sie erpresst euch?«

»Sie droht damit, alles auffliegen zu lassen, wenn wir nicht zahlen.«

»Werdet ihr es tun?«

»Natürlich nicht. Wenn sie nicht einlenkt, werden wir sie umbringen lassen.«

Emilia stockte der Atem. »Ihr wollt …?«

»Das war ein *Witz*, Baby!« George schüttelte belustigt den Kopf. »Meine Güte, du solltest dein Gesicht sehen!«

Emilia wusste nicht, ob sie erleichtert oder wütend sein sollte. George war wirklich ein Kind! »Wenn ihr nicht bezahlen wollt, wie könnt ihr dann sicher sein, dass sie mit ihrem Wissen nicht an die Öffentlichkeit geht?«

»Wir haben Cora Hallgraf ganz gezielt ausgesucht«, sagte George. »In ihrer Vergangenheit gibt es ein paar dunkle Flecken, und sie will ganz sicher nicht, dass die halbe Welt davon erfährt. Ich bin ziemlich sicher, dass sie dichthalten wird. Und wenn nicht, würde uns das auch nicht viel ausmachen. Wir können alles so aussehen lassen, als wäre der Überfall ihre eigene Idee gewesen, um sich wichtig zu machen. Kein Mensch würde ihr glauben.«

Emilia stocherte lustlos in ihrem Rührei herum. Georges Geständnis hatte ihr den Appetit verdorben. »Gibt es außer dieser Entführungsgeschichte noch mehr Fakes bei *Goldfieber?*«

George zögerte. »Der Fund in Marokko ist auch fingiert«, gab er schließlich zu.

»Das Katakombengrab?«

George nickte. »Das Grab selbst ist echt. Nur das Bild an der Wand – Petrus mit den Symbolen auf der Brust – und der

Sinnspruch darunter – *Suche im Licht, und du wirst finden* –, das stammt von uns.«

Emilia fühlte sich auf einmal unendlich leer. Wozu waren sie und Chris von Accra nach Marokko geflogen? Wozu hatten sie sich durch den engen Tunnel gezwängt? Sie erinnerte sich noch genau an das elektrisierende Kribbeln im Magen, als sie das Petrusbild entdeckt hatte. Alles nur Schwindel.

»Wurde BELARUS auch von euch bestochen?«, fragte sie.

»Nein. Nur der Experte, der das Bild untersucht und für echt befunden hat. BELARUS selbst glaubt immer noch, dass der Fund echt ist.«

Die armen Teufel! »Und dieser Experte hält dicht?«

»Auch dafür haben wir natürlich gesorgt.«

Emilia nippte an ihrem Wasser. »Noch etwas, das ich wissen sollte?«.

George schüttelte den Kopf.

Emilia starrte auf ihren Teller, während sie versuchte, Georges Beichte zu verarbeiten. »Das heißt, dass ausgerechnet die beiden Meldungen, die uns in den letzten Wochen die hohen Quoten gebracht haben, reine Fiktion sind«, stellte sie fest. »Diese Fakes liefen in über siebzig Ländern. Das ist der größte Betrug in der Geschichte des Fernsehens.«

»Man kann uns nichts nachweisen.«

»Was nichts an der Tatsache ändert.«

George warf ihr einen eindringlichen Blick zu. »Denk an dein Versprechen. Kein Wort, zu niemandem.«

Emilia nickte kraftlos. Sie war maßlos enttäuscht. Fernsehberichterstattung war oft manipulativ. Das störte sie nicht. Sie selbst stellte Fakten in ihren Reportagen oft genug so dar, dass sie beim Zuschauer die größtmögliche Wirkung hinterließen. Sie hatte auch schon Fakten bewusst weggelassen, um Meinungen in eine bestimmte Richtung zu lenken und Stimmungen zu schüren. Aber noch nie hatte sie Tatsachen *vorgetäuscht*. Das stellte alles infrage, wofür sie in ihrer Laufbahn als Reporterin gearbeitet hatte.

Sie fühlte sich, als hätte man ihr den Boden unter den Füßen weggezogen.

Kapitel 44

Vor der westafrikanischen Küste

Diego schreckte aus dem Schlaf hoch, als er eine Berührung an der Schulter spürte.

»Guten Morgen!« Es war Tamara Fendi. »Tut mir leid, ich wollte Sie nicht erschrecken.«

Diego rieb sich die Augen. Er war immer noch im Computerraum der *Persephone*. »Schon in Ordnung«, sagte er. »Ich muss eingenickt sein. Wie spät ist es?«

»Schon fast zehn.«

Er gab einen unwilligen Laut von sich. Zehn Uhr? Dann war *eingenickt* wohl die falsche Bezeichnung. Er hatte tief und fest geschlafen.

Sein Blick fiel auf den Computermonitor. Beim Aufwachen musste er an die Maus gestoßen sein, denn der Bildschirmschoner hatte dem E-Mail-Programm Platz gemacht. Die letzte Mail im Posteingang stammte von Noah McCoyle. Rasch überflog Diego den Inhalt.

»McCoyle ist auf dem Weg der Besserung«, sagte er. »Er hofft, dass er in den nächsten Tagen aus dem Krankenhaus entlassen wird.« Außerdem schrieb McCoyle noch etwas, das Diego vorerst lieber für sich behielt – interessante Neuigkeiten, die man jedoch nur verstehen konnte, wenn man die Vorgeschichte kannte. Aber er war noch zu müde für lange Erklärungen. Er gähnte und streckte sich.

»Sie hätten sich eine Pause gönnen sollen«, sagte Tamara.

»Sind Sie etwa besorgt um mich, Frau Doktor?«

Tamara schmunzelte. »Besorgt nicht«, sagte sie. »Aber manche Männer kennen einfach ihre Grenzen nicht.«

»Sind Grenzen nicht dazu da, um überschritten zu werden?«

»Sprechen wir noch von Ihrem Schlafmangel oder von etwas anderem?«

Diego grinste. Tamaras Art gefiel ihm, und er hätte gerne noch etwas weitergeflirtet, aber in diesem Moment kam Khalid Aghani in seinem schneeweißen Kaftan herein. Auf dem Kopf trug er wie üblich eine Kafiya, seinen Spitzbart hatte er perfekt in Form gebracht. »Und? Hast du über Nacht irgendwelche Geistesblitze gehabt?«, wollte er wissen.

Diego rieb sich die Müdigkeit aus dem Gesicht und nickte. »Ich glaube, ich bin da auf eine heiße Spur gestoßen«, sagte er geheimnisvoll. »Aber zuerst muss ich frühstücken. Ich sterbe vor Hunger.«

Zwanzig Minuten später saßen sie wieder im Computerraum.

»Vielleicht wärst du jetzt so freundlich, uns an deinem Wissen teilhaben zu lassen«, knurrte Aghani.

»Geduld ist die Mutter der Erkenntnis«, entgegnete Diego fröhlich.

»Spar dir deine Bauernweisheiten und komm zur Sache! Ich muss in einer Stunde nach Dubai fliegen. Geduld ist ein Luxus, den ich mir nicht leisten kann.«

Der ruppige Ton konnte Diego nicht die Laune verderben. Im Gegenteil – aus irgendeinem Grund bereitete es ihm jedes Mal diebisches Vergnügen, wenn Khalid Aghani sich über ihn ärgerte.

»Am besten, ihr setzt euch zu mir«, sagte er. »Dann kann ich euch besser erklären, was ich heute Nacht herausgefunden habe.«

Eine halbe Stunde lang ging Diego mit Tamara und Khalid

alle wichtigen Dokumente durch, während er ihnen erklärte, warum er in Giordano Bruno eine Schlüsselfigur sah: weil er eigentlich Filippo hieß und genau zu der Zeit gelebt hatte, in der der Schatzbrief geschrieben worden war. Weil er als Ketzer den *feurigen Krallen Roms* zum Opfer gefallen war. Weil er Jesus Christus als Sohn Gottes leugnete, genauso wie Rodrigo Calvéz, ein Mitglied der Wächter des ersten Tempels, in seinem eigenen Inquisitionsverfahren knapp hundert Jahre vorher. Und nicht zuletzt, weil die Initialen C.O. zu Clementus Oliveira passten, einem Weggefährten von Giordano Bruno.

Während Tamara Fendi sich mit Diegos Theorie anzufreunden schien, löste sie bei Khalid Aghani Ernüchterung aus. »Wenn ich dich richtig verstehe, gibt es zwar eine Fülle von Auffälligkeiten, aber keinen einzigen Hinweis auf einen Schatz. Korrekt?«

»Ich hätte es nicht schöner formulieren können.«

»Das heißt, selbst wenn deine Theorie stimmt, bringt sie uns nicht weiter. Auch korrekt?«

Diego wiegte den Kopf hin und her. »Wenn meine Theorie stimmt, kennen wir den Namen des Briefschreibers. Clementus Oliveira. Und wir wissen, dass er Bartolomeu, dem er den Brief geschrieben hat, von Kindesbeinen an kannte, denn es heißt: *Beginne die Suche vor* unsrer Kindertage *hohem Felsen Eiland.* Wir wissen auch, dass Clementus Oliveira ein Dominikanermönch war, dem Namen nach aus Spanien oder Portugal, den es nach Italien verschlug, wo er zum ersten Mal Giordano Bruno begegnete. Aus einem Grund, den wir nicht kennen, begleitete Oliveira Bruno, selbst als dieser aus dem Dominikanerorden ausgeschlossen wurde. Warum tat er das? Aus reiner Freundschaft? Oder steckte mehr dahinter?«

»Komm endlich auf den Punkt!«, zischte Aghani ungehalten. »Ich will in ein paar Minuten losfliegen.«

Diego seufzte. »Also schön. Die Kurzfassung: Als Giordano Bruno ins Kloster San Domenico in Neapel kam, lebte dort der etwa zehn Jahre ältere Clementus Oliveira. Wie Bruno nahm er beim Eintritt in den Orden einen anderen Namen an. Eigentlich hieß er Joaquin Oliveira und stammte aus einem kleinen Dorf in der portugiesischen Provinz Ribatejo, aus dem heutigen Vila Nova da Barquinha. Das behauptet zumindest McCoyle.«

»Du hast mit Monsieur McCoyle gesprochen?«, fragte Aghani.

»Er hat gemailt.«

»Das habe ich gar nicht gesehen. Wie geht es ihm?«

»Ganz gut«, sagte Diego. »Er scheint inzwischen aus der Dekompressionskammer entlassen worden zu sein, denn er hat offenbar unseren Mailverkehr mitverfolgt und im Krankenhaus selbst ein bisschen recherchiert.«

Khalid Aghani rieb sich gedankenverloren über den Spitzbart. »Wir wissen also, wo dieser Mönch aufgewachsen ist«, sagte er. McCoyles Gesundheitszustand schien ihn im Moment nicht weiter zu interessieren.

Diego nickte. *»Beginne die Suche vor unsrer Kindertage hohem Felsen Eiland, dessen Tempelmauern das Blut des Emirs und seiner Tochter tränkten«*, zitierte er. »Irgendwo in der Nähe von Vila Nova da Barquinha sollten wir eine Stelle finden, auf die diese Beschreibung zutrifft.«

Etwas in Aghanis Augen begann zu leuchten – vielleicht Abenteuerfieber, vielleicht auch nur die blanke Gier. Plötzlich schien er davon überzeugt zu sein, dass Diego und McCoyle den richtigen Riecher hatten. »Eine Karte!«, rief er aufgeregt. »Wir brauchen eine Karte!« Der Hubschrauber, der ihn zum Flughafen bringen sollte, war plötzlich unwichtig geworden.

Diego loggte sich ins Internet ein und startete Google Earth. Tamara und Khalid sahen ihm über die Schulter. Gemeinsam studierten sie die Gegend um Vila Nova da Barquinha. Sie sahen sich Fotos an, lasen die Namen von Flüssen, Bergen und Städten, änderten den Kartenmaßstab und begannen wieder von vorne.

Eine halbe Stunde verging. Dann klickte Diego zufällig das Foto einer Wasserburg im Flussbett des Tejo an, und während sein Blick stromaufwärts wanderte, wusste er auf einmal, dass er dieses Mal einen Volltreffer gelandet hatte.

»Almourol«, flüsterte er beinahe ehrfürchtig. »Wir müssen schleunigst nach Portugal.«

Kapitel 45

Languedoc

»Das ist nicht dein Ernst!« Emilia Emmerson stöhnte auf und verdrehte die Augen. Am liebsten hätte sie ihr Handy in den Fluss geschleudert. »Ich bin seit vierundzwanzig Stunden auf den Beinen. Ich bin todmüde. Und ich habe meiner Mutter versprochen, dass ich morgen bei ihr bin, wenn sie Geburtstag feiert. Kann das nicht ein anderer übernehmen?«

»Die Sache ist zu wichtig«, sagte George. Der Empfang war nicht besonders gut. Seine Stimme klang verzerrt und hallte. »Falls da irgendwas dran ist, will ich, dass du dabei bist.«

»So wie bei dem angeblichen Fund in Marokko?«, giftete Emilia. Dass George sie dorthingeschickt hatte, obwohl die ganze Sache manipuliert gewesen war, nahm sie ihm immer noch übel.

»Diesmal ist es kein Fake, versprochen«, sagte George. »Was Camaro in seiner E-Mail schreibt, klingt so abgefahren, dass es schon wieder wahr sein könnte. Nicht dass ich aus den paar Zeilen wirklich schlau geworden wäre. Aber es liest sich, als wüsste er, wovon er spricht. Auf jeden Fall will ich die Sache groß aufziehen. Und es gibt niemanden, der das besser drauf hat als du, Baby!«

»Nenn mich nicht *Baby!* Du weißt, dass ich das hasse!«

»Also gut, *Schätzchen*.«

»Idiot!« Sie wusste, dass George sie nur ärgern wollte, und sie ärgerte sich darüber, dass sie sich ärgerte. Aber sie wollte ihm nicht den Gefallen tun, weiter darauf einzugehen. »Also schön, ich mach's«, sagte sie. »Almourol. Wo liegt das überhaupt?«

»Ich schicke dir alles Nötige per Mail. Außerdem habe ich schon einen Flug gebucht.«

»Einfach so, obwohl ich morgen eigentlich meinen freien Tag habe?«

»Ich wusste, dass du ein Profi bist.«

Emilia beendete das Gespräch. Noch mehr als dieses ewige »Baby« und »Schätzchen« hasste sie Georges plumpe Komplimente.

Sie ließ den Blick über den Fluss wandern, dann weiter über die Wiesen und die sanften Hügel am Horizont, wo die Morgensonne in blassem Gelb am Himmel stand. Noch gestern war sie in der Bretagne gewesen, wo das mazedonische Team ITHAKA eine Felsenhöhle an der Küste unter die Lupe genommen hatte. Am Abend war sie dann hierhergekommen, um die LUCKY KNIGHTS bei ihren Ausgrabungen in Südfrankreich zu begleiten. Die Stunden im Flugzeug hatte sie wieder genutzt, um mit ihrem Kameramann Chris den Rohschnitt für ITHAKA anzufertigen. Sie fühlte sich ausgelaugt und geschafft.

Mit müden Schritten ging sie ins Lager zurück, das aus mehreren Zelten bestand, die im Schatten einer ausladenden Buche aufgestellt waren. Über einer Feuerstelle köchelte in einem Topf Kaffeewasser. An einer zwischen zwei Zelten gespannten Leine hing Wäsche zum Trocknen. Unweit der Buche, am Rand eines Weizenfelds, waren die Autos geparkt.

Emilia fand Chris bei der Ausgrabungsstätte, nur wenige Meter vom Lager entfernt. Bislang handelte es sich dabei um ein etwa drei auf drei Meter großes und genauso tiefes Loch. Die LUCKY KNIGHTS hatten herausgefunden, dass diese Wiese bei den Dorfbewohnern im Umkreis *Blutacker* genannt wurde, weil hier im Mittelalter einige Katharer umgebracht worden waren. Sie hatten zuerst ihr eigenes Grab schaufeln müssen, dann hatte der Mob sie mit schweren Steinen aus dem Flussbett erschlagen. Die LUCKY KNIGHTS waren davon überzeugt, dass die Briefzeile *Wo Felsen sich zu Gräbern türmen* auf diese schauerliche Episode anspielte.

Noch war es dem Team allerdings nicht gelungen, den Beweis dafür zu erbringen. Trotz moderner Schatzsucherausrüstung hatten die LUCKY KNIGHTS bisher erst ein paar Knochen, einige Speerspitzen und einfache Schmuckstücke gefunden. Vom Templergold fehlte jede Spur.

Chris beriet sich gerade mit Jasper Morley, dem Teamsprecher, über die nächsten Kameraeinstellungen, als Emilia zu ihnen stieß. »Wir müssen die nächsten Aufnahmen leider verschieben«, sagte sie zu Morley. »Befehl von oben. Chris und ich müssen abreisen. Noch heute Vormittag.«

Wenige Stunden später landete ihre Maschine – eine gecharterte Cessna 182 – auf dem Aeródromo de Santarém. Von dort aus ging es mit einem Mietwagen weiter zu dem kleinen Ort Almourol.

Sie stellten das Auto auf dem Parkplatz am Ufer des Tejo ab. Außer zwei Motorradfahrern, die eine Straßenkarte studierten, war niemand hier.

»Steigen wir aus und schauen die Burg an«, sagte Emilia zu Chris. »Aber lass die Kamera erst mal hier. Ich will kein Aufsehen erregen. Wenn wir heute tatsächlich den Schatz finden, kann ich keine gaffende Zuschauermenge brauchen.«

Emilia und Chris schlenderten zum besten Aussichtspunkt auf dem Parkplatz und blickten auf den Tejo. Um diese Jahreszeit führte er nur wenig Wasser. Ruhig, beinahe träge, floss er um den mächtigen, von wildem Gestrüpp und gedrungenen

Bäumen bewachsenen Felssockel, auf dem die Burg Almourol thronte. Rein optisch machte die Festung wenig her: Ein einsamer Bergfried wurde von einer schmucklosen Mauer umgeben, in die immer wieder kleine runde Verteidigungstürme eingebaut worden waren. Emilia hatte schon unzählige Burgen gesehen, die größer und imposanter gewesen waren. Dennoch verströmte die trutzige Anlage den Atem alter Rittertage. Man brauchte nicht viel Fantasie, um sich das Klappern von Hufen und das Klirren von Schwertern, das Sirren von herabregnenden Pfeilen und das Kampfgeschrei bewaffneter Männer vorzustellen.

Das Rattern eines Hubschraubermotors riss Emilia aus ihren Gedanken. Von Osten her näherte sich ein bauchiger Helikopter, der einen sanften Bogen beschrieb, langsam tiefer sank und auf dem oberen Teil des Parkplatzes landete. Chris holte die Digitalkamera aus dem Wagen und begann zu filmen.

Der Bauch des Helikopters öffnete sich, und Emilia erkannte Diego Camaro, begleitet von einem etwa fünfzigjährigen Araber mit Spitzbart und einer schwarzhaarigen Frau in Jeans und schwarzem Top. Geduckt kamen die drei zu ihnen herüber.

Diego wartete, bis der Rotor zur Ruhe gekommen war, dann stellte er alle einander vor. »Entschuldigung, dass wir so spät dran sind«, sagte er schließlich. »Aber wir wussten nicht, dass die Burg dem portugiesischen Verteidigungsministerium gehört. Es hat eine Weile gedauert, bis wir endlich die Landegenehmigung hatten.«

Emilia nickte. »Wir sind selber erst gerade angekommen.«

»Danke übrigens, dass auf dem *Goldfieber*-News-Ticker keine Angaben zur heutigen Schatzsuche gemacht wurden«, sagte Diego.

»Keine Ursache. Wir haben das nicht nur auf Ihre Bitte hin getan, sondern weil der Sender es für zu gefährlich hielt. Wenn wir tatsächlich auf einen wertvollen Schatz stoßen, will ich nicht Hunderte von Neugierigen um mich herum haben. Wer weiß, ob da nicht der eine oder andere auf dumme Gedanken käme.« Sie sah über den Fluss zur Burg hinüber und dachte einen Moment nach. »Sie glauben also, dass das einer der Wegpunkte ist, die in dem Schatzbrief erwähnt werden?«

»Daran gibt es keinen Zweifel«, sagte Khalid Aghani im Brustton der Überzeugung. »In Almourol startet die Schnitzeljagd.«

»Was macht Sie so sicher?«

Aghani sah sie mit seinen durchdringenden dunklen Augen an und hob den Zeigefinger. »Erstens«, begann er. »Der Name der Burg. Almourol. Es gibt verschiedene Theorien darüber, was der Name bedeutet. Die gängigste ist, dass er von dem arabischen Wort *almoran* abstammt. Das heißt übersetzt: hoher Fels. Und in dem Schatzbrief steht wörtlich: *Beginne die Suche vor unsrer Kindertage hohem Felsen Eiland.* Almourol heißt also hoher Fels und ist eine Insel. Zweitens …« Er hob auch noch den Mittelfinger. »… Im Brief heißt es: *dessen Tempelmauern das Blut des Emirs und seiner Tochter tränken.* Almourol ist eine alte Templerburg. Der Begriff *Tempelmauern* passt also. Und was das Blut des Emirs und dessen Tochter betrifft, gibt es eine Legende, die besagt, dass ein arabischer Fürst, dem die Burg einst gehörte, eine Tochter hatte. Die Tochter verliebte sich gegen den Willen ihres Vaters in einen Ritter und verriet ihm einen geheimen unterirdischen Zugang zur Burg, damit er sie heimlich besuchen konnte. Nur leider hatte der Ritter seine Liebe nur vorgetäuscht und nutzte die Information, um die Burg einzunehmen. Der arabische Fürst und seine Tochter flohen in ihrer Verzweiflung auf einen der Türme und stürzten sich in den Tod, um der Gefangenschaft zu entgehen.«

»Außerdem«, ergänzte Diego, »stehen die Initialen C.O. für

Clementus Oliveira, einen Dominikanermönch, der aus dieser Gegend stammt. Er hat den Schatzbrief geschrieben. Es passt alles zusammen.«

Emilia nickte. »Hast du alles im Kasten?«, fragte sie Chris.

Der hob den Daumen.

Sie wandte sich wieder den anderen zu. »Almourol ist also der Ausgangspunkt der Wegbeschreibung aus dem Schatzbrief«, sagte sie. »Wissen Sie auch schon, wie es von hier aus weitergeht?«

»Allerdings«, sagte Diego mit breitem Grinsen. »Am besten, wir sehen es uns auf der Karte an.«

Auf der Motorhaube des Mietwagens breitete Diego eine Landkarte der Region aus. »Wir befinden uns hier«, begann er und zeigte auf die entsprechende Stelle. Alle beugten sich ein Stück nach vorne, um besser sehen zu können. Chris machte derweil Nahaufnahmen.

»Im Schatzbrief heißt es: *gegen die Strömung, vorbei am Kreuz des Heilands, zwei Tage lang*«, fuhr Diego fort. »Natürlich wissen wir nicht, ob diese zwei Tage sich auf einen Fußmarsch beziehen oder auf eine Fahrt mit einem Boot oder auf einen Pferderitt. Aber wir wissen, dass wir gegen die Strömung, also stromaufwärts, suchen müssen. Und tatsächlich kommen wir am Kreuz des Heilands vorbei.« Er fuhr mit dem Zeigefinger den Verlauf des Tejo nach, bis zu einem Dorf namens Crucifixo.

Emilia spürte, wie in ihrem Magen sich eine wohlige Wärme ausbreitete. Ihr Reporterinstinkt regte sich. Sie hatte sich nicht allzu viel von dieser Reise versprochen – die meisten Teams, die sie interviewte, waren davon überzeugt, auf dem richtigen Weg zu sein. Aber so klare Belege hatte noch keines vorweisen können, abgesehen von BELARUS, das jedoch einem Fake des Senders aufgesessen war. Aber diesmal – das spürte sie ganz deutlich – waren die Hinweise echt, und der Schatz war plötzlich zum Greifen nah.

»Weiter im Text«, sagte Diego. *»Bei der Blume nach Südosten liegt das Gold verborgen* und so weiter.« Sein Zeigefinger wanderte weiter stromaufwärts und deutete schließlich auf ein anderes Dorf. »Vila Flor«, sagte er. »Übersetzt *Blumenstädtchen*.«

»Und diese Bezeichnungen gab es schon um das Jahr 1600?«, fragte Emilia.

Jetzt meldete sich Tamara Fendi zu Wort. »Das wissen wir nicht genau«, gab sie zu. »Offiziell tauchen beide Ortsnamen – Crucifixo und Vila Flor – erst sehr viel später auf. Aber wir gehen davon aus, dass sie schon damals so oder ähnlich verwendet wurden, wenn auch nur von den Leuten, die in dieser Gegend wohnten.«

»Das alles passt zu gut zusammen, um nur ein Zufall zu sein«, sagte Khalid Aghani mit beschwörender Stimme. »Diese Spur *muss* die richtige sein.«

Auch für Emilia gab es kaum noch Zweifel. Almourol. Crucifixo. Vila Flor. Sie spürte, wie sich eine wohlige Wärme in ihrem ganzen Körper ausbreitete. Da war sie wieder, die Vorfreude auf die Jagd nach einer Sensation. Und sie war diejenige, die der Welt diese Sensation präsentieren würde.

»Haben Sie auch schon eine Vorstellung davon, was die letzten beiden Zeilen im Text zu bedeuten haben? *Wo Felsen sich zu Gräbern türmen und mein Mond und meine Sonne sich auf Petrus' Brust vereinen*?«

Diego nickte. »Tamara, würden Sie uns die Bilder zeigen?«

Tamara Fendi zog mehrere Fotos aus ihrer Handtasche und legte sie auf die Landkarte.

»Hünengräber?«, fragte Emilia ungläubig.

»In dieser Gegend gibt es ein paar davon«, sagte Diego. »Da der Text von Vila Flor keine Entfernungsangaben enthält, kommen mehrere Stellen in Betracht. Aber eines weiß ich genau: An einem dieser Hünengräber werden wir etwas finden, auf das die Textbeschreibung haargenau passt. Dort liegt der Schatz vergraben. Darauf verwette ich meinen Kopf. Haben Sie Gepäck dabei?«

»Hinten im Kofferraum«, sagte Emilia.

»Das nehmen wir am besten gleich mit. Mit etwas Glück werden wir noch heute das große Geheimnis lüften.«

Kapitel 46

Distrikt Santarém

Diego fühlte sich ganz in seinem Element, als der Helikopter sie in einer kargen Talsenke mitten im portugiesischen Niemandsland absetzte. Recherchen im Internet, in Bibliotheken, in den Archiven alter Klöster oder wo auch immer waren unabdingbar, um einen Schatz oder ein antikes Relikt zu finden, aber dieser trockenen Arbeit konnte Diego nicht viel Reiz abgewinnen. Für ihn war sie ein notwendiges Übel, bevor das eigentliche Abenteuer begann: die Suche vor Ort. So wie jetzt.

Er sprang geduckt aus der Maschine und half den anderen beim Aussteigen. Nur Khalid Aghani, der einen Sitzungstermin bei der OPEC in Wien hatte, blieb an Bord.

»Ich komme zurück, sobald ich kann«, rief er gegen das Rattern der Motoren an. »Haltet mich auf dem Laufenden, wenn ihr auf etwas Wichtiges stoßt.«

Diego nickte, folgte den anderen und sah hinter dem Hubschrauber her, wie er sich wieder in die Luft erhob und in Richtung Osten davonflog.

Mit der Karte in der Hand ließ er den Blick über die Landschaft wandern. Das Bild, das sich ihm bot, war an Schönheit kaum zu übertreffen: eine karge, von der glühenden Abendsonne beschienene Hügellandschaft, bewachsen von dürren Gräsern, niedrigem Gebüsch und knorrigen Bäumen, durchzogen von nacktem Fels und kantigem Gestein. Die Landschaft erinnerte ihn an seine Heimat Andalusien, wo er seine Kindheit verbracht hatte, bevor er mit seinen Eltern nach Mexiko ausgewandert war – und bevor das Unheil seinen Lauf genommen hatte. Aus irgendeinem Grund weckte der Anblick der kargen Hügel in ihm ein Gefühl von Geborgenheit. Falls er irgendwann einmal zur Ruhe kam, würde er sich in einer Gegend wie dieser niederlassen, um sich ein neues Zuhause aufzubauen.

Aber jetzt galt es, einen Schatz zu finden. Er schulterte den größeren der beiden Rucksäcke, in denen alles verstaut war, was man für ein paar Tage in der freien Natur benötigte. Den anderen Rucksack nahm Tamara. Sie und Emilia wollten sich abwechseln. Chris trug seine Ausrüstung.

Im Gänsemarsch wanderten sie los, Diego vorne, die beiden Frauen hinter ihm. Chris ging außerhalb der Reihe, stets auf der Suche nach einer guten Kameraposition.

Eine halbe Stunde später erreichten sie das erste Hünengrab. Nur wenig war davon übrig geblieben: ein paar hüfthohe Felsblöcke, die den Umriss des Grabs markierten, mehr nicht. Diego und Tamara untersuchten die Reste von allen Seiten, stellten aber bald fest, dass es keinerlei Hinweise auf einen Mond oder eine Sonne gab. Auch eine Petrus-Darstellung fanden sie nirgends. Sicherheitshalber suchte Diego das umliegende Gelände mit einem Metalldetektor ab, doch auch das blieb ohne Erfolg. Der erste Rückschlag.

Aber davon wollte er sich nicht unterkriegen lassen. Sie hatten noch ein paar Chancen. Es mochte vielleicht noch zwei oder drei Tage dauern, aber dann würden sie den Schatz in ihren Händen halten – vorausgesetzt, dass er in den letzten vierhundert Jahren nicht schon entdeckt worden war.

Das zweite Hünengrab erreichten sie am frühen Abend. Sie sahen es schon von Weitem, denn es stand mitten in einer flachen Senke. Wie ein überdimensionales Kartenhaus aus Steinblöcken sah es aus, errichtet vor Tausenden von Jahren.

Doch so erhaben es aus der Ferne aussah – von Nahem betrachtet, büßte es viel von seiner Magie ein, denn was einst als heiliger Ort für die Ausübung religiöser Riten gedient hatte, war heute offenbar ein beliebter Treffpunkt für Verliebte. Die zahllosen Pärchen, die sich hier zu einem romantischen Stelldichein getroffen hatten, hatten die Beweise für die Echtheit ihrer Gefühle weithin sichtbar hinterlassen: Dutzende von Namen und Initialen waren auf den mächtigen Felsen aufgemalt und eingeritzt worden, eingerahmt von bunten Herzen und durchbohrt von Amors Pfeil.

Falls es hier den entscheidenden Hinweis auf den Schatz gab, war er regelrecht von Liebe verdrängt worden.

Sie beschlossen, ihr Lager aufzuschlagen, bauten die Zelte auf und aßen zu Abend. Anschließend ließ Diego es sich nicht nehmen, auch dieses Hünengrab genauer zu betrachten. Eine erste Suche mit dem Metalldetektor brachte keinen Erfolg. Bei hoher Empfindlichkeit schlug das Gerät dauernd aus, weil im Boden haufenweise Kronkorken steckten, und bei niedriger Empfindlichkeit blieb der Detektor stumm.

Diego wollte trotzdem nicht so schnell aufgeben. Daher besah er sich die aufrecht stehenden Felsklötze noch einmal im Detail. Tamara half ihm, Emilia stellte Fragen, und Chris filmte. Als sie wieder nichts fanden, beschlossen sie, die Felsen Stück für Stück abzufotografieren, um die Bilder anschließend den Mitgliedern des Recherche-Teams zu mailen. Vielleicht hatte einer von ihnen eine zündende Idee.

Nachdem die Sonne untergegangen war, stellten sie die Arbeiten ein. Sie machten Feuer, kochten Tee und zogen sich bald in ihre Zelte zurück.

Doch Diego konnte nicht schlafen. Immer wieder ging er in Gedanken die Bilder und Ritzungen auf den Felsen durch. Es gab keine großflächigen Sprühbilder, die den Hinweis von Clementus Oliveira hätten verdecken können, auch keine

Bruchstellen oder Absplitterungen. Wenn Oliveira seine Zeichen – einen Mond und eine Sonne auf Petrus' Brust – hier angebracht hatte, mussten sie auch noch erkennbar sein.

Diego war davon überzeugt, dass er die Lösung des Rätsels vor Augen hatte. Er hatte nur irgendetwas übersehen.

Aber was?

Er schaltete den Fotoapparat ein und klickte sich noch einmal durch die Bilder auf den Felsen.

Javier + Maria in gelber Farbe, umrahmt von einem roten Herz.

Rodrigo + Carla in leuchtendem Rot, umrahmt von einem Herz mit Amorpfeil.

T + B, umrahmt von zwei ineinander verschlungenen Kreisen, das Ganze in Schwarz oder dunklem Blau.

C + O in Rot, umrahmt von einem roten Herz.

Nino + Smeralda in leuchtendem Grün, umrahmt von einem roten Herz.

Und so weiter. Insgesamt achtunddreißig Pärchen hatten sich in den letzten Jahren hier verewigt.

Wo war der entscheidende Hinweis? Diego betrachtete die Fotos ein ums andere Mal, und er war schon nahe dran, aufzugeben, als er plötzlich wusste, was er übersehen hatte. Rasch klickte er sich noch einmal zu einem bestimmten Foto durch, und während er es auf sich wirken ließ, spürte er, wie eine prickelnde Wärme sich in seinem Körper ausbreitete.

C + O in Rot, umrahmt von einem roten Herz.

Er stand auf und ging mit seiner Taschenlampe in der Hand zum Hünengrab. Am sternenübersäten Himmel stand ein leuchtend klarer Vollmond. Die Luft war angenehm kühl und erfrischend.

Schnell hatte Diego die gesuchte Stelle wiedergefunden. Er prüfte sie aus nächster Nähe und betastete sie. Der Stein fühlte sich kalt und rau an. Während seine Finger über die Buchstaben wanderten, stellte er fest, dass sie nicht nur aufgemalt, sondern auch in den Felsen geritzt waren, jedoch nur das C und das O, nicht das Plus dazwischen und das Herz darum herum – ein eindeutiger Beleg für seine Theorie.

Aufgeregt weckte Diego die anderen. In seinen Adern floss jetzt pures Adrenalin.

»Das hier ist der Hinweis, nach dem wir gesucht haben«, erklärte er, als alle am Hünengrab standen. Er war so konzentriert, dass ihn nicht einmal Chris' Kamera störte.

»Was ist daran so besonders?«, fragte Tamara. »C + O. Für mich sieht das genauso aus wie die anderen Kritzeleien auf dem Stein.«

»Auf den ersten Blick scheint es so«, gab Diego zu. »Aber die Farbe wurde erst später aufgetragen. Irgendjemand hat, vielleicht aus Spaß, das C und das O rot übermalt, das Plus dazwischengesetzt und drum herum ein Herz gemalt. Wenn man die Farbe weglässt, bleiben nur die beiden in den Stein geritzten Buchstaben übrig.«

»Ich verstehe immer noch nicht, worauf Sie hinauswollen«, sagte Emilia. »Was wir suchen, ist ein Mond und eine Sonne, und das Ganze auf Petrus' Brust.«

Zum ersten Mal während der vergangenen Wochen machte es Diego Spaß, sich vor laufender Kamera zu präsentieren. »Mit Petrus ist in diesem Fall nicht der Apostel gemeint, sondern das lateinische Wort für Fels. Wenn es im Schatzbrief heißt: *Es liegt das Gold verborgen, wo Felsen sich zu Gräbern türmen und mein Mond und meine Sonne sich auf Petrus' Brust vereinen*, dann heißt das nur, dass die gesuchten Symbole auf einem Grabfelsen zu finden sind.«

»Trotzdem sehe ich noch keinen Zusammenhang zu Mond und Sonne«, sagte Emilia. Dann hellte sich ihre Miene plötzlich auf. »Natürlich! Das C symbolisiert einen Halbmond und das O die Sonne.«

»Ganz genau.« Diego strahlte. »Und noch mehr Sinn ergibt das Ganze, wenn man bedenkt, dass es in dem Text heißt: *mein* Mond und *meine* Sonne. C und O. Die Buchstaben stehen für Mond und Sonne. Es sind aber auch die Initialen von Clementus Oliveira.«

Er untersuchte den Boden um den Felsblock noch einmal mit dem Metalldetektor und stellte fest, dass das Gerät auf geringer Empfindlichkeit tatsächlich einen Ausschlag anzeigte, den er zuvor übersehen haben musste. Allerdings war das Messergebnis nur minimal – keinesfalls so, wie man es bei einem halbwegs großen Schatz erwarten durfte, es sei denn, er wäre in großer Tiefe vergraben worden.

Noch in der Nacht nahmen sie Kontakt zur Zentrale von *E-TV* auf, wo man ihnen versprach, alles Notwendige zu veranlassen, um eine Grabungserlaubnis zu erhalten. Außerdem klingelte Diego Khalid Aghani aus dem Luxusbett in seiner Suite im Wiener *Hilton*, um ihm Bericht über die neuesten Entwicklungen zu erstatten.

An Schlaf war in dieser Nacht nicht mehr zu denken, und das Warten bis zur Erteilung der Grabungserlaubnis wurde zur Qual. Am Nachmittag des folgenden Tages gab *E-TV* aber grünes Licht. Dann kamen endlich die beiden Klappspaten zum Einsatz, die in den Rucksäcken verstaut waren. Diego hieb auf die Erde ein wie ein Berserker. Die beiden Frauen wechselten sich mit dem anderen Spaten ab, und auch Chris packte mit an, wenn er nicht gerade filmte.

Es war eine schweißtreibende Knochenarbeit. Die Erde am Fuß des Hünengrabs war steinig und hart wie Beton, und so kamen sie nur im Zeitlupentempo voran. Selbst die Spitzhacke, die sie dabeihatten, brachte nicht viel.

Etwa eine Stunde, nachdem sie mit dem Graben begonnen hatten, näherte sich von Osten ein Hubschrauber und landete. Zu Diegos Überraschung stieg nicht nur Khalid Aghani aus, sondern auch Noah McCoyle.

»Ihr wolltet wohl den ganzen Ruhm alleine ernten, oder?«, polterte er los, wobei sich sein Mund unter dem ausladenden Bart zu einem breiten Lächeln verzog. »Aber da mache ich nicht mit!«

Tamara kam ihm entgegen und umarmte ihn wie einen guten alten Freund. Am liebsten hätte Diego das auch getan, denn er freute sich sehr, den brummbärigen Glatzkopf wiederzusehen. Aber aus irgendeinem Grund brachte er nur ein freundschaftliches Schulterklopfen zustande.

»Schön, dass Sie da sind«, sagte er. »Wie geht es Ihnen?«

»Gar nicht mal so übel«, entgegnete McCoyle. »Die Ärzte haben mir geraten, es in den nächsten Tagen noch etwas ruhiger angehen zu lassen, aber dann bin ich wieder voll auf der Höhe.«

»Ich hatte noch gar keine Gelegenheit, mich richtig bei Ihnen zu bedanken …«

»Doch, das haben Sie schon getan. Auf dem Kutter, der uns aus dem Meer gefischt hat.«

»Sie haben mir das Leben gerettet.«

McCoyle zuckte mit den Schultern. »Das nächste Mal sind Sie dran«, sagte er. »Und jetzt Schluss mit den Rührseligkeiten. Ich bin hierhergekommen, um Spaß zu haben.«

Auch Emilia und Chris begrüßten McCoyle und Aghani.

»Wollten Sie nicht an einer OPEC-Sitzung teilnehmen?«, fragte Emilia.

Aghani winkte ab. »Die Sitzung war langweilig. Ich wollte mir das hier auf keinen Fall entgehen lassen.«

Der Hubschrauberpilot hatte inzwischen das Gepäck entladen.

»Fliegen Sie zum nächsten Flugplatz und warten Sie dort auf weitere Anweisungen«, sagte Aghani zu ihm. »Hier ist der Vogel zu auffällig. Ich will keine lästigen Zuschauer haben.«

Der Pilot kehrte in seine Kanzel zurück und ließ die Turbinen aufheulen. Ein paar Minuten später war der Hubschrauber hinter dem nächsten Hügel verschwunden.

In Khalid Aghanis Gepäck befanden sich weitere Spaten und ein Akku-Bohrmeißel. Damit ging das Graben viel leichter von der Hand. Schon bald war das Loch groß genug, damit drei von ihnen gleichzeitig darin arbeiten konnten.

Immer wieder unterbrach Diego die Arbeit, um mit dem Metalldetektor die Grabungsstelle zu überprüfen. Je tiefer sie kamen, desto stärker schlug das Gerät aus, aber für einen großen Schatz war er immer noch viel zu gering. Allmählich beschlichen Diego erste Zweifel. War der Schatz vielleicht schon längst gefunden, und der Metalldetektor schlug nur noch wegen des kümmerlichen Rests aus, den die Finder versehentlich zurückgelassen hatten?

In einer Tiefe von einem Meter achtzig stießen sie schließlich auf einen in grobes Sackleinen gewickelten Gegenstand, der mit einem Hanfseil verknotet worden war. Vorsichtig entfernte Diego die Erde von dem Fund und hob ihn aus der Grube. Gefilmt von Chris und umringt von den anderen, zerschnitt er das Seil mit seinem Taschenmesser. Er öffnete das Sackleinen und entfernte mehrere Schichten Tuch, dann stieß er auf einen fleckigen, abgewetzten Lederbeutel.

»Jetzt wird's spannend«, murmelte er mehr zu sich selbst als zu den anderen, während er den Beutel öffnete. Er griff hinein.

»Da ist ein Zettel drin«, sagte er und zog ihn heraus.

»Steht da was drauf?«, fragte Emilia.

»Irgendetwas Lateinisches, glaube ich. Aber ich kann das nicht entziffern.«

»Der Zettel ist jetzt doch Nebensache!«, fuhr McCoyle dazwischen. »Was ist noch da drin?«

Diego griff erneut in den Beutel. Er spürte kühles Metall an den Fingern und zog schließlich ein goldenes Kreuz heraus, wie er in seinem ganzen Leben noch keines zu Gesicht bekommen hatte: Die beiden Achsen des Kreuzes maßen jeweils etwa dreißig Zentimeter und waren so breit wie zwei Finger. Der Schnittpunkt der Achsen war zu einer Scheibe verdickt, und die Vorderseite des Kreuzes war mit sonderbaren Gravuren übersät. Auf dem tellerförmigen Zentrum befanden sich vier Symbole – eine stilisierte menschliche Gestalt, die Diego an Höhlenmalerei erinnerte, und drei abstrakt aussehende Gebilde, die wie mikroskopische Vergrößerungen von Einzellern oder Bakterien aussahen. Auch die vier gleich langen Arme des Kreuzes waren außergewöhnlich gestaltet. Ein Arm zeigte eine Reihe von Gravuren, die wie unbekannte Schriftzeichen anmuteten. An der Spitze dieses Arms war ein Symbol von der Größe einer Münze zu sehen, das aus einer Vielzahl von ringförmig angeordneten Einkerbungen bestand. Der Arm links daneben zeigte ein abstraktes Linienmuster. Außerdem wurde der ansonsten makellose goldene Schimmer von einem grünlichen Schein durchbrochen. An dieser Stelle – und nur dort – wirkte das Kreuz rau und verwittert. Der dritte Arm war mit einem zehnstrahligen Stern versehen. Zur Spitze hin waren mehrere unregelmäßige Gebilde eingraviert, die auf den ersten Blick wie eine Inselkette aussahen. Aus einer der Inseln ragte seitlich eine gerade Linie. Auf dem vierten Arm hatte der Erschaffer des Kreuzes zwei steichholzartige Symbole mit zwei Punkten eingearbeitet. Daneben befand sich ein sechszackiges Sägezahnmuster mit unterschiedlich hohen und verschieden weit auseinanderliegenden Spitzen.

Niemand sagte etwas. Alle standen einfach nur stumm um

dieses sonderbare Kreuz herum und betrachteten es mit beinahe andächtiger Ehrfurcht.

Khalid Aghani brach schließlich das Schweigen und zerstörte damit die Magie des Augenblicks. »Das ist mit Sicherheit einer der außergewöhnlichsten Kunstgegenstände, die ich je gesehen habe«, sagte er und zwirbelte dabei mit Daumen und Zeigefinger seinen Spitzbart. »Aber ist das etwa alles?«

Diego war so fasziniert, dass er völlig vergessen hatte, was sie hier suchten: *den größten Schatz, den Menschenauge je gesehn*. Wo, zum Teufel, steckte der Rest? Er sprang in die Grube und überprüfte mit dem Metalldetektor noch einmal den Boden. Diesmal zeigte das Gerät nicht mehr den geringsten Ausschlag.

Diego sah zu den anderen hoch und schüttelte den Kopf. Die erste Begeisterung über den merkwürdigen Fund wich dem Gefühl von Enttäuschung und Ernüchterung. Sie hatten alles richtig gemacht. Sie waren den Spuren des Briefs von Almourol aus bis hierher gefolgt und hatten – da war er sich hundertprozentig sicher – gefunden, was Clementus Oliveira vor über vierhundert Jahren versteckt hatte.

Den größten Schatz, den Menschenauge je gesehn.

Was hat es mit diesem Kreuz auf sich?, fragte sich Diego.

Kapitel 47

London · Drei Wochen später

Diego stand hinter der Showbühne der Royal Albert Hall im Halbdunkel und lauschte dem gedämpften Murmeln des Publikums, während eine Maskenbildnerin ihm noch einmal das Gesicht puderte. Er fühlte sich, als bekäme er den letzten Schliff vor dem Gang zum Schaffott.

»Ich denke, Sie können damit aufhören«, raunte McCoyle ihr mit seinem Walross-Grinsen zu. »Er ist jetzt hübsch genug.«

Der Regieassistent am Vorhang beugte sich zu ihnen. »Noch vier Minuten«, sagte er leise. »Dann sind Sie dran.«

Diego hatte das Gefühl, als würde sein Magen auf Erbsengröße zusammenschrumpfen. Warum bekam er dieses verflixte Lampenfieber nicht endlich in den Griff?

Die Titelmelodie von *Goldfieber* wurde eingespielt, und eine Sprecherstimme ertönte: »Verehrtes Publikum, ladies and gentlemen! Wir begrüßen Sie herzlich zu einer neuen Live-Ausgabe von *Goldfieber*. Zehn Wochen nach der Premierensendung ist ein wichtiger Teil des Rätsels um den Templerschatz gelöst. Dennoch bleiben viele Fragen offen. Wir sind einen großen Schritt weitergekommen und stehen trotzdem, so scheint es, noch ganz am Anfang. Willkommen zur zweiten Etappe der größten Schatzsuche der Welt! Bitte begrüßen Sie den Gastgeber des heutigen Abends, den Schöpfer von *Goldfieber*, den Mann, der in den letzten Wochen mehr als jeder andere Fernsehgeschichte geschrieben hat: Douglas Huntington Wincott!«

Tosender Applaus brandete auf. Diego schluckte und warf

einen Blick auf den Monitor neben dem Bühnenzugang. Die Generalprobe hatte ohne Publikum stattgefunden. Jetzt waren die Zuschauerränge bis auf den letzten Platz besetzt. Er fühlte sich, als müsse er jeden Moment in die Höhle des Löwen.

Wincott wartete, bis der Applaus verebbte, um anschließend seine Co-Moderatorin für den heutigen Abend vorzustellen: Emilia Emmerson.

»Sie hat sich in den letzten zweieinhalb Monaten wie kein anderer bei *Goldfieber* hervorgetan«, sagte Wincott. »Unermüdlich ist sie durch die halbe Welt gereist, um uns mit ihren Reportagen und Interviews auf dem Laufenden zu halten. Niemand wäre geeigneter als sie, den heutigen Abend mit mir zu gestalten.«

Wieder gab es frenetischen Applaus. Dann kündigte Emilia die Hauptgäste der Sendung an: Diego Camaro und Noah McCoyle.

Der Regieassistent hinter der Bühne gab den beiden mit dem erhobenen Zeigefinger das Zeichen, dass es jetzt noch genau eine Minute bis zu ihrem Auftritt dauern würde. Diego presste die Lippen zusammen und nickte. In seinem Magen arbeitete es gewaltig. Beinahe wünschte er sich in den Kugelhagel nach Mexico City vor zwölf Jahren zurück, wo er zwischen die Fronten der CIA und der mexikanischen Drogenmafia geraten war und nur mit viel Glück überlebt hatte. Das hier war schlimmer – zumindest kam es ihm im Moment so vor.

Noch etwas beschäftigte Diego: Jemand hatte versucht, ihn vor der Küste Ghanas in die Luft zu sprengen. Bisher ging der unbekannte Attentäter wahrscheinlich davon aus, dass Diego tot war. Die Suche in Portugal war aus Sicherheitsgründen im Newsticker nicht erwähnt worden, und auch in den drei Wochen danach war Diegos Name nie gefallen, um die Spannung aufrechtzuerhalten, welches Team die Nase vorn hatte. Aber spätestens nach der heutigen Sendung wusste die ganze Welt, dass er sich noch bester Gesundheit erfreute. Was dann? Diego hatte mit dem Gedanken gespielt, sich vor dem Auftritt zu drücken, doch das hätte nichts gebracht, weil heute auch der Film über die Ausgrabung am Hünengrab gezeigt wurde. Nach dieser Sendung würde er eine wandelnde Zielscheibe sein, mehr als jemals zuvor in seinem Leben.

Wieder setzte Musik ein, wieder klatschten die Zuschauer voller Begeisterung. Diego kam sich vor wie bei einem altrömischen Spektakel. *Morituri te salutant.*

»Sie haben ein Geheimnis gelüftet, das in den letzten Wochen die halbe Welt beschäftigt hat«, raunte McCoyle ihm zu. »Sie sind der Held der Stunde. Die Leute sind hier, weil sie Sie bewundern, nicht weil Sie sie steinigen wollen. Also machen Sie sich locker, *amigo*, und verpatzen Sie es nicht. Ich will nicht wieder wie ein Idiot dastehen, nur, weil Ihnen die Nerven durchgehen.« Mit einem Augenzwinkern gab McCoyle ihm zu verstehen, dass er den letzten Satz nicht ernst gemeint hatte.

Diego gelang ein verkniffenes Lächeln.

Der Regieassistent gab ihnen das Zeichen für den Auftritt. Noch bevor Diego ein letztes Mal tief durchatmen konnte, spürte er McCoyles mächtige Pranke im Rücken, und er wurde auf die Bühne geschoben.

Der Beifall schwappte über Diego hinweg wie eine riesige Welle. Seine Zunge klebte am Gaumen, seine Knie fühlten sich an wie Pudding. Sein Blick blieb an Emilia haften, die in ihrem schwarzen Abendkleid und mit den kunstvoll hochgesteckten Haaren hinreißend aussah und ihn aufmunternd anlächelte.

Er spürte einen leichten Stubs in die Seite. »Winken Sie den Leuten zu!«, raunteMcCoyle und machte es ihm vor, als sei es das Natürlichste von der Welt. Der irische Glatzkopf schien das Spektakel tatsächlich zu genießen.

Während Emilia Diego und McCoyle zu einem riesigen halbkreisförmigen Sofa führte, erklärte Wincott dem Publikum im Saal und vor den Bildschirmen zu Hause, dass die O2-Arena, wo die Premierensendung stattgefunden hatte, kurzfristig nicht mehr frei gewesen sei. Um die Zuschauer in England und auf der ganzen Welt jedoch nicht unnötig lange auf die Folter zu spannen, habe *E-TV* sich entschlossen, der etwas familiäreren Royal Albert Hall den Vorzug zu geben, die es trotz der knappen Vorlaufzeit ermöglicht hatte, den Hauptsaal zur Verfügung zu stellen.

Diego nippte an dem für ihn bereitgestellten Wasserglas und lachte innerlich auf. *Die etwas familiärere Royal Albert Hall.* Damit meinte Wincott immerhin achttausend anwesende Zuschauer. Und den Schätzungen von *E-TV* zu Folge war die Zuschauerquote im Fernsehen heute Abend sogar noch höher als bei der Premierensendung.

Wincott setzte sich ebenfalls auf die Couch und bat Diego und McCoyle zu erzählen, wie sie die Schatzsuche erlebt hatten. McCoyle übernahm den Anfang. Er betonte die gute Zusammenarbeit des ganzen Teams, auch die Zuarbeit der Helfer im Hintergrund, ohne die die Suche nie so schnell zu einem erfolgreichen Ende hätte geführt werden können. Dann gab er einen kurzen Rückblick über ihre ergebnislosen Bemühungen vor der Küste Ghanas.

Emilia wandte sich an Diego. »Wie sind Sie darauf gekommen, dass der Fund ausgerechnet unter einem Hünengrab in Portugal begraben liegt?«, fragte sie.

Konzentriere dich!, rief Diegos innere Stimme. Du schaffst das!

»Es begann damit, dass ein Mitglied unseres Recherche-Teams, Frau Dr. Fendi, in mehreren Inquisitionsprotokollen und Kirchenschriften auf die sogenannten *Wächter des ersten Tem-*

pels und Hüter des wahren Kreuzes stieß. In den Texten wurden sie auch immer wieder kurz als *Templer* bezeichnet. Sie wurden im Mittelalter und auch später noch als Ketzer verfolgt …«

Diego spürte, wie er nach und nach ruhiger wurde. Die Menschen im riesigen Saal lauschten gebannt seinen Worten. Er fühlte sich zwar immer noch nervös, aber es war jetzt nicht mehr diese dunkle Kraft, die ihm den Verstand aus dem Kopf zu saugen schien und seine Hände feucht werden ließ, sondern ein fast schon angenehmes Kribbeln auf der Haut, wie pure Energie.

Diego erzählte von Giordano Bruno und seinem Begleiter Clementus Oliveira, von Almourol, Crucifixo, Vila Flor und von dem Hünengrab.

Nach einer kurzen Werbeunterbrechung wurde der Film eingespielt, den Emilia und Chris in Portugal gedreht hatten. Er zeigte noch einmal die wichtigsten Stationen der Suche in Portugal und endete mit dem Fund in dem Lederbeutel.

»In dem Beutel befanden sich zwei Gegenstände«, nahm Emilia den Faden wieder auf. »Ein goldenes Kreuz mit einigen sehr interessanten Gravuren, das wir Ihnen gleich näher vorstellen wollen. Und ein Stück Papier, auf dem in lateinischer Sprache steht: *Deute die Zeichen, und du wirst sein der Reichste der Reichen* – ein Satz aus dem Schatzbrief, den wir aus der Premierensendung kennen. Das Alter des Papiers wurde von unseren Experten auf den Beginn des siebzehnten Jahrhunderts datiert. Der Text wurde also kurz nach Giordano Brunos Tod geschrieben, etwa um das Jahr 1610 herum. Er ist nicht signiert, aber die Schrift ist eindeutig die von Clementus Oliveira, und ich denke, wir können davon ausgehen, dass es sich um einen weiteren Hinweis für seinen Freund Bartolomeu handelt, also für den Adressaten des Schatzbriefs aus der Premierensendung.«

Wincott nickte in die Kamera. »Wir wissen nicht, warum

Clementus Oliveira seinem Freund Bartolomeu mit dem Schatzbrief ein Rätsel aufgab, das lediglich zu einem weiteren Rätsel führt. Wir wissen auch nicht, warum der Schatzbrief nie seinen Adressaten erreicht hat. Aber wir wissen, dass dieses zweite Rätsel noch weitaus faszinierender ist als das erste. Sehen Sie selbst …«

Schlagartig gingen im Saal alle Lichter aus. Sekundenlang blieb es dunkel, und niemand sprach ein Wort. Dann warf ein einzelner Scheinwerfer einen grellen Lichtkegel auf ein mit rotem Samt überzogenes Pult, auf dem das Kreuz lag.

Wincott trat in den Lichtkegel. Gleichzeitig wurde auf der Videoleinwand über der Gästecouch eine Großaufnahme des Fundes eingeblendet.

»Voller Stolz präsentiere ich Ihnen eines der außergewöhnlichsten Kunstobjekte, die die Welt je gesehen hat«, sagte Wincott. »Leider kenne ich mich weder mit Kunst noch mit Edelmetallen besonders gut aus. Deshalb habe ich mir für den heutigen Abend fachmännische Unterstützung geholt. Bitte begrüßen Sie mit mir einen der renommiertesten Experten auf diesem Gebiet: Professor Curt Parriott von der Universität Cambridge.«

Mit einer ausladenden Geste deutete er auf den Bühnenzugang, wo in diesem Moment ein zweiter Lichtkegel aufleuchtete und ein etwa sechzigjähriger Mann im klassischen Tweedanzug hinter dem Vorhang hervortrat. Er lächelte mit dem sicheren Blick eines erfahrenen Dozenten in den Saal und ging dann zu Wincott hinüber, wo er sich auf der gegenüberliegenden Seite des Samtpults positionierte.

Nachdem Wincott ihn begrüßt hatte, zog er dünne weiße Handschuhe über und nahm einen ausziehbaren Zeigestock zu Hilfe. Damit erklärte er die Details für die Großaufnahme, die über die Videoleinwand zu sehen war.

Im Grunde sagte er nicht viel, was Diego nicht schon wusste. Er erläuterte die Gravuren auf dem Kreuz, beschränkte sich aber auf deren Beschreibung, ohne sie zu interpretieren. Erst gegen Ende des Vortrags horchte Diego auf.

»Das Kreuz besteht zu über neunzig Prozent aus Gold. Nur an dieser Stelle« – er deutete mit seinem Zeigestock auf den Arm des Kreuzes mit dem grünen Schimmer – »sind in das Gold andere Metalle beziehungsweise metallische Legierungen eingearbeitet, Bronze und Kupfer, um genau zu sein. Unter Witterungseinflüssen tendiert beides dazu, eine grüne Patina zu bilden. Deshalb wirkt diese Stelle auf dem Kreuz auch aufgeraut und ein wenig korrodiert.«

Kupfer und Bronze – das war Diego neu. Er fragte sich, weshalb ein so kunstvoll gearbeitetes goldenes Schmuckstück mit solch einem »Makel« versehen worden war.

»Vielen Dank, Professor Parriott, für diese interessanten Ausführungen«, übernahm Wincott jetzt wieder das Wort. »Können Sie uns auch verraten, wie alt das Kreuz ist?«

Parriott zögerte. Dann sagte er: »Eine eindeutige Altersbestimmung ist leider nicht möglich. Die Radiokarbondatierung funktioniert nur bei Materialien mit einem Kohlenstoffanteil. Das ist hier nicht der Fall. Auch die Patina lässt keinen genaueren Schluss zu. Sie ist nicht sehr ausgeprägt, was darauf schließen lässt, dass das Kreuz bis zu dem Zeitpunkt, als es vergraben wurde, sehr pfleglich behandelt wurde, wie man es bei einem derart außergewöhnlichen Stück auch erwarten sollte. Nach meiner Einschätzung passt der Grad der Korrodierung zu dem Zeitraum, in dem es unter der Erde lag. Aber ob das Kreuz nun um das Jahr 1610 erschaffen wurde, also kurz bevor es vergraben wurde, oder schon früher, lässt sich durch eine Analyse der Patina leider nicht bestimmen. Allerdings ist die chemische Zusammensetzung des Goldes bei unserem Objekt durchaus interessant, denn sie ist völlig atypisch für die Epoche, in der es entstanden sein muss.«

»Sagten Sie nicht gerade, dass Sie seine Entstehung nicht datieren können?«

Parriott nickte. »Einen Augenblick noch, ich komme gleich darauf zurück«, sagte er, und in seinem Gesicht zeigte sich ein geradezu spitzbübisches Lächeln. »Die Untersuchung des Kreuzes hat ergeben, dass es sich um eine vierzehnkarätige Goldlegierung handelt. Das entspricht dem sogenannten 585er Gold, zumindest in etwa. 585 bezeichnet dabei den Gewichtspromilleanteil des Goldes. Auf tausend Gramm Gewicht entfallen fünfhundertfünfundachtzig Gramm reines Gold.«

»Und der Rest?«, fragte Wincott.

»Der Rest besteht im Wesentlichen aus Kupfer und Silber. Das ist bereits seit Langem gängige Praxis, weil Kupfer und Silber auch in der Natur oft zusammen mit Gold vorkommen. Man kann sie leicht miteinander legieren.« Er machte eine Pause und schien einen Moment nachdenken zu müssen, ehe er weitersprach. »Neben Gold, Kupfer und Silber hat der Labortest aber auch noch geringe Spuren von Nickel und Titan nachgewiesen. Beides erfüllt wie Kupfer den Zweck, das Gold härter und dadurch widerstandsfähiger zu machen. Titan wurde aber erst gegen Ende des achtzehnten Jahrhunderts entdeckt. Und bis es tatsächlich aus Titanerz gewonnen und weiterverarbeitet werden konnte, war es etwa 1830. Wenn unser Kreuz hier aber schon um das Jahr 1610 existiert hat, stellt sich die Frage: Wer hat es hergestellt? Derjenige war seiner Zeit nämlich sehr weit voraus.«

Wincott ließ die Worte des Professors einige Sekunden lang auf das Publikum wirken. Erst dann sagte er: »Professor Parriott, lassen Sie mich Ihnen eine entscheidende Frage stellen, und ich bitte Sie um Ihre ehrliche Meinung. Halten Sie das Kreuz für echt oder für eine Fälschung?«

Wieder vergingen ein paar Sekunden, in denen man eine Stecknadel im Saal hätte fallen hören können. Dann schüttelte Parriott den Kopf. »Ich halte das Kreuz für absolut echt. Ich glaube auch nicht, dass es erst zu einem späteren Zeitpunkt vergraben wurde.«

»Was macht Sie so sicher?«

»Das Papier, das zusammen mit dem Kreuz in dem Lederbeutel gefunden wurde. Sowohl das Papier selbst als auch die verwendete Tinte stammen aus der Zeit um das Jahr 1600. Das hat der Labortest eindeutig bewiesen. Und der Text bezieht sich mit sehr hoher Wahrscheinlichkeit auf das Kreuz. *Deute die Zeichen* … Damit können nur die Symbole auf dem Kreuz gemeint sein. Sonst müssten wir annehmen, dass das Papier ursprünglich mit einem anderen Gegenstand vergraben wurde. Dann müsste irgendjemand vor uns auf den von Clementus Oliveira beschriebenen Schatz gestoßen sein, aber anstatt einfach damit zu verschwinden, müsste er sich die Mühe gemacht haben, dieses Kreuz anzufertigen und es genau an dieser Stelle wieder zu vergraben, und zwar zusammen mit dem Originalzettel und in dem Originallederbeutel von Oliveira. Das ergibt keinen Sinn. Ich bin der festen Überzeugung, dass es bereits im ausgehenden sechzehnten Jahrhundert einen Metallschmied gab, der mehr wusste als alle Mitglieder seiner Gilde zusammen. Und ich frage mich, wer dieser außergewöhnliche Mensch gewesen sein könnte.«

Nach einer zweiten Werbeunterbrechung philosophierte eine Expertenrunde darüber, was es mit den Gravuren auf dem Kreuz auf sich haben könnte. Die Meinungen gingen weit auseinander. Einig waren die Experten sich lediglich in dem, was ohnehin auf der Hand lag, nämlich dass es sich bei den Gravuren um eine verschlüsselte Botschaft handeln müsse, die zum eigentlichen Schatz führe.

Deute die Zeichen und du wirst sein der Reichste der Reichen. Dieses letzte Vermächtnis von Clementus Oliveira war eindeutig. Diego hoffte nur, dass es nicht wieder nur zum nächsten Rätsel führen würde.

Wincott bedankte sich bei seinen Experten. Dann ging er ein paar Schritte aufs Publikum zu. »Ladies and gentlemen, Sie haben es gehört«, sagte er. »Den ersten Teil des Rätsels haben wir gelöst. Wir haben das Kreuz gefunden. Jetzt gilt es, auch noch den entscheidenden zweiten Teil zu entschlüsseln. Deshalb haben wir uns entschlossen, *Goldfieber* unverändert weiterlaufen zu lassen – so lange, bis der eigentliche Schatz gefunden wird. Das Abenteuer hat gerade erst angefangen!« Er hob die Hände wie ein Messias, der gerade die Heilslehre verkündet hat, und genauso nahm das Publikum seine Worte auch auf. Tosender Applaus brandete durch den Saal und verebbte erst, als Wincott die Arme wieder sinken ließ. »Die portugiesische Regierung war so freundlich, uns das Kreuz als Leihgabe zu überlassen«, fuhr Wincott fort. »Wir haben Bilder davon ins Internet gestellt, sodass jeder von Ihnen es sich noch einmal genau ansehen kann. Wer die Schönheit des Originals aus der Nähe bewundern möchte, wird auch dazu Gelegenheit bekommen. In einer Woche werden wir es der Royal Academy of Arts übergeben, wo es im Rahmen einer Sonderausstellung für jedermann zugänglich sein wird. Damit unsere Schatzsuche weitergehen kann, erhält jedes Team eine detailgetreue Replik des Kreuzes aus Messing. Das erste Exemplar wollen wir jetzt gleich vergeben. Diego und Teddy, darf ich Sie beide zu mir bitten?«

Die beiden standen auf und gingen gemeinsam mit Douglas Wincott zu dem Samtpult mit dem Originalkreuz, während wieder die *Goldfieber*-Melodie eingespielt wurde. Gleichzeitig betraten zwei in Rot gekleidete Assistentinnen die Bühne und schoben ein zweites Samtpult herein. Darauf lag die Replik.

»Zum Verwechseln ähnlich, nicht wahr?«, sagte Wincott. »Die Form, die Gravuren, sogar die Farbe und das Gewicht stimmen exakt überein. Wir haben keine Mühen gescheut, um optimale Startvoraussetzungen für den zweiten Teil unserer Schatzsuche zu schaffen. Das Einzige, was die Kopien optisch vom Original unterscheidet, ist diese Prägung hier.« Er deutete auf einen winzigen Schriftzug, der seitlich an einem Arm des Kreuzes angebracht worden war. Die Kamera zoomte so nahe heran, dass man es auf dem Monitor über der Gästecouch lesen konnte:

1/1000 © by E-TV, London

»Diego und Teddy, Sie beide erhalten heute die erste von insgesamt eintausend Repliken, als symbolisches Zeichen dafür, dass Sie den ersten wichtigen Schritt auf der Suche nach dem Schatz erfolgreich gemeistert haben.« Mit diesen Worten überreichte er die Messingkopie, und wie aufs Stichwort begannen die Zuschauer wieder zu applaudieren.

»Dass wir heute hier sind, haben wir diesen beiden Männern zu verdanken«, sagte Wincott zum Publikum. »Es ist ihnen gelungen, den Brief von Clementus Oliveira zu entschlüsseln. Zwar ist der Schatz noch nicht gefunden, aber wir sind ihm dank Diego Camaro und Teddy McCoyle näher denn je. *E-TV* hat sich daher entschlossen, diese Leistung mit einem Finderlohn anzuerkennen. Emilia, darf ich Sie zu mir bitten?«

Emilia trat – mit zwei Koffern in der Hand – zu ihnen.

»In jedem dieser beiden Koffer befindet sich eine Million Pfund«, sagte Wincott. »Diego und Teddy, ich gratuliere Ihnen von ganzem Herzen zu Ihrem beeindruckenden Erfolg. Nehmen Sie diese Geldkoffer als Zeichen der Anerkennung und des Danks. Sie haben *Goldfieber* zu einem ersten wichtigen Durchbruch verholfen, und ich wünsche Ihnen viel Glück für die zweite Etappe!«

Den einen Koffer überreichte er McCoyle, den anderen erhielt Diego. Wieder wurde das *Goldfieber*-Thema angestimmt, und die Zuschauer applaudierten. Alle im Saal schienen glücklich zu sein. Nur Diego konnte sich nicht so recht freuen, denn er wusste, dass Khalid Aghani ihm das Geld als Anzahlung auf seinen Schuldenberg abnehmen würde.

Kapitel 48

Marokko · Einen Tag später

Die letzten Strahlen der untergehenden Sonne tauchten das Meer in ein flackerndes Spiel aus Rot und Violett. Die Wolken am Horizont hatten dieselbe unwirkliche Färbung angenommen, und obwohl es erst dämmerte, leuchteten am Himmel schon der Mond und mehrere Sterne. Vom Atlantik her drängte eine angenehm kühle Brise die Hitze des Tages auf das steinige Hinterland zurück. Die Luft roch salzig und rein.

Diego und McCoyle fuhren im offenen Jeep eine schmale, schotterige Küstenstraße entlang. Seit fünf Kilometern waren sie keinem anderen Wagen mehr begegnet. Häuser gab es hier sowieso keine.

»Sind Sie sicher, dass wir uns nicht verfahren haben?«, fragte Diego, der neben McCoyle auf dem Beifahrersitz saß. »Jetzt wäre der richtige Zeitpunkt, es zuzugeben.«

McCoyle schüttelte seinen mächtigen Glatzkopf. »Keine Sorge. Wir sind bald da. Nadjiv Daoud liebt die Einsamkeit, das ist alles.«

In Diegos Fantasie nahm ein auf einem Pfahl sitzender Eremit Gestalt an. »Woher kennen Sie diesen Daoud überhaupt?«, fragte er.

»Ich habe nicht immer für Khalid Aghani gearbeitet. Davor war ich einige Jahre bei der CIA. Daoud hat uns ein paar Mal geholfen.«

»Und was macht er?«

McCoyle wich einem Schlagloch von der Größe einer Badewanne aus. »Er ist Dechiffrierexperte. Außerdem kenne ich keinen anderen Menschen, der über ein dermaßen breites Allgemeinwissen verfügt.«

»Und Sie glauben, dass er uns helfen kann?«

»Das hat er zumindest behauptet, nachdem er die Fotos gesehen hat, die ich ihm gemailt habe.«

»Warum hat dieser Daoud das, was er über das Kreuz herausgefunden hat, nicht einfach an Sie zurückgemailt?«, fragte Diego.

»Wie gesagt: Er lebt sehr zurückgezogen. Aber seien Sie unbesorgt. Daoud ist brillant. Ich bin sicher, dass er uns nicht umsonst hergebeten hat.«

Die Schotterstraße stieg jetzt leicht an und führte an der senkrecht abfallenden Steilküste entlang zu einem alten Leuchtturm auf einer Landzunge.

Diegos Blick wanderte hinaus aufs Meer. Es war ein wunderschöner lauer Abend. Dennoch verfolgte ihn seit der Ankunft in Marokko dasselbe Gefühl wie vor einigen Wochen auf dem Markusplatz in Venedig: das Kribbeln zwischen den Schulterblättern, das ihn vor drohender Gefahr warnte. Aber außer der Steilküste und ein paar kargen Felsen gab es hier nichts, und ein Blick in den Rückspiegel verriet ihm, dass sie auch nicht verfolgt wurden.

Vielleicht bildete er sich auch nur etwas ein. Vielleicht war er seit der gestrigen Livesendung übernervös, weil derjenige, der ihm nach dem Leben trachtete, nun wusste, dass er nicht bei der Explosion der *Harmattan* gestorben war.

Mit Khalid Aghani hatte er das längst besprochen. Er hatte ihm klargemacht, dass er sich in Lebensgefahr begab, wenn er weiter an *Goldfieber* teilnahm. Aber der verfluchte Araber hatte nicht auf ihn gehört, sondern auf die noch ausstehenden Schulden hingewiesen und darauf bestanden, dass er die Suche fortsetzte.

Khalid, dieser sture Hund! Solange man dieselben Ziele verfolgte wie er, war er die Herzlichkeit in Person. Aber wehe, man wich von der gemeinsamen Linie ab – oder man schuldete ihm Geld. Dann verwandelte er sich in einen Psychopathen, mit dem man sich besser nicht anlegte.

Sie erreichten die Landzunge, die durch einen drei Meter hohen elektrischen Zaun abgesperrt war. An mehreren Stellen erkannte Diego Überwachungskameras.

»Was ist das hier? Ein Hochsicherheitstrakt?«

»So ähnlich. Daoud ist Geheimnisträger.«

Diego zog die Mundwinkel nach unten. »Von mir aus. Wollen Sie nicht klingeln oder wenigstens hupen, damit wir reingelassen werden?«

»Daoud weiß längst, dass wir da sind.«

Tatsächlich öffnete sich in diesem Moment das Rolltor. Sie fuhren die letzten hundert Meter zum Leuchtturm und parkten neben einem bungalowartigen Gebäude.

Ein Butler in weißem Anzug öffnete die Tür und führte sie ins Arbeitszimmer – einen großen offenen Raum, der Diego an die Bibliothek eines englischen Herrenhauses erinnerte. Schwere Eichenholzmöbel zogen den Blick auf sich. Große Regale an den Wänden standen voller Bücher. Hinter einem massiven Schreibtisch stand ein alter Lederohrensessel. Nur der Computer auf dem Schreibtisch schien nicht so recht hierherzupassen. Er wirkte in dem gediegenen Ambiente wie ein Fremdkörper.

Der Butler brachte ihnen Getränke. Kurz darauf kam Nadjiv Daoud zu ihnen.

Im ersten Augenblick war Diego enttäuscht. Daoud war gefühlte hundertfünfzig Jahre alt, ging schleppend und krumm und konnte sich ohne Stock offenbar kaum fortbewegen. Hinter beiden Ohren saßen Hörgeräte. Seine Brille hatte die Stärke von Panzerglas. Aber hinter dieser Brille erkannte Diego zwei kleine, funkelnde Augen, die ihn aufmerksam taxierten.

Daoud begrüßte seine Gäste in perfektem, aber etwas undeutlichem Englisch, weil er nur noch ein paar Zähne im Mund hatte.

Eine Weile unterhielten Daoud und McCoyle sich über ihre gemeinsame Vergangenheit, und mehr als einmal zeigte der Marokkaner dabei sein gespenstisches Lächeln. Dann lenkte McCoyle das Gespräch auf den eigentlichen Grund ihres Besuchs.

»Ich habe mir die Fotos angesehen«, nuschelte Daoud. »Aber bevor ich mein Urteil abgebe, möchte ich das Kreuz sehen. Es in meinen Händen halten. Haben Sie es dabei?«

McCoyle nickte. »Das Original ist in sicherer Verwahrung«, sagte er. »Aber ich habe eine Messingreplik mitgebracht. Es wäre mir eine Ehre, wenn Sie sie sich ansehen würden.«

Sieh mal einer an, dachte Diego. Der irische Holzkopf kann ja richtig höflich sein.

Daoud setzte sich in seinen Ohrensessel und schaltete die Schreibtischlampe an, während McCoyle die in Schutzfolie gehüllte Replik aus seiner Sporttasche zog und sie ihm gab. Minutenlang betrachtete Daoud das sonderbare Kunstobjekt, tief über den Tisch gebeugt, die Brillengläser nur wenige Zentimeter vom Metall entfernt. Mit seinen runzeligen Fingern fuhr er die Konturen nach, als könne er auf diese Weise eine geheime Verbindung zu dem Kreuz herstellen.

Dann lehnte er sich ganz langsam zurück. »Ich bin ein alter Mann, und es gibt nicht mehr viel, was mich überraschen kann«, brabbelte er. »Aber dieses Kreuz birgt ein Geheimnis. Ich kann es spüren.«

Diego verdrehte die Augen. *Ich kann es spüren.* Auf solchen Hokuspokus konnte er wirklich verzichten! »Monsieur Mc-

Coyle und ich hatten gehofft, dass Sie etwas Konkreteres für uns haben«, sagte er ohne Umschweife.

McCoyle warf ihm einen warnenden Blick zu, aber Daoud erwiderte Diegos Vorwurf mit einem milden Lächeln. »Die ewige Ungeduld der Jugend«, sagte er. »Nie geht es schnell genug. Aber keine Sorge, mein Junge, Sie sind nicht umsonst hierhergereist.«

Er winkte Diego und McCoyle zu sich, während er gleichzeitig auf jenen Arm des Kreuzes deutete, auf dem sich ein scheinbar willkürliches Muster aus Polygonen und sich überschneidenden Linien befand.

»Dieses Muster ist mir sofort bekannt vorgekommen«, sagte er. »Schon als ich die Fotos sah, die Sie mir geschickt haben. Zuerst war es nur eine Ahnung. Aber dann habe ich mit den Bildern ein bisschen herumexperimentiert. Lassen Sie mich Ihnen zeigen, was ich dabei herausgefunden habe.«

Daoud bewegte die Computermaus. Der Monitor auf dem Schreibtisch erwachte zum Leben und zeigte eine Vergrößerung des Linienmusters.

»Kommt es Ihnen jetzt bekannt vor?«, fragte Daoud.

Diego überlegte. Irgendwo hatte er dieses Muster schon einmal gesehen. Aber noch bevor er den Gedanken konkretisieren konnte, war er schon wieder verflogen.

»Bei mir hat es auch eine Weile gedauert«, sagte Daoud. Er öffnete ein anderes Bild – es war ockerfarben und leicht unscharf – und ordnete die beiden Darstellungen nebeneinander an.

»Volltreffer!«, kommentierte McCoyle. »Das ist es.«

Daoud lächelte. »Ich verstehe nur nicht, warum statt der Linien nicht ein paar der Figuren eingraviert wurden«, nuschelte er. »Damit wäre das Rätsel auch um das Jahr 1600 nahezu unlösbar gewesen.«

»Figuren?«, wiederholte McCoyle. »Nadjiv, wovon sprechen Sie?«

Wieder lächelte der Alte versonnen vor sich hin, bevor er antwortete: »Das hier« – er tippte auf das unscharfe Computerbild – »ist eine Satellitenaufnahme von Peru. Genauer gesagt, vom Hochland von Nazca, wo die berühmten Bilder in den Boden gescharrt sind. Aber aus irgendeinem Grund hatte der Künstler, der dieses Kreuz hergestellt hat, kein Interesse an einer der zahlreichen figürlichen Darstellungen, die es dort zu finden gibt. Stattdessen hat er sich für geometrische Formen entschieden. Warum? Das wissen allein die Götter.«

Kapitel 49

London

Mark Fischer saß in einem dämmrigen, nach kaltem Rauch stinkenden Pub und stocherte lustlos in seinem Essen herum, einem grünlichen Eintopf, der nach Minze roch. Beinahe sehnte er sich nach dem Kantinenessen auf seiner Bohrinsel zurück.

Der Eintopf hier schmeckte widerlich und troff vor Fett. Der einzige Grund, warum Fischer sich diesen wenig einladenden Pub ausgesucht hatte, war das Restaurant auf der gegenüberliegenden Straßenseite.

Von seinem Fensterplatz aus hatte Fischer gute Sicht. Er konnte sogar George Sanders erkennen, der mit zwei Männern an einem Tisch saß und sich angeregt mit ihnen unterhielt. Die Männer kannte Fischer nicht. Ihn interessierte auch nicht, was die drei zu besprechen hatten. Er wartete nur auf die nächste Gelegenheit, George Sanders unter vier Augen zu treffen.

Fischer nippte an seinem Bier und unterdrückte einen Anflug von Wut. Sanders hatte es wieder einmal nicht für nötig befunden, ihn zu informieren. Alles, was Fischer wusste, hatte er aus dem Fernsehen und dem Internet. Sanders war unverbesserlich! Weder die Plastiktüte über dem Kopf noch die Warnschüsse auf seine Freundin hatten ihn gefügig gemacht. Verdammter Querkopf!

Das Geschäftsessen im Restaurant auf der anderen Straßenseite neigte sich dem Ende zu. Die beiden Typen an Sanders Tisch rafften ihre Unterlagen zusammen und steckten sie in ihre Aktentaschen. Fischer stand auf und beglich seine Rechnung am Tresen. Als er ins Freie trat, war es schon dunkel, und am Himmel braute sich ein Unwetter zusammen.

Er wusste, dass Sanders' Jaguar in einer öffentlichen Tiefgarage in der Old York Road stand. Nach wenigen Minuten war er dort. Er zog sich in eine dunkle Ecke unweit des Jaguars zurück, streifte sich seine Skimaske und Latexhandschuhe über und wartete.

Zehn Minuten später kam Sanders, dicht gefolgt von einem breitschultrigen Bodyguard, den Fischer vorher nicht bemerkt hatte. Anstatt zu kooperieren, zog Sanders es offenbar vor, sich beschützen zu lassen.

Fischer wurde nervös. Er durfte sich jetzt keinen Fehler erlauben.

Er wartete, bis die beiden anderen den Jaguar erreicht hatten. Als sie ihm in einer günstigen Sekunde den Rücken zukehrten, trat er aus seinem Schatten heraus und schlug den Bodyguard mit einem gezielten Schlag gegen die Schläfe nieder. Sanders hielt er mit der vorgehaltenen Pistole in Schach. Die Mündung des Schalldämpfers zielte genau auf dessen Stirn.

»Ein Laut, und Sie sind tot!«, zischte Fischer.

George Sanders war kreidebleich geworden und zitterte. Mit dem Bodyguard an seiner Seite hatte er sich sicher gefühlt. Jetzt wurde er von nackter Panik erfasst.

»Los! Ein paar Schritte zurück!«, befahl Fischer, und Sanders gehorchte, bis er mit dem Rücken gegen die Wand stieß. »Jetzt drehen Sie sich um! Hände an die Wand. Augen nach vorne, und keine falsche Bewegung!«

Mit schnellen Bewegungen fesselte Fischer den Bodyguard und drückte ihm einen Knebel in den Mund. Dann zog er den reglosen Körper in eine dunkle Nische, damit man ihn nicht so leicht entdecken konnte.

Sanders stand immer noch bewegungslos da.

»Jetzt ab ins Auto!«, befahl Fischer. »Aber schön langsam.«

Sie stiegen ein. Fischer behielt Sanders dabei die ganze Zeit im Visier. Er selbst nahm auf dem Rücksitz Platz, beinahe liegend, sodass man ihn von außen nicht erkennen konnte.

»Fahren Sie los!«, befahl Fischer.

Mit zitternden Fingern steckte Sanders den Schlüssel ins Zündschloss.

»Wohin wollen Sie?«, fragte er. Seine Stimme war kaum mehr als ein Flüstern.

»Erst mal raus hier. Und keine Dummheiten! Ich habe eine Waffe, vergessen Sie das nicht.«

Sie fuhren aus dem Parkhaus. Dunkle Wolken ließen den Nachthimmel pechschwarz erscheinen, aber noch war es warm und windstill. Die Ruhe vor dem Sturm.

»Nach links!«

Sanders gehorchte, den Blick starr geradeaus gerichtet.

»Ich will wissen, wo das Kreuz ist«, zischte Fischer. »Das Original, das Wincott in der letzten Livesendung präsentiert hat.«

Sanders schwieg.

Fischer gab ihm noch ein paar Sekunden Zeit zum Nachdenken, dann sagte er: »Ich war schon zweimal bei Ihnen. Zwcimal habe ich Ihnen nur einen Schrecken eingejagt, und zweimal haben Sie mich verarscht. Heute ist mir nicht nach Spielchen zumute. Ich will das Kreuz haben. Und Sie werden mir dabei helfen.«

Sanders schüttelte den Kopf und machte den Mund auf, aber es kam kein Ton heraus.

»Keine Ausreden«, sagte Fischer. »Und erzählen Sie mir nicht, dass Sie nicht wissen, wo das Kreuz ist. Ich würde es Ihnen nicht glauben. Sie sind nach Wincott der zweitwichtigste Mann bei *Goldfieber*. Also?«

Wieder bewegte sich Sanders Kiefer wie das Maul eines an Land gezogenen Fischs. Endlich fand er seine Stimme wieder. »Das Kreuz liegt im Safe von *E-TV*.«

Offenbar begann Sanders zu kooperieren. »Wird bei *E-TV* um diese Uhrzeit noch gearbeitet?«

»Normalerweise dürfte niemand mehr da sein.«

»Dann lassen Sie uns hinfahren und das Kreuz holen.«

Eine halbe Stunde später erreichten sie das Firmengelände von *E-TV*. Mittlerweile war es schon nach elf Uhr. Die Wolken am Himmel türmten sich bedrohlich. Es sah so aus, als würde jeden Moment ein sintflutartiger Regenguss niedergehen.

Das Pförtnerhäuschen war um diese Zeit nicht besetzt. Sanders zog seine ID-Karte durch den Scanner am Einlass, und der Schlagbaum öffnete sich.

Als sie ausstiegen und den Parkplatz überquerten, lag das Verwaltungsgebäude ruhig und verlassen da. Nur in einem Büro im dritten Stock brannte noch Licht. Vielleicht eine Putzfrau oder ein ehrgeiziger Mitarbeiter.

Sie stiegen aus. Fischer drückte Sanders die Pistole in den Rücken und schob ihn vorwärts. Sie passierten die Lobby, in der nur die Notbeleuchtung brannte, betraten den Aufzug und fuhren hinauf in die Chefetage, die verlassen vor ihnen lag.

»Hier entlang«, krächzte Sanders. Er führte Fischer durch einen holzvertäfelten Gang bis zu seinem Büro, wo er aus seiner Schreibtischkonsole einen Schlüssel holte. Dann ging er weiter zu einem offenen, von einer geschwungenen Theke abgetrennten Arbeitsplatz. Wahrscheinlich Wincotts Vorzimmer, dachte Fischer. Dort holte Sanders aus einem Schrank einen zweiten Schlüssel.

»Der Safe ist da drin«, raunte er und deutete auf eine Bürotür mit der Aufschrift *D. H. Wincott*. Im Schein der Notbeleuchtung schimmerten die messingfarbenen Lettern wie ein Wegweiser in eine neue, verheißungsvolle Welt. Fischer spürte, wie sein Herz schneller schlug. Nur noch ein paar Augenblicke, dann würde er das lange verschollen geglaubte *Kreuz der Väter* in Händen halten. Eine Welle tief empfundener Dankbarkeit und Ehrfurcht durchflutete ihn. Nach über vierhundert Jahren kehrte die wertvolle Reliquie endlich in den Besitz seiner rechtmäßigen Eigentümer zurück. Und er, Mark Fischer, war für diese hohe Ehre auserwählt.

Sanders durchquerte Wincotts Büro, ohne das Licht einzuschalten, und öffnete einen Schrank aus poliertem Mahagoniholz. Darin befand sich ein mannshoher Trident-Tresor. Sanders gab einen Zahlencode in das Display ein. Ein summendes Geräusch verriet, dass der Entriegelungsmechanismus erfolgreich in Gang gesetzt worden war. Dann zog Sanders die massive Stahltür auf und holte einen Metallkoffer heraus, den er auf dem Schreibtisch abstellte.

»Ist es da drin?«, fragte Fischer.

Sanders nickte.

»Öffnen Sie den Koffer. Ich will es sehen.«

Sanders legte den Koffer auf die Seite, öffnete die Verschlüsse und klappte den Deckel hoch. Der Anblick verschlug Fischer beinahe die Sprache. Da lag es, das Kreuz, gebettet in schützenden schwarzen Schaumstoff. Es sah noch viel schöner aus als im Fernsehen, prachtvoll, erhaben, perfekt.

Fischer schluckte. Dieser Augenblick war für ihn wie eine Erlösung. Der Beginn eines neues Lebens. Eine Wiedergeburt. Endlich hatte das lange Warten ein Ende, endlich hatte sein Leben einen Sinn.

Gefangen in diesem Augenblick höchster Glückseligkeit, wurde er unaufmerksam. Ein paar Sekunden lang gab es nichts anderes auf der Welt außer ihm und dem Kreuz. Viel zu spät sah er die Faust auf sich zurasen. Dann explodierte in seinem Schädel auch schon eine Fontäne aus gleißendem Licht und Schmerz. Benommen sank er zu Boden.

Als er wieder klar im Kopf wurde und sich aufrichten konnte, erkannte er, dass der Koffer nicht mehr auf dem Schreibtisch lag. Sanders war geflohen! Mit dem Kreuz!

Fischer hörte schnelle Schritte, dann fiel eine Tür zu. So gut es ging, nahm er die Verfolgung auf. Auf dem Gang hielt er inne und lauschte. Da! Wieder die Schritte! Sie wurden leiser. Wahrscheinlich kamen sie aus dem Treppenhaus.

Er rannte hinterher. Immer zwei Stufen auf einmal nehmend, erreichte er die sechste Etage, dann die fünfte. Er blieb stehen und lauschte in die Dunkelheit. Nichts mehr. Keine Schritte. Aber die Tür zum Bürokomplex stand einen Spaltbreit offen.

Fischer schlüpfte hindurch und stand in einem riesigen Großraumbüro. Durch die Fensterreihe auf der gegenüberliegenden Seite drang das fahle Licht der Parkplatzlaternen, sodass er zumindest Umrisse erkennen konnte. Jeder Arbeitsplatz war von schulterhohen Trennwänden umgeben, hier und da standen ein paar Pflanztröge mit Zierpalmen.

Fischer ließ seinen Blick über die geisterhafte Schattenwelt gleiten. Nichts regte sich. Kein Geräusch war zu hören. War Sanders einen Stock tiefer gerannt? Fischer wollte schon umdrehen, als er am anderen Ende des Großraumbüros ein wippendes Palmenblatt sah.

Mit der Pistole im Anschlag schlich er durch die schachbrettartig angeordneten Arbeitseinheiten, bis er auf der anderen Seite des Raums auf ein paar einzelne Büros traf. Aber auch hier fehlte von Sanders jede Spur.

Zeit, die Taktik zu wechseln.

»Ich weiß, dass Sie hier sind, George«, sagte er so laut, dass man es im ganzen Raum hören konnte. »Ich weiß, dass Sie das Kreuz haben. Und ich will, dass Sie es mir geben.«

Er lauschte in die Stille. Keine Reaktion.

»Ich bin hinter dem Kreuz her, nicht hinter Ihnen, George«, sagte Fischer. »Wenn Sie vernünftig sind, wird Ihnen nichts passieren. Aber wenn Sie weiter versuchen, mich zum Narren zu halten, werde ich mir das Kreuz mit Gewalt holen.«

Irgendwo in der Mitte des Raums hörte er ein Rascheln. Sofort rannte er los. Während er sich seinen Weg durch die langen Gänge bahnte, entdeckte er plötzlich die geduckte Gestalt von George Sanders, die sich Richtung Tür bewegte.

»Stehen bleiben!«, rief Fischer.

Aber Sanders rannte davon.

Fischer verfolgte ihn und schoss ein paar Mal auf seine Beine, aber er traf nur Zierwände, Bürotische und einen Betonpfeiler.

Er hastete um mehrere Ecken, dann war Sanders plötzlich nur noch wenige Meter vor ihm. Er wollte wieder zum Treppenhaus, aber kaum hatte er die Tür aufgerissen, da hatte Fischer ihn auch schon erreicht und warf sich ungebremst gegen dessen Rücken. Durch die Wucht des Aufpralls stürzten beide Männer zu Boden. Fischer bekam einen Ellenbogen ins Gesicht und schrie vor Schmerz auf. Sanders gelang es, sich zu befreien. Mit dem Koffer in der Hand rappelte er sich auf und hastete zur Treppe.

»Stehen bleiben!«, brüllte Fischer und zielte mit der Pistole wieder auf Sanders Beine. Aber noch bevor er abdrückte, verlor Sanders das Gleichgewicht. Der Stahlkoffer flog in hohem Bogen das Treppenhaus hinunter. Sanders ruderte wild mit den Armen, fand aber keinen Halt und kippte kopfüber in die Tiefe.

Fischer trat an die oberste Stufe und blickte hinunter. Sanders' Körper lag reglos auf der nächsten Plattform, Arme und Beine merkwürdig verrenkt. Er war tot.

Einen Moment lang stand Fischer einfach nur da, während er versuchte, seinen Herzschlag wieder unter Kontrolle zu bringen. Er hatte nur das Kreuz gewollt. Sanders zu töten war nicht seine Absicht gewesen. Aber dieser verdammte Idiot hatte ja unbedingt den Helden spielen müssen!

Sein Blick wanderte zu dem Koffer, der direkt neben dem Kopf von Sanders lag. Hoffentlich war das Kreuz noch heil! Der Gedanke, dass es durch den Aufprall beschädigt worden sein könnte, war für Mark Fischer beinahe genauso unerträglich wie die beißende Gewissheit, dass Sanders durch ihn gestorben war. Er ging die Stufen hinunter, kniete sich neben George Sanders und schloss ihm die Augen. Dann nahm er den Koffer an sich und klappte ihn vorsichtig auf.

Das Kreuz war unversehrt. Eingebettet in den Schaumstoff, hatte es den Sturz ohne einen Kratzer überstanden.

Kapitel 50

London

Vincent O'Shaugnessy war zu dieser späten Stunde noch im Verwaltungsgebäude, weil er eine defekte Wanze im Büro von Regisseur Roger Barnum austauschen wollte. Doch dann hatte er Geräusche gehört und war ihnen gefolgt. Aus der Entfernung hatte mitbekommen, was geschehen war – zumindest in etwa.

Im Treppenhaus stieß er auf den reglos am Boden liegenden George Sanders, konnte aber nur noch dessen Tod feststellen.

Vorsichtig schlich er dem Mann hinterher, der Sanders auf dem Gewissen hatte.

Wenige Minuten später steuerte er seinen Lexus durch die nächtlichen Straßen Londons, bemüht, den Jaguar nicht aus den Augen zu verlieren, der etwa hundert Meter vor ihm fuhr. Inzwischen goss es wie aus Eimern.

O'Shaugnessy beschloss, Beauford Everett Smith über die neuesten Entwicklungen zu unterrichten. Seine Nummer hatte der Anwalt ihm zwar nie gegeben, aber O'Shaugnessy hatte sie längst herausgefunden.

Obwohl es mitten in der Nacht war, wurde schon nach dem dritten Klingeln abgenommen. Falls Smith sich darüber wunderte, woher O'Shaugnessy seinen Anschluss kannte, ließ er es sich zumindest nicht anmerken.

In knappen Worten schilderte O'Shaugnessy, dass es bei *E-TV* einen Toten gebe.

»Was hatten Sie um diese Uhrzeit dort zu tun?«, fragte Smith.

O'Shaugnessy sagte es ihm.

»Haben Sie am Tatort Fingerabdrücke hinterlassen?«

»Ich hatte Handschuhe an«, antwortete O'Shaugnessy verärgert. »Ich bin kein Anfänger.«

»Hat jemand Sie gesehen?«

»Nein.«

»Was ist mit Überwachungskameras?«

»Im Verwaltungsgebäude gibt's nur eine in der Lobby«, sagte O'Shaugnessy. »Kein Problem.«

»Wissen Sie, wer Sanders umgebracht hat?«, fragte Smith.

»Es war dunkel, und der Täter trug eine Maske«, antwortete O'Shaugnessy. »Aber ich gehe davon aus, dass es derselbe Kerl war, der ihn auch erpresst hat. Ein gewisser Mark Fischer. Ingenieur aus Hamburg. Ist im Ölgeschäft tätig. Vor drei Jahren vorbestraft wegen Körperverletzung und Fahrerflucht.«

»Woher haben Sie diese Informationen?«

»Wie Sie wissen, haben wir Fischer fotografiert, als wir George Sanders' Penthouse überwacht haben«, berichtete O'Shaugnessy. Das hatte er Smith schon bei dem Treffen im Golf Club erzählt. »Diese Fotos haben wir über Kontaktleute mit Polizeicomputern in ganz Europa abgleichen lassen. Vor zwei Tagen hat sich die Polizei aus Hamburg bei uns gemeldet. Was Fischers Motive betrifft, tappen wir aber noch im Dunkeln. Er scheint kein echter Krimineller zu sein. Keine Ahnung, warum er Sanders erpresst. Offenbar hat er es auf das Kreuz abgesehen. Jedenfalls will er gerade damit abhauen. Ich fahre hinter ihm her.«

O'Shaugnessy hielt an einer roten Ampel. Zwischen ihm und dem Jaguar standen fünf Autos, aber es goss noch immer in Strömen, sodass er sich keine Sorgen machen musste, dass Fischer ihn bemerken könnte.

»Ich will, dass Sie diesem Kerl folgen«, sagte Smith. Seine

Stimme klang eine Nuance schärfer als vorher. »Lassen Sie ihn nicht mit dem Kreuz davonkommen, hören Sie?«

Smith zeigte zum ersten Mal Nerven. Offenbar ging es seinen Auftraggebern genau darum – um dieses Kreuz. Und abgesehen von Fischer wusste nur er, Vincent O'Shaugnessy, wo sich das wertvolle Stück im Moment befand. Gute Voraussetzungen für neue Vertragsverhandlungen.

»Ich werde das Schmuckstück nicht aus den Augen lassen«, sagte er und gestattete sich ein Lächeln. »Allerdings bin ich inzwischen davon überzeugt, dass es bei dieser Sache um eine Menge Geld geht. Ich will ein angemessenes Stück vom Kuchen haben, nicht nur die Krümel, verstehen Sie mich?«

»Was bedeutet das?«

O'Shaugnessy überlegte. »Zwei Millionen Pfund.« Er hoffte, dass er damit nicht zu hoch pokerte. Aber wenn sein Auftraggeber tatsächlich der Vatikan war, schien ihm der Betrag angemessen.

Smith schwieg. Dann sagte er: »Ich muss klären, ob Ihre Bedingungen für meine Mandanten akzeptabel sind. Ich melde mich wieder bei Ihnen.« Es klickte, und die Leitung war tot.

Die Ampel sprang auf Grün. Bei strömendem Regen setzte Vincent O'Shaugnessy seine Verfolgung durch die nächtliche Stadt fort.

Zehn Minuten später klingelte sein Handy.

»Ihre Forderung geht in Ordnung«, sagte Smith. »Vorausgesetzt, Sie lassen diesen Kerl mit dem Kreuz nicht aus den Augen.«

O'Shaugnessy lächelte. »Keine Bange. Ich klebe an Fischer wie ein Schatten.«

»Aber so, dass er nichts davon merkt. Wir wollen, dass er sich in Sicherheit wiegt. Erst dann schlagen wir zu.«

»Sie sind der Boss.«

O'Shaugnessy beendete das Gespräch und bog, dem Jaguar folgend, an der nächsten Ecke ab. Jetzt ärgerte er sich darüber, dass er nur zwei Millionen verlangt hatte. So schnell, wie er seine Zusage erhalten hatte, wäre wahrscheinlich noch viel mehr drin gewesen.

Vielleicht sollte er nachverhandeln. Was würde passieren, wenn er statt zwei Millionen fünf Millionen verlangen würde?, fragte er sich. Oder zehn? Würde der Vatikan bezahlen?

Er trat aufs Gas und überholte einen Lkw, der auf die Straße eingebogen war, um den Jaguar nicht aus den Augen zu verlieren.

Kapitel 51

Belgien

Im sogenannten »Weißen Salon« von Schloss Groothoven unweit von Gent saß ein alter Mann im Rollstuhl am offenen Fenster und sah hinaus in Nacht. Die parkähnliche Anlage, die unter dem wolkenverhangenen Himmel nur schemenhaft zu erkennen war, der See, das Gewächshaus mit der Orangerie, die Stallungen mit den zwölf Arabern, die Garage mit den acht Nobelkarossen, das Nebenhaus für die Angestellten – das alles und noch viel mehr gehörte ihm.

Es gab Neider, die behaupteten, er habe seinen Reichtum nur dem Umstand zu verdanken, Stammhalter einer alten Adelsfamilie zu sein. Er ließ sie reden. Sie wussten nichts über ihn und seine Art von Geschäften. Das sollte auch so bleiben.

Der Mann im Rollstuhl zog den Kragen seines roten Samtmorgenmantels enger und strich die Wolldecke glatt, die über seinen gelähmten Beinen lag. Es war eine laue Nacht, aber der beginnende Regen würde Abkühlung bringen. Er drückte auf einen Knopf der Fernbedienung, die auf seinem Schoß lag, und die elektrischen Fensterschließer begannen zu surren. So war es besser.

Hinter ihm knisterte im offenen Marmorkamin ein Feuer. Aus den Lautsprechern seines in die Jahre gekommenen Plattenspielers drang leise die Melodie von Bachs *Air*. Das Tröpfeln des Regens gegen die Scheibe schien ein Teil dieser Melodie zu werden.

Einen Moment lang schloss der Alte die Augen, um sich ganz

der Musik hinzugeben. Reglos saß er in seinem Rollstuhl – beinahe hätte man ihn für tot halten können –, ein dürres Gerippe mit glatt nach hinten gekämmten weißen Haaren, dünnen, blutleeren Lippen und hervorstehenden Wangenknochen, die sich deutlich unter der runzeligen Haut abzeichneten. Nur die aufrechte, beinahe steife Körperhaltung zeugte von ungebrochenem Lebenswillen.

Minutenlang lauschte der Alte der getragenen Melodie. Für gewöhnlich schaffte die Musik es, sein Gemüt zu beruhigen, wenn er sich aufgeregt hatte. Heute schaffte sie es nicht.

Seine faltige Hand griff nach dem Humidor auf dem Beistelltisch. Er wählte eine kubanische Cohiba, kappte die Enden und steckte sie sich mit seinem goldenen Feuerzeug an, das das gleiche Emblem trug wie das Revers seines Morgenmantels. Die meisten Menschen hielten es in ihrer Einfalt für einen gewöhnlichen Baum. Aber es war ein besonderer Baum – eine Esche mit drei Wurzeln.

Die Zigarre half besser als die Musik. Schon nach den ersten Zügen spürte der Alte, wie er sich zu entspannen begann. Es war abzusehen gewesen, dass diesem Londoner Privatdetektiv mit der wenig vorzeigbaren Vergangenheit irgendwann die Gier zu Kopf steigen würde. Dennoch hatte Smith' Anruf den Alten sehr verärgert und ihn zu besonderen Maßnahmen gezwungen.

Wieder nahm er einen kräftigen Zug von seiner Zigarre. Dann lehnte er sich in seinen Rollstuhl zurück. Schloss Groothoven war für ihn weit mehr als ein Zuhause. Es war sein Refugium. Und seine Machtzentrale. In diesem zweitausend Quadratmeter großen Gebäude entstanden Ideen, die oft genug das Gesicht der Welt veränderten. Hier arbeitete er Pläne aus, um Regierungen zu stürzen oder um Waffenlieferungen einzufädeln. Von hier aus zog er die Fäden, stets darauf bedacht, im Hintergrund zu bleiben.

Ein leises *Pling* signalisierte eine eingehende Nachricht. Im selben Augenblick erwachte der Laptop, der neben dem Humidor auf dem Beistelltisch stand, zum Leben. In einem Fenster auf dem Monitor erschien das Gesicht von Leon Brenthoek.

Brenthoek war für die meisten Menschen nur schwer einzuschätzen, was schon mit seinem ambivalenten Äußeren begann: Die schmale Brille mit dem Goldrand passte nicht zu seinem jugendlich weichen Gesicht. Das wiederum passte nicht wirklich zu seiner ausdruckslosen, beinahe maskenhaften Miene, schon gar nicht zu seinen Haifischaugen. Und seine maskenhafte Miene passte wiederum nicht zu seiner unruhigen Art, die sich vor allem darin ausdrückte, dass seine Finger stets Beschäftigung brauchten.

Das alles irritierte viele Menschen. Der Alte hatte sich jedoch längst daran gewöhnt und Leon Brenthoeks innere Werte zu schätzen gelernt. Er war zuverlässig, hundertprozentig loyal, und er arbeitete unauffällig. Er war einer seiner besten Männer.

»Sie haben einen Auftrag für mich, Baron Tessla?«, fragte Brenthoek.

Der Alte nickte. »Ja. Vincent O'Shaugnessy. Er ist zu gierig geworden. Zu geldgierig, vor allem aber zu neugierig. Er will unbedingt herausfinden, wer sein Auftraggeber ist.«

Brenthoek war kein Mann des blinden Gehorsams. Er kannte gerne die Gründe für seine Aufträge. Dem Baron gefiel das. »Bislang weiß O'Shaugnessy nicht, wer wir sind«, fuhr er fort. »Wir haben ihn auf eine falsche Fährte gelockt. Er glaubt, dass der Vatikan hinter dem Auftrag steckt. Aber es ist nur eine Frage der Zeit, bis er den Bluff durchschaut und weiterbohrt. So weit dürfen wir es nicht kommen lassen.«

Der Baron seufzte still in sich hinein. Anfangs war *Goldfieber* für ihn und seine Organisation nur eines von vielen Beobachtungsprojekten gewesen. Allein schon, weil es um so viel Geld ging, hatte er sich entschlossen, jemanden einzuschleusen, um Informationen schnell und aus erster Hand zu erhalten. Vor allem hatte ihn interessiert, ob andere mächtige Organisationen bei *Goldfieber* ihre Finger im Spiel hatten. Deshalb hatte er O'Shaugnessy instruieren lassen, nach kriminellen Machenschaften Ausschau zu halten.

Aber mit dem Auftauchen des Goldkreuzes hatte sich die Situation grundlegend geändert. Jetzt ging es nicht mehr um *irgendeinen* Schatz, sondern um einen ganz *bestimmten*. Einen Schatz, den der Baron unbedingt haben wollte. Auch aus diesem Grund war es an der Zeit, O'Shaugnessy gegen einen echten Profi auszutauschen.

»Wo finde ich O'Shaugnessy?«, fragte Leon Brenthoek.

Dass er in London war, wusste Brenthoek natürlich ganz genau. Er befand sich selbst dort, weil er von Baron Tessla abbestellt worden war, um schnell eingreifen zu können, sobald das Kreuz gestohlen wurde. Nur, dass O'Shaugnessy die Tat beobachten würde – damit hatte niemand gerechnet.

»Er verfolgt den Mann, der den Koffer mit dem Goldkreuz hat«, sagte der Baron. »Folgen Sie dem Signal, und Sie finden O'Shaugnessy.« Noch bevor der Koffer in Douglas Wincotts Firmensafe hinterlegt worden war, hatte der Baron seine geheimen Beziehungen spielen lassen und in der Schaumstoffverkleidung einen winzigen Hightec-Peilsender anbringen lassen. »Der Mann, dem er auf den Fersen ist, heißt Mark Fischer. Vermutlich ein Templer.«

»Was soll ich mit ihm machen, wenn ich mit O'Shaugnessy fertig bin?«

Der Baron betrachtete Brenthoeks jungenhaftes, aber sehr gefährliches Gesicht auf dem Monitor, und fragte sich, ob diese Haifischaugen jemals Mitleid empfanden. Dann hob er seine Zigarre zum Mund und nahm einen tiefen Zug.

Kapitel 52

London

Mark Fischer parkte seinen Wagen vor dem *Topas*, einer billigen, aber sauberen Absteige im Stadtteil Woolwich, deren größter Vorteil ihre Anonymität war. Der Portier interessierte sich nicht sonderlich für die Angelegenheiten seiner Gäste. Viele waren es ohnehin nicht.

Fischer nahm den Metallkoffer und eilte durch den strömenden Regen zum Eingang. Auf dem Weg zu seinem Zimmer begegnete er keiner Menschenseele. Er fragte sich, ob Sanders Leiche schon gefunden worden war, von einem Wachdienstmitarbeiter vielleicht. Oder ob Sanders Bodyguard in der Tiefgarage mittlerweile aufgewacht war und auf sich aufmerksam gemacht hatte. Fischer glaubte es nicht, aber er musste auf der Hut sein und mit allem rechnen. Viel Zeit blieb ihm jedenfalls nicht, bevor die polizeilichen Ermittlungen begannen. Im günstigsten Fall hatte er noch ein paar Stunden.

Er zog die Vorhänge zu und schaltete die Nachttischlampe ein. Dann setzte er sich aufs Bett und legte den Koffer neben sich ab. Im Grunde war es gar kein Mord, sagte er sich. Sanders ist auf der Treppe ausgerutscht und gestürzt. Aber würde die Polizei das auch so sehen? Immerhin wäre das Unglück nicht passiert, wenn er Sanders nicht verfolgt und auf ihn geschossen hätte. Warum hatte dieser verfluchte Idiot nicht kooperiert? Warum hatte er ihm nicht einfach den Koffer mit dem Kreuz gegeben, sondern den Schatzwächter spielen müssen?

Seine Hand wanderte zu dem Koffer. Beinahe ehrfürchtig

fuhren seine Finger über das silbrig schimmernde Metall, das durch den Sturz auf der Treppe ein paar Kratzer und Beulen abbekommen hatte.

Er klappte die Schnappverschlüsse nach oben und öffnete den Metalldeckel. Im Licht der Nachttischlampe strahlte ihm das Kreuz entgegen, gebettet in eine schützende Schicht aus schwarzem Schaumstoff. Es war so makellos schön, dass es ihm die Kehle zuschnürte. Der Drang, es anzufassen, wurde übermächtig. Vorsichtig nahm er es hoch, um ein paar Augenblicke lang seine mystische Kraft in sich aufzunehmen.

Das Kreuz war der Ursprung des Tempelhüter-Glaubens, eine ihrer heiligsten Reliquien. Das Vermächtnis ihrer geistigen Vorväter. Vierhundert Jahre lang war es verschollen gewesen, und jetzt befand es sich endlich wieder im Besitz seiner rechtmäßigen Eigentümer.

Grund genug, die nächste Zeremonie einzuberufen. Der Orden gewann wieder an Stärke.

Mit einem wohligen Schauer legte er das Kreuz zurück in den Koffer. Er würde noch ausreichend Gelegenheit haben, es sich in aller Ruhe anzusehen und sich von ihm inspirieren zu lassen. Doch jetzt drängte die Zeit. Schon bald würde der Diebstahl bemerkt werden, und dann kam Scotland Yard ins Spiel. Bis dahin wollte er längst das Land verlassen haben.

Kapitel 53

Vincent O'Shaugnessy konnte sein Glück nicht fassen. Zwei Millionen Pfund, nur dafür, dass er zufällig zur richtigen Zeit am richtigen Ort gewesen war und Mark Fischer beim Diebstahl des Goldkreuzes beobachtet hatte. In Gedanken malte er sich schon aus, was er sich von dem Geld alles leisten könnte.

Es goss noch immer wie aus Kübeln. Er saß bei ausgeschaltetem Licht in seinem Wagen und wartete. Nur wenige Autos waren unterwegs. Fußgänger überhaupt nicht, zumindest nicht in dieser Gegend.

Immer wieder stellte Vincent O'Shaugnessy den Scheibenwischer an, um wenigstens für einen kurzen Moment klar sehen zu können. Von seinem Parkplatz am Straßenrand hatte er freie Sicht auf das Hotel, in dem Fischer untergeschlüpft war. O'Shaugnessy wusste sogar, welches Zimmer Fischer hatte: im zweiten Stock, das letzte auf der rechten Seite. Es war das einzige Zimmer, in dem um diese Uhrzeit ein wenig Licht durch die zugezogenen Vorhänge drang.

Mit den Fingern trommelte O'Shaugnessy den Rhythmus einer Melodie aufs Lenkrand, die ihm schon die ganze Zeit im Kopf herumging. *Money, money, money* von Abba.

It's a rich man's world. Der Gedanke gefiel ihm. Zwei Millionen Pfund aus den geheimen Kassen des Vatikans! Mit diesem Coup war er alle Geldsorgen los, wenn er es richtig anstellte, sogar für den Rest seines Lebens.

Das Licht hinter dem Vorhang ging aus. O'Shaugnessy tippte

den Scheibenwischer an, um ganz sicherzugehen. Dort, wo bis eben noch ein orangeroter Schimmer durch die Vorhänge gedrungen war, war es jetzt dunkel.

Was machte Fischer jetzt? Wollte er sich schlafen legen? Nein! Viel wahrscheinlicher war, dass er seine Sachen gepackt hatte und von hier verschwinden wollte, bevor der Diebstahl bemerkt wurde und die Polizei ihn zu jagen begann.

Tatsächlich verließ Fischer nur zwei Minuten später das Hotel. Er eilte durch den strömenden Regen zu dem Jaguar und fuhr los.

O'Shaugnessy ließ ihm ein paar Sekunden Vorsprung, um keinen Verdacht zu erregen. Dann drehte er den Zündschlüssel um, und der Lexus sprang an. Gerade als er aus der Parklücke ausscheren wollte, hielt plötzlich ein weißer Toyota neben ihm. Die Scheibe des Wagens glitt hinunter.

Auch O'Shaugnessy öffnete das Fenster. »Mister, können Sie bitte ein Stück weiterfahren?«, fragte er.

Durch den dichten Regenschleier erkannte O'Shaugnessy einen Mann mit Brille. Der Mann sagte nichts, seine Miene regte sich nicht. Er saß in seinem Wagen wie ein Roboter.

»Fahren Sie weiter! Ich will ausparken!«, rief O'Shaugnessy gegen den Regen an. Aus den Augenwinkeln sah er, dass Fischers Wagen in eine Seitenstraße einbog. Wenn ich ihn verliere, werde ich die zwei Millionen Pfund niemals bekommen, dachte O'Shaugnessy.

Der Mann in dem weißen Auto hob plötzlich die Hand und zielte mit einer Pistole auf ihn. Noch bevor Vincent O'Shaugnessy reagieren konnte, blitzte ein kurzer Feuerstoß auf. Das Letzte, woran er dachte, bevor sein Kopf von drei Kugeln durchlöchert wurde, war, ob seine Exfrau auch ohne seine regelmäßigen Unterhaltszahlungen über die Runden kommen würde.

Kapitel 54

London

Als Emilia Emmerson am nächsten Morgen in die Firma kam, wurde sie schon am Empfang von Kathy Whistler aufgehalten. Die Augen ihrer Kollegin glänzten feucht.

»Sie sollen sofort zu Mr Wincott kommen«, sagte Kathy und schnäuzte sich.

»Was ist passiert?«

Kathy schüttelte den Kopf und begann zu weinen. »Mr Wincott wird Ihnen alles erklären.«

Besorgt fuhr Emilia mit dem Aufzug in die Chefetage.

Auch Wincotts Sekretärinnen sahen verweint aus. Emilia spürte, wie sich ihr Magen zusammenzog. Was um alles in der Welt war passiert?

Sie wurde angemeldet, und kurz darauf kam Douglas Wincott aus seinem Büro. Zwar standen ihm keine Tränen in den Augen, aber auch er hatte schon besser ausgesehen. »Kommen Sie bitte mit, Emilia«, sagte er. »Wir müssen reden.«

Sie gingen ins Büro und nahmen in der Sitzecke Platz.

»Wollen Sie einen Kaffee? Oder einen Tee?«

»Am liebsten würde ich wissen, was los ist«, antwortete sie. »Der ganze Sender scheint in Trauer zu sein.«

Wincott nickte. »Wir haben Scotland Yard im Haus«, sagte er. »Heute Nacht hat es einen furchtbaren Zwischenfall gegeben. Es tut mir leid, Emilia, aber ich muss Ihnen sagen … George ist tot.«

Emilia riss die Augen auf. George? Tot? Das konnte nicht

sein! Sie hatte doch erst gestern mit ihm den Einsatzplan für die nächsten Tage besprochen!

Obwohl sie seit ihrer Trennung ernsthafte Schwierigkeiten mit George gehabt hatte, wurde sie plötzlich von Tränen überwältigt. Wincott reichte ihr ein Taschentuch und wartete geduldig, bis sie sich wieder einigermaßen beruhigt hatte.

»Wie ist es passiert?«, fragte sie mit zitternder Stimme.

»Ich weiß es nicht genau«, sagte Wincott. »Der Wachdienst hat George heute Morgen auf seinem Rundgang entdeckt. Er lag im Treppenhaus. Offenbar ist er die Treppe hinuntergestürzt. Aber es gab wohl auch eine Schießerei.« Er hielt kurz inne. »Außerdem wurde das Goldkreuz gestohlen. Scotland Yard ist hier. Ein Inspektor, ein Team von der Spurensicherung … das ganze Programm. Ich denke, dass der Inspektor mit Ihnen sprechen wird. Ich wollte nur, dass Sie von mir erfahren, dass George tot ist, nicht von einem Polizeibeamten.«

Emilia nickte und tupfte sich die Tränen aus den Augen. Wincott konnte ein verdammter Sklaventreiber sein, aber in Momenten wie diesen bewies er seine Menschlichkeit. »Ich weiß das zu schätzen, Sir. Vielen Dank.«

Sie standen auf, und Wincott begleitete sie zur Tür. »Wenn es etwas gibt, was ich für Sie tun kann, lassen Sie es mich wissen.«

Sie nickte noch einmal, dann machte sie sich auf den Weg zu ihrem Büro.

In der fünften Etage herrschte ein riesiges Durcheinander. Niemand schien zu arbeiten, alle standen in Grüppchen zusammen und sprachen über die Ereignisse der Nacht. Als Emilia an ihnen vorbeiging, verstummten die Gespräche, und alle Blicke richteten sich auf sie. Offenbar war die Beziehung zwischen ihr und George nicht ganz so geheim gewesen, wie sie gehofft hatte.

Helen Moore, eine der anderen *Goldfieber*-Reporterinnen,

kam auf sie zu und nahm sie in die Arme. Daraufhin schien das Eis zu brechen. Plötzlich ringten sich alle um Emilia, um ihr zu sagen, wie leid ihnen Georges Tod tat.

Endlich erreichte sie ihr Zimmer. Obwohl es nur durch eine Glasscheibe vom Rest des Großraumbüros abgetrennt war, bot es einen gewissen Schutz. Endlich allein! Abgeschottet vom Rest der Welt stürmten jetzt Bilder von George auf sie ein – Erinnerungen an ihre gemeinsamen Jahre, aber auch an die schmerzliche Zeit der Trennung. Und immer wieder drängte sich das Bild von Georges reglosem Körper im Treppenhaus dazwischen. Eine grauenhafte Vorstellung. Warum war er gestürzt? Hatte er gelitten, oder war er sofort tot gewesen?

Irgendwann klopfte es an der Tür, und ein Mann, Anfang dreißig, kam herein. Er hatte blondes, kurz geschnittenes Haar und einen Oberlippenbart. Über einem weißen Poloshirt trug er ein Schulterholster, in dem eine Pistole steckte.

»Inspektor Ashton, Scotland Yard«, stellte er sich vor. »Ich vermute, Sie haben schon mitbekommen, was heute Nacht passiert ist.«

Emilia nickte nur.

»Ich habe gehört, dass Sie und das Opfer sich nahestanden«, sagte Ashton mit sanfter Stimme. »Stimmt das?«

Das Opfer – gütiger Himmel, wie sich das anhörte! »Wir hatten bis vor Kurzem eine Beziehung«, sagte Emilia, die spürte, wie ihr schon wieder Tränen in die Augen stiegen. »Er hat mit mir Schluss gemacht, und ich habe ihn dafür gehasst, zumindest am Anfang. Kaum zu glauben, dass ich jetzt um ihn weine, nicht wahr?« Sie schluckte und tupfte sich die Augenwinkel. »Wollen Sie sich nicht setzen?« Sie wies auf den Stuhl vor ihrem Schreibtisch.

Ashton zog einen Notizblock und einen Kugelschreiber aus der Hosentasche und nahm Platz. Eine ganze Weile stellte er Emilia Fragen über George – über sein Privatleben, seinen Beruf, seine Stellung im Betrieb, seinen Einfluss, seine Eigenschaften, seine finanziellen Verhältnisse, seine Freunde, seine Verwandten, seine Feinde, einfach über alles. Immer wieder machte Ashton sich dabei Notizen in sein Büchlein.

Emilia sprach völlig offen. Sie wusste, dass sie auch Dinge sagte, die sie wie eine eifersüchtige Geliebte dastehen ließen und sie womöglich sogar verdächtig machten. Aber sie hatte nichts zu verbergen, und sie war davon überzeugt, dass sie der Polizei am besten half, wenn sie die Wahrheit sagte.

Schließlich näherte die Befragung sich dem Ende, und Emilia nutzte die Gelegenheit, um ein paar Details über Georges Tod in Erfahrung zu bringen. Die Überwachungskamera in der Lobby hatte in der Nacht Aufnahmen von George und einer maskierten Person – der Statur nach einem Mann – gemacht, erzählte Ashton. Dieser Mann habe fünfzehn Minuten später das Gebäude alleine wieder verlassen und dabei den Koffer mit dem Goldkreuz bei sich gehabt, offenbar, um ihn zu stehlen. Die genauen Umstände von Georges Tod lagen noch im Dunkeln. Fest stand, dass er nicht erschossen worden war, sondern sich bei dem Treppensturz das Genick gebrochen hatte. Ob er gestolpert oder die Treppen hinuntergestoßen worden war, mussten die polizeilichen Untersuchungen noch zeigen.

Nachdem Ashton gegangen war, fühlte Emilia sich leer und müde, und sie begann wieder zu weinen. Um sich abzulenken, versuchte sie, sich auf die Arbeit zu konzentrieren, aber es gelang ihr nicht.

Um zehn Uhr bat Wincott sie noch einmal zu sich ins Büro.

»Wie fühlen Sie sich?«, wollte er wissen. Es klang nach ehrlicher Anteilnahme.

»Ich hätte nicht gedacht, dass sein Tod mir so nahegeht«, antwortete Emilia.

»Wollen Sie sich ein paar Tage freinehmen?«

Emilia war überrascht. Daran hatte sie noch gar nicht gedacht. »Danke für das Angebot«, sagte sie. »Aber ich glaube, Arbeit ist für mich jetzt die beste Therapie.«

Er lächelte sanft. »Ich wollte Ihnen damit nur zu verstehen geben, dass ich Verständnis dafür hätte, wenn Sie es in den nächsten Tagen ein bisschen ruhiger angehen lassen wollen. Ich muss es nur wissen. Wegen Georges Tod habe ich die *Goldfieber*-Planung vorübergehend selbst in die Hand genommen. Deshalb weiß ich, dass Sie heute noch nach Ägypten fliegen.«

Emilia nickte. Nach der letzten Livesendung hatten die Teams ihre Recherchen wiederaufgenommen, um in dieser zweiten Phase von *Goldfieber* nun den eigentlichen Schatz zu finden. UCLA, das Team der Universität von Kalifornien, war eines der ersten, das schon eine konkrete Spur entdeckt hatte, und Emilia hatte sich nur allzu gerne bereit erklärt, gemeinsam mit Chris den Dreh vor Ort und die Interviews durchzuführen.

»Sie müssen das nicht tun«, sagte Wincott. »Andy Corbin ist zurzeit in Prag. Den könnte ich problemlos nach Afrika schicken.«

Emilia schüttelte den Kopf. Wenn sie hierblieb, würde sie ohnehin die ganze Zeit nur an George denken. Nein, ein Tapetenwechsel war am besten für sie. »Ich fliege«, sagte sie entschlossen. »Aber ich danke Ihnen für das Angebot.«

Kapitel 55

Peru

»Da unten ist es!«, rief Noah McCoyle, um das Rattern der Hubschraubermotoren zu übertönen.

Diego ließ seinen Blick über das endlos scheinende rostrote Schotterfeld schweifen – eine Landschaft, wie er sie auf dem Mars erwartet hätte. Hier herrschten Dürre und Eintönigkeit, so weit das Auge reichte. Dennoch gab es etwas, das diesen Ort einzigartig machte: die Geoglyphen, für die die Region bekannt geworden war. Über eine Fläche von fünfhundert Quadratkilometern erstreckten sich mehr als tausendfünfhundert der berühmten Scharrbilder. Linienmuster und geometrische Formen gehörten ebenso dazu wie figürliche Darstellungen von Menschen und Tieren. Auf dem Transatlantikflug nach Südamerika hatte Diego alles über die Nazca-Kultur gelesen, was das Recherche-Team darüber zusammengestellt hatte. Die ersten Geoglyphen waren angeblich um 800 v. Chr. entstanden, die letzten etwa tausend Jahre später, aber eindeutig war das nicht. Auch zu welchem Zweck sie geschaffen worden waren, konnte bis heute niemand mit Sicherheit sagen. Es gab viele Theorien, angefangen von religiösen und astrologischen Erklärungen bis hin zu von Dänikens viel diskutierter These, bei den Scharrbildern handle es sich um Landebahnen für außerirdische Besucher. Der Fantasie schienen keine Grenzen gesetzt zu sein.

Diego kniff die Augen gegen das Sonnenlicht zusammen und verglich die geometrischen Linien unter sich mit einem Computerausdruck, den Nadjiv Daoud ihnen in Marokko gegeben hatte. Er nickte. »Ja, das ist die Stelle, die auf dem Kreuz eingraviert ist!«, rief er. »Auch die GPS-Koordinaten stimmen überein. Ich möchte zu gerne wissen, was an diesen Linien so besonders ist.«

Die Frage beschäftigte ihn, seit er Nadjiv Daouds Haus in Marokko verlassen hatte. Viele Nazca-Geoglyphen waren mit großem künstlerischem Aufwand erstellt worden. Sie zeigten stilisierte Abbildungen von Insekten, Affen, Spinnen, Vögeln, Walen und anderen Tieren, gelegentlich auch von Menschen. Im Vergleich dazu waren die abstrakten geometrischen Formen wie die, die sich unter ihm erstreckten, völlig unspektakulär. Warum hatte der Künstler, der das Goldkreuz geschaffen hatte, sich ausgerechnet für diesen Teil der Nazca-Hochebene entschieden?

Noch etwas passte für Diego nicht zusammen: Das Kreuz war Anfang des siebzehnten Jahrhunderts von Clementus Oliveira vergraben worden und damit mindestens vierhundert Jahre alt. Die Nazca-Geoglyphen waren jedoch erst Anfang der 1920er-Jahre entdeckt worden, da sie vom Boden aus nicht zu erkennen waren. Erst vom Flugzeug aus hatten sie ihr Geheimnis offenbart. Aber wie kamen die Gravuren dann auf das Kreuz?

So viel Diego darüber nachdachte, er fand darauf keine befriedigende Antwort. Waren das Kreuz und der Zettel in der Lederhülle eine Fälschung? War womöglich schon der Brief von Clementus Oliveira gefälscht? Aber aus welchem Grund hätte jemand sich die Mühe machen sollen, ein so sonderbares Goldkreuz herzustellen und dann alles so aussehen zu lassen, als sei es bereits vor vierhundert Jahren vergraben worden? Das ergab keinen Sinn, es sei denn, *E-TV* hätte die Fälschungen selbst erstellt.

Dazu passte auch, dass der Goldlegierung Titan beigemischt worden war – ein Element, das zu Beginn des siebzehnten Jahrhunderts, also zu der Zeit, in der Oliveira angeblich das Kreuz vergraben hatte, noch gar nicht entdeckt worden war.

Aber waren die Macher von *E-TV* tatsächlich so dumm, ein angeblich historisches Rätsel zu fingieren und dabei derart offensichtliche Fehler zu begehen? Falls *Goldfieber* sich als Betrug herausstellte, wäre der Sender ein für alle Mal erledigt. Doch wenn die ganze Geschichte kein Betrug war, bedeutete das, dass derjenige, der das Kreuz erschaffen hatte, seiner Zeit weit voraus gewesen war. Wer hatte schon vor über vierhundert Jahren von den Nazca-Linien gewusst und sein goldenes Kunstwerk mit Titan versetzt, um es härter und beständiger zu machen?

Eine Stunde lang kreiste der Hubschrauber über den Zielkoordinaten. Diego und Noah McCoyle suchten mit ihren Ferngläsern das Gelände nach Auffälligkeiten ab, aber da sie nicht die geringste Ahnung hatten, wonach genau sie Ausschau halten sollten, blieb die Suche erfolglos.

Also beschlossen sie, sich das Areal aus der Nähe anzusehen.

Nachdem der Hubschrauber gelandet war, schulterten sie ihre Rucksäcke und setzten ihre Suche zu Fuß fort. Vielleicht ergaben sich vom Boden aus Erkenntnisse, die ihnen aus einem Kilometer Höhe verborgen geblieben waren.

Die Gegend, die sie durchwanderten, war menschenleer. Der Himmel strahlte in wolkenlosem Blau, und es wehte eine angenehme Brise.

Während sie das Gelände durchstreiften, stellten sie sich immer wieder dieselben Fragen: Wonach hielten sie eigentlich Ausschau? Was hatte der Künstler, der das Goldkreuz geschaffen hatte, ihnen sagen wollen? Was war an diesem kargen Fleckchen Erde so wichtig, dass er es als Gravur auf seinem Kunstwerk verewigt hatte?

Diego und McCoyle suchten das Gelände auch nach den

anderen Darstellungen auf dem Kreuz ab. Einige Symbole konnten sie überhaupt nicht einordnen, aber es gab auch ein paar sehr prägnante figürliche Darstellungen, die ihnen gewiss auffallen würden, wenn sie sie in der freien Natur sahen. Allerdings machten sie sich keine allzu großen Hoffnungen. Die Hochebene von Nazca war schon von Heerscharen von Forschern untersucht worden, aber Bilder, wie das Kreuz sie zeigte, waren noch nie gefunden worden. Wie wahrscheinlich war es also, dass ausgerechnet er und McCoyle darauf stießen, selbst, wenn solche Darstellungen tatsächlich hier draußen existierten? Dennoch wollten sie sich nicht entmutigen lassen.

McCoyle hielt sich die ganze Zeit über wacker auf den Beinen. Seine Lungen schienen ihm nur noch insoweit Probleme zu bereiten, als er ein wenig kurzatmig wirkte und während des Wanderns wenig sprach.

Am Abend stellten sie ihr Zelt auf, und Diego machte eine Dose Gemüseeintopf auf seinem Campingkocher warm. Anschließend zeichneten sie ihre heutige Route auf einer Karte ein und besprachen, wie sie morgen weitermachen wollten.

Auch die nächsten beiden Tage brachten keinen Erfolg. McCoyle akzeptierte das mit stoischer Gelassenheit, aber bei Diego brannten allmählich die ersten Sicherungen durch. Geduld war noch nie seine Stärke gewesen, und die Aussicht, dass die Suche sich noch ewig hinziehen konnte, machte es nicht gerade besser.

Irgendwann blieb er unvermittelt stehen, mitten im Nirgendwo. »Es ist sinnlos«, sagte er.

»Was meinen Sie?«, fragte McCoyle und drehte sich zu ihm um.

»Na, *das* hier! Uns. Die Einöde. Die ganze verdammte Suche. Was wir hier tun, ist idiotisch.«

McCoyle seufzte. »Auch ich könnte mir etwas Schöneres

vorstellen. Aber wenn ich Sie daran erinnern darf: Wir haben leider keine andere Spur, die wir verfolgen könnten.«

»Die Darstellung auf dem Kreuz bezieht sich auf ein Gebiet von dreißig Quadratkilometern. Und wir haben keinen Schimmer, was wir suchen. Oder ob es überhaupt noch da ist. Vielleicht hat es in den letzten vierhundert Jahren schon jemand gefunden. Dann laufen wir uns hier oben bis zum Sanktnimmerleinstag die Hacken wund. Ich bin dafür, dass wir den Hubschrauber rufen und uns wieder abholen lassen.«

McCoyle schüttelte seinen Glatzkopf. »Sie tun gerade so, als wären wir schon eine Ewigkeit unterwegs. Geht Ihnen immer so schnell die Luft aus, wenn Sie mal ein paar Schritte laufen müssen? Moses hat die ganze Sinaii-Halbinsel durchquert, und Sie fangen schon am dritten Tag mit dem Jammern an!«

»Ich bin nicht Moses.«

»Nein, Sie sind wie ein kleines, verwöhntes Gör, das trotzig mit der Welt hadert, wenn mal etwas nicht auf Anhieb gelingt.«

Diego wandte sich ab und stapfte weiter.

Danach herrschte für den Rest des Tages Funkstille.

Kapitel 56

Ägypten

Die Schatten wurden länger.

Emilia Emmerson tupfte sich mit einem Taschentuch den Schweiß von der Stirn und schirmte mit der Hand die Augen gegen die untergehende Sonne ab, um die Pyramiden besser sehen zu können, die sich im Gegenlicht wie gewaltige dunkle Berge aus der Staubebene der östlichen Sahara in den Himmel erhoben. Bald würde die Dämmerung einsetzen, und dann – endlich! – würde die Hitze des Tages nachlassen. An Tagestemperaturen von 35 Grad Celsius würde sie sich nie gewöhnen! Ein Teil von ihr sehnte sich schon jetzt nach London zurück, wo es zwar oft regnerisch oder neblig war, wo der Körper aber nicht ständig kurz vor dem Hitzekollaps stand.

London …

Automatisch wanderten ihre Gedanken zurück zu George, und sofort traten ihr Tränen in die Augen. Warum hatte er sterben müssen? Und wer hatte ihm das angetan? Mit dem Taschentuch wischte Emilia sich die Tränen aus dem Gesicht. George war ein unverbesserlicher Macho und zu echten Gefühlen gar nicht fähig gewesen. Das hatte sie oft geärgert und ihr sogar wehgetan. Aber den Tod hatte er nicht verdient.

»Sollen wir den Dreh lieber auf morgen verschieben?« Chris war neben sie getreten und prüfte die Lichtverhältnisse. »Wir müssen die Aufnahmen nicht heute machen, wenn dir nicht danach ist.«

Emilia schüttelte den Kopf. »Kommt nicht infrage«, sagte sie entschieden. »Das wäre den anderen gegenüber nicht fair. Wir drehen nach Plan. Ist alles vorbereitet?«

»Das Areal ist abgesperrt, und das Team steht bereit«, sagte Chris. »Wir warten nur noch, bis die Sonne so steht, dass es bei der Aufnahme so aussieht, als würde sie langsam an der Pyramidenschräge hinunterwandern. Das habe ich schon mal in einer Doku über Ägypten gesehen. Das sieht wahnsinnig stimmungsvoll aus.«

»Immer auf der Suche nach der perfekten Einstellung.« Emilia gelang ein kleines Lächeln. »Gib mir Bescheid, wenn wir anfangen können.«

Chris nickte und ging wieder hinüber zu UCLA, dem Team der Universität von Kalifornien, das zu gleichen Teilen aus Studenten und Professoren bestand. Hinter dem Absperrband, das von uniformierten Polizisten bewacht wurde, hatte sich eine beachtliche Menschenmenge gebildet, schaulustige Einheimische ebenso wie Touristen, die ihren Besuch bei den Pyramiden mit einem Blick auf die Dreharbeiten von *Goldfieber* abrunden wollten. Emilia stöhnte innerlich auf. Ihr wäre ein ruhiger Dreh ohne Publikum lieber gewesen.

Am Nachmittag hatte der Sprecher von UCLA versucht, ihr zu erklären, wie das Team ausgerechnet auf Gizeh als möglichen Fundort für den Schatz gekommen war. Es stützte sich dabei auf einen ganz bestimmten Teil des Kreuzes: kleine Symbole, die in mehreren Reihen untereinander angeordnet waren und die die Experten von *E-TV* als Schrift interpretiert hatten. Die Schriftzeichen selbst hatten die UCLA-Mitglieder zwar bislang nicht entschlüsseln können, aber ihnen war aufgefallen, dass eines der Schriftsymbole – ein Quadrat mit zwei Diagonalen – nicht nur aussah wie eine Pyramide von oben, sondern dass dieses Zeichen in dem gravierten Text genau drei Mal vorkam. Noch dazu entsprach die Anordnung dieser drei Symbole zumindest ansatzweise der Position der Cheops-, Chephren- und Mykerinos-Pyramide. Für UCLA war das der Beleg dafür, dass die Inschrift auf dem Kreuz sich auf diesen Ort hier bezog. In wenigen Minuten wollten sie diese Theorie vor laufender Kamera erläutern. In den nächsten Tagen wollten sie damit beginnen, die Gegend nach weiteren Hinweisen auf dem Kreuz abzusuchen.

Emilia seufzte. Sie war hierhergekommen, weil sie nicht ständig an Georges Tod denken wollte, aber sie schaffte es nicht. Sie konnte sich einfach nicht auf ihre Arbeit konzentrieren. Zum ersten Mal in ihrem Leben hatte sie Angst davor, ein Interview zu vermasseln, noch dazu vor so vielen Schaulustigen hinter dem Absperrband. Sie fühlte sich müde und leer und immer noch unendlich traurig.

Ein schriller Pfiff holte sie aus ihren Gedanken. Chris stand hinter seiner Kamera und winkte sie mit einem aufmunternden Lächeln zu sich herüber.

Emilia steckte das Taschentuch weg und ging zu ihm.

Kapitel 57

Schweizer Jura

Diesmal war der Orden vollzählig. Sogar Victoria war aus den USA angereist, um an der Zeremonie teilzunehmen.

Fischer wusste, dass sie nicht wegen ihm gekommen war. Das Goldkreuz hatte sie gelockt. Mehr als alles andere symbolisierte es die alten Werte und Traditionen, vor allem aber spiegelte sich darin die enorme Macht, die der Orden besaß. Mit dem Goldkreuz in ihrem Besitz waren sie in der Lage, den Schatz zu finden und zu neuer Stärke zu gelangen.

Fischer war froh über Victorias Kommen. Ihre Solidarität gab ihm Zuversicht. Der Orden brach nicht mehr weiter auseinander, er hielt wieder zusammen. Der nächste Schritt würde darin bestehen, neue Mitglieder zu gewinnen. Einen Moment lang gestattete Mark Fischer es sich, in der Vorstellung zu schwelgen, die Zeremonie in dieser Höhle mit fünfzig oder gar hundert Mitgliedern abzuhalten, zu einer richtigen Glaubensgemeinde zu sprechen und über das Internet ein weltweites Ordensnetzwerk aufzubauen. Aber noch war es nicht so weit. Und hier und jetzt gab es nichts Wichtigeres, als das Wiederauftauchen des Goldkreuzes würdig zu feiern.

In ihren Grundzügen glich die Zeremonie der letzten: Alle Ordensmitglieder hatten wie immer ihre Kleidung gegen Fellumhänge ausgetauscht. Fischer trug als Einziger wieder einen Wolfspelz. Die Fackeln an den Wänden warfen gespenstische Schatten an die Wände, und aus den mit Öl ausgegossenen Bodenvertiefungen leckten an unzähligen Stellen Flammen empor. Auch das Buch mit den metallisch schimmernden Seiten lag wieder vor Mark Fischer, und er zitierte daraus alte Liedtexte, die die anderen nachsangen.

Aber im Vergleich zum letzten Mal gab es auch Unterschiede. Die Lieder waren anders, sie klangen melodiöser und weniger bedrohlich. Und es gab keine Ziege als Blutopfer. Für das Festritual hatten die sechs Ordensmitglieder sich um eine steinerne Mulde gesetzt, deren äußerer Rand einen perfekten Kreis bildete. In ihrer Mitte lag auf einer Art Sockel das Goldkreuz, das im Schein der vielen kleinen Feuer geheimnisvoll schimmerte.

ta'dé – paruk elam tani'de ta'dé – kalam ala maliban tan' aka dé
balpan hak'la ba nashi //\\ pan'dé hakan ta hé
Ihr Götter, wir sind eure treuen Diener.
Ihr Götter, wir bewahren euer Vermächtnis
bis der Tag kommt, an dem die Wahrheit offenbart werden soll.

Während sie sangen, ließen sie abwechselnd eine Steinkugel in der Mulde kreisen. Langsam, beinahe wie in Zeitlupe, rollte die schwere Kugel immer wieder in spiralförmigen Bahnen dem tiefsten Punkt entgegen, bevor sie mit einem dumpfen Klackern gegen den Sockel stieß, auf dem das Goldkreuz thronte. Dann nahm der Nächste die Kugel und ließ sie erneut kreisen, immer und immer wieder.

Die Körper der Versammelten begannen, sich im Rhythmus des Lieds zu bewegen, vor und zurück wie wogende Grashalme. Das Lied und die Bewegung halfen ihnen, einen Gleichklang zu finden, geistig miteinander zu verschmelzen. Mark Fischer fühlte sich plötzlich federleicht. Wie in Trance hob er seine Hand zu dem Amulett um seinen Hals und zog es sich über den Kopf. Mit ausgestreckten Armen hielt er es über die Mulde, während die Kugel rollte und rollte. Die anderen hoben jetzt ebenfalls ihre Arme und richteten sie auf das Amulett aus. Er spürte, wie ihre Energie sich bündelte.

Kapitel 58

Schweizer Jura

Leon Brenthoek schlich durch den nächtlichen Wald, die Pistole schussbereit in der Hand. In seiner schwarzen Tarnkleidung verschmolz er mit dem dunklen Dickicht. Schritt für Schritt pirschte er hangaufwärts, langsam und nahezu geräuschlos. Nur ab und zu knackte ein Ast unter seinen Schuhsohlen. Über der Gesichtsmaske trug er ein Headset, über das er mit seinen Kollegen Kontakt hielt. Das Nachtsichtgerät, das er wie ein Visier vor die Augen geklappt hatte, tauchte den Wald in einen grünlichen Schimmer.

Sie waren zu zwölft. Vor einer Stunde hatte der Helikopter sie auf der anderen Seite des Berges abgesetzt. Von dort aus waren sie zu Fuß hierhergekommen, nun durchstreiften sie den Wald in einer Kettenformation wie ein Sondereinsatzkommando der Polizei. Aber sie waren keine Polizisten. Eher das Gegenteil.

Brenthoek warf einen Blick auf den GPS-Empfänger an seinem Handgelenk. »Nummer eins an alle. Haltet die Augen offen. Hier ist das Signal verschwunden«, raunte er in sein Headset.

Sie hatten den Sender, mit dem der Koffer mit dem Goldkreuz präpariert worden war, von London aus bis zu dieser Stelle im Schweizer Jura verfolgt. Hier war er vor etwa zwei Stunden zum letzten Mal geortet worden.

Ob Fischer den Sender entdeckt und ihn zerstört hatte? Leon Brenthoek hielt das für unwahrscheinlich. Der Sender war kleiner als ein Stecknadelkopf und tief in die Schaumstoffpolsterung gesteckt worden. Und dass der Sender einen Defekt hatte, konnte Brenthoek sich auch nicht vorstellen.

Aber warum empfing er dann keine Signale mehr?

»Nummer sieben an Nummer eins«, meldete sich eine Stimme über das Headset. »Hier ist was. Eine Spalte im Fels. Eine Art Höhleneingang.«

Das musste es sein! Wenn Fischer mit dem Koffer in einer Höhle verschwunden war, würde das Signal von den meterdicken Felswänden verschluckt. Brenthoek befahl seinen Männern, sich bei Nummer sieben zu treffen. Drei sollten draußen bleiben und die Position sichern. Die anderen neun zwängten sich durch den schmalen Eingang ins Innere des Berges.

Sie fanden sich in einem engen, natürlich entstandenen Gang wieder, kaum breit genug für einen ausgewachsenen Mann. Aber schon nach wenigen Metern wurde er breiter. Durch das Nachtsichtgerät schimmerten die Felsen grün, als seien sie von lumineszierenden Algen überzogen, wie in einer vergessenen Unterwasserwelt. Mit einer knappen Geste wies Brenthoek zwei seiner Männer an, die Vorhut zu bilden, zwei andere stellten die Nachhut. Er selbst hielt sich gemeinsam mit den vier anderen in der Mitte.

Lautlos arbeiteten sie sich mit den Waffen im Anschlag vorwärts. In zahlreichen Windungen führte der Gang immer tiefer ins Berginnere hinein.

Plötzlich glaubte Leon Brenthoek etwas zu hören. Täuschte er sich oder wurde da gesungen? Und vor ihnen, wo der Gang nach links abbog, zeichnete sich klar und deutlich ein heller Lichtkranz ab.

Brenthoek wartete, bis die Vorhut die Lage sondiert hatte und Entwarnung gab. Dann rückte er mit seinem Trupp nach. Der Lichtschimmer wurde heller, der Gesang lauter. Schließlich erreichten sie das Ende des Gangs. Vorsichtig spähte Brenthoek hinter der Felswand hervor und blickte in eine große Kammer, die mit ihren unzähligen kantigen Steinsäulen und Felsmauern wie ein gewaltiger Irrgarten wirkte.

Dort vorne müssen sie sein, dachte Brenthoek, und er spürte eine wohlige Wärme in sich aufsteigen, wie immer, wenn er kurz vor dem Ziel war. Baron Tessla hatte ihm von den alten Legenden erzählt und vermutet, dass Fischer sich mit den anderen Tempelhütern treffen wolle, um das Wiederauftauchen des Goldkreuzes zu feiern. Offenbar hatte er recht gehabt.

Inzwischen hatte die Nachhut aufgeschlossen, und Brenthoek befahl seinen Männern, nach beiden Seiten auszuschwärmen. Ihr Ziel war es, die Templer einzukreisen, um sie gefangen zu nehmen und aus ihnen herauszupressen, wo der Schatz versteckt war, zu dem das Kreuz der Legende nach führen sollte.

Auch Brenthoek schlich näher zum Zentrum der Höhle. Während er vorsichtig einen Fuß vor den anderen setzte, fiel ihm auf, dass der Steinboden unzählige Vertiefungen aufwies. Ihre Symmetrie – mäandernde Rillen, kreisrunde Mulden, rechtwinklige Dreiecke und andere geometrische Formen – verriet, dass sie von Menschenhand geschaffen worden waren. In einigen dieser Vertiefungen stand Wasser. Darin spiegelte sich das flackernde Licht, das vom Zentrum der Höhle bis hierher drang.

Brenthoek schlich weiter. Hinter der letzten Felsensäule blieb er stehen. »Nummer eins in Position«, flüsterte er in sein Headset.

Vier seiner Männer meldeten sich sofort. Die anderen vier hatten den hinteren Teil der Höhle noch nicht erreicht.

Brenthoek klappte sein Nachtsichtgerät nach oben, weil es ihn bei Gegenlicht nur behinderte, und spähte vorsichtig hinter der Steinsäule hervor. Was er sah, war wie ein Blick in eine ferne Vergangenheit, ein Blick zurück in die Zeit der Menschwerdung: Auf dem Boden, unweit der hinteren Höhlenwand, hockten sechs in Felle gekleidete Gestalten, beschienen von Fackeln, die an den Wänden hingen, und von zwei Dutzend kleiner Feuerstellen. Es waren drei Männer und drei Frauen. Sie saßen um eine Mulde herum, ließen darin eine Steinkugel kreisen und sangen dazu Lieder in einer fremden Sprache. Dabei streckten sie ihre Hände nach vorne und wiegten ihre Körper hin und her. Einer von ihnen – ein Mann mit einem Wolfsfell, der aussah wie ein Schamane – hielt eine Art Amulett in die Höhe. Mark Fischer. Wie die fünf anderen war er so sehr in das Ritual vertieft, dass er nichts um sich herum wahrnahm.

In der Mitte der flachen Mulde lag das Goldkreuz. Es ruhte auf einer Art Steinsockel, und während die sechs steinzeitlichen Gestalten immer wieder ihre archaischen Verse sangen, geschah etwas Unglaubliches: Das Kreuz fing an zu leuchten, und es zitterte, als würde eine unsichtbare Hand versuchen, es unter enormer Kraftanstrengung anzuheben. Das Leuchten wurde greller, das Zittern stärker, und schließlich hob das Kreuz sogar für einen kurzen Moment vom Boden ab.

Leon Brenthoek traute seinen Augen kaum. Hatte er das tatsächlich gesehen, oder hatte er es sich nur eingebildet? Hatte das Licht ihm womöglich einen optischen Streich gespielt?

Durch das Headset hörte er, dass jetzt alle Männer in Position waren. Nur ganz hinten, auf der gegenüberliegenden Seite der Höhle, war niemand, weil die Templer zu nah an der Wand saßen. Brenthoek war das nur recht. Hauptsache, sie konnten nicht entwischen.

»Beide Flanken vorrücken!«, flüsterte Brenthoek in sein Mikro. »Keiner schießt, bevor ich es sage. Denkt daran: Wir brauchen Antworten. Tot nützen sie uns nichts ...«

Irgendwo links von ihm stoben Fledermäuse auf. Die Templer unterbrachen ihren Gesang, ließen die Hände sinken und sahen in die Richtung, aus der das Geräusch gekommen war. Das Leuchten des Goldkreuzes erlosch.

Sie waren alarmiert!

»Zuschlagen!«, zischte Brenthoek in sein Mikro. »Sofort!«

Mit vorgehaltener Waffe schnellten die Männer gleichzeitig hinter den Steinsäulen hervor und traten in den Lichtkreis der Feuerstellen.

Eine Frau schrie auf und deutete mit dem Finger auf einen der maskierten Männer. Sofort sprangen die Templer in Neandertalergestalt auf und bildeten, Rücken an Rücken, einen engen Verteidigungsring. Ein paar von ihnen griffen sich die Holzpflöcke, die neben ihnen auf dem Boden gelegen hatten. Fischer hielt das Goldkreuz in Händen. Trotz des Überraschungsangriffs hatte er genug Ruhe bewahrt, um es nicht auf dem Steinsockel liegen zu lassen. Brenthoek nahm sich vor, diesen Mann im Auge zu behalten.

»Weiter vorrücken!«, befahl Brenthoek seinen Männern. »Aber vorsichtig. Diese Leute sind gefährlich.« Baron Tessla hatte ihn gewarnt, die Templer nicht zu unterschätzen. Außerdem hatte Brenthoek gerade gesehen, wie sie das Goldkreuz zum Leuchten und Schweben gebracht hatten. Wozu waren sie noch in der Lage?

Schritt für Schritt näherten sich Brenthoeks Männer den Templern. Diese rückten immer enger zusammen und wichen gleichzeitig zurück. Bis zur hinteren Höhlenwand waren es nur noch wenige Meter. Sie saßen in der Falle.

Plötzlich sprang Fischer mit einem gewaltigen Satz hinter einen Felsvorsprung.

Brenthoek gab einen Warnschuss ab.

Als Antwort kam eine Fackel geflogen. Scheppernd traf sie auf den Boden, eine lodernde Feuerspur hinter sich herziehend. Schon folgte eine zweite Fackel wie ein brennender Tomahawk.

Ein Teil der Höhle geriet in Brand. Die dritte Fackel landete nur wenige Meter vor Brenthoeks Füßen in einer der Pfützen und löste einen regelrechten Funkenregen aus, der auf andere Pfützen übergriff und sie ebenfalls entzündete. Die flammende Hitze schlug Brenthoek ins Gesicht. Für einen Moment musste er sich abwenden, aus Angst, von dem Feuer versengt zu werden. Als er sich wieder umdrehte, loderten die Flammen schon brusthoch. In den Pfützen war kein Wasser, sondern Öl oder Benzin!

Von links drang ein gellender Schrei durch die Höhle. Einer seiner Männer hatte Feuer gefangen und wankte wie eine lebendige Fackel über den Boden. Dabei schlug er wild um sich, um das Feuer zu ersticken. Einer der anderen eilte zu ihm, aber er kam nicht dicht genug an ihn heran, um ihm helfen zu können. Erst als der Brennende ohnmächtig zusammenbrach, gelang es seinem Kollegen, das Feuer auszuschlagen.

Brenthoek konzentrierte sich wieder auf die Templer, die den Zwischenfall genutzt hatten, um die letzten Meter bis zur hinteren Höhlenwand zurückzulegen. Dort erkannte Brenthoek jetzt einen Felsspalt, nur kniehoch, aber breit genug für einen Erwachsenen.

»Sie dürfen nicht entkommen!«, rief er. »Feuer frei! Aber ich will sie lebend!«

Einen Arm schützend vors Gesicht haltend, sprang er durch die vor ihm lodernde Flammenwand. Schüsse fielen. Am anderen Ende der Höhle stürzten die Templer auf den Felsspalt zu. Einer von ihnen schrie auf und stürzte zu Boden. Vier andere erschraken durch die peitschenden Gewehrsalven so sehr, dass sie ängstlich stehen blieben. Nur einer von ihnen konnte durch den Felsspalt entkommen.

Ausgerechnet Fischer.

»Vier und fünf, hinterher! Fischer hat das Goldkreuz«, befahl

Brenthoek. »Der Rest bleibt hier.« Mit der Waffe im Anschlag näherte er sich den Templern. Der Angeschossene lag auf dem Boden und hielt wimmernd sein blutendes Bein. Die anderen hatten sich um ihn geschart und sahen die Eindringlinge an wie verängstigte Tiere. Aber vielleicht war das nur ein Täuschungsmanöver, und sie planten bereits den nächsten Fackelangriff. Nach dem, was er soeben erlebt hatte, traute Brenthoek ihnen alles zu.

»Nummer sieben, wie geht's Nummer zwei?«, fragte er, ohne die Waffe sinken zu lassen.

»Er ist bewusstlos«, kam es durch den Kopfhörer. »Aber er muss so schnell wie möglich in ein Krankenhaus.«

»Nummer sieben, schaffen Sie ihn raus und organisieren Sie einen Hubschrauber. Nummern vier und fünf, was macht Fischer?«

»Wir sind an ihm dran. Aber hier ist es verdammt eng und kurvig. Schießen ist nicht möglich.«

»Melden Sie sich, wenn es etwas Neues gibt«, sagte Brenthoek. »Wir kümmern uns in der Zwischenzeit um die anderen.«

Die Templer begannen wieder zu singen, traurig und klagend, in ihrer fremdartigen Sprache, die nicht von dieser Welt zu sein schien. Sie hockten sich auf den Boden zu dem Verletzten und tauschten Blicke aus.

»Keine Bewegung!«, befahl Brenthoek. »Wenn ihr kooperiert, wird keinem von euch etwas geschehen!«

Die Templer schienen von ihm gar keine Notiz zu nehmen. Sie sangen unbeirrt weiter und warfen sich dabei vielsagende Blicke zu. Kein Zweifel, sie heckten etwas aus.

»Die Hände nach oben, damit ich sie sehen kann!«, rief Brenthoek. »Hoch damit! Ganz langsam!«

Tatsächlich hoben die Templer ihre Hände, aber nicht über

den Kopf, sondern zum Mund. Und noch während Leon Brenthoek sich fragte, was um alles in der Welt sie vorhatten, krümmten sie sich plötzlich wie von furchtbaren Schmerzen gepeinigt. Einer nach dem anderen sackte zur Seite, während ihnen weißer Schaum aus dem Mund hervorquoll.

Brenthoek eilte zu ihnen, aber es war zu spät. Sie hatten den Freitod gewählt, um nicht Gefahr zu laufen, ihr Geheimnis zu verraten.

Was jetzt? »Vier und fünf, was ist mit Fischer?«, sagte Brenthoek ins Mikro.

»Wir wissen es nicht genau«, kam es durch den Kopfhörer. »Der Gang hat einige Abzweigungen. Das ist das reinste Labyrinth!«

Auch das noch! Brenthoek unterdrückte einen Fluch und befahl dem Rest der Truppe, ebenfalls die Verfolgung aufzunehmen. Er selbst blieb in der großen Halle zurück, um Fischer den Rückweg abzuschneiden, falls er vorhatte, sich in seinem unterirdischen Irrgarten zu verstecken und sich, wenn alle Verfolger an ihm vorbeigezogen waren, zum Eingang zurückzuschleichen.

Aber je mehr Zeit verstrich, desto sicherer war Brenthoek, dass Fischer nicht hierher zurückkehren würde. Er beschloss, sein Versteck zu verlassen und die Höhle zu durchsuchen. Als Erstes nahm er sich die kreisförmige Mulde und die Steinkugel vor, die die Templer darin hatten kreisen lassen. Doch er konnte daran nichts Außergewöhnliches feststellen.

Um die Mulde herum lagen verschiedene Gegenstände: stumpfe Holzpflöcke, ein Paar Ziegenhörner sowie eine Handvoll kleiner geometrischer Figuren – Würfel, Pyramiden und sternförmige Gebilde –, in denen sich das flackernde Licht spiegelte. Am interessantesten fand Brenthoek eine Art Buch, dessen Seiten nicht aus Papier oder Pergament bestanden, sondern aus dünn ausgewalztem Metall, in das geheimnisvolle Symbole eingraviert waren. Zusammengehalten wurde das Ganze von einem fingerdicken Ring, auf den die einzelnen Seiten aufgefädelt worden waren.

Brenthoek beschloss, alles einzusammeln, damit Baron Tesslas Wissenschaftler es später untersuchen konnten. Vielleicht konnten sie herausfinden, wie die Templer das Kreuz zum Leuchten und Schweben gebracht hatten.

Seine Männer meldeten durchs Headset, dass Fischer noch immer wie vom Erdboden verschluckt war. Brenthoek ließ sie die Verfolgung fortsetzen, während er selbst die Höhle weiter in Augenschein nahm.

In einem dunklen Winkel fand er einige sauber zusammengefaltete Kleidungsbündel – offenbar die Straßenkleidung der Templer. Er durchsuchte sie, fand aber weder Brieftaschen noch Papiere noch sonst irgendetwas, das ihm Aufschluss über die Identität dieser Personen gegeben hätte. Hinweise auf das Versteck des Schatzes fand er ebenfalls nicht. Vielleicht hatten diese verfluchten Neandertaler mit der Möglichkeit gerechnet aufzufliegen und entsprechende Vorkehrungen getroffen.

Dann fiel sein Blick auf einen Gegenstand, der ein paar Schritte entfernt auf dem Boden lag, etwa dort, wo Fischer sich verschanzt und mit den Fackeln geworfen hatte. Brenthoek ging hin und hob den Gegenstand auf – es war das Amulett, das Fischer beim kollektiven Gesang in die Höhe gehalten hatte. Es war handtellergroß, etwa fünf Millimeter dick und auf beiden Seiten mit Symbolen verziert. Durch ein kleines Loch am Rand führte ein dünner Lederriemen, damit man es um den Hals tragen konnte. Trotz seiner Größe lag das Amulett erstaunlich leicht in der Hand.

Welche Rolle hatte es bei der Zeremonie vorhin gespielt? Kam ihm womöglich eine zentrale Rolle zu? Immerhin waren die Arme der um die Mulde sitzenden Templer auf dieses Amulett gerichtet gewesen, kurz bevor das Goldkreuz zu leuchten, zu zittern und vielleicht sogar zu schweben begonnen hatte.

War das Amulett der Schlüssel zu einer sinnvollen Erklärung?

Kapitel 59

Schweizer Jura

Als Mark Fischer sich durch den engen Felsspalt quetschte, fühlte er sich wie ein Ertrinkender, der im letzten Moment die rettende Wasseroberfläche erreicht. Japsend schnappte er nach Luft.

Vorsichtig sah er sich um. Er stand auf einem steilen Hang mitten im Wald, umgeben von nichts als Bäumen, Dunkelheit und Nebel. Das Laub und Moos um seine nackten Füße war nass, offenbar hatte es geregnet. Von irgendwoher drang der gedämpfte Ruf einer Eule zu ihm.

Die Felsspalte hinter ihm war einer von insgesamt vier Höhlenzugängen. Alle lagen über zwei Kilometer voneinander entfernt. Fischer hielt es daher für unwahrscheinlich, dass ihm hier draußen jemand auflauerte. Niemand außer den Templern kannte dieses unterirdische Höhlensystem.

Seine Gedanken wanderten zurück zu seinen Ordensbrüdern und -schwestern. Er hatte keinen Zweifel daran, wie sie sich verhalten hatten – auch er hätte keine Sekunde gezögert, die Zyankalikapsel zu schlucken, um in den Händen der Feinde nicht zum Verräter zu werden. Bei der Aufnahme in den Orden hatten alle den heiligen Eid geschworen, die Wahrung ihres Geheimnisses sogar über das eigene Leben zu stellen.

Seine Augen wurden feucht. Aber jetzt war nicht die Zeit für Trauer. Er sog die frische Nachtluft ein wie ein belebendes Elixier und lief los.

Was die maskierten Kerle wollten, war ihm klar: das Goldkreuz, das er fest an sich gedrückt hielt und das inzwischen so schwer wog, dass er seine Arme kaum noch spürte. Aber wer waren die Verfolger? Antiquitätenräuber? Geheimdienstmitarbeiter? Militante Mitglieder der katholischen Glaubenskongregation? Alle kamen in Betracht. Die entscheidende Frage lautete: Wer kannte die alten Legenden? Wer wusste von den Tempelwächtern und vom Ursprung ihres Glaubens? Wer – außer der katholischen Kirche, die in Zeiten der Inquisition Antworten durch grausame Folter erzwungen hatte?

Und wie hatten die Verfolger die Höhle entdeckt?

All diese Fragen kreisten ihm im Kopf herum, während er, das Kreuz an die Brust gepresst, am schlüpfrig nassen Steilhang entlanglief. Immer wieder hielt er kurz an, um zu lauschen und in die Nacht zu starren. Aber falls die Verfolger ihm auf der Spur waren, konnte er sie jedenfalls nicht entdecken.

Irgendwann wusste er nicht mehr, wie lange er schon durch den Wald gelaufen war. Er fühlte sich so erschöpft, dass er nicht mehr weiterkonnte. In einer Erdmulde voller Laub kauerte er sich zusammen und deckte sich notdürftig mit Reisig zu, nicht nur, um sich zu wärmen, sondern vor allem, um sich zu tarnen. Zitternd vor Kälte schloss er die Augen.

Als er aus dem Schlaf hochschreckte, war es bereits hell. Durch die Wipfel der Kiefern und Tannen schimmerte ein wolkenloser Himmel. Nach dem Sonnenstand zu urteilen, war es etwa zehn Uhr.

Noch benommen von Müdigkeit, schob er das Reisig zur Seite und setzte sich auf. Seine steifen Gelenke schmerzten, als steckten Nadeln darin, und er klapperte mit den Zähnen. Er war völlig durchgefroren.

Die Erinnerung an die Geschehnisse der letzten Nacht sickerte in sein Bewusstsein, und sofort war er hellwach. Vorsichtig blickte er sich um. Die Sicht war gut, nur hier und da hielten sich hartnäckig ein paar Nebelschlieren zwischen den Ästen.

Alles war ruhig. Dennoch traute er dem Frieden nicht.

Er wischte sich das nasse Laub vom Fellumhang und nahm das Goldkreuz an sich, das neben ihm auf dem Boden lag. Es schien eine ganze Tonne zu wiegen. Seine Armmuskeln brannten. Aber er musste weiter.

Gegen Mittag erreichte er an einem grasbewachsenen Hang eine Almhütte mit einem Ziegenstall und einer Koppel. Eine Weile beobachtete er das Gut vom Waldrand aus, aber es war keine Menschenseele zu sehen. Schließlich wagte er es, zur Hütte zu schleichen.

Die Tür knarzte, als er sie vorsichtig öffnete. Der Duft von Kaffee und frisch gebackenem Brot stieg ihm in die Nase – eine Verlockung, der er nicht widerstehen konnte.

Nachdem er sich in der Küche bedient hatte, ging er über eine schmale Treppe nach oben. Vielleicht war dort das Schlafzimmer. Er brauchte dringend andere Kleidung, denn mit seinem Fellumhang würde er nicht weit kommen, ohne Aufsehen zu erregen.

Tatsächlich, oben war das Schlafzimmer. In einem roh gezimmerten Holzschrank fand Fischer alles, was er brauchte, sogar in der richtigen Größe. Ein echter Glückstreffer! Er legte das Goldkreuz auf das Bett und wollte sich gerade umziehen, als er hinter sich ein Geräusch hörte. Erschrocken fuhr er herum. Vor ihm stand eine rundliche Frau mit einer Mistgabel in den Händen, deren Zinken auf ihn gerichtet waren. Feindselig starrte sie ihn an.

»Ich brauche etwas zum Anziehen«, sagte Fischer entschuldigend. »Bitte helfen Sie mir.«

Einen Moment lang glaubte Fischer, die Frau würde ihn angreifen. Aber dann ließ sie die Mistgabel sinken und nickte.

Kapitel 60

Peru

Andalusischer Stolz und irische Dickköpfigkeit hatten dazu geführt, dass Diego und McCoyle nicht mehr miteinander sprachen. Keiner der beiden war bereit, den ersten Schritt zu tun, um sich wieder zu versöhnen, auch wenn der Auslöser für den Streit lächerlich gewesen war.

Diego hatte sich bemüht, sich wieder auf die Suche zu konzentrieren, aber die Tatsache, dass McCoyle ihn als *verwöhntes Gör* bezeichnet hatte, nur weil er es für sinnlos hielt, noch länger hier oben herumzuirren, ärgerte ihn maßlos. Er wünschte McCoyle die Pocken an den Hals, oder juckenden Ausschlag oder wenigstens einen ordentlichen Durchfall, um ihn dann seinerseits ein bisschen zu demütigen. Aber nichts dergleichen geschah.

Am nächsten Morgen versuchte Diego noch einmal, mit dem irischen Querschädel ein vernünftiges Gespräch zu führen, weil er nicht länger seine Zeit mit einer sinnlosen Suche verschwenden wollte. »Begraben wir das Kriegsbeil von gestern, und versuchen wir es noch mal mit Logik«, sagte er, darauf bedacht, nicht den Eindruck zu erwecken, als wolle er sich für etwas entschuldigen.

»Sie machen mich neugierig.« McCoyle fixierte ihn mit einem frostigen Blick. »Logik – ich bin gespannt, wie das aus Ihrem Mund klingt.«

Diego ignorierte die Spitze. »Dieses Nazca-Gebiet hier ist nur eines von vielen Symbolen auf dem Kreuz. Es ist rein zufällig das erste, das wir entschlüsselt haben. Warum sollen wir ausgerechnet hier auf weitere Details stoßen?«

»Wie ich bereits sagte: Wir haben keine andere Spur«, entgegnete McCoyle.

»Wäre es nicht vernünftiger, die anderen Symbole zu entschlüsseln, anstatt uns an die Hoffnung zu klammern, dass wir ausgerechnet hier weitere Hinweise finden?«

»Die anderen Symbole entschlüsseln!«, schnaubte McCoyle. »Als ob das einfacher wäre! Das haben wir doch schon tagelang versucht, und unser Recherche-Team ist immer noch dran. Wenn die etwas herausgefunden hätten, wüssten wir es längst. Ob wir beide uns auch noch den Kopf darüber zerbrechen, macht keinen großen Unterschied.«

»Aber es macht auch keinen großen Unterschied, wenn wir beide hier draußen die Nadel im Heuhaufen suchen.«

»Sie wollen also wieder mal aufgeben?«

»Ich will, dass wir es entweder richtig machen oder gar nicht!« Diego musste sich zwingen, nicht die Beherrschung zu verlieren. »Ich bin dafür, dass wir ins Hotel zurückkehren und dann entscheiden, ob wir uns hinter den Laptop klemmen und so lange recherchieren, bis wir zumindest noch ein oder zwei andere Symbole entschlüsselt haben, oder ob wir die Suche hier draußen fortsetzen – dann aber mit einer richtigen Suchmannschaft, zwanzig oder dreißig Leute, mit denen wir die Gegend durchkämmen und notfalls jeden Stein einzeln umdrehen können.«

McCoyle ließ sich Diegos Argumente durch den Kopf gehen. »Vielleicht haben Sie recht«, lenkte er schließlich ein. »Wenn wir zu zweit weitersuchen, ist die Gefahr zu groß, dass wir etwas Wichtiges übersehen. Also rufen Sie den verdammten Hubschrauber, damit wir zum Hotel zurückkommen.«

Eine Stunde später brachte der Hubschrauber sie zu ihrem Jeep. Nach anderthalb Stunden Fahrt erreichten sie schließlich das *Ermita Madera*, eine Art Lodge mit kleinen, spartanisch eingerichteten Blockhaus-Apartments. Wenigstens gab es fließend Wasser und elektrischen Strom. Sogar ein alter Röhrenfernseher mit Teleskopantenne stand auf der Kommode.

Nachdem sie sich erfrischt und in der Bar etwas gegessen und getrunken hatten, gingen sie in ihr Apartment zurück und gaben Khalid Aghani ihre neuesten Überlegungen durch. Der versprach, ihnen innerhalb von achtundvierzig Stunden einen kompetenten Suchtrupp zur Seite zu stellen.

Um die Zeit nicht nutzlos verstreichen lassen zu müssen, beschlossen Diego und McCoyle, noch einmal alle Dateien zu durchforsten, die das Recherche-Team ihnen zur Verfügung gestellt hatte, aber obwohl es viele interessante Details zu den Scharrbildern gab, fanden sie nichts, was sie bei ihrer Suche weitergebracht hätte.

McCoyle, der sich zwar lieber die Zunge abgebissen hätte, als zuzugeben, dass ihm der Tauchunfall noch in den Knochen steckte, legte sich unter dem Vorwand, er habe Kopfweh, früh ins Bett und schnarchte bald wie ein Sägewerk. Eine Weile versuchte Diego, nicht darauf zu achten, aber er merkte bald, dass es unmöglich war, sich bei dieser Geräuschkulisse zu konzentrieren.

Er zog sich den Kopfhörer seines MP3-Players über und drehte die Lautstärke auf. Bei den Klängen von Orffs *Carmina Burana* gelang es ihm, wieder einen klaren Kopf zu bekommen.

Er holte die Messingreplik des Kreuzes aus der Tasche und legte sie vor sich auf den Tisch. Die Stehlampe neben ihm warf warmes Licht darauf, sodass das Metall wirkte, als würde es von innen leuchten. Wie Nadjiv Daoud begann auch er, die feinen Gravuren mit dem Finger nachzufahren. Sprich zu mir, beschwor er das Kreuz in Gedanken. Erzähl mir dein Geheimnis.

Doch das Kreuz blieb stumm.

Während er beinahe zärtlich die Linien und Symbole auf dem Kreuz berührte, versuchte Diego, sich in dessen Erschaffer hineinzudenken. Was hatte er mit den Gravuren ausdrücken, welches Geheimnis hatte er verschlüsseln wollen? Wen sollten die Darstellungen auf dem Kreuz zum Schatz leiten, wen in die Irre führen? Je länger Diego das Metall berührte, desto stärker glaubte er die Hitze in dessen Inneren zu spüren. Beinahe hatte er das Gefühl, dass etwas von der Magie der Symbole auf ihn überging und er zu begreifen verstand. Aber noch bevor sich dieses Begreifen in einem konkreten Gedanken manifestieren konnte, war das Musikstück zu Ende und die Magie verpufft.

Nach *Carmina Burana* versuchte Diego, das Kreuz mit der *Peer Gynt Suite* zum Sprechen zu bringen – umsonst. Auch Strawinskys *Feuervogel* brachte keinen Erfolg. Er spürte, dass er nahe dran war, etwas Neues zu verstehen. Aber aus irgendeinem Grund schaffte er es nicht.

Er ging in die Bar, holte sich eine Flasche südamerikanischen Rioja und ging an seinen Arbeitstisch zurück. Der Wein schmeckte wie Essig, aber er schaffte es, Diego von seiner Denkblockade zu befreien. Da er auf Klassik keine Lust mehr hatte, stieg er auf Filmmusik um. Bei *Lawrence von Arabien* startete er seinen Laptop, um sich alle Gravuren noch einmal in der Vergrößerung anzusehen. Ein paar davon kamen ihm irgendwie bekannt vor – nur, woher?

Er beschloss, sich eingehender mit jenem Symbol zu befassen, das die meisten Assoziationen in ihm auslöste. Auf dem Kreuz sah es aus wie die kreisförmige Inschrift auf einer Münze, aber in der Vergrößerung sah man, dass es sich nicht um Schriftzeichen handelte, sondern um mehr oder weniger rechteckige

Figuren, die auf den ersten Blick wirkten, als habe jemand Bauklötze zu konzentrischen Kreisen angeordnet.

Bei einem zweiten Glas Rioja und den wundervoll harmonischen Klängen von John Barrys *Jenseits von Afrika* notierte Diego sich alle Assoziationen, die ihm beim Anblick des ringförmigen Symbols kamen. *Bauklötze* schrieb er als Erstes auf seinen Zettel. Danach folgten *Inselgruppe*, *Kieselsteine*, *Bergmassiv* und *Vulkankrater*. So richtig überzeugend war nichts davon.

Allmählich spürte Diego Müdigkeit in sich aufsteigen. Es war schon nach Mitternacht, aber er hatte sich so in seiner Arbeit festgebissen, dass er auf keinen Fall aufgeben würde. Um wach zu bleiben, brauchte er schnellere Rhythmen. Er entschied sich für John Williams berühmten Soundtrack von *Indiana Jones*. Kaum hatte er die ersten Takte gehört, spürte er schon, wie die Müdigkeit verflog.

Er goss sich das dritte Glas Wein ein. Wieder strich er mit den Fingern sanft über die Messingreplik. Wieder kam es ihm vor, als könne er die Macht der Symbole erspüren, sie in sich aufsaugen wie ein trockener Schwamm. Wieder kam ihm ein vager Gedanke, der allmählich Form annahm und sich dann zu verflüchtigen drohte.

Doch diesmal konnte er den Gedanken rechtzeitig greifen. Zuerst waren es nur zwei der Wörter, die er aufgeschrieben hatte. *Kieselsteine* und *Bauklötze*. Sie ergaben noch keinen Sinn, aber seine vom Geist des Weins angeregte Fantasie nahm die Assoziationen auf, spielte mit ihnen, entwickelte sie weiter. Aus den Kieselsteinen und Bauklötzen wurden mächtige Steinquader, größer als Menschen, ringförmig angeordnet, teils einzeln stehend, teils übereinander liegend.

Plötzlich wusste er, was das Symbol bedeutete.

Kapitel 61

Peru

Seit Stunden beobachtete Alban Paco durch sein Fernglas das *Ermita Madera*, das wie eine lockere Ansammlung von Holzhütten aussah. Er lag flach auf der Erde. Gegen die frostigen Nachttemperaturen hatte er einen Parka übergezogen. Dennoch kroch ihm die Kälte allmählich in die Knochen.

Nur drei von sieben Hütten waren belegt. Zwei davon lagen schon lange im Dunkeln, nur in einer brannte noch Licht. In Diego Camaros Hütte. Kurz vor Mitternacht hatte Paco beobachtet, wie Diego sich in der Bar eine Flasche Wein besorgte. Seitdem hatte er ihn nicht mehr gesehen. Die Vorhänge waren zugezogen, aber ab und zu zeichnete sich dahinter ein Schattenriss ab, wenn Diego im Zimmer auf und ab ging.

Inzwischen war auch in der Bar das Licht ausgegangen. Das ganze Areal lag in friedlichem Schlaf vor ihm. Nur Pacos alter Widersacher war noch wach.

Diego schien die neun Leben einer Katze zu besitzen. Als Paco bei einer der letzten Fernsehübertragungen von *Goldfieber* mitbekommen hatte, dass Diego bei der Explosion auf seiner Jacht gar nicht gestorben war, sondern dass er sich, ganz im Gegenteil, bester Gesundheit erfreute und noch dazu als Held der Sendung gefeiert wurde, hatte es dem *Skorpion* die Sprache verschlagen. Nach der Verblüffung war die Wut gekommen und danach das übermenschliche Verlangen, Diego Camaro endlich für Gabriéls Tod büßen zu lassen.

Der Internet-Newsticker von *Goldfieber* hatte Diegos Aufenthaltsort nur allgemein mit *Peru* angegeben. Aber glücklicherweise war die Sendung auch in diesem Teil der Welt so bekannt, dass Paco keine Mühe gehabt hatte, die Spur von Diego aufzunehmen. Er hatte ein bisschen recherchiert und Fotos von Diego auf Flughäfen, an Taxiständen, auf Bahnhöfen und bei Autovermietungen herumgezeigt.

Alban Paco warf einen Blick auf seine Armbanduhr. Kurz nach zwei. Hinter dem Vorhang hatte er schon lange keinen Schatten mehr gesehen. Vielleicht war Diego eingenickt.

Paco wartete noch eine Viertelstunde. Als sich dann immer noch nichts tat, beschloss er, sein Vorhaben endlich zu Ende zu bringen. Mit etwas Glück war bei einem der Fenster der Vorhang nicht ganz zugezogen. Wenn er genügend sah, konnte er vielleicht von außen den tödlichen Schuss abgeben. Aber vielleicht würde er es auch wagen, sich in die Hütte zu schleichen, um Diego aus nächster Nähe zu erschießen. Gewiss wäre das sogar die größere Befriedigung.

Alban Paco richtete sich auf, schulterte seinen Rucksack und schraubte den Schalldämpfer auf seine Pistole. Dann machte er sich im Schutz der Dunkelheit auf den Weg zum *Ermita Madera*.

Kapitel 62

Peru

»Wachen Sie auf! Ich glaube, ich habe etwas herausgefunden!« Diego schüttelte McCoyle, der wie ein Bär auf dem Bett lag und immer noch schnarchte, dass die Wände wackelten. »Aufwachen!«

McCoyle wurde zwar nicht wach, aber das Schnarchen hörte abrupt auf. Für einen Moment herrschte geradezu paradiesische Ruhe. Nur deshalb hörte Diego das leise Knarren der Holzbohlen draußen vor der Tür.

In seinem Kopf schrillte eine Alarmglocke los, und zwischen seinen Schulterblättern begann es wieder zu kribbeln. War das nur ein Tier? Wahrscheinlich. Aber er brauchte Gewissheit.

Vorsichtig stand er auf. Seine Pistole, die Khalid Aghani in seinem Hubschrauber nach Peru einschmuggelt hatte, steckte in seinem Rucksack, und der stand fünf Meter weit weg – zu weit, falls draußen jemand war, der es auf ihn abgesehen hatte.

McCoyle startete die nächste Phase seines Schnarchkonzerts, was Diego Gelegenheit gab, sich zu bewegen, ohne dass man ihn hören konnte. Zwar schien es ihm immer noch keine gute Idee zu sein, die Pistole zu holen, aber mit zwei lautlosen Schritten schaffte er es bis zum nächsten Stuhl. Er packte ihn an der Lehne, schlich weiter zum Eingang und hob ihn über die Schulter.

Die Klinke bewegte sich. Langsam. Vorsichtig. Diego stand hinter der Tür, sodass der Eindringling ihn nicht gleich sehen konnte, wenn er hereinkam. Um eine Chance gegen den Kerl zu haben, musste er ihn überraschen. Er musste ihm die Waffe aus der Hand treten, bevor er wusste, wie ihm geschah. Ihm den Stuhl über den Schädel ziehen, noch während er sich fragte, was überhaupt los war.

In diesem Moment wurde die Tür so heftig aufgestoßen, dass Diego zwischen der Tür und der Wand eingequetscht wurde. Die Klinke bohrte sich ihm in die Rippen, sodass es knackte. Er stöhnte vor Schmerz laut auf und ließ den Stuhl fallen, der seitlich aus dem Türspalt ragte, in dem er steckte. Die Tür gab ein Stück nach, kam aber gleich darauf mit noch größerer Wucht auf ihn zugerast. Der Knauf traf die angeknackste Rippe noch einmal, und einen Moment lang sah Diego nur noch grellbunte Sterne.

Dann ein leises Ploppen. Plötzlich war ein fingerdickes Loch in der Tür, und nur wenige Zentimeter neben Diegos Ohr schlug eine Kugel in die Hüttenwand.

In diesem Moment geschah etwas. Die Zeit schien für einen kurzen Augenblick anzuhalten. Nur in Diegos Kopf rasten die Gedanken. Eine Flut längst verdrängter Erinnerungen brach in ihm hervor, als habe der Schuss einen Staudamm geöffnet. Es war wie ein Stakkato blitzlichtartiger Bilder, das auf ihn einprasselte, wild und unkontrolliert – Messerstechereien, Straßenschlachten, Schießereien, Explosionen, schreiende Menschen, Verletzungen und Tod. Hunderte von bedrohlichen Situationen, denen er entkommen war – nicht etwa, weil er nur Glück gehabt hatte, sondern weil er in dem, was er getan hatte, gut gewesen war. Sehr gut sogar. Nur deshalb hatte er überlebt.

Zehn Jahre lang hatte er versucht, all das zu vergessen. Aber jetzt war alles wieder da, ungefiltert und so intensiv, als wäre es erst gestern geschehen.

Wieder durchschlug ein Schuss die Tür. Diegos linke Schläfe

begann zu brennen, als habe jemand sie mit siedendem Öl übergossen.

Automatisch übernahmen seine Instinkte jetzt die Kontrolle, und eine Welle ungebremster Energie überflutete ihn. Mit aller Kraft gab er der demolierten Tür einen Stoß, so kräftig, dass sie den Angreifer aus dem Gleichgewicht brachte. Die Tür gab nach, und er konnte sich befreien.

Der Kerl, der es auf ihn abgesehen hatte, war etwas kleiner als er, aber kräftig gebaut. Er trug schwarze Tarnkleidung, hatte eine Maske über dem Kopf und einen Rucksack auf dem Rücken. In der Rechten hielt er die Pistole mit dem Schalldämpfer, die er schon wieder in Anschlag bringen wollte.

Ohne darüber nachzudenken, sprang Diego auf ihn zu. Es gelang ihm gerade noch, die Hand mit der Waffe nach oben zu reißen, da löste sich auch schon der nächste Schuss. Diesmal schlug die Kugel in die Holzdecke ein.

Diego ballte die Faust und rammte sie dem Angreifer in den Magen. Der stöhnte auf und knickte zusammen. Der nächste Schlag traf ihn gegen die Schläfe, dann noch einer gegen das Kinn. Aber der Kerl hielt sich noch immer auf den Beinen. Er verpasste Diego zwei schnelle Haken – einen gegen die Leber und einen auf die angeknackste Rippe. Diego krümmte sich vor Schmerz und ihm wurde schwarz vor Augen. Dennoch blieb er im Kopf klar genug, um zu wissen, dass der nächste Schuss tödlich sein würde.

Instinktiv zog er das Knie hoch und rammte es dem Angreifer in den Unterleib. Der presste die Hände in den Schoß, krümmte sich und ging zu Boden. Mit seinem Rucksack auf dem Rücken sah er aus wie eine auf die Seite gekippte Schildkröte. Diego warf sich auf ihn und riss ihm die Pistole weg. Scheppernd schlitterte sie über den Boden. Dann zerrte er dem Kerl die Maske vom Gesicht – und erschrak.

Alban Paco.

Der Mann, der seine Familie umgebracht hatte.

»Aber du bist tot …«, murmelte Diego verwirrt.

»Noch nicht, Arschloch!«, presste Paco hervor.

Diego war so überrascht, dass er gar nicht richtig mitbekam, wie Pacos Hand zu seinem Gürtel glitt und ein Jagdmesser hervorzog. Erst als Paco zustieß, übernahm wieder Diegos Instinkt die Regie, und es gelang ihm im letzten Moment auszuweichen. Dennoch hinterließ die Klinge eine brennende Wunde an seiner Seite.

Diego griff nach der Hand mit dem Messer, um den nächsten Stich zu verhindern. Die Pistole! Wo ist seine verdammte Pistole?, dachte er und sah sich hektisch um.

Er entdeckte sie unter dem Tisch, nur drei Meter entfernt.

Während er weiter die Hand mit dem Messer umklammert hielt, schlug er Paco mit dem Ellbogen ins Gesicht, sodass dieser aus der Nase blutete. Mit etwas Glück hatte er ihm die Nase sogar gebrochen. Jedenfalls schien Diego die Gelegenheit günstig, an die Pistole zu gelangen.

So schnell es die Wunde in der Seite zuließ, krabbelte Diego auf allen vieren über den Boden. Endlich gelang es ihm, die Waffe zu greifen. Mit einem Ruck fuhr er herum, nur allzu bereit, den Rest des Magazins auf seinen alten Widersacher zu feuern.

Aber Paco war verschwunden. Diego hörte nur noch seine polternden Schritte auf der Veranda.

Er rappelte sich auf und lief zur offenen Tür. Nichts. Nicht einmal mehr Schritte. Paco war wie vom Erdboden verschluckt.

Mit vorgehaltener Waffe ließ er den Blick über die dunkle Ebene schweifen. Wo, zum Teufel, steckte der Dreckskerl?

Diego blieb noch ein paar Augenblicke im Eingang stehen, lauschend und beobachtend. Keiner der anderen Gäste schien etwas mitbekommen zu haben. Alles war ruhig.

Er warf einen Blick auf seine Wunde. Sein T-Shirt war an der Seite sauber aufgeschlitzt, der Stoff rot verfärbt und nass. Es war nur eine Fleischwunde, Gott sei Dank. Als Erstes musste er sie desinfizieren und verbinden, damit sie sich nicht entzündete.

Als er sich umdrehte, stand McCoyle vor ihm und rieb sich müde die Augen.

»Was ist denn mit Ihnen passiert?«, fragte der Glatzkopf.

»Sie haben nichts mitbekommen?«

»*Was* mitbekommen?«

Diego schüttelte beinahe belustigt den Kopf und ging zu seinem Rucksack, in dem der Verbandskasten steckte. »Sie haben wirklich einen gesunden Schlaf«, sagte er.

Kapitel 63

Peru

Diego und Noah McCoyle verließen das *Ermita Madera* noch in der Nacht, weil Diego befürchtete, er könne bei Tageslicht ein viel zu leichtes Ziel abgeben.

Der Streifschuss an der Schläfe war nur ein Kratzer, den er mit etwas Jod aus dem Verbandskasten behandelt hatte. Seine Rippen schmerzten, schienen aber nur angebrochen zu sein. Auch die Schnittwunde über der linken Hüfte war nicht gefährlich, aber sie blutete stark. Diego hatte sie desinfiziert und ein Antibiotikum gegen die Infektionsgefahr genommen. Anschließend hatte er sich von McCoyle einen Verband anlegen lassen, um die Blutung zu stoppen.

Ihre wenigen Sachen waren schnell gepackt und im Jeep verstaut. Auf dem Zimmertisch hinterließ Diego für die Motelbesitzer einen angemessenen Betrag für die durchlöcherte Tür und die Schäden in der Wand und in der Decke. Dann setzten sie sich in den Wagen und fuhren in die Nacht.

Von unterwegs aus informierten sie Khalid Aghani über den Zwischenfall, anschließend orderten sie den Hubschrauber, für den Fall, das Paco sie verfolgte. Als sie im Morgengrauen in Palpa ankamen, wartete Aghanis Pilot schon auf sie. Ein paar Minuten später befanden sie sich in der Luft, und Diego gelang es zum ersten Mal, sich wieder ein wenig zu entspannen. Endlich in Sicherheit, zumindest fürs Erste.

In Lima, vierhundertfünfzig Kilometer von Nazca entfernt, nahmen sie sich zwei Zimmer in einem *Holiday Inn* unweit des

Flughafens. Um kein Risiko einzugehen, checkten sie getrennt voneinander ein, mit einer halben Stunde Abstand. Außerdem verwendeten sie falsche Namen. Selbst bei Pacos guten Kontakten in aller Welt würde es Wochen, wenn nicht gar Monate dauern, bis er sie hier fand. Und so lange wollte Diego gar nicht bleiben. Er brauchte nur ein wenig Zeit, um sich zu erholen und in aller Ruhe über die Symbole auf dem Kreuz nachzudenken. In Nazca hatte er einen Geistesblitz gehabt, den er weiterverfolgen wollte.

Im Hotelrestaurant besorgte er sich zwei Flaschen Orangensaft und ein paar Gläser. Wenig später kam McCoyle zu ihm ins Zimmer, der eine große Portion Rührei mit Speck dabeihatte. Nach der langen Nacht konnten sie ein kräftiges Frühstück gut gebrauchen.

Nach dem Essen versorgte Diego noch einmal seine Wunde. Anschließend erläuterte er McCoyle seine Theorie.

»Musik weckt Assoziationen«, begann er. »Kennen Sie das?«

»Sie meinen, dass man an den Tod denken muss, wenn man Beethovens Fünfte hört?«

Diego hob die Augenbrauen. »So ähnlich. Nur, dass es bei musikalischen Menschen etwas differenzierter ist.«

McCoyles Walross-Schnauzer verzog sich zu einem Lächeln. »Wie kommen Sie darauf, dass ich unmusikalisch bin? Nur weil ich aussehe wie ein Stück Eichenholz?«

»Also gut. Beweisen Sie mir das Gegenteil.« Diego nahm seinen MP3-Player, wählte ein Musikstück aus und gab McCoyle die Kopfhörer. »Kommt Ihnen das bekannt vor?«

McCoyle brauchte nicht lange, um die Melodie zu erkennen. »*Indiana Jones*«, sagte er.

»Welcher Teil?«

»Wollen Sie mich verarschen?«

»Ehrlich gesagt – ja.« Diego grinste. »Aber zwischen den

einzelnen Teilen gibt es tatsächlich kleine Abweichungen im Thema. Das hier ist Teil drei. Kennen Sie den Film?«

»Das ist der mit Sean Connery. Klar kenne ich den.«

»Erinnern Sie sich auch an die Szene in Venedig? Wo sie in dieser Kirche nach einem versteckten Hinweis suchen?«

An McCoyles Augen konnte Diego erkennen, wie es in ihm arbeitete. Wie er versuchte, sich die angedeutete Szene in Erinnerung zu rufen.

»So wie Ihnen ging es mir letzte Nacht«, sagte Diego. »Ich habe diese Musik gehört, und irgendwo hat es bei mir im Hinterstübchen geklingelt. Der entscheidende Satz in dem Film lautet: Noch nie hat ein X irgendwo, irgendwann …«

»*… einen bedeutenden Punkt markiert*«, ergänzte McCoyle, der plötzlich ernst wurde. »Glauben Sie das wirklich?«, fragte er. »Dass das Goldkreuz ein X darstellt?«

»Und der Schatz liegt genau im Schnittpunkt«, sagte Diego. »Ja, das glaube ich. Die Gravuren an den vier Enden des Kreuzes sollen uns Hinweise geben, wo die Verbindungslinien auf der Landkarte ihren Anfangs- und Endpunkt haben. Nazca ist der Punkt im Westen. Stonehenge der im Norden.«

»Stonehenge? Wie kommen Sie darauf?«

Diego erklärte McCoyle seine Idee von letzter Nacht. Um sie zu überprüfen, loggte er sich ins Internet ein, lud ein Bild von Stonehenge aus der Vogelperspektive herunter und legte es über die Aufnahme des entsprechenden Abschnitts auf dem Kreuz. Nach wenigen Klicks zeigte der Bildschirm die beiden Fotos nebeneinander.

»Sie haben recht«, murmelte McCoyle, der Diego über die Schulter sah. »Die Darstellung auf dem Kreuz … Das ist eindeutig Stonehenge. Bis auf ein paar kleine Abweichungen absolut identisch, aber die Gravur ist ja schließlich mindestens vierhundert Jahre alt.« Langsam schüttelte er den Kopf, als könne er die Tragweite dieser Entdeckung noch gar nicht richtig begreifen. »Unfassbar«, murmelte er. »Zwei von vier Punkten auf dem Erdball haben wir schon lokalisiert. Wenn Sie weiter ein solches Tempo vorlegen, sind wir spätestens nächste Woche steinreich.«

Diegos Theorie zufolge mussten sie als Nächstes die beiden Symbole knacken, die die Endpunkte im Süden und Osten auf dem Erdball markierten. Das Zackenmuster, das für den westlichen Punkt stand, war offenkundig nicht als Draufsicht auf einen bestimmten Ort gemeint, so wie bei Nazca und Stonehenge, sondern als ein symbolisch verschlüsselter Ort. Sie hatten sich schon öfter Gedanken darüber gemacht, aber auch heute kam ihnen keine Idee, was dieses Symbol bedeuten konnte.

Deshalb beschlossen sie, zunächst nach dem südlichen Punkt auf der Landkarte zu suchen. Um Zeit zu sparen, informierten sie auch das Background-Team über Diegos Theorie, und tatsächlich dauerte es nur wenige Stunden, bis jemand eine Eingebung hatte: Das unregelmäßige Gebilde auf dem Kreuz, das auf den ersten Blick einer Inselkette glich, war die Darstellung des afrikanischen Grabenbruchs mit seinen großen Seen, vor allem dem Viktoriasee, dem Tanganjikasee und dem Malawisee. Somit umfasste das eingravierte Gebiet eine Fläche von vier Millionen Quadratkilometern.

Auf dem Kreuz ragte nach links ein kleiner Querstrich aus dem Viktoriasee. Dazu gab es auf der Landkarte zwar keine Entsprechung, aber angesichts des riesigen Areals vermuteten Diego und McCoyle, dass es sich dabei um die Konkretisierung des südlichen Zielpunkts handelte.

»Am linken Ende der Querlinie ist eine Markierung eingraviert«, sagte McCoyle mit Blick auf die Messingreplik, die auf dem Tisch vor ihnen lag. »Ich denke, derjenige, der das Kreuz erschaffen hat, wollte damit sagen, dass man hier den Zeichenstab ansetzen soll, wenn man das Kreuz auf die Landkarte malt. Die Frage ist nur: *Wie weit* liegt dieser Punkt vom Viktoriasee entfernt?«

»Das Kreuz wurde mit größter Präzision hergestellt«, sagte Diego. »Ich bin sicher, wir können die Entfernung aus dem Maßstab der Darstellung errechnen. Lassen Sie uns gleich mal sehen, wohin uns das führt.«

Sie maßen am Laptop die Entfernung zwischen den afrikanischen Seen und übertrugen die Werte auf die auf dem Kreuz eingravierte Querlinie. Nach ihren Berechnungen befand sich der Zielpunkt genau 1174,41 Kilometer westlich des Viktoriasees.

Mitten im Kongo.

Kapitel 64

Algier · Einen Tag später

In seinem geliehenen Ford Ranger bahnte Mark Fischer sich den Weg durch den morgendlichen Verkehr in der algerischen Hauptstadt. Es war das reinste Chaos. Lastwagen, Autos, Motorroller und Fahrräder, oft über und über beladen, drängten sich auf dem rissigen Asphalt, eine hupende, fluchende und nach Abgasen stinkende Blechlawine, die mal stockend, dann wieder in aberwitzigem Tempo durch die Stadt rollte. Falls es hier überhaupt so etwas wie Verkehrsregeln gab, schien niemand sie zu beachten.

Ein Mofafahrer mit zerschlissenem T-Shirt und ausgetretenen Flip-Flops scherte in einer halsbrecherischen Aktion vor ihm ein. Fischer trat auf die Bremse und brüllte ihm ein paar französische Schimpfwörter hinterher, die er während seiner jahrelangen Arbeit auf den Bohrinseln aufgeschnappt hatte. Der Mofafahrer ließ sich nicht davon beeindrucken und wechselte noch einmal die Spur.

Fischer versuchte, sich wieder zu beruhigen, aber sein Nervenkostüm war angekratzt. Ein Unfall würde ihm gerade noch fehlen! Er hatte das Goldkreuz sicher bis hierher geschmuggelt und wollte nicht wegen irgendeines durchgeknallten Mofafahrers auffliegen.

Irgendwann erreichte er die N8 in Richtung Süden, und der Verkehr lief allmählich geregelter. Im Westen berührte die Sonne schon fast den Horizont. Kleine baufällige Häuser standen wie hingewürfelt in der kargen Landschaft. Aus irgendeinem Grund vermittelte ihm der Anblick ein Gefühl von Geborgenheit.

Seine Gedanken wanderten zurück zu dem Überfall auf die Templer in der Schweiz. Die bewaffneten Männer ... die in Flammen stehende Höhle ... die nächtliche Flucht ... die freundliche Bäuerin, die ihm ein paar Kleidungsstücke ihres verstorbenen Mannes überlassen hatte. Sie hatte nicht einmal Fragen gestellt. Auf seine Bitte hin hatte sie ihm sogar ein bisschen Geld geschenkt – genug, um damit bis nach Basel zu kommen. Dort hatte er aus dem Schließfach des Ordens bei der *Credit Suisse* gefälschte Papiere und zehntausend Euro in bar mitgenommen. Den Schlüssel zu dem Schließfach trug er immer an einer Kette um den Hals.

In einem Internetcafé in Basel hatte er sich in den E-Mail-Account des Ordens eingeloggt. Falls einem der anderen Ordensmitglieder wider Erwarten die Flucht gelungen wäre, hätte Fischer dort eine Nachricht von ihm gefunden. Aber der Account war leer gewesen.

Bis heute hatte sich niemand gemeldet. Entweder waren die anderen gefangen genommen worden oder, was er für wahrscheinlicher hielt, sie waren tot. Um letzte Gewissheit zu erlangen, hätte er in die Höhle zurückkehren müssen, aber so sehr ihn das Schicksal seiner Brüder und Schwestern bewegte, es wäre viel zu riskant gewesen. Gewiss hatten ihm die bewaffneten Männer dort eine Falle gestellt.

Hinter ihm hupte ein Lkw. Fischer erschrak. Ein Blick auf den Tacho zeigte ihm, dass er viel zu langsam fuhr. Er trat aufs Gas und beschleunigte.

Zum tausendsten Mal fragte er sich, wer für den nächtlichen Überfall in der Höhle verantwortlich war. Aller Wahrscheinlichkeit nach die Glaubenskongregation. Der Nachfolger der römischen Inquisition. In den geheimen Archiven des Vatikans lagerten gewiss Hunderte von Vernehmungsprotokollen, in denen verzeichnet war, wie die Templer unter der Folter die Geheimnisse des Ordens verraten hatten. Aber gab es in der katholischen Kirche tatsächlich Kräfte, die die alten Prozessprotokolle kannten und die es auf den Templerschatz abgesehen hatten? Weil sie wussten, welche Macht er barg?

Tief in Gedanken versunken, fuhr Mark Fischer weiter.

Hitze, Staub und das gleichförmige Ruckeln des Wagens auf der holprigen Piste machten ihn allmählich schläfrig. An einer Tankstelle hielt er an und trank einen Kaffee. Außerdem deckte er sich mit Proviant und Wasserkanistern für die lange Reise ein. Danach setzte er seine monotone Fahrt fort.

Beinahe zwangsläufig tauchten vor seinem geistigen Auge wieder die Bilder seiner Brüder und Schwestern auf. Tot, alle fünf, daran gab es für ihn keinen Zweifel mehr. Trauer, Wut und Verzweiflung stiegen in Mark Fischer auf, während sein Blick starr auf die staubige Straße gerichtet war. Er dachte an Alberta Varese, Pierre Levasseur, Tamur Roganoff, Mia Gonzales und vor allem an Victoria Taylor. Victoria, die er in Amerika besucht hatte, um sie daran zu erinnern, wie wichtig sie für den Orden war. Sie hatte eingelenkt und war, ihrer Pflicht folgend, in die Schweiz gereist. Weil Mark Fischer dazu aufgerufen hatte.

Jetzt war sie tot, genau wie die anderen.

Er sah die Gesichter von Victorias Kindern vor sich. Lisa und Mick waren jetzt Halbwaisen. Charles, ihren Mann, hatte er zum Witwer gemacht. Ein furchtbares Gefühl.

Tränen trübten seinen Blick, rannen ihm über die Wangen und tropften auf sein Hemd. Der Orden, dem er seit seinem dreizehnten Lebensjahr angehörte, existierte der Legende nach seit ewigen Zeiten. Die *Wächter des ersten Tempels und Hüter des wahren Kreuzes.* Sie hatten Hungersnöte, Epidemien, Kriege und religiöse Verfolgung überstanden. Erst mit dem

Verschwinden ihrer heiligsten Reliquie – dem goldenen Kreuz der Väter – war der Orden, seiner Grundlage beraubt, in der Bedeutungslosigkeit verschwunden.

Fischer wischte sich mit dem Ärmel seines Hemdes die Tränen aus dem Gesicht. Vierhundert Jahre lang hatten sie im Stillen ausgeharrt, unauffällig, aber stets danach strebend, das verlorene Kreuz wiederzufinden. Fischer selbst hatte schon längst nicht mehr daran geglaubt, es jemals zu Gesicht zu bekommen, geschweige denn, es zu berühren, es in den Händen zu halten und die Magie der Jahrtausende zu spüren. Den anderen war es genauso ergangen. Sie waren Eingeweihte, aber irgendwann hatte die Kraft ihres Glaubens nachgelassen, und sie hatten begonnen, ein ganz normales Leben zu führen.

Wie durch ein Wunder war durch diese *Goldfieber*-Sendung dann das Kreuz aufgetaucht. Fischer hatte den Orden schon in neuem Glanz erblühen sehen. Er hatte sich vorgestellt, wie es wäre, mithilfe des Kreuzes das *Auge der Zeit* zu finden und die Menschheit damit in eine neue Epoche ihrer Geschichte zu führen. Doch jetzt war er plötzlich allein – das letzte Mitglied des ältesten Ordens der Welt. Dunkle Mächte strebten danach, den Schatz in ihren Besitz zu bringen. Außerdem gab es inzwischen tausend Nachbildungen des Kreuzes – und tausend Teams, die versuchten, die Gravuren zu entschlüsseln, ganz zu schweigen von den Massen an Hobbyabenteurern, die auf eigene Faust ihr Glück versuchten. Denn das Internet wurde inzwischen überschwemmt mit Bildern von den Kreuzsymbolen.

Fischer seufzte. Zwar war die Suche mit dem Original-Kreuz wesentlich einfacher als mit den Repliken oder gar mit irgendwelchen Fotografien aus dem Internet, aber früher oder später würde irgendjemand den Durchbruch schaffen. Das war unvermeidbar.

Die Last der Verantwortung senkte sich wie ein Felsquader

auf seine Schultern. Es gab niemanden mehr, mit dem er sich beratschlagen, niemanden, mit dem er Probleme besprechen konnte. Jetzt war es allein an ihm, zu entscheiden, was richtig oder falsch war.

Über Jahrtausende hinweg war das Kreuz als streng gehütetes Geheimnis innerhalb des Ordens von Generation zu Generation weitergegeben worden, wohl wissend, dass es viel zu gefährlich wäre, es der Menschheit zu offenbaren. Dass Clementus Oliveira es vor vierhundert Jahren vergraben hatte, war nur der Verantwortung geschuldet gewesen, den wahren Charakter des Kreuzes so lange zu verbergen, bis die Welt reif dafür war, ihn zu erkennen und gewissenhaft damit umzugehen. Aber der Vorfall in den Schweizer Bergen hatte gezeigt, dass die Welt noch lange nicht verantwortungsbewusst genug für das Geheimnis des Ordens war. Solange es Strömungen gab, die versuchten, dieses Geheimnis mit allen Mitteln und nur zum eigenen Vorteil zu lüften, solange Egoismus und Gewinnstreben das globale Gemeinwohl untergruben – solange stellte dieses Geheimnis eine viel zu große Gefahr für die Welt dar.

Mark Fischer war nach Afrika gereist, um etwas zu tun, was noch kein Hohepriester vor ihm getan hatte: Er wollte das Auge der Zeit in ein neues Versteck überführen, weil es in seinem jetzigen nicht mehr sicher war.

Am Abend geriet er bei Hassi Messaoud in eine Straßensperre. Vier bewaffnete Polizisten hatten mit zwei Streifenwagen die Nationalstraße 3 blockiert. Vermutlich eine Routinekontrolle. Die Polizisten ließen ihn aussteigen und sich die Papiere zeigen. Sie fragten ihn nach dem Grund seines Aufenthalts in Algerien und ließen sich erklären, wohin er wolle. Fischer hatte sich vorsichtshalber schon Antworten zurechtgelegt. Er sei Tourist, sagte er, und wolle das Atlasgebirge bereisen.

Die Polizisten gaben sich damit zufrieden. Zum Schluss

kontrollierten sie noch den Wagen. Das Goldkreuz, das Fischer hinter der Verblendung des Stauraums versteckt hatte, fanden sie nicht.

Er fuhr weiter, bis spät in die Nacht. Als ihn die Müdigkeit übermannte, hielt er am Straßenrand und schlief, eingehüllt in eine Decke, im Auto. Bei Sonnenaufgang setzte er seine Fahrt fort.

Je weiter er ins Landesinnere vorstieß, desto leerer wurde die Schotterstraße. Am Horizont erhoben sich die ersten Ausläufer des Tassili-Gebirges. Laut Landkarte führte die Straße in einem weiten Bogen zur Südspitze des Gebirges. Von dort war es nicht mehr weit bis in den Niger, wo sich sein Ziel befand.

Am Mittag brannte die Sonne wieder so unbarmherzig, dass nicht einmal die Klimaanlage die mörderische Hitze erträglicher machen konnte. Aber wenigstens hatte Mark Fischer genügend Wasservorräte dabei, um eine Weile in diesem Backofen zu überleben. Auch ein paar Benzinkanister waren im Stauraum, und das Essen würde für mindestens eine Woche reichen.

Immer weiter fuhr er in die knochentrockene Ödnis hinein. Er machte kaum Pausen, gönnte sich trotz Müdigkeit keinen Schlaf. Er wollte unter allen Umständen vermeiden, dass jemand vor ihm den Schatz fand.

Am zweiten Abend erreichte er schließlich den Südrand des Tassili-Gebirges. Die kurze Dämmerung wich rasch einer tiefschwarzen Nacht, und statt der Klimaanlage musste Fischer jetzt die Heizung anstellen. Am Himmel strahlte der Mond in einem funkelnden Sternenmeer. Es war ein Bild wie aus einem Urlaubsprospekt – unglaublich kitschig, aber auch unglaublich schön.

Die Dunkelheit und die Monotonie der Fahrt schläferten Mark Fischer zunehmend ein. Dennoch zwang er sich weiterzufahren. Er verließ die Hauptstraße und folgte einem verwitterten Schild nach Süden. Die Piste verlief schnurgerade, im Scheinwerferlicht unterschied sie sich kaum von den unendlichen Schotterfeldern links und rechts.

Immer öfter fielen ihm die Augen zu. Nur noch ein kleines bisschen durchhalten, befahl er sich. Und nickte wieder ein.

Ein gewaltiger Schlag schreckte ihn auf. Noch bevor er wusste, was geschehen war, prallte ihm der Airbag entgegen. Benommen blieb er sitzen, bis er wieder bei einigermaßen klarem Verstand war. Dann schälte er sich aus dem Wagen.

Es hätte nicht schlimmer kommen können: Das Auto war ein paar Meter abseits der Piste in ein riesiges Schlagloch geraten. Das rechte Vorderrad war so stark verdreht, dass man kein Hellseher sein musste, um zu erkennen, dass die Weiterfahrt unmöglich war.

Und zu allem Unglück musste Mark Fischer auch noch feststellen, dass sein Handy in diesem Teil der Welt keinen Empfang hatte. Er konnte keine Hilfe rufen.

Kapitel 65

Über dem Atlantik

Diego saß am Fenster des Airbus A340 und ließ den Blick über die dichte grauschwarze Wolkenwand unter sich gleiten. Irgendwo jenseits dieses Meers aus Watte, etwa elftausend Meter tiefer, lag die unendliche Weite des atlantischen Ozeans, wo sich im Moment eine gewaltige Schlechtwetterfront austobte.

Auch in Diegos Kopf tobte es. Irgendetwas in seiner Theorie schien nicht zusammenzupassen. Die Geoglyphen von Nazca waren ein augenfälliger, eindeutig zu identifizierender Punkt auf der Landkarte. Stonehenge ebenso. Die Koordinate im Kongo fiel dagegen aus dem Rahmen, weil sie eine nichtssagende Stelle mitten im tropischen Regenwald markierte. Bei seinen Internet-Recherchen hatte Diego in der gesamten Region keine Besonderheit entdecken können. Auch das Background-Team hatte nichts gefunden.

»Wir müssen einen Fehler gemacht haben«, murmelte er. »Irgendetwas kann da nicht stimmen.«

McCoyle, der schon seit Stunden regungslos und mit geschlossenen Lidern neben ihm saß, bewegte sich. Wenigstens hatte er diesmal nicht geschnarcht.

»Ah, endlich«, sagte Diego. »Ich dachte schon, Sie sind ins Koma gefallen.«

McCoyle brummte. »Gibt es etwas Wichtiges, oder haben Sie mich nur so zum Spaß aus dem Schlaf gerissen?«

»Ich habe mir noch mal sämtliche Dateien auf dem Laptop

angesehen, die das Background-Team über unseren dritten Zielpunkt zusammengetragen hat. Selbst wenn wir davon ausgehen, dass unsere Entfernungsberechnung vom Viktoriasee aus ungenau war, ergibt das Ganze keinen Sinn. Im Umkreis von Hunderten von Kilometern rings um den errechneten Zielpunkt gibt es keine einzige Wegmarke, die so eindeutig zu identifizieren ist wie Nazca oder Stonehenge.«

»Aber das haben wir doch schon ein Dutzend Mal diskutiert«, seufzte McCoyle. »Gerade *weil* es in dieser Gegend keine eindeutigen Wegmarken gibt, hat der Graveur sich damit beholfen, dass er eine Art Richtungs- und Entfernungspfeil auf dem Kreuz hinterlassen hat. Ich bin fest davon überzeugt, dass alles in bester Ordnung ist. Uns fehlt nur noch der östliche Punkt, um das Kreuz auf der Landkarte einzeichnen zu können. Dann kennen wir den Schnittpunkt und damit die Lage des Schatzes.«

Diego schüttelte nachdenklich den Kopf. »Je länger ich darüber nachdenke, desto mehr glaube ich, dass wir uns irren.«

»Ich weiß nicht, was Sie wollen!«, brauste McCoyle auf. Offenkundig ging es ihm gegen den Strich, diese Debatte zum wiederholten Male zu führen. »Schließlich war diese *Das-X-markiert-den-Punkt*-Geschichte doch Ihre Idee! Wo haben Sie plötzlich Ihre Zuversicht gelassen?«

»Ja, es war meine Idee«, gab Diego gereizt zurück. »Mir kommen aber nun mal Zweifel. Nicht nur, weil unser südlicher Zielpunkt irgendwo im afrikanischen Dschungel liegt, sondern auch, weil sich die Frage stellt, woher der Erschaffer des Kreuzes so genau über den afrikanischen Grabenbruch und die dargestellten Seen Bescheid wusste. Wer war dieser Kerl? Wer kannte vor über vierhundert Jahren Nazca, Stonehenge und die afrikanischen Seen? Und wer war darüber hinaus in der Lage, Titan in eine Goldlegierung einzubringen?«

»Dass er seiner Zeit weit voraus war, wussten wir bereits.«

»Schon. Aber je weiter wir bei der Lösung des Rätsels vorankommen, desto sonderbarer kommt mir die ganze Sache vor.«

Sie diskutierten noch bis zur Landung weiter, aber Diego konnte McCoyle nicht von seinen Bedenken überzeugen, und McCoyle schaffte es nicht, Diegos Bedenken zu zerstreuen.

Auf dem internationalen Flughafen Charles de Gaulle goss es in Strömen. Nachdem sie den Zoll passiert und ihr Gepäck vom Laufband geholt hatten, fuhren sie mit dem Taxi ins Zentrum von Paris, ins *Ritz*, wo Khalid Aghani zwei Zimmer für sie reserviert hatte, direkt neben seiner Suite. Er hatte geschäftlich in Frankreich zu tun und wollte es sich nicht nehmen lassen, sich persönlich über den neuesten Stand der Schatzsuche zu informieren. Außerdem, sagte er, habe er eine Überraschung, und tat sehr geheimnisvoll.

Trotz seiner Neugier wollte Diego zuerst eine Dusche nehmen und sich um seine Wunden kümmern. Von dem Streifschuss an der Schläfe sah man nur noch einen verkrusteten roten Strich. Doch die Schnittwunde über der Hüfte nässte und platzte immer wieder auf, sodass er alle paar Stunden den Verband wechseln musste.

Nachdem er sich versorgt hatte, ging er ins *Chambre Napoleon*, ein separates Zimmer des eleganten Hotelrestaurants, wo Aghani ein wahres Festmahl hatte auftischen lassen. Obwohl er sonst ein beispielloser Knauserer war, schien er heute in Spendierlaune zu sein, wohl in Erwartung eines lukrativen Geschäftsabschlusses. Bei Wachtelbrüstchen, überbackenem Kapaun und erlesenen Meeresfrüchten mit den dazu passenden Weinen berichteten Diego und McCoyle über das Für und Wider der Theorie, dass die Symbole an den vier Enden des Kreuzes Landmarken auf der Weltkarte darstellten.

Aghani reagierte wie McCoyle. »Du misstraust deiner eigenen Idee?«, fragte er Diego und zog die Augenbrauen nach oben, während er mit zwei Fingern seinen Spitzbart zwirbelte.

»Ich will nur nicht, dass wir in eine Sackgasse geraten«, erwiderte Diego. »Aber ich erwarte nicht, dass dir oder McCoyle der Begriff *Selbstkritik* etwas sagt.«

»Kein Grund, gleich empfindlich zu werden, Barbara. Alles, was ich dir begreiflich machen wollte, ist, dass ich deine Theorie nach wie vor gut finde.«

Barbara! Diego ignorierte die Spitze und schob sich das letzte Stück Kapaun in den Mund, obwohl er längst satt war. »Es ist sinnlos, mit zwei Zweckoptimisten wie dir und McCoyle zu diskutieren. Aber deine Überraschung ist dir wenigstens gelungen. Das Essen war vorzüglich.«

Aghani machte eine wegwerfende Handbewegung. »Wo denkst du hin, mein Freund? Mit der Überraschung habe ich doch nicht das Essen gemeint! Mir war heute nur nach Feiern zumute.« Er schob den Ärmel seines weißen Umhangs nach oben und warf einen Blick auf seine protzige Armbanduhr. »Kurz vor halb sechs«, stellte er fest. »Meine Überraschung müsste jeden Moment hier auftauchen.«

Wie aufs Stichwort ging die Tür auf, und Tamara Fendi kam herein. Seit Wochen hatte Diego sie nicht mehr gesehen. Er hatte schon beinahe vergessen, wie unverschämt gut sie aussah mit ihren langen schwarzen Haaren und ihrer perfekten Figur, die sich unter ihrer eng anliegenden Bluse und der ockerfarbenen Baumwollhose andeutete.

»Dr. Fendi!« Khalid Aghani sprang auf und begrüßte sie mit Handkuss. »Ich freue mich, dass Sie es einrichten konnten.« Zu Diego und McCoyle sagte er: »Dr. Fendi hält nämlich in zwei Stunden einen Vortrag an der Sorbonne. Wir haben also nicht viel Zeit.«

Diego gab ihr die Hand. Er beobachtete, wie McCoyle sie

umarmte, und er musste zugeben, dass er in diesem Augenblick gerne mit dem irischen Glatzkopf getauscht hätte.

Der Kellner kam, und Tamara Fendi bestellte einen Kaffee. Nachdem Khalid Aghani ihr ein paar blumige Komplimente zu ihrem Aussehen gemacht hatte, kam er auf den eigentlichen Grund ihres Besuchs zu sprechen. »Es geht um das vierte Symbol«, sagte er. »Ich denke, ich kann ohne Übertreibung behaupten, dass Dr. Fendi ein Genie ist, denn sie hat herausgefunden, was es bedeutet.«

Er sprach offenbar von der östlichen Landmarke. Diego hatte sich schon unzählige Male den Kopf über das sonderbare Sägezahnmuster zerbrochen, bisher ohne Erfolg. Es bestand aus sechs unterschiedlich hohen Spitzen, die sich in ungleichen Abständen aneinanderreihten. Über der Spitze mit dem größten Ausschlag war eine kleine Kerbe angebracht. Wenn Tamara Fendi dieses Rätsel tatsächlich entschlüsselt hatte, konnte er ihr nur neidvoll gratulieren.

Sie zog ein Blatt Papier aus ihrer Handtasche, auf dem das Symbol im DIN-A4-Format abgedruckt war, und legte es auf den Tisch. Die drei Männer beugten sich vor, um besser sehen zu können.

»Sie haben in Peru eine interessante Theorie entwickelt, Diego«, begann sie. »Eine Theorie, an der ich, offen gestanden, zuerst meine Zweifel hatte. Aber sie überzeugt schon allein deshalb, weil Sie bei der Entschlüsselung der Symbole so schnell vorangekommen sind.«

Diego lächelte.

»Ausgehend von Ihrer Theorie, habe ich mich gefragt, aus welchem Grund der östliche Zielpunkt nicht auch als eine Art Landschaftsbild auf dem Kreuz eingraviert ist«, fuhr Tamara Fendi fort. »Warum ein Symbol? Um Nichteingeweihte zu verwirren? Um es schwieriger zu machen, den Schatz zu finden?

Ich habe lange darüber nachgedacht, und ich glaube, dass beide Faktoren eine Rolle spielen. Aber es gibt noch einen weiteren Grund: Die vierte Landmarke definiert sich nicht primär durch ihre Optik. Ich bin nämlich davon überzeugt, dass es sich dabei um einen Berg handelt. Genauer gesagt, einen Berg, der sich mitten in einem Gebirge befindet.«

»Interessant«, murmelte Diego mit Blick auf den Ausdruck auf dem Tisch. »Aber, ehrlich gesagt, finde ich nicht, dass diese Zackenlinie wie ein Gebirge aussieht. Eher wie ein Frequenzmuster.«

»Was wir hier sehen, ist auch kein komplettes Gebirge. Es sind nur einzelne Berge.«

»Haben Sie nicht gerade gesagt …«

Tamaras verschmitzter Blick brachte Diego zum Schweigen. »Ich habe dieses Symbol exakt vermessen und ein paar Berechnungen angestellt«, fuhr sie fort. »Der stärkste Ausschlag misst von der Basis aus exakt 3,112 Zentimeter, der zweitstärkste 2,4487 Zentimeter und so weiter. Beim geringsten Ausschlag sind es 0,7836 Zentimeter.«

»Sehr spannend«, frotzelte Diego. »Worauf wollen Sie hinaus?«

Tamara bedachte ihn mit einem vieldeutigen Blick. »Setzt man diese Zentimeterwerte zueinander ins Verhältnis, kommen dieselben Werte heraus wie beim Mount Everest in Asien, beim Aconcagua in Südamerika, beim Mount McKinley in Nordamerika, beim Kilimandscharo in Afrika, beim Vinson Massiv in der Antarktis und beim Mount Kosciuszko in Australien.«

»Sie denken, jede Zacke auf dem Kreuz steht für den höchsten Berg eines Kontinents?« Die Theorie klang für Diego ein bisschen sehr weit hergeholt. »Was ist mit Europa? Warum ist der … Wie heißt der höchste Berg in Europa überhaupt?«

»Elbrus«, half Tamara Fendi.

»Warum ist der Elbrus nicht auf dem Kreuz eingraviert?«

»Das kann ich nur vermuten: Weil Europa und Asien eine einzige zusammenhängende Landmasse darstellen. Nord- und Südamerika, Asien und Afrika sind trotz ihrer Landbrücken klar voneinander getrennt.«

Diego schüttelte skeptisch den Kopf. »Und die Höhenverhältnisse der einzelnen Ausschläge stimmen mit den Höhenverhältnissen der realen Berge tatsächlich überein?«

»Bis auf die vierte Stelle nach dem Komma.«

Ein paar Sekunden lang herrschte Schweigen am Tisch. Dann verzog sich Khalid Aghanis Habichtgesicht zu einem triumphierenden Grinsen. »Habe ich es nicht gesagt? Diese Frau ist ein Genie!«

Auch McCoyle war begeistert. »Ohne dich würden wir immer noch irgendwo vor der Küste von Ghana suchen«, sagte er. Seine stahlgrauen Augen verströmten dabei eine Wärme, die Diego so noch nie an ihm gesehen hatte. »Zuerst bringst du uns auf die richtige Spur nach Portugal, und jetzt hast du die Idee mit dem Mount Everest. Du bist unschlagbar.«

Tamara lächelte ihn an. »Vielen Dank für das Kompliment«, sagte sie. »Aber ohne Diegos Theorie wäre ich nie darauf gekommen.«

Diego wünschte sich, das Lob ebenso selbstverständlich hinnehmen zu können, wie sie es tat, aber aus irgendeinem Grund schaffte er es nicht – vielleicht, weil er Tamaras Erklärung nicht ganz so unkritisch schluckte wie die beiden anderen Schwerenöter am Tisch. »Auch auf die Gefahr hin, der Spielverderber zu sein – ich bin skeptisch«, sagte er. »Sie sind erst später zu uns gestoßen, deshalb konnten Sie nicht wissen, dass ich meiner eigenen Theorie inzwischen selbst nicht mehr traue.« Er zählte die kritischen Punkte an den Fingern auf. »Das passt alles nicht ganz zusammen. Und dass diese Zickzackformation für die höchsten Berge einiger – wohlgemerkt aber nicht aller – Kontinente steht, scheint mir zu weit hergeholt. Wie viele Menschen wird es vor über vierhundert Jahren gegeben haben, die diese Berge kannten?«

Tamara hob die Nasenspitze stolz und kämpferisch. Mit Kritik konnte sie offenbar weniger gut umgehen als mit Komplimenten. Sie deutete auf den Ausdruck auf dem Tisch und fuhr mit dem Finger die Linien nach. »Es gibt noch etwas, das mir bei den Zackenlinien aufgefallen ist«, sagte sie, deutlich kühler als vorher. »Wie Sie sehen, sind die Abstände zwischen den einzelnen Zacken unterschiedlich. Auch das habe ich vermessen und ein bisschen herumgerechnet.«

»Nein, wirklich?«

»Ja, wirklich. Und ob Sie es glauben oder nicht: Die Zacken auf dem Kreuz sind im Verhältnis genauso weit voneinander entfernt wie die genannten Berge in der Realität.«

Obwohl Diego die nächste Stichelei schon auf der Zunge lag, hielt er inne. Ein Teil von ihm war immer noch skeptisch, aber wenn sowohl die Höhe der Zacken als auch ihr Abstand zueinander so eindeutige Parallelen zur Realität aufwiesen, dann war wohl doch etwas dran an der Sache. Er seufzte auf, verschränkte die Arme vor der Brust und lehnte sich in seinen Stuhl zurück. Allmählich wusste er selbst nicht mehr, was er von alldem halten sollte.

»Also gut, meinetwegen. Gehen wir für den Moment davon aus, dass Sie recht haben«, lenkte er ein. »Dann bedeutet diese Markierung über der höchsten Zacke, dass unsere vierte Landmarke der Mount Everest ist, nicht wahr?«

Tamara nickte kühl.

»Wenn wir also als Ost-West-Achse Nazca mit dem Mount Everest verbinden und Stonehenge mit dem Zielpunkt im Kongo – wo läge dann der Schnittpunkt?«

»Das lässt sich nicht eindeutig sagen, denn leider gibt es über vierhundert verschiedene Arten von Landkarten.«

Diego sah sie gelangweilt an. »Worauf wollen Sie hinaus?«

»Ich meine damit, dass es so viele verschiedene Möglichkeiten gibt, die Krümmung der Erdoberfläche auf ein Blatt Papier zu übertragen«, sagte Tamara. »Es gibt die Mollweide-Projektionen, die Mercator-Projektionen, die Peters-Projektionen, gnomische Projektionen, Azimuthalprojektionen und so weiter. Wir haben vier Punkte auf der Erde definiert, die ein Kreuz ergeben, wenn man sie mit zwei Linien verbindet. Aber je nachdem, welchen Kartentyp wir dabei zugrunde legen, kommen unterschiedliche Schnittpunkte dabei heraus.« Tamara schob ein paar Gläser zur Seite, um mehr Platz auf dem Tisch zu schaffen. Dann zog sie aus ihrer Tasche ein neues Blatt Papier und faltete es zu einer DIN-A1-großen Weltkarte auseinander. »Ich habe bisher erst zwanzig verschiedene Kartentypen analysiert und die möglichen Schnittpunkte in diese große Karte eingezeichnet. Wie Sie sehen, ergibt das einen Streukreis von mehreren Hunderttausend Quadratkilometern. Und ich fürchte, er wird noch größer, je mehr Kartentypen wir unter die Lupe nehmen.«

»Kann man nicht irgendwie herausfinden, welcher Kartentyp vor vierhundert Jahren am geläufigsten war?«, schlug McCoyle vor.

Tamara nickte. »Das könnte man bestimmt. Aber vielleicht ist das gar nicht nötig. Ich habe bei der Vermessung der Symbole nämlich noch etwas anderes herausgefunden: Das Kreuz ist nicht eben, sondern minimal gekrümmt. Wenn man es auf den Tisch legt, berühren im Prinzip nur die Enden der vier Arme die Tischplatte. Zur Mitte hin wölbt sich das Kreuz geringfügig nach oben. Mit bloßem Auge ist das nicht zu erkennen, aber die Laservermessung hat das eindeutig gezeigt.«

»Worauf willst du hinaus?«, fragte McCoyle.

Sie zögerte einen Moment. »Vielleicht ist es nur eine Schnapsidee«, sagte sie. »Aber wenn man sich einen Globus vorstellt, der so groß ist, dass die Nazca-Linien genau die Größe der Linien auf dem Kreuz haben, dann entspricht die Krümmung des Kreuzes exakt der Krümmung dieser verkleinerten Erdkugel.«

»Du denkst also, wir müssen die Kreuzlinien gar nicht auf einer zweidimensionalen Karte einzeichnen?«

»Genau. Ich denke, dass der Erschaffer des Kreuzes uns mit der Krümmung einen Hinweis geben wollte: Wir müssen unsere Verbindungslinien gewissermaßen in einem 3-D-Modell ziehen. Ich habe das schon simuliert. Die beiden Achsen würden sich dann genau hier treffen.« Sie deutete auf einen Markierungspunkt mitten in der Sahara, am südlichen Rand des Hoggar-Tassili-Gebirges.

Alle betrachteten die Karte still, beinahe ehrfürchtig. Irgendwann ergriff Khalid Aghani das Wort. »Sie glauben also, dass wir dort mit unserer Suche weitermachen sollen?«

»Absolut!«, sagte Tamara und warf Diego einen triumphierenden Blick zu. »Ich bin davon überzeugt, dass wir dort fündig werden.«

»Darauf müssen wir anstoßen«, sagte Aghani. Er griff zur Flasche und schenkte Rotwein nach. »Ich bin stolz und glücklich, Sie in meinem Team zu haben, Dr. Fendi! Ein Hoch auf die weibliche Intuition!«

»Darauf trinke ich gern«, fiel McCoyle ein und hob sein Glas, um mit Tamara Fendi anzustoßen.

Auch Diego griff zu seinem Glas und prostete der Frau zu. Dennoch fiel es ihm schwer, sich zu freuen, denn die Frage, wie der Erschaffer des Kreuzes schon zu Beginn des siebzehnten Jahrhunderts so viel über die Welt gewusst haben konnte, dass er seine Landmarken derart präzise hatte darstellen können, war noch immer nicht geklärt. Auch das Titan in der Goldlegierung und jetzt noch die Adaption der Erdkrümmung in einem Maßstab, der exakt zu dem Symbol der Nazca-Linien passte, waren Anachronismen, die nicht ins Bild passten.

Aber Diego wollte an diesem Abend nicht länger der Buhmann sein. Vor allem wollte er Tamara nicht noch mehr gegen sich aufbringen. Vielleicht ergab sich nach ihrem Vortrag an der Universität eine Gelegenheit, sie auf einen Drink in eine Bar einzuladen. Nur sie und er. Um sich ein bisschen näher kennenzulernen – und möglicherweise sogar ein bisschen mehr. Diese Chance wollte er nicht verspielen.

Kapitel 66

Niger

Die sieben Zwerge. So hatte Emilia Emmerson insgeheim das Team CARCASSONNE genannt, als sie es zum ersten Mal interviewt hatte: sieben untersetzte Männer mit Vollbart. Die Assoziation hatte sich ihr geradezu aufgedrängt.

Doch die sieben Zwerge schienen im Moment über sich hinauszuwachsen. Jedenfalls waren sie die Ersten, die einen Teil der Symbole auf dem Kreuz entschlüsselt hatten. Einen solchen Erfolg hatte bisher kein anderes Team vermeldet. Deshalb waren Emilia und ihr Kameramann Chris eilig hierherbestellt worden. Sie hatten das CARCASSONNE-Team am Mittag in Boulabaré getroffen, einer kleinen Ortschaft unweit der algerischen Grenze. Seitdem fuhren sie als Kolonne in Richtung Süden, immer weiter in die Sahara hinein.

Emilia warf einen Blick auf ihre Armbanduhr. 13.03 Uhr. Die Sonne stand als grellgelbe Scheibe am wolkenlosen Himmel und brannte unerbittlich auf die Erde herunter. Das Thermometer zeigte vierzig Grad im Schatten – der reinste Backofen. Hier gab es nichts außer glühender Hitze, Steinen und Sand.

Und jeder Menge Staub, vor allem, wenn man wie sie und Chris das Schlusslicht der Kolonne bildete. Sie waren permanent von einer dichten braunen Wolke umgeben, die die Autos vor ihr aufwirbelten. Ein ziemlich undankbarer Platz, wie Emilia fand.

Die Staubwolke war auch der Grund, warum Emilia, die

hinter dem Steuer saß, beinahe auf den Wagen vor ihr geprallt wäre, als dieser unvermutet stehen blieb.

»Was ist? Warum halten wir an?«, fragte sie.

Chris zuckte mit den Schultern. »Wahrscheinlich Pinkelpause«, vermutete er. »Viel Spaß bei der Suche nach einem Gebüsch.«

Emilia ging nicht darauf ein, sondern stieg aus, um zu sehen, was los war. Chris folgte ihr mit der Handkamera – für alle Fälle.

Auch die Mitglieder von CARCASSONNE hatten ihre Wagen verlassen. Alle versammelten sich um Teamchef Claude Zidi an der Spitze der Kolonne, wo ein dunkelblauer Ford Ranger am Rand der Piste stand. Das Vorderrad stand ab wie ein gebrochener Flügel bei einem verletzten Vogel. Chris begann zu filmen.

Die Tür schwang auf, und ein etwa fünfzigjähriger Mann stieg aus, knapp einsachtzig groß und kräftig, mit blutunterlaufenen Augen. Mit ausdrucksloser Miene betrachtete er die Fremden. Dann legte sich der Hauch eines Lächelns auf sein Gesicht, und er sagte auf Englisch: »Ich bin froh, dass Sie hier vorbeigekommen sind. Ich hatte eine Panne. Mein Handy hat keinen Empfang. Ich habe nicht gedacht, dass mich so schnell jemand findet.«

Claude Zidi trat auf ihn zu, schüttelte ihm die Hand und stellte sich, sein Team, Emilia und Chris vor.

»Was ist passiert?«, fragte er.

Der Mann erzählte, dass er als Tourist die Sahara bereisen wolle und in der Nacht vom Weg abgekommen sei. »Ich habe dieses verdammte Schlagloch übersehen, und – zack! – da ist es passiert. Seitdem hänge ich hier fest.«

»Sie haben Glück, dass wir Sie gefunden haben«, sagte Zidi und klopfte ihm auf die Schulter. »Wenn Sie wollen, nehmen wir Sie gerne mit. Allerdings weiß ich noch nicht, wann wir die nächste Ortschaft erreichen, wo wir Sie absetzen können.« Er erzählte voller Stolz von der *Goldfieber*-Sendung und davon, dass sie hier draußen den Schatz vermuteten. »Aber glauben Sie nicht, dass Sie etwas davon abbekommen!« Er lachte. »Das ist *unser* Schatz. Den teilen wir nicht.«

Der andere lachte mit, aber seine Augen blieben ernst.

»Ach übrigens, wie heißen Sie eigentlich?«, fragte Zidi.

»Richter«, sagte der andere. »Thomas Richter. Bitte nennen Sie mich Tom.«

Gemeinsam luden sie die Vorräte aus dem Unfallwagen um. Als Chris zu guter Letzt nach Tom Richters Rucksack griff, kam dieser ihm jedoch eilig zuvor. »Der ist sehr schwer, den nehme ich lieber selbst«, sagte er.

»Was hältst du von ihm?«, fragte Emilia, als sie wieder im Wagen saßen und weiterfuhren.

»Zidi scheint ihn zu mögen«, meinte Chris. Der Teamchef von CARCASSONNE hatte es sich nicht nehmen lassen, Richter in seinem Wagen mitzunehmen.

»Zidi will bei der nächsten Sendung gut dastehen«, sagte Emilia. »Er war sich die ganze Zeit bewusst, dass du ihn filmst. Aber ich wollte nicht wissen, wie Zidi zu ihm steht, sondern was *du* über ihn denkst.« Sie drosselte das Tempo, um etwas mehr Abstand zum Wagen vor ihr zu bekommen.

»Ich finde ihn irgendwie sonderbar«, sagte Chris. »Wenn ich mitten in der Wüste einen Unfall hätte und man würde mich finden, würde ich wahrscheinlich einen Freudentanz aufführen. Aber besonders glücklich hat Richter nicht gewirkt. Und ist dir aufgefallen, wie schwer ihm das Lachen gefallen ist, als Zidi den Schatz erwähnt hat? Aber vielleicht ist er einfach nur ein ernster Typ.«

Emilia schüttelte den Kopf. »Nein, mein Instinkt sagt mir, dass mehr dahintersteckt. Ich glaube, Richter belügt uns.«

»Warum sollte er das tun?«

»Weiß ich noch nicht. Aber nimmst du ihm seine Touristen-Geschichte etwa ab? Abgesehen von seinen Vorräten hat er nur einen Rucksack dabei.«

»Es gibt Leute, die nur mit einem Rucksack um die ganze Welt reisen.«

»Aber nicht quer durch die Sahara! Du kannst sagen, was du willst, aber mit diesem Kerl stimmt etwas nicht.«

Kapitel 67

Niger

Mark Fischer atmete tief durch. Er hatte Glück gehabt, dass man ihn gefunden hatte, das war ihm klar. Freuen konnte er sich darüber nicht.

»Woher kommen Sie, Tom?«, fragte Claude Zidi, der hinter dem Lenkrad saß. »Deutschland?«

»Schweiz«, log Fischer. Das stand auch in seinem falschen Pass, der auf den Namen Thomas Richter ausgestellt war und den er aus dem Schließfach der *Credit Suisse* in Basel mitgenommen hatte.

Fischer saß auf der Rückbank, direkt hinter dem Beifahrer René Nourié, einem freundlich dreinblickenden Mann, der aber nicht viel zu reden schien.

»Die Schweiz ist ein schönes Land«, sagte Zidi über die Schulter. »Die Berge, vor allem im Winter, das reinste Schneeparadies. Aus welcher Gegend kommen Sie genau?«

»Schweizer Jura. Ein hübsches Fleckchen Erde.«

»Ah, bon. Kann man dort auch Ski fahren?«

»Da hat es ein paar Pisten, die sind ein echter Geheimtipp!«

So ging es noch eine ganze Weile weiter: belangloser Smalltalk unter Menschen, die sich gerade kennengelernt hatten und gezwungen waren, sich ein bisschen miteinander zu unterhalten. Mark Fischer spielte das Spiel mit. Er beantwortete alle Fragen von Claude Zidi und stellte auch selbst ein paar Höflichkeitsfragen. Er war froh, als eine halbe Stunde später Zidis erster Wissensdurst gestillt war und er das Radio einschaltete. Das gab ihm Gelegenheit zum Nachdenken.

Dass ausgerechnet ein *Goldfieber*-Team ihn gerettet hatte, kam ihm ganz und gar nicht gelegen. Es war gewissermaßen Unglück im Glück. Jede Kamelkarawane wäre ihm lieber gewesen. Denn offenbar war es Zidi und dessen Team tatsächlich gelungen, die Zeichen auf dem Kreuz richtig zu deuten, sonst wären sie dem Schatz niemals so nahe gekommen. Nur noch wenige Hundert Kilometer trennte sie vom Auge der Zeit, und mit jeder Minute, die sie fuhren, wurde der Abstand geringer. Zu allem Überfluss hatten sie auch noch ein Filmteam dabei! Das erschwerte die Sache zusätzlich.

Ich muss etwas unternehmen, dachte Mark Fischer, während sein Blick über die unendliche Weite der Sahara schweifte. Ich muss es irgendwie schaffen, ihnen zuvorzukommen.

Kapitel 68

Niger

Am frühen Abend verließen sie die Piste und fuhren querfeldein in Richtung Südosten. Der Untergrund blieb steinig und fest, sodass sie gut vorankamen. Da die Dämmerung jedoch rasch in stockfinstere Nacht überging, machten sie schon bald Rast. Niemand wollte bei Dunkelheit einen Unfall riskieren – so wie Mark Fischer in der Nacht zuvor.

Sie bauten die Zelte auf und kochten ein einfaches Abendessen. Während sie aßen und sich unterhielten, wurde es deutlich kühler, und Emilia holte ihre Jacke aus dem Auto, weil sie zu frösteln begann.

Wie die meisten anderen zog sie sich früh zurück. Sie verkroch sich in ihren Schlafsack, lauschte eine Weile den Stimmen der Männer, die noch draußen saßen, und wartete, bis ihre kalten Füße endlich wieder warm wurden. Irgendwann übermannte sie die Müdigkeit.

Das Geräusch eines Motors drang in ihr Bewusstsein, und obwohl sie noch im Halbschlaf war, wusste Emilia, dass etwas nicht stimmte. Sofort war sie hellwach. Eilig öffnete sie ihren Schlafsack und schlüpfte aus dem Zelt.

Die Nachtluft war frostig kalt, und sie fing sofort wieder an zu frieren. Obwohl Mond und Sterne fahles Licht spendeten, konnte sie nur schwarzgraue Schemen und Silhouetten erkennen.

In diesem Moment sprangen die Scheinwerfer ihres Wagens

an. Hinter der Frontscheibe erkannte sie das Gesicht von Tom Richter. Was wollte er mitten in der Nacht in ihrem Auto?

Noch während sie versuchte, Ordnung in ihre Gedanken zu bringen, stand auch schon Chris bei ihr.

»Was macht der denn da?« Er rannte zum Auto und zerrte mit aller Kraft an der Fahrertür.

Der Wagen fuhr los.

»Stehen bleiben!«, rief Chris und hämmerte gegen die Scheibe. »Hören Sie? Sofort anhalten!«

Aber Richter gab noch mehr Gas.

Endlich gelang es Chris, die Tür aufzureißen und ins Steuer zu greifen. Der Wagen rutschte zur Seite. Richter trat auf die Bremse, sodass Chris regelrecht davongeschleudert wurde und über den Schotter schlitterte.

Das abrupte Bremsmanöver bewirkte aber auch, dass der Motor ausging. Während Richter versuchte, den Wagen neu zu starten, ging ein Ruck durch Emilia. Beherzt rannte sie los und stellte sich direkt vor die Kühlerhaube des Landrovers.

Der Motor sprang wieder an. Emilia sah in das verbissene Gesicht von Richter, der kurz zu überlegen schien. Was hatte er vor? Würde er sie überfahren?

»Aus dem Weg!«, brüllte er. »Hauen Sie ab, verdammt noch mal!«

Aber Emilia blieb stehen. Etwas in Richters Blick verriet ihr, dass er kein eiskalter Killer war.

Dann kamen auch schon die Mitglieder des CARCASSONNE-Teams hergerannt. Sie umstellten das Auto, rissen die Fahrertür auf und zerrten Richter aus dem Wagen.

Zehn Minuten später saß Richter, in zwei dicke Decken gehüllt und an Händen und Füßen gefesselt, am Heck eines der Geländewagen. Er hatte nicht nur versucht, ein Auto zu klauen, sondern auch alle anderen fahruntauglich gemacht. Keines davon sprang mehr an. Die Stimmung im Lager war gereizt.

Alle hatten sich versammelt. Wie ein Tribunal standen Emilia, Chris und das Team vor Richter, aber bisher begegnete er allen Fragen mit beharrlichem Schweigen.

»Warum wollten Sie abhauen?«, fragte Chris mindestens zum zehnten Mal. Glücklicherweise hatte er nur ein paar Kratzer abbekommen. »Und warum haben Sie die anderen Wagen manipuliert?«

»Sie wollten sich nicht nur aus dem Staub machen, Sie wollten auch sichergehen, dass wir Sie nicht verfolgen«, sagte Zidi. Es war keine Frage, sondern eine Feststellung. »Sie wollten sich einen ordentlichen Vorsprung sichern! Ist es nicht so?«

»Warum hätte er das tun sollen?«, fragte Emilia.

»Weil er hinter dem Schatz her ist«, sagte Zidi, »nicht wahr, du Mistkerl? Du wolltest uns zuvorkommen!«

Emilia wusste nicht, was sie davon halten sollte. Richter hatte von Anfang an ihren Argwohn erregt. Aber war er wirklich darauf aus, CARCASSONNE die Beute vor der Nase wegzuschnappen?

»Wahrscheinlich hat er nicht nur die Autos lahmgelegt, sondern auch unsere Unterlagen eingesackt«, mutmaßte Zidi. »Diesem Kerl traue ich inzwischen alles zu!«

»Das müsste sich ja feststellen lassen«, sagte Emilia. »Wo ist sein Gepäck?«

»Ich sehe nach.« Claude Zidi musste nicht lange suchen. »Sieh mal einer an!«, sagte er. »Was haben wir denn da? Unser Kreuz!« Er hielt es hoch. Der Schein des Mondes spiegelte sich darauf wider. Er gab Emilia das Kreuz, um das Gepäck weiter zu durchsuchen, aber er fand nichts mehr. »Wie dem auch sei – das Kreuz ist ja wohl Beweis genug!«, brummte Zidi. »Der Kerl ist ein Dieb!«

Albért Fouqué, einer von Zidis Teamkollegen, verschwand in seinem Zelt und kam kurz darauf zurück. »Das ist nicht unser Kreuz, Claude«, sagte er mit kraus gezogener Stirn. »Unser Kreuz ist hier!« Er hielt es den anderen hin, und einen Moment lang herrschte ratloses Schweigen.

Dann keimte plötzlich ein Verdacht in Emilia auf. Sie betrachtete das Kreuz in ihrer Hand genauer, drehte es im Mondlicht hin und her und fand schließlich die Stelle, wo auf den Repliken die Vervielfältigungsnummer und das Copyrightzeichen von *E-TV* eingestanzt worden waren.

Die Prägung fehlte.

Am nächsten Morgen stand nach dem Frühstück die Reparatur der Autos an. Zidi und seine Kollegen mühten sich redlich, die Motoren wieder zum Laufen zu bekommen, aber das erwies sich als ziemlich diffizil. Richter hatte genau gewusst, was er tun musste, um die Wagen für einige Zeit lahmzulegen, und falls er auch wusste, wie man sie am schnellsten wieder in Gang brachte, behielt er dieses Geheimnis für sich.

»Warum hast du den anderen nicht gesagt, dass er das Original bei sich hat?«, fragte Chris, der neben Emilia auf dem Boden saß und sich eine Tasse Kaffee schmecken ließ.

»Die Stimmung war auch so schon angespannt genug«, gab Emilia zurück. »Ich wollte nicht noch Öl ins Feuer gießen.«

Aber sie hatte noch in der Nacht über eine gesicherte Satellitenverbindung eine Nachricht an Douglas Wincott geschickt. Sie war gespannt, was er zu der Neuigkeit sagte.

Chris goss sich noch einen Kaffee ein. »Du auch?«, fragte er. »Du siehst aus, als könntest du einen gebrauchen.«

Emilia nickte müde. Nach dem nächtlichen Zwischenfall hatte sie kein Auge mehr zugetan. Sie hatte sogar geweint. Tom Richter hatte das Goldkreuz bei sich gehabt. War er auch derjenige, der es in London aus dem Firmensafe gestohlen und dabei George getötet hatte?

Wieder spürte Emilia Tränen in sich aufsteigen. Chris nahm sie sanft in den Arm, und sie war ihm dankbar dafür.

Die Reparaturarbeiten dauerten ganze drei Stunden. Claude Zidi und seine Kollegen waren von Kopf bis Fuß verschwitzt, als sie verkündeten, dass die Autos endlich wieder funktionierten.

Vor der Weiterfahrt wollte Emilia unbedingt noch ein Interview durchführen. Während Chris ein paar technische Vorbereitungen traf und den Sitz der Körpermikrofone überprüfte, besprach Emilia mit Zidi und zwei weiteren Teammitgliedern den Ablauf des Interviews. Dann gab Chris das Startsignal, und der Dreh begann.

»Monsieur Zidi, CARCASSONNE ist zurzeit das einzige Team mit einer konkreten Spur«, begann Emilia. »Was glauben Sie, wie nahe sind Sie dem Schatz?«

Zidi zog abwägend die Mundwinkel nach unten. »Das ist schwer einzuschätzen«, antwortete er. »Natürlich glauben wir, dass wir schon ganz nahe dran sind. Aber es gibt einige Symbole auf dem Kreuz, die uns immer noch Rätsel aufgeben. Bestimmt wissen wir in ein paar Tagen mehr.«

»In den ersten Monaten von *Goldfieber* haben wir leider nicht allzu viele Erfolgsmeldungen von CARCASSONNE gehört«, sagte Emilia. »Was ist es für ein Gefühl, wenn man plötzlich als Favorit gilt?«

»In der Tat haben wir einen gewaltigen Fehlstart hingelegt«, gab Zidi zu. »Umso glücklicher sind wir, dass wir jetzt ganz vorne mitspielen.« Seine dicken, bärtigen Wangen spannten sich zu einem stolzen Lächeln.

»Wissen Sie schon, was Sie mit der Siegesprämie anstellen wollen?«

Zidi lachte und winkte ab. »Es ist noch viel zu früh, sich darüber Gedanken zu machen. Fragen Sie mich noch mal, wenn ich den Schatz in den Händen halte …« Sein Blick schweifte ab und fixierte einen Punkt hinter Emilia. »Sehen Sie das? Was ist das?«, fragte er und deutete mit dem Arm in die Richtung.

Emilia drehte sich um. Eine Art Windhose tanzte in der Ferne über den Boden und wirbelte einen staubigen Schleier in die Luft.

»Vielleicht ein aufkommender Sandsturm«, murmelte sie.

Pierre Camotte, der neben Zidi stand und seine Augen mit einer Hand gegen die grelle Sonne abschirmte, schüttelte den Kopf. »Ich habe früher ein paar Jahre als Entwicklungshelfer in Mali gelebt. Wenn ein Sandsturm aufzieht, sieht das anders aus.«

Zidi holte ein Fernglas aus seinem Zelt und sah hindurch. »Schwer zu erkennen«, murmelte er. »Vielleicht Nomaden.«

Er gab das Fernglas an Camotte weiter, aber der schüttelte wieder den Kopf. »Autos«, sagte er. »Zwei oder drei, glaube ich. Vielleicht haben sich ein paar Abenteuerurlauber hierher verirrt.«

»Oder die ersten Fans«, flachste Zidi und erntete ein paar Lacher von seinen Teamkameraden. »Bis die hier sind, wird es aber wohl noch eine halbe Stunde dauern.« Dann wandte er sich wieder an Emilia. »Wie auch immer«, sagte er. »Ich denke, wir sollten einfach weitermachen. Wo waren wir stehen geblieben?«

Emilia nickte Chris zu, der seine Kamera wieder startklar machte. Sie selbst musste einen Moment überlegen, um an ihren letzten Gedanken anzuknüpfen. »Haben Sie schon eine Vorstellung davon, um was für einen Schatz es sich handeln könnte?«

»Wir sind uns nicht sicher«, übernahm Pierre Camotte. »Es

gibt Symbole auf dem Kreuz, die uns vermuten lassen, dass es sich um den verschollenen Schatz von König Salomo handelt. Aber zum jetzigen Zeitpunkt ist das kaum mehr als eine Vermutung.«

»Wollen Sie uns nicht ein bisschen mehr darüber verraten?«, hakte Emilia nach.

Camotte schüttelte den Kopf. »Tut mir leid. Vielleicht haben wir schon bald etwas mehr herausgefunden. Dann beantworten wir Ihnen die Frage gern.«

»Viellicht könnten Sie uns erzählen, welche Hinweise Sie hierhergeführt haben«, sagte Emilia. »Wie kommen Sie darauf, dass der Schatz ausgerechnet in diesem Glutofen versteckt ist?«

Zidis Augen begannen zu leuchten, als habe er nur auf diese Frage gewartet. Er bat Camotte, ihm die Messing-Replik des Kreuzes zu bringen, und erläuterte anschließend vor laufender Kamera die Überlegungen und Schlussfolgerungen des Teams. »Wir haben festgestellt, dass dieses Muster hier …« – er deutete auf eines der vielen Symbole auf dem Kreuz – »… der Anordnung der Steine von Stonehenge entspricht. Das hat uns zu der Vermutung geführt, dass auch andere Symbole bestimmte Orte auf der Erde darstellen. Dieses Muster hier gibt beispielsweise einige Linien der Geoglyphen von Nazca wieder. Hier unten sind die großen Seen entlang des Großen Afrikanischen Grabenbruchs zu sehen. Und dieses Zickzackmuster symbolisiert den Mount Everest. Wenn man diese vier Punkte auf der Landkarte miteinander verbindet, kommt genau die Stelle heraus, wo wir uns gerade befinden.« Auf Emilias Nachfrage erläuterte er diese Punkte noch ein wenig ausführlicher, und während sie gebannt seinen Worten lauschte, musste sie zugeben, dass alles, was Zidi sagte, logisch und nachvollziehbar klang.

Sie war so fasziniert, dass sie gar nicht mehr an die Staubaufwirbelung dachte. Erst als Gérard Thally, ein weiteres Teammitglied, die Aufnahmen unterbrach, kam sie ihr wieder in Erinnerung.

»Das sind keine Nomaden«, sagte Thally, während er mit dem Fernglas vor den Augen ins Bild stolperte. »Sieht mir eher aus wie eine Militärpatrouille. Kommt direkt auf uns zu.«

»Militär? Auch das noch!« Zidi stöhnte. »Sind wir hier in irgendeinem Sperrgebiet?«

»Nicht dass ich wüsste.«

»Eine Drehgenehmigung haben Sie doch, oder?« Die Frage war an Emilia gerichtet.

»Natürlich«, antwortete sie. »Es hat alles seine Richtigkeit. Am besten, wir warten, bis sie hier sind, und zeigen ihnen unsere Papiere. Ich bin sicher, dass sie uns dann weitermachen lassen.«

»Das will ich hoffen«, maulte Zidi, dessen gute Laune sich schlagartig verdunkelt hatte. »Ich habe keine Lust auf Komplikationen. Schon gar nicht jetzt, wo wir einen so großen Schritt nach vorn geschafft haben.«

Chris richtete seine Kamera auf den nahenden Konvoi. »Das ist kein Militär«, murmelte er mehr zu sich selbst als zu den anderen, während er am Zoom seiner Kamera herumspielte. »Das sind Zivilfahrzeuge.«

»Aber diese Leute haben Waffen!«, sagte Thally, der noch immer das Fernglas vor den Augen hatte. »Ich sehe mindestens vier oder fünf Gewehre. Wer sind die? Rebellen? Kidnapper?«

Die Stimmung im Lager kippte jetzt vollends, und mit einem Schlag herrschten Aufregung und Durcheinander. »Lasst alles stehen und liegen!«, brüllte Zidi. »Das ist vielleicht ein Überfall. Schnell in die Autos und dann nichts wie weg!«

Alle flüchteten in die Geländewagen. Emilia und Chris saßen schon in ihrem Landrover, als sie feststellen mussten, dass der Autoschlüssel nicht steckte. Emilia hatte ihn nach dem gestrigen Zwischenfall in ihrem Rucksack verstaut.

Die Motoren der anderen Geländewagen heulten auf. Mit lautem Getöse brausten sie in einer dicken Wolke aus Sandstaub davon.

Emilia und Chris blieben zurück, und auch Tom Richter, der gefesselt unter einer aufgespannten Zeltplane vor sich hingedöst hatte und in der Eile irgendwie vergessen worden war.

Wenig später erreichte der Konvoi das Lager: drei alte Landcruiser, ein Hummer und ein zu einem Geschützwagen umfunktionierter Jeep. In allen Fahrzeugen saßen mit Gewehren und Maschinenpistolen bewaffnete Männer.

Aus dem Hummer stieg ein schwarzer Hüne mit einem pockennarbigen Gesicht. Seine kurz geschorenen Haare schimmerten grau, und seine Augen verströmten eine schier greifbare Energie. Flankiert von zwei Männern mit Uzis im Anschlag, kam er zu Emilia und Chris herüber. Er musterte sie von oben bis unten, dann fiel sein Blick auf den gefesselten Tom Richter. Als er erkannte, dass von keinem der drei Gefahr ausging, legte sich ein Lächeln auf seine Lippen – schmal, kalt, fordernd und dennoch nicht ohne Charme.

Mit einer Kopfbewegung wies er einen seiner Männer an, Fischer loszubinden und ihm auf die Beine zu helfen. Dann sagte er zu Chris und Emilia in nahezu akzentfreiem Englisch: »Kommen Sie bitte mit. In den nächsten Tagen werden Sie meine Gäste sein.«

Kapitel 69

Belgien

Baron Arved Tessla blickte von seiner weitläufigen Terrasse aus auf die Stallungen von Schloss Groothoven, wo gerade sein Lieblingshengst *Bourkhan* auf einen Hänger verladen wurde. In vier Tagen sollte er an einem großen Reitturnier in Wien teilnehmen, und wie jedes Mal wurde er sehr nervös, als er den fahrbaren Untersatz erspähte. Vier Stallknechte mühten sich, den eigenwilligen tiefschwarzen Araber zu beruhigen. Sie redeten auf ihn ein und versuchten gleichzeitig, ihn am Zaumzeug in Richtung Hänger zu ziehen. Aber er scheute, tänzelte aufgeregt hin und her und versuchte immer wieder, sich aufzubäumen. Nur die Augenklappen verhinderten, dass er ausbrach.

Der Baron lächelte. Er liebte dieses Tier – seinen Stolz, seine Kraft, seine Schläue. Das Spiel seiner Muskeln, wenn er im gestreckten Galopp über die Rennbahn oder übers offene Gelände preschte. Sogar seinen Eigensinn liebte er.

Das war nicht immer so gewesen. Es hatte eine Zeit gegeben, in der er kurz davor gewesen war, *Bourkhan* erschießen zu lassen. Nein, nicht erschießen. Er hatte ihm die Beine brechen und ihn im Wald aussetzen lassen wollen. Er hatte dem Pferd mit gleicher Münze heimzahlen wollen, was es ihm angetan hatte, damals, vor fünf Jahren, als es ihn aus dem Sattel geworfen hatte. Tessla war erst im Krankenhaus wieder zu sich gekommen. Seitdem war er von der Hüfte abwärts gelähmt.

Aber das war Vergangenheit. Irgendwann hatte Baron Tessla

erkannt, dass es keinen Sinn hatte, sich an einem Tier zu rächen. Inzwischen hatte er *Bourkhan* längst verziehen.

Bei Menschen war der Baron nicht so nachsichtig.

Ein silberfarbener E-Klasse-Mercedes näherte sich über die weitläufige Zufahrt dem Schloss. Tessla beobachtete das Auto, bis es aus seinem Sichtfeld verschwand. Er hörte, wie der Motor abgestellt wurde. Wenig später trat Leon Brenthoek zu ihm auf die Terrasse.

Der Baron begrüßte ihn mit einem knappen Kopfnicken. Bis vor wenigen Tagen hatte er Brenthoek für seinen fähigsten Mann gehalten. Doch der Patzer in der Schweiz hatte den bislang makellosen Eindruck zerstört. Fischer war mitsamt dem Goldkreuz entwischt, und die anderen Templer hatten kollektiven Selbstmord begangen.

Der Überfall in den Schweizer Bergen war ein einziger Reinfall gewesen. Seitdem fehlte von Fischer jede Spur, und ohne ihn standen die Chancen, den Schatz zu finden, nicht besser als bei all den anderen Glücksrittern, die hinter ihm herjagten.

»Hat die Untersuchung des Amuletts schon etwas ergeben?«, fragte Brenthoek unvermittelt.

Er meinte zweifellos den Anhänger aus der Höhle. Tessla schüttelte den Kopf. »Meine Wissenschaftler arbeiten daran, aber viel haben sie noch nicht herausgefunden«, sagte er. »Es erzeugt in unregelmäßigen Abständen eine enorme elektromagnetische Spannung, aber wie das geschieht und warum und ob es noch etwas anderes kann, weiß im Moment keiner.« Er nippte an seinem Tee, der auf einem Beistelltisch neben ihm stand, und stellte die Tasse wieder ab. »Sie sagten am Telefon, es gebe Neuigkeiten«, fuhr er fort. »*Gute* Neuigkeiten, wie ich hoffe.«

Statt einer Antwort griff Brenthoek in seine Jackentasche und hielt Tessla einen MP3-Player samt Kopfhörern hin.

»Was ist das?«

»Aufzeichnungen von Telefonaten, die wir über O'Shaughnessys Wanzen aufgenommen haben, teilweise in Wincotts Büro, teilweise in seiner Villa.« Brenthoek sprach wie immer, ohne eine Miene zu verziehen.

»Sie haben mir noch nicht verraten, ob es sich um gute oder um schlechte Nachrichten handelt.«

»Hören Sie es sich einfach an, Herr Baron.«

Arved Tessla mochte keine Überraschungen. Im Gegenteil. Er liebte es, die Fäden in der Hand zu halten und alles so zu lenken, dass es eben *keine* Überraschungen gab. Dennoch zog er sich die Kopfhörer mit seinen gichtgeplagten Fingern über die Ohren und spulte den Mitschnitt ab.

Sofort erkannte er Wincotts Stimme, auch wenn sie ein wenig verschlafen klang:

»Emilia! Wissen Sie, wie spät es ist?«

»Ich würde Sie nicht um diese Uhrzeit stören, Sir, wenn es nicht wichtig wäre.«

»Na dann … Ich bin ganz Ohr.«

»Wie Sie wissen, begleiten Chris und ich das CARCASSONNE-Team durch die nördliche Sahara.« Offenbar handelte es sich um diese Starreporterin von *E-TV*. *»Gestern sind wir auf einen Mann gestoßen, der eine Autopanne hatte, mitten in der Wüste. Wir haben ihn natürlich mitgenommen.«*

»Emilia … bitte kommen Sie zum Punkt. Es ist drei Uhr morgens.«

»Vor einer halben Stunde hat dieser Mann versucht, unser Lager heimlich zu verlassen. Mit meinem Mietwagen. Die anderen Autos hat er manipuliert, damit wir ihn nicht verfolgen können. Aber wir konnten ihn aufhalten und überwältigen. Sein Name ist Thomas Richter.« Die Stimme der Frau wurde jetzt leiser. *»In seinem Gepäck befand sich das Goldkreuz, Sir. Keine Replik, sondern das Original.«*

»Emilia! Sind Sie da ganz sicher?«

»Absolut. Auf dem Kreuz ist keine Seriennummer eingestanzt.«

»Und was sagt dieser Richter dazu?«

»Gar nichts. Er schweigt sich aus. Aber ich bin davon überzeugt, dass er derjenige ist, der das Kreuz aus dem Firmensafe gestohlen und George getötet hat. Und wenn nicht, dann steckt er mit dem Täter unter einer Decke.« Es entstand eine kurze Pause. *»Was wollen Sie jetzt unternehmen, Sir?«*

»Im Moment noch gar nichts«, antwortete Wincott. Er klang nicht gerade begeistert. *»Ich muss mir zuerst über ein paar Dinge klar werden. Sie machen ganz normal weiter. Ich melde mich, sobald ich mich entschieden habe. Wo ist das Kreuz jetzt?«*

»In meinem Zelt. CARCASSONNE hält es für eine Replik. Nur Chris und ich wissen, dass es das Original ist. Und natürlich Thomas Richter.«

»Das ist gut«, sagte Wincott. »Je weniger Leute die Wahrheit kennen, desto besser. Gold macht gierig. Behalten Sie das Kreuz bei sich, bis ich mich wieder melde und Ihnen sage, wie es weitergehen soll.«

Es knackte, und das Gespräch war zu Ende.

Baron Tessla stoppte den MP3-Player. Sein Blick wanderte wieder hinüber zu *Bourkhan*. Die vier Stallknechte waren in ihrem Bemühen, den starrköpfigen Araberhengst zum Hänger zu bringen, keinen Schritt weitergekommen. »Thomas Richter. Ist das der Name, den Fischer jetzt benutzt?«, fragte er.

»Das ist er«, antwortete Leon Brenthoek, der die ganze Zeit reglos neben Tessla gestanden hatte.

Der Baron nickte nachdenklich. »Die nördliche Sahara«, sagte er. »Das hilft uns nicht sehr viel weiter. Konnten Sie schon herausfinden, wo genau Fischer sich aufhält?«

»Daran arbeiten wir gerade, Herr Baron.«

»Das heißt, Sie wissen es nicht«, sagte Tessla. »Haben Sie schon versucht, über *E-TV* etwas herauszubekommen.«

»Natürlich, Herr Baron.« Brenthoek rückte die Brille mit der schmalen Goldeinfassung auf seiner Nase zurecht. »CARCASSONNE ist zurzeit im Norden des Niger.«

»Ein riesengroßes Gebiet.«

»Ich schlage vor, Sie hören die Aufzeichnungen weiter an.«

»Noch mehr Überraschungen?«

Da Brenthoek nicht darauf einging, drückte Tessla wieder die Play-Taste.

Das nächste Gespräch führte Wincott mit seinem Anwalt. Er las ihm mit gehetzter Stimme eine E-Mail vor, die er, wie er sagte, vor einer halben Stunde erhalten hatte. Darin ging es um die Entführung dreier Personen: Emilia Emmerson, Chris Boorman und Thomas Richter. Gegen ein Lösegeld von zwei Millionen Dollar in kleinen, gebrauchten Scheinen kämen sie wieder frei, hieß es in der Nachricht. Die Übergabe solle in den nächsten vierundzwanzig Stunden stattfinden. Den genauen Zeitpunkt und Ort würden die Kidnapper noch nennen. Niemand anderer als Wincott selbst dürfe den Geldkoffer überbringen. Und natürlich würde das Einschalten der Polizei drastische Konsequenzen für die Geiseln haben, ebenso wie Verzögerungen bei der Geldübergabe. Für jede Stunde Verspätung würde eine Geisel einen Finger verlieren, angefangen bei der Frau.

Wincott berichtete weiter, dass er versucht habe, Emilia auf ihrem Satellitentelefon zu erreichen. Aber es habe sich ein Mann mit Akzent gemeldet und die Entführung bestätigt.

Der Anwalt versuchte, Wincott davon zu überzeugen, dass es trotz der Drohungen am vernünftigsten sei, die Sache in die Hände der Polizei zu übergeben. Und natürlich riet er ihm entschieden davon ab, das Geld persönlich zu überbringen. Aber Wincott schien seine Entscheidung schon getroffen zu haben.

»Ich habe nicht angerufen, um Sie nach Ihrer Meinung zu fragen, Harold«, sagte er scharf. »Ich will, dass Sie mir das Geld besorgen.

Schnell und unauffällig. Wenn ich *es tue, weiß es gleich die ganze Welt.«*

»So seien Sie doch vernünftig, Douglas …«

»Schluss damit! Wir haben keine Zeit zu verlieren! Hier geht es um zwei meiner Leute. Ich habe Goldfieber *ins Leben gerufen. Ich schicke meine Reporter und Kamerateams durch die halbe Welt. Deshalb bin ich auch verantwortlich für sie. Also tun Sie, was ich Ihnen sage, und besorgen Sie mir das verdammte Geld, Harold!«*

Damit war das Gespräch beendet. Tessla schaltete den MP3-Player aus. »War das alles?«, fragte er.

Brenthoek nickte. »Was wir sonst noch aufgenommen haben, bestätigt nur, was Sie bisher gehört haben. Ich habe zwei meiner Männer auf Wincott angesetzt. Sie kleben wie ein Schatten an ihm. Spätestens übermorgen ist Mark Fischer in unserer Gewalt.«

Tessla hatte den Blick die ganze Zeit über nicht von *Bourkhan* genommen. Die Stallknechte hatten ihn endlich am Hänger. Schnaubend und unruhig tänzelnd klapperte der Araberhengst die Rampe hinauf.

»Vermasseln Sie es nicht wieder, Leon«, sagte Tessla. »Ich will kein Debakel wie in der Schweiz. Einen zweiten Fehler lasse ich Ihnen nicht ungestraft durchgehen.«

Brenthoek lächelte, was für ihn äußerst ungewöhnlich war. »Sie wollen mir drohen?«

Tessla sah ihn an und lächelte zurück. »Ja, Leon. Genau das will ich.«

Kapitel 70

Algerien

Der Raum war weiß getüncht und spartanisch eingerichtet, wie in einem Kloster. An der einen Wand standen drei Betten, an der anderen zwei uralte Holzschränke und ein paar Schemel. Aus dem rußigen Kamin drang der Geruch von kaltem Rauch. Durch die winzigen glaslosen Fenster drang nur wenig Sonnenlicht, dennoch war es hier drinnen drückend heiß.

Moussaf-al-Salah war der letzte Außenposten in dieser Region, dahinter begann das Reich der ewigen Dürre. Ein richtiges Hotel gab es hier nicht, aber der Metzger, dem dieses Häuschen gehörte, vermietete es gelegentlich gegen gutes Geld an Afrikareisende. Schon morgen wollten Diego und Noah McCoyle von hier aus aufbrechen, um den Schatz zu suchen.

Auf dem einfachen, grob gezimmerten Holztisch lag neben dem offenen Laptop die Messingreplik. Diego starrte schon seit einer ganzen Weile darauf und berührte sie mit den Fingerspitzen, während sich in seinem Kopf langsam wieder ein paar Puzzleteile zusammenfügten.

McCoyle, der ihm gegenübersaß, verschränkte demonstrativ die Arme vor der Brust. »Denken Sie, das bringt was?«, fragte er barsch. »Ich glaube nicht, dass das Ding plötzlich zu sprechen anfängt.«

»Doch, das tut es«, entgegnete Diego. »Vorausgesetzt, keiner quatscht dazwischen.«

»Oh, pardon! Prinzessin hat heute wohl ihre Tage!«

Seit Paris war McCoyle unerträglich. Diego hatte keine Ahnung, weshalb. Ihr Verhältnis war in den letzten Tagen sogar noch frostiger geworden als zu Beginn ihrer Bekanntschaft – als McColye ihm den Kiefer gebrochen hatte. Anfangs hatte Diego versucht, darüber hinwegzusehen, aber inzwischen reichte es ihm. McCoyle wollte den Rüpel heraushängen lassen? Das konnte Diego auch!

»Wenn der irische Cro Magnon mal kurz seine Klappe halten würde, könnte ich ihm vielleicht erklären, was mir gerade durch den Kopf geht«, stichelte er.

»Viel kann's nicht sein«, sagte McCoyle.

»Immer noch mehr als bei Ihnen.«

Der Streit war kindisch und lächerlich – und dennoch bitterer Ernst.

McCoyle rieb sich den Walrossschnurrbart und sagte: »Also schön, Superhirn. Wollen wir für einen Moment so tun, als würde mich das, was in Ihrem kranken Kopf vor sich geht, tatsächlich interessieren. Was haben Sie ausgeknobelt?«

Diego nippte an seinem Wasserglas, das neben dem Laptop auf dem Tisch stand, und dachte einen Moment nach. »Clementus Oliveira erwähnte in seinem Brief einen Mann namens Filippo – Giordano Bruno, wie wir heute wissen. Bruno war Oliveiras Ordensbruder bei den Wächtern des ersten Tempels, und er wurde im Jahr 1600 als Ketzer verbrannt. Erinnern Sie sich noch, warum?«

»Weil er leugnete, dass Jesus Gottes Sohn ist.«

»Nicht nur. Er stand auch in dem Ruf, sich der Magie verschrieben zu haben. Und er vertrat astronomische Ansichten, die zur damaligen Zeit der christlichen Lehre grundlegend widersprachen. Er proklamierte ein heliozentrisches Weltbild und behauptete, dass es jenseits des Saturns noch weitere Planeten in unserem Sonnensystem gebe, obwohl Uranus und Neptun damals noch unbekannt waren. Woher hatte er dieses Wissen?

Und dann sind da noch seine Theorien, dass es überall im Universum Welten mit intelligentem Leben gebe.«

»Die Bücher, die die katholische Kirche auf den Index der verbotenen Schriften gesetzt hat?«, fragte McCoyle.

»Genau die.«

»Das ist ja alles sehr spannend«, sagte McCoyle in einem Tonfall, als habe Diego ihm gerade das Telefonbuch von Barcelona vorgelesen. »Ich verstehe nur immer noch nicht, was Sie mir damit begreiflich machen wollen.«

Diego unterdrückte ein Seufzen. »Wissen Sie noch, wie Tamara uns damals auf der *Persephone* auf die richtige Spur gebracht hat? Sie hat das Inquisitionsprotokoll dieses Templers vorgelesen, bei dem sich herausstellte, dass es gar kein Tempel*ritter* war, sondern ein *Wächter des ersten Tempels*. In diesem Inquisitionsprotokoll hat der Beschuldigte behauptet, er habe den Beweis für die Nichtexistenz Gottes. Augenblick …« Diego öffnete die Übersetzung des entsprechenden Dokuments. »Hier steht es: *… der Gott der katholischen Kirche sei nur eine Legende, gesponnen aus der Fantasie der Jahrtausende. Er, Rodrigo Calvéz, kenne die Wahrheit. Er könne sie sogar beweisen.* Und jetzt sehen Sie sich das Kreuz an.«

McCoyle tat es. Nach ein paar Augenblicken schüttelte er langsam den Kopf. »Tut mir leid, aber ich kann Ihnen nicht folgen.«

Diego, jetzt ganz in seinem Element, fuhr fort: »Dann sind da noch die ganzen Ungereimtheiten, die eigentlich nicht zum Entstehungssdatum des Kreuzes passen: die Beimischung von Titan in der Goldlegierung, obwohl Titan zu Beginn des siebzehnten Jahrhunderts noch gar nicht bekannt war; die Nazca-Linien, obwohl diese offiziell erst Anfang des zwanzigsten Jahrhunderts entdeckt wurden; die höchsten Berge der Erde, genauestens vermessen, und so weiter. Bisher sind wir davon ausgegangen, dass der Erschaffer des Kreuzes seiner Zeit weit voraus war, weil es die einzig mögliche Erklärung zu sein schien. Aber ich glaube, es gibt eine weitere Erklärung, wenn man all diese Puzzleteile zusammenfügt.«

»Ich gebe es nicht gerne zu, aber ich bin jetzt wirklich gespannt, was Sie sich da zusammengereimt haben.«

»Was wissen Sie über die Pioneer-Sonde?«, fragte Diego.

»Ist das schon wieder so ein Puzzleteil – wo immer es plötzlich hergekommen sein mag?«

Diego ignorierte die Provokation und sah McCoyle schweigend an. Schließlich gab der Ire nach. »Die Pioneer-Sonde«, wiederholte er und strich sich durch den Walrossbart. »Ist die nicht Anfang der Siebzigerjahre gestartet?«

»1972, genau.«

»Damit ist mein Wissen über die Pioneer-Sonde allerdings schon erschöpft, fürchte ich«, gab McCoyle zu.

»Wie sieht's mit der Voyager-Mission aus?«

»Lassen Sie mich raten. Achtzigerjahre?«

»1977.«

»Mist, der Kandidat bekommt keinen Punkt.«

Diego seufzte. Es hatte keinen Sinn, McCoyle durch Fragestellungen dazu bringen zu wollen, dieselben Schlussfolgerungen zu ziehen wie er selbst. Dazu fehlte es ihm an Basiswissen. Also musste Diego ihm ein paar Dinge erklären: »Sowohl an der Pioneer- als auch an der Voyager-Sonde hat die NASA Botschaften in Form von Plaketten angebracht, für den Fall, dass es andere intelligente Lebensformen im All gibt. Auf der Pioneer-Sonde waren zum Beispiel ein Mann und eine Frau abgebildet, außerdem die Position unserer Sonne innerhalb der Milchstraße. Die Voyager-Botschaft ist eine Datenplatte mit Bild- und Audiodateien von der Erde. Beide Plaketten haben einen Metallkern und sind aus Gründen der Haltbarkeit mit

Gold überzogen. Die Voyager-Platte wird deshalb – und weil sie einer Schallplatte ähnelt – auch *Voyager Golden Record* genannt.«

Diego hatte Bilder der beiden Plaketten auf dem Laptop abgespeichert und zeigte sie McCoyle, dessen Blick zwischen dem Monitor und dem Messingkreuz auf dem Tisch hin und her wanderte. »Wollen Sie etwa behaupten, dieses Kreuz ist eine Botschaft von Außerirdischen?«, raunte er. »Welche Musik haben Sie diesmal gehört? Die von *E. T.?*«

Diego hatte keine andere Reaktion erwartet. »Ich weiß, der Gedanke ist ungewöhnlich«, sagte er. »Aber er wäre eine Erklärung für das Titan. Und er würde erklären, dass auf dem Kreuz Dinge eingraviert sind, die kein Mensch vor vierhundert Jahren gekannt haben kann. Er wäre eine Erklärung für Giordano Brunos Aussage, dass es viele Welten mit intelligentem Leben im Universum gibt. Und man könnte damit die Nichtexistenz Gottes herleiten, wenn man zugrunde legt, dass das Kreuz nicht nur vierhundert Jahre alt ist, sondern noch viel älter. Sagen wir acht- oder zehntausend Jahre.« An McCoyles skeptischer Miene erkannte Diego, dass er weiter ausholen musste. »Es ist wieder mal nur eine Theorie«, sagte er. »Aber sie sieht ungefähr so aus: Außerirdische landen auf der Erde, irgendwann in der Steinzeit, als die Menschen noch in Höhlen leben, Beeren pflücken und mit Keule und Speer jagen. Eine hochentwickelte Spezies von einem fernen Planeten trifft somit auf eine Schar primitiver Humanoiden. Vielleicht sind diese Außerirdischen notgelandet. Vielleicht waren sie auch so eine Art Missionare. Auf jeden Fall blieben sie eine Weile hier. Sie studierten die primitiven Menschen, und die Menschen begannen, von ihnen zu lernen und sie wie Götter zu verehren. Irgendwann erkannten die außerirdischen Besucher das Potenzial der Menschen, aber sie wussten, dass es noch Jahrtausende dauern würde, bis die

Menschen in der Lage sein würden zu erkennen, was wirklich passiert ist. Also beschlossen sie, der Menschheit ein Vermächtnis zu hinterlassen.«

»Das Kreuz?«

»Ja. Genau wie die NASA es Tausende von Jahren später auf ihren beiden Sonden getan hat: Sie gravierten ein paar Symbole auf ein Medium aus Gold, weil Gold nicht nur beständig ist, sondern auch wertvoll. Sie konnten also davon ausgehen, dass das Kreuz schon allein wegen seines Wertes und seiner Besonderheit mit Sorgfalt behandelt und dadurch die Zeit überstehen würde. Und es hat ja auch funktioniert.«

»Aber wozu haben sie an einer Stelle Kupfer und Bronze eingearbeitet?«

Diego zuckte mit den Schultern. »Vielleicht sind diese Außerirdischen nicht in der frühen Steinzeit auf der Erde gelandet, sondern erst ein paar Jahre später. In einer Zeit, in der die Menschen schon die Grundzüge der Metallbearbeitung kannten. Die Bronze- und Kupfereinlagerungen sollen damit einen Hinweis geben, in welchem Entwicklungsstadium der Menschheit das Kreuz entstanden ist.«

»Das ist so weit an den Haaren herbeigezogen, dass es schon wehtut«, kommentierte McCoyle.

»Ich behaupte nicht, dass es genau so war«, gab Diego zurück. »Ich sage nur, dass es so gewesen sein könnte. Zumindest würde diese Theorie eine Menge erklären.« Er deutete auf eines der Symbole auf dem Messingkreuz, eine Art Stern, der aus fünf geraden Linien bestand, die sich alle in einem Punkt trafen. »Das hier könnte so etwas wie ein Koordinatenkreuz sein. So wie bei der Pioneer-Sonde. Wenn man weiß, wie man es interpretieren muss, gibt es vielleicht an, von welchem Planeten die extraterrestrischen Besucher kamen. Und dieses Symbol hier, das aussieht wie große und kleine Streichhölzer, ist vielleicht ein Zeichen dafür, dass es sich um zweigeschlechtliche Wesen handelt, die Kinder bekommen, so wie wir.«

»Die Hitze scheint Ihnen das letzte Quäntchen Verstand aus dem Kopf gedünstet zu haben.« McCoyle schüttelte belustigt den Kopf. »Die Fantasie geht mit Ihnen durch, *amigo*. Außerdem lässt Ihre Theorie einige wichtige Fragen offen. Warum zum Beispiel leben Ihre E.T.s heute nicht mehr unter uns?«

»Was weiß ich? Vielleicht, weil sie nach Hause wollten? Oder ihnen ist unsere Atmosphäre auf Dauer nicht bekommen. Oder sie haben angesichts der vielen unterbelichteten Halbprimaten auf der Erde ganz einfach die Lust verloren, länger hier zu leben – was ich übrigens sehr gut nachvollziehen könnte, wenn ich mich so mit Ihnen unterhalte.«

McCoyles Blick wurde frostig, aber er ging nicht darauf ein. »Was ist mit den anderen Symbolen auf dem Kreuz? Was haben die in Ihrer Theorie zu bedeuten?«

»Das weiß ich noch nicht«, sagte Diego. »Denken Sie doch auch mal ein bisschen nach. Immerhin sind wir ein Team!«

»Team?«, knurrte McCoyle. »Pah! Schönes Team, Sie Verräter!« Danach folgte ein irisch klingender Ausdruck, den Diego nicht verstand, aber es war eindeutig ein Schimpfwort.

Diego platzte der Kragen. »Entweder sagen Sie mir endlich, was los ist, oder Sie reißen sich zusammen! Seit Paris verbreiten Sie nur noch schlechte Laune. Ich habe keine Lust, meine Zeit mit einem Stinkstiefel zu verschwenden! Man könnte fast meinen, Sie sind eifersüchtig!« Er hatte das nicht ernst gemeint, aber McCoyles Miene sprach Bände. »*Das* ist es also?« Diego machte große Augen. »Sie sind sauer, weil ich mich nach Tamaras Vortrag mit ihr verabredet habe?«

»Ich warne Sie«, zischte McCoyle, dessen Gesicht auf einmal feuerrot anlief. »Lassen Sie Ihre schäbigen Finger von ihr! Wenn ich noch einmal mitbekomme, dass Sie sich an Tamara ranmachen, wird Ihr Kiefer das Einzige sein, was ich Ihnen *nicht* breche.«

Diego gefiel McCoyles rüder Ton überhaupt nicht. »Wir waren ein Bier trinken, eine Kleinigkeit essen und danach noch im Kino. Anschließend ein bisschen Sex, das war alles.« Als er McCoyles entgeisterten Blick sah, wusste er jedoch, dass er zu weit gegangen war. »Das mit dem Sex war ein Witz«, gab er zu.

McCoyle schien es gar nicht gehört zu haben. Einen Moment lang befürchtete Diego, der Glatzkopf würde über den Tisch auf ihn losgehen, aber dann überlegte McCoyle es sich offenbar anders und verließ wutschnaubend das Haus.

Besser so, dachte Diego. McCoyle ging ihm allmählich mächtig auf den Zeiger. Die nächsten Tage mit ihm – auf engstem Raum in einem Geländewagen – würden ungefähr so viel Spaß machen wie eine Blinddarm-OP ohne Narkose.

Er goß sich ein Glas afrikanisches Bier aus dem Kühlschrank des Metzgers ein, setzte den Kopfhörer auf und schaltete Musik ein – ein *Best of Arnold Schwarzenegger*, aufgenommen vom London Symphonic Orchestra. Genau das Richtige, um auf andere Gedanken zu kommen und noch einmal über seine neue Theorie nachzudenken. Diego schloss die Augen und versank in Gedanken.

Plötzlich, während des *Terminator*-Themas, spürte er wieder das Kribbeln zwischen den Schulterblättern, klar und deutlich.

Gefahr im Verzug!

Sofort war er wieder voll da. Sein Blick huschte durchs Zimmer. Nichts. Keine Veränderung. Er nahm den Kopfhörer ab und lauschte. Von draußen hörte er die gedämpften Geräusche der Straße – gackernde Hühner, das Feilschen der Händler und die Gespräche der Alten, die vor ihren kleinen Häuschen auf der nackten Erde saßen. Durch die beiden kleinen, scheibenlosen Fenster in der Hinterwand drang das Zirpen von Zikaden, und irgendwo meckerten ein paar Ziegen. Alles schien ganz normal zu sein.

Aber das Kribbeln war immer noch da.

Diego stand auf und verließ das Haus. Vor der Tür empfingen ihn Hitze, Staub, gleißender Sonnenschein und der süßliche Geruch von frischem Blut, bei dem es ihm beinahe den Magen umdrehte. Vor dem Laden des Metzgers auf der gegenüberliegenden Straßenseite waren ein paar Hammel- und Kamelköpfe auf einem Holztisch aufgereiht, als Zeichen dafür, dass er frisch geschlachtet hatte. Diego verzog angewidert das Gesicht. Er wandte sich ab, versuchte, den Gestank zu ignorieren, und ließ seinen Blick über die Hauptstraße von Moussaf-al-Salah wandern, eine knochentrockene Staubpiste. Hier waren nur Einheimische in ihren typischen weißen Gewändern und ein paar dürre Hühner, die auf dem Boden scharrten. Nichts Verdächtiges.

Er ging zur Rückseite des Hauses. Dort hörte das Dorf abrupt auf. Es gab nur noch eine Ziegenkoppel, dahinter folgte die offene Wüste. Im Schatten der Hauswand stand Diegos und McCoyles Geländewagen, schon fast fertig gepackt für die morgige Abreise.

Der Wagen war leer. Einer spontanen Eingebung folgend, sah Diego auch unter dem Auto nach, und er warf sogar einen Blick unter die Motorhaube, um sicherzugehen, dass er nicht wie auf der *Harmattan* von einem Sprengsatz überrascht würde. Aber er konnte nichts Verdächtiges entdecken.

Er ging zurück ins Zimmer. Alles war noch an seinem Platz. Diego setzte sich wieder an den Tisch zu dem Messingkreuz und dem Laptop. Das Kribbeln zwischen den Schulterblättern war jetzt jedoch so stark, dass er sich nicht mehr konzentrieren konnte. Zeit für eine Pause.

Mit zwei Mausklicks fuhr er seinen Rechner herunter. Als

der Bildschirm schwarz wurde, erkannte er in der Spiegelung eine Gestalt hinter sich. Blitzschnell schoss sie auf ihn zu, dann spürte Diego plötzlich einen brennenden Schmerz am Hals, und er bekam keine Luft mehr.

Eine Garotte!, schoss es ihm durch den Kopf.

Instinktiv griff er nach dem Laptop und schleuderte ihn hinter sich. Zwar traf er nicht, aber für den Bruchteil einer Sekunde war der Angreifer abgelenkt – Zeit genug für Diego, um den Kopf mit voller Wucht nach hinten zu stoßen und dem Mann hinter ihm die Nase zu brechen.

Die Schlinge lockerte sich ein wenig. Es gelang Diego, seine Fingerspitzen darunterzuschieben und Luft zu holen. Doch schon drückte der Angreifer wieder zu und riss Diego mit solcher Gewalt hoch, dass er regelrecht vom Stuhl geschleudert wurde.

»Das ist für Gabriél, Arschloch!«, zischte eine Stimme hinter ihm. »Diesmal wirst du nicht so viel Glück haben wie in Peru!«

Paco. *El escorpión*.

Während die Zeit um ihn herum einen Moment lang stillzustehen schien, flackerten vor Diegos geistigem Auge Erinnerungsfetzen auf wie ein Blitzlichtgewitter, albtraumhafte Bilder von all den Opfern, die Paco und sein Bruder Gabriél gefoltert und getötet hatten – im Auftrag von *el tuerto*, dem Einäugigen. Damals, als auch Diego noch auf der falschen Seite des Gesetzes gestanden hatte.

»Du Schwein hast Gabriél ermordet!«, zischte Paco und zog die Würgeschlinge noch fester zu.

Weil ihr meine Frau und mein Kind getötet habt, wollte Diego schreien, aber ihm kam nur ein Röcheln über die Lippen. Ihm schwanden bereits die Sinne. Und während immer noch die Bilder der alten schrecklichen Zeiten über ihn hinwegbrandeten wie eine gewaltige schwarze Sturmwelle, schien jemand einen Schalter in seinem Kopf umzulegen – den Schalter, der jede Hemmschwelle ausschaltete und die reflexhaften Überlebensinstinkte aktivierte.

Diego hob das Bein und stieß es mit aller Kraft nach hinten, dorthin, wo er Pacos Knie vermutete. Es gab ein lautes Knacken, gefolgt von einem ohrenbetäubenden Schrei. Die Schlinge um Diegos Hals löste sich so weit, dass er wieder Luft bekam.

Er ließ seinen Ellenbogen gegen Pacos Schläfe krachen. Paco war so benommen, dass Diego die Garotte jetzt ganz von seinem Hals lösen konnte. Er streifte sie sich über den Kopf und schleuderte sie in die Ecke, wo sie klappernd liegen blieb.

Doch Alban Paco war noch lange nicht geschlagen. Er schüttelte die Benommenheit einfach ab und warf sich dann wie ein Panther auf Diego, der spürte, wie die Wunde unter seinem Verband wieder aufriss. Beide fielen der Länge nach auf den Boden, wälzten sich hin und her. Paco war zwar einen Kopf kleiner als Diego, dafür aber muskulöser. Außerdem schien die Kraft eines Wahnsinnigen in ihm zu stecken. Er schaffte es, sich auf Diego zu rollen. Plötzlich hielt er ein zwanzig Zentimeter langes Stilett in der Faust und stach damit auf Diegos Gesicht zu. Dem gelang es gerade noch rechtzeitig, sich wegzudrehen und Paco in einem Anfall eruptiver Gewalt von sich hinunterzustoßen. Wie durch ein Wunder blieb er unverletzt.

Diego wappnete sich schon gegen den nächsten Angriff, als er bemerkte, dass Paco stöhnend auf dem Boden liegen blieb. Rasend vor Wut stürzte er sich auf ihn und drehte ihn auf den Rücken. Der Griff des Stiletts ragte aus Pacos Brust wie ein gebrochener Knochen. Offenbar war er in seine eigene Waffe gestürzt. Doch Diego sah inzwischen vollkommen rot. Obwohl Paco wehrlos war und sich kaum noch rühren konnte, legte Diego ihm die Hände um den Hals und drückte zu.

Töte das Dreckschwein!, schrie eine innere Stimme. Töte es für das, was es dir und deiner Familie angetan hat!

Doch plötzlich wurde er an den Schultern gepackt und nach hinten gerissen. Im ersten Moment wusste er nicht, was geschehen war. Dann erkannte er Noah McCoyle über sich, der ihn mit seinen Grizzly-Pranken von Alban Paco wegzerrte.

»Er wollte mich umbringen!«, schrie Diego dem Glatzkopf entgegen. »Er hat meine Familie auf dem Gewissen! Und er war es, der die *Harmattan* in die Luft gesprengt hat!«

Doch McCoyle ließ nicht locker. »Beruhigen Sie sich!«, knurrte er. »Der Kerl hat genug! Wir übergeben ihn der Polizei. Ich brauche Sie hier. Emilia Emmerson und Chris Boorman sind entführt worden. Und es sieht so aus, als ob wir beide sie retten müssten!«

Kapitel 71

Algerien

Schweigend fuhren Diego und Noah McCoyle über die holprige Schotterpiste durch die sternenklare Nacht. Seit sie Moussaf-al-Salah verlassen hatten, hatten sie kaum einen Ton miteinander gesprochen.

Diego dachte an Alban Paco. Wenn McCoyle nicht dazwischengekommen wäre, hätte Diego ihn ohne Gewissensbisse umgebracht. Ein Teil von ihm wollte das immer noch tun. Der andere Teil von ihm war erleichtert, dass er keine neue Schuld auf sich geladen hatte. Immerhin bemühte er sich seit zehn Jahren, ein anständiger, gesetzestreuer Bürger zu sein, und oft gelang ihm das sogar. Ein Mord, wie verdient er auch immer sein mochte, passte nicht zu seinem neuen Leben.

»Irgendwo hier muss es sein«, raunte McCoyle, der hinter dem Steuer saß. »Laut GPS sind wir ziemlich genau da, wo CARCASSONNE zuletzt sein Lager aufgeschlagen hatte.«

Nach dem Überfall waren die Teammitglieder von CARCASSONNE in Richtung Süden geflohen, nach Agouré im Niger, wo sie *E-TV* telefonisch Bericht erstattet hatten. Auf irgendeinem Weg hatte auch Khalid Aghani von der Entführung erfahren, und der hatte wiederum Diego und McCoyle gebeten, ihr Möglichstes zu tun, um die örtlichen Behörden zu unterstützen, weil sie näher am Unglücksort waren als jedes andere Team.

Doch mit Alban Pacos Verhaftung waren die beiden Polizisten in Moussaf-al-Salah mehr als ausgelastet, und bis Verstärkung aus dem dreihundert Kilometern entfernte Polizeihauptquartier kam, würden wertvolle Stunden vergehen. Also hatten Diego und McCoyle das Heft selbst in die Hand genommen und kurzerhand die Verfolgung der Kidnapper aufgenommen.

Tatsächlich stießen sie wenig später auf die Überreste des Lagers, so, wie die Entführer es nach ihrem Überfall hinterlassen hatten. Im Schein ihrer Taschenlampen verschafften sie sich einen Überblick. Außer ein paar zerfetzten Zelten und einigen verstreut herumliegenden Utensilien wie Schaufeln, Ferngläsern und Wasserkanistern fanden sie nichts. Also fuhren sie weiter.

Ihr nächstes Ziel war eine Stelle am östlichen Ende des Hoggar-Tassili-Gebirges, nahe der Grenze zu Libyen. Dort war Emilia Emmersons Satellitentelefon zum letzten Mal geortet worden. Danach war das Signal verschwunden, vermutlich weil die Kidnapper das Satellitentelefon entweder ausgeschaltet oder zerstört hatten – hoffentlich, ohne Emilia dabei etwas anzutun.

Sie machten einen Fahrerwechsel. Ab sofort saß Diego hinter dem Steuer. McCoyle fiel schon nach wenigen Minuten in Tiefschlaf und schnarchte wieder wie Rübezahl. Mehrmals rüttelte Diego ihn wach, aber McCoyle schlief immer wieder ein.

Schließlich erreichten sie den Ort, wo Emilias Satellitentelefon zum letzten Mal lokalisiert worden war. Schotter und Geröll wechselten sich hier ab mit endlosen Sandfeldern. Im Nordosten, nur wenige Kilometer entfernt, erhoben sich die bizarren Felsformationenen des Hoggar-Tassili-Gebirges in den sternenklaren Nachthimmel.

Diego weckte McCoyle. Sie stiegen aus und suchten das Gelände mit ihren Taschenlampen ab. Es dauerte eine Weile, bis Diego endlich eine Spur fand. Die Kidnapper hatten sich offenbar alle Mühe gegeben, die Sandfelder zu umfahren, weil ihre Autos auf dem Geröll keine Reifenabdrücke hinterließen.

Dennoch entdeckte Diego immer wieder einzelne Reifenprofile im Boden.

»Sie sind auf die Berge zugefahren«, stellte er resigniert fest. »Dort werden wir ihre Spur verlieren, weil der Boden zu fest ist. Verdammt!«

McCoyle nickte grimmig. »Immer dasselbe mit Ihnen«, brummte er. »Sie geben zu schnell auf, mein Junge. Warten Sie's ab, ich habe da eine Idee.« Er zog sein Satellitentelefon aus der Tasche und wartete, bis die Verbindung stand. Dann tippte er eine Nummer ein und telefonierte mit einem ehemaligen Kollegen bei der CIA.

Im Morgengrauen kam die Antwort: drei GPS-Koordinaten im Hoggar-Tassili. Das hatte die Auswertung der Satellitenanalyse der letzten vierundzwanzig Stunden ergeben. An diesen drei Stellen gab es Menschen. Zwei dieser Stellen waren rund vierzig Kilometer entfernt, tief im Innern des Gebirges. Kaum anzunehmen, dass man mit Autos dorthin gelangen konnte. Es musste sich dabei um in den Bergen lebende Tuaregstämme oder andere Berbernomaden handeln.

Die dritte Koordinate war nur etwa zehn Kilometer von ihnen entfernt. Auf der Karte sahen sie sich die Gegend genauer an. Es schien sich um eine gewundene Schlucht zu handeln, breit genug, um mit Autos hindurchzufahren. Das Lager der Kidnapper war an einer Stelle, an der die Schlucht sich trichterartig nach oben öffnete, bevor sie sich tiefer ins Gebirge hineinschlängelte.

»Es gibt nur diesen einen Weg in die Schlucht«, sagte McCoyle und fuhr mit dem Finger den Weg auf der Karte nach, den die Entführer gefahren sein mussten. »Den können wir nicht nehmen, das wäre blanker Selbstmord.«

Diego nickte. Aber er hatte schon eine andere Idee. »Wir

könnten diese Schlucht hier nehmen«, sagte er und deutete auf die entsprechende Stelle auf der Karte. »Sie ist nicht ganz so breit, aber für unseren Wagen dürfte sie ausreichen. Wenn wir bis dorthin kommen …« – wieder tippte er auf die Karte – »… müssen wir nur noch über diese Bergkuppe klettern. Dann sind wir da.«

Natürlich gab es bei diesem Plan eine Menge Unwägbarkeiten. Ein großer Felsbrocken, der den Weg für das Auto versperrte, konnte den Plan rasch zunichtemachen, ebenso ein Engpass in der Schlucht oder Wachen, die die Kidnapper dort postiert hatten. Aber eine andere Idee hatten sie nicht. Und wenn sie Emilia und Chris helfen wollten, mussten sie es schnell tun.

»Sie und Ihre Theorien!«, seufzte McCoyle. »Aber ich schätze, wir haben keine Wahl. Drücken Sie aufs Gas. Die Zeit läuft.«

Kapitel 72

Algerien

Im Cockpit der kleinen, einmotorigen Cessna 208 war es heiß wie in einem Backofen, obwohl beide Türen weit offen standen. Douglas Wincott lehnte sich im Pilotensitz zurück, trank einen Schluck aus seiner Wasserflasche und warf einen Blick auf seine Armbanduhr. Viertel nach elf Uhr am Vormittag. Um elf Uhr hätte die Geldübergabe stattfinden sollen.

Vor einer halben Stunde war er hier gelandet, genau an dem Ort, der ihm genannt worden war. Seitdem wartete er hier, schwitzend und nervös, ob alles nach Plan verlaufen würde.

Er vergewisserte sich noch einmal, dass die GPS-Koordinaten stimmten, und legte die Wasserflasche auf den Copilotensitz zurück, auf dem auch der Geldkoffer lag.

Mit dem aufgekrempelten Hemdsärmel wischte er sich den Schweiß von der Stirn. Die Sonne brannte unbarmherzig vom wolkenlosen Himmel herab. Die Hitze war unerträglich!

Er nahm sein Fernglas und beobachtete den Fuß der Berge, die sich in ein paar Kilometern Entfernung erhaben, aber auch bedrohlich aus der unendlichen Weite der Sahara erhoben. Dort waren vor einigen Minuten zwei Autos aufgetaucht, die seitdem direkt auf die Cessna zufuhren. Das mussten die Kidnapper sein.

Wincott fühlte sich schwach und erschöpft, außerdem zeigte ihm ein leichtes Stechen in der Brust, dass er sich in den letzten Tagen wohl wieder zu viel zugemutet hatte. Er verhandelte neuerdings mit einem russischen Sender, der *E-TV* kaufen wollte.

Das kostete Zeit und Kraft. Dann der Diebstahl des Goldkreuzes, verbunden mit einem enormen Druck der Öffentlichkeit. Und jetzt auch noch diese Entführung. Aber wenn alles nach Plan lief, würde er in wenigen Minuten das Lösegeld übergeben und dann mit Emilia, Chris, dem Goldkreuz und dessen Dieb nach Tamanrasset zurückfliegen, wo der gecharterte Jet auf sie wartete, mit dem er gestern aus London hergeflogen war.

Seit die Meldung von der Entführung an die Öffentlichkeit gelangt war, war das Interesse an *Goldfieber* noch weiter gestiegen. Dazu hatte auch die Diskussion beigetragen, ob es vertretbar sei, das Lösegeld im Alleingang und ohne polizeilichen Schutz zu übergeben. Letztlich hatte Douglas Wincott sich gegen alle Widerstände durchgesetzt. Wenn es weiterhin so lief, wie er es sich vorstellte, würde er schon morgen mit Emilia und Chris an seiner Seite eine Pressekonferenz bei *E-TV* abhalten und als strahlender Retter in der Not gefeiert werden – ideale Voraussetzungen für die weiteren Preisverhandlungen mit den Russen.

Er öffnete den Koffer neben sich und warf einen letzten Blick hinein. Zwei Millionen Dollar in kleinen, gebrauchten Scheinen lagen darin, handlich gebündelt. Ein eigenariges Kribbeln breitete sich in seinem Magen aus. Selbst für einen erfolgreichen Geschäftsmann wie ihn war es ein sonderbares Gefühl, so viel Bargeld auf einem Haufen zu sehen.

Drei Viertel davon erhielt Raffaél Geldermann, ein absolut vertrauenswürdiger Mann, den Wincott noch aus Studienzeiten kannte. Er hatte vor Ort alles organisiert, damit die fingierte Entführung ablaufen konnte. Die restlichen fünfhunderttausend Dollar gingen für die Bezahlung der engagierten Kidnapper, für Bestechungs- und Schweigegelder drauf. Der Bluff hatte seinen Preis, war aber nichts im Vergleich zu dem

Mehrwert, den er Wincott durch die Steigerung der Zuschauerquote einbrachte.

Die beiden Autos – ein Hummer und ein Landcruiser – erreichten die Cessna und hielten an. Aus dem Landcruiser stiegen vier Schwarze aus, die khakifarbene Milizuniformen trugen. Mit ihren Pistolen und Uzis sahen die Kerle wirklich gefährlich aus.

Die perfekte Täuschung, dachte Wincott zufrieden.

Er stieg aus der Cessna und setzte seine Sonnenbrille auf.

»Haben Sie das Geld dabei?«, fragte einer der Schwarzen, ein Riese von einem Mann, grauhaarig und pockennarbig, in nahezu perfektem Englisch.

»Natürlich«, antwortete Wincott. »Wo sind Miss Emmerson und Mr Boorman?«

»Sind noch im Lager«, sagte der Schwarze mit einem kalten Lächeln. »Genauso wie Mr Fischer und das Goldkreuz.«

Eine ärgerliche Abweichung im Plan. »Es war ausgemacht, dass die Übergabe hier stattfindet.«

»Die Bedingungen haben sich geändert.«

Wincott biss die Zähne zusammen. Er begriff, dass er hier draußen am kürzeren Hebel saß. »Wo ist Monsieur Geldermann? Ich will mit ihm sprechen.«

Der schwarze Hüne lächelte breit, wobei er zwei Reihen strahlend weißer Zähne entblößte. Dann machte er eine Kopfbewegung zum Hummer, woraufhin sich eine Tür öffnete und ein blutbeschmierter toter Körper in den Sand fiel.

Douglas Wincott wurde kreidebleich. Etwas in seinem perfekt ausgetüftelten Plan war verdammt schiefgelaufen.

Kapitel 73

Algerien

Über den rauen Sandstein robbend, schob Diego sich neben Noah McCoyle den steilen Grat hinauf. Der Weg hierher war beschwerlicher gewesen, als er vermutet hatte. Die canyonartige Schlucht, die sie ausgewählt hatten, um sich an das Lager der Entführer heranzupirschen, war nur bis zur Hälfte befahrbar gewesen. Dann hatten sie eine zwei Meter hohe Verwerfung erreicht, die sich quer über den Boden zog und senkrecht vor ihnen aufragte – unüberwindbar für den Geländewagen.

Also hatten sie das Auto stehen gelassen und waren zu Fuß weitergegangen. Die Waffen, die sie eingepackt hatten, weil die Region, in der sie den Schatz vermuteten, Krisengebiet war, hatten sie geschultert. Außerdem trug jeder von ihnen ein Funkgerät und eine Flasche Wasser mit sich. Auf mehr Gepäck hatten sie verzichtet, um sich möglichst gut bewegen zu können.

Der Aufstieg auf den Rand des Canyons war schweißtreibend, aber wenigstens hatten die Entführer hier keine Wachen postiert, die sie ins Kreuzfeuer hätten nehmen können. Offenbar fühlten sie sich in ihrem Versteck sicher genug. Einen Angriff aus einer Parallelschlucht schienen sie nicht zu erwarten.

Diego atmete schwer, während er sich die letzten Meter über den Berggrat schob. Seine Schnittwunde aus Peru pochte, aber noch hielt der Verband.

So, wie McCoyle keuchte, hatte auch er seine liebe Mühe mit dem Aufstieg gehabt. Doch jetzt waren sie endlich ganz oben, und ein Blick über den Grat bot ihnen eine hervorragende Übersicht über das Lager.

Was Diego sah, erinnerte ihn an die Felsensiedlungen der Navajo-Indianer. Die Schlucht war an dieser Stelle wie ein Trichter geformt, sodass von oben viel Licht eindringen konnte. Am Boden hatte die Natur viele natürliche Höhlen im Fels erschaffen, die die Entführer wie Räume nutzten. Manche Höhleneingänge waren mit skizzenhaften Kritzeleien versehen. Zuerst dachte Diego, dass die Kidnapper sich hier verewigt hatten. Ein genauerer Blick durchs Fernglas zeigte ihm aber, dass es sich um rudimentäre, schon sehr alt wirkende Tierdarstellungen handelte: Giraffen, Elefanten, Gnus, Antilopen. Und immer wieder menschliche Figuren – Strichmännchen mit Speer oder Pfeil und Bogen.

»Solche Malereien findet man fast in allen Teilen der Sahara-Gebirge«, sagte McCoyle, dem die Darstellungen offenbar auch aufgefallen waren. »Sie stammen aus einer Zeit, als diese Wüste noch grün und bewachsen war, was übrigens noch gar nicht so lange her ist. Sieben- oder achttausend Jahre, glaube ich. Das hab ich mal in einer Zeitschrift gelesen.«

Es folgte ein Monolog über die Fruchtbarkeit der Sahara, für den Diego im Moment wirklich keinen Nerv hatte. »Danke für die Info«, zischte er, um McCoyles Redefluss zu stoppen. »Aber jetzt ist nicht die Zeit für Geschichtsunterricht!«

»Wie Sie wollen«, gab McCoyle schulterzuckend zurück. »Bleiben Sie eben dumm.«

Nachdem sie das Camp eine Weile von oben beobachtet hatten, hatten Diego und McCoyle sechs Kidnapper gezählt. Außerdem hatten sie festgestellt, dass nicht alle Autos da waren: Am Grund des Canyons standen zwei Landcruiser und ein Geschützwagen. Von Khalid Aghani wussten sie jedoch, dass bei dem Überfall auf das CARCASSONNE-Lager fünf Autos beteiligt gewesen waren. Zwei davon fehlten also.

»Ein paar von den Kerlen sind gerade wieder unterwegs«, raunte McCoyle. »Und wir wissen nicht, wie viele von ihnen sich in den Höhlen aufhalten, aber noch nicht herausgekommen sind, weil sie die Gefangenen bewachen oder gerade ein Nickerchen machen.«

»A propos Gefangene: Irgendeine Idee, wo die sein könnten?«, fragte Diego. Aus dem Verhalten der Kidnapper ließen sich darauf keine Rückschlüsse ziehen.

»Keine Ahnung«, sagte McCoyle. »Wir werden runtergehen und es herausfinden müssen.«

Diego nickte. Es wäre ihm zwar lieber gewesen, im Schutz der Dunkelheit ins Lager der Entführer einzudringen, aber sie durften keine Zeit verlieren. »Im günstigsten Fall haben wir es mit sechs Gegnern zu tun«, sagte er. »Wahrscheinlich aber eher mit acht oder neun.«

»Klingt unfair«, raunte McCoyle mit einem grimmigen Lächeln. »Die Kerle haben keine Chance.«

Sie überprüften ihre Funkgeräte und die Waffen und wollten sich gerade näher an das Lager heranschleichen, als sie Motorengeräusche hörten. Kurz darauf bogen die beiden fehlenden Autos um die Kurve am Ende der Lichtung. Dicht hintereinander fuhren sie auf das Lager zu, wo sie neben den anderen drei Wagen hielten.

Vier Schwarze in Milizuniform stiegen aus, gefolgt von Douglas Wincott, dem man die Hände auf den Rücken gefesselt hatte. Einer der Entführer trug einen Koffer. Von Khalid Aghani wusste Diego, dass Wincott sich mit dem Lösegeld auf den Weg hierher gemacht hatte. Leichtsinnig, aber verdammt mutig, fand Diego.

Von seinem Versteck aus beobachtete er, wie die sechs Entführer, die bereits im Lager gewesen waren, zu den Neuankömmlingen stießen.

»Insgesamt also mindestens zehn Kidnapper«, zählte McCoyle.

Nach einer kurzen Diskussion verschwanden drei Entführer in einer der Felsenhöhlen. Wenig später kamen sie zurück – mit Emilia und Chris. Beide waren offenbar unverletzt.

Im Lager wurde gesprochen. Vor allem zwischen Wincott und einem hünenhaften, grauhaarigen Schwarzen, offenbar dem Anführer der Kidnapper, entwickelte sich ein reger Wortwechsel. Durchs Zielfernrohr seines Gewehrs sah Diego Wincotts aufgeregte Miene. Das Treffen schien anders zu verlaufen, als er es sich vorgestellt hatte.

Auch der schwarze Hüne wurde immer aufgeregter. Laut und bedrohlich hallte seine Stimme von den Bergwänden wider. Er herrschte Wincott jähzornig an, doch der ließ sich das nicht gefallen und schrie zurück. Die beiden ungleichen Männer brüllten sich jetzt regelrecht an. Die Canyonwände verzerrten ihre Stimmen und vervielfachten sie. Wegen des vibrierenden Echos verstand Diego nur einzelne Wörter, aus denen er jedoch nicht schlau wurde.

Plötzlich verstummten die beiden. Das Echo verhallte, und für einen kurzen Moment herrschte Ruhe. Dann zog der Schwarze ohne Vorwarnung seinen Revolver, richtete ihn auf Wincott und drückte ab. Der Schuss krachte durch die Schlucht wie ein Gewitterdonner.

Eine Sekunde lang war Diego entsetzt über so viel Kaltblütigkeit. Aber er sah nicht zum ersten Mal, wie jemand ermordet wurde. Und Zeit, lange darüber nachzudenken, hatte er auch nicht, denn plötzlich zielte der Anführer der Kidnapper auf Emilia. Diego schoss, ohne zu zögern. Im selben Moment eröffnete auch McCoyle das Feuer. Jeder gab ein paar schnelle

Schüsse ab, und binnen weniger Sekunden lagen vier der Kidnapper reglos am Boden. Die anderen verschanzten sich hinter irgendwelchen Steinvorsprüngen und schossen zurück.

Emilia und Chris standen reglos da. Dann fiel jedoch die Schreckensstarre von ihnen ab, und sie rannten in eine der Höhlen. Zwei der Kidnapper bemerkten es und nahmen die Verfolgung auf.

»Geben Sie mir Feuerschutz«, sagte Diego zu McCoyle. Dann schwang er sich auch schon über den Grat und rutschte den Abhang hinunter.

Während er an der glatten Canyonwand hinunterschnellte, schoss er auf die Kidnapper. Auch McCoyle feuerte aus vollen Rohren. Die Benzinkanister neben den Autos explodierten in einem gleißenden Feuerball. Zwei Kidnapper, die sich dort verschanzt hatten, wurden wie brennende Puppen durch die Luft geschleudert.

Zusammen mit einer Ladung Geröll erreichte Diego schließlich den Boden der Schlucht. Da sein Gewehrmagazin leer war, ließ er die Waffe einfach fallen. Ab jetzt musste er sich auf seine Pistole verlassen – und auf Noah McCoyle, der irgendwo über ihm auf dem Berggrat lag und die noch lebenden Entführer in Schach hielt, während er selbst in die Richtung rannte, in der Emilia und Chris verschwunden waren.

Kapitel 74

Algerien

Emilia rannte hinter Chris durch die Höhlengänge, die parallel zur Schlucht am Fuß der Berge verliefen. Der Schock über den unerwarteten Tod von Douglas Wincott saß tief. Ihr war übel, und ihre Beine schienen nur noch aus Pudding zu bestehen. Dennoch zwang sie sich weiterzurennen, aus Angst, von den Verfolgern eingeholt zu werden.

Immer wieder versperrten Zwischenwände und steinerne Säulen den Weg. Das ganze Höhlensystem war aufgebaut wie ein löcheriger Schweizer Käse. Gott sei Dank fiel immer wieder Licht aus dem Canyon herein, sodass sie gute Sicht hatten.

Sie suchten verzweifelt nach einem Versteck – vergebens. Aber immerhin boten die Zwischenwände ausreichenden Sicht- und Feuerschutz, um nicht von einer Kugel in den Rücken getroffen zu werden.

Emilia fühlte sich erschöpft. Sie rang nach Luft, aber sie zwang sich, nicht aufzugeben. Längst hatte sie die Orientierung verloren. Nur weg von hier! Die Mörder abhängen! Allein das zählte.

Wieder stiegen die Bilder von Wincotts Ermordung vor ihr auf. Der große Schwarze hatte ihn aus nächster Nähe erschossen, direkt vor ihren Augen.

Ihr Magen rebellierte. Sie beugte sich vor und übergab sich. Chris blieb stehen und kam keuchend zu ihr zurück. Seine Augen zuckten unruhig hin und her, weil er versuchte, die dämmrige Höhle nach ihren Verfolgern abzusuchen.

Er nahm Emilia bei der Hand, zog sie mit sich und rannte weiter.

Sie kamen zu einem schmalen, dunklen Gang, schlüpften hinein und tasteten sich vorwärts. Nach ein paar Biegungen wurde es wieder heller. Schließlich erreichten sie den Ausgang des Tunnels und rannten ins Freie.

Die Steilwände des Canyons ragten hier senkrecht nach oben. Da sie nicht ins Lager zurückkonnten, blieb nur der Weg in die andere Richtung. Emilia und Chris hetzten weiter.

Die Schlucht wurde immer schmaler. Dann, nach einer letzten Kurve, öffnete sich die Schneise plötzlich zu einer Art Lichtung. Auch hier ragte der Fels überall senkrecht in den Himmel. Auf der anderen Seite der Lichtung setzte sich die schmale Schlucht fort.

»Wir müssen da rüber!« Chris keuchte. »Schnell! Wenn wir uns beeilen, schaffen wir es!«

Er zog Emilia wieder mit sich. Unfähig, noch einen klaren Gedanken zu fassen, rannte sie hinter ihm her.

Sie hatten gerade die Mitte der Lichtung erreicht, als vor ihnen ein Entführer hinter einem Felsvorsprung auftauchte. Er stellte sich ihnen breitbeinig in den Weg, das Gewehr im Anschlag.

Mit Emilia an der Hand wollte Chris schon wieder zurückrennen, doch schon tauchte hinter ihnen ein zweiter Entführer auf.

Resigniert blieben sie stehen. Chris ließ sich erschöpft auf die Knie fallen und hob die Hände als Zeichen, dass er sich ergab. Emilia atmete schwer und ließ den Kopf sinken. Sie standen völlig isoliert in der Mitte der Lichtung. Es war aus und vorbei. Emilia begann stumm zu beten.

Kapitel 75

Algerien

Wie ein Raubtier jagte Diego durch die Höhlen. Bis vor wenigen Augenblicken hatte er jemanden vor sich rennen gehört. Jetzt war das Geräusch verschwunden.

Er gelangte zum Höhlenausgang, lief, so schnell er konnte, durch die enge, sich windende Schlucht und wollte gerade um die nächste Kurve biegen, als er einen Schuss hörte, gefolgt von einem spitzen Schrei. Vorsichtig spähte er hinter der Felswand hervor. Er sah eine sonnendurchflutete Lichtung. In der Mitte hockte Emilia, neben ihr lag Chris reglos am Boden. Sie hielt seine Hand und schluchzte.

Wenige Meter vor Diego stand einer der Kidnapper. Er hatte ihm den Rücken zugewandt. Ein zweiter Kidnapper befand sich am anderen Ende der Lichtung. Er hatte ein Gewehr im Anschlag und zielte damit auf Chris und Emilia.

Ohne zu zögern schoss Diego – gleich drei Mal, um sicherzugehen, sein Ziel nicht zu verfehlen. Auf der gegenüberliegenden Seite der Lichtung brach der Kerl mit dem Gewehr zusammen und bewegte sich nicht mehr.

Als Diego auch den anderen Entführer töten wollte, gab seine Pistole jedoch nur noch ein metallisches Klicken von sich. Im Eifer des Gefechts hatte er nicht darauf geachtet, wie viel Munition sich noch im Magazin befand. Was jetzt?

Der Kerl vor ihm wirbelte herum und feuerte aus der Drehung heraus. Als er erkannte, dass Diego nicht mehr schießen konnte, legte sich ein siegessicheres Grinsen auf sein Gesicht.

Diego wusste, dass dieses winzige Zögern seine letzte Chance war. Er holte aus, machte einen schnellen Schritt nach vorn und schleuderte seine Pistole wie einen Tomahawk auf den überraschten Entführer. Der Knauf traf ihn mit voller Wucht mitten ins Gesicht. Dann kippte er um wie ein gefällter Baum und rührte sich nicht mehr.

Kapitel 76

Algerien

Das Lager der Entführer sah aus wie nach einem Bombenanschlag. Drei Autos standen in Flammen, das vierte war ausgebrannt. Nur der Hummer schien noch einigermaßen unversehrt zu sein. Schwarze Rauchschwaden krochen durch das Tal und trugen den beißenden Gestank von Rauch und verbranntem Gummi mit sich. Auf dem Boden lagen mehrere tote Kidnapper – und Douglas Wincott.

Emilia eilte zu ihm. Diego hatte ihr eigentlich den Anblick ersparen wollen, konnte sie jedoch nicht zurückhalten, weil er Chris Boorman stützte, der in Bauchhöhe einen Streifschuss abbekommen hatte und stark blutete. Emilia kniete sich neben Wincott, schlug die Hände vors Gesicht und brach in Tränen aus.

Noah McCoyle hatte sein Versteck auf dem Berggrat mittlerweile verlassen und war heruntergekommen. Er hielt sein Gewehr schussbereit in Hüfthöhe, aber im Moment gab es nichts mehr für ihn zu tun. Falls noch irgendwelche Kidnapper übrig geblieben waren, hatten sie offenbar längst das Weite gesucht.

Diego setzte Chris Boorman im Schatten der Felsen auf den Boden. »Wie geht es Ihnen?«, fragte er.

»Geht schon«, keuchte Chris tapfer.

»Warten Sie hier und ruhen Sie sich ein bisschen aus«, sagte Diego. »Ich sehe nach, ob ich etwas finde, womit ich Ihre Wunde versorgen kann.«

Er eilte durchs Lager, aber weder in dem intakten Hummer

noch in den angrenzenden Höhlen fand er Verbandsmaterial oder ein Antibiotikum. Dafür stieß er auf einen weiteren Gefangenen.

Er brachte ihn zu den anderen. »Spricht kein Wort und scheint ziemlich dehydriert zu sein«, sagte er. »Noah, können Sie ihm etwas zu trinken geben?«

McCoyle nickte und griff zu seiner Wasserflasche, während Diego mit seinem Taschenmesser das Hemd eines toten Kidnappers in Streifen schnitt. Das war zwar nicht ideal, um Chris' Wunde zu verbinden, aber immerhin konnten sie so die Blutung stoppen.

»Wer ist der Kerl?«, fragte Diego, während er die Bandagen anlegte.

»Er heißt Thomas Richter. Wir haben ihn vor ein paar Tagen am Straßenrand aufgelesen. Er hatte eine Autopanne.« Chris stöhnte auf, als Diego den Verband festzog. »Er ist aber nicht ganz zurechnungsfähig«, fuhr Chris keuchend fort. »In der Nacht vor der Entführung wollte er eins unserer Autos klauen. Die anderen hat er lahmgelegt, damit wir ihn nicht verfolgen konnten. Bei seinem Fluchtversuch hat er Emilia und mich beinahe überfahren.«

»Im Moment ist er viel zu schwach, der ist keine Gefahr«, entgegnete Diego. »Aber danke für die Warnung. Ich werde ihn im Auge behalten. Größere Sorgen mache ich mir allerdings um Sie, Chris. Sie brauchen unbedingt einen Arzt. Aber das wird noch ein bisschen dauern. Schaffen Sie das?«

Chris lächelte tapfer. »Ich werde mir Mühe geben.«

Auf der Suche nach einem Verbandskasten war Diego aufgefallen, dass im Hummer der Entführer die Schlüssel steckten. Das ersparte ihnen den mühsamen Fußweg über den Berggrat zu der Parallelschlucht, in der ihr eigener Geländewagen stand.

Diego half Chris bis zum Wagen. McCoyle folgte ihm und

stützte dabei Thomas Richter. Emilia kniete immer noch weinend neben Douglas Wincotts Leiche.

»Kommen Sie«, sagte Diego. Er ging zu ihr und zog sie sanft hoch. »Sie können nichts mehr für ihn tun. Wir müssen los. Chris' Wunde sollte so schnell wie möglich versorgt werden.«

Sie wischte sich die Tränen aus dem Gesicht und nickte. Gemeinsam gingen sie zum Hummer. Als sie Thomas Richter sah, schien ihre Miene einzufrieren.

»Ich weiß, dass er Sie überfahren wollte«, sagte Diego. »Chris hat es mir schon erzählt. Aber Sie brauchen jetzt keine Angst mehr vor ihm zu haben.«

Emilias Miene blieb hart wie Eis. »Hat Chris Ihnen auch erzählt, dass dieser Mann ein Dieb und ein Mörder ist? Er hat das Goldkreuz aus dem Firmensafe von *E-TV* gestohlen und dabei einen Kollegen getötet! Ich will, dass er wieder gefesselt wird. Ich traue ihm nicht über den Weg. Er ist gefährlich.«

Diego zog die Augenbrauen hoch. Er hatte mit allem gerechnet, aber nicht damit. »Das sind schwerwiegende Anschuldigungen«, sagte er. »Wie kommen Sie darauf?«

Sie erzählte ihm, wie sie nach Richters nächtlichem Fluchtversuch das Original-Goldkreuz in seinem Gepäck entdeckt hatten.

Diego wusste nicht, was er von der Geschichte halten sollte. Zudem drängte die Zeit, denn Chris' provisorischer Verband würde nicht ewig halten.

»Was sagen Sie zu den Vorwürfen?«, fragte er Richter.

Doch der reagierte nicht.

»Ich vertraue Emilia«, brummte McCoyle. »Fackeln wir also nicht lange herum, sondern fesseln wir ihn. Falls sich später seine Unschuld herausstellt, werde ich mich gerne bei ihm entschuldigen.«

Sie schritten zur Tat. Als Richter sich zu wehren versuchte, hielt Noah McCoyle ihm seinen Gewehrlauf vor die Nase. Danach ließ er alles willenlos über sich ergehen.

Dann verließen sie das zerstörte Camp. Während der Fahrt informierten sie die Behörden per Funk über das, was vorgefallen war. Außerdem gaben sie die genauen GPS-Koordinaten des Lagers durch, damit die Verwundeten und Toten gefunden werden konnten.

Der Hummer hatte Gott sei Dank nur wenig abbekommen. Die Frontscheibe sah zwar aus wie ein Spinnennetz, und auch die Seitenfenster wiesen Risse auf, aber die Hauptsache war, dass der Motor funktionierte.

Aus Angst vor einem Hinterhalt hielt McCoyle, der auf dem Beifahrersitz saß, sein Gewehr im Anschlag. Aber die Fahrt verlief ruhig.

Vom Lager bis zum Fuß des Hoggar-Tassili-Gebirges mäanderte der Canyon in weiten Kurven durch die Berge. Als sie nach einer letzten Biegung schließlich wieder die offene Wüste erreichten, war jedem von ihnen klar, dass sie ungeheures Glück gehabt hatten.

Da Chris' Wunde trotz Verband immer noch blutete, schlug Diego vor, in die Parallelschlucht zu fahren, weil der Verbandskasten in dem Wagen, den sie dort stehen gelassen hatten, auch Schmerzmittel und Antibiotika enthielt. Die anderen waren einverstanden.

Während sie um den Fuß der Berge herumfuhren, fiel Diego im Rückspiegel auf, dass Emilia sich immer wieder umsah. Er hatte Mitleid mit ihr und hätte ihr gerne geholfen. Offenbar fühlte sie sich immer noch verfolgt.

Sie fuhren eine Weile schweigend weiter, jeder mit seinen eigenen Gedanken beschäftigt.

»Was ist das?«, fragte Emilia plötzlich und deutete mit dem Finger nach links aus dem Fenster.

»Was meinen Sie?« Diego sah kurz in die Richtung. In diesem Moment blitzte in der unendlichen Weite aus Geröll und Sand etwas auf, als würde jemand mit einem Spiegel ein Signal geben.

»Sind da Menschen?«, fragte McCoyle.

Diego hielt an und nahm sein Fernglas zur Hand. »Ich glaube nicht«, antwortete er. »Für mich sieht das aus wie ein Flugzeug.«

Sie beschlossen, hinzufahren. Vielleicht konnten sie mit dem Flugzeug schneller zu einem Arzt gelangen, der Chris versorgen würde.

Eine halbe Stunde später erreichten sie eine zweimotorige Cessna, die verlassen in der glühenden Nachmittagssonne stand. Sie sah aus wie ein großer Vogel, der sich in diese unwirtliche Gegend verflogen hatte.

Im Innern der Cessna fanden sie Papiere, ausgestellt von den algerischen Behörden für Douglas Huntington Wincott. Den Rest reimten sie sich zusammen.

Da McCoyle der Einzige war, der einen Pilotenschein besaß, bot er sich an, Chris in die nächste Ortschaft zu fliegen und die nötigen Formalitäten mit der Polizei zu regeln. Diego wollte nicht noch mehr Zeit verlieren und die Suche nach dem Schatz fortsetzen. Emilia bestand darauf, ihn zu begleiten.

Blieb die Frage, was sie mit Richter machen sollten.

»Nehmen Sie ihn auch mit, Teddy!«, drängte Emilia. »Das macht Ihnen doch nichts aus, oder? Übergeben Sie den Kerl den Behörden, damit er nach England ausgewiesen werden kann.«

»Tun Sie das nicht!« Thomas Richter schien nach langem Schweigen endlich zu erwachen. »Ich habe keinen Mord begangen. George Sanders ist die Treppe hinuntergestürzt! Er wollte mit dem Kreuz fliehen, und ich habe ihn verfolgt. Dabei ist es passiert. Es war ein Unfall.« Er seufzte wie jemand, der eine schwere Entscheidung trifft. Dann sah er Emilia fest, beinahe beschwörend in die Augen. »Mein Name ist nicht Thomas Richter, sondern Mark Fischer«, sagte er. »Ich bin der letzte Angehörige des Tempelhüterordens. Und es ist meine Aufgabe, den Schatz zu beschützen, zu dem das Goldkreuz führt. Aber das ist schwierig geworden. Tausend Teams jagen dem Schatz hinterher und wahrscheinlich noch viel mehr Hobby-Glücksritter. Und es gibt dunkle Mächte, die den Schatz unter allen Umständen an sich reißen wollen. Sie haben den Orden überfallen und sind mir auf den Fersen. Die anderen Ordensmitglieder haben Selbstmord begangen, um das Geheimnis nicht zu verraten. Bitte glauben Sie mir, Miss Emmerson: Es ist wichtig, dass der Schatz nicht in falsche Hände gerät. Wir dürfen keine Zeit mehr verlieren, es könnte schon bald zu spät sein.«

»Sie denken doch nicht etwa, dass wir Sie mitnehmen, nur damit Sie uns den Schatz hinterher abnehmen können?«, platzte Diego heraus. »Ich weiß, dass der Schatz in Reichweite ist, und ich lasse ihn mir nicht auf der Zielgeraden noch wegschnappen.«

McCoyle, der hinter dem Steuer der Cessna saß, rief: »Ich will ja nicht drängeln, aber ich habe einen Verletzten an Bord.«

Diego sah Emilia an. Sie hatte die Stirn in Falten gelegt und fixierte Fischer immer noch mit frostigem Blick.

»Ich mache Ihnen einen Vorschlag«, sagte Fischer. »Sie nehmen mich mit, und ich zeige Ihnen den Weg zum Schatz. Ich bleibe gefesselt. Und wenn wir den Schatz gefunden haben, entscheiden Sie selbst, was damit geschehen soll. Wenn Sie ihn behalten wollen, nehmen Sie ihn. Wenn nicht, dann überlassen Sie ihn mir, damit ich ein neues Versteck für ihn suchen kann.«

Diego ließ sich das Angebot durch den Kopf gehen. »Klingt fair«, sagte er schließlich. »Was meinen Sie, Emilia?«

Sie nickte. »Aber wir nehmen ihm die Fesseln erst ab, wenn ich damit einverstanden bin.«

McCoyle rieb sich über den Walrossbart. »Schön, dass wir das endlich geklärt haben. Sobald Chris versorgt und die Formalitäten mit der Polizei erledigt sind, komme ich nach. Mit etwas Glück schaffe ich es, bevor ihr auf den Schatz stoßt.« Er schlug die Tür zu. Dann schloss er mit ein paar Handgriffen den Motor kurz, und wenige Augenblicke später stieg die Cessna in weitem Bogen in die Höhe.

Die anderen sahen ihnen noch einen Augenblick nach. Als sie in den Hummer stiegen, um ihre Fahrt fortzusetzen, merkte keiner von Ihnen, dass hoch oben am Himmel eine unbemannte Drohne sie ins Visier genommen hatte und jede ihrer Bewegungen registrierte.

Kapitel 77

Algerien

Da der Hummer nur noch wenig Benzin im Tank hatte, blieb ihnen nichts anderes übrig, als zu Diegos Geländewagen zu fahren, obwohl es einen Umweg bedeutete. Den Hummer ließen sie in der Schlucht zurück.

Ein paar Stunden später lagen die Berge des Hoggar-Tassili-Massivs weit hinter ihnen, und sie fuhren kontinuierlich nach Südosten. Mehrmals versuchte Diego, von Mark Fischer, der gefesselt auf der Rückbank saß, Genaueres über den Schatz zu erfahren, doch der hüllte sich wieder in Schweigen. Er meldete sich nur zu Wort, um die Route zu korrigieren.

Die Monotonie der Fahrt, das orangefarbene Licht der untergehenden Sonne und das gleichförmige Vibrieren des Wagens auf dem schotterigen Untergrund machten Diego schläfrig. Als er ungebremst in ein Schlagloch fuhr, stöhnte er auf.

Emilia, die die meiste Zeit schweigend neben ihm gesessen hatte, drehte sich zu ihm. »Sie bluten ja«, bemerkte sie.

»Nur ein Kratzer«, sagte Diego.

»Nein. Sie verlieren Blut.«

Er sah an sich hinunter und stellte fest, dass sein T-Shirt über der Hüfte rot und nass war. Unter dem Verband war die Wunde wieder aufgerissen. Während des Schusswechsels im Canyon hatte er das gar nicht gemerkt, und auch danach war er so mit Adrenalin vollgepumpt gewesen, dass er kaum daran gedacht hatte. Erst jetzt begann der Schnitt wieder zu brennen.

»Sind Sie angeschossen worden?«, hakte Emilia nach.

»Nein. Ein Andenken aus Peru. Die Wunde ist wieder aufgegangen.«

»Sie hätten sich zusammen mit Chris zu einem Arzt fliegen lassen sollen.«

»So schlimm ist das nicht. Ich lege mir bei der nächsten Pause einen neuen Verband an und nehme ein Antibiotikum. Im Medizinkasten habe ich alles dabei.«

»Aber …«

»Kein Aber. Als die Kidnapper Sie überfielen, haben Sie gerade CARCASSONNE interviewt. Vielleicht haben inzwischen auch noch andere Teams den Weg hierher gefunden. Und dann gibt es da ja noch diese geheimnisvollen *dunklen Mächte*, die auch hinter dem Schatz her sind, nicht wahr, Mr Fischer?«

Fischer reagierte gar nicht darauf.

»Ich will nicht, dass mir irgendjemand zuvorkommt, nur wegen dieser Schramme«, sagte Diego. »Ich will der Erste sein, der den Schatz findet, damit ich wenigstens die Chance habe, mich zu entscheiden – für ihn oder gegen ihn.«

Sie fuhren schweigend weiter. Diego sah im Augenwinkel, dass Emilia ihm immer wieder einen verstohlenen Blick zuwarf, aber er tat so, als würde er es nicht bemerken.

Nach einer Weile sagte sie: »Ich habe mich noch gar nicht bei Ihnen bedankt. Sie haben mir das Leben gerettet. Warum haben Sie das nicht einfach der Polizei überlassen?«

Diego spürte, wie ihm die Hitze ins Gesicht stieg, obwohl er selbst nicht genau wusste, weshalb. Khalid Aghani hatte ihm von der Entführung erzählt, und Diego hatte helfen wollen. Das war *ein* Grund. Aber da war noch mehr: ein dünner Gefühlsfaden, der ihn mit Emilia verband – und das verwirrte ihn.

Emilia war im Grunde nicht einmal sein Typ. Sie war weder groß noch dunkelhaarig, und sie hatte auch keine langen, schlanken Beine. Dennoch war etwas an ihr, das ihm gefiel.

Vielleicht war es das geheimnisvolle Funkeln in ihren smaragdgrünen Augen, so wie jetzt. Jedenfalls fühlte Diego sich bei ihrer Frage irgendwie ertappt. *Warum haben Sie mir das Leben gerettet?*

»Ich denke, ich war einfach zur richtigen Zeit am richtigen Ort«, sagte er und fühlte sich dabei wie ein Feigling.

Sie machten eine kurze Rast, aßen und tranken etwas, und Diego versorgte seine Wunde. Anschließend breitete er auf der Motorhaube eine Karte der Region aus, auf der er den berechneten Fundort markiert hatte.

»Wir würden den Schatz auch ohne Ihre Hilfe finden«, sagte er zu Mark Fischer, der die Schultern kreisen ließ und seine auf den Rücken gefesselten Arme bewegte, um sie zu lockern.

Fischer kam zu ihm herüber und betrachtete die Karte. »Vielleicht würden Sie das«, sagte er. »Aber bestimmt nicht in den nächsten zehn Jahren. Nicht bei diesen ungenauen Zielkoordinaten.«

Etwas in Diego versteifte sich. Er war fest davon überzeugt gewesen, den Schatz bereits lokalisiert zu haben.

Fischer lachte auf, als er Diegos Gesicht sah. »Holen Sie mir das Kreuz, dann zeige ich Ihnen, wohin wir fahren müssen«, sagte er.

»Der führt irgendwas im Schilde«, murmelte Emilia. »Seien Sie vorsichtig.«

Dennoch holte Diego das Kreuz aus dem Wagen und legte es zu der Karte auf die Motorhaube.

»Sie haben bisher die Symbole an den vier Enden des Kreuzes entschlüsselt, um den Zielpunkt zu bestimmen, nehme ich an«, sagte Fischer.

Diego nickte. »Nazca, Stonehenge, der Mount Everest und ein Punkt im Kongo. Verbindet man die vier Orte durch zwei Linien auf dem Globus, liegt der Schnittpunkt genau dort.«

»Die Symbole auf den Kreuzarmen geben die Region, in der der Schatz versteckt ist, nur grob an«, erklärte Fischer. »Erst wenn man die Region identifiziert hat, ist man in der Lage, die vier Symbole in der Mitte des Kreuzes zu interpretieren. Sehen Sie sie sich einmal genau an, und dann werfen Sie einen Blick auf Ihre Sahara-Karte.«

Diego hatte das Kreuz schon tausend Mal studiert. Dennoch betrachtete er die vier zentralen Symbole jetzt noch einmal genauer. Sie waren angeordnet wie die vier Außensymbole: jeweils eines in jeder Himmelsrichtung. Im Norden war eine Art Strichmännchen eingraviert, ein Jäger mit einem Speer. Die Symbole im Osten, Westen und Süden waren nur irgendwelche unregelmäßigen Gebilde mit kartoffelförmigen Umrissen. Im direkten Vergleich mit der Landkarte ging Diego jedoch ein Licht auf. »Diese drei Symbole hier, das sind die Abbildungen der umliegenden Gebirge: das Adrar-Gebirge im Westen, das Air-Teneré-Gebirge im Süden und das Tibesti-Gebirge im Osten. Die Umrisse und die Strukturen stimmen genau überein. Nur das Hoggar-Tassili-Gebirge im Norden fehlt. An seine Stelle hat der Erschaffer des Kreuzes diesen Krieger mit dem Speer eingraviert.«

»Einen Jäger«, korrigierte Fischer.

»Als ich das Lager der Rebellen beobachtet habe, ist mir aufgefallen, dass einige Höhleneingänge mit Felsmalereien verziert sind«, sagte Diego. »Irgendwelche Tierdarstellungen. McCoyle hat mir einen Vortrag darüber gehalten, wie fruchtbar die Sahara früher einmal war. Aber wenn ich jetzt darüber nachdenke, bin ich davon überzeugt, dass irgendwo im Hoggar-Tassili-Gebirge auch dieser Krieger mit dem Speer zu finden ist.«

»Bravo«, sagte Fischer. »Wären meine Hände nicht gefesselt, würde ich applaudieren.«

Aber Diego war noch nicht fertig. »Von dem Speerträger

führt eine gerade Linie nach Südsüdost, wo sie in einer x-förmigen kleinen Einkerbung endet. Ich schätze, genau da müssen wir hin, nicht wahr?«

Fischer nickte.

Emilia tat das genaue Gegenteil: Sie schüttelte den Kopf. »Woher hat der Erschaffer des Kreuzes so genau über die Gebirge und Felszeichnungen in der Sahara Bescheid gewusst?«, wollte sie wissen.

»Die Frage nach dem enormen Wissen des Künstlers haben McCoyle und ich uns auch schon gestellt«, sagte Diego. »Und ich habe da eine Theorie.« Er erzählte von den beiden Goldplatten, die seinerzeit an der Pioneer- und an der Voyager-Sonde angebracht worden waren und die ihn auf die Idee gebracht hatten, das Goldkreuz könne von einer außerirdischen Intelligenz erschaffen worden sein, um der Menschheit auf diese Weise eine Art verschlüsseltes Vermächtnis zu hinterlassen – den Schatz, woraus auch immer er bestehen mochte.

Als Diego seine Ausführungen beendet hatte, brauchte Emilia eine Weile, um ihre Gedanken zu sortieren. »Das ist das Verrückteste, was ich jemals gehört habe«, sagte sie schließlich.

Diego zuckte mit den Schultern. »Schon möglich. Mr Fischer, was halten Sie davon?«

Fischer bedachte ihn mit einem langen eindringlichen Blick. »Das ist das Verrückteste, was ich jemals gehört habe«, wiederholte er und grinste. »Ich hoffe, Sie sind nicht enttäuscht, wenn Sie die Wahrheit erfahren.«

Kapitel 78

Algerien

Bei Einbruch der Dunkelheit errichteten sie ihr Lager. Diego baute das Zelt auf und bot Emilia an, es ihr zu überlassen, während er und Fischer im Wagen schlafen würden. Doch Emilia schüttelte entschieden den Kopf und bat ihn, bei ihr im Zelt zu übernachten. Sie gab vor, alleine zu viel Angst zu haben, aber das war nur die halbe Wahrheit. Sie sorgte sich auch um Diego. Er sah mittlerweile ziemlich blass aus und brauchte dringend Schlaf.

Fischer musste mit dem Rücksitz des Geländewagens vorliebnehmen. Diego gab ihm zwei dicken Decken und verfrachtete ihn ins Auto.

Die Nacht war kalt, aber sternenklar. Diego und Emilia setzten sich, in ihre Schlafsäcke gehüllt, auf die Erde und zündeten eine Öllampe an.

Irgendwann klingelte Diegos Satellitentelefon. Es war Noah McCoyle. Diego schaltete den Lautsprecher ein, sodass Emilia mithören konnte.

McCoyle meldete, dass Chris in ärztlicher Behandlung sei und dass er sich trotz des Blutverlusts schon wieder besser fühle. Mit der Polizei gebe es noch ein paar Probleme. Die Behörden seien sehr beunruhigt über das Blutbad im Entführerlager. Er werde im Augenblick auf dem Revier in Moussaf-al-Salah festgehalten, wolle aber so bald wie möglich nachkommen.

Während des Telefonats sah Emilia immer wieder zu Diego. Trotz der Kälte standen ihm feine Schweißperlen auf der

Stirn – ein deutliches Zeichen dafür, dass es ihm wesentlich schlechter ging, als er zugeben wollte.

Nach dem Gespräch mit McCoyle drängte sie ihn so lange, bis er schließlich nachgab und sich von ihr die Wunde versorgen ließ. Als er den Oberkörper frei machte, fiel ihr eine Tätowierung auf seiner Brust auf: zwei fliegende Schwalben, eine etwas größer als die andere, was den Eindruck von Perspektive vermittelte. Wenn Diego die Muskeln bewegte, sah es aus, als würden auch die Flügel der Schwalben sich bewegen.

»Ein ungewöhnliches Motiv«, sagte sie.

Er nickte nur.

Während sie den Verband wechselte, stach ihr noch etwas anderes ins Auge: Der blutende Schnitt über der Hüfte war längst nicht seine einzige Wunde. Sein Oberkörper war übersät von Narben.

»Woher haben Sie die?«, fragte sie.

»Ist eine lange Geschichte«, sagte Diego nur.

»Keine, die Sie mir erzählen wollen?«

Diego lächelte. »Dieselbe Frage haben Sie mir schon einmal gestellt«, sagte er. »Auf meiner Jacht.«

Er erinnerte sich also daran. »Ich weiß«, sagte sie. »Damals haben Sie mir nicht geantwortet. Wie ist es heute?«

Er überlegte eine Weile. Dann sagte er: »Ich erzähle es Ihnen. Aber lassen Sie mich zuerst meinen Pullover wieder überziehen, damit ich nicht erfriere.«

Im Lauf der nächsten Stunde erzählte er ihr von seiner Vergangenheit. Wie er als Jugendlicher Autos geknackt hatte, wie er eine Zeit lang als Geldeintreiber für einen Kredithai gearbeitet hatte und wie ihm schließlich der Job als Kurier für den mexikanischen Industriellen Pablo Gutiérrez angeboten worden war. »Es ging meistens darum, Lieferungen ins Ausland zu sichern. Gewissermaßen als Begleitschutz«, sagte Diego und nippte an seiner Wasserflasche, während sein Blick sich irgendwo in der nachtschwarzen Weite verlor. »Ich fand das damals spannend: etwas von der Welt sehen, ein paar Abenteuer erleben. Und dazu noch gutes Geld verdienen. Es war das erste Mal, dass ich mir nicht ständig Sorgen machen musste, wie ich die nächste Miete zahlen sollte. Anfangs gab Gutiérrez mir nur kleine Aufträge, aber nach und nach habe ich mir sein Vertrauen verdient, und irgendwann war ich so etwas wie seine rechte Hand. Meistens ging es dabei um Diamanten- oder Waffenlieferungen. Na ja, wahrscheinlich trifft *Schmuggel* die Sache besser. Auf jeden Fall bin ich ein paar Jahre lang rund um den Globus gereist, um dafür zu sorgen, dass die Waren unversehrt bei ihren Empfängern ankamen. Natürlich gab es dabei auch ein paar Auseinandersetzungen, teilweise mit rivalisierenden Unternehmen, die mir ihre Schläger auf den Hals hetzten, teilweise mit den Zollbehörden oder der Polizei. Ein paar meiner Narben stammen aus dieser Zeit.«

Er machte eine Pause, seine Augen blickten nach wie vor ins Leere. Aber etwas in seinem Gesicht veränderte sich, wurde härter. Emilia spürte, dass er ihr noch viel mehr zu erzählen hatte. Stumm, weil sie ihn nicht drängen wollte, wartete sie ab, bis er von sich aus fortfuhr.

»Nachdem ich etwa zwei Jahre lang für Gutiérrez unterwegs gewesen war, lernte ich Penelope kennen«, sagte Diego schließlich. »Sie war Lehrerin in Ciudad Juárez, wo ich wohnte. Wir gingen ein paar Mal aus, verliebten uns und heirateten schließlich. Neun Monate später kam unser Sohn Raoul auf die Welt. Penelope wusste nicht, was ich machte, zumindest nicht genau. Sie glaubte, ich wäre ein ganz normaler Handlungsreisender. Erst als sie durch Zufall meine Waffen fand, stellte sie mich zur Rede. Ich habe ihr alles erzählt. Sie hat mir keine Vorwürfe gemacht. Aber sie hat mich gebeten, dass ich mir einen anderen Job suche, weil sie Angst hatte, dass mir eines Tages etwas zustoßen könnte. Sie sagte, sie will nicht, dass Raoul als Halbwaise aufwächst. Zuerst habe ich mich dagegen gesträubt. Ob Sie es glauben oder nicht, meine Arbeit hat mir Spaß gemacht, auch wenn sie nicht ganz legal war. Aber dann geriet ich eines Tages in einen Hinterhalt. Es kam zu einer Schießerei, und die hätte mich beinahe das Leben gekostet. Als ich aus dem Krankenhaus kam, sagte ich Gutiérrez, dass ich nicht mehr für ihn arbeiten werde.« Diego schluckte, seine Stimme wurde brüchig. »Gutiérrez war ein großzügiger Mann, solange man tat, was er von einem verlangte. Dass ich aufhören wollte, passte ihm gar nicht. Ich war einer seiner besten Leute, kannte seine Geschäftspraktiken und seine Partner auf der ganzen Welt. Ich wusste Dinge, die ihn für immer hätten hinter Gitter bringen können. Irgendjemand hat ihm wohl eingeredet, dass ich mit meinem Wissen zur Polizei gehen will.« Er seufzte. »Ich stand in Gutiérrez' Gunst lange Zeit so weit oben, dass es viele Neider um mich herum gab. Ich hatte nie die Absicht, mit der Polizei zu reden – damit hätte ich mich ja selbst belastet –, aber der Alte hat den anderen offenbar geglaubt. Er hat mich einen Verräter genannt und wollte mich erschießen. Zum Glück war ich schneller. Dann bin ich geflüchtet.« Diego fuhr sich mit zitternden Fingern über sein bärtiges Kinn. »Ich kam nicht weit«, fuhr er fort. »Ich wollte nur nach Hause, um mit meiner Frau und meinem Sohn das Weite zu suchen, aber da stand schon die Polizei vor der Tür. Ein richtiges Großaufgebot. Sie haben mich durch die halbe Stadt gejagt und am Ende erwischt. Ich wurde wegen versuchten Mordes an Pablo Gutiérrez verhaftet.« Er lachte freudlos auf. »Ich dachte, ich hätte das Schwein getötet. Aber ich hatte ihn leider nur verwundet. Innerhalb kürzester Zeit hat er ein halbes Dutzend Zeugen aufgetrieben, die alle geschworen haben, dass ich ihn heimtückisch erschießen wollte.«

»Warum hat Gutiérrez Ihnen die Polizei auf den Hals gehetzt, wenn er befürchtete, Sie könnten ihn verpfeifen?«, fragte Emilia.

»Weil die Hälfte der Polizisten in Ciudad Juárez auf seiner Bestechungsgeldliste stand. Sie waren in der Stadt so etwas wie sein verlängerter Arm, gewissermaßen ein Teil seiner Organisation. Er brauchte die Polizei, um die Stadt nach mir abzusuchen. Meine Aussage hätte Gutiérrez nur dann gefährlich werden können, wenn ich sie den richtigen Leuten gegenüber gemacht hätte – den ehrlichen Bullen. Aber selbst wenn ich es gewollt hätte – ich bekam dazu gar keine Gelegenheit. Schon in der ersten Nacht, als ich in der Untersuchungszelle saß, sind sie gekommen. Die Paco-Brüder. Richtige Psychopathen. Gutiérrez' Todeskommando. Die Polizei hat einfach weggeguckt, als sie mich geholt haben. Sie haben mich in ihren Folterkeller geschleppt und in die Mangel genommen. Als Strafe dafür, dass ich Gutiérrez angeschossen hatte. Alban Paco liebte Stichwaffen, deshalb war sein Spitzname *el escorpión*. Sein Bruder Gabriél bevorzugte den Schweißbrenner. Er nannte sich gerne *el dragón*. Die Schweine wollten mir den Abschied so schwer wie möglich machen. Daher stammen die anderen Narben.« Er atmete schwer. Seine Augen wurden feucht, und auf einmal lag darin eine unendliche Trauer. »Aber es ist mir gelungen, mich zu befreien. Mit Gabriél Pacos Gasflaschen habe ich ihnen eine hübsche kleine Überraschung bereitet. Der ganze verdammte Folterkeller ist ihnen um die Ohren geflogen. Ich dachte, damit hätte ich es überstanden. Aber als ich nach Hause kam, waren Penelope und Raoul schon tot. Sie hatten sie umgebracht. Diese Wunde ist die tiefste, und sie ist bis heute nicht verheilt.« Tränen liefen ihm über die Wangen, und irgendwie schämte sich Emilia, dass sie ihn nach seinen Narben gefragt hatte. Jetzt konnte sie sich auch die Tätowierung auf seiner Brust erklären.

Die beiden Schwalben waren Mutter und Sohn – Penelope und Raoul.

Diego wischte sich mit dem Handrücken übers Gesicht. »Ich dachte, bei der Explosion des Folterkellers wären wenigstens die beiden Paco-Teufel gestorben. Aber Alban hat überlebt. Als er mich in einer der *Goldfieber*-Sendungen erkannte, beschloss er, den Tod seines Bruders zu rächen. Seitdem hat er mich verfolgt und mir aufgelauert. Beinahe hätte er sein Ziel erreicht.« Er erzählte Emilia von dem Anschlag auf der *Harmattan* und von den Überfällen in Nacza und Moussaf-al-Salah. »Jetzt sitzt er hinter Gittern, und ich hoffe, dass er dort verrottet. Wäre McCoyle nicht gewesen, hätte ich Paco umgebracht. Ohne Reue. Ich glaube sogar, ein Teil von mir hätte es genossen.« Er seufzte, sein Blick verlor sich wieder in der Nacht. »Jetzt kennen Sie also meine Geschichte«, sagte er nach einer Weile. »Was halten Sie jetzt von mir? Ich habe Ihnen vielleicht das Leben gerettet, aber ich bin kein strahlender Held. Ich bin einer von den Bösen.«

Emilia lächelte. »Ja«, sagte sie. »Aber einer von den *guten* Bösen.« Und aus irgendeinem Grund gefiel ihr das sogar. »Was ist aus Gutiérrez geworden?«

»Ist zwei Jahre später bei einem Autounfall gestorben. Schnell und schmerzlos, wie ich gehört habe. Schade, ich hatte gehofft, er würde langsam und qualvoll krepieren.«

Einige Minuten lang sprach niemand ein Wort. Sie saßen einfach nur nebeneinander, eingehüllt in den flackernden Schein der Öllampe.

Emilia zog ihren Schlafsack fester um sich. Es war empfindlich kalt geworden, außerdem kämpfte sie mit ihrem schlechten Gewissen. Diego hatte ihr sein tiefstes Inneres anvertraut. Er hatte ihr von seiner kriminellen Vergangenheit und vom Tod seiner Familie erzählt und damit seine Seele vor ihr ausgebreitet. Sie hingegen verschwieg etwas, das ihr schon seit Stunden auf dem Herzen lag und das sie immer stärker quälte. Sie wusste, dass sie dadurch das Band des Vertrauens zerstören würde, das sich gerade zwischen ihnen zu entwickeln begann. Aber falls sie sich jemals näherkamen, sollte keine Lüge zwischen ihnen stehen.

»Ich muss Ihnen etwas beichten«, begann sie unbehaglich. Auch sie blickte jetzt zum Horizont. »Die Entführung war nur ein Fake. Besser gesagt: Sie war als Fake geplant, doch dann wurde bitterer Ernst daraus.« Sie wartete auf eine Reaktion von Diego, aber es kam keine. »Der Sender wollte die Einschaltquoten noch weiter in die Höhe treiben. Deshalb hat Wincott die Sache eingefädelt. Chris und ich sollten entführt werden, Wincott kommt nach Afrika, um uns da rauszuholen, und wir kehren alle drei als Helden der Nation nach England zurück. So weit die Theorie. Aber irgendwie sind wir an die falschen Leute geraten, und dann lief plötzlich alles aus dem Ruder.« Noch immer wagte sie es nicht, ihn anzusehen. Auch ihre Augen füllten sich mit Tränen. Ihr lagen noch ein Dutzend Erklärungen und Entschuldigungen auf der Zunge, aber sie wusste, dass all das nichts an der Tatsache änderte: Sie hatte die halbe Welt betrogen – und ganz besonders Diego. »Jetzt kennen Sie meine Geschichte«, sagte sie im gleichen Tonfall wie Diego zuvor. »Was halten Sie jetzt von mir? Auch ich bin eine von den Bösen.«

Sie hoffte, dass er antworten würde: *Ja, aber eine von den guten Bösen.* Doch als sie es endlich mit bangem Gefühl wagte, Diego anzusehen, erkannte sie in seinem Gesicht nur maßlose Enttäuschung und Bitterkeit. »McCoyle und ich haben unser Leben also für eine verdammte Lüge riskiert.« Seine Stimme klang rau und gallig. Er schüttelte ungläubig den Kopf. »Na, wenigstens dürften Ihre Einschaltquoten jetzt stimmen. Gratulation. Ich wette, wenn Sie zurück in England sind, werden alle Sender sich um Sie reißen.« Abrupt stand er auf und setzte sich in den Wagen, wo Fischer inzwischen ruhig schlief.

Emilia war wie gelähmt. Gewiss, sie hatte ihre Ideale verkauft und sich um ihrer Karriere willen dazu hinreißen lassen, bei einem gigantischen Medienbetrug mitzumachen. Und es tat ihr unendlich leid, dass Diego und McCoyle sich in Gefahr begeben hatten. Aber dass aus dem gut eingefädelten Bluff so bitterer Ernst werden würde, hatte niemand ahnen können. Außerdem hatte sie ihre Strafe schon erhalten: Sie hatte mit eigenen Augen ansehen müssen, wie Wincott erschossen worden war, und sie hatte im Entführerlager Todesangst durchlitten. Wenn sie all das bedachte, empfand sie Diegos Reaktion auf ihre Beichte als übertrieben und ungerecht.

Sie blieb noch eine Weile im flackernden Schein der Öllampe sitzen und hoffte, dass Diego zurückkommen würde, um ihr Gelegenheit zu geben, sich mit ihm auszusprechen. Aber er kam nicht. Irgendwann, weit nach Mitternacht, schlüpfte sie in ihr Zelt und weinte sich in den Schlaf.

Kapitel 79

Algerien

Am nächsten Morgen fühlte Diego sich wie gerädert. Im Sitzen hinter dem Lenkrad zu schlafen war verdammt unbequem gewesen. Seine Wunde hatte gejuckt, und außerdem hatte Mark Fischer sich auf dem Rücksitz dauernd hin und her gewälzt.

Er machte sich frisch und kochte sich auf dem Esbit-Kocher einen Schnellkaffee. Der vertrieb zwar die Kälte aus den steifen Gelenken, viel besser fühlte Diego sich dadurch aber nicht. Kalter Schweiß stand ihm auf der Stirn. Sein Fieber war über Nacht gestiegen.

Emilia kam aus ihrem Zelt gekrochen. Sie war blass und hatte dunkle Ringe unter den Augen. Wortlos goss sie sich einen Kaffee ein.

Als Diego Anstalten machte, den Verband zu wechseln, sagte sie: »Lassen Sie mich das machen.«

Diego nickte nur.

Sie war gerade damit fertig, als Mark Fischer sich bemerkbar machte. »Kann mich mal jemand aus dem Wagen lassen?«

Diego öffnete ihm die Tür und löste ihm die Fesseln, damit er sich frisch machen und frühstücken konnte. Danach ließ Fischer sich die Fesseln wieder widerstandslos anlegen.

Eine halbe Stunde später saßen sie schweigend im Wagen und fuhren durch die endlose Weite aus Sand und Geröll.

»Ich wollte nicht, dass jemand sich in Gefahr begibt oder gar verletzt wird«, sagte Emilia unvermittelt. Offenbar knüpfte sie damit an das gestrige Gespräch an.

»Aber Sie haben diese Möglichkeit in Kauf genommen, nur um die Quote zu steigern und dadurch Ihre eigene Karriere in Schwung zu bringen«, erwiderte Diego. Er blickte stur geradeaus und fuhr um einen Felsbrocken von der Größe eines Elefanten herum.

»Ja, das habe ich getan«, gab Emilia gereizt zurück. »Und ich bereue es. Es war dumm und riskant. Und ich habe längst dafür gebüßt! Gestern hatte ich Todesangst. Ich bin um mein Leben gerannt. Und ich dachte, jeden Augenblick trifft mich eine Kugel!«

Diego ging nicht darauf ein. Stattdessen setzte er sich seine Kopfhörer auf und schaltete seinen MP3-Player ein. *Highway to Hell* von AC/DC. Genau das, was er jetzt brauchte.

Nach drei Stunden musikalischer Dröhnung war Diegos schlechte Laune schon fast wieder verflogen, zumal auch sein Fieber zurückzugehen schien. Jedenfalls fühlte er sich schon viel besser. Zeit, sich wieder wie ein normaler Mensch aufzuführen.

»Waffenstillstand?«, fragte er.

Emilia atmete auf. »Waffenstillstand«, sagte sie erleichtert. »Ich bin froh, dass wir …« Sie brach ab und wirkte plötzlich verängstigt. »Sehen Sie sich das an! Was ist das?«, raunte sie und deutete dabei auf ihren Rucksack, der zwischen ihren Füßen stand.

Im ersten Moment wusste Diego nicht, worauf sie hinauswollte. Aber dann bemerkte er das Goldkreuz, das oben aus dem Rucksack herausragte. Es war der Arm mit den Schriftsymbolen. Die geheimnisvollen Zeichen schimmerten orangerot, wie von innen beleuchtet, als bestünde der Kern des Kreuzes aus glühender Lava.

»Es geht los«, flüsterte Mark Fischer auf dem Rücksitz. Es

klang beinahe ehrfürchtig. »Der Schatz ist nicht mehr weit. Ab hier wird das Kreuz uns den Weg weisen. Holen Sie es aus dem Rucksack, Miss Emmerson.«

»Ist das eine Falle?«, fragte sie skeptisch.

Fischer schüttelte den Kopf.

Vorsichtig berührte sie das Kreuz. »Fühlt sich sonderbar an«, sagte sie leise. »Warm, aber nicht heiß. Sogar ziemlich angenehm. Als wäre es von einer Art Aura umgeben.« Sie zog das Kreuz aus dem Rucksack, legte es auf ihre Oberschenkel und betrachtete es versonnen, wobei ihre Finger sanft über die scheinbar glühenden Schriftzeichen strichen. »Das ist wunderschön«, flüsterte sie. »Aber nur auf diesem einen Arm hier leuchten die Symbole. Die anderen haben sich nicht verändert.«

»Das Kreuz funktioniert jetzt wie ein Kompass«, sagte Fischer.

»Wozu brauchen wir einen Kompass, wenn wir Sie dabeihaben?«, warf Diego ein. »Sie wissen doch, wo der Schatz versteckt ist.« Aber er musste zugeben, dass das mysteriöse Leuchten eine eigenartige Faszination auf ihn ausübte, der er sich kaum entziehen konnte.

»Ich habe den Schatz noch nie mit eigenen Augen gesehen«, sagte Fischer. »Mein Orden hat Bücher mit alten Liedtexten und Aufzeichnungen. Daraus geht der Aufbewahrungsort des Schatzes hervor. Ich kenne ungefähr die Koordinaten. Aber ohne das Originalkreuz wäre es selbst für mich ziemlich schwierig, das Versteck zu finden. Wir brauchen einen spitzen Gegenstand.«

»Im Kofferraum ist ein Pickel«, sagte Diego.

»Nein, kleiner«, erwiderte Fischer. »So etwas wie einen Kugelschreiber.«

»Im Handschuhfach ist einer.«

Emilia fand ihn und klickte die Mine heraus.

»Jetzt drehen Sie das Kreuz um«, sagte Fischer.

Emilia gehorchte.

»Sehen Sie die kleine Vertiefung in der Mitte?«

»Ja.«

»Halten Sie den Kuli mit der Spitze nach oben und setzen Sie das Kreuz mit der Vertiefung genau darauf.«

Während Diego langsam weiterfuhr, beobachtete er, wie Emilia den Anweisungen Fischers folgte. Das Kreuz war so schwer, dass sie die Hand mit dem Kugelschreiber auf dem Oberschenkel abstützen musste. Das Goldkreuz sah aus wie ein viel zu dicker Hubschrauberrotor.

Und wie bei einem Hubschrauber begann das Kreuz auf einmal, sich zu drehen, wenn auch nur ganz langsam und nur ein paar Zentimeter, dann hielt es wieder an. Durch die Unebenheiten des Bodens wackelte es zwar ein wenig, aber es blieb in der Waage.

»Der Arm, der leuchtet, weist uns die Richtung, in die wir fahren müssen«, sagte Fischer auf der Rückbank. »Es ist wie bei einer Kompassnadel, nur dass das Kreuz nicht nach Norden zeigt, sondern dorthin, wo der Schatz liegt.«

Diego lachte und schüttelte den Kopf. »Mir ist diese Vertiefung auf der Rückseite bei unserer Replik zwar aufgefallen«, sagte er, »aber ich habe sie für einen Herstellungsfehler gehalten.«

»Von hier aus dürften es nur noch fünf oder sechs Kilometer sein«, schätzte Fischer. »Allmählich wird es spannend.«

Diego ging es genauso. Er spürte seine zunehmende Nervosität, und er gab, ohne es zu wollen, mehr Gas, als es für den Wagen auf der holprigen Piste gut war.

Irgendwann wurde der Untergrund so uneben, dass sie nicht weiterfahren konnten. Diego wischte sich den Schweiß von der

Stirn, stieg aus und ließ den Blick über die Wüste schweifen. Die Schotter- und Sandebene glich hier einer Mondlandschaft. Koffergroße, schroffe Gesteinsbrocken lagen weit verstreut auf der Erde, ein regelrechtes Trümmerfeld, durchsetzt von Klüften und Kratern.

»Wir werden den Rest zu Fuß gehen müssen«, sagte Diego. Er zog aus dem Seitenfach der Fahrertür eine Pistole. »Damit Sie nicht doch noch auf dumme Gedanken kommen«, sagte er zu Fischer. Dann nahm er Emilia den Kugelschreiber und das Kreuz ab.

Emilia schulterte einen Rucksack mit einem Wasserkanister. Dann marschierten sie los. Der zerklüftete Untergrund machte das Vorankommen unangenehm und schwer. Mehr als einmal rissen sie sich an den scharfkantigen Felsen die Haut auf und knickten mit den Knöcheln um, vor allem Mark Fischer, der durch seine Fesseln zusätzlich behindert war. Aber ihre Ausdauer wurde belohnt. Mit jedem Schritt leuchtete der Arm des Kreuzes noch ein bisschen intensiver. Die Schriftzeichen erstrahlten jetzt in gleißendem Licht, als würde die Sonne selbst daraus hervordrängen.

Sie waren etwa eine halbe Stunde unterwegs, da ging das Strahlen plötzlich auf das ganze Kreuz über.

»Wir sind da!«, raunte Fischer mit glänzenden Augen.

Diego und Emilia sahen sich an. Sie standen mitten in der Sahara, an einer Stelle, die sich durch nichts von ihrer Umgebung unterschied.

»Sind Sie sicher?« Emilia zog den Wasserkanister aus ihrem Rucksack und trank ein paar Schlucke. Dann half sie Fischer beim Trinken und gab den Kanister anschließend an Diego weiter.

»Kein Zweifel«, sagte Fischer und ließ den Blick schweifen. »Das Kreuz lügt nicht. Der Schatz ist zum Greifen nahe. *Im*

Schoß der Erde, geschützt von einer Kuppel aus schwebendem Stein. So steht es in den alten Schriften.«

»Schwebender Stein?«, wiederholte Diego. »Was soll damit gemeint sein?«

Fischer ging auf einen unförmigen Felsblock von der Größe eines Mittelklassewagens zu und drückte mit der Schulter dagegen. Mit einem schabenden Geräusch bewegte sich der gewaltige Block um einige Zentimeter zur Seite. »Helfen Sie mir«, sagte er. »Ganz so leicht ist er nun auch wieder nicht.«

Zu dritt stemmten sie sich dagegen.

»Fühlt sich gar nicht an wie Stein«, sagte Diego. Als er dagegenklopfte, klang es hohl.

Mit vereinten Kräften gelang es ihnen, die Attrappe zur Seite zu schieben. Darunter kam ein großer Höhleneingang zum Vorschein. Eine in den Stein gemeißelte steile Treppe führte in die Tiefe.

»Was jetzt?«, fragte Emilia.

»Jetzt gehen wir da rein«, antwortete Diego.

Fischer musste vorangehen. Vorsichtig betrat er die Treppe. Diego folgte ihm mit dem leuchtenden Kreuz in der einen und der Pistole in der anderen Hand. Emilia hielt sich dicht hinter ihm.

Die Treppe führte in einem engen, spiralförmigen Bogen abwärts. Bereits nach wenigen Schritten drang kein Tageslicht mehr zu ihnen, aber das Kreuz leuchtete so stark, dass sie den Gang vor sich mühelos erkennen konnten.

Je tiefer sie kamen, desto kühler wurde es. Die Luft roch abgestanden und staubig.

Nach Diegos Schätzung waren sie etwa dreißig Meter tief in den Felsen vorgedrungen, als sie auf einen unterirdischen Raum stießen, ein natürliches Gewölbe mit einem Durchmesser von etwa zwanzig Metern. In der Mitte dieses Gewölbes stand ein metallisch glänzender Quader. Darauf thronte eine Art Kuppel aus demselben Material. Im Widerschein des Lichts schimmerte das Objekt wie frisch poliertes Silber.

»Das Auge der Zeit!«, flüsterte Fischer ehrfürchtig.

Wochenlang hatte Diego auf einen gigantischen Goldschatz gehofft. Gefunden hatte er nun etwas ganz anderes. Aber aus irgendeinem Grund war er nicht enttäuscht, sondern tief berührt. Diese Höhle war wie ein Portal in eine andere Welt.

Diego legte das Kreuz auf den Boden, damit er eine Hand frei hatte, um die Kuppel zu berühren. Sie fühlte sich kühl an, und Diego war überrascht, wie leicht sie war, als er versuchte, sie hochzunehmen. Darunter kam eine flache Schale zum Vorschein, ebenfalls aus diesem glänzenden Material gearbeitet. Sie hatte einen Durchmesser von einem halben Meter, und sie war am Rand etwa so dick wie drei Finger. Im Licht des Kreuzes glänzte sie wie magisch.

»Sehen Sie sich das an!«, raunte Diego. Aus irgendeinem Grund schien es ihm unpassend, mit lauter Stimme zu sprechen. »Auf dem Rand sind ähnliche Schriftzeichen eingraviert wie auf dem Kreuz. Ich frage mich, was sie zu bedeuten haben.«

»Das hier ist das Symbol für das Paradies«, sagte Fischer und deutete auf eines der Zeichen auf dem Rand der Schale. »Und das hier ist das Symbol für das Auge der Zeit. Damit ist die Schale selbst gemeint. Das dort drüben …«, er deutete mit dem Kopf auf das entsprechende Symbol auf dem Schalenrand, »… bedeutet *Besonnenheit* oder auch *Weisheit*. Das Symbol daneben steht für *Macht*. Zusammen mit den anderen Zeichen würde ich es ungefähr so übersetzen: *Wer meine Macht weise gebraucht, wird die Welt in ein Paradies verwandeln. Wer sie missbraucht, wird sie ins Verderben stürzen.*«

Außer der Inschrift waren auf dem Rand mehrere halbkugelförmige Verzierungen angebracht, insgesamt sechs. An einem

Punkt ragte ein kleiner Dorn ins Innere der Schale – eine Stelle, die die ansonsten makellose Symmetrie des Gesamtwerks störte und dadurch umso mehr ins Auge stach.

Diego untersuchte das Objekt näher. »Schale und Unterbau scheinen fest miteinander verbunden zu sein«, sagte er. Der Versuch, beides anzuheben, scheiterte. Allerdings bewegte sich die Skulptur um ein paar Millimeter. »Das Ding ist zwar nicht im Boden verankert, aber sauschwer«, kommentierte er. »Raustragen, um es bei Tageslicht zu begutachten, läuft also nicht.«

Auch Emilia betrachtete die Schale aus der Nähe. »Sind Ihnen die Rillen schon aufgefallen?«, fragte sie.

»Welche Rillen?«

»Im Innern der Schale. Sie ist nicht glatt, sondern sie scheint aus tausend Ringen aufgebaut zu sein.«

Diego beobachtete Emilia, wie sie mit den Fingerspitzen das Innere der Schale berührte. »Fühlt sich rau an«, sagte sie. »Und es kribbelt. Als wäre sie elektrisch geladen. Wofür ist diese Schale gut, Mr Fischer?«

»Sehen Sie die sechs gewölbten Verzierungen auf dem Rand der Schale?«

Diego nickte.

»Nehmen Sie eine davon heraus.«

Diego griff danach. Es war eine perfekt in die Skulptur eingearbeitete Kugel, silbern schimmernd und erstaunlich schwer.

»Nehmen Sie sie und legen Sie sie in die Schale«, sagte Fischer. »An den oberen Rand, dort, wo der Dorn ist.«

Als Diego es tat, begannen über der Schale bläuliche Lichtsprenkel zu flackern. Dann, als die Kugel ins Rollen kam und ihrer vorgegebenen spiralförmigen Spur folgte, verwandelten sich die Lichtsprenkel in Schlieren, die die ganze Schale wie waberndes Gas ausfüllten und eine Handbreit darüber eine Fläche bildeten, als würde das Gas von unten gegen eine Glasscheibe stoßen, daran entlangfließen und schließlich wieder absinken.

Auf einmal erschienen auf dieser wabernden Fläche bewegte Bilder.

»Das *Auge der Zeit* ist eine Art Projektor, nicht wahr?«, sagte Diego aufgeregt.

»Ich weiß es auch nicht genau«, erwiderte Fischer. »Die Aufzeichnungen unseres Ordens sprechen nur von einem *Gefäß, in dem die Götter uns ihr Wissen hinterlassen haben*. Aber Sie haben recht. Es sieht so aus, als würde die Kugel eine Art holografischen Film aktivieren.«

Fasziniert beobachtete Diego, wie die Bilder immer konkretere Formen annahmen. Wer waren die Götter, von denen Fischer sprach? Woher kamen sie, und wie sahen sie aus?

Aber das Hologramm formte keine fantastischen Gestalten, sondern Menschen aus Fleisch und Blut, erstaunlich groß, schlank, mit hagerem Gesicht und kahl geschorenem Schädel. Sie trugen weiße ärmellose Gewänder, kunstvoll verzierte Ohrringe und Halsketten, die Arme waren bis zu den Fingerspitzen mit Symbolen übersät, die wie tätowiert aussahen.

Diego fühlte sich enttäuscht und irgendwie betrogen. Fischer hatte ihn gewarnt: Diese Götter waren keine Außerirdischen, es waren eindeutig *nur* Menschen. Aber was machte sie so besonders, dass die Tempelhüter sie als Götter verehrten?

Es folgte eine Szene, in der die Gottwesen den noch primitiven Menschen die Bearbeitung von Metall beibrachten, das Schmieden von Ketten und Schmuck, aber auch von Töpfen, Messerklingen und Waffen. Dann kam die Verfeinerung des Ackerbaus mithilfe des Pflugs an die Reihe, danach das Klopfen von Steinquadern und Säulenelementen für den Bau des ersten Tempels der Welt. Schließlich folgte die Schrift.

Die Kugel rollte in der Schalenmitte aus, das Hologramm

begann zu flackern, fiel in sich zusammen und verflüchtigte sich.

Auf Emilias Bitte überließ Diego es ihr, die zweite Kugel einzulegen. Das Hologramm erwachte wieder zum Leben und stellte jetzt eine sich drehende Kugel dar – die Erde mit ihren Ozeanen und Kontinenten. Es gab jedoch eine Besonderheit: Mitten im Atlantik, zwischen Europa und Nordamerika, ungefähr im Bereich der heutigen Azoren, befand sich eine Insel, etwa von der Größe Großbritanniens. Im Gegensatz zu allen anderen Landmassen war sie nicht sandfarben dargestellt, sondern rot. Kamen diese Gottwesen von dort?

Die Insel wurde größer und größer, bis sie schließlich die gesamte Bildfläche einnahm.

Der Zoom ging immer weiter. Irgendwann schälten sich unter einer aufbrechenden Wolkendecke die Umrisse einer gewaltigen Stadt heraus. Das Auge der Zeit flog näher heran und zeigte die kahlköpfigen, weiß gewandeten Gottwesen, wie sie sich in dieser Stadt bewegten. Sie hatten prachtvolle Bauten errichtet, eine Welt, die einer futuristischen Version des Alten Ägyptens glich: Es gab Pyramiden, Tempelanlagen und Palmengärten, aber auch riesige Parabolspiegel, Türme mit hoch aufragenden Antennen und schwebende Fortbewegungsmittel.

»Jetzt weiß ich, warum sie als Götter verehrt wurden«, sagte Diego, während auch die zweite Kugel in der Mitte der Schale zum Stillstand kam. »Sie haben sich auf ihrer Insel aus irgendeinem Grund sehr viel schneller entwickelt als die Menschen auf dem Rest des Planeten. Sie waren ihrer Zeit weit voraus.«

»Ehrlich gesagt, ich habe den Eindruck, sie waren sogar *unserer* Zeit weit voraus«, entgegnete Emilia.

Fischers Augen schimmerten wie im Fieber. »Es hat Zeiten gegeben, in denen ich mir nicht sicher war, ob die alten Legenden wahr sind. Aber die Götter haben wirklich gelebt, und sie haben uns mit dieser Schale ihr Wissen vererbt.«

Die dritte Kugel, die sie in der Schale kreisen ließen, zeigte viele der Gebäude, Maschinen und Fahrzeuge im Detail, bebilderte sie in Grundrissen und Planzeichnungen und mit unbekannten Schriftsymbolen. Es wirkte wie ein gigantisches Sammelsurium aus Konstruktionszeichnungen: ein wahrer Schatz für jemanden, der in der Lage war, diese Pläne zu entschlüsseln und für sich zu nutzen.

Die vierte Kugel knüpfte nahtlos daran an, nur dass der Charakter der dargestellten Objekte sich änderte. Sie wirkten auf einmal bedrohlich. Türme mit dornenartigen Auswüchsen wechselten sich ab mit Kuppelbauten, die an heutige Atommeiler erinnerten. Danach folgte ein ganzes Waffenarsenal: futuristisch anmutende Katapulte, lastwagengroße Feuerwerfer, raketenähnliche Geschosse und vieles mehr.

»Hier geht es offenbar um Energiegewinnung und Militärtechnik«, sagte Diego.

Die Kugel war auf ihrer Spiralbahn etwa in der Mitte angelangt, als drei der zuvor gezeigten Objekte noch einmal separat dargestellt wurden. Dazu wurden blinkende Schriftzeichen eingeblendet, die auf Diego wie eine Warnung wirkten.

»Das bedeutet *Gefahr*«, bestätigte Fischer seine Vermutung.

Plötzlich fuhr ein Blitz durch das Hologramm. Die blauen Schlieren wurden schwarz und grau, und dann gab es auf einmal nur noch Bilder von Chaos, Verwüstung und Tod: brennende Häuser, verkohlte Leichen, glühende Lava, die in einer gigantischen Eruption aus dem Erdinneren hervorexplodierte und alles vernichtete, was sich in ihrer Reichweite befand. In dem Hologramm stießen die Gottwesen stumme Schreie der Verzweiflung aus. Männer und Frauen, Kinder und Greise, alle rannten um ihr Leben.

Dann wurde es dunkel.

Die fünfte Kugel enthielt nur Schriftzeichen, die wie ein Endlostext durchs Bild rasten. Ob sie erklärten, wie es zu der großen Katastrophe gekommen war? Außer Fischer konnte das wohl niemand sagen. Den Text zu lesen hätte im Augenblick jedoch viel zu lange gedauert. Sie beschlossen, es später nachzuholen.

Diego legte die sechste und letzte Kugel ein. Wieder wurde die Erdkugel dargestellt, diesmal so, wie wir sie heute kennen – ohne die Insel im Atlantik. Wieder zoomte sich das Bild durch eine Wolkendecke, immer weiter hinab, bis es einen stürmischen Ozean zeigte, auf dem ein mächtiges archaisch aussehendes Schiff der Wut des Unwetters trotzte. Ein paar der Gottwesen hatten sich auf dieses Schiff retten können, und es war ihnen auch gelungen, einige ihrer Tiere mit an Bord zu nehmen.

Irgendwann hörte der Sturm auf. Die Sonne begann zu scheinen, und Land kam in Sicht. Die Gottwesen hatten neue Ufer erreicht.

Auch dort war alles verwüstet. Das Unwetter hatte überall Tod und Verderben hinterlassen. Erst tief im Landesinneren trafen die Gottwesen schließlich auf andere Vertreter ihrer Art – primitiver als sie es waren, mit Fellen bekleidet und technologisch weit unterlegen.

Wie es schien, wussten die Gottwesen, dass sie in dieser neuen Welt nicht lange überleben würden. Nur eine Handvoll von ihnen war der großen Katastrophe entkommen – bei Weitem nicht genug, um darauf das Fundament für einen neuen Stammbaum zu gründen.

»War das, was wir gerade gesehen haben, Atlantis?«, fragte Diego.

»Davon bin ich überzeugt«, sagte Fischer mit belegter Stimme.

Diego nickte gedankenversunken. »Die Bewohner von Atlantis hatten sich ihr eigenes Paradies erschaffen«, sagte er. »Sie verfügten über modernste Technologien. Leider haben sie es damit zu weit getrieben und so eine Katastrophe ausgelöst, die nicht nur den Untergang ihrer Insel verursachte, sondern auch ein gigantisches Unwetter. Vielleicht liegt darin der Ursprung der Geschichten über die Sintflut, die es in so vielen Kulturen und Religionen gibt.«

Während er weiter über die Hologramme nachdachte, fragte Emilia plötzlich: »Haben Sie das gehört?«

»*Was* gehört?«

»Eine Stimme. Ich glaube, das war Teddy. Vielleicht findet er den Höhleneingang nicht. Vom Boden aus ist er ziemlich schwer zu entdecken.«

Sie lauschten einen Moment lang, aber jetzt war alles ruhig.

»Ich werde nach oben gehen und ihn holen«, sagte Emilia. »Ich wette, er platzt schon vor Neugier.«

»Aber seien Sie vorsichtig«, warnte Fischer. »Vielleicht sind es auch die Kerle, die hinter mir her sind. Die kennen keine Skrupel.«

Diego nickte und hielt Emilia seine Pistole hin. »Nehmen Sie die hier mit.«

Doch Emilia schüttelte den Kopf. »Ich kann damit nicht umgehen. Wenn mir irgendetwas verdächtig erscheint, komme ich zurück und warne Sie.« Dann machte sie sich auf den Weg nach oben.

Diego sah ihr hinterher, bis sie aus dem Lichtkreis des Goldkreuzes verschwunden war. Dann richtete er seinen Blick wieder auf das Auge der Zeit, während er in Gedanken noch einmal die Hologramme Revue passieren ließ. »Ich denke, die wenigen überlebenden Bewohner von Atlantis empfanden beim Anblick ihrer noch sehr primitiv lebenden Artgenossen so etwas wie Verantwortung«, sagte er. »Sie wussten, dass sie einen Fehler gemacht hatten, dessen Auswirkungen den ganzen Planeten betrafen, und sie wollten diesen Fehler wiedergutmachen. Deshalb haben sie versucht, den Menschen ihr Wissen weiterzugeben. Weil sie jedoch erkannten, dass die Menschen noch Jahrtausende brauchen würden, um alles zu verstehen, hinterließen sie ihnen das Auge der Zeit. Es war ihr Vermächtnis an die Nachwelt. Kommt das so ungefähr hin, Mr Fischer?«

Fischer nickte. »Aber sie wussten auch um die Gefahren ihrer Technologien«, sagte er. »Deshalb haben sie das Auge der Zeit versteckt und das Goldkreuz erschaffen, das die Menschen eines Tages zu dem Versteck führen sollte. Sie wollten sichergehen, dass die Menschen reif genug sind, um ihre Technologien zu begreifen und sie verantwortungsvoller zu nutzen, als sie selbst es getan hatten.«

»Wenn Ihre Götter es gut mit den Menschen meinten –, warum haben Sie dann nur ein Kreuz hergestellt?«, überlegte Diego. »Was, wenn es im Lauf der Geschichte zerstört worden wäre?«

»Der Legende nach gab es urpsrünglich sieben solche Kreuze«, erzählte Fischer. »Aber bis auf dieses eine hier gingen alle verloren. Niemand weiß, was mit den anderen geschah.«

Nachdenklich fuhr Diego sich über das stoppelbärtige Kinn. *Atlantis* – das war nicht ganz so spektakulär wie seine Theorie über außerirdische Besucher, dennoch handelte es sich bei dem Auge der Zeit um den mit Abstand bedeutendsten Fund der Menschheitsgeschichte. Er belegte nicht nur, dass die Nazca-Linien und Stonehenge viel älter waren als bislang angenommen – sie mussten schon in der Steinzeit existiert haben und waren vielleicht sogar von den Bewohnern von Atlantis selbst erschaffen worden. Das Auge der Zeit warf auch ein ganz neues

Licht auf die Entstehung der menschlichen Kultur und Religion.

»Ich habe meinen Teil unserer Abmachung erfüllt«, sagte Fischer mit Wehmut in der Stimme. »Ich habe Sie zu dem Schatz geführt. Jetzt ist es an Ihnen, Mr Camaro, zu entscheiden, wie Sie damit umgehen wollen. Machen Sie den Fund bekannt, oder helfen Sie mir, ihn in Sicherheit zu bringen?«

In diesem Moment gellte ein Schrei durch die Höhle.

Kapitel 80

Algerien

»Keinen Laut mehr, oder Sie sind tot!«, zischte Leon Brenthoek und musterte die Frau, die Peet Jaspers im Würgegriff hatte. Sie war unvermittelt im Treppengang aufgetaucht, hatte sie wegen der Dunkelheit aber nicht gesehen. Sie war ihnen direkt in die Arme gelaufen – ihm, Jaspers und den fünf anderen.

Das Nachtsichtgerät tauchte das Gesicht der Frau in ein unnatürliches Grün. Obwohl Jaspers ihr den Mund zuhielt, erkannte Brenthoek sie sofort: Es war Emilia Emmerson, die Starreporterin von *E-TV*. Er dachte kurz nach. Ihr Schrei hatte die beiden anderen bestimmt gewarnt. Sie mussten also auf der Hut sein.

»Los!«, befahl er und eilte mit seinen Männern die Treppe hinunter. Der Gang führte erstaunlich tief in die Erde – kein Wunder, dass die Hubschrauber unbemerkt geblieben waren. Am Ende der Treppe erreichten sie eine Höhle, hell beschienen von dem leuchtenden Goldkreuz, das in der Mitte auf dem Boden lag.

Daneben stand Mark Fischer, als hätte er auf sie gewartet. Er sah aus wie ein Offizier beim Morgenappell: die Hände hinter dem Rücken, die Füße schulterbreit auseinander. Mit stoischer Miene sah er ihnen entgegen.

Nur einen Meter neben ihm spiegelte eine etwa hüfthohe Metallskulptur das Licht des Goldkreuzes wider, atemberaubend schön, auch wenn die gleißende Helligkeit keine Details erkennen ließ.

»Hände hoch!«, rief Brenthoek.

»Ich bin gefesselt!«, antwortete Fischer.

Brenthoek warf einen Blick zu Emilia Emmerson. Sie nickte.

»Wo ist Mr Camaro?«

»Ich bin *nicht* gefesselt!«, rief eine Stimme aus dem hinteren Teil der Höhle. »Und ich habe eine Waffe. Der Erste, der dran glauben wird, sind Sie.«

Brenthoek konnte Camaro nirgends sehen. Er musste sich in irgendeiner Nische verstecken.

»Legen Sie die Waffe weg, und kommen Sie aus Ihrem Versteck!«, forderte Brenthoek. »Dann wird keinem was passieren.«

»Lassen Sie die Frau los, und verschwinden Sie. *Dann* wird keinem was passieren!«

»Wenn Sie nicht kooperieren, wird Miss Emmerson bald ganz und gar nicht mehr so hübsch aussehen.«

Ein Schuss hallte durch die Höhle und schlug hinter Brenthoek in die Felswand ein. Sofort erwiderten seine Männer das Feuer.

Brenthoek hob die Hand, und der Kugelhagel riss ab. »Das war dumm und gefährlich, Mister!«, rief er.

»Ein bewaffnetes Überfallkommando macht mich immer ein bisschen nervös!«, rief Camaro zurück.

»Wir sind kein Überfallkommando. Wir wollen nur die Skulptur.«

»Wir haben sie aber zuerst gefunden. Wir geben sie nicht mehr her.«

Brenthoek wusste, dass Camaro nur einen Warnschuss abgegeben hatte. Deshalb suchte er vorsichtshalber Deckung hinter einer Felswand. »Wenn Sie nicht sofort rauskommen, zwingen Sie mich, Miss Emmerson wehzutun. Ich denke, ich schieße ihr als Erstes einen Finger ab«, sagte er. »Fünf … vier … drei … zwei …«

Ein Scheppern verriet ihm, dass Camaro seine Pistole auf den Boden geworfen hatte. Als Brenthoek hinter der Felswand hervorspähte, sah er sie etwa einen Meter vor dem Goldkreuz auf dem Boden liegen. »Jetzt kommen Sie mit erhobenen Händen aus Ihrem Versteck!«, rief er.

Camaro trat aus einer Nische und stellte sich neben Fischer.

»Hierher! Alle beide!« Brenthoek winkte mit seiner Pistole. »Rüber zur Wand! Sie auch, Miss Emmerson!«

Die Frau schnappte nach Luft, als Peet Jaspers sie wegstieß. Benommen stolperte sie zu den beiden anderen, die sich vor die Höhlenwand gestellt hatten.

Flankiert von seinen Männern, baute Brenthoek sich vor den dreien auf. Die Frau zitterte und war den Tränen nahe. Brenthoek stufte sie als harmlos ein. Fischer zeigte keinerlei Gemütsregung. Er schien keine Angst zu haben, aber nicht auf die angriffslustige Art, sondern eher so, als habe er bereits mit seinem Schicksal abgeschlossen. Nur in Camaros Augen funkelte eine provozierende Überheblichkeit, sodass Brenthoek der Versuchung nicht widerstehen konnte und ihm mit dem Pistolenknauf gegen die Schläfe schlug. Camaro brach bewusstlos zusammen.

Emilia Emmerson schrie auf und wollte sich um ihn kümmern, aber Brenthoek hielt sie zurück. »Durchsuch sie, Peet«, sagte er zu Jaspers. »Und du, Paul, tastest Camaro ab.«

Er selbst kümmerte sich um Mark Fischer, den er nicht nur auf Waffen absuchte, sondern vor allem auf Reliquien seines Ordens. In der Schweiz hatte Brenthoek mit eigenen Augen gesehen, was Fischer mit einem simplen Amulett anstellen konnte – er hatte das Kreuz zum Leuchten und zum Schweben gebracht –, und er wollte diesmal keine böse Überraschung erleben.

Um den Hals trug Fischer eine Kette mit einem modern aussehenden Schlüsselanhänger. Das war bestimmt kein Amulett und kein Talisman. Dennoch riss Brenthoek die Kette vorsichtshalber ab und steckte sie ein.

»Umdrehen!«, befahl er. Fischer gehorchte, aber er trug auch keinen magischen Ring oder etwas Vergleichbares am Finger. Brenthoek entspannte sich ein wenig.

Einer Sache wollte er aber noch nachgehen. Er tastete Fischers Hosentaschen ab und fand tatsächlich eine kleine weiße Kapsel, eingeschweißt in eine Hülle aus Plastik. Zyankali. Das hatte die Untersuchung der Leichen in der Schweiz ergeben.

»Die hier muss ich Ihnen abnehmen«, sagte er kühl. »Ich kann nicht zulassen, dass Sie sich töten. Erst muss ich wissen, wie diese Skulptur funktioniert.«

Kapitel 81

Algerien

Noch nie in ihrem Leben hatte Emilia Emmerson so große Angst verspürt, nicht einmal im Lager der Kidnapper im Hoggar-Tassili-Gebirge. Der Kerl, der vor ihr stand und sie von oben bis unten durchsuchte, sah aus wie ein Anabolikamonster. Aber sie wusste, dass sie sich nicht wehren konnte, und so ließ sie sein brutales Gegrabsche widerstandslos über sich ergehen. Der Kerl mit der Goldbrille, der Fischer durchsuchte, flößte ihr sogar noch mehr Angst ein.

Sie zitterte. Als die Männer von ihnen abließen, um sich der Skulptur zu widmen, kniete sie sich neben Diego und berührte ihn an den Schultern, aber er bewegte sich nicht. Aus der Platzwunde an seiner Schläfe rann Blut auf den Boden. Als sie ihm zwei Finger an die Halsschlagader legte und seinen Puls spürte, durchflutete sie ein Gefühl von Erleichterung und Dankbarkeit.

Vorsichtig schüttelte sie Diego, aber er wachte nicht aus seiner Bewusstlosigkeit auf. Fischer war noch immer gefesselt, und sie selbst hatte keine Ahnung, was sie gegen sieben bewaffnete Männer ausrichten konnte. Vielleicht waren oben sogar noch mehr.

Sie war der Verzweiflung nahe. Kraftlos lehnte sie sich mit dem Rück gegen die Wand.

Die fremden Männer standen immer noch um die Schale herum und untersuchten sie. Viel konnte Emilia nicht erkennen, aber weder hörte Emilia den Klang einer rollenden Kugel, noch erkannte sie den bläulichen Schimmer des Hologramms.

Der Kerl mit der Goldbrille löste sich aus der Gruppe und kam wieder zu ihnen herüber. Seine Haifischaugen nahmen Fischer ins Visier. »Es geht nichts über ein gutes Rätsel«, sagte er, ohne eine Miene zu verziehen. »Ich hätte es gerne allein gelöst, aber ohne Ihre Hilfe werden wir ein wenig zu lange dafür brauchen. Wie funktioniert die Skulptur?«

Fischer schwieg. Er versuchte, gelassen zu wirken, aber Emilia bemerkte die Nervosität in seinem Blick.

»Wie funktioniert die verdammte Schale?«, drängte der Mann mit den Haifischaugen.

Fischer blieb stur.

»Früher oder später werden Sie es mir verraten.« Ohne mit der Wimper zu zucken schoss der Mann Fischer ins Bein.

Fischer schrie auf und sackte zusammen. Auf seinem rechten Hosenbein breitete sich ein nasser roter Fleck aus.

»Wie sieht es aus? Sind Sie jetzt gesprächiger?«, fragte der Mann.

Fischer keuchte vor Schmerzen, sagte aber nichts.

Der Mann zielte auf das andere Bein.

Fischer biss die Zähne zusammen und schloss die Augen.

Es fiel jedoch kein zweiter Schuss. »Falls Sie glauben, ich lasse mich von Ihnen so provozieren, dass ich Sie töte, irren Sie sich«, sagte der Mann. »Sie sind viel zu wertvoll für mich. Aber ich verspreche Ihnen, dass Sie mir schon sehr bald alles erzählen werden.« Er drehte sich um und befahl seinem Trupp, die Skulptur mitzunehmen und die Höhle zu verlassen.

Während die Männer sich mit der schweren Skulptur abmühten und nicht mehr auf die Gefangenen achteten, flüsterte Fischer zu Emilia: »Wenn ich Ihnen eine Waffe besorge, werden Sie sie dann benutzen?«

Emilia hatte noch nie einen Schuss aus einem Gewehr oder einer Pistole abgegeben. Aber tief im Innern wusste sie, dass sie den Tag nicht überleben würde, wenn sie sich nicht verteidigte. Sie war eine Reporterin, und sie hatte Gesichter gesehen. Sie stellte eine viel zu große Gefahr für diese Kerle dar.

Emilia nickte.

»Sehen Sie die Pistole dort drüben auf dem Boden?«, raunte Fischer.

Emilia erkannte Diegos Waffe, die immer noch dort lag, wo er sie hingeworfen hatte. »Die ist viel zu weit weg!«, flüsterte sie. »Das wäre reiner Selbstmord!«

In diesem Moment drehte Diego sich stöhnend zur Seite.

Kapitel 82

Algerien

Diego erwachte aus einem nachtschwarzen, sternenlosen Universum. Im ersten Moment wusste er nicht, was passiert war. Ihm war schwindelig und übel, und ihm dröhnte der Schädel. Als er Emilia erblickte, die neben ihm auf dem Boden hockte, kehrten die Erinnerungen zurück.

»Sind Sie wieder okay?« Die Frage kam nicht von Emilia, sondern von Fischer, der auf der anderen Seite von ihm kauerte. Mühevoll drehte Diego sich zu ihm. Fischers Gesicht war schmerzverzerrt, er atmete nur noch stoßweise.

»Was ist los mit Ihnen?«, fragte Diego.

»Unwichtig«, entgegnete Fischer. »Sind Sie wieder klar im Kopf?«

»So klar wie nach einer Flasche Tequila.«

»Wenn Sie schon wieder Witze reißen können, dann können Sie auch schießen.«

Diego runzelte die Stirn. »Ich habe meine Waffe nicht mehr«, raunte er, während er sich mühsam aufsetzte.

»Die will ich Ihnen gerade beschaffen«, keuchte Fischer. »Halten Sie sich bereit.«

Diego begriff immer noch nicht. Dann sah er, wie seine Pistole sich zu bewegen begann. Langsam und zitternd hob sie vom Boden ab. Wie von Geisterhand bewegt, schwebte sie auf ihn zu, vorbei an den Männern, die die schwere Skulptur abtransportierten.

»Wie zum Teufel machen Sie das?«, flüsterte Diego.

»Elektromagnetismus und Konzentration«, raunte Fischer. »Mein Armband ist ein Schmuckstück aus der alten Zeit. Aber es sieht aus wie ein modernes Uhrenarmband. Deshalb ist es vorhin nicht aufgefallen.«

Wie an einer unsichtbaren Schnur gezogen, bewegte sich die Pistole immer weiter auf sie zu. Vor lauter Aufregung hielt Diego die Luft an. Erst als er seine Pistole wieder in Händen hielt, wagte er durchzuatmen.

Die Männer waren jetzt ganz nah, aber sie hatten nichts gemerkt.

»Sie kommen mit, alle drei!«, befahl der Kerl mit der Goldbrille. »Miss Emmerson, Sie tragen das Goldkreuz. Camaro, Sie werden Fischer stützen.«

Wenn er genügend Munition gehabt hätte, hätte Diego in diesem Moment geschossen. Aber die Kerle waren zu siebt, und er hatte nur noch fünf Patronen im Magazin. Nein, das Risiko war zu groß. Er musste auf eine bessere Gelegenheit hoffen.

Umständlich stand er auf. Dabei ließ er die Pistole unauffällig in der Hosentasche verschwinden. Dann legte er sich Fischers Arm um die Schulter und zog ihn auf die Beine. Emilia nahm das Kreuz.

Fischer ertrug die Schmerzen mit zusammengebissenen Zähnen. Humpelnd schleppte er sich vorwärts.

Die drei Gefangenen gingen voran, dicht gefolgt von dem Kerl mit der Goldrandbrille. Die anderen, die die schwere Skulptur trugen, bildeten den Schluss.

Mühsam erreichten sie die Oberfläche. Glühende Hitze und gleißendes Sonnenlicht schlugen ihnen entgegen wie ein Vorgeschmack auf die Hölle.

»Ihre Wunde sieht nicht gut aus«, sagte Emilia zu Fischer, der schon sehr schwach wirkte. Das ganze Hosenbein war blutgetränkt.

»Wenn wir das nicht abbinden, wird er sterben«, sagte Diego laut über die Schulter.

»Hilfe ist schon unterwegs«, erwiderte der Mann mit der Goldbrille und trat neben sie. Mit dem Kopf deutete er auf drei Hubschrauber, die mehrere Hundert Meter entfernt in der brütenden Hitze standen. Sechs Männer kamen von dort auf sie zu. Der Mann mit der Goldbrille wartete, bis sie bei ihnen waren, dann befahl er zweien von ihnen, Fischer zu den Hubschraubern zu bringen und seine Wunden zu versorgen. Ein anderer nahm Emilia das Goldkreuz ab.

Inzwischen war auch die Gruppe, die die Skulptur trug, auf dem Weg zu den Hubschraubern. Nur der Kerl mit der Goldrandbrille und drei seiner Männer standen noch bei Diego und Emilia. Diego spürte, dass jetzt ein entscheidender Moment bevorstand.

Der Mann mit der Brille sah Diego mit seinen leblosen Augen an, sprach aber mit seinen Kollegen: »Ich will, dass ihr die beiden beseitigt. Die Frau könnt ihr erschießen. Aber unser Mr Camaro hier hat etwas in seinem Blick, das mir nicht gefällt. Nehmt ihn ein bisschen in die Mangel. Brecht ihm die Arme und Beine und lasst ihn hier liegen. Die Natur wird den Rest erledigen.« Dann verschwand er ohne Eile in Richtung der Hubschrauber.

Noch bevor Diego reagieren konnte, traf ihn auch schon eine Faust in den Magen. Er brach zusammen und wälzte sich stöhnend auf dem Boden.

»Wir amüsieren uns gleich weiter«, sagte der Kerl, der ihm den Hieb verpasst hatte. »Zuerst kümmere ich mich aber noch um deine kleine Freundin.« Er zog seine Waffe aus dem Schulterholster und zielte auf Emilias Kopf.

Von da an übernahmen wieder Diegos alte Reflexe die Oberhand. Der erste Schuss traf den Kerl mit der Waffe in die Brust, der zweite und dritte streckte die beiden anderen nieder. Einem von ihnen gelang es zwar noch, den Abzug durchzudrücken, aber die Kugel schlug in den Boden ein, ohne Diego zu verletzen.

Emilia schrie.

Diego rappelte sich auf. Er wusste, dass er nur noch zwei Patronen im Magazin hatte, und griff blitzschnell nach den Waffen der anderen.

»Kommen Sie!«, rief er und drängte Emilia zum Höhleneingang, während er gleichzeitig aus vollen Rohren das Feuer erwiderte, das in diesem Moment auf sie eröffnet wurde. Wie Donnergrollen hallten die Schüsse durch die schroffe Felsenwüste.

Irgendjemand schrie: »Lasst sie nicht entkommen!«

Geduckt rannten Diego und Emilia zur Treppe und hasteten die ersten Stufen hinunter.

»Versuchen Sie, den Deckel zuzuziehen!«, schrie Diego. »Ich gebe Ihnen Feuerschutz!«

Aber obwohl Emilia mit aller Kraft an der Felsnachbildung zerrte, bewegte sie sich kaum.

Diego schoss dreimal in kurzer Folge. In der Ferne sackte ein Mann um. »Es sind zu viele!«, rief er. »Wenn wir uns nicht in der Höhle verschanzen können, sind wir erledigt.«

Er feuerte den Rest des Magazins leer und ließ die Waffe fallen. Zwei Pistolen hatte er noch. Anstatt weiterzuschießen, half er Emilia jedoch zuerst, den Höhleneingang wieder zu schließen. Wie eine schützende Kuppel schwenkte die Felsenimitation über ihnen ein. Kugeln, die auf die Oberfläche einschlugen, lösten ein helles *Pling* aus. Es klang wie ein Glockenspiel, das nur aus einem einzigen Ton bestand.

Ein Querschläger traf ihn an der verwundeten Schläfe, sodass er vor Schmerzen zusammenzuckte. Doch dann war es endlich geschafft: Die Höhle war bis auf einen winzigen Spalt wieder verschlossen.

Emilia kauerte neben Diego auf der Treppe. Er selbst legte sich so hin, dass er durch den Spalt nach draußen sehen konnte. Mit geübtem Griff untersuchte er die Magazine.

»Noch insgesamt sechzehn Schuss«, stellte er zufrieden fest und schob die Magazine zurück in die Waffen. »Ich glaube, die anderen sind noch zu neunt. Wenn wir es geschickt anstellen, können wir sie uns eine ganze Weile vom Leib halten. Wir müssen nur so lange durchhalten, bis McCoyle Verdacht schöpft und mit der Kavallerie anrückt.«

Sie mussten gar nicht so lange warten. Nachdem Diego aus seinem Hinterhalt heraus zwei weitere Angreifer unschädlich gemacht hatte, geschah nichts mehr. Diego war fest davon überzeugt, dass die Kerle sich irgendwo da draußen auf die Lauer gelegt hatten und nur darauf warteten, dass er und Emilia die Geduld verloren und ihr Versteck verließen. Aber dann hörte er plötzlich einen Kugelhagel, und wenig später starteten die Hubschrauberturbinen.

»Denken Sie, die lassen uns einfach so laufen?«, fragte Emila.

Diego zuckte mit den Schultern. »Die haben gekriegt, was sie wollten«, sagte er. »Wir sind nur kleine Fische.«

Die drei Hubschrauber stiegen träge in die Höhe.

»Ich sehe nach, ob die Luft rein ist«, sagte Diego. Er schob den Felsen ein Stück zur Seite und spähte vorsichtig über das Gelände. Niemand schoss auf ihn. Allerdings hatte der Kugelhagel aus seinem Geländewagen einen Haufen Schrott gemacht. Ausgeschlossen, dass das Funkgerät das Dauerfeuer überlebt hatte – die Wasservorräte schon gar nicht.

»Die Schweine wollen uns hier verdursten lassen«, sagte er zu Emilia und kroch ins Freie. »Aber offenbar haben sie nicht mehr vor, uns zu erschießen.«

Emilia kam hinter ihm her. Gemeinsam beobachteten sie, wie die Hubschrauber sich ratternd in der Luft drehten, um in Richtung Norden davonzufliegen.

Emilia seufzte.

»Freuen Sie sich denn gar nicht, dass wir noch am Leben sind?«, fragte Diego.

Emilia schüttelte den Kopf. »Die Kerle haben Fischer mitgenommen«, sagte sie traurig. »Sie werden ihm Gewalt antun. Und wenn sie herausgefunden haben, wie die Schale funktioniert, wird die Welt nicht mehr dieselbe sein.«

Kapitel 83

Algerien

Die Schmerzen im Bein ließen allmählich nach und wichen einem angenehmen Taubheitsgefühl. Ob es an dem Druckverband lag, den sie ihm vor dem Abflug angelegt hatten, oder am Blutverlust, wusste Mark Fischer nicht. Es war ihm auch gleichgültig.

Neben ihm saß einer der Teufel, die ihn überfallen und entführt hatten. Obwohl Fischer noch immer gefesselt war, hielt der Kerl seine Pistole griffbereit. Das Auge der Zeit flog in einem anderen Hubschrauber mit.

Fischer seufzte und sah durch die Glaskanzel hinunter in die Wüste, während die Hubschrauber Flughöhe erreichten. Seine Augen waren tränennass. Er hatte nie etwas anderes beabsichtigt, als das Auge der Zeit zu schützen – die wichtigste Reliquie seines Ordens, die, wie sich herausgestellt hatte, nicht nur bewies, wo Kultur und Religion der Menschheit wurzelten, sondern die auch das geistige Vermächtnis ihrer Vorväter war. Jahrtausendelang war diese Schale der Offenbarung in Sicherheit gewesen. Aber trotz bester Absicht hatte Fischer letztlich das Versteck verraten.

Wer immer diese Leute waren, sie führten nichts Gutes im Schilde. Die Schale selbst würde ihnen nichts bringen, dafür hatte Diego Camaro gesorgt. Aber sie hatten Fischer auch den Schlüssel zu dem Schließfach der Tempelhüter in der Schweiz abgenommen. Dort waren sämtliche verbliebene Hilfsmittel für die heiligen Zeremonien hinterlegt – besondere Talismane, aber auch Tafeln mit Liedern und Texten aus der alten Zeit.

Fischer bezweifelte nicht, dass diese Männer Mittel und Wege finden würden, ihn zum Reden zu bringen. Er war nicht so willensstark wie die Ordensbrüder aus den Tagen der Ketzerprozesse. Irgendwann würde er das Passwort für das Schließfach preisgeben, die alten Texte übersetzen und die Funktionsweise der Reliquien erklären. Dadurch würde er diesen Leuten ein ungeheures Machtpotenzial zur Verfügung stellen, das das Kräftegleichgewicht auf dem ganzen Planeten umverteilen würde – mit ungeahnten Folgen.

Er, Mark Fischer, war der letzte Angehörige des ältesten Ordens der Welt und gleichzeitig die größte Gefahr für die Zukunft der Menschheit. Sein Wissen durfte nicht in die falschen Hände geraten.

Er musste eine Entscheidung treffen.

Kapitel 84

Algerien

Als der Hubschrauber sich sanft nach vorne neigte, um Geschwindigkeit aufzunehmen, fiel der Stress der letzten Wochen wie eine Zentnerlast von Leon Brenthoek ab. Die meisten Menschen glaubten, dass ihn nichts aus der Ruhe bringen konnte. Sie irrten sich. Sein Versagen in der Schweiz hatte ihm schwer zu schaffen gemacht. Baron Tessla hatte ihm deswegen sogar gedroht. Mit dem heutigen Triumph war Brenthoeks Seelenfrieden jedoch wiederhergestellt. Spätestens morgen würde Tessla sich bei ihm entschuldigen müssen.

Sein Blick fiel auf die sonderbare Skulptur, die neben ihm auf dem Sitz stand, festgeschnallt mit einem halben Dutzend Spanngurte, damit das wertvolle Stück auch bei Turbulenzen nicht umfallen konnte. Er ahnte, dass diese Schale ein besonderes Geheimnis barg, und er fragte sich, was das war. Die nächsten Tage würden gewiss viele Überraschungen bringen. Zum ersten Mal seit langer Zeit verspürte Leon Brenthoek wieder das Gefühl von Vorfreude.

Plötzlich wurde der Hubschrauber langsamer.

»Was ist los? Warum fliegen Sie nicht weiter?«, rief Brenthoek dem Piloten zu.

»Die Maschine reagiert nicht!«, rief der Pilot zurück.

Ein Blick aus der Kanzel verriet Brenthoek, dass die beiden anderen Hubschrauber, die vor ihnen flogen, auch nicht vom Fleck kamen. Wie stählerne Libellen schwebten sie in der Luft, etwa fünfzig Meter über dem Wüstenboden. Dann spürte

Brenthoek, wie er auf seinem Sitz langsam nach rechts rutschte. Der Hubschrauber neigte sich zur Seite.

»Tun Sie doch etwas!«, schrie Brenthoek. Was zum Teufel war hier im Gange?

Der Pilot zerrte am Steuerknüppel, aber trotz seiner verzweifelten Versuche, die Maschine wieder aufzurichten, kippte sie immer weiter zur Seite, während sie sich gleichzeitig, wie magisch angezogen, auf die beiden anderen Hubschrauber zubewegte.

Plötzlich wusste Brenthoek, was los war: Elektromagnetismus. Als er Fischer durchsucht hatte, musste er eine seiner Reliquien übersehen haben.

Voller Entsetzen beobachtete er, wie die beiden vorderen Hubschrauber immer näher aufeinander zuflogen und schließlich ineinanderkrachten. Die Rotoren verkeilten sich, und für einen kurzen Moment schienen die beiden Maschinen stillzustehen. Dann gab es ein lautes Kreischen, und mit einem Mal wirbelten Tausende von Splittern wie ein Schrapnellregen durch die heiße Wüstenluft. Auch Brenthoeks Hubschrauber wurde getroffen. Das Glas des Cockpits splitterte, aber wie durch ein Wunder brach es nicht.

Die beiden ineinander verkeilten Maschinen stürzten in die Tiefe. Als sie auf dem Boden aufschlugen, zerbarsten sie in einem glühenden Feuerball. Brenthoeks Pilot schaffte es gerade noch rechtzeitig abzudrehen, bevor die Druckwelle sie erfasste. Die Maschine wurde zwar gewaltig durchgeschüttelt, blieb aber heil.

»Alles in Ordnung?«, fragte der Pilot über die Schulter.

Brenthoek warf einen unsicheren Blick auf die Skulptur neben sich und stellte erleichtert fest, dass sie unversehrt geblieben war. »Mir ging es noch nie besser«, sagte er.

Kapitel 85

Saudi-Arabien · Sechs Tage später

Es war eine sternenklare laue Nacht, wie geschaffen für eine Party auf einer Luxusjacht. Die *Persephone* ankerte einen Kilometer vor der arabischen Küste. Von hier aus konnte man einen wundervollen Blick auf das nächtliche Jeddah und insbesondere auf Khalid Aghanis festlich beleuchteten Palast genießen.

Diego stand mit Emilia am Bug der Jacht, wo es etwas ruhiger war als auf dem Hinterdeck, und so drangen die Musik und das Stimmengewirr der über hundert geladenen Gäste nur gedämpft zu ihnen.

»Mit Smoking und Fliege wirken Sie ganz anders als sonst«, sagte Emilia. »Ungewohnt. Aber es steht Ihnen gut.«

»Und Sie sehen bezaubernd aus in Ihrem Kleid.« Aus irgendeinem Grund kam ihm das Kompliment schwer über die Lippen. Nicht weil es eine Lüge gewesen wäre. Mit ihren hochgesteckten Haaren und in dem eleganten roten Abendkleid sah sie zum Verlieben aus. Vielleicht war genau das das Problem.

Es entstand eine peinliche kleine Pause, und beide nippten an ihren Cocktailgläsern.

»Eine tolle Idee, auf einer Jacht Geburtstag zu feiern«, sagte Emilia schließlich.

Diego war froh, dass sie das Thema wechselte.

»Und es war sehr nett von Scheich Aghani, mich einzuladen. Habe ich das Ihnen zu verdanken?«

»Ich musste ihn gar nicht darum bitten«, antwortete Diego. »Er umgibt sich gerne mit prominenten Gesichtern, und Ihres ist im Moment eines der bekanntesten in der Unterhaltungsbranche. Es grenzt an ein Wunder, dass ich so lange hier mit Ihnen stehen und reden kann, ohne von jemandem unterbrochen zu werden, der Sie unbedingt kennenlernen will.«

»Ich glaube, das liegt daran, dass ich heute Abend schon alle Hände geschüttelt habe.« Emilia lächelte und warf einen Blick zum Heck, wo Khalid Aghani gerade in eine angeregte Unterhaltung vertieft war. Wie üblich trug er einen strahlend weißen Kaftan und eine Kafiya, wodurch er sich von den meisten seiner Gäste unterschied und deutlich aus der Masse herausstach.

»Wie alt wird er heute eigentlich?«, fragte Emilia. »Lassen Sie mich raten. Fünfundfünfzig?«

Diego schüttelte den Kopf. »Nicht ganz. Er wird vier. Und er ist eigentlich auch kein *Er*, sondern eine *Sie*.« Als er Emilias verdutztes Gesicht sah, begann er zu lachen. »Heute ist nicht Khalids Geburtstag. Glauben Sie im Ernst, den würde er mit uns feiern? Na ja, mit Ihnen vielleicht, aber bestimmt nicht mit mir.«

»Ich dachte ...«

»Dic Party findet für Mahoghani statt, seinen Lieblingsfalken.«

»Sie nehmen mich auf den Arm.«

»Absolut nicht. Wenn es um seinen Falken geht, kennt Khalid keine Grenzen.« Diego zuckte mit den Schultern. »Aber das ist bei den meisten reichen Arabern so. In Abu Dhabi gibt es sogar ein Krankenhaus – nur für Falken.«

Schritte näherten sich. Ein älteres Ehepaar kam zu ihnen und bat Emilia, ihnen alles über die Entführung zu erzählen. Diego überließ ihnen das Feld und schlenderte zum Heck, um sich ins Partygetümmel zu stürzen und ein bisschen Smalltalk zu machen.

Zwanzig Minuten später kehrte er mit einem weiteren Cocktail für Emilia zurück. Sie war sichtlich dankbar, erlöst zu werden, denn sie hatte ihre Geschichte im Lauf des Abends schon ein Dutzend Mal erzählt.

»Dahinten wird gerade das Geburtstagskind präsentiert«, sagte Diego. »Wollen Sie sich das ansehen?«

Emilia wiegte den Kopf hin und her. »Offen gestanden mache ich mir nicht viel aus Falken. Ich würde lieber hierbleiben und mich noch ein bisschen unterhalten, wenn Sie nichts dagegen haben.«

»Absolut nicht«, sagte Diego. Er genoss Emilias Gesellschaft, und aus ihren Andeutungen entnahm er, dass es ihr genauso ging.

Eine Zeit lang standen sie schweigend nebeneinander. Der perfekte Moment für einen Kuss, dachte Diego. Aber er zögerte zu lange, und so verflüchtigte sich dieser magische Augenblick wie der Duft von Rosenblüten im Wind. Zurück blieb das schale Gefühl einer verpassten Gelegenheit.

»In zwei Tagen ist die Beerdigung von Douglas Wincott«, sagte Emilia. »Wissen Sie schon, ob Sie kommen werden?«

»Natürlich komme ich«, sagte Diego. Wenn er Emilia wiedersehen konnte, war ihm jeder Anlass recht, selbst ein so trauriger wie eine Beerdigung.

Ein Raunen drang vom Heck zu ihnen herüber. Diego sah, wie Aghani mit seinem Falken auf der Hand die Runde machte.

Dann änderte sich die Musik. Der lockere Jazz, der bisher dargeboten worden war, wich jetzt arabischen Klängen, unterlegt von Trommelwirbeln und Paukenschlägen. Es war wie die Titelmelodie zu einem historischen Actionfilm, in dem die Sarazenen die Mauern von Akkon einnehmen. Kaum hatte die aufwühlende Musik geendet, schien Khalid Aghanis Palast plötzlich in einer gleißenden Explosion zu zerbersten.

Einen Moment lang waren alle Gäste auf der *Persephone* wie geschockt, auch Diego und Emilia. Dann schoss aus der gigantischen weißen Lichtwolke ein einzelner roter Feuerstrahl nach oben, immer weiter und weiter, bis er vor dem sternenklaren Nachthimmel in tausend grellbunte Leuchtpunkte zerbarst. Alle applaudierten begeistert. Unterlegt von arabischen Rhythmen, begann nun ein atemberaubendes Feuerwerk, das alles in den Schatten stellte, was Diego bis dahin gesehen hatte.

Nachdem das Spektakel vorbei war und die Gäste an Bord wieder ihre Gespräche aufgenommen hatten, kam Khalid Aghani mit seinem Falken auch zu Diego und Emilia. Mahoghani trug eine mit Stickereien verzierte Lederkappe über dem Kopf. Als Schutz gegen die Krallen des Raubvogels hatte Aghani einen Falknerhandschuh übergezogen, auf dem sein Wappen prangte.

»Wie hat Ihnen das Feuerwerk gefallen, Miss Emmerson?«, wollte er wissen.

»Es war überwältigend«, schwärmte Emilia. »Sehr beeindruckend.«

»Vor allem eine beeindruckende Art, sein Geld in den Wind zu schießen«, fügte Diego hinzu.

Khalid Aghani schenkte ihm ein freudloses Lächeln. »Wenn ich finanziellen Rat von jemandem brauche, der notorisch pleite ist, werde ich dich danach fragen«, sagte er. Dann wandte er sich wieder Emilia zu. »Was halten Sie von meinem Falken?«

»Ein wundervolles Tier, Scheich Aghani«, sagte Emilia. »Kraftvoll, edel und erhaben. Sie sind zu beneiden.«

Khalid Aghani strahlte. »Und du?«, fragte er Diego. »Willst du zu Mahoghani auch noch etwas sagen, oder ist ein Falke für dich auch wieder nur Geldverschwendung? Ich meine, wenn du Geld hättest.«

»Ein Tier ist niemals Geldverschwendung«, entgegnete

Diego. »Schon gar nicht so ein schönes Exemplar wie dieses. Erinnert mich irgendwie an den Wellensittich, den ich als Kind hatte.«

Aghanis Lächeln wechselte von kalt zu gefährlich. Seine kleinen Augen zogen sich zu schmalen Schlitzen zusammen, und er beugte sich drohend nach vorne. »Du hast bei der Schatzsuche kläglich versagt«, raunte er. »Du hast dir die Schale wegnehmen lassen wie ein dummer Schuljunge! Und du hast noch einen Haufen Schulden bei mir. An deiner Stelle würde ich den Mund nicht so voll nehmen, mein Freund. Denk an die Haie. Die haben immer noch Hunger.«

Galant verabschiedete er sich von Emilia und ging wieder zurück zum Heck.

»Hat er Ihnen gerade gedroht?«, fragte Emilia.

Diego winkte ab. »Das ist seine Art von Humor«, sagte er. »Khalid würde mir nie etwas Ernsthaftes antun. Wir sind fast so etwas wie Brüder. Er liebt mich – wenn er mich nicht gerade hasst.«

Während Diego erzählte, wie er Khalid Aghani kennengelernt hatte, bemerkte er, dass mittlerweile auch Noah McCoyle an Bord eingetroffen war, der nach der Stürmung des Entführerlagers den verletzten Chris Boorman zum Arzt geflogen hatte und anschließend von den algerischen Behörden festgehalten worden war, um ihnen das Blutbad im Hoggar-Tassili-Gebirge zu erklären. Seitdem hatten sie sich nicht mehr gesehen.

McCoyle kam zu ihnen, begleitet von Tamara Fendi, die in ihrem hautengen Kleid die personifizierte Versuchung war. Diego begrüßte sie mit einem Kuss auf die Wange. Als er McCoyles eifersüchtigen Blick sah, drückte er sie noch ein bisschen fester an sich.

Prompt zog McCoyle ihn zur Seite. »Ich dachte, wir hätten das geklärt«, zischte er mit bittersüßem Grinsen. »Oder muss ich Ihnen noch mal etwas brechen, damit Sie die Finger von ihr lassen?«

Diego schüttelte belustigt den Kopf. »Ich wollte Sie nur ein bisschen auf die Palme bringen«, gab er zu. »Sie regen sich immer so schön auf. Das gefällt mir.«

Tamara Fendi schob sich zwischen die beiden Kampfhähne. »Wer wird an einem solchen Abend denn streiten?«, raunte sie mit rauchiger Stimme. »Ich finde, wir sollten dankbar sein, dass bei der ganzen Geschichte niemand aus unserem Team ernsthaft zu Schaden gekommen ist.«

»Apropos zu Schaden gekommen«, sagte Emilia. »Teddy, wissen Sie, wie es Chris geht?«

»Der wurde meines Wissens heute nach London geflogen«, sagte McCoyle. »Er hat zwar viel Blut verloren, aber er ist ein zäher Bursche. In ein paar Tagen ist er wieder wie neu.«

»Danke, dass Sie ihm geholfen haben.«

»Keine Ursache, das war doch selbstverständlich.«

Während Emilia und McCoyle sich weiter unterhielten, trat Tamara Fendi zu Diego. Ihr Parfum roch nach Lavendel, Sandelholz und einem Hauch Minze, ihre schwarzen Haare sahen samtweich aus, und die Beleuchtung auf der Jacht verlieh ihren haselnussbraunen Augen einen geheimnisvollen Glanz.

»Was machen Ihre Wunden?«, fragte sie. »Ihre Schläfe sieht ja ganz passabel aus. Aber ich habe gehört, dass Sie von den Entführern angeschossen worden sind.«

»Es war nur meine schlecht verheilte Wunde aus Peru, die wieder aufgegangen ist«, korrigierte Diego. »Halb so schlimm.«

»Wenn Sie wollen, sehe ich mir das gerne mal an«, raunte sie ihm ins Ohr. »Ich kenne da ein paar ausgezeichnete Übungen gegen den Schmerz.«

Diego schluckte. Sie war die Sünde auf zwei Beinen, und ein Teil von ihm wollte nur allzu gerne Sünder sein. Aber dann bemerkte er Emilias verstohlenen Seitenblick, und obwohl er ihr gegenüber zu nichts verpflichtet war, schämte er sich plötzlich.

Er sah, wie Emilia ihr Glas leerte und McCoyle einen Kuss auf die Wange gab. Dann kam sie zu Tamara und ihm. »Ich will mich nur kurz verabschieden«, sagte sie mit einem schlecht geschauspielerten Lächeln. »Mein Flieger geht morgen früh um sieben, und ich muss noch packen.«

Tamara gab ihr die Hand.

»Ich begleite Sie noch zum Shuttleboot«, sagte Diego und ging mit Emilia zum Heck. Nachdem sie sich auch von Khalid Aghani verabschiedet hatte, half Diego ihr ins Zodiac, das die Gäste zwischen der Jacht und dem Ufer hin und her transportierte. Bevor sie einstieg, zögerte sie noch einmal kurz. »Danke für alles«, sagte sie. Plötzlich trat sie einen Schritt vor, stellte sich auf die Zehenspitzen und gab Diego einen schnellen Kuss – nicht auf die Wange, sondern auf den Mund. Dann stieg sie schnell ins Zodiac.

»Wir sehen uns übermorgen in London«, sagte Diego, während der Bootsführer die Leinen losmachte.

Emilia lächelte. Diesmal wirkte es erleichtert.

Diego sah hinter ihr her, bis sie am Kai vor dem Palast ankam und in das bereitstehende Taxi einstieg.

Von hinten legte sich eine Hand auf seine Schulter. »Sie ist etwas ganz Besonderes«, sagte McCoyle und trat neben ihn.

Diego nickte. »Ja, das ist sie.«

»Wollen Sie lieber noch ein bisschen alleine sein?«

»Nein. Aber danke für das Angebot.«

»Kommen Sie, ich spendiere Ihnen noch einen Drink. Und dann müssen Sie mir unbedingt erzählen, was Sie in der Wüste gefunden haben. Ich will alles wissen.«

Sie holten sich etwas zu trinken und zogen sich in eine ruhige Ecke zurück, wo Diego McCoyle in allen Einzelheiten schilderte, wie sie mithilfe des leuchtenden Kreuzes auf die Höhle mit dem Auge der Zeit gestoßen waren. Er erzählte von den sechs Kugeln, die sie in der Schale hatten kreisen lassen, und von den Einblicken in eine längst vergessene Welt – von den weiß gewandeten Einwohnern von Atlantis mit ihren kahl geschorenen Köpfen, von ihren technischen Errungenschaften, von der großen Katastrophe, die zur völligen Zerstörung der Insel geführt hatte und von den wenigen Überlebenden, die sich hatten retten können und den damaligen Steinzeitmenschen wie Götter erschienen waren.

McCoyle hörte die ganze Zeit über gebannt zu. »Ich wünschte, ich wäre dabei gewesen«, sagte er schließlich mit belegter Stimme. »Und sie hatten wirklich alle Glatzen?«

Diego grinste. »Das Wichtigste ist also hängen geblieben.«

Sie tranken einen Schluck.

»Was ist mit Fischer?«, fragte McCoyle.

Diego schüttelte traurig den Kopf.

»Und das Auge der Zeit?«

»Sie haben es mitgenommen. Wer immer dahintersteckt …«

»Haben Sie wenigstens das Kreuz retten können?«

»Es ist bei dem Hubschrauberabsturz zerstört worden«, sagte Diego. »Aghani hat die Unglückstelle schon absuchen lassen, aber es wurde nichts gefunden. Er ist nicht gerade erfreut darüber.«

Eine Weile dachte McCoyle über alles nach. »Die Bewohner von Atlantis hatten also Technologien, von denen wir heute nur träumen können«, sagte er. »Aber sie haben sich trotz ihrer Kenntnisse letztlich selbst vernichtet. Wenn die Mistkerle, die euch überfallen haben, diese Technologien entschlüsseln, steuert die Menschheit direkt auf die nächste Katastrophe zu. Denn wir sind heutzutage keinen Deut schlauer als die Bewohner von

Atlantis vor achttausend Jahren. Wir werden uns garantiert auch selbst vernichten.«

»Ich glaube nicht, dass es so weit kommen wird«, sagte Diego und senkte die Stimme. McCoyle hatte ihm das Leben gerettet. Diego schuldete ihm die Wahrheit – die *ganze* Wahrheit. »Können Sie ein Geheimnis für sich behalten?«, fragte er leise.

»Absolut. Und jetzt spannen Sie mich nicht länger auf die Folter!«

»Ich habe die Kugeln versteckt.«

»Sie haben *was?*«

»Die Kugeln, die im Rand der Schale eingelassen waren. Ich habe sie an mich genommen, als ich Emilias Schrei gehört habe. Bevor die Mistkerle in die Höhle kamen, habe ich die Kugeln in einer Felsnische versteckt.«

McCyoles Walrossbart verzog sich zu einem breiten Grinsen. »Und diese Idioten haben es nicht gemerkt?«

»Sie wussten ja nicht, dass etwas fehlt.«

McCoyle lachte laut heraus, bis er merkte, dass die anderen Gäste zu ihm herübersahen. »Dann haben die Kerle jetzt sozusagen einen Filmprojektor ohne Film, korrekt?«, raunte er.

»So könnte man es ausdrücken«, sagte Diego.

Nachdem sie sich noch eine Weile unterhalten hatten, ging McCoyle wieder zu Tamara Fendi. Diego gönnte sich noch einen Drink und beschloss danach, die Party zu verlassen. Mit dem Shuttleboot ließ er sich an Land bringen. Khalid Aghani hatte ihm in seinem Palast eines seiner Tausend-und-eine-Nacht-Zimmer herrichten lassen.

Diego wechselte den Verband, löschte das Licht und legte sich aufs Bett. Durchs offene Fenster hörte er die gedämpfte Musik und das Gemurmel der Gäste auf der *Persephone*. Eine Zeit lang lag er wach im Bett, den Blick an die Decke gerichtet, während er darüber nachdachte, wie es weitergehen sollte.

Goldfieber konnte als Fernsehserie nicht mehr fortgeführt werden, nachdem der Schatz gefunden und geraubt worden war. Diego musste sich also eine neue Beschäftigung suchen.

Ihm kam die *Flor de la mar* in den Sinn – das Flaggschiff der portugiesischen Indienflotte. Das Wrack wartete noch immer darauf, entdeckt zu werden, irgendwo in der Andamansee, unweit von Sumatra, angeblich mit einer Fracht im Wert von acht Milliarden Dollar. Vielleicht hatte McCoyle sogar Lust, sich an der Suche zu beteiligen. Im Lauf der letzten Wochen hatte Diego sich richtig an den irischen Holzkopf gewöhnt, und zu zweit war eine solche Suche allemal einfacher und sicherer als allein.

In den nächsten Wochen würde Diego sich in aller Ruhe nach einer neuen Jacht umsehen. Am liebsten wollte er wieder dasselbe Modell wie seine geliebte *Harmattan*. Das Geld dafür lag – zusammen mit den sechs holografischen Kugeln aus der Sahara-Höhle – in einem Schließfach in Barcelona, in dem Stahlkoffer, den Diego im Entführerlager heimlich mitgenommen hatte: voll mit Wincotts Lösegeld.

Noch lange lag Diego in dieser Nacht wach, während seine Gedanken immer wieder um die *Flor de la mar* und um Emilia kreisten. Erst in den frühen Morgenstunden übermannte ihn die Müdigkeit, und er schlief mit einem Lächeln auf den Lippen ein.